LÍNEA
DE
FUEGO

Según este relato, en la noche del 24 al 25 de julio de 1938, al comienzo de la batalla del Ebro, 2.890 hombres y 18 mujeres de la XI Brigada Mixta del ejército de la República cruzaron el río para establecer la cabeza de puente de Castellets del Segre, donde combatieron durante diez días.

En realidad, ni Castellets, ni la XI Brigada, ni las tropas que se le enfrentan en *Línea de fuego* existieron nunca. Pero, aunque las unidades militares, los lugares y los personajes que aquí aparecen son todos ficticios, no lo son los hechos ni los nombres en que se inspiran. Fue exactamente así como padres, abuelos y familiares de numerosos lectores de este libro combatieron en ambos bandos durante aquellos días y aquellos trágicos años.

La batalla del Ebro, que causó más de veinte mil muertos nacionales y republicanos, fue la más dura y sangrienta de cuantas se han librado en suelo español, y sobre ella hay abundante documentación, partes de guerra y testimonios directos. Con todo eso, combinando hechos reales, rigor, invención y algunos recuerdos personales y familiares, el autor ha construido la novela.

ARTURO
PÉREZ-REVERTE

LÍNEA
DE
FUEGO

ALFAGUARA

Primera edición: noviembre de 2020

© 2020, Arturo Pérez-Reverte
© 2020, Penguin Random House Grupo Editorial, S. A. U.
Travessera de Gràcia, 47-49. 08021 Barcelona
© de las ilustraciones: 2020, Augusto Ferrer-Dalmau
© 2020, Penguin Random House Grupo Editorial USA, LLC.
8950 SW 74th Court, Suite 2010
Miami, FL 33156

ISBN: 978-1-644732-91-5

Impreso en Estados Unidos - *Printed in USA*

Penguin
Random House
Grupo Editorial

Los rojos luchan con tesón, defienden el terreno palmo a palmo, y cuando caen lo hacen con gallardía. Han nacido en España. Son españoles y por tanto, valientes.

Juan Yagüe. General franquista

Ni nosotros éramos unas bestias rojas, ni ellos tipos asesinos fascistas. Ellos y nosotros, los mejores de ellos y los mejores de nosotros, éramos jóvenes y buenos. Digo esto porque parece que está de moda ponernos a caldo a nacionales o a republicanos. Porque creo que sería mejor que nos juntásemos y los hiciésemos callar a estacazos.

Un oficial de la 46.ª División republicana. *Alfambra*

Entender el idioma del enemigo, hablar la misma lengua de los que matan, de los que tienes que matar, es un suplicio que deprime como si una montaña cayese en los hombros... Un hombre que dice como nosotros novia y amigo, árbol y camarada. Que se alegra con las mismas palabras y jura también con las palabras que juras tú. Que iría a tu lado, bajo tu bandera, cargando sobre gentes extrañas.

Rafael García Serrano. *La fiel infantería*

La terquedad contra la tenacidad, la audacia contra la osadía; y también, justo es decirlo, el valor contra el valor y el heroísmo contra el heroísmo. Porque, al fin, era una batalla de españoles contra españoles.

Vicente Rojo. Jefe de E. M. de la República

Qué brutos, Dios mío. Pero qué hombres.

Arturo Barea. *La forja de un rebelde*

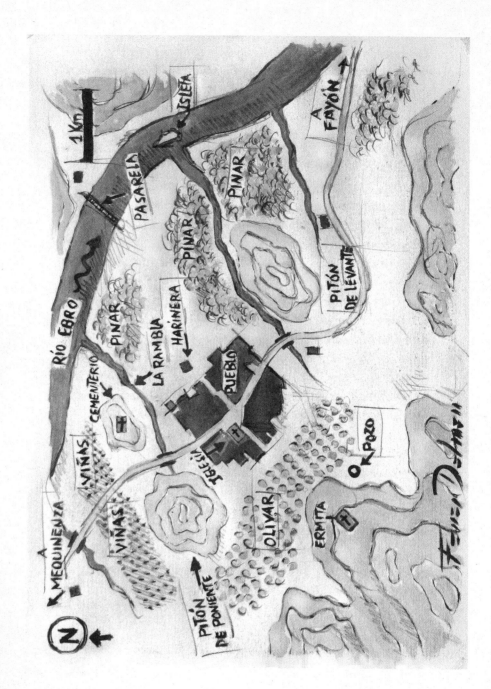

A Augusto Ferrer-Dalmau, pintor de batallas

Primera parte
SOMBRAS EN LA ORILLA

I

Son las 00:15 y no hay luna.

Agachadas en la oscuridad, inmóviles y en silencio, las dieciocho mujeres de la sección de transmisiones observan el denso desfile de sombras que se dirige a la orilla del río.

No se oye ni una voz, ni un susurro. Sólo el sonido de los pasos, cientos de ellos, en la tierra mojada por el relente nocturno; y a veces, el leve entrechocar metálico de fusiles, bayonetas, cascos de acero y cantimploras.

El discurrir de sombras parece interminable.

Hace más de una hora que la sección permanece en el mismo lugar, al resguardo de la tapia de una casa en ruinas, esperando su turno para ponerse en marcha. Obedientes a las órdenes recibidas, nadie fuma, nadie habla y apenas se mueven.

La soldado más joven tiene diecinueve años y la mayor, cuarenta y tres. Ninguna de ellas lleva fusil ni correaje como las milicianas que tanto gustan a los fotógrafos de la prensa extranjera y ya nunca pisan los frentes de verdad. A estas alturas de la guerra, eso es propaganda y folklore. Las dieciocho de transmisiones son gente seria: cargan una pistola reglamentaria al cinto y, a la espalda, pesadas mochilas con un emisor-receptor, palos de ante-

13

na, dos heliógrafos, teléfonos de campaña y gruesas bobinas de cable. Todas son voluntarias en buena forma física, disciplinadas, comunistas de militancia y con carnet del Partido: operadoras y enlaces de élite formadas en Moscú o por instructores soviéticos en la escuela Vladimir Ilich de Madrid. También son las únicas de su sexo adscritas a la XI Brigada Mixta para cruzar el río. Su misión no es combatir directamente sino asegurar, bajo el fuego enemigo, las comunicaciones en la cabeza de puente que el ejército republicano pretende establecer en el sector de Castellets del Segre.

Dolorida por las cinchas del armazón que lleva a la espalda con una bobina de quinientos metros de cable telefónico, Patricia Monzón —sus compañeras la llaman Pato— cambia de postura para aliviar el peso en los hombros. Está sentada en el suelo, recostada en su propia carga, contemplando el discurrir de sombras que se dirigen al combate que aún no ha empezado. La humedad de la noche, intensificada por el río cercano, le moja la ropa. Como la bobina que lleva colgada a la espalda no le deja espacio para mochila ni macuto —se enviarán con el segundo escalón, han prometido—, viste un mono de sarga azul con grandes bolsillos llenos de lo imprescindible: paquete de cura individual, una tira cortada de neumático para detener hemorragias, un pañuelo, dos paquetes de Luquis y un chisquero de mecha, documentación personal, el croquis a ciclostil de la zona que les repartió el comisario de la brigada, un par de calcetines y unas bragas de repuesto, tres paños y algodón por si viene la regla, media pastilla de jabón, una lata de sardinas, un chusco de pan duro, el manual técnico de transmisiones de campaña, un cepillo de dientes, un palito para apretar en la boca durante los bombardeos y una navaja suiza con cachas de asta.

—Estad atentas... Nos vamos en seguida.

El susurro circula entre la sección. Pato Monzón se pasa la lengua por los labios, respira hondo, vuelve a cambiar de postura acomodándose mejor las cinchas en los hombros, y al alzar el rostro para mirar el cielo la borla del gorrillo le roza las cejas. Nunca en su vida había visto tantas estrellas juntas.

Es su primera acción de combate real, pero se beneficia de experiencias ajenas. Lo mismo que la mayor parte de sus compañeras, cuando hace cuarenta y ocho horas supo que su destino estaba al otro lado del Ebro se hizo rapar el pelo por dos razones de importancia: que no se vea de lejos que es mujer, y reducir en los próximos días, poco favorables a la higiene, la posibilidad de que le aniden piojos u otros parásitos. A sus veintitrés años eso le da un aspecto andrógino, de muchacho, acentuado por el gorrillo cuartelero, el mono azul, el cinto de cuero con cantimplora, pistola Tokarev TT-33 y dos cargadores de reserva, además de las botas de clavos rusas recibidas una semana atrás, tan nuevas que aún le hacen ampollas en los talones. Por eso las lleva colgadas del cuello por los cordones, y como casi todas sus compañeras calza alpargatas de suela de esparto atadas con cintas a los tobillos.

—En pie, venga... Ahora nos vamos de verdad.

Es la única voz masculina de la sección, la del teniente de milicias Herminio Sánchez. Su silueta menuda y flaca se mueve entre ellas, repitiendo la orden. Pato no puede verle el rostro, aunque lo supone como de costumbre: escurrido, mal afeitado, siempre sonriente. Comunista, como la mayor parte de los jefes y oficiales de la brigada. Se hace querer y en la unidad lo quieren. Es un buen muchacho, con sus castillitos del arma de Ingenieros en los picos de la camisa, sus chistes malos sobre curas y monjas, las gafas de concha y el pelo prematuramente cano bajo la gorra de plato, tan rizado que todas lo llaman Harpo.

—Formad en fila de a una.

Resoplidos, murmullos, sonido de equipos, roces con las compañeras en la oscuridad al agruparse puestas en pie. Se tocan unas a otras para formar fila a lo largo de la tapia, sin más orden que el azar.

Evitando pensar en lo que espera tras la otra orilla —aun así le sorprende no sentir miedo, sólo una vaga aprensión que contrae el estómago—, Pato se concentra en el camino hacia la ribera cercana, donde aguardan los medios de franqueo del escalón de asalto: lanchas a remo, balsas y botes de pescadores. Para el cruce del Ebro y la gran ofensiva republicana de la que Castellets constituye el flanco occidental más extremo, la República ha requisado todo cuanto puede flotar entre Mequinenza y el Mediterráneo.

—Andando, y sin hacer ruido —se oye susurrar a Harpo—. Los fascistas aún no se han enterado de la que les viene encima.

—Pues ojalá tarden mucho —comenta una voz de mujer.

—Con que sigan despistados una hora más, estará de caramelo —dice otra.

—¿Ya empezaron a cruzar los nuestros?

—Hace rato... Nadadores con bombas de mano y equipo ligero sobre neumáticos de coche hinchados. Los vimos pasar ayer.

—Vaya tíos. Hay que tener valor para remojarse de esa manera, en una noche y un lugar así.

—Pues todavía no se oye nada al otro lado.

—Ésa es buena señal.

—Con tal de que dure hasta que estemos allí...

—Vale ya. Cerrad la boca.

La última orden, malhumorada, proviene de la sargento de milicias Remedios Expósito. Reconoce Pato fácilmente su voz entre las otras: ronca, cortante, con ma-

16

las pulgas —maneras de Moscú, las llaman en broma las chicas—. Es una mujer seca y dura, comunista de la primera hora. La de más graduación y edad de la sección. Estuvo en el asalto al cuartel de la Montaña y en la defensa de Madrid y luego se formó durante un mes en la academia de comunicaciones Budionny de Leningrado. Viuda de un sindicalista muerto en Somosierra en julio del 36.

—¿Aún estamos lejos del río? —pregunta alguien.

—Que os calléis, coño.

Caminan en la oscuridad procurando no tropezar, pegada cada una a la compañera que la precede. La única luz es la de las estrellas que sobre sus cabezas cuajan la noche.

El sendero invisible desciende suavemente hacia el río. A uno y otro lado se intuyen ahora, agrupados, numerosos bultos de hombres que aguardan inmóviles. Se percibe su olor a ropa sudada y sucia, aceite de armas y humanidad masculina.

—Alto... Agachaos.

Pato obedece, como todas. Las cinchas de la bobina de cable telefónico siguen lastimándole los hombros, así que aprovecha para sentarse y descansar la carga en el suelo.

—Si alguien quiere mear —susurra Harpo—, que aproveche ahora.

Alguna de las compañeras próximas se mueve en busca de la postura adecuada. Pato está demasiado incómoda por el equipo; tendría que deshacerse de él, abrir el mono y volver después a encajarlo todo; así que decide hacérselo encima, tal como está. Inmóvil, siente el líquido caliente correrle entre los muslos y empapar las perneras del mono hasta las rodillas, húmedas ya por el relente nocturno.

Vicenta Espí, la compañera que tiene más cerca, se le apoya en un hombro. Es una muchacha regordeta y guapa que fue operaria de la Singer y fallera de su barrio un par de años antes de la sublevación facciosa. Valenciana, la llaman, y es también su primera acción real de combate. En la pesada mochila lleva dos teléfonos de campaña que pesan diez kilos cada uno: un Aurora Roja ruso y un Feldfernsprecher NK-33 alemán de los cogidos a los fascistas en Teruel. Como Pato, procede de las Juventudes Comunistas, pero se conocieron hace cuatro meses en la escuela de transmisiones: algún baile en el tiempo libre, alguna sesión de cine, alguna confidencia. La Valenciana es buena chica, con un hermano artillero en el mismo frente.

—¿Has meado, Pato?

—Encima.

—Como yo... A ver si hay suerte y es lo único que nos mojamos esta noche.

Se quedan calladas, hombro con hombro. Esperando. En el silencio que sigue sólo se escucha el rumor de la corriente del río, muy próxima, y el sonido amortiguado pero audible de las barcas que cargan hombres en la orilla. Ciento cincuenta metros separan ésta de la otra, en ese lugar. Pato lo ha calculado en el croquis que lleva en un bolsillo: ciento cincuenta metros de agua, noche e incertidumbre.

Harpo y la sargento Expósito se mueven a lo largo de la fila, dando instrucciones.

—Cabemos seis en cada bote, que lleva dos remeros —cuchichea el teniente.

—¿No hay pasarelas? —pregunta una voz.

—Los pontoneros no las tenderán hasta que haya luz, y a nosotros nos toca ahora.

—¿Qué pasa si nos disparan estando en mitad del río?

—Ocurra lo que ocurra, que nadie grite, ni hable, ni haga otra cosa que esperar a encontrarse al otro lado... Nos reagruparemos allí.

—¿Entendido? —remacha la sargento.

—¿Y si nos dispersamos al cruzar?

—Los camaradas que pasaron a nado han tendido maromas de orilla a orilla, para guiarnos... Están puestas a ras del agua y un poco en diagonal, a fin de aprovechar la corriente.

—¿Entendido? —insiste Expósito, áspera.

Le responde un coro de susurros afirmativos.

—Joder, son jais —exclama una castiza voz de hombre a la derecha del sendero.

En torno a ellas brota un murmullo de expectación masculina, piropos incluidos, acallado en el acto por los mandos.

—Olé vuestros ovarios, prendas —susurra una última voz.

Después vuelve el disciplinado silencio, que sólo alteran los ruidos apagados que vienen del río. Pato escucha con atención: sonido de remos, entrechocar de maderas o armas, órdenes dadas en voz baja. Sin reacción enemiga, por ahora. Sabe que en ese momento, río abajo, entre Castellets y Amposta, a lo largo de unos sinuosos ciento cincuenta kilómetros, seis divisiones republicanas están cruzando el Ebro por doce lugares distintos para atacar por sorpresa al desprevenido cuerpo de ejército fascista que guarnece la otra orilla. Los planes detallados del alto mando no llegan hasta el nivel de la tropa, pero se dice que la ofensiva pretende alcanzar Masaluca, Villalba, Gandesa y la sierra de Pandols para avanzar desde allí hacia el Mediterráneo y reconquistar Vinaroz.

—Vamos —dice Harpo, y la orden recorre la fila.

Se pone Pato en pie y camina entre sus compañeras, detrás de la Valenciana, internándose entre cañizales que se espesan mientras se acercan al río, rozándoles la cintura. Los muslos mojados ya se le han quedado fríos y tirita un poco, así que aprieta los dientes para que no casta-

19

ñeteen y alguna lo tome por lo que no es, o no es del todo.

El suelo se hace blando y húmedo a medida que la orilla está más próxima. Las alpargatas se hunden hasta los tobillos en la tierra fangosa, removida por centenares de pisadas, que un poco más allá se convierte en barrizal espeso.

—A ver, alto. Las primeras seis, que embarquen.

Ahora es posible advertir, a contraluz en el reflejo tenue del cielo estrellado en la corriente del río, las formas oscuras de los botes que aguardan. Sonido de madera que entrechoca en las bordas, chapoteos de fango y agua. En voz baja, procurando no hacer más ruido que el necesario, los remeros urgen a las mujeres que embarcan.

—Echad una mano aquí, que estamos atascados... Empujad, venga... Eso es, con ganas... Empujad.

El suelo de la orilla, negro como la noche, está salpicado de una constelación de pequeñas motas de color claro. Pato se fija en eso cuando, tras empujar el bote atorado, se agacha para asegurar las cintas de la alpargata que está a punto de perder en el barro. Por un instante lo observa, sorprendida e intrigada, antes de ponerse de nuevo en pie. Es como si la orilla hubiera sido espolvoreada con cientos de papelitos semejantes a confeti de verbena.

—Las seis siguientes... Vamos, moveos.

Pato se quita el armazón del cable telefónico y lo mete en el bote. No está dispuesta, si algo va mal, a caer al agua con ese peso a la espalda. Bastante lastre lleva en los bolsillos del mono. Después apoya las manos en la borda, pasa las piernas por encima y se instala en la estrecha barca, apretada con sus compañeras. La Valenciana se deja caer a su lado. Alguien empuja desde tierra, suenan los remos contra la madera y la embarcación se aparta de la orilla.

—Agarrad la maroma y tirad de ella para ayudar a los remos y la corriente —dice un barquero.

Las seis mujeres obedecen, tirando de la gruesa soga mojada que lacera las manos. Se oyen sus respiraciones jadeantes por el esfuerzo. La orilla opuesta sigue en silencio, y es obvio que los fascistas no se percatan de lo que ocurre; pero eso puede cambiar. Todas lo saben y procuran dar al bote la mayor velocidad posible, encaminándolo hacia la tenue línea oscura, cada vez más intensa y cercana, que marca la orilla enemiga.

En ese instante, Pato cae en la cuenta de lo que significan los cientos de motitas de papel en la orilla que dejan atrás: antes de dirigirse hacia un futuro inmediato e incierto, velado todavía por las tinieblas, todos los hombres de la primera oleada están rompiendo sus carnets de afiliación política y sindical: PCE, UGT, FAI, CNT. Ignoran lo que va a ocurrir en los momentos iniciales del asalto, y no quieren llevarlos encima si caen prisioneros. Uno de esos documentos en manos del enemigo puede llevar directamente al paredón.

La certeza la golpea como una bofetada, y por primera vez esta noche la aprensión deja paso al miedo. Pero se trata de un miedo de verdad —ahora lo comprende al fin— nunca conocido antes: un estremecimiento intenso, oscuro, que nace entre las ingles y asciende despacio por el vientre y el pecho hasta la garganta, seca y amarga, y la cabeza, nublada de presentimientos. Un latir desacompasado del corazón, como si lo enfriase una bruma sucia y gris.

Entonces Pato Monzón, atenazada por ese temor recién descubierto que no se parece a ningún otro que haya sentido nunca, deja de tirar de la soga y, con súbita urgencia, mete la mano entre la ropa en busca de su carnet del Partido Comunista, rompe la cartulina en minúsculos fragmentos y los deja caer por la borda.

Sentado en su pozo de tirador con el Mauser apoyado en el borde y el casco de acero en el suelo, a un centenar de pasos de la orilla del río, el soldado de infantería Ginés Gorguel Martínez lía a tientas un cigarrillo con la picadura que guarda en la petaca, pasa la lengua por el filo del papel, lo hace girar entre los dedos y se lo lleva a la boca. La noche es tan oscura que sólo ve las manchas claras de sus manos.

Está prohibido fumar en los puestos avanzados, pero tiene por delante más de tres horas de centinela y ningún oficial ni suboficial cerca. Tampoco es un soldado ejemplar, de los que cumplen a rajatabla; más bien lo contrario. Tiene treinta y cuatro años, sabe leer y escribir, conoce las cuatro reglas. En su hoja de servicios, si es que alguien la tiene al día, constará su intervención en las batallas de Brunete y Teruel; pero en ambos episodios procuró mantenerse lejos del tomate, actitud para la que posee un especial talento. Según dicen los médicos, cuyos consejos sigue al pie de la letra, los tiros van fatal para la salud.

Gorguel saca del bolsillo el chisquero, se agacha cuanto puede para ocultar el chispazo, frota con la palma la ruedecilla y enciende el pitillo con la brasa humeante. Tras darle una larga chupada ocultándolo en el hueco de una mano, se pone el casco, se incorpora un poco y echa un vistazo al paisaje negro como la tinta, sin escuchar otra cosa que el canto de los grillos ni ver más que las estrellas. No hay ni un soplo de brisa. Todo sigue en calma, de modo que vuelve a sentarse en su agujero, vuelta la espalda al río.

Aunque no puede verlos, Gorguel sabe que los compañeros más próximos están repartidos a izquierda y derecha, en agujeros similares al suyo. Entre él y otros cinco cubren doscientos metros de orilla, lo que prueba la sangre gorda con que se lo toman los mandos de la agrupación —medio batallón de infantería, un tabor marroquí y una compañía de la Legión situada como reserva— que guarnece el sector de Castellets. Con tanto sueño y aburrimiento, imagina, como él mismo. El frente está tranquilo y los rumores sobre una ofensiva enemiga son más propios de radio macuto que de una fuente seria. Además, el río constituye una defensa natural estupenda. También hay tendida una línea de alambradas. Así que bien acurrucado, el capote sobre las piernas para abrigarse del relente que empieza a calar la ropa, atento a que nadie de los suyos ni de los de enfrente advierta la brasa del cigarrillo, se dispone a disfrutarlo.

Mientras fuma, Gorguel piensa en si se pasaría al enemigo de no mediar el río entre él y los rojos. Si tendría valor para eso.

La idea le cruzó más de una vez por la cabeza, pues él es de Albacete, y eso queda en zona de la República. Allí tiene esposa, hijo, madre viuda y una hermana, y a estas horas estaría en el ejército enemigo de no haberse encontrado trabajando en Sevilla el 18 de julio de 1936, donde lo reclutaron: loterías de la vida. En realidad, carpintero de oficio como es, no entiende de política ni nunca se afilió a nada, ni siquiera a un club de fútbol; y en tal sentido, lo mismo le dan unos que otros. Una vez votó a las izquierdas, pero ya ni se acuerda. Gane quien gane, cuando acabe la guerra todos necesitarán que alguien fabrique puertas, ventanas y nuevos muebles, de los que en los últimos tiempos se han roto unos cuantos. Por eso, al pensar en la familia —las cartas que manda a través de un pariente en Francia no llegan o no tienen respuesta— le viene una negra melancolía. Son muchos los que se encuentran en idéntica situación, tanto en un bando como en el otro.

De haberse atrevido, Gorguel habría cruzado las líneas hace tiempo. Lo disuadió que cuatro compañeros que quisieron pasarse, sin lograrlo, fueron fusilados. De cualquier modo, ahora ya no vale la pena correr riesgos, pues todos dicen que al asunto le queda poco, que los rojos no levantan cabeza y que van de derrota en derrota. De culo y cuesta abajo. En tal caso, alguna ventaja tendrá haber estado con los nacionales, cuando vuelva a Albacete. O eso supone. Incluso para un oficial de carpintería.

Acaba de apagar la colilla, y la guarda cuidadosamente en la petaca —media docena de colillas suman un pitillo entero—, cuando le parece escuchar un ruido procedente del río: algo semejante a un suave entrechocar de madera. Incorporándose en el pozo de tirador dirige un largo vistazo a la orilla sin ver otra cosa que oscuridad. Luego mira a derecha e izquierda, pero no advierte nada entre él y el lugar donde se encuentran los compañeros más próximos. Sólo noche y silencio.

Detesto las jodidas guardias, piensa.

Está a punto de agacharse de nuevo cuando repara en que el silencio es más absoluto que antes: no se oye el rumor de los grillos que canturreaban entre los matorrales. Eso lo sorprende un poco, y durante un rato escudriña otra vez, con mucha atención, las tinieblas entre él y el río. Sigue sin advertir nada inquietante —las noches de un centinela están llenas de sonidos extraños—, pero no se decide a relajarse. El mutismo repentino de los grillos lo tiene mosca.

Tras pensarlo un momento, saca de las cartucheras dos bombas de mano Lafitte y las coloca en el borde del pozo de tirador, junto a la culata del fusil. Las Lafittes son granadas de percusión que estallan al golpear el suelo, y se activan en el aire durante el lanzamiento, desenrollándose una cinta de cuatro vueltas que extrae el pasador del seguro. Son caprichosas de juzgado de guardia, y matan más a quien las usa que al enemigo, porque a veces estallan a medio vuelo. Por eso las llaman las Imparciales. Pero es lo que hay, y también los rojos las usan y las sufren. Pesan casi medio kilo y pueden ser arrojadas, según la fuerza de quien lo haga, a una distancia de veinte o treinta metros. Por si acaso, les quita a las dos la horquilla de alambre, dejándolas listas para su uso.

A pesar de todo, Gorguel se lo piensa bien. Montar jarana por una falsa alarma a esas horas de la noche significa que los puestos cercanos empezarán a disparar a tontas y a locas, y toda la línea, oficiales incluidos, se despertará de malas pulgas. Eso supone chorreo seguro. Complicaciones, a las que él no es aficionado en absoluto. Así que más vale asegurarse antes de empezar un combate imaginario por su cuenta y riesgo. Una de sus habilidades es pasar inadvertido; eso ayuda a escurrir el bulto y sobrevivir. La prudencia, según dicen los sabios, es madre de la ciencia. O algo parecido. Y él, dos años de guerra sin un rasguño ni por Dios ni por la patria, tiene el rabo más pelado que un gato de callejón.

Aun así, espabila, Ginés, se dice. No vayan a madrugarte por la cara.

De momento, lo que hace es cuanto puede hacer, granadas aparte: asegurar el barboquejo del casco y echar mano al Mauser. El arma ya tenía acerrojada una bala de las cinco del peine que le introdujo al entrar de guardia, así que se limita a quitarle el seguro y meter el índice en el guardamonte. Luego estira un poco más el cuello y fuerza la vista para penetrar algo la oscuridad. Aguzando el oído inquieto.

Nada.

Ni luz, ni ruido. Silencio.

Pero los grillos siguen sin cantar.

Y ahora sí lo oye, otra vez el mismo ruido leve de maderas, como tablones que se tocaran. Lejano, proveniente de la orilla negra. Puede ser cualquier cosa, claro. Pero también pueden ser los rojos. Por esa parte sólo están las alambradas y la orilla, y nadie del bando nacional se pasearía por allí a oscuras. Eso hace inútil un quién vive o la demanda de un santo y seña —esa noche es *Morena Clara*—. Así que, sin darle más vueltas, Gorguel deja el fusil, coge una Lafitte, se incorpora a fin de tomar impulso y la arroja lo más lejos que puede, en dirección al río. Y aún está la primera granada en el aire cuando hace lo mismo con la otra.

Pum-bah. Pum-bah.

Dos estampidos con un intervalo de dos o tres segundos. Dos breves llamaradas naranjas que recortan las madejas de alambre de espino sujetas en piquetes de hierro. Y su resplandor ilumina un instante docenas de siluetas negras en movimiento: un espeso hormiguero de hombres que avanzan despacio desde la orilla del río.

Entonces, dejando atrás el fusil y el capote, Ginés Gorguel abandona el pozo de tirador y corre aterrado hacia la retaguardia.

Mojado y cubierto de barro hasta el pecho —el bote en el que cruzó el río, de maderas podridas, se anegó a punto de alcanzar la orilla—, Julián Panizo Serrano asciende, agachando el cuerpo cuanto puede, entre los matojos de la pendiente.

No es fácil moverse con la ropa enfangada y veintiséis kilos de equipo encima entre subfusil naranjero MP-28 II, con cargadores largos de treinta y seis balas, cuchillo, cartucheras, macuto, mecha, detonadores y bloques de trilita. Además, Panizo avanza emparejado con otro camarada, pues entre los dos sostienen una rueda de carro que, puesta sobre la alambrada fascista, ayudará a franquearla. Ellos dos, con otros ochenta hombres de la compañía de zapadores de choque del Primer Batallón, forman la primera línea del ataque en dirección al pueblo de Castellets. Los que deben despejar el camino.

Todo fue bien, desembarco y aproximación silenciosa, hasta que hace un momento dos granadas estallaron cerca, a la derecha. Después relampaguearon fogonazos de tiros espaciados, desde otros lugares, y el crepitar de fusilería se fue corriendo a lo largo de la línea, punteado por el retumbar sordo de las bombas de mano. De momento, por suerte, el fuego enemigo, improvisado y a ciegas —es evidente que los de enfrente no esperaban el ataque ni saben en qué consiste—, pasa demasiado alto; aunque de vez en cuando alguna granada reviente más próxima y las trazadoras de una máquina que acaba de empezar a tirar por la izquierda, aunque al buen tuntún, levanten chispas al pegar entre los arbustos.

—¡Aviva!

Eso grita Panizo a su compañero cuando éste tropieza en la oscuridad y se retrasa tirando hacia atrás de la rueda de carro. El compañero se llama Francisco Olmos y es murciano como él, antiguo minero de La Unión, comunista desde el año 34, cuando los de carnet aún eran cuatro gatos, antes de convertirse en fuerza decisiva gracias a su férrea disciplina, su firmeza en la defensa de Madrid y su afán por crear un ejército popular que desplazase a las entusiastas pero incompetentes milicias. Veteranos ambos, Panizo y Olmos, de casi todos los fregados desde la sublevación facciosa: dinamiteros improvisados al principio, zapadores de choque después, no se han perdido casi ninguna: Madrid, Santa María de la Cabeza, Brunete, Belchite, Teruel. Un buen currículum.

Su objetivo esta noche, una vez pasen la alambrada, es volar el blocao desde donde dispara la ametralladora fascista, que por el sonido es una Hotchkiss —ratatatá, ratatatá, ratatatá, hace—: una máquina eficaz, mortífera si coge confianza, que enfila de flanco la ruta de avance republicana. Sus sirvientes todavía no le han pillado el tranquillo a lo que les viene encima y tartamudean peines de treinta balas sin orden ni concierto, pero no tardarán en ajustar el tiro. Y entonces pueden hacer mucho daño, sobre todo cuando haya luz. Por eso Panizo, Olmos y otros cuatro que vienen detrás, a los que se ha encomendado neutralizar la máquina, pasaron el día de ayer camuflados en la orilla opuesta, estudiando el lugar con prismáticos. Aprendiéndose de memoria hasta el último matorral y el último pedrusco.

—¡Avívate, hostias!

Mientras se vuelve a tirar de la rueda para que su compañero vaya más rápido, Panizo tropieza en la oscuridad con el alambre de espino. El encuentro es doloroso, pues las púas le desgarran el pantalón a la altura de las rodillas. Mascullando blasfemias retrocede para liberarse; y luego él y Olmos, casi a tientas, echan la rueda de carro sobre la alambrada, aplastándola. Panizo se encarama a ella y cruza al otro lado seguido por su camarada y los otros cuatro.

Ahora hay mucho tiroteo a lo largo de la orilla del río, propio y enemigo, pero alguien dispara también desde bastante cerca: un par de tiros de fusil, aunque con poca precisión. Quizá sea un fascista que los ha oído trajinar en la alambrada y quema cartuchos a bulto; porque lo que se dice ver, nadie puede ver nada. Sólo noche, fogonazos y sombras. Ni Panizo ni los otros responden a los disparos, por no delatarse. Cada cosa a su tiempo.

—¿Dónde carajo están los árboles? —pregunta Olmos, desorientado.

—Delante, me parece.

—¿Sólo te lo parece?

—Que sí, hombre... A unos treinta metros.

—¿Estás seguro?

—Como de la revolución proletaria.

Panizo tiene el paisaje dibujado en la cabeza, de tanto mirarlo con luz de día: unos pocos pinos sueltos, una pequeña vaguada y el blocao en una elevación. Lo que también tiene es un calor espantoso, interior, pese a la humedad fría de la noche. Cosas de la tensión, sabe de sobra. Lleva muchas como ésta. Cuando se incorpora a medias y avanza de nuevo con un dedo en el gatillo del naranjero, el sudor se le mezcla con el barro en la ropa mojada. En cuanto se quede quieto empezará a tiritar, piensa. Pero todavía va a tardar un buen rato en quedarse quieto; y antes de que eso ocurra van a quedarse aún más quietos algunos de los otros. De los que ahora están haciendo ruido.

Ratatatá, ratatatá, ratatatá. La misma ametralladora ayuda a orientarse, así que el zapador se mueve con seguridad, agachado, hasta que se mancha una mano de resina al tocar el tronco de un pino. Nos vamos arrimando, concluye. La vaguada está debajo, muy cerca, y los seis se meten en ella. Los fogonazos de la Hotchkiss destellan algo más arriba como estrellas intermitentes en series de cuatro tiros, a menos de veinte pasos, y las trazadoras cruzan altas sobre sus cabezas.

Panizo deja el arma y el resto de su equipo en el suelo y se pasa una mano por la cara. Para lo que viene ahora, prefiere ir ligero de peso.

—Dame la caña de pescar.

Pegado a su espalda, Olmos le entrega la pértiga extensible mientras él prepara un bloque de trilita del número 5, se desenrolla del pecho unos palmos de mecha y abre la caja hermética de hojalata que contiene detonadores y encendedor. A tientas, con gestos mil veces practicados antes de ahora, el antiguo minero coloca el kilo de explosivo al extremo de la pértiga y lo fija con varias vueltas de esparadrapo negro.

—Atrás los otros... Apartaos.

A medida que Panizo y Olmos se acercan al blocao con mucho cuidado y paso a paso, los estampidos de la máquina enemiga se tornan ensordecedores, como golpes prolongados en los tímpanos. Abriendo la boca para que no molesten demasiado, Panizo se detiene un momento y hace pantalla mientras su camarada enciende la mecha, calculada en cuarenta y cinco segundos.

—Vamos. Lárgate tú, que viene Manolo.

Manolo es la forma de decir que una carga va a estallar: la voz de alerta de los mineros de La Unión. Olmos no se lo hace decir dos veces y retrocede en la oscuridad al tiempo que Panizo prosigue cauto su avance. Ahora lo hace a rastras, desollándose los codos mientras procura no recortarse en ningún resplandor que lo delate. Por lo más bajo y oscuro de la vaguada.

Cinco, seis, siete, ocho, va contando. Nueve, diez, once, doce... El olor acre de la mecha, que le es tan familiar como el del tabaco, llena sus fosas nasales. Al fin mira hacia arriba y ve los fogonazos de la máquina a sólo tres metros sobre él: casi justo lo que mide la pértiga. Así que la arrima cuanto puede a la tronera, pero por debajo, para que no vean la carga desde el interior.

El nido de ametralladora no es de hormigón, sino una simple casamata de troncos, piedras y sacos terreros. Aunque detone fuera del recinto, la trilita tiene potencia de sobra para demolerlo.

Veintiuno, veintidós, veintitrés, veinticuatro...

A Panizo le suda hasta el alma, y tiene que frotar primero una mano y luego la otra en la tierra para que no le resbale la pértiga entre los dedos húmedos.

Ha hecho esto otras veces, pero siempre parece la primera vez.

Veintinueve, treinta...

La tensión lo hace jadear sin darse cuenta. Tiene quince segundos para alejarse de allí. Así que deja apoyada la pértiga en la parte baja del parapeto enemigo y retrocede, primero arrastrándose, luego a gatas, al fin corriendo agachado.

Cuarenta, cuarenta y uno, cuarenta y dos...

Al llegar a cuarenta y tres, el dinamitero se arroja al suelo, abre mucho la boca y se cubre la nuca con las manos. Y entonces una deflagración cegadora ilumina la noche a su espalda y le vacía de aire los pulmones mientras la onda expansiva lo levanta unos centímetros del suelo.

Manolo en todo lo suyo.

Unos ruidos rápidos, de hombres a la carrera, pasan por su lado y los tímpanos maltrechos creen oír voces lejanas. Cuando al fin abre los ojos y se vuelve a mirar, Olmos y los otros cuatro zapadores limpian lo que queda de la posición fascista con bombas de mano y ráfagas cortas de naranjero.

Sonriente, Julián Panizo se sacude la tierra de encima y se limpia con una manga el sudor de la cara.

Ha sido, piensa, como echar un buen polvo.

La sección de transmisiones ha desembarcado sin novedad y las mujeres están tumbadas en el suelo, todavía cerca de la orilla, esperando que les den orden de moverse. Las balas trazadoras pasan sobre sus cabezas con equívoca lentitud y la noche se salpica de llamaradas y fogonazos.

La defensa enemiga no es intensa, pues todo el rato llegan grupos de sombras procedentes del río que corren hacia la oscuridad de enfrente, y nadie parece detenerse ni retroceder. El sonido de granadas indica que se combate asaltando parapetos enemigos. Entre el crepitar de disparos y lo rotundo de las explosiones cada vez más lejano —ésa es otra buena señal, pues significa que los fascistas retroceden— se oyen voces de ánimo de oficiales y comisarios.

—Les están dando para el pelo —comenta alguien.

Pato Monzón, que vuelve a cargar la bobina de cable, está boca abajo sobre un campo recién arado, cuyas piedras y terrones duros se le clavan en el vientre y los muslos. Aún tiene la ropa mojada —desembarcaron con el agua por la cintura— y la noche, que refresca, no permite entrar en calor. Con los ojos muy abiertos asiste, fascinada, al espectáculo pirotécnico de la guerra vista muy de cerca, que nunca imaginó tan bello y tan terrible.

Las balas luminosas entrecruzan complicadas trayectorias en el cielo, apagando las estrellas, y de vez en cuando un resplandor silencioso, que en ocasiones tarda un segundo en convertirse en estampido, perfila en la distancia un caserío, unos árboles, unos matorrales, una elevación del terreno. Recortadas en esos breves contraluces se ven siluetas de hombres que corren y disparan.

—Parece mi tierra en fallas —dice con asombro la Valenciana.

Gracias al croquis que estudió el día anterior, Pato puede hacerse una idea aproximada de la situación: Castellets se encuentra enfrente, a tres kilómetros, y por el tiroteo y explosiones el combate se acerca ya a las primeras casas. El objetivo de la XI Brigada Mixta es cortar la carretera entre Mequinenza y Fayón, que pasa por el centro del pueblo; mas para asegurar el avance y el desembarco de nuevas tropas es imprescindible tomar la loma donde está situado el cementerio. Ésa es la razón por la que se combate con dureza por esa parte, a la derecha de la cabeza de puente. Es allí donde los fogonazos y el retumbar de explosiones se suceden con mucha rapidez e intensidad.

—¿Estáis todas cómodas, camaradas?... ¿Disfrutáis del espectáculo?

Harpo, el teniente Herminio, pasa en cuclillas junto a las mujeres, solícito y guasón como suele, repartiendo palmaditas en los hombros y sorbos de una petaca de aguardiente para aliviar el frío. Le responde un coro afirmativo en diversos tonos de entereza y alguna que otra broma: la moral se mantiene alta. Una voz pregunta por qué no interviene la artillería republicana.

—Estamos demasiado cerca de los facciosos —responde el teniente—. La artillería es el arma que bate habitualmente a la infantería propia y a veces a la enemiga, así que es mejor tenerla quieta de momento... Empezará cuando todo esté claro y le digamos dónde tirar. Entre otras cosas, para eso estamos nosotras aquí.

Sonríe Pato en la oscuridad. Harpo siempre habla de la sección en femenino, incluyéndose él. Es un buen oficial y un chico listo.

—¿Cruzarán nuestros cañones y tanques?

—En cuanto haya luz, los pontoneros tenderán pasarelas para traer refuerzos y acémilas con armas pesadas... También un puente para vehículos y carros de combate. Vi los armazones hace dos días, camuflados en un olivar. Ahí colgaremos una línea telefónica de orilla a orilla.

Pato mira a lo lejos. En ese instante brota allí una llamarada de la que surgen centellas rojas y naranjas, como si acabase de estallar un depósito de munición. El retumbar llega dos segundos después: ha sido a unos setecientos metros. Perfilado por el resplandor lejano, reluciente el cristal de las gafas bajo la visera de la gorra, el teniente mira en esa dirección.

—Leches —dice.

Después se vuelve hacia su gente.

—En cuanto esté asegurado el cementerio hay que tender otra línea que lo comunique con el pueblo —prosigue—. Está previsto que la plana mayor de la brigada se instale allí —saca una linterna eléctrica del bolsillo—. A ver, algunas de vosotras, haced corro para tapar la luz. Y ponedme algo por encima.

Obedecen, agrupándose a su alrededor. Pato mete la cabeza bajo la cobertura, junto a los rostros de la Valenciana y la sargento Expósito. El oficial ha desplegado en el suelo un mapa militar, semejante al croquis que tienen todas, y lo ilumina con el débil haz luminoso.

—Estas cotas, la 387 y la 412, son los pitones llamados de poniente y levante que flanquean Castellets —mientras habla va señalando los lugares con el dedo—. La idea es tomar los dos para asegurar la carretera y el pueblo. Pero al de poniente no podemos llegar sin el control previo del cementerio... ¿Lo veis claro?

Tras las respuestas afirmativas, Harpo mira la hora en su reloj de pulsera, cuyas agujas señalan las 01:47. Hay que echar un vistazo por esa parte, dice. Alguien que vaya, haga de enlace y avise cuando pueda tenderse la línea de modo seguro. Conviene que al amanecer todo esté en orden.

—Yo voy —dice Pato.

El teniente y la sargento Expósito la miran, inquisitivos.

—¿Por qué? —pregunta Harpo.

—Tengo frío —Pato se encoge de hombros—. Si me muevo, me calentaré.

—Más de lo que esperas —apunta Expósito.

El oficial le guiña un ojo a Pato. Después apaga la linterna y se guarda el mapa.

—Deja aquí el equipo.

Obedece Pato, liberándose con alivio de la pesada carga. Harpo le pone una mano en un hombro.

—¿Llevas un arma?

—La Tokarev.

—¿Munición?

—Tres cargadores.

—¿Quieres un par de granadas?

—No. Ya llevo demasiado peso encima.

—Como prefieras... Ve con la cabeza baja, mira bien dónde pisas y procura no meterte en líos. Cuando llegues al cementerio, pregunta por el responsable del sector: es el comandante Fajardo, del Segundo Batallón. En cuanto esté asegurada la posición, vuelves ligerita y me lo dices.

Pato siente una punzada de desconfianza. Por lo que lleva visto, en combate las cosas nunca son tan claras como cuando se hacen planes sobre ellas.

—¿Estaréis aquí todavía?

El oficial duda un momento.

—Aquí o algo más adelante, si los nuestros aseguran pronto el pueblo —responde al fin—. Eso depende de lo que tardes.

—Lo menos posible.

—Eso espero —Harpo le pasa a tientas la petaca casi vacía de aguardiente—. Si tenemos que movernos, dejaré a una compañera para que te avise.

—¿Está claro? —inquiere Expósito con su habitual aspereza.

Pato bebe un corto sorbo, devuelve la petaca y se pasa el dorso de una mano por los labios mientras el licor baja despacio por su garganta y le quema el estómago. Tal vez por su efecto tónico se siente animada y lúcida; con algo concreto que hacer, en lugar de estar tirada en el suelo, entumecida, mirando las cosas desde lejos.

—Está clarísimo, camarada sargento.

Con el fondo de tiros y explosiones suena la risa irreverente de Harpo.

—Entonces al toro, guapa, que es una mona. Y viva la República.

—Aquí no hay guapas —objeta Expósito, seca.

El teniente ríe de nuevo, como suele. Sin complejos.

—Una voluntaria para ir al cementerio —responde, zumbón—, con la que está cayendo allí, no es que sea guapa..., es que es Greta Garbo.

II

Tropezando con piedras y matorrales, agachada la cabeza cada vez que un estampido suena cerca o el zumbar de las balas perdidas pasa sobre él, Ginés Gorguel corre en la oscuridad.

Le arden los pulmones por el esfuerzo y lo ensordecen el batir de sangre en los tímpanos y la propia respiración entrecortada. A su alrededor otras sombras corren lo mismo que él, aunque ignora si son amigas o enemigas; si corre entre los rojos que atacan o entre los nacionales que huyen.

Su único afán es alcanzar las primeras casas de Castellets y protegerse en ellas.

Una ametralladora tira desde su derecha con ráfagas cortas y espaciadas, y parece hacerlo en dirección al río. Gorguel recuerda que, de las dos máquinas que enfilan la ribera, una está situada por esa parte, a la entrada misma del pueblo. La otra, la de su izquierda, ya no se oye; así que supone que los sirvientes la han abandonado o que los rojos se los han cargado a todos.

Orientándose por las ráfagas busca las casas, y en el camino se da de bruces contra una tapia. El choque lo tira de espaldas. Tras frotarse la frente dolorida, puesto en pie, tomando impulso, se encarama y se deja caer al otro lado.

—¡Alto ahí! —lo interpela una voz.

El disparo surge antes de que pueda responder. Un fogonazo, un estampido, un impacto en la tapia, muy cerca de su cabeza.

—¡España, España! —grita descompuesto.

—¡España, mis cojones!... ¡Santo y seña!

Un cerrojazo metálico de fusil al montarse, otro disparo, otro impacto. El fugitivo alza los brazos inútilmente, pues nadie puede verlo en la oscuridad. De pronto recuerda la consigna de esa noche.

—¡Morena Clara!

Al sonido del cerrojo al meter otra bala en la recámara sigue un silencio pautado por las explosiones y disparos cercanos, como si el mismo fusil dudara.

—Acércate con las manos en alto y haciendo palmas sobre la cabeza.

Obedece Gorguel, temblando como un flan.

Plas, plas, plas, hace, procurando que se oiga bien. Plas, plas.

Cinco pasos más allá se encuentra con el cañón de un arma en el pecho. Unos bultos amenazadores lo rodean, moviéndose con cautela. En la penumbra se vislumbran dos o tres turbantes blancos: moros, sin duda. Pero quien habla es europeo.

—¿Quién eres y de dónde vienes?

—Ginés Gorguel... 2.ª Compañía de Monterrey. Estaba de escucha en el río.

—Pues has escuchado fatal, joder... Tenemos a los rojos subidos a la chepa.

—Fui yo quien dio la alerta.

—Vale, héroe.

—En serio. Las primeras bombas de mano fueron mías.

—Si tú lo dices... Venga, echa a andar por ahí detrás. Cuando encuentres gente pregunta por el comandante

38

Induráin y le cuentas lo que has visto. Está reorganizando la defensa junto a la iglesia. Si sigues la primera calle, aunque vayas a oscuras no tienes pérdida.

—¿Quiénes sois vosotros?

—Regulares de Melilla, XIV Tabor.

—¿Y sabéis lo que está pasando?

—Ni idea... Sólo que los rojos han cruzado el río y nos están dando hostias como panes.

Mientras se aleja tanteando las paredes de las primeras casas, Gorguel echa cuentas. Si los moros están en línea, es que las defensas junto al Ebro han sido desbordadas por el enemigo. Hasta ayer, el XIV Tabor —tropas marroquíes con jefes y oficiales europeos— estaba tranquilo y en reserva, abarracado en la otra punta del pueblo. Si ahora está aquí, eso significa que los ciento quince hombres del batallón de infantería de Monterrey que cubrían el frente se encuentran en desbandada o han desaparecido. Y que vienen los regulares a taponar la brecha.

Hay gente junto a la iglesia. Numerosa y desordenada.

A la luz de unos faros de automóvil se mueven docenas de soldados entre ancianos, mujeres y niños que llevan sus enseres en carros o huyen cargados con bultos. En la plaza todo son carreras, precipitación, gritos de angustia y destempladas voces de mando. Reina el desconcierto. Se mezclan sin orden regulares y soldados, gente a medio vestir o desarmada, grupos que se agolpan como rebaños medrosos bajo las órdenes de cabos y sargentos. Algunos de aspecto más disciplinado, casi todos ellos moros con equipo completo, macuto y fusil, forman en filas. Delante de la iglesia hay heridos tumbados en el suelo, a los que nadie atiende. Otros llegan por las callejas, tambaleantes, solos o traídos por compañeros.

La torre del campanario de la iglesia se yergue sombría bajo las estrellas. De las afueras del pueblo, por la parte del río, sigue llegando estrépito de combate.

—¿El comandante Induráin?

—Allí, junto al coche.

Un fulano alto, con bigote, parece estar queriendo organizar aquello. Se encuentra en mangas de camisa, con pistola al cinto y botas altas, dando órdenes a voces. Cuando Gorguel se le acerca, un oficial europeo se interpone. Se cubre con un tarbús moruno donde lleva dos estrellas de teniente.

—¿Qué quieres?

—Vengo del río... Me dicen que informe al comandante.

—Infórmame a mí.

Gorguel lo hace, incluido el episodio de sus bombas de mano. Lo cuenta sin mucho detalle, para no comprometerse. El teniente lo mira de arriba abajo.

—¿Dónde está tu fusil?

—Lo perdí en el combate.

—¿Y tu escuadra?

—No sé.

Una ojeada escéptica. Cansada.

—En el combate, dices.

—Eso es.

Señala el oficial una doble fila de moros y europeos.

—Ponte ahí, con ésos.

—Mi compañía...

—Tu compañía ya no existe. Venga, muévete... Soy el teniente Varela y ahora estás conmigo.

—No tengo fusil, mi teniente.

—En cuanto caiga uno, coges el suyo.

—Yo soy...

Iba a decir un estúpido «yo soy carpintero, mi teniente», sin que venga a cuento, o en realidad tal vez sí viene;

pero el otro lo interrumpe con un empujón, haciéndolo caminar. Obedece Gorguel, desconcertado. La mayor parte de los hombres de la formación son regulares indígenas, pero también hay europeos de otras unidades. Los de ese grupo suman unos treinta, vestidos de cualquier manera: cascos de acero, gorrillos isabelinos, turbantes, chilabas, cabezas desnudas, uniformes diversos. Algunos ni siquiera llevan armas.

—Métete ahí con los otros.

—Pero si yo...

Otro empujón.

—Que te metas, coño.

A la luz del automóvil, los rostros curtidos de los moros se ven tranquilos, fatalistas ante lo que deparen la noche y el destino. Los europeos, fugitivos del Batallón de Monterrey y también rancheros, chupatintas de oficina y hasta músicos de la banda, están más nerviosos, o tal vez simplemente lo demuestran.

—Venga, alinearse... ¡Ya!

Un sargento europeo de expresión feroz, acentuada por las luces y sombras de los faros del automóvil, recorre la fila de arriba abajo, entregando material a los hombres. Cuando Gorguel, con un estremecimiento, se sitúa en la fila entre dos moros, el suboficial le da una bomba de mano y seis peines de cinco balas.

—No tengo fusil, mi sargento.

—Ya lo tendrás.

Los moros que flanquean a Gorguel lo miran con curiosidad. Son hirsutos, cetrinos. Sus ojos oscuros relucen en la penumbra. Uno lleva turbante blanco y otro tarbús de fieltro, y apoyan con indiferencia las manos en los cañones de sus Mauser.

—Soldadito nasional no saber manera —dice uno, guasón, al verlo desarmado—. Sin el fusila matar pocos arrojos, paisa.

41

—Que os den por culo —gruñe Gorguel con malhumor.

Mientras los moros ríen como ante un buen chiste, Gorguel se cuelga la bomba del correaje y guarda la munición en las cartucheras, resignado. Después mira con aprensión a los heridos, que ahora empiezan a meter dentro de la iglesia. Lo hacen hombres del pueblo a los que han sacado de sus casas. En su mayor parte son viejos; los hombres en edad de combatir hace tiempo que están movilizados con los nacionales, en la cárcel, bajo tierra o en el ejército enemigo.

—Izquierda, de frente... Ar.

Sin más órdenes ni explicaciones, a la voz del tal teniente Varela, que se sitúa en cabeza, la fila se pone en marcha. Y mientras todos pasan de la luz a la oscuridad, atento el sargento a que no se desmanden, Gorguel comprueba, desazonado, que desandan el camino por donde él vino del río.

Desde la pequeña vaguada próxima al blocao destruido, asomando sólo las cabezas por el borde, Julián Panizo y los otros cinco dinamiteros observan el ataque al pitón de levante. Algunos fascistas desperdigados de las posiciones bajas deben de haberse retirado allí. Entre los que llegan y los que ya estaban arriba se habrán juntado unos cuantos, porque parecen defenderse con energía. Nada de artillería ni morteros, por ahora; sólo fuego de infantería. El pam, pam, tac, tac llega lejano. La masa oscura del pitón se ve punteada por resplandor de disparos que indican cómo andan las cosas: los republicanos intentando subir y los otros poniéndoselo difícil desde arriba.

La línea de fogonazos que se veía progresar hace un rato se ha detenido a un tercio de la ladera.

—Parece que los fachistas aguantan —comenta Olmos.

—Y los que atacan son del Cuarto Batallón —añade Panizo, despectivo.

No dice más, pero todos lo entienden. A diferencia de los otros batallones de la XI Brigada, integrados en su mayor parte por gente bien entrenada y sometida a la disciplina férrea del Partido, la del Cuarto es tropa de aluvión mezclada de mala manera: anarquistas, trotskistas supervivientes de las purgas hechas al POUM, pasados del otro bando, gente de unidades disciplinarias y chiquillos de la última quinta, organizados a toda prisa para reconstruir el batallón, diezmado en abril durante los combates por Lérida. Panizo conoce a Perico Cabrera, comisario político de esa unidad, que es murciano como él. Y lo que cuenta Cabrera pone los pelos de punta. Disciplina, la justa. Espíritu combativo, escaso. Mucha gente peligrosa y turbia, e incluso fascistas camuflados que se infiltraron en la CNT en busca de un carnet para salvar el pellejo cuando los sindicatos abrieron la puerta a todo hijo de vecino. Consecuencias: dos fusilados por desobediencia y tres por deserción, en el último mes. Pero alguien tiene que encargarse del pitón de levante, y allí están los del Cuarto, a trancas y barrancas, haciendo lo que pueden. O les dejan hacer.

—Hay que buscar a nuestra gente —dice Olmos.

Es cierto. Las órdenes de los seis dinamiteros, una vez neutralizado el blocao, son reunirse con su unidad, la compañía de zapadores del Primer Batallón, al que se ha encomendado tomar Castellets. Si no se han despistado mucho, piensa Panizo, el pueblo quedará a poco más de dos kilómetros al frente y la derecha, al otro lado del bosquecillo de pinos. El tiroteo por esa parte es intenso, así que no es difícil orientarse.

—Tengo una sed de cojones —dice uno del grupo.

43

Todos la tienen. Para ir más ligeros y sin ruido no cargaron ni las cantimploras. Sólo el equipo básico. Ahora lo lamentan, pero nada puede hacerse hasta que encuentren agua, o a los suyos. Las cantimploras de los cuatro fascistas muertos en el blocao estaban reventadas por las granadas y apenas hubo un buchecito para cada uno.

—Venga —Panizo se descuelga del hombro el naranjero—. Vámonos.

Encorvados para no hacer bulto, el dedo en el gatillo del arma, los seis hombres se ponen en marcha, primero por la vaguada y luego, con muchas precauciones, entre las siluetas negras de los pinos. Sus alpargatas hacen poco ruido y los monos azules puestos sobre la ropa de faena los disimulan en la oscuridad.

Hay ahora una ligera brisa, y el olor lejano de la pólvora se mezcla con el de la resina. Las copas chatas de los árboles ocultan las estrellas.

Es Olmos el primero que oye la voz. Le toca el hombro a Panizo y se quedan quietos, agachados hasta estar en cuclillas. Escudriñando la oscuridad.

—¿Oyes? —susurra Olmos.

Asiente Panizo. La voz surge próxima, a sólo diez o doce pasos, y suena dolorida y débil, entre quejidos de angustia: «Madre», exclama de vez en cuando. «Madre, madre... Dios mío... Madre.»

—Un fachista herido, seguro —dice Olmos.

Panizo se pasa una mano por la cara.

—¿Cómo sabes que es fachista?

—Hombre, no sé... Está llamando a Dios y a su madre.

—¿Y a quién quieres que llame? ¿A la Pasionaria?

Se quedan callados un momento, inmóviles. Escuchando.

—Deberíamos acercarnos a ver —dice Olmos.

—¿Para qué?

—Por si de verdad es un fachista, coño.

—¿Y qué, si lo es?

—Pues lo aviamos y seguimos a lo nuestro. A lo mejor tiene una cantimplora.

—Y a lo peor tiene una bomba de mano.

Olmos se queda pensando mientras los rodean cuatro sombras expectantes.

—¿Qué hacemos, entonces? —pregunta alguien.

—Yo mato fachistas, no los asesino —replica Panizo—. Para eso están los hijos de puta de nuestra retaguardia... Los milicianos que defienden a la República en los burdeles y los cafés.

—Vale, no sigas —apunta Olmos—. Captado el mensaje.

Panizo se incorpora despacio.

—Pues venga, vámonos. A ver si encontramos ese maldito pueblo.

El grupo se pone de nuevo en marcha, alejándose de la voz hasta que ésta queda atrás y se apaga en la distancia. Panizo camina en cabeza, listo el subfusil, procurando orientarse en la oscuridad.

—Es lo malo de estas guerras —va diciendo Olmos, a su espalda—. Que oyes al enemigo llamar a su madre en el mismo idioma que tú, y como que así, ¿no?... Se te enfrían las ganas.

A las 04:37, cuando todavía faltan un par de horas hasta el alba, Santiago Pardeiro Tojo, veinte años a punto de cumplirse, jefe accidental de la 3.ª Compañía de la XIX Bandera de la Legión, recibe de un enlace la orden de mover la unidad hacia Castellets para establecer allí, a lo largo de la carretera que cruza el pueblo, una posición de defensa. Entonces, con las manos temblándole un poco, ordena a su asistente —un ex futbolista segoviano llamado Sanchidrián— que meta en el macuto el *Reglamento táctico de infantería,* una tableta de chocolate Los Canónigos y una botella de coñac Tres Cepas. Luego llama al cornetín de órdenes.

—¡Turuta!

—A sus órdenes, mi alférez.

—¡Sopla, que nos vamos!

—¿Ya, mi alférez?

—Ya, carallo.

Mientras la trompeta toca llamada, los hombres desmontan las tiendas de campaña, apagan los fuegos encendidos y forman macuto al flanco, apoyados en los fusiles. Cargan con dos ametralladoras y sus cajas de munición. No hay desconcierto entre ellos: son tropa de choque, profesionales hechos a rebatos y sobresaltos.

Pardeiro se cierra el cuello de la cazadora de cuero —cogida a un comisario rojo en el puente de Balaguer— en cuyo lado izquierdo lleva el parche negro con la estrella de seis puntas de su grado. Hace frío. Alrededor, en la oscuridad, bajo el cielo cuajado de estrellas, resuenan con dureza las voces de mando.

Hasta ahora, la 3.ª Compañía, integrada por 149 legionarios, estaba situada en reserva en un olivar de las afueras, en el lado opuesto al río, bajo un lugar llamado ermita de la Aparecida. Cumpliendo la orden, ignorante de la situación general pero alertado por el fragor lejano del combate, Pardeiro, equipada y municionada su tropa, se pone en camino para recorrer el kilómetro que lo separa de Castellets. Sin embargo, iniciada la marcha, otro enlace enviado por el comandante Induráin, que organiza la defensa del pueblo, le pide que mande algún refuerzo al pitón de levante, que está siendo atacado por los rojos.

—¿Mucho?

—Por lo que dicen, sí, mi alférez —confirma el enlace—. Gente de Regulares y algunos dispersos de Monterrey que se han refugiado allí se mantienen a duras penas. Está la cosa de bigote negro.

—Bueno... Dile al comandante que me ocupo de eso, pero que tengo poca gente.

Cuidando de no debilitar en exceso la compañía, Pardeiro destaca un pelotón al mando de un sargento y lo envía por su derecha al pitón de levante. Luego prosigue la marcha con los restantes ciento veintinueve hombres.

—¡Vladimiro!

—¡A sus órdenes, mi alférez!

El sargento Vladimiro Korchaguin —dieciséis años de Tercio, tres cruces rojas, medalla militar y cuatro raspas de heridas en la manga— se adelanta en la oscuridad hasta situarse a su lado.

—Envía una escuadra que bata el terreno. No quiero darme de boca con los rojos en plena noche.

—Ahora mismo... ¿Voy con ellos?

—No. Tú quédate aquí, al alcance de mi voz. Manda a un cabo que sepa lo que hace.

—¿Mando a Longines?

—Puede valer. Dile que se oriente por la Polar, que se ve bien entre los olivos... Que la tenga todo el rato en las once del reloj.

—A la orden.

Un momento después, cinco sombras pasan a la carrera sin decir palabra, adelantándose. Tras ellas, en cabeza del resto de la tropa, Santiago Pardeiro prosigue su marcha enfrascado en cálculos, suposiciones e intuiciones. Ignora lo que está pasando de verdad, y no sabe qué encontrará cuando llegue al pueblo. En todo caso, su responsabilidad es mucha: hasta hace un año estudiante de Ingeniería Naval en El Ferrol, es alférez provisional y se halla al mando de la unidad por baja del capitán, un teniente y un alférez más antiguo, herido uno y muertos los otros en el río Cinca. En realidad, toda la XIX Bandera —las otras tres compañías y la plana mayor están lejos de Castellets— había sido abarracada a lo largo de la carretera de Fayón con objeto de hacerla descansar, recuperarse y cubrir bajas después de los combates de finales de mayo. Un sector que se suponía tranquilo y en retaguardia.

Un silbido delante. Agudo, deliberado. Pardeiro ordena alto a la tropa y avanza unos pasos. Hay cinco bultos inmóviles, cada uno detrás del tronco de un olivo, donde destacan las sombras más negras y alargadas de los fusiles.

—¿Qué pasa?

—Ahí está el pueblo —responde un legionario.

El joven oficial se adelanta y echa un vistazo cauto: casas a oscuras a pocos pasos —Castellets tiene unas trescientas de piedra, ladrillo y teja—, con ruido de tiros al otro lado. A la derecha, a lo lejos, el pitón de levante eleva su masa sombría salpicada de fogonazos lejanos. El pelotón de refuerzo debe de andar ya por allí.

Durante medio minuto, Pardeiro observa la altura con los prismáticos de campaña Zeiss 8×30 que lleva colgados al pecho, sin ver nada de particular: sólo que continúa el combate. Después mira el pitón de poniente, que parece tranquilo, sin actividad. El jaleo que resuena por ese lado procede de un lugar más distante. Tal vez el cementerio, concluye. Eso significa que los rojos no han envuelto el pueblo todavía, suponiendo que tal sea su intención.

—Cabo.

—Zusórdenes.

Acento andaluz cerrado. El cabo Longines es de Málaga y en realidad se llama Ruipérez; pero antes de que un juez le diera a elegir entre la Legión o el penal de El Puerto de Santa María era ladrón de relojes especializado en esa marca, y se le quedó el apodo. También coqueteaba un poquito con la FAI. Ahora lleva dos años de Tercio sin tacha alguna. Despechugado de pelo en pecho, tatuajes, patilludo hasta las comisuras de la boca. Un clásico. Con pan y bandera, hasta la peor escoria puede convertirse en algo decente. A veces.

—Meteos en el pueblo y avisad de que llegamos... No vayan a darnos candela al vernos asomar.

—Estaría feo, mi alférez. Que nos metieran el chocho en los fideos.

—Pues eso. Espabila.

—Zusórdenes.

Desplegadas en guerrilla, sin juntarse mucho por si las moscas, las cinco sombras se mueven con rapidez hacia el pueblo y en seguida se pierden de vista.

Pasado un rato, tras contar despacio hasta cien, Pardeiro se vuelve hacia el olivar.

—¡Vladimiro!

—Mande, mi alférez.

—Que la tropa arme bayonetas.

Ordena. Pues más vale un por si acaso, sabe de sobra —lleva cinco meses de hule fino en el Tercio desde que lo estampillaron—, que un quién lo hubiera dicho. Luego piensa un momento en sus padres y en la guapa chica de Burgos —su madrina de guerra— que le escribe una carta cada semana y a la que nunca ha visto en persona, pero de quien lleva una fotografía en la cartera. Y después, mientras resuena el metálico clac, clac, clac de los machetes encajándose en los fusiles, olvida todo eso, saca la Astra del 9 largo de la funda que pende de su cinturón, acerroja una bala, quita el seguro, respira hondo seis veces y entra en Castellets cinco metros delante de su compañía, escudriñando la oscuridad.

En la guerra, aprendió viendo morir a los hombres, se piensa menos con la cabeza que con los ojos.

A esa misma hora, al otro lado del pueblo, la improvisada unidad donde va Ginés Gorguel se topa con el enemigo antes de desplegarse. La orden recibida por el teniente Varela, según han comentado los que saben algo del asunto, es ocupar un frente amplio para hacer creer que se trata de una fuerza numerosa y resistir hasta que se organice un contraataque; pero apenas llegados a las afueras de Castellets por el lado del río, mientras aún caminan en fila en la oscuridad, los sorprende un intenso fuego de fusilería y armas automáticas.

—¡Estar arrojos putos! —exclama un moro.

Estupefacto, Gorguel ve el rosario de fogonazos al frente, y la noche entera se quiebra en llamaradas y estampidos. Sigue sin llevar fusil, pero tampoco sabría qué hacer con él. Caen bombas de mano, y eso indica que los otros están mucho más cerca de lo que se esperaba, a pocos metros. Entre el zumbido de las balas que pasan, golpean en las piedras y los árboles y chascan siniestras al dar en carne, los hombres gritan y la tropa se deshace.

—¡Tomad, fachistas!... ¡Cabrones! —les gritan enfrente.

Encogido el cuerpo, Gorguel intenta buscar refugio, y al no encontrar nada se tira al suelo. Lo último que ve del teniente Varela es su cuerpo arrojado hacia atrás, con mucha violencia, por la explosión de una granada.

Pum-bah, pum-bah.

Siguen lloviendo bombas de mano como pedrisco. Unos pocos de la tropa encaran fusiles y responden al fuego, pero la mayor parte cae abatida, se dispersa y corre. Por todos lados hay gritos de desamparo y dolor, y los heridos aúllan como si les arrancaran las entrañas.

Ziaaang, ziaaang, ziaaang.

El zumbar de balas pasa alto sobre Gorguel, pero éste no se deja engañar por la aparente seguridad que ofrece estar tumbado. El miedo, que otras veces paraliza, le aclara milagrosamente el pensamiento. Si se queda allí, los tiros que arrancan chispazos entre las piedras y los matorrales acabarán por acertarle a él. Así que retrocede a rastras sobre los codos y las rodillas, despacio, procurando despegarse del suelo lo menos posible.

Ziaaang, ziaaang.

Chac.

Durante un segundo de pánico, Gorguel cree que el chasquido de esa bala procede de su propio cuerpo. Pero no es así. Una sombra que pasaba corriendo cerca suelta un quejido y se desploma sobre él: un peso desmadejado, inerte, del que se libera empujándolo a un lado sin miramientos, y que antes de rodar le moja las manos y la camisa con un líquido tibio y viscoso.

—¡Joderos, hijos de puta! —siguen gritando al otro lado de los disparos.

Gorguel continúa arrastrándose un buen trecho hasta que, cuando parece decrecer el tiroteo a su espalda, se incorpora jadeante y corre agachado en la oscuridad, de vuelta a las primeras casas del pueblo. Tiene los codos y las rodillas desollados de arrastrarse y los pulmones le queman como si tuviera brasas dentro.

No volveré a soportar más tiros, se jura por Dios. Aunque me fusilen.

El fuego enemigo se debilita en la loma del cementerio, pero los fascistas aún resisten, aferrados al terreno.

Pato Monzón ha visto a los republicanos lanzar dos ataques, pero éstos sólo han conseguido ocupar la tapia oriental y una tercera parte del recinto. Se combate dentro casi metro a metro, pues unos y otros rompen las lápidas, apartan los féretros y usan las tumbas como trincheras y pozos de tirador. El hedor de los cadáveres desenterrados se mezcla con el de la tierra removida y el acre olor de la pólvora. El resplandor de las bombas de mano que se arrojan de fosa a fosa desvela cruces mutiladas a balazos, mármol roto, túmulos de granito cuyas esquirlas vuelan por los aires agitando las lanzas esbeltas y oscuras de los cipreses. Y la indecisa claridad que crece por levante hace aún más siniestra la escena, al iluminarla despacio, cada vez más precisa, con una luz de alba sucia y gris.

Pato está agachada en un parapeto de sacos terreros, cerca de la puerta del cementerio. La verja de entrada, fuera de sus goznes y medio caída, vibra con sonidos metálicos cada vez que la toca un balazo.

En el parapeto hay cuatro hombres vivos y dos muertos.

Los vivos son el comandante Fajardo, jefe del Segundo Batallón, otro oficial y dos enlaces. Los muertos son dos fascistas que guarnecían la posición, caídos en los primeros momentos del ataque. Los han arrastrado a un rincón para que no estorben, y la creciente claridad permite a Pato verlos ya con algún detalle. Son las primeras bajas en combate que ve en su vida y le cuesta apartar de ellos la mirada, a medida que la luz se desliza por los sacos terreros y define contornos.

Uno de los muertos se encuentra boca arriba y el otro boca abajo. Tienen los bolsillos vueltos del revés y les han quitado las botas, o lo que llevasen. El que está boca arriba tiene el pelo revuelto, y aunque sus facciones siguen parcialmente en sombra, o tal vez por eso, parece muy joven y muy solo. Contemplándolo con súbita piedad —siempre imaginó a los fascistas vivos y de otra manera—, Pato considera que en ese mismo instante, en algún lugar lejano, tal vez haya una madre, una hermana, una novia que despiertan pensando en él sin saber que está muerto. Quizá uno de los objetos sin valor que ha tirado al suelo quien le vació los bolsillos —documentos, una cartera abierta, un rosario— sea una carta recibida o escrita unas horas antes de morir: *Amado mío, te echo mucho en falta... Queridos padres, me encuentro bien de salud, lejos del frente...*

La idea le recuerda sus propias cartas. Las propias imágenes: el rostro de sus padres y de su hermanillo de doce años; la boca, los ojos, las manos del hombre al que cree amar, cuya fotografía lleva en la cartera —ésa no la rompió mientras cruzaba el río— y del que no tiene noticias desde que hace cinco meses los de Franco retomaron Teruel; la huella cada vez más difusa de un alba también incierta, del último abrazo, del último beso, de la última despedida un año atrás en una estación de tren, entre hombres con mochilas y fusiles que formaban en un andén mojado de lluvia y luego subían a los vagones cantando para disimular el miedo:

> *Si me quieres escribir*
> *ya sabes mi paradero...*

No son pensamientos prácticos en ese momento, concluye. No conducen a nada; y además, al fin y al cabo, los dos muertos que están a cuatro pasos son, o han sido, enemigos de la República. Hayan llegado hasta allí voluntarios o sin quererlo, simpatizantes de los fascistas o enrolados a la fuerza, lo hicieron como instrumento objetivo de los generales golpistas, los banqueros y los curas: los que bombardean Madrid y Barcelona, y son compadres de Mussolini y de Hitler, enemigos del proletariado y de la gente honrada; de ese Gil-Robles que aseguraba la necesidad de suprimir a trescientos mil españoles para sanear la patria; de los señoritos de Falange y los requetés que después de comulgar fusilan en ciudades y pueblos donde ni siquiera se les hizo frente; de los mercenarios extranjeros de Queipo de Llano y los demás generales, que no dejaron vivos, a su paso por Andalucía, Extremadura y Castilla, más que a ancianos, niños huérfanos y mujeres vestidas de luto.

Gentuza a exterminar, toda ella. Eso piensa Pato. Un mar de sangre, necesario contra el otro mar de sangre. A cada uno le llega su hora. Así que bien muertos están los desgraciados de la trinchera, tengan la culpa directa o no. Por eso intenta ocupar la cabeza en otras cosas: en la evolución del combate, en sus compañeras de la sección de transmisiones y en el teniente Herminio alias Harpo, que esperan su regreso. También en las instrucciones que el comandante Fajardo —hasta hace un rato sólo una sombra fornida, de voz ronca y áspera— imparte al oficial, antes de golpearle con rudeza la espalda y que éste brinque fuera del parapeto y corra agachado hacia la entrada del cementerio.

—A ver si consigues que tus mozos aprieten un poco más —le ha dicho Fajardo—. Haced un último esfuerzo.

De algo más atrás llega de pronto el tump, tump, tump de salida de tres morteros pequeños, de 50. Un momento después Pato oye caer los proyectiles al otro lado del cementerio: plam-clac, plam-clac, plam-clac, hacen, con repiques de metralla. Como el ruido de una pila de platos al romperse.

—Cojonudo —exclama el comandante.

Eso es buena señal, comprende Pato. Significa que, con la primera claridad del día, tales piezas ya pueden entrar en acción y ajustar el tiro. También resuena cerca el tableteo característico de las ametralladoras rusas Maxim. Prueba evidente, todo ello, de que los pontoneros están tendiendo las primeras pasarelas, el material pesado empieza a cruzar el río y los atacantes tienen cada vez más apoyo de fuego.

Tump, tump, tump. Suenan tres nuevos morterazos lejanos, a la espalda, seguidos por tres impactos delante al cabo de veinte segundos: plam-clac, plam-clac. Plam-clac.

—Demasiado cerca —masculla el comandante.

Preocupado, se gira hacia uno de los enlaces, que es un chico jovencito, como de dieciséis años.

—Baja hasta el río y di a los de 50 que alarguen un poco el tiro, porque si no, acabarán colocando los pepinos en nuestro lado... Que aquí estamos demasiado cerca de los facciosos, y que procuren no jodernos a nosotros.

—Entendido.

—Diles también que mejor tiren entre el pitón de poniente, el cementerio y el pueblo. Así les cortamos los refuerzos y les puteamos el repliegue... ¿Está claro, chavea?

—Como el agua.

—Pues venga. Humo.

Pato va a apoyarse en los sacos terreros junto al comandante, y éste se vuelve a mirarla. La difusa luz aclara su rostro bajo la gorra blanda de plato con una barra gruesa de graduación a cada lado de la estrella roja: perfil rudo de campesino, cejas espesas. Unos cuarenta años, tal vez.

—Éste no es sitio para una mujer —comenta, hosco.

—No es sitio para nadie —responde ella.

La mira el otro sin decir nada más, de arriba abajo, y luego vuelve a observar la entrada al cementerio.

—Tengo que avisar cuando esté tomada la posición —dice Pato.

Encoge Fajardo los hombros.

—El enemigo no va a sostenerse mucho más... Se les debilita el fuego, ¿lo ves?... Los que aún aguantan son unos pocos, restos de la gente que hemos destrozado.

Puedes irte y decir que, al menos aquí, es pan comido. Una hora, o menos.

—Prefiero asegurarme.

Varios disparos hacen vibrar como campanazos la verja de la entrada. Pato se agacha por instinto, mientras el comandante permanece impasible, apoyado en el parapeto; mirando hacia el interior del cementerio, donde arrecia el tiroteo.

—Ése es el capitán Sánchez, de la 3.ª Compañía —comenta, animado—. ¿Lo oyes?... Buen muchacho.

Después mira a Pato de nuevo, curioso.

—¿Hay más mujeres en tu unidad?

—Somos todas mujeres menos el teniente.

—¿Y las otras están tan buenas como tú?

Suena la risa desagradable del segundo enlace: un tipo flaco y legañoso con casco de acero, agazapado con el fusil entre las piernas, que ha dejado de morderse las uñas para reír. Pato lo ignora y mira directamente a los ojos del comandante, sin parpadear.

—Todas.

Sonríe el otro tras un momento, como si lo pensara mejor, mirando la pistola que Pato lleva al cinto. Una sonrisa conciliadora que parece una disculpa; o que lo es.

—Pues hay que tener huevos para lo vuestro, camarada... ¿Vais a tender una línea hasta este lugar?

—Ésa es la idea. En cuanto se pueda.

Se ilumina el rostro del comandante.

—¿En serio?... ¿De verdad me vais a poner aquí el teléfono de campaña?

—Pues claro. Para eso he venido.

Asiente el otro, satisfecho.

—Irá bien estar comunicados, porque es una posición clave. Desde el cementerio podremos atacar el pitón de poniente y proteger los pasos del río... Mis órdenes son mantenerme aquí y en el pitón, si es que lo tomamos. Cubrir el flanco derecho de la cabeza de puente. Así que podréis...

Lo interrumpe una sucesión de explosiones en el cementerio: bombas de mano seguidas de un fuerte tiroteo y gritos de hombres al asalto.

—¡Ahí va Sánchez! —exclama el comandante, súbitamente excitado—. ¡Olé sus pelotas morenas!

Luego le da un golpe al enlace en el casco, haciéndolo ponerse en pie.

—Vete para allá y di a los camaradas que insistan y aprieten, que ya vamos... ¡Venga!

El enlace se asegura el barboquejo del casco, se cuelga el fusil a la espalda, sale del parapeto y corre agachado.

Justo al pasar la verja, un disparo lo tumba.

Cae flojo, como un guiñapo, y se queda inmóvil. Pato lo contempla asombrada. Incrédula. Es el primer hombre al que ve caer alcanzado por un tiro. No se parece nada a los muertos que se ven en el cine. Aquéllos caen con aspavientos, llevándose las manos al pecho. El enlace se ha limitado a desplomarse, como si se desmayara.

Se vuelve aturdida hacia Fajardo para ver si comparte su estupor; pero tras emitir una sonora blasfemia éste ha dejado de prestar atención al enlace. Ahora extrae la pistola de la funda, saca un silbato de la guerrera, se lo lleva a los labios y sopla fuerte tres veces antes de ponerse en pie sobre el parapeto y correr hacia la verja.

—¡Adelante, joder, adelante! —grita—. ¡No dejéis uno entero!... ¡Viva la República!

Y a esa voz, en la luz gris que blanquea la tapia del cementerio, docenas de hombres que aguardaban escondidos o cuerpo a tierra —Pato cree ver en ellos a obreros, campesinos, empleados, artesanos— se ponen en pie y corren detrás de su comandante.

Cuando Santiago Pardeiro llega al centro del pueblo con sus legionarios, Castellets es un caos.

La resistencia de los nacionales se ha derrumbado.

La primera luz del alba, que ya define los contornos y permite ver lo que ocurre, muestra a civiles aterrados y soldados en fuga, heridos que se retiran solos o con ayuda de sus camaradas, oficiales y suboficiales que se arrancan los galones o se quitan las guerreras y las hebillas de los cinturones por si caen prisioneros. Moros y europeos corren dispersos, sin orden. Algunos ni siquiera llevan armas.

Al otro lado de las casas, por la parte que da al río, se oye fusilería y bombas de mano. Los rojos han puesto pie en ese sector del pueblo y limpian casa por casa. También hacia el cementerio suenan disparos sueltos.

El alférez interpela a varios de los que pasan despavoridos.

—¿Dónde está el comandante Induráin?

—No sé.

Nuevo intento.

—¿Has visto al comandante Induráin?

—Allí, junto a la iglesia.

Al fin da con el jefe del sector: está bajo la torre del campanario, pistola en mano y cigarrillo humeante en la boca. De un vendaje improvisado que lleva en torno a la cabeza gotea sangre que le mancha el bigote, media cara, el cuello y la camisa. Con él hay una veintena de hombres armados que aún conservan la disciplina. Al ver aparecer a los legionarios los miran con asombro, como si ya no esperasen encontrarlos allí.

Pardeiro se cuadra igual que si estuviera en el patio de un cuartel. Saludo marcial y madroño del chapiri inclinado sobre la ceja derecha, rozándosela con garbo.

—A sus órdenes, mi comandante.

Ojeras, rasgos de insomnio, gesto fatigado. Párpados entornados por el humo del cigarrillo. En el rostro del superior se mezclan el alivio y la desconfianza.

—¿Qué gente trae?

—Un pelotón destacado al pitón de levante, como se me ordenó, y ciento veintinueve hombres conmigo.

Induráin lo observa de arriba abajo con curiosidad crítica, deteniéndose en la cazadora de comisario rojo y el parche de alférez provisional.

—¿Está usted al mando de la compañía?

—Desde los combates del Cinca.

—¿Estuvo allí?

—Sí, mi comandante... Fueron baja todos los oficiales menos yo.

Asiente Induráin como distraído, pues su atención se dirige a unos soldados que llegan huyendo desde el otro lado del pueblo, mezclados con algunas mujeres y niños. Traen fusiles, pero corren desordenados. Dando la espalda a los legionarios, el comandante deja pasar a los civiles y se encara con los militares fugitivos.

—¿Dónde vais vosotros?

Titubean los otros, deteniéndose. Son cinco moros y tres europeos, muy descompuestos. Un suboficial que va con ellos señala hacia atrás.

—Vienen los rojos —dice.

—Ya sé quién viene, coño. Lo que pregunto es a dónde creéis que vais vosotros.

Lo mira el otro sin responder. Una cara sin afeitar, grasienta de desconcierto y miedo. Induráin levanta la pistola y le apunta al pecho con ella.

—Me voy a cagar —dice muy recio y muy despacio— en vuestra puta madre.

Dudan los fugitivos entre seguir o quedarse quietos. Solventan la duda los soldados que estaban con el comandante, que alzan sus armas y los rodean.

—Estar mucho arrojo cabrón —protesta uno de los moros, haciendo amago de irse.

Sin decir nada, el comandante se pone el cigarrillo en la boca y le pega al que ha hablado una bofetada que casi le deshace el turbante. Clac, resuena. El moro la encaja sumiso, sin rebotarse. Hecho al tratamiento.

—¡Rodríguez! —grita Induráin.

Uno de los que estaban con él, galones de sargento en las mangas, se adelanta ceñudo, el dedo acariciando el guardamonte de un subfusil.

—A sus órdenes.

—Incorpórelos... Y al que se desmande me lo pasa por las armas.

—A la orden.

Obedecen los fugitivos, cabizbajos. Resuelto el asunto, Induráin se vuelve otra vez hacia Pardeiro.

—¿Cómo está su gente de moral?

Aquello suena a comparación, así que parpadea el alférez como si hubiera recibido un insulto.

—Son legionarios, mi comandante.

Lo dice cual si no hubieran podido ser otra cosa. Responde el otro con una sonrisa cansada.

—Disculpe.

Una fuerte explosión suena por el lado del pitón de levante, y todos miran hacia allá, sobre los tejados de las casas.

—Es usted providencial —comenta Induráin—. ¿Su nombre?

—Pardeiro.

—Pues como puede ver, alférez Pardeiro, la compañía del Batallón de Monterrey ya no existe y el XIV Tabor está en desbandada —otra ojeada, ahora al paisaje aún oscuro del noroeste, donde languidece el tiroteo—. Y me huelo que el cementerio ya no es nuestro.

—¿Cuáles son sus órdenes?

El otro lo piensa un momento, mirando alrededor. Luego da una chupada al resto del cigarrillo, que sostiene entre los dedos manchados de sangre, y lo deja caer al suelo.

—Despliéguelos a lo largo de la calle principal, que es la carretera que cruza el pueblo, apoyándose en la iglesia... ¿Tiene ametralladoras?

—Dos Hotchkiss con nueve mil cartuchos y dos fusiles Bergmann.

—Sitúe una máquina arriba, enfilando la calle y la plaza. Y no ceda un palmo.

Traga saliva Pardeiro, procurando que no se note. Falta el dato crucial.

—¿Hasta cuándo, mi comandante?

Se encoge el otro de hombros.

—Supongo que tarde o temprano llegará alguna clase de ayuda.

—¿Supone?

Una sonrisa pálida.

—Eso he dicho.

Después, el comandante señala con la pistola a los soldados que están con él.

—Yo voy a intentar recuperar lo que pueda de este desastre, atrincherándome en el pitón de levante con la gente que consiga reunir.

—¿Tendrá allí su puesto de mando?

—Sí... Intentaré comunicarme con usted mediante enlaces. Haga lo mismo.

Formula Pardeiro, decidiéndose, la pregunta que le quema la boca.

—¿Y si no consigo sostenerme?

El comandante lo estudia con fijeza. Una mirada larga y valorativa.

—Tiene que resistir en el pueblo cuanto pueda —dice.

—¿Qué hago si nos desbordan?

Lo sigue mirando el otro como si evaluara la solidez de su interlocutor. La fiabilidad, pese a la juventud. Al fin, el ojo profesional parece dictar un veredicto favorable.

—En tal caso —concluye—, repliéguese con lo que le quede al pitón o a la ermita de la Aparecida... Aguante al máximo, pero no se deje envolver.

Carraspea Pardeiro, incómodo.

—¿Puede dármelo por escrito, mi comandante?

—Claro.

Sin vacilar, Induráin saca un cuaderno y una punta de lápiz del bolsillo del pantalón, garabatea unas palabras, arranca la hoja y se la entrega al alférez.

—Buena suerte.

—Lo mismo digo, mi comandante.

Cuando el jefe del sector se retira con sus hombres, ya no hay más fugitivos, y por la parte del pueblo que da al río empieza a extenderse un silencio amenazador. La luz plomiza del amanecer da a las casas un aspecto siniestro, iluminando el suelo cubierto de objetos abandonados: armas, chilabas morunas, cartucheras, macutos, papeles. Con un escalofrío, Pardeiro imagina a los rojos avanzando cautos, pegados a las fachadas, acercándose. Y de pronto lo agobia una extrema urgencia.

—¡Sargento Vladimiro!

Se cuadra el veterano ruso: pelo muy corto bajo el chapiri, pómulos salientes, ojos oblicuos de eslavo.

—¡A sus órdenes, mi alférez!

—Una máquina al campanario y otra aquí abajo cubriendo la plaza... Quiero a la gente desplegada por escuadras y apoyada por los dos fusiles ametralladores en las casas a lo largo de la calle ancha, que nos servirá de glacis. Que por nuestro fuego parezca que somos más de los que somos... ¿Entendido?

—Sí, mi alférez.

—Pues hazlo rápido, que tenemos a los rojos encima... Ah... Y que corra la voz. Al que chaquetee, yo mismo le pego un tiro.

Cuando se vuelve hacia la iglesia, Pardeiro ve a un niño sentado en los peldaños del pórtico. La claridad creciente define su silueta todavía frágil, el rostro flaco y el pelo rapado. Viste una camisa vieja, deshilachada. Las piernas delgadas, sucias y largas asoman desnudas bajo el pantalón corto.

—¿Tú qué haces aquí, neno?

El chico se pone en pie, muy serio, sin responder. No muestra temor. Mira con admiración a los legionarios y con codicia sus armas.

—¿Eres del pueblo?

Pardeiro lo ve afirmar con la cabeza. Está a punto de decirle que se vaya de allí a toda prisa cuando se le ocurre una idea.

—¿Cómo te llamas?

Tras contemplarlo un momento, sereno, sin apartar la mirada, el chico pronuncia un nombre.

—Tonet.

—¿Y qué más?

—Saumell.

—¿Cuántos años tienes?

—Doce, señor capitán.

—No soy capitán, sino alférez —Pardeiro señala la iglesia, la plaza y la calle principal—. ¿Conoces bien este sitio?

—Muy bien. Como todo el pueblo.

—¿Dónde están tus padres?

—No tengo padres... Vivo con mis abuelos.

—¿Y por dónde andan ellos?

Señala el chico un lugar impreciso en la dirección por donde desaparecieron los fugitivos.

—Por ahí, me parece.

Pardeiro saca de la cazadora cuatro onzas de chocolate envueltas en papel de plata y se las da.

—¿Quieres ayudarnos?

El chico sostiene el chocolate en la palma de una mano como si fuese algo valioso y lo sopesara. Pensativo. Luego asiente sin despegar los labios.

—¿Eres rápido corriendo, Tonet?

El chico asiente de nuevo.

—¿Lo suficiente para llevar y traer mensajes?

Responde Tonet con un cuarto ademán afirmativo. Se ha metido una onza de chocolate en la boca.

—Necesito que acompañes a mis soldados —expone el alférez—. Enséñales los mejores sitios a este lado de la calle y también por dónde pasar de unas casas a otras sin que los vean... Y si encuentras vecinos, diles que se vayan a toda prisa. Que aquí va a haber muchos tiros.

Encoge Tonet los hombros.

—Algunos no quieren dejar sus casas.

—Pues que se escondan en los sótanos —Pardeiro se vuelve hacia los hombres que tiene cerca—. ¡Cabo Longines!

Se adelanta el legionario, patilludo y despechugado, golpeando el suelo con la culata del Mauser.

—¡Zusórdenes!

Pardeiro señala al chico, que los mira impasible mientras mastica chocolate.

—Ocúpate del nuevo recluta. Se llama Tonet y va a ser nuestro batidor.

—Muy tierno lo veo, al pistolillo. Pero usted manda.

—Dile a mi asistente que le dé dos latas de conserva y un chusco de pan.

—Zusórdenes.

Después, tras comprobar que en lo alto del campanario asoma ya el cañón de la Hotchkiss, Pardeiro se pone a calcular lugares de protección, enfiladas, ángulos muertos y a qué distancia romperá el fuego cuando aparezcan los rojos.

Hasta que llegue ayuda, debe resistir cuanto pueda. Eso ha dicho el comandante.

Hace frío, o lo parece. Sobre los tejados pardos, el amanecer viene velado por un sudario de bruma. Ahora todo está en silencio. Con un estremecimiento, el alférez de diecinueve años se sube un poco más la cremallera de la cazadora, y su codo izquierdo toca el bulto de la cartera, donde lleva una carta a medio escribir y la foto de la mujer a la que nunca ha visto en persona.

Se pregunta cuánto va a poder. Y se pregunta si alguna vez la verá.

III

—¡Avivad!... ¡Más deprisa!

De pie en la orilla derecha del Ebro, el mayor de milicias Emilio Gamboa Laguna, llamado Gambo por sus camaradas, mira en torno con inquietud. Sus 437 hombres petaquean cruzando el río por la pasarela que de orilla a orilla han tendido los pontoneros, y que la corriente curva peligrosamente al incidir en su parte central. Golpean botas y alpargatas corriendo sobre las tablas. La pasarela es un inestable pasaje de metro y medio de anchura montado sobre flotadores de corcho y barcas, que los soldados deben recorrer en fila india, cargados con su equipo y con la mayor rapidez posible.

—¡Daos prisa, venga!

Dos cosas inquietan a Gambo Laguna: la corriente y el cielo. De un momento a otro se espera que los fascistas, situados corriente arriba, abran las compuertas de los embalses cercanos a Mequinenza, y la subida del nivel del agua dificulte el paso de las tropas que a lo largo de ciento cincuenta kilómetros de río, entre Castellets y Amposta, siguen cruzando el Ebro.

—¡Vamos, venga!... ¡Corred más!

El otro peligro es la aviación, y por eso el comandante del Tercer Batallón de la XI Brigada Mixta mira el cielo aún con más preocupación que el río. Pese a lo prometido, pues entre los planes y la realidad táctica suele mediar un abismo, ningún aparato republicano ha aparecido todavía para apoyar la ofensiva terrestre. Sin embargo, hace casi dos horas, con la primera luz del día, un avión de reconocimiento fascista —el Chivato, lo llaman los soldados— sobrevoló la zona. Un mal presagio.

Llevándose a los ojos los binoculares rusos Komz 6×30 que tiene colgados del pecho, Gambo observa minuciosamente el cielo despejado, donde el sol ya empieza a estar alto. No hay una nube, ni tampoco indicio de aviones enemigos ni propios, de momento.

—Esto no me gusta un pelo —dice entre dientes, para sí mismo.

Después se vuelve a mirar a su espalda, hacia Castellets y los dos pitones que lo flanquean. El de poniente se alza lejano, al otro lado de los tejados de las casas sobre los que destacan el campanario de la iglesia y la humareda que indica que se lucha duro en el pueblo. El pitón de levante está más cerca, separado de la orilla del río por un extenso pinar. Y es allí, por su proximidad, donde se escucha el mayor estrépito del combate. A través de los prismáticos, Gambo advierte los fogonazos y la polvareda de las explosiones mientras el sonido llega con nitidez hasta él: retumbar de granadas, tableteo de ametralladoras y crepitar intenso de fusilería. Tras el reculón inicial, los restos de las tropas enemigas parecen pegarse al terreno, defendiéndose con más tenacidad.

—Que no se agrupen los hombres —ordena a su segundo, capitán de milicias Simón Serigot González—. Conforme sigan llegando, dispersadlos por escuadras y bien protegidos... Los quiero lejos unos de otros, y que tapen todo lo que brille.

—No hay aviones fascistas —comenta Serigot.

—Los habrá.

Como la mayor parte de su gente, y aunque sólo tiene treinta años, Gambo es un curtido luchador: hijo de albañil asturiano, menor de ocho hermanos y único de su familia que fue a la escuela, botones en un hotel de Oviedo, afiliado al Partido a los dieciocho años, organizador del Sindicato de Oficios Varios, encarcelado dos veces antes de huir a la Unión Soviética donde trabajó en las obras del metro de Moscú mientras estudiaba en la Escuela Lenin y la Academia Frunze, a su regreso a España fue instructor de las Milicias Antifascistas, defensor de Guadarrama en el verano del 36 y colaborador de Enrique Líster en la creación del Quinto Regimiento. Un hombre, en fin, hecho a la disciplina militar y a la del Partido, que apenas difieren una de otra.

—Los hombres cruzan demasiado despacio —le insiste a su segundo—. Quiero verlos correr a todos.

—La pasarela es estrecha y se mueve —objeta Serigot—. Puede caer alguno al agua, y llevan encima treinta kilos de equipo.

—Más agua van a tener si los fascistas abren los embalses o aparecen sus aviones. Asegúrate de que espabilan.

—A tus órdenes.

Se aleja obediente Serigot: calvo, reseco, ojos color de azafrán, dientes amarillos de tabaco, lleva con Gambo Laguna desde que se fundó el Quinto Regimiento. El mayor lo mira irse y luego observa a los soldados que se reúnen a este lado del río: su magnífico aspecto de guerreros. El Tercer Batallón, más conocido por Batallón Nikolai Ostrovski, es una unidad de choque, núcleo duro de la vanguardia proletaria que en el Ebro pretende partirles la cara a los elegantes caballeros, a los hijos de la aristocracia, a los tiesos militares educados en las mejores academias. Integrado en gran parte por campesinos y obreros extremeños, asturianos, andaluces, alicantinos y madrileños, el Ostrovski cuenta en sus filas con auténticos proletarios forjados en duras vidas anteriores y templados en trincheras y asaltos. Todos son comunistas, de los convencidos hasta el tuétano por el «resistir es vencer» de Negrín: gente resuelta, recia, disciplinada, de toda confianza, Tercera Internacional y Stalin a muerte sin discusión posible. Excepto los que cubren las últimas bajas, el resto lleva casi dos años de guerra en el macuto, fogueado primero en la sierra de Madrid y en Talavera, y más tarde en Guadalajara, Brunete y Teruel, donde el batallón escribió una página de gloria que valió a Gambo su ascenso, todavía reciente, de capitán a mayor de milicias.

—Ya quedan pocos por cruzar —apunta Serigot, que regresa—. Sólo la gente de Ortuño y el material que viene en los botes.

—Pues a ver si espabilan. La buena suerte nunca dura mucho.

La gente de Ortuño —teniente de milicias Félix Ortuño Gómez— es la 2.ª Compañía: la única del batallón que aún no está en el río o en la orilla derecha. Gambo ve a los hombres bajar de los camiones y acercarse corriendo al otro lado de la pasarela.

—Ahí vienen las armas —dice Serigot.

Lo hace señalando los botes que se acercan cargados con ametralladoras pesadas, morteros de 81 y municionamiento, a bordo de los cuales unos hombres reman y otros conducen por las riendas a los mulos que nadan junto a ellos. El batallón dispone de ocho acémilas para transportar el equipo, y los dos primeros animales cocean ya en el barro y los cañizales aplastados de la orilla, sacudiéndose el agua entre rebuznos de alivio mientras tiran de ellos hombres cargados con macutos de fulminantes y espoletas.

Gambo consulta su reloj de pulsera y vuelve a mirar con inquietud el cielo. Todavía hay para media hora; y en ese tiempo, piensa, pueden pasar muchas cosas buenas y malas. Sobre todo, malas.

Después se vuelve para echar una ojeada a los hombres del batallón, que dispersos según sus órdenes están sentados en el suelo sin mostrar preocupación por la brega que se da en Castellets, de la que tarde o temprano les tocará algo a ellos. Medio protegidos en la linde del pinar, fuman, ponen el cebo a las bombas de mano o descansan. Tienen buen aspecto, de verdadero ejército del pueblo: pañuelos rojos al cuello, tatuajes con estrellas rojas, hoces y martillos. Entrenados todos ellos en la ofensiva, el asalto a trincheras y la infiltración nocturna, en sus actitudes y equipo se trasluce la tropa de élite: uniformes en estado razonable, cascos de acero, cuatro granadas y doscientos cartuchos en los correajes. Incluso, de cara a lo que viene, les han cambiado los viejos Mauser mejicanos, malos como la madre que los parió y tan gastados que algunas uñas extractoras no agarraban el culote del cartucho, por Mannlicher austríacos nuevos de trinca; tanto, que todavía les están quitando con trapos los últimos restos de grasa protectora.

Un estampido más fuerte que otros resuena en el pitón de levante. Gamboa y su segundo miran en esa dirección.

—Los facciosos aguantan más de lo que esperábamos —comenta Serigot.

—Eso parece.

Ramiro García, comisario político adscrito al Batallón Ostrovski, se acerca con las manos en los bolsillos y la pipa entre los dientes, mirando también hacia el lugar del combate. Es un cuarentón bajito y rubicundo, de cara aniñada, que sonríe siempre. Antiguo peluquero en Alcoy, sólo lleva tres meses en su cargo —al predecesor le volaron las dos piernas en Teruel— pero ya se fogueó bien durante los últimos combates de Aragón. Y ha enseñado a leer y escribir a medio batallón; a campesinos y obreros que hasta hace poco eran analfabetos.

—Creía que les habíamos partido el espinazo —dice el comisario.

—Y se les ha partido —confirma Gambo—. Pero por lo que se ve y se oye, no a todos.

—Tampoco los nuestros que atacan ahí son gran cosa —apunta Serigot.

Se miran significativamente, aunque ninguno va más allá. El comisario político y los dos jefes del Ostrovski están al corriente de la baja calidad de la unidad que debe tomar esa posición: el Cuarto Batallón es una turbia mezcla cuya cohesión y moral de combate deja mucho que desear, y donde solamente algunos de los mandos y el comisario político son seguros. Se les asignó el pitón de levante creyéndolo un objetivo fácil, pero la resistencia enemiga resulta mayor de la esperada. Según acaba de saber Ramiro, y así lo cuenta señalando el lugar con el caño de la pipa, restos dispersos de las tropas facciosas han ido a refugiarse allí, poniéndolo difícil.

—Por lo visto, no estaban tan dispersos como se creía.

—Al final nos mandarán a nosotros a resolver la papeleta —opina Serigot—. Siempre nos toca la fea de la verbena.

Niega Gambo con la cabeza, alternando miradas entre el pitón, la pasarela y el cielo, que sigue despejado.

—No creo... Nuestras órdenes son mantenernos intactos y en reserva, por si hay contraofensiva enemiga.

—No pasarán —dice Ramiro García, cucándoles un ojo.

—Castellets será la tumba del fascismo —remata Serigot, en el mismo tono.

—Por lo menos.

Sonríen con retranca. El comisario del batallón es hombre sensato y fiable, cuya ortodoxia política, a diferencia de muchos camaradas suyos que son despiadados

72

o se lo hacen, es compatible con el sentido común. Además, desde que se constituyó el Ostrovski ninguno de sus integrantes ha sido fusilado por indisciplina, cobardía, deserción o intento de pasarse al enemigo, como sí ocurre en otras unidades. De hecho, Ramiro García es para los hombres de Gamboa lo que los capellanes castrenses son para los fascistas: consuelo moral y sostén ideológico. Unos mueren por el paraíso de Cristo y otros por el del proletariado.

—¿Se sabe algo de nuestra artillería? —pregunta García.

—Nada todavía.

—A saber por dónde andan —comenta Serigot.

—Los 105 venían de camino —dice Gambo—. Ya deberían estar en la otra orilla, apoyándonos desde allí. En el que llaman Vértice Campa... Pero no se les ve.

El comisario tuerce el gesto, contrariado. Después mira hacia el cielo, guiñando los ojos bajo la visera de la gorra.

—¿Creéis que nuestros aviones vendrán pronto a echar una mano?

El jefe del batallón hace una mueca escéptica.

—Con que no vengan los del enemigo me conformo.

Como combatientes responsables y disciplinados que son, Gambo, Serigot y el comisario se llevan bien. Aparte algunas discusiones políticas puntuales, los tres coinciden en lo fundamental: fuera de los comunistas, en España no hay revolucionarios de verdad; sobran consignas huecas y falta sentido científico para el socialismo, en una nación fácil para la algarada, el arrebato, el heroísmo inútil y el ejercicio animal de la barbarie, pero refractaria a ser mandada por nadie. Para buena parte de los españoles de izquierdas, dar órdenes o acatarlas sin debate previo son actos fascistas. La prueba es que, antes del golpe de Franco, el sindicato que más afiliados tenía eran los anarquistas de la CNT.

Ramiro García mira hacia la orilla del río, donde están cargando en las mulas los morteros pesados y las ametralladoras rusas. Después se quita la gorra para enjugarse la frente con un pañuelo poco limpio. El sol, cada vez más alto, empieza a sentirse.

—Va a hacer un calor de cojones.

Asiente Gambo y mira a Serigot.

—Procurad que la gente llene las cantimploras antes de irnos, porque el terreno es áspero y quebrado, con poca agua... En el pueblo sólo hay algunos aljibes, y a saber cómo estarán. El único pozo conocido está al otro lado, lejos de aquí.

—Descuida.

Hay algo más que sólo ellos tres saben, como los demás jefes y comisarios de batallón, pero que los oficiales subalternos y la tropa ignoran: en las reuniones con el teniente coronel de milicias Faustino Landa, jefe de la XI Brigada Mixta, quedó claro que el ataque a Castellets del Segre no se plantea para penetrar profundamente las líneas enemigas, sino como maniobra de diversión en el flanco derecho de la ofensiva republicana a lo largo del Ebro. Tomados el pueblo y los dos pitones, la brigada deberá mantenerse allí a fin de distraer el mayor número posible de tropas fascistas e impedir el paso de refuerzos por la carretera desde Mequinenza. Se trata de atrincherarse en una cabeza de puente de seis kilómetros de anchura por cinco de profundidad; de ahí que el Batallón Ostrovski se reserve para cuando el enemigo espabile y empiece a apretar en serio. También está previsto el refuerzo de un batallón de las Brigadas Internacionales y otro de Defensa de Costas, pero ésos no se sabe cuándo llegarán, ni por dónde andan. Ni siquiera si vendrán.

—Por allí abajo hay un buen cacao —dice Serigot.

Es cierto. Los tres hombres aguzan el oído, y en las breves pausas de silencio en el pitón de levante escuchan un retumbar lejano de artillería hacia el sur, en dirección a Fayón y más allá, río abajo. Si todo ha ido según lo previsto, a esas horas, y tras sorprender a la 50.ª División fascista, casi cien mil soldados del ejército del Ebro combaten o van a combatir por alcanzar Gandesa; y a partir de ahí, como todo salga bien, seguirán en punta hacia el Mediterráneo para aliviar la presión sobre Valencia.

Otro estampido más fuerte en el pitón. Los tres observan que por media ladera se extiende la polvareda punteada de fogonazos.

—Lola —dice Gambo, señalando el lugar.

Lo miran con extrañeza. El jefe del batallón encoge los hombros, saca un papel doblado que lleva en la badana de la gorra y se lo muestra a los otros.

—Lola es el pitón de levante —señala el que se ve a un lado del pueblo—. Y Pepa, el de poniente... Me acaba de llegar la nueva denominación táctica.

—¿Y eso? —se interesa Ramiro García, devolviéndole el papel.

—El mando ha decidido llamarlos así para evitar confusión en las transmisiones. Tenedlo en cuenta cada vez que comuniquéis algo. No nos liemos.

—Lola y Pepa —comenta Serigot haciendo una mueca divertida.

—Eso es.

—Qué romántico.

Vuelve Gambo a observar el cielo, preocupado. Después se gira hacia el río, donde la 2.ª Compañía se encuentra ya cruzando la estrecha pasarela. Corren los hombres sobre los tablones, azuzados por los sargentos, pero aún queda medio centenar en la otra orilla.

Entonces oye un rumor de motores muy distante, casi imperceptible. Y se le hiela la sangre.

—Aviones —dice.

A su regreso del cementerio, Pato Monzón no encuentra a la sección de transmisiones donde la dejó: el teniente Harpo, la sargento Expósito y las dieciséis camaradas han desaparecido. Tampoco están su mochila con la bobina de cable telefónico ni el resto del equipo. Desconcertada, dirige un inquieto vistazo alrededor. El teniente prometió dejar a una compañera para que la orientase, pero allí no hay nadie.

Se encuentra sola en un lugar desconocido, que sólo anduvo antes a oscuras. Y eso no le gusta. La luz del día no proporciona más referencias que el pueblo lejano, donde humean algunas casas y suena rumor de fusilería, y los dos pitones que lo flanquean. Tras un momento de vacilación, decide encaminarse a Castellets. Así que desenfunda la pistola, la amartilla con una bala en la recámara y avanza con precaución, como aprendió en la escuela militar, procurando no dejarse ver demasiado y buscando las partes bajas del terreno.

Camina con la boca seca, el pulso batiéndole fuerte en los tímpanos y un calor en el cuerpo que nada tiene que ver con el sol cada vez más alto, sino con la tensión que crispa sus músculos. Y al llegar a una pequeña rambla, apenas una zanja de la que asoman cañas y matorrales, encuentra allí a una treintena de hombres tumbados en el suelo: monos azules y caquis aún mojados del desembarco, fusiles, granadas colgadas en los correajes, cascos de acero, estrellas rojas en las gorras. Fuman, dormitan, limpian las armas. Varios hablan en catalán. Esperan, como todos los soldados en todas las guerras.

Al verla aparecer, algunos alzan la cabeza y la miran con una curiosidad que se acentúa al advertir que es mujer.

—Me he muerto y estoy en el cielo —dice uno.

Ignorando el coro de silbidos y piropos guasones que levanta a su paso, Pato desamartilla y enfunda la pistola, se acerca a uno que lleva las dos barras de teniente en la gorra, se identifica, dice qué hace allí y pregunta por la sección de transmisiones. El oficial —flaco, pálido, un mapa desplegado sobre las piernas manchadas de barro— la estudia de arriba abajo, todavía sorprendido.

—Éste no es sitio para una mujer —comenta al fin, con aspereza.

—Es la segunda vez que me lo dicen hoy, camarada teniente —Pato lo mira a los ojos, procurando no pestañear—. Vais a conseguir que lo acabe creyendo y me vaya.

Sonríe un poco el otro, mirándola un momento más sin decir nada. Luego le pregunta de dónde viene.

—Del cementerio.

Enarca el oficial las cejas bajo la visera de la gorra. Sorprendido.

—¿Ya es nuestro?

—Cuando me vine, lo era.

La sonrisa del otro se desvanece despacio. Le mira la funda con la Tokarev.

—¿Estuviste en el combate?

—No. Sólo lo vi.

—Fue duro, imagino. Sonaba fuerte.

—Algo hubo... No fue fácil, pero allí estamos.

Ahora el teniente la mira con más respeto.

—No sé dónde estará tu unidad. Cuando llegamos hace media hora no vimos a nadie... Si son de transmisiones, lo más probable es que hayan ido al pueblo —recorre el mapa con un dedo, mostrándole un sendero, y Pato lo compara con su croquis—. El mando de la brigada tiene previsto instalarse en un casón que llaman la Harinera.

—¿Dónde queda eso?

—Aquí, en las afueras. ¿Lo ves?... A la derecha del sendero.

Pato estudia el mapa con la atención de quien sabe que en ello puede irle la libertad o la vida.

—¿El camino está despejado hasta allí?

—Eso creo, pero no estoy seguro... Ya sabes cómo son estas cosas —la mira con intención—. ¿Lo sabes?

—Lo sé —responde Pato sin vacilar, como si realmente lo supiera.

—Si quieres ir, tendrás que arreglarte sola. No puedo mandar a nadie que te acompañe.

—No lo he pedido.

Otra ojeada valorativa del teniente.

—Es verdad... No lo has pedido —mira de soslayo a los soldados de la zanja y sonríe otra vez—. Para andar sola por aquí, tienes más huevos que algunos de éstos.

Un sargento se ha acercado, curioso. Pañuelo rojo al cuello, galón en el gorrillo y carabina Tigre colgada a la espalda. Tiene el labio superior partido por una cicatriz y le humea una colilla a un lado de la boca.

—Si vas al pueblo, mantente lejos del pinar que verás a la izquierda —interviene—. Por lo visto hay moros sueltos que paquean por esa parte. Aunque les hemos dado para el pelo, los fachistas tienen orden de reagruparse en el pitón que está detrás.

—Es cierto —confirma el oficial.

—¿Cómo lo sabéis?

—Nos lo han contado ésos.

Señala a ocho prisioneros nacionales sentados en el suelo al extremo de la zanja, atados unos a otros con una soga. Lívidos, asustados, temblorosos, se agrupan como ovejas a las que ronda el lobo. Soldados de infantería de la 50.ª División. Les han quitado los correajes y el calzado. Uno de ellos tiene una herida en la cabeza, cubierta con un mal vendaje del que gotea sangre que le mancha la camisa.

—En realidad cogimos a nueve —dice el sargento—. Pero el otro era un moro.

Le tiembla de risa la colilla en la boca al decirlo. Pato asiente y se pone en pie.

—¿Podéis darme un sorbo de agua?

—¿Agua o vino?

—Con agua me basta.

—Por supuesto, preciosa. Agua clara de la fuente.

El sargento le alarga su cantimplora. Ella se la lleva a la boca y bebe dos tragos cortos. Luego enrosca el tapón y la devuelve.

—Gracias, camarada.

El teniente le ofrece una petaca con cigarrillos ya liados.

—¿Un pitillo?

—No, gracias.

—Sana y sin vicios —comenta el sargento—. Así me las recomienda el médico.

—Tengo los míos —lo corrige ella.

—Anda tú... ¿Son buena marca?

—¿Los vicios?

Se echan a reír los otros.

—Los cigarrillos.

—Luquis americanos.

Tuerce la boca el suboficial, codicioso.

—Caray con la niña... Rectifico: sana y con vicios caros.

Pato saca un paquete de los dos que lleva en un bolsillo del mono.

—¿Quieres uno, camarada?

—Eso ni se pregunta.

Aparta el sargento su colilla, huele con deleite el cigarrillo rubio y se lo guarda con cuidado. Pato le da otro al oficial. Después se lleva el puño cerrado a la sien, saludando con mucha formalidad.

—Salud, camaradas.

—Salud y República, bombón... Y buena suerte.

Diez pasos más allá de la zanja, Pato ve al moro. Primero oye el zumbido de moscas y luego ve el cadáver entre unos matorrales, boca abajo. Con las manos atadas a la espalda y medio cráneo arrancado de un tiro a quemarropa.

Nunca había visto a un moro de Franco de cerca, ni vivo ni muerto. Por eso se detiene a contemplarlo mientras analiza sus propios sentimientos. Su amor por la humanidad es intenso —por eso, entre otras razones, está allí—, pero no es capaz de ver un ser humano en ese despojo, sino tan sólo un enemigo borrado del mundo: una bestia abatida. Conoce las historias que se cuentan de los moros que están con los facciosos. De lo que hacen a los prisioneros, a las mujeres y a los niños. Como bien formada militante comunista, cree saber lo que ese hombre, y cuantos vinieron con él, representa: indígenas reclutados en Marruecos por los caídes locales, traídos como carne de cañón barata, echados por delante para violar, robar y matar. Ingenuos tal vez en su torpe salvajismo; pero tan nocivos en su crueldad y barbarie como los mercenarios del Tercio, los asesinos de Falange, los fanáticos requetés, los nazis alemanes y los fascistas italianos.

Además, recuerda, un hermano de su madre estuvo el año 21 en la reconquista de Annual y Monte Arruit, y enterró centenares de cadáveres de soldaditos asesinados sin piedad mientras sus jefes corrían a refugiarse en Melilla: el tío Andrés, con su voz melancólica y un bigotazo quemado por los cigarrillos. Pato lo recuerda llorando al rememorar África, sentado con la familia en torno a la mesa camilla y el brasero. Aquellos ojos enrojecidos y acuosos en los que, muchos años después, aún persistía el horror.

No será ella, concluye, quien se conmueva por un moro muerto. Aunque el desgraciado tenga las manos atadas a la espalda.

Algún día, piensa mientras mira el cadáver, cuando el mundo sea mejor de lo que ahora es, también gente como esa carroña que se pudre al sol será redimida en la lucha final, con justicia, pan, educación y cultura. Pero antes hay un largo camino a seguir. Muchas mentes por cambiar. Muchos combates por librar y muchos días inciertos por pelear.

De pronto, Pato se siente aislada en un fantasmal paisaje gris; cual si el sol, que sin embargo brilla en un cielo sin nubes, se hubiera oscurecido un instante.

Sobre todo, se siente muy sola.

Vuelta al lugar en que se halla, a su propio instinto de supervivencia, la joven desenfunda de nuevo la pistola —el sudor de su mano moja las cachas— y con un dedo paralelo al guardamonte, sin tocar el gatillo —otra enseñanza de la escuela militar—, continúa en dirección al pueblo; procurando, como aconsejó el sargento, mantenerse alejada del pinar. Y al llegar a una loma por la que debe pasar forzosamente para evitar unas alambradas que ya nada protegen, mira a su espalda, hacia el río lejano, comprueba que allí prosigue el lento discurrir de barcas con soldados y ve a la tropa que llega a tierra internarse por las pequeñas vaguadas que ofrecen protección.

Es un ejército popular de verdad, se dice con un punto de orgullo. Ejército de la República, español, disciplinado, al fin con mandos casi exclusivamente comunistas: gente seria, capaz de aguantar el pulso hasta que Francia y las democracias europeas entren en guerra con Alemania e Italia. Que ya va siendo hora. Un verdadero ejército del pueblo, ejemplar, curtido, duro, heroico. Pionero en la lucha antifascista y al que, tarde o temprano, el mundo agradecerá su lucha y su sacrificio.

La joven continúa mirando el río. A lo lejos, un poco curvada hacia el sentido de la corriente, hay tendida de orilla a orilla una pasarela por la que cruza, prolongada como una línea de minúsculas hormigas, una fila de hombres. Se dispone Pato a seguir su camino cuando en el cielo, más allá de la pasarela, percibe tres puntos oscuros que parecen moverse despacio, como una bandada de aves que volaran muy juntas. Eso la hace detenerse a observar, intrigada, hasta que comprende que se trata de aviones. El sonido lejano de los motores llega al cabo de un instante: ronroneo monótono que aumenta poco a poco de intensidad haciendo vibrar el azul del cielo.

Espero, piensa, que sean de los nuestros.

Lo normal, concluye tras un momento, es que lo sean. Es impensable que una operación como ésa, el cruce del Ebro entre Castellets y Amposta, no tenga el apoyo de la fuerza aérea. Que los potentes Katiuska de bombardeo, protegidos por los cazas Chato y Mosca pilotados por españoles y por camaradas soviéticos —la Gloriosa, los llaman—, no acudan en masa a machacar las posiciones enemigas y a disputar el cielo a la aviación facciosa, que sin duda no tardará en aparecer. Así que se queda en pie, la pistola en una mano y alzada la otra para hacer visera sobre los ojos, observando cómo los tres puntos negros se hacen más grandes mientras el sonido de sus motores, ya próximo, resuena con toda claridad.

Entonces, para su sorpresa, ve que los aviones, que ya se distinguen con las largas alas y el refulgir del sol en los remolinos de sus dobles hélices, en vez de sobrevolar la orilla derecha del río descienden acercándose a éste. Y de ellos salen, casi simultáneamente, seis motas minúsculas que relucen al sol y caen con equívoca lentitud sobre el lugar por donde cruzan las barcas y está la pasarela.

Paralizada de asombro, Pato permanece inmóvil, la mano todavía haciendo visera sobre los ojos. Y es así como ve cuatro altas columnas de agua elevarse entre las barcas y la pasarela, mientras las minúsculas figurillas se agachan y aplastan en ellas, y dos resplandores de color naranja intenso, violento, brotan en la orilla cercana arrojando por lo alto una polvareda de tierra y piedras.

Pam-tuump, hacen. Pam-tuump.

Los estampidos llegan hasta la joven un momento después, impulsados por una extraña ondulación del aire. Y mientras eso ocurre, ve cómo, tras soltar las bombas, los aviones —ahora está claro que son Heinkel alemanes— se inclinan sobre el ala izquierda y, aún más bajo, vuelan escalonados ametrallando la tierra firme, el pinar, las vaguadas, los árboles dispersos, con largos regueros de piques de polvo que se acercan a donde ella se encuentra, detenida todavía por el estupor y el miedo.

Tacatacatacacatac, suena, ensordecedor. Tacatacatac. Tacatacatac.

Reacciona Pato cuando el reguero de balas está a veinte o treinta metros y advierte, espantada, que se encuentra en su trayectoria. Entonces se arroja al suelo con un gemido de angustia animal, sobre los duros terrones y las piedras que le lastiman codos y rodillas, soltando la pistola para protegerse la nuca con las manos, o intentarlo, como si eso la pusiera a salvo del metal candente que golpea y rebota por todas partes, mientras siente los impactos cercanos, y los fragmentos de piedra y tierra y las ramas tronchadas de los matorrales caen sobre su espalda y sus piernas. Y cuando cesa el estrépito de las ráfagas y los motores se alejan, y, al volverse para mirar, el sudor que humedece su mono azul la reboza de tierra convertida en barro, los aviones fascistas son de nuevo tres puntos negros alejándose en el cielo.

Dónde están nuestros aviones, se pregunta incrédula.

Dónde estarán nuestros malditos aviones.

Al fin se incorpora despacio, dolorida, se palpa el cuerpo, busca su pistola entre los matorrales, la empuña y sigue camino hacia el pueblo. Tiene la boca seca como papel de lija; pero al pensar en los hombres caídos al amanecer en el cementerio, en el moro muerto que deja atrás, en los resplandores anaranjados de las bombas que ha visto estallar en la orilla, siente una feroz alegría por seguir viva.

Para su desdicha, Ginés Gorguel no ha conseguido huir ni emboscarse. El antiguo carpintero de Albacete corre por las afueras del pueblo buscando la carretera de Fayón cuando le cortan el paso unos legionarios. Salen de la cuneta junto a una casilla de peones camineros, al verlo llegar. Un cabo y dos soldados: camisas abiertas, pechos hirsutos, patillas bajo los chapiris verdes ladeados. Bayonetas caladas. Su aspecto es cualquier cosa menos simpático.

—¿A dónde crees que vas?

Gorguel se queda quieto, jadeante, sin decir nada. El cabo mira suspicaz sus cartucheras vacías.

—¿Y tu fusil?

—No sé.

—¿De qué unidad eres?

—No sé.

—Trae los papeles.

—No los llevo... Los rompí.

—¿Por qué?

—Estuvieron a punto de cogerme los rojos.

Se ha sentado en la gravilla de la carretera, exhausto tras correr al menos kilómetro y medio rodeando el pueblo. En ese momento le importa todo un carajo.

El cabo parece pensárselo. Se cuelga el Mauser al hombro y mueve la cabeza, como si descartara una mala idea.

—Tienes que volver.

—¿A dónde?

Sin decir nada, el otro señala el pitón que se alza medio kilómetro más allá, a levante del pueblo: una colina rocosa, sin otra vegetación que algunos matorrales bajos. De la contrapendiente llega ruido de combate, y después de cada estampido se elevan penachos de polvo que remontan perezosos hasta la cima.

—Ni loco —dice Gorguel.

El cabo parece un hombre paciente.

—Mira —dice—. Nos han puesto aquí para detener a los que chaquetean. Si van heridos —señala carretera abajo— los dejamos irse por ese lado. Si vienen sanos, la orden es mandarlos al pitón, donde se han juntado moros del tabor, algunos pistolos como tú y un pelotón del Tercio... Por ahora parece que aguantan; pero el enemigo aprieta y necesitan gente.

—No estoy en condiciones.

El otro lo estudia con ojo crítico.

—Pues yo te veo estupendo.

—Hoy he combatido dos veces.

—No hay dos sin tres, dice el refrán.

—No pienso volver.

—Volverás.

—Te digo que no.

Los otros legionarios se miran entre sí. El cabo se encoge de hombros y da una palmadita en la culata del fusil.

—Entonces, compañero, tienes un problema serio... Nuestras órdenes incluyen pegarle un tiro a quien no cumpla.

—Pues pégamelo y acabemos de una vez.

No es un farol. Gorguel es sincero. Realmente le da igual. Sólo desea seguir caminando hasta perderlo todo de vista. O, si continúa allí, tumbarse sobre la gravilla y dormir horas y días y meses.

—Estoy hasta los cojones —murmura.

—Todos lo estamos.

—Pues yo, mucho más.

De pronto rompe a llorar. Lo hace de una forma silenciosa, sin dramatismos, con lágrimas abundantes que hacen surcos en la suciedad de su cara y se quedan colgando en la punta de la nariz. El cabo lo mira con mucha fijeza, cual si de veras estuviera considerando lo de pegarle un tiro. Tiene la piel curtida, el rostro sin afeitar, y pequeñas arrugas en torno a los ojos acentúan la dureza en sus iris oscuros.

—Te diré lo que vamos a hacer —dice—. ¿Ves ese cántaro?

Gorguel mira hacia donde le indica el cabo. Junto a la puerta de la casilla de peón caminero hay un cántaro de barro puesto a la sombra.

—Sí.

—Pues primero bebe un buen trago de agua, porque debes de tener una sed de mil diablos. Y luego —señala hacia el pitón— te vas andando por allí hasta encontrar a los nuestros. Hay gente abajo, a este lado, organizando la cosa. O intentándolo... Así que te presentas a ellos y te ofreces para lo que sea menester.

—¿Y si no lo hago?

Sin responder, el cabo mira a sus hombres. Uno de ellos apoya la bayoneta del fusil en un hombro de Gorguel, dándole unos toquecitos.

—Ponte de pie —le ordena.

Gorguel no se mueve. Siente el cuerpo como acorchado y es incapaz de pensar. Todo parece una pesadilla de la que, con un esfuerzo de voluntad, pueda despertar si lo intenta. Así que lo intenta una y otra vez. Sin embargo, la pesadilla permanece como si fuera real.

Tal vez sea real, concluye de pronto, aterrado.

El legionario le apoya la bayoneta en la nuca, presionando un poco pero sin pinchar del todo. La punta duele.

—Elige —dice el cabo—. Y elige ya.

Despacio, tambaleante, Gorguel se incorpora al fin. El cabo vuelve a señalar el cántaro y el pitón de levante.

—Bebe y lárgate. Derechito hacia la colina, ¿oyes?... Te vamos a estar viendo todo el rato, y si te sales del sendero, te dispararemos desde aquí.

—Y tiramos de puta madre —comenta el de la bayoneta.

Las balas que pasan altas suenan ziaaang, ziaaang, calle abajo, y las otras chascan en el pavimento y las fachadas de las casas.

La ametralladora fascista tiene bien enfilada la calle, y los azulejos negros y amarillos del anuncio de Nitrato de Chile que hay en una fachada se ven tan picados de balas que parece hayan fusilado a la mula y al jinete.

Cuando se asoma desde el zaguán donde se resguarda al portal, también deshecho a balazos, Julián Panizo puede ver dos cuerpos inmóviles en el suelo. Son soldados republicanos. Uno está cerca, atravesado frente al umbral, encogido sobre un fusil que nadie se atreve a recuperar. Su cabeza está vuelta hacia el otro lado y descansa sobre un charco de sangre.

El segundo se encuentra algo más lejos, en mitad de la calle. Lo vieron caer casi al mismo tiempo que al otro, mientras todos avanzaban pegados a las fachadas de las casas y la máquina empezó a tirar de pronto desde el campanario de la iglesia. Al principio el infeliz cayó desmadejado, como si estuviera muerto; pero al poco rato, cuando Panizo y el resto de camaradas ya habían buscado protección en los portales y las esquinas, lo vieron arrastrarse intentando retirarse de allí mientras dejaba un reguero rojo en el suelo. Utilizaba sólo las manos, porque un balazo le había roto la columna vertebral.

—¡Ayudadme, compañeros! —suplicaba con voz de angustia.

Pero ninguno quiso arriesgarse. Entonces, al ver que nadie mordía el cebo, los del campanario le tiraron al herido con cierto recochineo, precisos, casi musicales. Ratatatata-ta-tá, sonó la máquina, repicando con arte la media copita de ojén —eso no sale de casualidad, hay que tener práctica y buen juego de pulgares—. Y ahora el que se arrastraba ya no se mueve.

Panizo se recuesta sentado contra la pared del zaguán, apoya el naranjero y mira a su camarada Olmos, que es menudo y chupado de cara pero duro como el pedernal. Lleva el gorrillo en el hombro con el madroño capado, porque dice que ir con la borlita colgando es de maricones y de fascistas. El antiguo barrenero de La Unión tiene el mismo aspecto fatigado que su compadre y los otros: barba de dos días, ojeras, la camisa sucia y sudada bajo la mecha y el cordón detonador que lleva cruzados al pecho, los correajes y el macuto. El polvo de ladrillo y yeso que los impactos y las explosiones levantan por todas partes empieza a cubrirles la ropa, el pelo revuelto y la piel.

—¿Te queda fumeque, Paco?

—Toma.

Le alarga el otro una petaca con picadura y papel de liar. Sin prisa, tras secarse el sudor de las manos en el pantalón, Panizo pone el tabaco, enrolla el papel entre dos dedos y le pasa la lengua por el borde. Cuando se lo pone en la boca, Olmos le arrima el chisquero con la mecha humeante y Panizo lo agradece con un parpadeo. Aprecia mucho a su paisano, piensa. Aparte lo vivido juntos, los dos coinciden en despreciar a los traidores emboscados en Madrid y Valencia, a los anarquistas que con su indisciplina arriesgan perder la guerra, a los señoritos de derechas o izquierdas vendidos al capital, a los militares de carrera y a los curas.

—No es el mejor tabaco del mundo, paisano.

—Cuarterón —se encoge el otro de hombros—. De lo poco que hay.

—Pues a ver si lo compras bueno.

—Sí, hombre, de Canarias... A los fachistas se lo voy a comprar.

Sonríe Panizo, entornados los párpados por el humo. Como si el humor le mojara la boca seca.

—Antes de que nos ametrallaran he visto un estanco al final de la calle... Lo mismo nos sale gratis.

—Para cuando lleguemos allí, si es que llegamos, lo habrán vaciado entre unos y otros.

—Seguramente.

—Sin poder fumar, esta guerra es una mierda.

—Y hasta fumando.

Tras unas chupadas tranquilas al pitillo, Panizo mira hacia el exterior, donde de vez en cuando restallan ráfagas que repiquetean en el empedrado y los portales. Los dos cadáveres siguen en su sitio, sin novedad. Muy quietos. Nada hay más quieto que los muertos.

—Lo tenemos jodido, compadre —comenta.

—Eso parece.

Otra calada. El humo sale despacio por la nariz del dinamitero.

—Por ahí no llegamos a la plaza... Nos matan a todos.

—No te quepa.

—No me cabe.

Hay más soldados en el zaguán: dos de los camaradas con los que anoche volaron la ametralladora y siete más, agrupados unos con otros en el estrecho espacio. Todos pertenecen, como Panizo y Olmos, a la compañía de zapadores de choque del Primer Batallón, encargado de tomar el pueblo y desalojar al enemigo. El grupo de dinamiteros se reunió con los demás al alba, cuando entre la primera luz se acercaban éstos al centro del pueblo. Con casi medio Castellets en su poder, los republicanos intentan llegar a la plaza donde están la iglesia y el ayuntamiento; pero los fascistas, que chaqueteaban al principio, parecen haberse rehecho, o recibido refuerzos. Ahora aguantan y se pegan al terreno. De modo que la gente, que antes avanzaba con mucha moral y entusiasmo, se va enfriando poco a poco. Los dos de la calle no son los únicos que han caído, y nadie quiere ser el siguiente.

—¿Oyes ese ruido, Julián? —comenta Olmos.

Panizo pone atención. Y es cierto. Entre el restallar de los disparos que baten la calle resuenan unos golpes sordos que proceden del interior. Hasta la pared que tiene a la espalda vibra ligeramente con cada golpe, transmitiendo el sonido. Así que pega la oreja. Bum, bum, se oye. Espaciado, rítmico. Bum, bum, bum.

Olmos lo mira, intrigado. Con ojos inquietos.

—¿Qué es eso?

—Ni idea, compadre.

—¿De dónde viene?

Panizo apura el pitillo, apaga la brasa y guarda la colilla en una cajita de lata de pastillas para la tos. Después coge el subfusil y se pone en pie.

—Dejad paso —dice a los otros.

Camina entre ellos —huelen tan sucios como él, a sudor y cubil de tigre— y se adentra en la casa. El lugar ha sido tan saqueado por los fascistas en fuga como por los republicanos que avanzan; y la luz de una claraboya ilumina muebles caídos, loza rota, ropa pisoteada. Aún se ven restos de la cena de quien viviese allí hasta anoche, platos sucios y ollas volcadas sobre los fogones. En un rincón, usado como letrina de circunstancias, apestan unos excrementos. En las paredes, fotos amarillentas y desvaídas, rostros de familia en marcos torcidos, evocan fantasmas de otro tiempo. Y en una jaula de alambre hay dos canarios muertos.

—Vienen de ahí —dice Olmos a su espalda—. De esa alcoba.

Panizo le quita el seguro al arma y entra en la habitación. En uno de los ángulos del techo hay un boquete por el que se ve algo de cielo azul, vigas desnudas y tejas rotas. Los golpes suenan con más intensidad en uno de los tabiques, junto a una cama de hierro cubierta por el polvo de las tejas. Al siguiente golpe, cae al suelo el Sagrado Corazón que estaba en la pared y se desprende un gran desconchón de yeso.

—Leches... Están picando ahí mismo —dice Olmos.

Asiente Panizo y retroceden los dos hasta la puerta, por donde atisban preocupados los compañeros.

—¿Son fachistas o nuestros? —pregunta uno.

—Y yo qué sé.

Todos preparan sus armas. Al siguiente golpe, la punta de un pico asoma por el tabique. Con dos golpes más se agranda el agujero; y al siguiente, entre el polvo de los ladrillos que caen y dejan paso suficiente para un hombre, pueden ver que algo se mueve al otro lado. Panizo se lleva a la cara el naranjero y apunta al hueco.

—¿Quién va? —grita.

Cesan los golpes. Panizo sigue apuntando y Olmos se descuelga del correaje una granada polaca de piña y le quita la anilla.

—¡Me voy a cagar en vuestra puta madre! —vuelve a gritar Panizo—. ¿Quién coño va?

Un instante de silencio, como si al otro lado dudasen. Parece oírse un cuchicheo.

—¡República! —responde al fin una voz.

—Pues enseñad el careto, pero despacio.

Unas manos asoman por el agujero y luego un rostro inquieto, barbudo, en el que, bajo una gorra con estrella de cinco puntas en círculo rojo, Panizo reconoce al comisario político del Primer Batallón, un tal Rosendo Cehegín: ancho, cargado de tripa, con un ojo de cada color. Viene éste acompañado por el teniente Goyo, que manda la compañía de zapadores de choque.

—Qué susto nos habéis dado, cabrones —dice el oficial.

—Peor podía haber sido —responde Olmos, volviendo a ponerle la anilla a la granada.

En un momento, todos se explican. Panizo cuenta que la ametralladora enemiga los tiene atrancados; y los otros que, por la misma razón —además de esa máquina, hay un par de fusiles ametralladores que baten la calle principal—, se han estado abriendo paso por las casas, tirando tabiques. Era la única forma de comunicarse.

—Os mandamos un enlace, pero se volvió cojeando con un tiro en un pie —cuenta el teniente Goyo—. ¿Cuántos sois aquí?

—En esta casa, once. Y en las de atrás, unos veinte. Al otro lado de la calle está el brigada Cancela, con otros tantos.

El teniente señala el hueco de la pared.

—El resto de la compañía lo tengo yo al otro lado... ¿Podemos comunicar con Cancela?

—Con cuidado y a gritos, podría ser.

—Pero si damos muchas voces, nos oirán los fachistas —advierte Olmos.

—Sí —conviene Panizo—. Ésos tienen oído de tísico.

El teniente lo piensa un instante.

—A ver. Decidnos dónde.

Panizo los lleva hasta el zaguán. El teniente se asoma con precaución, mira los dos cadáveres de la calle, oye un tiro y vuelve a meterse.

—El enemigo —les explica— se ha parapetado en la iglesia y a lo largo de la carretera que cruza el pueblo como calle principal. A este lado, nosotros tenemos el ayuntamiento y la escuela... Cuando lleguen las armas pesadas que esperamos, podremos batirlos y avanzar. Vamos nosotros con la 1.ª Compañía. La 2.ª y la 3.ª quedan en reserva.

—¿Qué armas de apoyo tenemos? —pregunta Panizo.

—Vienen cuatro ametralladoras; y a la entrada del pueblo, cerca de un edificio que llaman la Harinera, estamos emplazando morteros de 50 y de 81.

—Me gusta oír eso... ¿Qué hay de la artillería?

—Casi lista en la otra orilla, o eso me dicen.

—¿Casi?

—Casi.

—Pues vienen con retraso, ¿no?... Nuestras baterías ya deberían estar tirando.

—Bueno, ya sabéis cómo son estas cosas. De todas formas, para lo cerca que estamos aquí de los fascistas, es mejor que de momento no tiren. Por si nos toca algo a nosotros.

—Mucho traidor es lo que hay —masculla Olmos.

Chasquea el teniente la lengua, incómodo, y mira de reojo al comisario.

—No empecemos, hombre... Que nos pasamos la vida viendo traidores hasta debajo de las piedras.

—Pues bien que nos dejaron tirados en Teruel.

—Ya vale, Olmos. No exageres.

—Yo qué voy a exagerar. El Campesino se largó de allí como una rata.

Otra ojeada del teniente al comisario, que escucha sin abrir la boca.

—Déjate de hostias, que ahora estamos en el Ebro y no en Teruel... Lo que hay son los problemas normales en una operación como ésta. Además, los facciosos han abierto las compuertas de los embalses, el agua ha subido de nivel y lo pone todo más difícil. Casi se nos lleva la única pasarela que hemos podido tender.

—¿Y los tanques? —se interesa Panizo.

—Está previsto que nos lleguen unos T-26 rusos, que son cojonudos. Eso, claro, en cuanto hallemos la manera de traerlos a esta orilla.

—¿Cómo va el asunto en los otros sitios?

—Por lo que sé, bien... El cementerio ya es nuestro, el pitón de poniente está a punto de serlo y el de levante lo ataca el Cuarto Batallón.

—Los del Cuarto son morralla —escupe el dinamitero—. Y flojos que te cagas.

—Más flojos son los fascistas —replica el oficial.

—No lo dirás por los que tenemos ahí enfrente —señala Panizo hacia la calle—. Éstos venden caro el pellejo.

—Hablo de los que se han refugiado en el pitón, huyendo de la paliza que les hemos dado... Desechos de tienta, es lo que son. Los del Cuarto podrán con ellos.

—¿Por qué no viene nuestra aviación? —pregunta Olmos, volviendo a la carga.

El teniente duda un momento, y es el comisario político, Cehegín, quien toma la palabra.

—Vendrá, no lo dudéis —sentencia, campanudo—. A su debido tiempo.

—Pues me alegro, porque la única que ronda por ahí arriba es la de Franco.

Lo mira el otro, censor. Molesto por la inconveniencia.

—Son ciento cincuenta kilómetros de frente en el Ebro, camarada. No se puede estar en todas partes a la vez.

—Ya... La historia de siempre.

—¿Y qué hay de nosotros? —interviene Panizo, zumbón—. ¿Seguimos atacando o nos ponemos cómodos?

Cehegín mira al teniente Goyo para cederle los trastos. Y éste explica el plan: fuego de morteros y ametralladoras para ablandar a los facciosos y ataque sobre el edificio del antiguo Sindicato de Labradores, al otro lado de la calle, desde donde podrán acercarse mejor protegidos a la iglesia. El ataque, añade el oficial tras consultar su reloj, empezará dentro de una hora, y los zapadores van a ser fundamentales para volar muros, casas y parapetos en la aproximación.

—Así que preparad mechas y petardos —concluye— porque vamos a hacer un ruido de la hostia.

Una cosa más, interviene el comisario con aire solemne. Lo que va a decir a continuación, advierte, no es por Panizo y los demás camaradas presentes, que son de fiar. Pero él y los otros comisarios de batallón han recibido instrucciones serias. El ejército del Ebro es la vanguardia del proletariado mundial. Los del otro lado son mercenarios o gente obligada a luchar, mientras que ellos son el pueblo en armas. Así que nada de chaqueteos esta vez. Nada de indisciplina. Nada de agachar la cabeza y que se la rifen otros.

—Somos combatientes orgullosos de serlo —remata, didáctico—. Quien se escaquee o flojee, quien intente pasarse, quien traicione, quien muestre cobardía ante el enemigo será fusilado en el acto para dar ejemplo, sin detención ni juicio alguno... Y a cada cual corresponde vigilar que sus camaradas cumplan.

El teniente Goyo permanece vuelto hacia la calle, como si no oyese nada. Olmos y Panizo, que se entienden sin palabras, cambian un vistazo cómplice. Con su biografía bélica y su aspecto curtido, no son de los que se achantan ante la gorra con estrella de un comisario. Que además, según se rumorea, fue seminarista hasta el 36.

Por todo eso, Panizo se permite dirigirle a Cehegín una sonrisa retorcida.

—¿Y debemos fusilarlos nosotros personalmente —inquiere clavándole los ojos duros— o piensas ocuparte tú?

Enrojece el otro, molesto. Y traga saliva.

—Son órdenes —argumenta—. Somos comunistas, y yo transmito órdenes.

—Pues a ver cuándo transmites que nos traigan unos bocadillos de chorizo.

—Y tabaco —agrega Olmos.

En ese punto, incómodo, el teniente deja de contemplar la calle, mira de soslayo al comisario y se vuelve hacia los dinamiteros.

—Venga, vamos a lo nuestro... A ver si podemos comunicar con el brigada Cancela.

IV

Al otro lado de la plaza, bajo la torre de la iglesia, Santiago Pardeiro mastica un trozo de cecina seca mientras se empina sobre la punta de las botas, asomándose con cautela a la barricada que sus legionarios han montado en una de las bocacalles: un carromato reforzado con sacos terreros, vigas de madera, muebles y colchones traídos de las casas cercanas. No es muy sólida ni aguantaría un cañonazo, pero permite cruzar de la iglesia a las casas contiguas sin que a uno le peguen un tiro por el camino.

La obsesión del joven alférez es que su gente siga repartida a lo largo de la calle principal, aunque manteniendo la comunicación entre ella. Eso hará posible coordinar los fuegos, que las órdenes circulen bien y que en caso de repliegue todos puedan hacerlo de forma serena y apoyándose entre sí.

Sabe que manda a profesionales, y por ese lado se siente tranquilo; pero el caos de un combate está lleno de imprevistos. Lo comprobó en mayo, durante la contraofensiva roja en torno a Lérida, cuando un plan perfectamente trazado se vino abajo en quince minutos, la compañía perdió a todos los demás oficiales y un tercio de la gente, y Pardeiro, en su bautismo de fuego, se vio al man-

97

do de una fuerza que ya no luchaba por conquistar la posición asignada, sino por retirarse y sobrevivir.

—¡Sargento Vladimiro!

—¡A sus órdenes!

—Ven aquí.

El ruso, que aguardaba en la entrada lateral del edificio más próximo, pegado a la pared con el corneta de la compañía, el asistente Sanchidrián y dos enlaces que siguen la huella de su alférez como perros fieles, se acerca a la barricada agachando un poco la cabeza, con un subfusil Beretta 18/30 colgado a la espalda.

—Mande, mi alférez.

Pardeiro estudia otra vez la plaza y luego alza la vista a la torre de la iglesia, valorativo. La ametralladora emplazada allí se mantiene en silencio. El alférez ha ordenado que ni ésa ni la otra máquina vuelvan a tirar hasta que no haya movimiento serio al otro lado. Es necesario ahorrar una munición que todavía no es escasa, pero que no sobra.

—Asómate un poco más. Mira... ¿Ves el ayuntamiento y la escuela?

—Los veo.

—Sigo pensando que cuando vengan lo harán desde allí, fíjate bien: por ese lado, donde se estrecha la plaza y empieza la calle. Junto a los soportales.

Entorna los párpados el otro mientras considera la cosa con sus ojos de tártaro. Después asiente sin decir nada. Pardeiro señala el edificio contiguo, viejo Sindicato de Labradores al que todos, incluso desde la liberación del pueblo, siguen llamando así.

—Hay que reforzar el sindicato... Mete dentro a cuatro o cinco hombres más, de los mejores.

—Ahora mismo.

—Sácalos de donde hagan menos hueco, y que lleven allí uno de los fusiles ametralladores... Deben conservar a toda costa el contacto con la que llaman Casa del Médico, que está al lado, porque los rojos pueden colarse por ahí.

Formal como si almorzara ordenanzas militares y credo legionario —se comportaba igual en el puente de Balaguer, cuando la gente caía como moscas—, el ruso se toca el chapiri.

—A la orden, mi alférez.

—Pues venga, que nos darán el asalto de un momento a otro.

La guerra, reflexiona Pardeiro mientras mira irse al sargento, es sobre todo cuestión de aritmética: Dios ayuda a los malos cuando son más que los buenos. De los ciento veintinueve hombres con que entró en el pueblo, más el refuerzo de nueve vecinos afiliados a Falange que se presentaron voluntarios, ya ha perdido a tres. Ocurrió hace cosa de una hora, cuando los primeros rojos asomaron cerca de la plaza, empezó el combate y hubo que evacuar el edificio del ayuntamiento, único que se mantenía al otro lado. Los enemigos llegaban por todas partes, los defensores se vieron obligados a retroceder, y los tres últimos, dos falangistas y un legionario, fueron cazados desde atrás en plena carrera. Ahora son motas inmóviles tiradas en el suelo, junto al pilón de la plaza.

Esas bajas dejan la fuerza disponible en 135 hombres, se lamenta íntimamente el joven alférez. Muy pocos para lo que se viene encima. De todas formas, la máquina situada en el campanario detuvo a los rojos cuando a su vez quisieron cruzar, y lo sigue haciendo. También ellos deben de tener, a estas alturas, unas cuantas bajas. La prueba es que están muy quietos al otro lado, paqueando un poco pero sin asomar todavía la cabeza.

Pardeiro sabe que eso no va a durar, y que lo intentarán de nuevo. Lo de antes ha sido sólo un tanteo, un fijar nuevas posiciones de ataque. Por eso recorre desde hace un rato la posición propia, comprobando que su gente está dispuesta como es debido, que las dos Hotchkiss y los dos Bergmann enfilan lo que deben y que los hombres, parapetados en portales, ventanas y balcones a lo largo de trescientos metros de línea, se encuentran en condiciones de resistir.

Otra cosa lo inquieta además de la munición: el agua para que su gente pueda beber mientras pelea. El sol pega fuerte, el calor es intenso —desde hace rato él mismo está en mangas de camisa—, y en tales condiciones la sed puede volverse insufrible. Fuera de las heridas, no hay tortura mayor. En los combates del Cinca vio a hombres curtidos desmoronarse tras dos días sin probar una gota de agua. A gente luchando encarnizadamente por un pozo o una acequia, o por recuperar cantimploras de soldados enemigos muertos o heridos.

A ratos, el alférez tiende la oreja intentando descifrar el ruido lejano de disparos y explosiones que suena en las afueras del pueblo. Parece intenso en el pitón de levante, lo que indica que el comandante Induráin, si es que sigue vivo, aguanta todavía; y débil, apenas un paqueo espaciado, por la parte de poniente. Eso le da mala espina, pues si los rojos han tomado ese pitón, la compañía podría verse flanqueada por la izquierda. En tal caso no quedaría otra que replegarse al punto que Pardeiro ha establecido como reducto alternativo, tres calles más atrás: el edificio de la Cooperativa de Aceites.

—Zusórdenes, mi alférez.

Quien lo dice es el cabo Longines, que acaba de aparecer acompañado por Tonet, el chiquillo del pueblo. A continuación, Pardeiro escucha las palabras que más ha estado temiendo.

—Apenas hay agua.

Atiende el oficial, contrariado, mientras el legionario da su informe. El chico y él, cuenta, han recorrido medio pueblo, casa por casa. Una mujer y un par de viejos de los que se quedaron en los sótanos echaron una mano, y así han podido juntar media docena de cántaros llenos y algunas garrafas. Pero los aljibes están secos y las tinajas, rotas.

—Aparte lo que a cada cual le quede en la cantimplora —resume el cabo—, no salimos ni a cuatro sorbos por hombre.

Se mantiene impasible el alférez mientras escucha, pero siente como si el mundo le cayera encima. Entre ellos y el río se interponen los rojos, y a su espalda sólo hay un pozo entre el pueblo y la ermita de la Aparecida. Demasiado lejos.

Para disimular su zozobra, Pardeiro mira su reloj de pulsera y finge interesarse por la hora que es, y luego echa otro vistazo por encima de la barricada.

—Sin embargo, puestos a beber... —añade el cabo.

Los mira de nuevo el alférez, interesado, y ve cómo Longines y Tonet cambian una ojeada cómplice mientras el crío se pasa un dedo por la nariz sucia y sonríe cual si escondiera un secreto. El legionario le ha apoyado una mano en un hombro.

—Si de beber se trata, algo hay. Al menos eso dice el pistolillo.

—No comprendo.

Zarandea un poco Longines a Tonet, con rudo afecto.

—Cuéntaselo, anda.

—La Cooperativa de Vinos —dice éste.

Pardeiro tarda un momento en comprender. Al fin enarca las cejas.

—¿Hay vino allí?

—Nadie se lo ha llevado.

—¿Mucho?

—Una bodega con tinajas grandes.

—Vino claro de la tierra, mi alférez —apunta Longines mientras se descuelga la cantimplora—. Con su permiso, lo he catado en una de las casas y me dicen que es el mismo de la cooperativa... Pruébelo, si gusta.

La cantimplora está llena. Sopesándola, Pardeiro mira con recelo al legionario.

—¿No te quedaba agua, o qué?

—Ni un buchito, mi alférez.

—Ya.

Se lleva la cantimplora a los labios mientras el niño y el legionario lo observan atentos. Sabe bueno y fresco, comprueba. Un vino fuerte, alto de graduación. Pero quita la sed, que es de lo que se trata. Tras secarse la boca con el dorso de una mano, enrosca el tapón y devuelve la cantimplora al legionario.

—¿La cooperativa es nuestra?

—Sí. Está a una calle de aquí, justo detrás de la iglesia.

—No lo sabía.

—Tampoco yo... Se le ha ocurrido al enanillo.

Toca Pardeiro la cabeza rapada del niño, que entorna los ojos como un cachorrito al recibir una caricia.

—Buen trabajo, Tonet.

—Me ha pedido un chapiri de los nuestros —dice el cabo, tocándose el gorrillo legionario.

Asiente Pardeiro.

—Pues cuando puedas, le das uno. Se lo ha ganado.

—Zusórdenes.

De todas formas, piensa el alférez, es posible que de ahí a un rato sobren gorros de ellos y de los de enfrente. Eso es lo que le pasa por la cabeza, aunque no lo dice.

—Pon un centinela en la puerta de la cooperativa y asegura el suministro. Que se mezcle vino con el agua que tenemos, mitad y mitad, para doblar la provisión.

—¿Y luego?

—Luego ya veremos.

—Zusórdenes.

Viendo irse al legionario y el chiquillo, Pardeiro retorna a los cálculos tácticos: puntos fuertes y débiles de su línea defensiva, distribución de hombres y armas, vías de repliegue. Tarde o temprano, piensa, llegará alguna clase de ayuda. Eso, al menos, fue lo que dijo el comandante Induráin antes de irse al pitón de levante. Pero ese tarde o temprano atormenta el pensamiento de Pardeiro.

La diferencia entre temprano y tarde puede, perfectamente, ser la débil línea que separa el triunfo de la derrota, la vida de la muerte.

Tras echar otro vistazo por encima del parapeto, sigue camino hasta la entrada del Sindicato de Labradores para reunirse con el corneta, el asistente y los dos enlaces. Lo hace sin agachar el cuerpo, sabiendo que se expone a que alguien, desde el otro lado de la plaza, le acierte un tiro en la cabeza. Camina con los músculos en tensión, prieta la quijada, esforzándose por no avivar el paso; como se supone debe hacerlo un oficial del Tercio. Le quedan pocos días para cumplir veinte años y lleva una estrella estampillada en parche negro sobre el bolsillo izquierdo de la camisa: alférez provisional, cadáver efectivo, dicen los veteranos. Y nada más cerca de la verdad. La mitad de ellos muere en el primer combate; y para Santiago Pardeiro éste ya es el segundo. Ojalá, piensa, llegue a vivir lo suficiente para ser veterano algún día. Para volver a ver a sus padres, vivir y trabajar en una España en paz, libre de chusma insolente y criminal, donde reinen el orden, el trabajo y la justicia. Una nación más digna y honrada que la que conoció hasta ahora.

Anoche mismo intentó explicar eso en la carta que tenía medio escrita cuando se fue a dormir, ignorante de que iban a despertarlo con la noticia de la ofensiva roja. La lleva doblada en la cartera, en un bolsillo del pecho, en espera de poder terminarla, y contiene la respuesta a una pregunta de su madrina de guerra, la joven de la foto a la que nunca ha visto en persona:

Estimada María Cristina, amiga mía, querida madrina:

Me preguntas en tu última carta los motivos por los que lucho. Por qué me presenté voluntario sin esperar a que me llamaran a filas. Soy de una familia modesta, poco burguesa. Mi padre, con gran esfuerzo, montó un pequeño comercio en Lugo y con su trabajo y sacrificio, ayudado por mi buena madre, pudo darnos vida y educación a cuatro hijos. Nada regalaron a mi familia las izquierdas ni las derechas y nunca intervino ninguno en política. Mi padre ni siquiera votó nunca, pues decía que tan oportunistas eran unos como otros. Yo, mayor de los hermanos, fui privilegiado con facilitarme los estudios: una carrera para una vez situado poder ayudar al resto.

Sin embargo, esta República desordenada y caótica lo cambió todo. La mala fe de los políticos, el pistolerismo impune, la ausencia de autoridad y orden público, las turbas analfabetas enseñoreándose de nuestras vidas, la demagogia irresponsable, el caciquismo de las izquierdas, que resultó tan nefasto como el de las derechas (te lo dice alguien nacido en una región que sabe mucho de caciques), llevaron a España al abismo. La convirtieron en un gran Cristo crucificado por todos.

No es cierto, como dicen los rojos, que cuatro militares y banqueros se alzaran contra el pueblo. Yo soy pueblo, mi familia es pueblo, y estábamos como muchos otros hartos de tanta impunidad, de tanta barbarie, de tanto si no estás conmigo estás contra mí. ¿Quién, al ver que se insulta a su madre o su novia, a su hermana, no saldría en su defensa? Pues la ofensa que le hacen a España sus enemigos, destruyéndola, es más que un insulto. Es un crimen.

¡Viva España rusa!, gritaban esos irresponsables cana-
llas. Nos obligaron a tomar partido incluso a los que no lo
teníamos. Nos obligaron a elegir, aunque tampoco nos entu-
siasmaran los otros. Enfrentaron amigos y hasta hermanos,
cuando la mayor parte sólo aspirábamos a orden, paz y tra-
bajo. Pero eso es imposible cuando todo el mundo tiene la
palabra revolución en la boca. Hasta mi pobre padre, por te-
ner un modesto negocio propio, era considerado «explotador
del pueblo». En cuanto a mí, sencillo estudiante, hijo de una
familia trabajadora, recuerdo un día que iba a clase, cuan-
do al bajar del tranvía unos obreros me insultaron ¡por lle-
var corbata! «Te vamos a ahorcar con ella, cochino señorito
burgués», dijeron riéndose insolentes, con altanería de ven-
cedores saboreando la revancha. Así que cuando los milita-
res se alzaron para poner fin a este disparate, los españoles de
bien no tuvimos más remedio que...

Hasta ahí llega la carta que el joven alférez provisional lleva en el bolsillo, mientras éste se pregunta si vivirá
lo suficiente para acabar de escribirla. Y como a modo de
respuesta, en ese momento y sin aviso ni zumbar previo,
un proyectil revienta en la plaza, más allá de la barricada,
arrojando por el aire una lluvia de metralla y fragmentos
de piedra.

El estallido pilla a Pardeiro por sorpresa y lo hace en-
cogerse instintivamente, desconcertado, mientras ve a los
de la puerta tirarse en plancha al suelo, estilo Zamora.

Es un mortero, comprende. De pequeño calibre, seguramente un 50. Cayó desde arriba y en parábola muy
curva, y por eso no lo ha oído venir. Un tiro enemigo que
ha quedado corto por sólo quince o veinte metros, y cuyo
alcance corregirán sin duda en los próximos disparos.

Aún no se ha disipado la polvareda de la explosión
cuando al otro lado rompe con múltiples ecos el tartamudeo característico, como de batir hojalata, de un par de

ametralladoras Maxim rusas que tiran contra el campanario de la iglesia. Las balas llegan en rachas cortas y precisas, bien dirigidas, picoteando la torre con sus chasquidos para caer después sin fuerza, mezcladas con trozos de ladrillo.

Entonces Pardeiro mira al corneta y los enlaces, que siguen en el suelo, y les grita que avisen a la gente para que esté dispuesta. De un momento a otro, los rojos intentarán cruzar la plaza.

En la Harinera, un caserío situado en las afueras de Castellets, entre el pueblo y el río, el puesto de mando de la XI Brigada Mixta hierve de actividad. Jefes y oficiales consultan mapas e imparten órdenes, y hay un constante ir y venir de hombres armados y enlaces con mensajes.

Arrodillada bajo un porche del patio con unos alicates ante la mirada impaciente de la sargento Expósito, Pato Monzón trabaja en el acoplamiento de un cable telefónico a un teléfono de campaña NK-33. Tras informar sobre la situación en el cementerio y el pitón de poniente se ha reunido al fin con sus compañeras de la sección de transmisiones, que se afanan en tender líneas, instalan terminales y tejen, diligentes, la tela de araña que enlazará el lugar con las distintas posiciones republicanas que se establecen a medida que el avance progresa, así como con la retaguardia al otro lado del Ebro.

—¿Cómo va eso? —pregunta la sargento.

—Todavía nada.

Expósito tiene mala cara.

—Pues más vale que los teléfonos estén operativos pronto, porque la Erre-Erre no funciona.

La mira Pato, sorprendida. La Erre-Erre es un emisor-receptor Philips de onda ultracorta, fundamental para mantener la comunicación con la otra orilla. Pesa trece kilos y sólo tienen una.

—Pero si es nueva, y las pilas están a tope. La comprobamos hace dos días.

—Pues ya ves... De momento, dependemos del cable telefónico. Así que espabila.

Pato tiene ante sí la caja de baquelita abierta, y con el microauricular pegado a la oreja hace girar con rapidez la manivela para probar la conexión, sopla, presiona la tecla y vuelve a soplar. Tendida a través del río, a lo largo de la pasarela, esa línea enlaza el puesto de mando con la batería de seis cañones de 105 mm que se está emplazando en la margen izquierda.

—¿Qué tal? —insiste Expósito.

Atenta a lo suyo, Pato no responde. Da nuevas vueltas a la manivela, presiona, sopla y escucha. Detrás de la sargento, a grandes zancadas y mirando de continuo su reloj de pulsera, el teniente Harpo va y viene entre ellas y la mesa instalada bajo un toldo de lona, donde la Valenciana y otra compañera se ocupan de ajustar una centralita de campaña de diez líneas, núcleo de comunicaciones de la brigada.

El auricular transmite unos chirridos parásitos y un carraspeo. Luego se escucha una voz lejana:

—«Aquí Vértice Campa.»

Tal es el nombre clave de la posición artillera. Pato se pasa el dorso de la mano por la frente llena de sudor y alza la vista hacia Expósito.

—Tenemos comunicación.

La sargento le arrebata el teléfono, escucha y se vuelve hacia Harpo para darle la novedad: las dos orillas del Ebro ya se comunican en el sector de Castellets. Aliviado, el teniente corre a informar a sus superiores, y al momento regresa en compañía de tres mandos a los que Pato reconoce en el acto: el teniente coronel de milicias Faustino Landa, jefe de la XI Brigada, ascendido de grado hace sólo un par de semanas; su segundo en el mando, mayor Antonio Carbonell, y el comisario de la brigada, un tipo al que unos llaman Ricardo y otros el Ruso, entre otras cosas porque dicen que lo es.

—A ver si es verdad —comenta Landa.

Tiene un puro a medio fumar en la boca, que se quita al coger el teléfono de campaña. Presiona el microauricular, cambia unas palabras con el otro lado del Ebro y lo devuelve, satisfecho.

—La batería está casi dispuesta... Tendremos apoyo artillero en hora y media. Y tal vez antes.

Señala el mayor Carbonell hacia levante del pueblo, de donde sigue llegando un crepitar de fusilería que a veces se reaviva y a ratos languidece.

—Les irá bien a los del Cuarto Batallón, que no terminan de rematar la faena.

—Claro. Pero siempre que nuestros cañones batan a los fascistas —Landa lo dice en tono ligero, entre dos chupadas al puro— y no le coloquen los pepinazos a los del Cuarto.

—No sería la primera vez —señala Carbonell.

El teniente coronel hace una mueca sarcástica. Tiene cuarenta años y es ancho de cuerpo, con manos de obrero y ojos de pirata listo. Asturiano de Gijón, menos republicano que comunista, como casi todos los mandos y comisarios del ejército del Ebro, antiguo acomodador de sala de cinematógrafo y afiliado de primera hora a las Juventudes Socialistas, Faustino Landa se pasó al Partido con la gente de Santiago Carrillo. Vividor, amante de la buena mesa, aunque se comenta que no es un rayo de la guerra y le gusta demasiado aparecer en los periódicos, goza de la confianza de Líster y Modesto. Prudente en lo militar, tiene fama de ser de los que procuran no meterse en líos, pero tampoco ayudan a salir de ellos. Más dotado para acciones defensivas que ofensivas.

—Ni tampoco la última —confirma Landa—. Cuando hay apoyo artillero propio, a veces trae más cuenta estar en el objetivo a batir que en las cercanías de éste.

Sonríen todos menos el tal Ricardo alias el Ruso o viceversa: pelo rubio escaso, mal encarado, gafas de acero ligeramente ahumadas que disimulan unos ojos de pez que a Pato le parecen poco simpáticos, acordes con lo que se rumorea del personaje. Distinguido en la represión contra los trotskistas del POUM, se dice que el Ruso ha matado o hecho desaparecer a más españoles del propio bando que el tifus, y que es un hombre culto y viajado, capaz de ordenar que te fusilen en cuatro o cinco idiomas. Por lo visto tiene sólidas influencias en Barcelona y Valencia, mucha mano en la Consejería de Orden Público, y eso, cuentan, lo hace autoritario y peligroso. Con el jefe de la brigada sólo se lleva a medias: popular y casi frívolo uno, siniestro y taimado el otro, se guardan las distancias.

—Hay traidores en todas partes —comenta el comisario, venenoso—. Incluso entre nuestros artilleros.

El acento español es tan perfecto que Pato piensa que lo de que sea ruso es un bulo. Por su parte, Faustino Landa les guiña un ojo a los demás y mueve la cabeza.

—Qué carajo traidores... Incompetentes, es lo que son. Menos mal que a los fascistas les pasa lo mismo.

—¿Estás comparando? —se remueve el comisario.

Lo mira el otro, burlón.

—Me estoy choteando, Ricardo. No lo apuntes en tu famosa libreta.

Tras ponerse de nuevo el puro en la boca, el jefe de la brigada alza el rostro y se queda escuchando como un perro de caza que olfatease el aire. Sigue el tiroteo a levante y en el centro del pueblo, y reina un tranquilizador silencio a poniente. Al cabo de un momento le da otra chupada al puro, reflexivo. Y luego, otra. Al fin se vuelve hacia el teniente Harpo.

—Quiero prioridad para un enlace telefónico con la gente del pitón Lola... Ya sabéis, Lola y Pepa, levante y poniente. Iros acostumbrando a los nombrecitos.

—Lola se llama mi mujer —apunta el mayor Carbonell.

—Pues te la están poniendo guapa.

Ríen todos. A Landa siempre se le ríen las gracias; y sobre todo, su segundo, que por ser militar de carrera —Carbonell era teniente de intendencia en julio del 36— a menudo parece que deba hacérselo perdonar. El único que no ríe, observa Pato, es el Ruso.

El teniente coronel se dirige ahora a Harpo y a Expósito.

—Mandad a alguien a Lola, y que tiendan hasta allí una línea segura.

—A tus órdenes.

Se marchan los jefes. Cuando Pato se pone en pie, el teniente y la sargento están mirándola. Es lo malo de hacer las cosas bien, piensa. No hay nada peor que la crean a una imprescindible. Chica para todo.

—¿Quieres ir tú con alguna otra? —pregunta Harpo.

—Pues claro.

En el fondo es cierto, reflexiona. Que desea ir. En realidad le apetece echar un vistazo por aquel otro lado. Observar de cerca. Hasta ahora, su primera batalla le está pareciendo una aventura fascinante. Se siente entera y útil formando parte de todo. Del esfuerzo, el heroísmo y la lucha.

—Llévate dos teléfonos con dos tambores grandes de cable y una bobina de traslación. Por lo visto ese pitón tiene mucha roca, y a lo mejor hace falta que la línea sea doble en el último tramo... ¿Está claro?

—Clarísimo.

—Iréis cargadas como mulas. ¿No te importa?

—Para nada.

—Al llegar pregunta por el capitán Bascuñana o el comisario Cabrera, que mandan el batallón. ¿Te acordarás de los nombres?

—Sí.

—Tira por el pinar, que protege más, pero no te desvíes demasiado. No lo tiendas muy tenso, pero ahorra cable.

—¿A cuántas camaradas necesitas? —pregunta Expósito.

Pato señala a Vicenta Espí, que sigue trabajando en la centralita de campaña.

—La Valenciana y otra más.

La sargento mira hacia atrás y asiente.

—¿Te vale Margot?

—Me vale.

—Pues venga, camarada... Ya estás tardando.

Estallan las granadas rompedoras a quince metros de altura con nubecillas blancas y trinos agudos de las carcasas rotas. Aletean siniestras las vainas de latón al abrirse y esparcir su carga plateada, y la metralla zumba entre las peñas o las golpea como granizo haciendo volar esquirlas de piedra. De vez en cuando hacen carne. El suelo de la cresta es duro y las rocas no ofrecen demasiada protección, de modo que los hombres han cavado con cascos y bayonetas, arañando unos palmos para cubrirse algo más.

A pocos pasos de un moro y a otros tantos de un soldado de su mismo batallón a los que apenas ve, pues se parapetan cuanto pueden y sólo se asoman para tirar, Ginés Gorguel se frota los párpados hinchados y rojos, echa atrás un cuarto de vuelta el cerrojo del Mauser, coloca un peine de cinco balas, aprieta con los dedos para introducirlas en el depósito y acerroja una en la recámara con las manos temblorosas, torpe, con la prisa de quien sabe que le va la vida en ello.

Chac, clac, suena.

Es la quinta vez que ejecuta tales movimientos, y eso significa que ha tirado veinte veces hacia las figurillas azules, caquis y de color tierra que ascienden trabajosamente desde el pinar de abajo, por la ladera del pitón de levante.

Serán veintiuna veces dentro de un momento, piensa, con el próximo disparo. El cañón del arma está caliente. Pisando las vainas vacías que hay por todas partes, levanta un poco la cabeza tras la roca que lo protege, procurando exponerse lo mínimo. Después se lleva el fusil a la cara, pega la mejilla a la culata húmeda de sudor y apunta hacia dos enemigos, los que parecen más próximos, que se mueven a saltos, buscando la protección de los matorrales y las piedras desnudas. Están a treinta o cuarenta metros y uno gesticula mucho con los brazos, así que Gorguel intenta alinearlo en la mira del fusil.

Tirad sobre todo a los que mueven los brazos. Eso ha dicho el suboficial herido en las piernas que está detrás con una pistola en la mano y dos granadas cerca, dispuesto a meterle un tiro entre ceja y ceja al primero que chaquetee. Tiradles primero a esos cabrones, porque son oficiales y comisarios. Y cuando se la endiñas al que manda, se lo suelen pensar.

Pam, hace el fusil, sincopando su estampido con los otros que suenan alrededor. Gorguel ha apretado el gatillo, y con el retroceso del arma siente el nuevo culatazo en el dolorido hombro derecho.

Los de enfrente se ocultan cuando la bala levanta una pequeña polvareda al rebotar entre las rocas, sin acertar. Mala suerte.

Gorguel se agacha otra vez lo más rápidamente que puede, y tras dirigir un vistazo de soslayo al suboficial que sigue sentado atrás, la espalda apoyada contra una piedra, vigilándolos, acerroja otra bala. Chac, clac. La número veintidós. Le quedan treinta y nueve tiros que dar, calcula, si nadie reparte más munición.

El antiguo carpintero albaceteño siente, angustia y miedo aparte, una desesperación absoluta, inabarcable, infinita. La del animal atrapado en una trampa. Por más que lo piensa no puede creer, con lo que ha corrido desde anoche —hasta agujetas tiene—, verse todavía en ese maldito lugar. Combatiendo, además, por tercera vez. Como decía su padre, a la fuerza incluso ahorcan; y él siente el dogal fijo en su cuello.

Malditos sean los legionarios de la casilla de peones camineros y la madre que los parió, concluye desesperado. De no ser por ellos, a estas horas podría haber tomado las de Villadiego y andar por Fayón, o más lejos.

—¡Tú!... ¡Ven aquí!... ¡Que vengas, te digo!

Ensordecido por el tiroteo y el batir de su propio corazón, Gorguel tarda en advertir los gritos y comprender que se dirigen a él. Entonces, aliviado por dejar de asomarse tras la piedra, con las balas enemigas pasando ahora más altas sobre su cabeza, recorre agachado los cinco pasos que lo separan del suboficial que lo llama.

—Apriétame este torniquete, que yo no puedo.

El suboficial es un sargento de regulares al que hace media hora, cuando los rojos llegaron cerca y empezaron a tirar bombas de mano, la metralla alcanzó en las piernas. La izquierda muestra pequeñas heridas que parecen ligeras, salpicaduras de esquirlas con poca sangre ya seca; pero la derecha, justo debajo de la rodilla, tiene un buen desgarrón que, bajo un vendaje improvisado por el herido mismo, gotea mucho.

—¿No tendrás una ampollita de yodo, por casualidad? —pregunta el sargento.

—Yo qué voy a tener.

—Lástima... De aquí a mañana, infección segura.

La sangre fresca, roja y brillante bajo el sol, corre despacio manchando la pernera hasta la bota, pese al cinturón que el suboficial se ha ceñido por encima de la rodilla.

—¿Duele? —pregunta estúpidamente Gorguel, por decir algo.

—Pues claro que duele, hombre... Apriétamelo mejor, porque parece que se me haya abierto un grifo. Y espántame las putas moscas.

Deja Gorguel el fusil en el suelo y obedece. Al otro se le escapa un gemido cuando le ciñe más la ligadura. Se ha puesto el pistolón sobre el vientre —es una Astra reglamentaria del 9 largo— y aprieta los dientes hasta que le rechinan.

Gorguel sujeta el cinturón lo mejor que puede y se seca los dedos manchados de sangre en las perneras del pantalón.

—Deberían evacuarlo a usted.

—Sí, en ambulancia y con una enfermera cogiéndome la mano —el otro se frota la nariz—. No te jode.

Se miran un momento sin decir nada más. El sargento tiene el pelo rizado y gris, rasgos afilados y nariz grande. Está pálido por la pérdida de sangre, pero eso no parece abatirlo demasiado. Por la cara sucia de tizne y tierra le hace regueros el sudor. Como todos, lleva dos días sin afeitarse y la voz le brota ronca por la sed. El único pozo está muy lejos, y los pocos que van y vienen para llenar las cantimploras de sus compañeros tardan una eternidad.

—¿Cómo lo ve, sargento?

—Desde aquí no veo una mierda.

Gorguel hace un ademán hacia los hombres que se agachan, se incorporan y disparan entre las rocas, a los heridos que se arrastran para esconderse, a los cadáveres que nadie retira de donde caen. Los que todavía combaten no llegan al centenar: restos del tabor marroquí y del batallón de infantería aniquilados durante la noche, y el pelotón de legionarios que los reforzó al amanecer.

—Me refiero a si aguantaremos mucho más.

Hace el sargento un ademán ambiguo.

—Munición tenemos de momento, con la que trajo el Tercio —indica las dos bombas de mano que tiene junto a las piernas—. También nos quedan algunas de éstas.

—¿Y la gente?

El otro toca la pistola con un dedo.

—Los demás, no sé. Pero te aseguro que, mientras yo esté aquí y si no me vacío antes por el agujero, tú y los que estáis cerca vais a seguir disparando contra los que suben... Aquí no se desenfila nadie. ¿Lo tienes claro?

—Clarísimo.

—Pues vuelve a tu puesto.

Obedece Gorguel, resignado. Pero cuando coge el fusil para irse, el sargento lo agarra por un brazo.

—Oye, dime... ¿Has visto al comandante Induráin?

—Hace un rato que no. Cuando los rojos se acercaron demasiado lo vi de pie, animando a la gente. Pero luego lo perdí de vista.

El sargento se incorpora a medias con esfuerzo, para echar un vistazo. Gorguel lo ayuda.

—Igual se lo han cargado —sugiere.

—No seas bestia, hombre... Vamos, vuelve a tu sitio.

Gorguel no se mueve. Permanece agachado, apoyándose en el fusil.

—¿Qué es lo que está pasando, sargento?

El otro duda y al cabo encoge los hombros.

—Pues que los rojillos nos pillaron anoche en bragas... Pero nos hemos espabilado y les cuesta roer el hueso —hace un gesto con la cabeza hacia la izquierda, en dirección al pueblo—. Y por lo que se oye de vez en cuando, allí abajo pasa lo mismo.

—¿Vendrán refuerzos?

—No lo dudes. Ya has visto a nuestros aviones, arrimándoles candela a esos marxistas cabrones... Sólo es cuestión de horas. De aguantar un poco más.

—Si usted lo dice...

Con un manotazo, el sargento se espanta las moscas de la herida. Después tamborilea con dos dedos en la culata de la pistola.

—Lo digo yo y lo dice ésta. Anda, vuelve a tu puesto.

Regresa Gorguel a las rocas, bien agachado, y una vez allí se incorpora con cautela, el fusil por delante. Parece que los rojos se achantan algo, pues ya no ve a nadie moverse cerca: su fuego es sólo un paqueo de poca intensidad, y se distingue a varios que bajan de vuelta al pinar protegiéndose entre los matorrales y las peñas. Algunos cargan con heridos. A veinte pasos de la cresta, en el límite del avance enemigo, pueden verse cuerpos inmóviles.

El moro que está a la derecha de Gorguel asoma también la cabeza y los dos se miran: una cara atezada sin afeitar, con prematuras arrugas y algunas canas en el bigote, bajo un tarbús sucio de tierra que lleva cosido un galón de cabo. Como de treinta y tantos años largos.

—Si nosotros tener el fusila loca no escapar ni uno —dice el moro, con aire de quien conoce el percal.

—¿Fusila loca?

—Máquina de mucho pum-pum seguido —el moro mueve un dedo en el aire, como apretando repetidas veces un gatillo—. Almitralladora.

—Ah.

Se incorpora el otro un poco más, mirando con mucha atención la ladera.

—Arrojos putos se bajar cagados —añade—. ¿Tú ves?

—Yo veo.

—Comunistas cabrones tienen mucha cara, yo ti digo. No creen en Dios.

—Ni pizca.

—Hay dos ahí. ¿Vienes a el probar si llevan cosas?

—¿Ir hasta allí?... Ni loco.

—Vale, paisa —con mucho cuidado, el moro deja el fusil sobre la piedra y se lo indica a Gorguel—. Tú vigila el fusila mía con ojo güino, ¿sí?...

—¿Por qué no esperas a que se haga de noche? El sol ya está bajo.

—Tranquilo, yo saber manera. Hago galima y vuelvo si Dios quiere.

—No siempre quiere.

—Tranquilo, paisa.

Tras decir eso, el moro saca el machete y, con él en una mano y una granada en la otra, se arrastra sobre la piedra y desaparece entre los matorrales. Gorguel se queda mirando, interesado, mientras empuña su arma para cubrirlo, aunque no ve nada. Ya nadie dispara en la ladera, y los últimos enemigos se han puesto a salvo en el pinar.

—¿A dónde va ese hijoputa? —inquiere la voz del sargento a su espalda.

—A echar un vistazo a los rojos muertos —responde Gorguel, sin volverse.

Suena la risa del suboficial.

—Los jamidos están majaras. Y ése, en particular.

—¿Lo conoce?

—Pues claro. Es el cabo Selimán... Un chivani de mi pelotón, con percebes en los huevos.

El moro vuelve a los diez minutos, arrastrándose como se fue. Sonríe de oreja a oreja, y con gesto triunfal le muestra su botín a Gorguel: un anillo y dos dientes de oro ensangrentados, un reloj de pulsera, dos carteras con dinero republicano, dos correajes con munición, una lata de atún en aceite y un arrugado paquete de Gauloises gabachos, casi entero.

—Ti vendo cigarrillo fransaui, paisa —dice, ofreciéndole uno—. Humo estar güino, barato... Sólo sinco pisetas.

Caminando de espaldas con la mochila de la bobina colgada del pecho mientras sus compañeras, cada una con la caja de un teléfono de campaña en bandolera, extienden por el suelo el cable que van dejando atrás, Pato Monzón se adentra en el pinar, donde las rodea el olor balsámico de la resina. Parecemos, piensa, arañas soltando tela. Más arriba y al otro lado de los árboles, en el pitón que llaman Lola, ha cesado el crepitar de fusiles y el retumbar de bombas de mano. Reina ahora un silencio casi completo que permite oír, lejano, el rumor del combate que continúa en Castellets.

—Lo mismo hemos tomado ya la posición —comenta la Valenciana mientras coloca piedras y ramas sobre algunos tramos de cable, para camuflarlo.

—No creo —responde Margot, que trabaja a su lado—. Mira a ésos.

Lo dice señalando a los primeros hombres del Cuarto Batallón que aparecen a la vista: vienen dispersos entre los pinos y están lejos de parecer victoriosos. Algunos llevan al cuello o en el gorrillo los colores rojo y negro de la FAI. Todos tienen la ropa sucia de tierra, el rostro mojado de sudor. Se mueven despacio, exhaustos, como sin rumbo después de un esfuerzo sobrehumano. Hasta los que van en grupos lo hacen en silencio y ajenos unos a otros, ausente la mirada, cual si anduvieran solos. Se dejan caer en cualquier parte, o más bien se derrumban, encienden cigarrillos con dedos inseguros, recuestan la cabeza en los troncos de los árboles o en sus macutos, cerrando los ojos como si desearan dormir.

Es el rostro de la derrota, piensa Pato, estremecida. Y lo hace por primera vez desde que conoce la guerra.

Unos pasos más allá, unos metros más de cable telefónico, y empiezan a aparecer los heridos. Aquello todavía es peor.

—Válgame —murmura Pato.

Ha estado a punto de decir válgame Dios, por los viejos hábitos —infancia en un colegio de monjas—, pero se reprime a tiempo. Algunos hombres vienen caminando con dificultad, cojeando, apoyados unos en otros, sobre camillas o mantas que sostienen compañeros. Sus heridas sangran todavía, desnudas o tapadas por improvisados vendajes. De ese modo se concentran en un claro entre los pinos, donde hay una docena de cuerpos tendidos entre los que se mueven y se arrodillan un practicante y varios camilleros, clasificándolos según la gravedad.

De vez en cuando levantan a alguno y se lo llevan camino del río. Del lugar brota un sordo gemido colectivo: lúgubre, prolongado, interminable, quebrado a ratos por un alarido de dolor o un grito de agonía.

Pato se desprende de la bobina y la deja en el suelo, al abrigo de un par de troncos gruesos. La Valenciana y Margot la miran, sobrecogidas. Está claro que tampoco esperaban un espectáculo semejante. Nada tiene que ver aquello con las fotos que publican *Mundo Gráfico* y las otras revistas ilustradas. Ni tampoco con los noticiarios de los cines.

—Quedaos aquí y conectad un teléfono. Voy a buscar a los mandos.

Las deja atrás y camina en dirección contraria a los soldados que siguen bajando del pitón.

—¿Habéis visto al capitán Bascuñana?... ¿Al comisario Cabrera?

Algunos interpelados la miran con curiosidad y otros con indiferencia. Muchos se encogen de hombros. Entre el aroma resinoso de los pinos percibe el olor que emana de todos ellos. Huelen agrio, a tierra y ropa sucia. A miedo, vómito y sangre.

—Fijaos —exclama uno, asombrado—. Es una mujer.

—Para mujeres estoy yo ahora —responde otro—. Ni Antoñita Colomé que asomara, oye.

Unos pasos más allá, al abrigo de una peña alta que se ahueca en cueva poco profunda, Pato encuentra a los jefes del batallón. Están en grupo, sentados en el suelo en torno a un mapa desplegado, y de vez en cuando alguno señala el pitón cuya ladera empieza a elevarse no lejos de allí, entre los árboles. Todos llevan la ropa arrugada, rota y sucia como sus hombres, los rostros sin afeitar. Se cubren con gorras de visera, boinas, gorros cuarteleros, y no hay dos uniformes iguales: desde monos azules o camisas remangadas hasta prendas civiles.

Pato se acerca y levanta el puño, tocándose la sien.

—Salud... Se presenta la soldado Monzón, de transmisiones.

Todos alzan la vista para observarla. Uno de ellos, que lleva gorra azul de marino y bigotito a lo Clark Gable, hace un gesto de alivio, dándose una palmada satisfecha en una rodilla.

—Ya era hora —comenta—. ¿Has traído un teléfono?

Pato le mira las tres barras bajo la estrella roja, cosidas en un parche sobre el bolsillo izquierdo de una camisa a cuadros descolorida.

—Traemos uno y otro de repuesto, camarada capitán.

—Bravo.

—¿Lo prefieres ruso o alemán?

La mira el oficial, divertido.

—¿Se puede elegir?

—Se puede.

—En ese caso pónmelo ruso, por el qué dirán.

Sonríe Pato.

—Un Aurora, entonces.

—¿Roja?

—Claro. No hay otra.

Ríen todos, incluida Pato, y señala el capitán a sus compañeros.

—Soy Bascuñana... Ellos son los capitanes Bosch y Contreras, y el teniente Patiño.

Se lleva la joven el puño cerrado a la sien.

—Mucho gusto. Me hablaron también del comisario Cabrera.

Cesan las sonrisas y los oficiales se miran entre ellos, reticentes; serios de pronto. El jefe del batallón hace una mueca ambigua.

—Al comisario lo han matado en el pitón.

—Vaya... Lo siento.

Nuevas miradas. El capitán repite la mueca.

—No todos lo sienten —comenta, críptico.

Se ha puesto en pie como si le costara esfuerzo.

—¿Qué hay de esa línea telefónica?

—Tengo el equipo cerca de aquí y el cable está tendido.

Sonríe el otro. Lleva la gorra muy inclinada hacia el lado derecho, con un toque de chulería viril, y al cinto una Star Sindicalista. Es un hombre apuesto. Manos finas, poco proletarias. Como de treinta y pocos años. Pese a las huellas de fatiga, su rostro tiene un aire simpático. Ojos tristes sobre una sonrisa de niño.

—¿Podemos comunicar ya?

—En cuanto los conectemos.

—Estupendo.

El capitán estudia a Pato con interés. No parece desagradarle lo que ve.

—¿Te vas a quedar con nosotros?

—Sólo hasta que me asegure de que funciona el teléfono.

—Lástima.

En ese momento, un desgarrador quejido cruza por encima, como si una cuchilla gigantesca rasgase el aire. Instintivamente, todos, incluidos Pato y el capitán, agachan las cabezas. Un instante más tarde resuena un estampido atronador en la cresta del pitón. Por entre las ramas de los pinos puede verse, arriba, una columna de humo y polvo.

—Son nuestros 105 —dice alguien.

—Pues a buenas horas —apunta otro—. Nos habría ido de perlas antes del ataque, no después.

Todos se felicitan, sin embargo, de que la artillería propia esté al fin en posición y activa al otro lado del río. En el llamado Vértice Campa. Eso, comentan, significa que las cosas van a cambiar. Que la infantería republicana tendrá, por fin, el apoyo necesario para machacar a los fascistas.

—Con esos cebollazos, los de ahí arriba van a correr como conejos.

—Ya veremos.

—Lo que yo te diga.

Se desgarra el aire otra vez, con un segundo estampido en lo alto del pitón. Y al cabo de medio minuto llega otro proyectil. Este último viene más próximo, al comienzo de la pendiente, hasta el punto de que todos se agachan de nuevo, pues saltan por el aire piedras, tierra y trozos de pino astillado que caen demasiado cerca.

—Lo que nos faltaba —comenta el capitán Bascuñana—. Como se les quede el tiro corto nos van a fastidiar, pero bien.

—Podemos prevenirlos, camarada —dice Pato—. Ya tenemos conectado un teléfono con el puesto de mando. Allí podrás decir al Vértice Campa que corrija el tiro.

Asiente el otro.

—¿Dónde lo tienes?

—A diez minutos de aquí.

—Pues venga, vamos —el jefe del batallón se vuelve hacia uno de sus oficiales—. Tú, Bosch, contrólame esto mientras vuelvo —señala a algunos soldados que permanecen cerca de la linde del pinar, vigilando la ladera—. Y tráete a ésos algo más atrás, no vayamos a tener una desgracia.

—A tus órdenes.

El sol dora el cielo tras el pitón de poniente, que se encuentra en silencio a esas horas, y las primeras sombras se alargan por los portales reventados y las calles estrechas de Castellets, que durante el día se han ido cubriendo de cristales rotos, tejas partidas y ladrillos caídos de las casas.

Pegado al ángulo muerto de una de ellas, protegido tras un coche sin neumáticos ni asientos que ya no es más que una estructura de chapa retorcida y acribillada a tiros, Julián Panizo —cigarrillo en la boca, naranjero colgado a la espalda, pañuelo en torno a la cabeza para que el sudor no le caiga en los ojos— coloca un petardo para reventar un muro de piedra y ladrillo: dos kilos de trilita en bloques de quinientos gramos metidos en una lata grande de galletas Chiquilín, detonador, metro y medio de mecha lenta; doble esta última, por si una falla.

—¡Date prisa! —susurra Olmos, que en cuclillas y a tres pasos lo cubre con el naranjero, por si a los fascistas les da por asomar la gaita.

—Vísteme despacio —responde Panizo, atento a lo suyo— que tengo prisa.

—Como nos vean los fachistas, nos fríen la chistorra.

—Calla, hombre... Déjame trabajar.

Se acerca Olmos un poco, siempre agachado.

—A cualquier cosa le llamas tú trabajar. A ver. Trae, que te ayude.

Panizo lo aparta de un manotazo.

—Quita, coño.

La pared es la del antiguo Sindicato de Labradores, y al otro lado están los mercenarios del Tercio, que desde hace horas se defienden allí como gatos panza arriba. Los intentos por desalojarlos se han revelado inútiles, sobre todo porque una de sus ametralladoras, la que tira desde la iglesia, sigue enfilando la plaza y la calle principal. A costa de esfuerzo y sangre, los republicanos han conseguido cruzar y poner pie en esa parte del pueblo, tomando una de las casas contiguas al sindicato. Y si logran hacerse con él, intentarán copar a los de la iglesia durante la noche, infiltrándose por las casas que hay detrás.

—¿Cómo va eso, compadre? —insiste Olmos.

—Que te calles la boca.

Olmos se pone a canturrear entre dientes *La joven guardia* mientras Panizo, muy concentrado, manipula el explosivo con movimientos mecánicos que repitió cien veces cuando colocaba barrenos casi a oscuras en las húmedas entrañas de la mina donde se ganaba el jornal: la misma de la que durante diecinueve años, desde los catorce, estuvo volviendo a casa con un magro salario para dar de comer a una mujer, cuatro hijos y un padre con los pulmones roídos por la silicosis. La mina en la que, al enterarse de la sublevación fascista contra la República, él y otros compañeros, Olmos incluido, tiraron a un pozo al administrador y a dos capataces después de matarlos a golpes de pico, y luego hicieron lo mismo con el cura del pueblo —el alcalde, que era de la CEDA, se les escapó por poco— y el sargento de la Guardia Civil, un tal Peña, que había torturado a un hermano de Olmos durante la huelga minera del 34. El cura murió rezando y los otros llorando; pero el sargento lió el petate bastante bien, llamándolos rojos hijos de puta y escupiéndoles a la cara. Como dijo Panizo, ecuánime, era un cabrón con balcones a la calle, pero había que reconocerle un par de huevos.

> *No le des paz ni cuartel,*
> *paz ni cuartel...*

Sigue canturreando Olmos, bajito. Tras darle una calada al cigarrillo, cuya ceniza cae sobre la trilita, Panizo conecta las dos mechas, mira a un lado y a otro, y las extiende pegadas al muro, para que no se vean demasiado cuando echen humo y animen a los fascistas a salir a apagarlas. Los tres minutos y medio que tardarán en consumirse pueden ser largos o cortos, según se mire.

—Visto para sentencia —dice.

—Ya era hora.

—La próxima vez lo haces tú, pelmazo.

—No te quepa.

Con calma, el dinamitero aplica la brasa de la colilla al chicote de una mecha y luego al otro.

—Vámonos a Pénjamo.

Sisea la pólvora embreada al encenderse y humear, y retroceden los dos compañeros en cuclillas, andando hacia atrás, como patos, atentos por si asoma alguien. En ese momento apenas se oyen disparos, excepto un paqueo intermitente y las ráfagas de las máquinas enemigas que, desde la iglesia y otro edificio próximo, siguen batiendo a intervalos la plaza y la calle principal. Durante toda la tarde, cada quince minutos, sistemático como si lo disparasen cronómetro en mano, un proyectil de mortero ha estado cayendo en las posiciones fascistas; pero ese fuego se suspendió hace una hora, por la proximidad de la infantería propia.

—Y ahí viene Manolo —dice Panizo, terminando de contar.

Mientras lo hace se tumba en el suelo, pegado a Olmos, cerrados los ojos y manos en la nuca, la boca abierta para que la onda expansiva no le reviente los tímpanos.

Puuum-bah, suena, atronador.

Es Manolo en persona, en efecto. Un doble eco sordo repercute con violencia a lo largo de las casas y de la calle, estremeciendo el suelo, haciendo saltar cristales y vibrar los muros próximos, de los que cae polvo de yeso que se mezcla con la humareda acre y negra de la bomba.

—Había alguien cerca —comenta Olmos.

Es cierto. Del otro lado del muro volado, tras el enorme boquete abierto en él, surge ahora un alarido largo, interminable; una garganta humana que grita su desesperada agonía, sus heridas, su mutilación. Alguien alcanzado de lleno por la carga explosiva y que, para su desgracia, no ha muerto todavía.

—Son legionarios —dice Panizo, satisfecho—. Que se jodan.

—Sí.

El grito dura casi medio minuto, sin pausa, como si quien lo emite empleara en ello todo el aire y la energía que le quedan. Después, la voz del herido es sofocada por el estallar de las bombas de mano que una docena de zapadores de choque republicanos, tras acudir a la carrera entre el humo aún no disipado, arrojan por el agujero de la pared, antes de asomarse a él y regarlo con disparos de fusil.

Mientras Pato Monzón y el capitán Bascuñana caminan juntos bajo los árboles, el sol declinante enrojece el cielo hacia el oeste, entre las ramas de los pinos. Los soldados que llegaban dispersos se han ido agrupando y ahora están tumbados o sentados en el suelo.

—Lo habéis hecho bien —les va diciendo el capitán cuando pasa junto a ellos—. Saldrá mejor la próxima vez.

Algunos lo saludan levantando el puño o con un movimiento de cabeza. Otros lo miran silenciosos, indiferentes.

—Ya tenemos artillería, compañeros... Irá mejor la próxima vez.

No parecen hombres dispuestos a subir al pitón una próxima vez, piensa Pato. Pero no lo dice.

Bascuñana parece adivinar sus pensamientos.

—Han hecho lo que podían —los justifica—. Les ordenamos subir, y subieron. Sin artillería, sin aviación. Ni siquiera nuestros morteros han llegado aún... Sólo había piedras y matorrales para protegerse.

Camina unos pasos más, encoge los hombros y asiente como para sí mismo.

—Han hecho lo que podían —repite.

Pato va a su lado, escuchando con extrema atención. Desde la noche anterior, en este duro descubrimiento de la guerra como combate de hombres contra hombres, todo es nuevo para ella. Nada tiene que ver con los bombardeos fascistas de Madrid, por horribles que éstos sean, ni con lo que imaginan en la retaguardia.

—Algunos son muy jóvenes —se admira.

—Sí... Menos de tres semanas de instrucción y sin conocer apenas el orden de combate. Si les preguntas por qué están aquí, responderán: «Porque me metieron en un camión con otros veintitantos de mi pueblo».

Se quita la gorra para secarse el sudor de la frente y se la pone de nuevo.

—Antes de subir al ataque, el comisario político del batallón le dio a la gente una arenga y acabó diciendo: «¿Veis ese pitón? Pues lo necesita la República»... ¿Y sabes qué le respondió uno?... «Pues ya podría venir la República personalmente a tomarlo.»

—¿Y qué le dijo el comisario?

—Se lo dije yo: «Tú eres la República, idiota».

Se queda callado un momento con una sonrisa triste, pensativa.

—Pero si no hay otros —concluye—, qué le vamos a hacer.

—También los hay que parecen demasiado viejos —observa Pato—. ¿Son todos voluntarios?

—No. Esos que dices son reservistas de cuarenta años. Y los demás, rebotados de cien sitios... Este batallón se formó hace dos meses. A fin de cuentas, un soldado no es sólo un fusil y cincuenta cartuchos. Necesita hacerse, y a pocos les han dado tiempo.

Continúan por el pinar, esquivando los árboles. A veces se rozan ligeramente, hombro con hombro, y Pato percibe el olor a tierra y sudor del hombre que camina a su lado.

—Por eso te digo que demasiado bien lo han hecho —prosigue éste—. Lo mejor que podían. Menos mal que los oficiales, Bosch y los otros, son buenos.

—¿Todos los mandos sois del Partido?

Se acentúa la sonrisa del capitán.

—No todos.

Recorre unos pasos en silencio y sin dejar de sonreír, bajo la mirada de Pato.

—Vengo de la infantería de Marina, en Cartagena —añade—. Era sargento y fui de los que se mantuvieron leales... ¿Sabes a qué me refiero?

—Pues claro. Pero no hubo demasiados así.

—Algunos hubo, sobre todo suboficiales. Yo al principio anduve por Madrid con la columna Del Rosal como asesor militar, y aquello era un desastre: albañiles, fontaneros, oficinistas, ferroviarios, estudiantes con exceso de vida para derrochar... Valientes, pero lo ignoraban todo. No obedecían órdenes, atacaban cantando *La Internacional,* caían como moscas y salían corriendo por los montes... Al fin se comprendió que hacía falta un ejército de verdad, y en la Escuela Antifascista de Valencia, a los profesionales del Ejército y la Armada, de los que antes desconfiaban, nos dieron ascensos y mandos. Y aquí me tienes.

—Luego no eres comunista —concluye Pato.

—Veo que eres una chica espabilada.

Se para el capitán a observar alrededor, entre los pinos, fijándose el camino en la cabeza para el regreso.

—La guerra tiene algo de arte visual —comenta, distraído.

Después mira a la joven como si acabara de caer en algo.

—¿Cómo te llamas?

—Patricia.

—¿Y qué haces aquí?

—Lo mismo que tú, camarada capitán.

Sonríe de nuevo el otro: una sonrisa agradable que le tuerce el bigotito y acentúa su parecido con el actor de cine.

—¿Eres de Madrid?

—Sí.

—Tienes estudios, o eso parece.

—Trabajaba en la Standard Eléctrica, el 18 de julio me presenté voluntaria y me destinaron a la Telefónica... Quise apuntarme para el frente, pero no me dejaron. Haces falta en otros sitios, dijeron. Eres una técnico cualificada, pero tienes que adiestrarte mejor.

—Tenían razón —Bascuñana le dirige otra ojeada curiosa—. ¿Habías estado en combate antes?

—Es mi primera vez, pero sé qué es la guerra. Los bombardeos y la gente muerta... Todos los madrileños lo sabemos.

—Por supuesto.

Echa a andar y ella lo sigue.

—¿Por qué eres comunista, camarada Patricia?

Tarda la joven en responder. Oír su nombre en boca de ese hombre casi desconocido le produce una inseguridad extraña. Y en cierto modo, placentera.

—Porque es el único partido español casi completamente obrero —responde tras un momento—. Y eso supone trabajo, disciplina, eficacia, heroísmo silencioso...

—Y poca democracia.

—La democracia está sobrevalorada —afirma ella con calor—. Sólo es una forma de gobierno en la que cada cuatro años se cambia de tirano.

—Sí, ya sé... Se la defiende hasta que deja de ser necesaria. Una simple fase previa a la dictadura del proletariado.

—Eso lo has dicho tú, camarada capitán.

La contempla Bascuñana con renovado interés.

—Pero no perteneces a la clase obrera —dice—. Eres una muchacha educada y tenías un buen trabajo burgués.

—También ojos para ver y oídos para oír... No me apetecía que me tomaran por una de esas que levantan el puño a cada rato, pero a las que les preocupa más que el pelo se les oscurezca porque los hospitales requisan el agua oxigenada.

Otra vez la sonrisa amable. Pensativa.

—Muchas así, ¿verdad?

—Algunas.

—¿Y las comunistas no se tiñen el pelo?

Se pasa ella la mano por la cabeza rapada.

—Yo no me lo tiño.

Lo piensa un poco más y tras dar unos pasos asiente con convicción.

—Franco es la muerte —añade, rotunda—. Y nosotros somos la vida.

—Vaya —hay una suave burla, casi amable, en el tono del hombre—. Una comunista romántica... Eso es casi un oxímoron.

—No sé qué es un oxímoron.

—Dos palabras opuestas que van juntas, se completan y se contradicen.

—Yo no me contradigo.

—El romanticismo es más propio de anarquistas.

—Detesto a los anarquistas.

Suena la risa abierta del capitán.

—Entonces no te acerques a mis hombres.

Pato no presta demasiada atención a eso. El recuerdo del joven del que se despidió en una estación bajo la lluvia, el desaparecido en Teruel, la atenaza súbitamente como un remordimiento. Cual si aquella conversación, o lo que siente con ella, de algún modo lo traicionase. Por suerte, piensa, se encuentran muy cerca del teléfono de campaña. Del fin de la conversación.

—Por mi experiencia en mandar a chusma, me dieron este batallón —dice de pronto Bascuñana—. Que desde luego no es la joya de la República... Menos mal, como te dije, que tengo buenos oficiales, mitad comunistas y mitad socialistas. Nos llevamos bien, y entre todos hacemos lo que podemos. Una unidad de combate no es una democracia, pero muchos no se enteran.

Ahora Pato asiente con la cabeza, vigorosa.

—Sin disciplina no hay ejército —opina convencida, buscando el alivio de las ideas—. Y la única disciplina noble, justificada, es la nuestra. Nada comparable a la maquinaria criminal de los fascistas.

—En eso sí que estamos de acuerdo, camarada Patricia.

Parece burlarse otra vez, suavemente. Mantiene ella el gesto serio. Obstinada.

—Supongo que el comisario...

Iba a decir que seguramente, antes de caer en el ataque al pitón, el comisario político del batallón habría hecho un buen trabajo de encuadramiento en la unidad; pero algo en la expresión de su acompañante la hace callar.

—Perico Cabrera era un hombre ortodoxo, muy imbuido de su misión —dice éste, y hace una extraña pausa—. Quizá demasiado estricto.

A Pato le despunta el instinto de la dialéctica. El hábito.

—¿Qué significa eso, en un comisario?

—Nada fuera de lo normal. Hacía su trabajo y lo hacía bien. Gracias a él adquirió el batallón cierta consistencia ideológica... Y cuando tuvimos problemas con la gente, supo resolverlos por la vía rápida, haciendo fusilar sin remilgos: tres jovencitos desertores y dos caimanes insubordinados de la FAI... Cabrera no era hombre para andársele con bromas.

131

Hay algo en su tono que hace a Pato mirarlo con más atención. Los ojos tristes contrastan ahora, todavía más, con la sonrisa casi infantil. Es un hombre atractivo, piensa a su pesar, incómoda consigo misma. Con esa desenfadada forma de sonreír y el modo de moverse. Y también ese olor que, pese a la suciedad y el sudor —o tal vez a causa de eso mismo, estima insegura—, tiene algo masculino que la perturba.

—¿Cómo murió el comisario? —se interesa, para diluir tales pensamientos.

La mira un instante el otro, valorativo. Cual si vacilase en hablar o no.

—Oh, como un héroe —afirma al fin—. Como se asegura que deben morir los comisarios. Arengando a los hombres en el asalto.

Tras decir eso hace una pausa que a Pato se le antoja demasiado larga.

—Y de un tiro en la espalda —añade de pronto.

Lo mira ella con sobresalto.

—¿En la espalda?

—Eso me han dicho. Seguramente se había vuelto a animar a la gente cuando un chinazo fascista le dio por detrás... Si no, no se explica. ¿Verdad?

La sonrisa se acentúa un momento y luego desaparece seca, como si nunca hubiera estado allí. Ahora sólo quedan los ojos tristes.

—Un héroe, como te digo... Un orgullo para la República. El comisario Cabrera murió como un héroe.

V

Los vagones del tren son incómodos y mugrientos, sin vidrios en las ventanas, y los hombres de la compañía de choque del Tercio de Montserrat se acomodan como pueden, dormitando apoyados unos en otros, apretados sobre los duros asientos de madera. Los pasillos y las redes de equipaje están atestados con armas y equipo: mosquetones, macutos, cajas de munición. Huele a humanidad sucia y fatigada.

Los requetés llevan así veinticuatro horas, desde Calatayud, donde la compañía, reorganizada después de su actividad en el frente de Huertahernando, descansaba en espera de reunirse con el resto del tercio. La ofensiva roja, sin embargo, acelera las cosas, y los 157 componentes de la unidad de asalto han sido enviados por delante, metidos a toda prisa en el primer tren disponible para reforzar las posiciones nacionales en Castellets del Segre.

El tren se detiene con chirrido seco y resonar de topes de vagones. Sobresaltado, el cabo Oriol Les Forques —rostro moreno y agradable, pelo muy corto, buena planta—, que dormitaba apoyado en el hombro de un compañero, está a punto de caerse al suelo.

—Collons —masculla.

133

Parpadeando, se incorpora y echa un vistazo por la ventanilla, al andén donde la luz gris plomiza del amanecer empieza a desvanecer las sombras: claridad justa para que Les Forques alcance a leer el rótulo que cuelga de la marquesina.

—Estamos en Bot —exclama.

El propietario del hombro contra el que dormitaba abre también los ojos y se los frota con los puños. Es flaco, rubiasco de pelo y gasta patillas a lo Zumalacárregui. Se llama Agustí Santacreu y, como Les Forques, es natural de Barcelona, nacido y criado igual que él en la rambla de Cataluña. Antiguo estudiante de Filosofía y Letras. Los dos son vecinos y amigos desde la infancia: estuvieron juntos en los Escolapios de Sarriá, cortejaron a las mismas chicas, escaparon a Francia el 21 de julio del 36, cuando la sublevación fracasó en Cataluña, y como otros evadidos de la zona roja volvieron a entrar por el paso de Dancharinea para alistarse en el ejército nacional. Tienen veintiún años con sólo tres meses de diferencia —Santacreu es el mayor— pero son veteranos de guerra con muchos tiros en los ojos, la memoria y el instinto. Ambos se cuentan entre el medio centenar escaso de supervivientes del sangriento combate de Codo, cerca de Belchite, donde el Tercio de Montserrat fue casi aniquilado, con 142 muertos entre los que se contaron todos los oficiales y sargentos.

—Bot ya es Cataluña —cae de repente Santacreu.

A Oriol Les Forques le chispean los ojos bajo la boina con el galón de cabo cosido. Apoya una mano en un brazo de su amigo y aprieta fuerte.

—Exacto, Agustí... Pisamos nuestra tierra por primera vez en dos años.

El nombre de la estación se corre por el vagón. Ahora ya son varios los que se asoman a mirar y repiten el nombre del lugar con unción casi religiosa: Bot, Cataluña al fin. Algunos aplauden y despiertan a los compañeros que aún dormían. Los gruñidos y bostezos se vuelven gritos de entusiasmo.

—¡Abajo, requetés!... ¡Fin de trayecto! —pasa gritando una voz a lo largo del andén.

Obedecen los hombres, desentumeciendo los miembros doloridos. Después cogen su equipo y bajan al andén, donde empiezan a alinearse por escuadras y pelotones. Entre ellos se mueve flemático, meneando el rabo, Durruti, el podenco mascota de la compañía. Algunos se abrigan con las mantas convertidas en capotes, ya que pese a la época del año es frío el amanecer. Todos tienen el estómago vacío, pues en las últimas veinticuatro horas no se ha repartido más que un chusco de pan y una lata de chipirones por cabeza; y hasta el más ferviente carlista entre ellos daría con gusto su boina roja a cambio de un café con leche: su primer café con leche catalán. Pero nada hay dispuesto, y la compañía aguarda de pie tras cubrirse en formación, mientras el capitán don Pedro Coll de Rei hace pasar lista.

—Aiguadé.
—¡Presente!
—Brufau.
—¡Presente!
—Calduch.
—¡Presente!
—Calvell.
—¡Presente!
—Dalmau.
—¡Presente!
—Dencás.
—¡Presente!
—Estadella.
—¡Presente!

Todos son de Cataluña, procedentes de los más diversos estratos sociales de las cuatro provincias: familias de la alta burguesía e incluso aristocráticas de rancia tradición carlista, estudiantes, obreros, empleados, funcionarios, payeses, todos tienen en común, además de la lengua —el Tercio de Montserrat presume de hablar en catalán—, un profundo catolicismo y un odio visceral hacia los marxistas y separatistas que han desgarrado su tierra. Son voluntarios, y en sus filas se encuentran hermanos, padres e hijos.

—Fabregat.

—¡Presente!

—Falgueras.

—¡Presente!

—Gabaldá padre.

—¡Presente!

—Gabaldá hijo.

—¡Presente!

—Gimpera.

—¡Presente!

Formado en posición de descanso junto a su amigo Santacreu, las dos manos apoyadas en el cañón del fusil —el rosario a modo de pulsera en la muñeca derecha, junto a la chapa de identificación—, Oriol Les Forques escucha la monótona letanía. La mayor parte de las historias de quienes lo rodean son semejantes a la suya: curtidos muchos de ellos en la lucha callejera contra la anti-España de Azaña, Negrín, Largo Caballero y Companys, sublevados y derrotados en los primeros días del Alzamiento, los que pudieron escapar a los fusilamientos del cementerio de Montcada, las cunetas de la Rabassada y los fosos del castillo de Montjuich han ido llegando al Tercio de Montserrat y la compañía de choque por distintas vías, algunos tras luchar en otros lugares y unidades, y el resto como reclutas recientes. Su espíritu de combate es muy alto, teñido de fervor patriótico y religioso —no hay mejor soldado, sostienen, que un requeté después de comulgar—: misa y sacramentos a cargo del páter don Ignasi Fontcalda, medallas bajo la camisa y *detente bala* con el Sagrado Corazón de Jesús cosido al pecho. Todos han recibido cascos de acero nuevos, del modelo Trubia, pero lo llevan colgado del macuto y ninguno lo usa. Su orgullo es entrar en fuego tocados sólo con la boina roja.

—¿Qué opinas? —murmura Santacreu.

—Que mañana tenemos boda —responde el cabo Les Forques en el mismo tono—. Va a haber tomate, y bien frito.

Están juntos en la formación mientras se sigue pasando lista. Les Forques es más alto que su amigo, al que lleva casi una cabeza. Como muchos compañeros, en la culata de los Mauser Oviedo llevan pegada una estampa de la Moreneta. Aunque los dos tienen estudios, ninguno de ellos ha optado por el curso de alférez provisional. Prefieren el tercio catalán, la lengua, los camaradas.

Tuerce Santacreu el gesto.

—Ni una taza de achicoria nos han dado... Y fíjate en el capitán: va a gastar el andén de tanto ir de un lado para otro.

Observa Les Forques a don Pedro Coll de Rei, que parece menos un soldado que un aristócrata en una montería: tres estrellas de seis puntas en la boina roja, barba cuidada, buena planta, bastón de paseo que suele balancear con displicencia. Ni siquiera el arma que le lleva su asistente es reglamentaria, sino una soberbia Sarasqueta de dos cañones. Tomó el mando de la compañía de choque hace sólo dos meses, pero todos saben que antes de eso ganó la medalla militar en la campaña del Norte, en los combates cuerpo a cuerpo de Peña Benzúa, con el Tercio de Lácar.

—Eso es que tiene prisa. Ya lo conoces... Estamos a cincuenta kilómetros del frente.

—Siempre y cuando a estas horas los remigios no se lo hayan traído un poquito más acá.

Sonríe Oriol Les Forques. Lo de remigios les viene a los rojos por una emisión humorística de Radio Nacional que los pinta de vagos, cobardes y sinvergüenzas: *El miliciano Remigio pa la guerra es un prodigio.*

—Menos tendríamos que andar, en ese caso.

—Pues oye, mira, ahí tienes razón —responde Santacreu—. Como dice el páter, Dios aprieta, pero no ahoga.

La compañía está al completo; y con una orden seca, pegado el perro a sus talones, el capitán Coll de Rei la hace ponerse en marcha. Sin demasiado protocolo militar, en línea de barullo, los requetés abandonan el andén detrás de la bandera con la cruz de San Andrés que lleva al hombro el sargento Buxó, y caminan en la luz del amanecer que no termina de asentarse todavía.

—Adiós a toda esperanza de desayuno —comenta Santacreu al comprobar que la compañía orilla el pueblo y toma la dirección de Batea.

Tras media hora de caminata, cuando la claridad se hace firme, los requetés reciben la orden de dividirse en dos filas, una a cada lado de la carretera, a fin de dispersarse mejor si aparece la aviación enemiga. Caminan casi todo el tiempo en silencio, ahorrando fuerzas, entre resonar de bayonetas, cantimploras y platos de aluminio sobre los cerrojos de los fusiles y las fundas de las máscaras antigás, de las que ninguna conserva el contenido reglamentario, pues se usan para guardar el tabaco y el paquete de cura individual.

Suenan desordenadamente las botas sobre la gravilla de la carretera. A veces, para engañar un rato los estómagos vacíos, algunos vocean a coro una canción de sus bisabuelos carlistas:

Mare, mare, vénen carlins.
Tites, tites, totes a dins...

Algo más adelante se cruzan con tres mujeres enlutadas que cargan haces de leña, y que al verlos se paran a un lado, indecisas entre levantar el puño o el brazo. Unas perdices alzan el vuelo en un trigal cercano, y Durruti se lanza tras ellas, regresando al poco rato frustrado y con la lengua fuera. Como un rosario de amapolas se alarga la doble fila de boinas rojas por la carretera, mientras Oriol Les Forques respira con deleite la brisa suave que viene de los pinares trayendo aromas de resina, hinojo, tomillo y romero.

Ya huele a Mediterráneo, piensa. A Cataluña.

—Es un hermoso día —le dice a Santacreu, que camina delante con el fusil colgado de un hombro.

—Lo será más si comemos algo —gruñe el otro—. *Ad mensam sicut ad crucem.*

Les Forques siente un doble orgullo: estar de regreso en su tierra y hacerlo en combate, ganado cada paso con esfuerzo y peligros. Demostrando a los separatistas de la Generalidad —esa gentuza oportunista e infame— que no todos los catalanes son esclavos sumisos o chusma enloquecida por el desvarío marxista; y también al resto de españoles, incluido el generalísimo Franco, que pese al viejo pistolerismo, el Alzamiento fracasado, las turbas en armas y las checas donde se tortura y se asesina, hay otra Cataluña noble, leal, que no se rinde y lucha. Que está dispuesta a borrar con su sangre, al fin, la desconfianza que un apellido catalán, hablar la lengua catalana, ha infiltrado en el corazón de tantos españoles que, mal informados, miden a todos con el mismo rasero. Por eso es tan importante el Tercio de Montserrat, piensa. Por lo que simboliza y retribuye.

—Estamos otra vez en la nostra terra, Agustí —insiste, satisfecho—. Ya falta menos para un vermut con ginebra y un baño caliente en el Ritz...

—Lástima que Freixes, Riera y los otros no estén aquí para vernos.

—Nos ven desde el cielo.

—Es verdad.

Allí están, desde luego, cree sincero Les Forques. Gozando de la gloria de Dios. Subieron directamente desde Codo, ahorrándose un purgatorio que ya habían penado de sobra en vida: Castany, Padrós, el alférez Alós, los tres hermanos Sábat, los también hermanos Juan y Joaquín Figa, los Gubau padre e hijo... Ellos y todos los demás, los que sucumbieron peleando hasta el último cartucho entre las ruinas del pueblo; los que, heridos, fueron fusilados por los rojos y los que, cuando los últimos que se tenían en pie intentaron llegar a Belchite rompiendo el cerco a la bayoneta —sólo Les Forques, Santacreu y otros cuarenta y dos lo consiguieron—, se fueron quedando por el camino. Requetés dignos, todos. Hombres de fe y honor. Catalanes valientes.

—¡Aviones! —grita alguien.

Rumor lejano de motores, puntos negros que vuelan bajo en el horizonte viniendo del oeste. Es cierto.

—¡Dispersarse!

Sopla su silbato el capitán Coll de Rei y las dos filas corren y se deshacen a ambos lados de la carretera, tirándose al suelo. Algunos levantan los Mauser, y el teniente Cavallé ordena preparar los fusiles ametralladores Chauchat de 8 mm, por si acaso.

Pero es una falsa alarma. Se trata de dos Chirris nacionales con el aspa negra pintada en el timón de cola. Y al sobrevolar la compañía y advertirla allí abajo, uno de los pilotos levanta un brazo en señal de saludo.

Todavía tumbados entre el trigo sin segar, los hombres ven pasar los aviones mientras impasible, tieso el rabo y flexionadas las patas traseras, Durruti, que no se ha movido de la carretera, deja allí una abundante deposición perruna, erguida la cabeza como un impávido requeté.

—¡En la Casa del Médico están copados, mi alférez!

Santiago Pardeiro escucha eso mientras se asoma con cautela a una ventana del piso superior del sindicato, protegida con un colchón y sacos terreros, y siente un desagradable vacío en el estómago. Una sensación de desastre inminente. Por ello espera unos segundos a serenarse, inmóvil, mirando hacia fuera como si aún observase la plaza desierta, donde ahora sólo suena un tiro de vez en cuando. Después vuelve despacio el rostro cubierto de polvo de yeso y ladrillo, surcado por regueros de sudor, hacia el legionario que ha hablado.

—Baja la voz, carallo. No hace falta que grites.

Casi se cuadra el legionario. Es un húngaro rubio, de ojos claros, que se llama Körut, o algo parecido. Alistado hace año y medio con otros anticomunistas de su tierra, todavía le patina el acento en las vocales.

—Se han metido los rojos por allí mismo, mi alférez... Tienen las dos casas que están pegadas a ellos y nos cortan el contacto.

Le huele el aliento a vino y lleva los leguis desabotonados sobre las alpargatas. Pasa del mediodía, el agua se acabó, el calor aprieta, y las reservas de la bodega del pueblo son vaciadas a conciencia. Casi todos los legionarios combaten ya medio borrachos, sucios, despechugados y feroces, sudando lo que beben.

—¿Estás seguro?

Señala el otro a su espalda.

—Lo dice él, que viene de allí. Lo manda el cabo Longines.

Detrás está Tonet, el chico del pueblo, tan lleno de polvo como todos. Tiene rasguños en las rodillas y está sucio de arrastrarse entre los escombros. Se cubre con un chapiri legionario que le viene grande. El madroño rojo le baila sobre la frente infantil y obstinada.

—¿Es cierto, neno?

Asiente Tonet, e informa de la situación. En la Casa del Médico, extremo izquierdo de la línea de defensa, están el cabo Longines y ocho legionarios, tres de ellos heridos. O ése era su número cuando, a punto de verse rodeados, el cabo le ordenó escapar de allí e informar al alférez.

—También hay dos mujeres y un viejo en el sótano, escondidos —añade el niño—. Son el tío Arnau, su mujer y su hija, que está preñada.

Hace cálculos Pardeiro en el plano que tiene trazado en la cabeza. Confiaba en esa posición para proteger su línea defensiva de un posible flanqueo enemigo. Copada o tomada ésta, la situación se vuelve peligrosa.

—¿Qué más ha dicho el cabo?

—Sólo que diga de su parte: «A mí la Legión».

Hace una mueca Pardeiro. *A la voz de «a mí la Legión», sea adonde sea, acudirán todos, y con razón o sin ella defenderán al legionario que pida auxilio...* Eso dice el credo legionario, pero la situación no está para credos. Las embestidas rojas son tremendas, se contienen a duras penas y no hay un solo hombre disponible para restablecer contacto con los cercados. Retomar el sindicato ya ha sido duro: un muerto y tres heridos. Ahora los del Tercio sólo pueden resistir y, en última instancia, retroceder combatiendo. Así que Longines y los otros tendrán que arreglárselas solos.

Un proyectil de mortero estalla sobre la iglesia, con estrépito de tejas rotas que caen a la calle. Es el quinto o sexto que pega allí. Todos se agachan instintivamente menos Tonet, que lleva desde ayer recorriendo el pueblo como una ardilla y ya tiene hechuras de enlace veterano. Después, antes de que vuelva el silencio roto por algún tiro aislado, resuenan dos ráfagas de fusil ametrallador en un edificio próximo, y la máquina del campanario —tan acribillado de impactos que parece milagroso siga en pie— se une con otra media copita de ojén: ra-tatatata-ta-tá. Además de unos jabatos, concluye divertido Pardeiro, los que allá arriba manejan la Hotchkiss son unos cachondos.

Mira a Tonet.

—¿Podrías volver allí, neno?

Ni lo piensa el crío.

—Puedo, señor alférez —responde con aplomo.

—¿Sin que te peguen un tiro?

—Hay un corral, un gallinero y un aljibe... Iré sin que me vean, arrastrándome por ellos.

—¿Seguro?

—Segurísimo. Por allí vine.

—Pues dile al cabo Longines que no podemos hacer nada por él. Que espere a la noche e intente romper el cerco... ¿Entendido?

—Entendido.

—Y que si para entonces no podemos aguantar aquí, nos haremos fuertes en la Cooperativa de Aceites, casi a la salida del pueblo.

—Vale.

—¿Sabrás decirles por dónde ir a oscuras, a los que consigan salir?

—Pues claro. Puedo quedarme con ellos y guiarlos.

—Buena idea... A ver, repítelo todo.

Lo repite el niño de corrido, cual si recitara una lección escolar. Sonríe Pardeiro y le da un cachete cariñoso.

—¿Ibas al colegio, Tonet?

—Sí. Hasta que mataron al maestro.

—¿Los rojos?

—Los falangistas.

Lo ha dicho con infantil indiferencia. Como si, a su corta edad, matar o morir fuese ya para él lo más normal del mundo.

A sus palabras sigue un silencio breve e incómodo.

—Eres un enlace estupendo, rapaz —dice al fin Pardeiro, por decir algo.

—Gracias, señor alférez.

Se aparta el oficial de la ventana.

—Venga, vamos. Te acompaño hasta la puerta.

Bajan por la escalera seguidos del legionario húngaro. Al pie de ésta hay manchas de sangre en el polvo de yeso que tapiza las baldosas. Allí fueron rematados a bayonetazos tres rojos heridos, dejados atrás por sus compañeros cuando los legionarios retomaron el edificio con pocas ganas de hacer prisioneros. Sus cuerpos están ahora en el sótano, con otros dos muertos de antes, tras quitarles la munición, las bombas de mano, las cantimploras y el tabaco que llevaban encima.

—Cuidado, Tonet... Espera un poco.

Asomado a la puerta trasera, Pardeiro echa un vistazo al callejón. El lugar todavía no está enfilado por los rojos, pero algún tirador puede haberse infiltrado desde las casas próximas.

—Cúbrelo mientras cruza y acompáñalo hasta donde puedas —le dice al legionario Körut.

—A la orden.

Comprueba el otro la munición de su arma y atraviesa corriendo el espacio descubierto. Al llegar se agacha junto a una tapia medio derruida y encarando el fusil vigila el callejón.

—Vamos, neno, corre —el alférez le da una palmada a Tonet en el hombro—. Y buena suerte.

El crío se pasa la lengua por los labios, sale disparado como un gamo, salta sobre una viga caída y desaparece tras la tapia. El legionario se incorpora, mira al alférez, que asiente, y se va tras él.

Pardeiro consulta su reloj: las dos menos cuarto y un calor de mil diablos. Está en mangas de camisa y el sudor se la pega al torso. Demasiadas horas, todavía, hasta que se haga de noche. Ignora si la Casa del Médico aguantará hasta entonces, pero nada puede hacer por el cabo Longines y sus hombres. Bastante tiene con mantener la posición. El joven alférez sabe que hay enfrente efectivos rojos equivalentes a un batallón, y que las cosas irán a peor.

Aparece el sargento Vladimiro, sofocado y cubierto de polvo, el subfusil colgado al hombro. Acaba de recorrer las posiciones y viene con su informe. Por fortuna hay suficiente munición, algo de comida que se encontró en las casas y vino para beber y hasta para afeitarse; como, fiel a su decoro de oficial, hizo Pardeiro con la navaja y la barrita de jabón que al amanecer preparó su asistente.

—Los rojos han copado al cabo Longines —le dice al sargento mientras suben al piso de arriba.

Tuerce el gesto el otro. Sabe que la caída de la Casa del Médico significa flanqueo seguro, tarde o temprano.

—¿Podemos hacer algo, mi alférez?

—Nada... Depende de ellos. Que intenten una salida o se queden allí.

Estrépito de tejas y esquirlas impactando en paredes. Otro mortero cae en el callejón por donde cruzaron Tonet y el legionario húngaro. Pardeiro se asoma a la ventana para echar un vistazo y se aparta antes de que algún tirador con buen ojo haga puntería en su cabeza. La plaza sigue desierta a excepción de algunos cadáveres bajo el sol crudo y cegador.

—Supongo que los rojos van a apretar, porque los estamos retrasando mucho. Dile a la gente que, si la cosa se viene abajo, nos replegaremos en orden, despacio y por escalones, a la Cooperativa de Aceites... ¿Está claro, Vladimiro?

—Clarísimo.

—Si hay que irse, los últimos serán los de la iglesia. Yo estaré con ellos.

—Puedo encargarme de eso, mi alférez —sugiere el ruso con automatismo profesional.

Reprime Pardeiro una sonrisa. Si hay que retirarse, la iglesia será una ratonera; pero lleva en el Tercio tiempo suficiente para saber que lo del sargento Vladimiro no es alarde heroico. Como con el cabo Longines, el húngaro Körut y los otros, se trata sólo de rutina automática de legionario: primeros en atacar, últimos en retirarse. Simple orgullo de casta que presume de valor y dureza. Un oficial pide voluntarios para morir, según la vieja fórmula, y todos dan un paso al frente. Se hace porque los compañeros lo dan, con toda sencillez, y no hay análisis posible. Ha ocurrido siempre y seguirá ocurriendo. Es la Legión. Para ella echó Pardeiro papeleta de voluntario cuando lo estampillaron de alférez, y aquí se encuentra, sudando vino, tiznado de pólvora y cubierto de polvo. Intentando estar a la altura.

—No, la iglesia es cosa mía —responde—. Haz que se lleven a los heridos que puedan moverse... A última hora estorbarían, y no es cosa de dejarlos aquí.

—¿Y los otros?

—Se quedan.

Se miran sin más comentarios, entendiéndose. Nacionales y republicanos conocen y asumen con naturalidad las reglas: moros, legionarios, requetés y falangistas, de una parte; voluntarios extranjeros, oficiales y comisarios políticos de la otra: estén heridos o no, lo usual entre ellos es que no se hagan prisioneros, o pasarlos por las armas después del interrogatorio. Sin contar los rematados en caliente, en el ardor del combate. En la guerra, las buenas maneras se dejan para las novelas.

Suena lejano, sobre los tejados, un retumbar de artillería. Frunce el ceño el ruso bajo la borla del gorrillo.

—Parece que el pitón de levante sigue resistiendo —comenta.

—Sí, pero el de poniente lo hemos perdido.

Asiente el sargento, pensativo.

—Mi alférez...

—Dime.

—¿Cree que intentarán envolvernos desde allí?

Encoge Pardeiro los hombros.

—Es probable. Aunque la orden es resistir cuanto podamos.

Se quita el ruso el chapiri para secarse el sudor, que le moja el pelo muy rubio y muy corto.

—¿Y después de la Cooperativa de Aceites, mi alférez?

—¿Si no aguantamos allí, quieres decir?

El ruso no responde a eso. Sólo se encasqueta el gorrillo y mira al oficial con sus ojos de tártaro, disciplinado y formal.

—Mi intención es pelear todo el tiempo —resume Pardeiro—. Hasta que lleguen refuerzos.

Lo piensa un momento el otro. Parece a punto de decir algo, lo piensa, se decide al fin.

—¿Y si no llegan, o tardan?

Se miran otra vez en silencio, pues Pardeiro sabe lo que el ruso tiene en la cabeza: alférez provisional, cadáver efectivo. Para Vladimiro, con su experiencia, el joven oficial que tiene delante ya está amortizado. Lo ha visto en el combate sin escurrir el bulto, procurando dar ejemplo. Y va a seguir así hasta que salga su número. De modo que, si los legionarios acaban retirándose también de la Cooperativa de Aceites, es posible que Santiago Pardeiro ya no esté con ellos. Tal es, sin dramatismos, el curso natural de las cosas; y el sargento, que en dieciséis años de Legión ha visto caer a demasiados oficiales, quiere saber a qué atenerse si se queda al mando. Nadie puede reprochárselo.

—En tal caso —explica Pardeiro— nos queda la ermita de la Aparecida, a poco más de un kilómetro del pueblo. Hay un camino entre los olivares, acuérdate. El terreno está escalonado en bancales con muretes de piedra, y eso facilitaría la defensa, si es que llegamos allí... —hace una breve pausa—. O si llegáis.

Tres morterazos impactan uno tras otro, con retumbar que estremece las paredes. Sobresaltado, el alférez se asoma a la ventana y comprueba que de las casas de enfrente empiezan a salir enemigos. A lo largo de la línea se corre el fuego de fusilería, y la ametralladora del campanario dispara abanicando ráfagas entre las figurillas azules y caquis que corren valerosamente en zigzag a través de la plaza.

Entonces Santiago Pardeiro saca de la funda la pesada pistola Astra del 9 largo, le quita el seguro con el pulgar y suspira con denso, enorme cansancio.

—A tu sitio, Vladimiro... Ahí vienen otra vez.

En la Harinera, donde está el mando de la XI Brigada, a Pato Monzón la relevan después de dos horas sentada ante la centralita de campaña Ericsson.

—Me toca —dice Margot.

—Pues prepárate. Diez clavijas son pocas para esta locura.

—¿Sigue sin funcionar la Erre-Erre?

—Fuera de servicio... Dependemos del teléfono.

Le pasa Pato a su compañera los auriculares y el micrófono, indica en el cuaderno de registro las numerosas comunicaciones en curso que tiene anotadas, se levanta y estira los brazos, dolorida. Durante su turno de operadora no ha tenido un momento de reposo. Todo el mundo quiere hablar con todo el mundo: el comandante de la brigada con el otro lado del río y con los jefes de batallón, los puestos avanzados con el jefe de la brigada, los mandos y oficiales subalternos entre sí. Voces tensas de los que están próximos a la línea de fuego, con ruido de disparos y explosiones como fondo, y voces impacientes de los que ven los toros desde la barrera. El caos de la guerra a través de diez líneas telefónicas.

—Estaré fuera —le dice a Margot.

Se encuentra agotada y necesita tomar el aire; así que abandona el rincón maloliente iluminado por lámparas de queroseno y cruza la nave llena de oficiales y soldados que consultan mapas, de enlaces que traen y llevan mensajes; de hombres que, con el mosquetón entre las piernas, fuman, conversan y aguardan sentados en las escaleras o con la espalda contra la pared.

Al fondo, en torno a una mesa grande, el teniente coronel Landa, el mayor Carbonell y el comisario político de la brigada discuten señalando posiciones en los mapas. De espaldas hay otro militar que se parece al capitán Bascuñana, el jefe del Cuarto Batallón, con el que ayer conversó Pato mientras caminaban por el pinar. Se los ve en desacuerdo, y el Ruso golpea dos veces la mesa con el puño cerrado.

—No te alejes mucho —comenta el teniente Harpo cuando Pato pasa junto a él—. Como ves, la cosa está caliente.

—¿Todo va bien? —se inquieta ella.

—Podría ir mejor.

El ambiente está cargado de humo de tabaco, de sudor, de voces, de zumbar de colmena masculina agitada y tensa; y la joven respira aliviada cuando sale al exterior, bajo la intensa claridad del día, al patio grande de tapias encaladas.

Al otro lado, en un lugar que sirvió para guardar aperos de labranza, se ha instalado un puesto de primeros auxilios y clasificación de los heridos que en trágico goteo vienen del pueblo, unos por su propio pie y otros traídos por camilleros. A la sombra del cobertizo se amontonan frascos verdes de suero antitetánico, fardos de apósitos nuevos, cabezas vendadas que chorrean sangre, ojos ciegos, botellas de cloroformo, brazos en cabestrillo, piernas destrozadas que cuelgan bamboleantes de las camillas ensangrentadas hasta los palos. Según llegan heridos se los va situando protegidos del sol, mientras un médico y cuatro practicantes los clasifican según la gravedad. A unos les hacen una cura rápida antes de que vuelvan al combate; a otros los evacúan en dirección al río; y aquellos para los que no hay esperanza quedan aparte, tranquilizados con una ampollita de cloruro mórfico a la espera de un lugar entre los cuerpos alineados algo más allá, junto a la tapia: mantas sobre las que zumban enjambres de moscas, y de las que asoman pies inmóviles calzados con botas o alpargatas.

Pato mira de lejos, las manos metidas en los bolsillos del mono, mientras recuerda los bombardeos fascistas de Madrid: mujeres y niños bajo los escombros o reventados en las aceras. Más de una vez, al salir del edificio de la Telefónica encontró cuerpos destrozados y restos adheridos a las paredes; y, cuando una bomba de aviación hizo añicos la puerta giratoria de la entrada, al guardia de asalto que la vigilaba —un bigotudo simpático que solía piropearla muy castizo— tirado en el suelo, acribillado el rostro de astillas de vidrio, ciego y pidiendo auxilio en un charco de sangre.

—Todo eso me trajo hasta aquí —murmura para sí misma.

Lo ha dicho en voz alta sin percatarse de ello. Y sólo es consciente cuando oye una voz masculina a su espalda.

—*Todo eso* tuvo que ser demasiado —dice la voz.

Se vuelve, sorprendida y confusa. Casi ruborizada. A su lado está el capitán Bascuñana: bigote de Clark Gable y gorra ladeada con cierta chulería. La observa mientras el humo del cigarrillo que tiene en la boca le hace entornar los ojos.

—Ésos ya no están para análisis histórico, autocrítica ni dialéctica marxista —comenta indicando con el mentón a los heridos y los muertos.

Pato no dice nada. Se queda quieta como estaba, respirando despacio.

—¿Un cigarrillo? —le ofrece el capitán.

Niega ella con la cabeza.

—¿Qué tal van las cosas por el pitón Lola? —pregunta al fin.

—Ni bien ni mal —responde el otro—. Los facciosos siguen aguantando arriba, así que preparamos otro ataque y me han hecho venir para las nuevas instrucciones. A ver si consigo que nuestra artillería les dé a ellos y no a nosotros. Que los ablande antes de que subamos.

—¿Sin comisario político?

Sonríe el capitán.

—Sí, esta vez sin comisario... Pero sabré arreglármelas.

Asiente Pato. Nota los ojos de Bascuñana fijos en ella. Siguen siendo tristes, sobre aquella sonrisa semejante a la de un niño.

—*Todo eso* —repite él con suavidad.

Hace ella un ademán evasivo. Sin embargo, experimenta el impulso de explicarse, o más bien de hacerlo ante ese hombre en particular.

—Prefiero vivir esto a ver, impotente, cómo nos matan los asesinos de Franco —responde—. A estarme quieta en la retaguardia.

Lo piensa un momento, dudando entre continuar o dejarlo ahí. La mirada masculina parece alentarla.

—En los primeros días de la guerra —se decide y prosigue— vi a mujeres del pueblo, milicianas llenas de pasión y furia, echarse a la calle a luchar junto a los obreros, fuesen sus compañeros o no...

Se detiene, indecisa sobre la conveniencia de decir algo más.

—No creo que fuera exactamente tu caso —apunta Bascuñana.

Asiente ella, agradecida por el matiz.

—Lo mío no fue pasión ni furia, sino un acto político... Tenía dieciocho años cuando me afilié a la Agrupación de Mujeres Antifascistas. Me asombraba que la Pasionaria, Victoria Kent o Margarita Nelken llenasen más plazas de toros que los mejores toreros. Me fascinaban las fotos de las mujeres rusas en las portadas de *Mundo Gráfico* y *Estampa*.

—Y querías ser una de ellas —concluye el capitán.

—Lo soy. O intento serlo.

—Ahora es raro encontrar mujeres en el frente.

—Lo sé, tenemos mala fama.

Ladea Bascuñana la cabeza.

—No me refería a eso.

—Es igual, no te preocupes. No me ofende... Al principio éramos útiles para la propaganda. Aquellas fotografías con mono azul mahón, cartucheras y fusil vendían bien la causa, incluido el extranjero. Luego pasamos de ser heroínas a estar mal vistas...

Hace una pausa, como fatigada.

—Ya sabes —acaba.

—No, no sé.

—Fuente de problemas, mujeres de la vida, enfermedades venéreas...

—Ah, eso.

Bascuñana da una última chupada al cigarrillo que casi le quema las uñas, tira la colilla al suelo y encoge los hombros.

—Hubo algo de cierto —su sonrisa le quita seriedad al comentario—. En los primeros días, las prostitutas se apuntaron en masa. Recuerdo a unas cuantas.

Frunce el ceño Pato, molesta.

—Sólo al principio —responde—, hasta que todo empezó a organizarse. De cualquier modo, el mal estaba hecho... La palabra *miliciano* se había convertido en un mérito para los hombres y una deshonra para las mujeres.

—Eso también es verdad —concede Bascuñana—. Injusto, sin duda; pero es verdad.

—Se decidió que la guerra era asunto masculino, y que nosotras estamos mejor en la retaguardia.

Emite el capitán una risa sarcástica.

—En eso, algunos de nuestros líderes políticos coinciden con los fascistas.

—Sí —asiente Pato—. Máquinas reproductoras de hijos, amas de casa... Así nos quieren los unos y algunos de los otros. De los nuestros.

—Pero estás aquí, con tus compañeras. Sois la honrosa excepción.

—Nuestro trabajo nos ha costado. Todas en mi unidad tenemos estudios y buena formación previa. Y a eso añade cursos especializados, adiestramiento... Somos técnicos mucho más capaces que la mayor parte de estos...

Se detiene ahí mientras se acentúa la sonrisa del hombre.

—¿Soldados medio analfabetos? —sugiere.

No responde Pato a eso. Se limita a contemplar a los heridos bajo el cobertizo.

—Como mujer —dice tras un momento—, sé lo que nos espera si ganan los fascistas.

—Lo perderéis todo... Retrocederéis un siglo.

—Sí.

Se quedan callados, sosteniéndose ahora la mirada. Muy serios. Hay en los ojos del capitán, piensa la joven, una resignación fatalista, lúcida. De ahí la aparente tristeza, en contraste con la sonrisa que el rostro mantiene como si pretendiera disimularla. La mirada de quien no se hace ilusiones sobre el presente ni el futuro.

—¿Cómo va la batalla? —pregunta ella para romper el silencio. Para interrumpir sus propios pensamientos.

Hace un gesto ambiguo el capitán.

—Deberías saberlo mejor que yo —señala irónico el interior de la casa—. Estás en el cogollo del asunto.

—No creas... Me limito a tender cables telefónicos y a meter y sacar clavijas de una centralita de campaña. A establecer comunicaciones.

—¿No acercas la oreja?

—Lo menos que puedo.

—Eres poco curiosa.

—Sí.

Mira Bascuñana hacia los heridos. En ese momento llegan tres desde el pueblo. Uno de ellos, cubiertos los ojos con un vendaje ensangrentado, apoya las manos en los hombros del compañero que lo precede cojeando, sostenido en su fusil.

—Las noticias son buenas, en general —responde—. Ebro abajo, los nuestros avanzan hacia Gandesa y los fascistas están en retirada.

—¿Y aquí?

—Vamos consiguiéndolo poco a poco. El cementerio y el pitón Pepa son nuestros, y más de medio pueblo... De Lola voy a ocuparme dentro de un rato —consulta el reloj y se toca maquinalmente la funda de la pistola, cual si de pronto notase que la lleva al cinto—. Lo que me recuerda que, aunque estoy a gusto charlando contigo, tengo que irme.

Pato siente el súbito deseo de retenerlo un poco más.

—He oído que nuestros tanques van a cruzar el río.

—Eso dicen... No había manera, porque la aviación fascista destruyó el puente de hierro que iban a tender.

Pero han traído una plataforma flotante que permitirá pasarlos uno a uno.

Calla el capitán y se miran indecisos, buscando algo más que decir. Un pretexto que prolongue la conversación.

—Espero que volvamos a vernos —comenta Bascuñana.

Después sonríe, se toca la visera de la gorra con el pulgar y el índice, pasa junto a Pato y se aleja tres pasos. De improviso se detiene, vuelto hacia ella.

—¿Tienes compañero?

Pato duda, cogida por sorpresa.

—Creo que sí —responde.

Se ensancha la sonrisa del capitán.

—No es un sí muy convencido.

—Estaba en Teruel. No sé nada de él desde entonces.

—Ya... Comprendo.

Siguen mirándose, inmóviles aún. La joven busca las palabras.

—No era mi compañero. Era sólo...

—Claro.

Asiente Bascuñana, pensativo. Luego, despacio, levanta cerrado el puño de la mano izquierda, en un saludo republicano que los ojos y la sonrisa parecen desmentir.

—Buena suerte, soldado.

—Buena suerte, camarada capitán.

Se aleja el militar. Mientras ella lo ve irse, el teniente Harpo aparece en la puerta y se detiene junto a Pato, mirándolo también.

—No deberías hablar con él —sugiere—, por lo menos hasta que no tome su pitón.

Se vuelve ella, sorprendida.

—¿Por qué?

Harpo se pasa los dedos por el pelo rizado y cano, con aire indeciso. Cual si demorase la respuesta, se quita las gafas y comprueba al trasluz la limpieza de los cristales.

—He oído al Ruso y los otros... El comisario lo acusa de no exigir suficiente a sus hombres. De ser flojo con ellos.

Tras decir eso se pone otra vez las gafas y mira de nuevo al capitán, que al pasar junto al cobertizo se ha arrodillado junto a uno de los heridos para darle un cigarrillo.

—Si fracasa otro ataque a Lola —añade—, son capaces de fusilarlo.

Pato se estremece, alarmada.

—Estás de broma, ¿verdad?... Exageras.

—¿Que exagero, dices? —Harpo mira hacia atrás y baja la voz—. ¿Con el Ruso de por medio?... Hija mía, se nota que no conoces a ese hijo de puta.

—¡Oíd, rogelios!... ¿Nos oís, alguno de vosotros?... ¡Parad un poco, rogelios!

Agachado tras una ventana sobre cristales rotos y restos de muebles astillados a tiros, Julián Panizo mete munición en un cargador del subfusil. Al oír la voz que viene del otro lado de la calle, de la Casa del Médico —tarda en hacerlo, ensordecido como está por los estampidos recientes—, se detiene y presta atención.

—Son los fachistas —le dice Olmos.

—¿Qué?

—Los fachistas, coño. Parece que nos llaman.

—No jodas. Qué raro.

—Te digo que sí, que quieren hablarnos.

—Pero si a los de esa casa los tenemos copados...

—Igual quieren rendirse.

Lo piensa el dinamitero un momento y mueve la cabeza.

—Son lejías. Ésos no se rinden nunca, por la cuenta que les trae.

Al otro lado de la calle vuelve a sonar la voz. Acento andaluz. Parad el fuego, se oye de nuevo. Tenemos algo importante que deciros. Panizo atiende, se pasa una mano por la cara sudorosa y sucia, encaja el cargador en el lado izquierdo del subfusil. Clac.

—Seguro que es una trampa —opina Olmos.

—Puede que sí, y puede que no... Di a los otros que dejen de tirar.

—¿Aviso al brigada Cancela?

—No hace falta.

Se corre la petición y callan las armas. Un silencio. Panizo se acerca un poco al marco de la ventana, cuidando de no asomar la cabeza.

—¿Qué queréis, fachistas?

—Hay aquí una mujer preñada —responde la voz lejana.

—Pues la habréis preñado vosotros, violadores cabrones. O alguno de vuestros curas.

—Te hablo en serio, idiota... Está en el sótano y a punto de parir.

Se miran Panizo y Olmos. Otros compañeros se han acercado a ellos y escuchan curiosos, en cuclillas y apoyados en los fusiles.

—Y a mí qué me cuentas, lejía de mierda —responde el dinamitero.

—Es una mujer, hombre —replica la voz—. No seáis brutos.

—Bruto será tu padre.

—Vale. Pero aquí no puede seguir esta infeliz. Tendréis médicos, imagino.

—El Ejército Popular de la República tiene de todo.

—Por eso lo digo... Está rompiendo aguas y nosotros no podemos atenderla.

—Pues rendiros de una puta vez.

—No, hombre. De eso, nada. Tenemos balas y tabaco, así que preferimos que vengáis a convencernos personalmente.

—Iremos, descuida —promete Panizo.

—Pues ya estáis tardando... Y procurad ser muchos, para que nos cunda la faena.

Ríen por lo bajo Panizo y los suyos. Tienen cuajo, esos fachistas hijoputas. El dinamitero se asoma un poco a la ventana, lo justo para echar un vistazo. Hay quince metros de ancho de calle entre ellos y la casa que ocupa el enemigo, picada de impactos de bala. Lo piensa un momento, consulta a los compañeros con la mirada: rostros hirsutos y sucios, ojos cargados de fatiga. Los ve asentir, así que se vuelve de nuevo hacia la ventana.

—Oye, fachista.

—Dime, rogelio.

—¿Cómo hacemos con la preñada?

—Pues tú verás... La dejamos salir y que cruce la calle sin que tiréis.

—¿Puede andar?

—Van con ella otra mujer y un viejo.

—El viejo os lo quedáis vosotros.

—Es un abuelo, coño.

—Me importa un carajo lo que sea. Al hombre que asome el careto, abuelo o nieto, lo freímos como un torrezno.

—Mira que sois bestias.

—Mira que sois julandrones.

—Lo serán tus muertos.

—No, los tuyos.

Un silencio. Los fascistas deben de estar deliberando, o haciendo que suba la mujer. Pero también puede ser una trampa. De modo que Panizo apoya el naranjero en la pared, desengancha del correaje una granada de piña WZ polaca y la deja en el suelo, a mano, por si acaso.

—Vale —anuncia la voz lejana—. Van a salir ahora.

—Únicamente la preñada y la otra... ¿Está claro?

—Clarinete, rogelio.

—Ojo, que sólo paramos mientras cruzan la calle. Y luego seguiremos a lo nuestro.

—De acuerdo.

—Pues venga, que se hace tarde y tenemos que escabecharos antes de cenar.

—Menos lobos, figura... Pero gracias por el detalle.

—Vete a tomar por culo, fachista.

—A eso iba, rogelio. Pero con el miedo que me dais se me aprieta el ojete.

—Ya te lo ensancharemos, tú tranquilo.

—Puede... Pero antes me vais a chupar la polla.

Se preparan los republicanos, el dedo en el gatillo de las armas. Panizo coge el subfusil, lo apoya en el marco de la ventana y con un chasquido de la palanca monta el cierre. Después pone el selector en tiro a ráfaga y, asomando la cabeza lo menos que puede, observa la calle.

Al otro lado, en la posición fascista, alguien se pone a cantar con guasa y chulería.

> *Por tu querer, miliciana,*
> *tres cosas te ofrezco, tres:*
> *negarme a marchar al frente,*
> *estudiar para teniente*
> *y hasta lavarme los pies.*

—No me fío de esos charranes, Julián —susurra Olmos.

—Cállate la boca.

La Casa del Médico tiene una puerta deshecha a balazos, al otro lado de la cual hay un parapeto de colchones y muebles rotos. Durante un largo minuto nada ocurre, hasta que en el zaguán oscuro se advierte movimiento.

—Ahí asoman.

Panizo apunta con el naranjero. Por un momento entreví una figura masculina —soldado con gorro y cartucheras pero sin armas a la vista— que aparta algunos obstáculos del parapeto. Sólo se deja ver un instante y desaparece en seguida, dando paso a dos mujeres que salen a la calle: visten de luto como la mitad de las mujeres de España, van sucias de polvo de yeso y avanzan inseguras, deslumbradas por la claridad exterior. Se las ve exhaustas y aterradas. Una de ellas parece joven. Camina torpe, con dificultad, abiertas las piernas mientras apoya las manos, como queriendo sostenerlo, en el vientre muy abultado. La ayuda la otra, de más edad, que agita débilmente un pañuelo blanco.

—Joder —masculla Olmos.

Hace ademán de levantarse para ir a ayudarlas, pero Panizo lo retiene por un brazo.

—Déjalas que vengan solas... Nunca se sabe.

Con el rabillo del ojo sigue el dinamitero la progresión de las dos mujeres, pero sin descuidar la puerta y las ventanas de la casa de enfrente. A veces una cabeza furtiva se asoma a mirar y desaparece de inmediato. Las mujeres ya se encuentran a este lado de la calle y Panizo las pierde de vista.

—Avísame cuando estén dentro —le dice a Olmos.

Se quita el sudor de los ojos con el dorso de una mano y sigue encarando el naranjero hacia la casa enemiga, el dedo rozando el guardamonte. Por las sombras que empiezan a alargarse, calcula todavía un par de horas de luz. Suficiente, piensa, para intentar un nuevo asalto si lo ordenan los jefes. Pese a los faroles que se marcan, los legionarios de la Casa del Médico deben de estar bastante rotos, con lo que llevan encajado. Y tampoco quedarán muchos. Será interesante escuchar lo que cuenten las mujeres.

—Ya están dentro —anuncia Olmos.

—Vale —Panizo levanta la voz—. ¡Oye, fachista!

—¡Dime, rogelio! —responde la misma voz de antes.

—Ya están aquí las dos, sin novedad.

—Me alegro. Y mira: si nace niño, ponedle de nombre Francisco, como el generalísimo Franco.

—De acuerdo… Y si nace niña, le pondremos el de tu puta madre.

Según dice eso, Panizo aprieta el gatillo y suelta una ráfaga, que es contestada desde la otra casa. Entonces el fuego se corre de lado a lado de la calle, en una sucesión de estampidos intensos, furiosos. Y la guerra vuelve a la normalidad.

VI

El nuevo intento republicano contra el pitón de levante se produce una hora antes del anochecer. Suben los rojos trabajosamente, animándose unos a otros con gritos, después de que su artillería haya estado machacando la cresta y que Ginés Gorguel, incrustado entre dos rocas, apretada entre los dientes una ramita de arbusto para que no entrechoquen con las explosiones ni revienten los tímpanos, haya vivido un infierno de estallidos, sacudidas y resonar de esquirlas de piedra y metralla. Siguió un silencio hasta que las voces de «ahí llegan, ahí suben otra vez», recorrieron las posiciones nacionales, y Gorguel, como todos, asomó un poco de su resguardo y empezó a disparar.

Y así continúa el antiguo carpintero de Albacete, encarado a ratos el fusil y escondiéndose otros, áspera la boca de sed, agachando la cabeza o disparando y haciendo correr el cerrojo mientras la alfombra de relucientes vainas vacías crece a sus pies. Con una sensación de irrealidad que le hace sentirse como en un cuerpo y una mente ajenos.

Lo cierto es que procura asomarse lo menos que puede, hurtándose a las balas que gimen, zumban, rebotan con chasquidos siniestros. Es imposible que esto dure, piensa fatigado. Que con tanto chinazo suelto desde hace día y medio, alguno no me acabe tocando a mí. Tarde o temprano la buena suerte se agota, y la mía se consumió hace rato.

Siente un temor desesperado y frío a la vez. Un miedo extraño. No una sensación de pánico irracional, como ha visto en algunos que de pronto arrojan el arma, se ponen en pie y echan a correr ladera abajo, hacia la retaguardia, antes de ser abatidos por los disparos de sus propios oficiales. El suyo es un miedo reflexivo, consciente, tranquilo. La certeza casi matemática de que en tal o cual lugar de su cuerpo —la cabeza, los hombros, el pecho, los brazos— puede recibir de un momento a otro el golpe súbito que lo mutile o lo mate. Y las probabilidades son cada vez mayores.

Ping, ziaaang, suena un impacto en la roca a su derecha, muy cerca.

Sobresaltado, Gorguel nota el contacto seco del metal que roza el lado izquierdo de su espalda, se palpa con precipitada angustia y no encuentra más que un desgarro en la camisa y carne entumecida, pero indemne, debajo. La bala ha rebotado en otra piedra y ahora está ante sus ojos, doblada en ángulo. Alarga una mano para tocarla y la retira con rapidez, como tras un contacto eléctrico. Aún está caliente.

Herida, piensa con helada lucidez. No hay otra solución. Una herida buena, no demasiado grave, que lo saque de allí. Que le permita apartarse del tiroteo, bajar por la contrapendiente sin que el sargento de la pierna vendada, que sigue atrás con su pistola, o cualquier otro oficial —el comandante Induráin, todavía vivo, pasó antes del ataque revisando las posiciones, dando ánimos y repartiendo granadas y munición— le pegue un tiro por desertar en pleno combate. Un balazo que le salve el pellejo a cambio de lo que sea; una pequeña mutilación, incluso. Sabe de sobra que una herida autoinfligida siempre es descubierta por los médicos a causa de la quemadura, y eso significa papeleta fija para el piquete de fusilamiento; pero un balazo de los rojos puede ser, paradójicamente, el pasaporte a la vida. El único posible en esas circunstancias.

Y es así como Ginés Gorguel rompe otra vez a llorar. Lo hace porque en ese momento está pensando en su mujer y su hijo, a los que no ve desde hace dos años y veintisiete días. En su madre viuda. En las cartas enviadas a través de Francia, de las que ninguna tuvo respuesta. En el disparate atroz donde, a su pesar, se ve envuelto y del que ansía encontrar una salida.

Entonces levanta la mano izquierda. Lo hace apretando los dientes, a la espera del impacto que se la destroce. Cerrados los ojos, tenso de la cabeza a los pies, la mantiene en alto mientras oye zumbar y rebotar las balas, confiando en que una le acierte. Dispuesto para el golpe y el dolor. Y continúa así hasta que, entre el estampido de los disparos, oye la voz del sargento herido que está a su espalda.

—Baja esa mano, hijoputa... O el tiro te lo pego yo.

Gorguel permanece quieto un momento, aún con el brazo en alto. Sin hablar ni volverse. Luego lo baja despacio hasta apoyarlo de nuevo en el fusil.

—Todos querríamos estar en otro sitio —añade el sargento.

Gorguel sigue inmóvil. Ahora no siente sino una fatiga infinita. La misma necesidad urgente de acurrucarse allí mismo y dormir muchas horas seguidas.

Pum-baaah. Pum-baaah.

Son explosiones próximas: granadas ofensivas y defensivas.

—¡Dispara, hostias! ¡Tenemos a los rojos encima!

Es cierto. Prestando atención entre las tinieblas que lo ofuscan, Gorguel advierte que los enemigos que ascendían por la pendiente se encuentran a menos de treinta metros. Suben con mucho coraje, incitados por sus oficiales. A saltos, buscando protección de roca en roca, se detienen, disparan, se descubren de nuevo para arrojar bombas de mano cuesta arriba, desenrollándose en el aire las cintas blancas de las granadas. Caen algunos atacantes y avanzan otros.

La cresta y sus proximidades son ahora un tiroteo denso; un estrépito ensordecedor punteado de estampidos, de balas que rebotan y metrallazos que salpican el aire. De hombres que piden munición, que insultan al enemigo, que gritan con desgarro su valor y su miedo.

Con ademanes mecánicos, Gorguel se lleva el fusil a la cara, aprieta el gatillo y siente el culatazo del retroceso en el hombro. Golpea con la palma hacia arriba el cerrojo, mete otra bala en la recámara, apunta y dispara de nuevo. Algo fugaz y cálido, como un soplo de aire caliente, pasa a pocos centímetros de su cabeza.

—¡Ven, coge de éstas! —le grita el sargento.

Se vuelve Gorguel sin comprender lo que el otro quiere decir, y ve que sigue sentado en el suelo, la espalda contra una piedra, la pistola sobre el vientre, y golpea con una mano la caja gris de granadas, rotulada en alemán, que el comandante Induráin dejó cuando estuvo allí.

—¡Coge unas cuantas y dale también a Selimán!

Aturdido, torpe, Gorguel deja el fusil sobre la roca y, agachado, se acerca al suboficial. El torniquete de la pierna parece haber parado la hemorragia, pues ya no corre sangre fresca por la pernera del pantalón. Está muy pálido y aprieta los dientes de forma obstinada.

—Pegad duro a esos rojillos cabrones —mascula—. Tiradles de éstas.

Mientras lo dice le pone en las manos varias granadas de palo alemanas, de un modelo que Gorguel no había visto antes. Tras contemplarlas un momento, indeciso, éste se mete dos en el correaje y sujeta las otras contra el pecho. Son más pesadas que las habituales. Casi medio kilo cada una.

—A Selimán, y date prisa —insiste el sargento.

Aún agachado, oyendo zurrear las balas sobre su cabeza, Gorguel desanda el corto trecho hasta las peñas.

El moro está donde estaba ayer, tumbado, pegando tiros como una máquina. Se ha quitado el tarbús rojo para ser menos visible, y el pelo ensortijado y el bigote cano están remojados de sudor. Al ver aparecer a Gorguel con las granadas hace una mueca feroz.

—*Arumi isén* —dice, complacido—. Tú saber manera.

Y sin esperar más, sonriente como niño con juguete nuevo, le quita una de las manos, la sostiene por el mango de madera mientras desenrosca la base y tira del cordón tirafrictor. Después, incorporándose a medias, coge impulso y la arroja ladera abajo.

—Cuatro o sinco sigundos —dice el moro.

Un estampido, veintitantos metros más allá. Humo y tierra por los aires.

—Bomba misiana guapa, paisa... Güina para arrojos cabrones.

Tras un instante de desconcierto, Gorguel deja el resto de bombas en el suelo, se mete el palo de otra en el correaje, coge una cuarta y con ella en la mano vuelve agachado a su piedra, junto al fusil.

Siente ahora una extrema urgencia: una necesidad imperiosa de arrojar todo aquello ladera abajo, sobre las figurillas hostiles que siguen acercándose a saltos cortos buscando la protección del terreno. De pronto se siente poderoso. Tiene algo que puede frenarlos, si lo usa bien. Que puede devolver en forma de metralla la angustia y la incertidumbre que desde hace día y medio le atenazan el estómago, el corazón y la cabeza. Así que desenrosca la base del palo, tira fuerte de la anilla con el cordón y lanza la granada. Luego, sin pararse a ver el resultado, hace lo mismo con las otras tres, con mucha rapidez, una tras otra. Las arroja con odio y rabia, deseando hacer daño. Queriendo borrar de la faz de la tierra todo cuanto amenaza su vida.

A lo largo de la cresta, los otros defensores empiezan a hacer lo mismo. Llueven granadas ladera abajo, se multiplican los estampidos, y un rosario de fogonazos petardea en la ladera. Sus breves resplandores rojos y naranjas parecen más vivos en la luz mortecina del día que se desvanece, entre las sombras que empiezan a reptar por las peñas donde, por encima del estrépito, se alza primitivo y salvaje el grito de guerra de los regulares, que vocea desafiante el cabo Selimán.

Esto también es la guerra, piensa el mayor de milicias Gambo Laguna. O esto, sobre todo, es la guerra: andar y desandar, correr y esperar.

Y este anochecer, concluye, lo que toca es andar.

Todavía queda algo de luz —una penumbra que se oscurece por el este y en los lugares bajos del terreno, dejando ver una columna de humo oscuro sobre los tejados del pueblo— cuando, recortadas las siluetas en el último contraluz, dos de las tres compañías del Batallón Ostrovski abandonan el cementerio y cruzan la carretera entre las viñas. La orden, recibida hace una hora, es relevar al Segundo Batallón en el pitón Pepa, el de poniente, para que esa unidad pueda flanquear Castellets, rodeando así a los fascistas que todavía resisten allí abajo.

Gambo va con sus hombres. Colgados los prismáticos del pecho, de pie en el puente junto a la gente de su plana mayor, los ve pasar: rumor de pisadas sin voces, larga sucesión de formas cada vez más oscuras mientras se extingue la última claridad del día. Está prohibido fumar, hablar en voz alta o salir de las filas incluso para orinar. Y todos cumplen a rajatabla. Hasta las mulas que cargan el material, munición, los morteros pesados y las ametralladoras Maxim se mueven silenciosas llevadas del ronzal por los acemileros, sin otro sonido que el de sus cascos en la gravilla de la carretera.

—Buenos muchachos —comenta el segundo al mando, capitán de milicias Simón Serigot.

Asiente el jefe del batallón, convencido de eso. Guerreros disciplinados y silenciosos, proletarios forjados por la lucha del pueblo y por el propio Gambo, considera éste a sus hombres lo mejor del Ejército Popular de la República: ni una deserción, ni un mal gesto, ni un problema, jamás. Combaten, sufren, son heridos, mueren, llegan nuevos hombres selectos, vuelven a combatir. Todos son de fiar, todos son comunistas, y entre ellos no hay un solo sospechoso de oportunismo o tibieza. Su comandante los cuida, y ellos lo cuidan a él. Por eso lo siguen sin rechistar y él los aprecia de veras. Hace un rato se ha encargado, vigilándolo en persona, de que antes de ponerse en marcha cada hombre comiera un rancho caliente, llenase la cantimplora y fuera municionado con ciento cincuenta cartuchos de fusil, cuatro bombas de mano y un cuarterón de tabaco picado por escuadra.

—Apenas queda luz —comenta Ramiro García, comisario político del batallón—. A ver si no se despistan a oscuras.

—Saben lo que hacen —responde Gambo.

Es cierto. Lo saben porque aprendieron con duro entrenamiento, primero, y a costa de su propia sangre después. La mitad de los que hace año y medio formaron el batallón original ya no están allí para contarlo: muchos se quedaron a orillas del Alfambra, seis meses atrás, cuando la ineptitud militar del Campesino —un gañán cruel y cobarde al que Gambo desprecia— destrozó a la 46.ª División bajo su mando contra las defensas fascistas. Antes de eso, el Ostrovski ya había probado su dureza en Brunete, donde, tras partir el espinazo a una de las mejores divisiones enemigas en el Vértice Llanos, aguantó firme en Quijorna bajo la aviación y la artillería, sin ceder un palmo de terreno mientras Líster, los anarquistas y las Brigadas Internacionales chaqueteaban y corrían a por tabaco. Y de nuevo, en Teruel, les tocó ser el pichi de la jornada cuando la cota 1.205, el hueso más duro, se lo hicieron roer a ellos: ataque tras ataque a través de la vaguada enfilada por las ametralladoras asesinas del Tercio, combate a bayonetazos en las trincheras enemigas, centenares de hombres muertos, heridos, aterrados en una carnicería salvaje en la que, frente al valor inaudito y desordenado de unos, había enfrente algo distinto: maestría en la organización defensiva fascista, equilibrio de obra de arte militar bien hecha.

—¿En qué piensas, mayor? —pregunta Serigot.

—En la vaguada del Alfambra.

—No me lo recuerdes... Ojalá nunca nos veamos en otra como aquélla.

Eso es lo que desde entonces Gambo pretende en su batallón: aplicar cada día la lección de Teruel, sin olvidarla nunca. Que el Ostrovski sea también una obra de arte, fiable, disciplinada, comunista. Una máquina de acero. Se lo dijo a los hombres antes de cruzar el Ebro, de pie entre ellos, colgados los pulgares del cinto, como suele hablarles cuando conviene hacerlo: cara a cara, sin delegar esa tarea en el comisario político. Sois, camaradas, la vanguardia del proletariado internacional. No somos sólo españoles, sino parte de la revolución mundial; la que los anarquistas y otros descerebrados quieren precipitar de cualquier manera, pero que los comunistas, más pacientes y eficaces, sabemos no podrá hacerse hasta que se gane esta guerra. Y no luchamos sólo contra Franco; lo hacemos por nuestros hermanos presos en las cárceles de Hitler y Mussolini; por los proletarios que en Francia e Inglaterra son incapaces de sacudirse el yugo burgués que los oprime; por los negros americanos y los hebreos perseguidos. Somos un muro de bayonetas sostenido por la verdad científica y la razón, mientras que los de enfrente son mercenarios o parias obligados a luchar por una causa que no es la suya. Nosotros, sin embargo, somos el pueblo en armas. El pueblo pobre, maltratado, hambriento; la famélica legión que al fin toca con los dedos la revancha y la victoria. Así que viva la República y preparad vuestro equipo, porque otra vez nos corresponde demostrar lo que somos y lo que vamos a ser.

La oscuridad es más intensa, y la hilera de hombres y animales se ha convertido en un desfile de sombras entre los trazos más negros de las viñas. Suena el resuello ronco de una mula.

—Lleva exceso de carga —comenta Ramiro García, el comisario político.

—¿Cómo lo sabes? —se interesa Gambo.

—Me crié entre ellas antes de dedicarme a la peluquería. Mi padre me llevaba a trabajar al campo desde los siete años... Las mulas son animales sufridos, como los buenos soldados. Sólo se quejan cuando se las castiga demasiado.

Asiente el mayor de milicias y sigue caminando. Es curioso lo del Ejército Popular, piensa. Y alentador. A diferencia de los fascistas, cuyos oficiales salen en gran parte de una casta militar reaccionaria y burguesa, los cuadros combatientes de la República proceden de los más diversos estamentos del pueblo en armas: Ramiro García es de origen campesino, el capitán Serigot —único oficial del Ostrovski con verdadera formación militar anterior a la guerra— fue soldado en Marruecos y luego cabo de la

Guardia de Asalto, y entre los jefes de compañía del batallón, ascendidos por méritos de guerra y mediante cursos de formación militar y política, hay un cobrador de tranvía madrileño, un mancebo de botica de Cuenca y un dependiente de camisería cordobés.

—¿Quién va?

Una voz al frente, surgiendo de la nada. Siluetas que se inmovilizan entre las vides, en el último suspiro de luz del día.

—República, coño.

—¡Santo y seña!

Sonido de cerrojos al montarse, mientras todos se agachan por si se le escapa un tiro a alguien. Gente alerta a uno y otro lado de las sombras. No está el momento para descuidos.

—Gorki jugaba al ajedrez... Somos el relevo.

—¿No era Bakunin?

—No, hostias. Gorki.

—Ah, vale.

Se incorporan y caminan de nuevo. El cielo es todo negro hacia el este, por la parte de Castellets. El terreno asciende ahora de modo abrupto y las vides se hacen raras. Pisan ya el pitón Pepa. A medida que avanza, Gambo advierte la presencia numerosa de hombres alrededor: sonidos metálicos, murmullos, brasas de cigarrillos mal disimuladas. Llegado el relevo, los del Segundo Batallón se disponen a moverse para flanquear el pueblo.

—¿Gambo? —interroga una voz.

—Sí.

Un bulto se destaca en la oscuridad, aproximándose.

—Salud. Soy Fajardo.

Es el mayor de milicias al mando del Segundo Batallón. Los dos se conocen y se estiman.

—No te doy la mano porque tengo picores y no paro de rascarme —dice el otro—. Creo que he pillado la sarna.

—Vaya, hombre. Espero que no sea nada.

—Ya veremos... Mis órdenes son de moverme con mis tres compañías en cuanto llegues. Así que hola y adiós, camarada.

—¿Necesitas algo?

—No, todo está en orden. Tengo que situarme a la derecha de los fascistas antes de que amanezca.

—¿Qué tal te ha ido hasta ahora? —se interesa Gambo.

—Bien. Tomar el cementerio fue más duro: perdí a Curro Sánchez, el capitán de la 3.ª, y me hicieron once muertos y treinta heridos.

—Lo siento.

—Sí... Lo de Curro es una putada. ¿Lo conocías?

—¿Uno flaco, con barba?

—Ése.

—Sólo de vista.

—Era un tío fetén, de los que se visten por los pies. Pero salió su número: un metrallazo, la femoral abierta como un torero y desangrado en tres minutos... Este lugar, sin embargo, lo tomamos fácil, con sólo seis heridos y ningún muerto.

Gambo mira hacia lo alto del pitón. Sobre la masa negra de la pendiente relucen ya las primeras estrellas.

—¿Qué tal ahí arriba?

—El suelo es demasiado duro para cavar, pero hemos hecho parapetos con piedras y el puesto de mando está un poquito detrás de la cresta. Tienes línea telefónica con la brigada... Lo que no hay es agua cerca.

—Ya me las arreglaré.

—¿Cuánta gente traes?

—Dos compañías.

—¿Con material pesado? —inquiere Fajardo—. ¿Morteros de 81?

—Cuatro.

—Pues qué suerte, oye. Los míos no han cruzado el río... ¿Me aceptas un consejo?

—Dime.

—Yo de ti los situaría entre el pitón y el cementerio, donde tienes un emplazamiento cojonudo: una vaguada pequeña que protege mucho. De todas formas, dejo un sargento para que te oriente y os marque las posiciones... Se llama Hernández y es de confianza. Asturiano, como tú. En cuanto no lo necesites, mándamelo de vuelta.

Se despiden, sombra con sombra.

—Buena suerte en el pueblo, camarada.

—Buena suerte, Gambo... Salud, y viva la República.

—Eso es. Que viva siempre.

Seguido por el practicante de la compañía, que carga con el macuto de curas de urgencia, Julián Panizo se abre camino entre los soldados que se agrupan en la escalera del sótano.

—A ver. Dejad paso, hostias... Dejadnos pasar.

No hay otra luz que la de un cabo de vela encendido abajo, y el dinamitero aparta a los hombres recortados en la penumbra, que se agolpan para mirar.

—Quitaos de ahí de una vez —insiste, dando empujones—. Deberíais estar arriba, en vuestros puestos... Si los fachistas contraatacan ahora, nos pillan con la chorra fuera.

Por fin Panizo y el otro llegan al sótano. Es una habitación estrecha, polvorienta, que la luz de cera no ilumina demasiado, pero sí lo suficiente para que se vean mazorcas de maíz apiladas contra la pared, tinajas rotas y una manta militar extendida en el suelo, sobre la que yace la mujer preñada a la que liberaron los legionarios un par de horas antes.

—Joder —murmura el practicante al verla.

La mujer está desnuda de cintura para abajo, subido el vestido negro hasta el torso, las medias oscuras bajas y arrugadas en los tobillos, con las piernas abiertas mientras la vieja que la acompaña hurga entre ellas. Por momentos, la parturienta se estremece y grita. Son los suyos unos gemidos hondos y roncos, a veces estertores de poca intensidad y otras aullidos de angustia, como los de un animal al que torturasen amarrado, sin posibilidad de defenderse ni escapar.

—Respira y empuja —le está diciendo la vieja—. Respira y empuja.

Sentado en el suelo junto a la mujer, con el naranjero apoyado en las rodillas, Olmos le sujeta una mano. O más bien es la mujer la que parece aferrarse a él con desesperación, cual si en el contacto masculino encontrase el alivio, el consuelo, el recuerdo de otro hombre que debería estar allí y no está.

—Esto no lo he hecho nunca —balbucea el practicante.

—Pues ahora lo vas a hacer —responde rotundo Panizo.

Traga saliva el otro, indeciso. Se ha puesto muy pálido.

—Pero hacer ¿qué?

—Ni puta idea, oye. Lo que se te ocurra.

—La vieja es la que parece que sabe.

—Pues ayúdala, hombre. Que ella te diga.

—No voy a poder; te juro que no.

Le tiemblan las manos y la voz. Panizo lo hace avanzar con un empujón.

—Venga, idiota... Muévete.

Al fin, descolgándose del hombro el macuto, el practicante va a arrodillarse junto a las mujeres. Panizo echa un vistazo a la puerta que da a la escalera. Los hombres siguen allí.

—Que os vayáis arriba, leche. Esto no es La Criolla.

Nadie le hace caso. Callan, fuman, se asoman para observar. El dinamitero se desentiende de ellos y su mirada se cruza con la de Olmos, que permanece sentado, la mano de la mujer entre las suyas. Panizo nunca le había visto esa expresión: una especie de gravedad ausente. El pelo revuelto y sucio, cubierto de polvo el mono azul, su compañero asiste a la escena de la que forma parte con un aire distraído, cual si sus pensamientos estuviesen lejos de allí. Como si viajara en el tiempo y el espacio hasta algún lugar remoto de su propia cabeza.

Está pensando en los suyos, adivina Panizo. En su mujer y sus hijos.

Lo sabe porque a él mismo le ocurre. Y comprende que también les pasa a los que miran y fuman callados en la puerta de la escalera, duros y solemnes, con la parca luz de la vela trazándoles sombras en las caras sucias y sin afeitar, en los fusiles y granadas que son su oro, incienso y mirra en tan extraña escena. Todos ellos, concluye el dinamitero, capaces de lo peor y también de lo mejor —lo peor de la guerra son los hombres, y lo mejor también los hombres—, tienen en la memoria o el instinto el eco de una escena parecida a aquélla. Todos nacieron de una mujer, igual que de un momento a otro pueden morir a manos de un hombre. Y esa hembra estremecida de dolor, gritando y sollozando mientras la vieja y el practicante se afanan para que alumbre lo que lleva en sus entrañas, les cuenta su propia historia y la de las mujeres y niños a los que aman, amaron o amarán. Es el más antiguo rito humano el que compite ahora con la muerte: con lo que espera arriba en cuanto acabe la tregua que todos parecen acatar, pues no suenan disparos, y la noche y la guerra, en su breve y engañosa calma, conceden un aliento a la vida.

Respira y empuja, sigue exhortando la vieja. Respira y empuja.

Respira y empuja.

Empuja. Empuja más, muy bien. Así. Empuja.

De pronto, con un grito desgarrador, la mujer tensa el cuerpo en un espasmo que parece más violento que los anteriores, y la luz amarillenta de la vela resbala como aceite por su vientre henchido y bañado en sudor. Y el dinamitero ve a Olmos inclinarse sobre ella, apretándole la mano con más fuerza al tiempo que acaricia su frente con una ternura insospechada en él, y la vieja y el practicante tiran fuerte de algo oscuro, rojizo y ensangrentado: un objeto extraño, un cuerpo diminuto que el practicante, incitado por la vieja, sostiene torpe en alto, cabeza abajo, mientras ella le da suaves golpes, uno tras otro, golpe tras golpe, hasta que al fin suena un levísimo quejido y luego un llanto agudo y fuerte, violento, el primero de una vida, que eriza la piel de Julián Panizo mientras los hombres agrupados en la puerta estallan en gritos de alegría.

Acampados por escuadras e inmóviles bajo sus mantas, puestos los fusiles en pabellón, los 157 hombres de la compañía de choque del Tercio de Montserrat descansan de una larga caminata. Durante toda la tarde se cruzaron con grupos de fugitivos, mujeres, niños y ancianos que venían por la carretera —miraban a los requetés con recelo, pues seguramente era población local más simpatizante de los rojos que de los nacionales—, y al anochecer se les permitió encender fuegos durante media hora para calentar el rancho. Ahora duermen o intentan hacerlo, sabiendo que deberán ponerse en marcha antes del alba. Todos están al tanto de que se encuentran cerca de la sierra de Mequinenza, aunque nadie conoce el destino final excepto el capitán Coll de Rei, y tal vez los jefes de sección y el páter Fontcalda; pero de éstos no ha salido ni una palabra sobre el particular. La tropa lo ignora todo, excepto que el retumbar de artillería que se oye hacia el este indica que el Ebro está cerca.

Tumbado entre los compañeros de su escuadra, que roncan como lechones, el cabo Oriol Les Forques tiene la cabeza apoyada en el macuto, los ojos abiertos, y contempla el cielo cuajado de estrellas. Pese al cansancio, le cuesta conciliar el sueño. Ocurre desde Codo, cuando el Tercio fue aniquilado y él se salvó con unos pocos, cruzando a la desesperada las líneas republicanas: insomnios prolongados y sueños cortos llenos de pesadillas. No es el único.

—¿Estás despierto? —susurra Agustí Santacreu, que se encuentra muy cerca.

—Sí.

—¿En qué piensas?

—En lo mismo que tú.

Les Forques oye removerse al compañero bajo la manta y quedarse luego quieto.

—Si pudimos salir de Codo —dice Santacreu tras un momento—, saldremos de ésta, ¿no?... Aquello fue lo máximo.

Les Forques cierra los párpados. Refiriéndose a Codo, *lo máximo* parece, desde luego, el término adecuado. Pero nunca se sabe.

—Supongo que sí —responde—. Que lo fue.

—Ya tenemos costumbre de escaquearnos de sitios malos —insiste Santacreu—. Como del cuartel de Artillería de Barcelona, aunque también fue por los pelos... Acuérdate.

—Cómo se me va a olvidar.

—*Quod durum fuit pati.*

—Si tú lo dices...

Se quedan callados un rato. Les Forques ve desplomarse en el cielo una estrella fugaz, aunque al principio la

178

toma por una bengala o un proyectil trazador. Un deseo, piensa de pronto. Debo pedir un deseo. Pero no logra imaginar ninguno antes de que la estrella se extinga. Vivir, concluye con urgencia cuando las luces del firmamento han vuelto a ser inmóviles, quizá demasiado tarde para que el deseo se cumpla. Vivir sin mutilaciones, ni secuelas, ni pesadillas, piensa atropelladamente. Vivir con sueños tranquilos y con la capacidad de olvidar, engendrando hijos y nietos que nunca me saquen una palabra de rencor sobre lo vivido estos años.

—¿Alguien sabe qué hora es? —susurra una voz.

Es otro de la escuadra, un chico de Vic llamado Jorge Milany. Les Forques mira su reloj de pulsera, pero no hay luz suficiente para ver la hora. Y no está dispuesto a gastar una de las nueve preciosas cerillas que tiene.

—No lo sé. Supongo que las dos o las tres de la madrugada... ¿Qué pasa? ¿No puedes dormir?

—Me habéis despertado con vuestra cháchara.

—Lo siento.

—Da igual.

Milany, piensa Les Forques, es un buen muchacho. Todavía no ha entrado en fuego, pero a los dieciocho años tiene experiencia en zozobras y sobresaltos. A su padre, panadero, lo asesinaron los escamots de la Generalidad con otros propietarios de fincas, dueños de pequeños negocios y payeses a los que tenían por derechistas: uno del pueblo se ocupaba de denunciarlos a cien pesetas por cabeza. Así que algo más tarde y después de que fusilaran a cinco amigos suyos de las Juventudes Católicas, con un cura que vivía escondido en el monte y unos guías a los que pagaron cuanto tenían, Milany, el cura y tres o cuatro más se fueron por la collada de Tosas y Puigcerdá hasta Osella y la frontera, hurtándose a los carabineros que por esos días mataban a muchos catalanes que intentaban pasar a Francia.

—¿Creéis que mañana entraremos en línea?

—No sé —responde Les Forques.

—La gente dice que sí.

—Pues entonces será que sí.

—Ante Dios nunca serás un héroe anónimo —comenta Santacreu, zumbón.

Tras decir eso, emite un gruñido y vuelve a removerse bajo la manta. Les Forques sigue mirando las estrellas: la Osa Mayor, Cefeo, la Polar. Siente ganas de orinar; así que, al cabo de un rato de debatirse con la pereza, aparta la manta y se pone en pie.

—¿A dónde vas? —pregunta Santacreu.

—A mear.

—Te acompaño... Catalana pirindola nunca riega sola.

No hace demasiado frío. Los dos requetés se apartan unos pasos de los hombres tumbados, procurando no tropezar con ellos. Todo está muy oscuro, y se detienen a desabotonarse las braguetas al encontrar unos arbustos. Durante un momento sólo se oye el sonido del doble chorro en el suelo.

—Ya hasta hacemos esto juntos —comenta Santacreu—. Como en el colegio, ¿te acuerdas? A ver quién llegaba más lejos.

—Sí... Lo nuestro parece un matrimonio. Sólo falta que nos la sacudamos el uno al otro.

—Si empezamos con mariconadas, me paso a los remigios.

—Te devolverían.

Ríen juntos, de buen humor. Disipando la tensión y los pensamientos oscuros con el calor de la amistad que se forjó cuando peleaban en el patio del colegio con niños que presumían de padres republicanos y hablaban mal de cualquier rey; y más tarde, haciendo guardia con otros jóvenes carlistas en conventos de monjas para impedir que las turbas los quemaran; o escoltando con una pistola en el bolsillo al obispo Irurita durante la Semana Santa del año 36 para que los de la FAI y la CNT no lo agrediesen por las calles, en aquella República agria y triste en la que, con tal de seguir en el poder, los políticos de Madrid pagaban a los separatistas con trozos de España.

En Barcelona, recuerda Les Forques mientras se cierra la bragueta, el Alzamiento había sido un desastre. Con su experiencia de abuelos y bisabuelos en tres guerras civiles del siglo anterior, los requetés predijeron que sería difícil triunfar con el Frente Popular y Esquerra Republicana disponiendo de la Guardia de Asalto, los escamots y las milicias. Por eso aconsejaron echarse al monte y hacer lucha de guerrillas. Sin embargo, los militares de la UME y los falangistas —casi todos universitarios, chicos majos aunque algo matones de maneras— creyeron ser bastante fuertes, y eso lo estropeó todo. Los anarquistas le echaron agallas al asunto y aguantaron el pulso, y la Guardia Civil se puso de parte del Gobierno. Con toda la ciudad volcada en la caza del fascista, Les Forques, Santacreu y otros doscientos requetés pudieron alcanzar el cuartel de Artillería; y cuando el general al mando decidió rendirse —salgan ustedes como puedan, dijo, porque aquí los van a matar—, se unieron al grupo que se abrió paso a tiros. Sólo esos pocos lograron escapar del cuartel, porque al resto los fueron asesinando mientras salían. Después, escondidos en una masía, tras escuchar por la radio el «Todos a Navarra» del general Mola, lograron huir juntos a Francia, y juntos entraron en la España nacional. Y aquí están otra vez, dos años después casi día por día. Pisando de nuevo suelo catalán.

Una sombra se destaca cerca de ellos.

—¿Qué hacen, requetés?

—Mear, mi capitán.

Casi se cuadran aunque están a oscuras, porque han reconocido la voz de don Pedro Coll de Rei.

—Deberían descansar un poco.

Siempre el *usted*. El capitán trata de usted a todo el mundo, hasta a los rojos. Hay quien dice que es por respeto y porque es un caballero, pero Les Forques sospecha que es su forma de mantener las distancias. No puede verle el rostro en la oscuridad, aunque adivina sus ojos penetrantes, la barba y el bigote rizado en las puntas, que le dan un aire distinguido, vagamente arcaico, como si saliera de un daguerrotipo de las antiguas carlistadas. Se cuenta de él que tuvo tatarabuelos con Cabrera, luchando en 1838 contra los liberales de la reina puta y su madre, en el Ebro y el Maestrazgo.

—¿Nombres?

—Cabo Les Forques y requeté Santacreu, mi capitán.

—¿Los de Codo?

Así se les conoce en la compañía: los de Codo. El pueblo donde hace once meses fue casi aniquilado el Tercio de Montserrat durante la batalla de Belchite. Hay otros supervivientes en el Tercio, pero sólo ellos dos en la compañía de choque. Se trata, para ambos, de un orgullo pagado a un precio muy alto.

—Sí, mi capitán.

Tras la fornida sombra de Coll de Rei se distingue otra más pequeña, la del asistente. Cánovas, se llama: un payés menudo, silencioso, más viejo que maduro, que siempre va pegado a sus talones llevando la escopeta de caza que el jefe de la compañía de choque usa como arma de guerra. Se dice que el payés trabajaba en las tierras de la familia y hacía de secretario en las monterías; y que cuando los anarquistas metieron al padre y a dos hermanos de don Pedro en la checa del Seminario, para asesinarlos a los pocos días, Cánovas lo acompañó en su fuga a Francia, y tras entrar por Irún se enroló con él en el Tercio navarro de Lácar, donde estuvieron combatiendo hasta que se formó el de Montserrat.

—En Codo murió un primo mío, el alférez Alós...
¿Lo conocieron?

Asiente Les Forques.

—Claro, mi capitán. Nos estrechó la mano a quienes lo acompañamos para intentar romper el cerco de los rojos. Nos quedaban cuatro cartuchos a cada uno, y las bayonetas.

—Lo último que oímos de él fue su voz cuando corríamos —añade Santacreu—. Gritaba «adelante, adelante»... Lo habíamos visto quedarse atrás, con la camisa manchada de sangre.

Un silencio. Los dos requetés recuerdan mientras Coll de Rei imagina.

—Era un chico bravo —dice éste al fin.

—Vaya si lo era, mi capitán.

Un estruendo apagado, de artillería lejana, atrae la atención de todos. Breves resplandores tras las colinas oscuras, hacia el este.

—¿Es Atilano o son los nuestros? —pregunta Santacreu.

Atilano es el nombre que desde la batalla de Teruel los nacionales dan a la artillería republicana, en referencia, se dice, a un oficial de artillería enemigo que allí se mostró muy eficaz. Ahora, cada vez que suena un cañonazo de los rojos se recuerda su nombre, habitualmente acompañado de algún epíteto relativo a su madre o a la honestidad de su esposa. Incluso entre la tropa se canta una copla:

En el cielo manda Dios;
en la tierra, los gitanos,
y en las trincheras de enfrente
los dos cuernos de Atilano.

—Sin duda son los nuestros —contesta el capitán—. Hace dos días nos pillaron con la guardia baja, pero estamos contraatacando.

—¿También nosotros? —se atreve a preguntar Les Forques—. ¿Los de Montserrat?

Un silencio breve, como si Coll de Rei considerase la oportunidad de responder a eso. Pero los dos requetés que tiene delante son los de Codo. Incluso a él, duro e inflexible con la disciplina y las jerarquías, le merecen un respeto.

—El resto del Tercio ya está en línea, o debe estarlo —dice al fin—. Íbamos a reunirnos con él, pero se nos ha reclamado para otra cosa.

Lo deja ahí, sin precisar de qué cosa se trata; y Les Forques piensa que, tal como lo ha dicho, el resto del Tercio no va a envidiar a los de choque. Si a una unidad de élite como aquélla se la pone aparte, es que el tomate va a ser de órdago. Son ya muchos tiros dados y recibidos, y eso aviva la intuición de verlas venir.

—¿Se puede saber nuestro destino, mi capitán?

—No —es la seca respuesta—. No se puede.

Calla Les Forques mientras su fatalismo de requeté veterano digiere, lo mejor que puede, el agujero que acaba de abrírsele en el estómago. Después de un breve silencio, como si él mismo considerase que ha sido demasiado brusco, el oficial comenta, en otro tono:

—Sea lo que sea, lo haremos bien. Somos catalanes y hay quien nos mira con desconfianza en nuestro propio bando... Se nos exige el doble y estamos obligados a hacer el triple... ¿Están ustedes de acuerdo?

—Sí, mi capitán.

—Pues váyanse a descansar. Los próximos días pueden ser duros.

Y tras decir eso, Coll de Rei se aleja en la noche, con la sombra callada y fiel de Cánovas pegada a los talones.

Los impactos de mortero salpican resplandores azules y naranjas en la incertidumbre del alba. Cada estampido, seco y rotundo entre el tiroteo de fusil, se propaga por las calles haciendo temblar los muros de las casas, el pecho y las sienes de los legionarios que combaten en el edificio de la Cooperativa de Aceites. La noche todavía no queda atrás, y las últimas casas del pueblo conforman un paisaje fantasmal de sombras espesas iluminadas por los fogonazos de los disparos. Huele a madera quemada, a nitramina explosiva, a polvo que flota en el aire dando a la penumbra una consistencia casi física. En la distancia arde una casa, rodeada de un halo siniestro de luz rojiza.

Agachado junto a una ventana, Santiago Pardeiro se abre la cremallera de la cazadora de cuero. Le duelen los tímpanos, tiene calor y mucha sed. Después cambia el cargador casi vacío de su Astra por otro lleno y lo introduce en la empuñadura con un chasquido, antes de asomarse a echar una ojeada, apretados los dientes por la tensión, hasta que el repiqueteo de balazos en la pared lo obliga a protegerse de nuevo, desalentado. Lo que intuye no le gusta.

—¡Vladimiro!

—A la orden, mi alférez.

—¿Se sabe algo de los de la Casa del Médico?

—Nada, mi alférez... Lo mismo es que no han podido pasar.

Se muerde Pardeiro el labio inferior mientras cruzan por su cabeza las imágenes del cabo Longines y de Tonet: los pantalones cortos y el chapiri legionario en la cabeza rapada del chiquillo.

—Pues ya no creo que vengan —concluye—. Los rojos se están corriendo por ese lado, a nuestra izquierda... Los tenemos en las tapias del corral; también hacen fuego desde allí.

No dice nada el sargento ruso. Los dos saben lo que eso significa. Una vez cercados no quedará otra que una resistencia numantina hasta el último cartucho, sin más alternativa que vender cara la piel, del mismo modo que los legionarios han hecho pagar, con mucha sangre, cada palmo del terreno cedido en Castellets. Eso va en el sueldo de la tropa, desde luego, y en las órdenes recibidas por el alférez. Pero hay otras opciones razonables. La ermita de la Aparecida, a un kilómetro de allí y en una ligera altura, ofrece la posibilidad de establecer un nuevo y quizá mejor punto de resistencia. Un reducto final.

—¿Tú qué opinas, Vladimiro?

—Yo opino lo que usted mande que opine.

Dicho eso, el ruso se queda callado, a la espera. Bulto negro inmóvil, oliendo a ropa sucia, tierra y aceite de armas. Es el suyo un disciplinado silencio, aunque Pardeiro sabe que el suboficial comprende la situación. Lo han hablado ellos y los cabos, para que todo estuviera dicho si llegaba el momento de moverse con prisas y a oscuras. Detallaron cada paso a dar, incluso antes de que una masa de infantería roja lanzara a medianoche el ataque final contra la iglesia después de dinamitar el campanario, matando a los de la Hotchkiss que estaban arriba, y llegase hasta los muros del edificio con mucha decisión y mucho coraje, tirando granadas por las ventanas y entrando por la puerta principal mientras los legionarios, tras saltar entre vigas caídas y escombros, escapaban por la de la sacristía. Luego todo ocurrió como estaba planeado: retirada por escalones de la compañía al amparo de la oscuridad, apoyándose mutuamente con los fuegos para hacerse fuertes en la cooperativa.

—No podemos aguantar aquí si nos copan —constata Pardeiro—. Hay que irse.

—¿También según lo previsto, mi alférez?

—También... Dispón a la gente: tres toques cortos de cornetín. Y que la máquina que nos queda se la lleven ya, con los fusiles ametralladores.

—Entendido.

—Haremos fuego de cobertura durante dos minutos después del cornetín. Quédate con dos escuadras y un Bergmann al comienzo del olivar, en la paridera, para cubrirnos hasta que yo llegue. Quiero contigo a gente fiable, que no chaquetee al ver pasar corriendo a los otros ni nos fría a tiros a los últimos cuando aparezcamos... ¿Está claro?

—Muy claro.

—Que todos armen bayonetas, por si los rojos rondan ya los olivos. Y si yo no llego a la paridera, te haces cargo tú, y te retiras con los demás a la ermita.

—A la orden.

—Búscame un subfusil.

—Tenga el mío.

—No, tráeme otro.

—Quédeselo, mi alférez. Lleva el cargador de veinticinco completo... Ya me busco yo otro, que a estas alturas hay alguno sin dueño. Y al acabar, me lo devuelve.

Le pone Vladimiro en las manos el ligero Beretta 18/30 de cargador curvo y Pardeiro lo deja en el suelo, muy cerca, apoyado en la pared.

—Procura que la gente se lleve la munición y el equipo —dice mientras enfunda la pistola—. Aquí no hay que olvidar ni una granada, ni un cartucho... Nada de nada.

En ese punto, el alférez duda un momento. Después endurece deliberadamente la voz.

—Adviérteles también —añade— que al que abandone su arma lo mando fusilar.

Un silencio breve. Una vacilación por parte del sargento.

—Hay heridos que no pueden andar, mi alférez.

—¿Cuántos?

—Cinco o seis… El legionario Körut es uno de ellos.

—¿El húngaro?

—Ése, sí.

—¿Y no puede moverse?

—Tiene metralla en las piernas y las rótulas destrozadas.

Suspira Pardeiro hondo, amargo. Igual que si el suspiro le desgarrase el pecho. A veces es demasiado, piensa. Excesiva responsabilidad. Demasiado peso. Desde ayer, a falta de otros medios, a los hombres alcanzados por el fuego enemigo se les tratan las heridas con vino y corcho de tapones quemados.

—También teníamos heridos en la iglesia —responde, seco—, y allí se quedaron.

—Es verdad.

—Pues di a éstos que nos vamos, y que buena suerte.

Vacila el ruso.

—Mi alférez…

—Dime.

—Körut y alguno más todavía pueden defenderse, y los rojos no apresan legionarios.

—¿Y?

—¿Les dejo granadas y munición?

—No, lo vamos a necesitar todo. Déjales sólo el chopo, un peine de cinco balas a quien pueda usarlas, y los machetes… Y los que puedan andar, que salgan ya hacia el olivar.

No dice nada más porque no es necesario. Sin replicar, el bulto del suboficial se mueve despacio, agachado, y desaparece entre las sombras.

—¡Turuta!

—A la orden, mi alférez —surge una voz desde la oscuridad.

—Atento a soplar cuando yo te diga... ¡Enlaces, prevenidos!

Otras dos voces se declaran atentas. Pardeiro les encarga que avisen a los legionarios apostados en el patio y en torno al edificio.

—Tres toques cortos, recordad... Tres toques cortos y a correr.

Dicho eso, se desengancha del cinto la cantimplora y bebe un sorbo de vino. Un sorbo muy breve. No prueba otro líquido desde hace veinticuatro horas y teme que le afecte las ideas y el comportamiento, como a algunos legionarios que están combatiendo con media castaña, o con una entera, que los hace más audaces y en ocasiones les cuesta la vida. Pero es lo que hay. Por eso él recurre con respeto a la cantimplora: lo imprescindible para quitarse el polvo de la garganta seca y gritar órdenes que se entiendan.

Una unidad por pequeña que sea, dueña de su fuego, puede sostenerse y combatir aislada durante varios días...

Apartándose de la ventana, con las páginas del *Reglamento táctico de infantería* —que ha estado releyendo en cada pausa del combate— dándole vueltas en la cabeza, Pardeiro se cuelga al hombro los tres kilos y medio que pesa el Beretta, se pone en pie y camina en la oscuridad con la mano izquierda extendida para no tropezar con la pared.

Una fuerza que se rinde sin haber agotado todos los medios de defensa está deshonrada y su jefe es el responsable...

El repentino resplandor de un morterazo caído muy cerca, en la calle —el alférez ni se encoge con el estampido, de los muchos que lleva encajados desde ayer—, golpea esquirlas de metralla en la pared exterior y alumbra un instante la habitación, iluminando como un flash de magnesio los muebles rotos, el rincón donde se agazapan el corneta y el asistente Sanchidrián, y a dos legionarios que, puestos de rodillas, están en la ventana contigua, parapetada con sacos terreros. Cubiertos todos de polvo de la cabeza a los pies, parecen una visión fugaz de fantasmas arrancados a la noche.

Aunque una tropa se quede sin municiones, combate a la bayoneta...

De nuevo a tientas, siguiendo la pared, Pardeiro sale al rellano de la escalera, baja por ella y, al llegar a una puerta que se abre a la oscuridad, pasa entre un grupo de hombres apostado allí —ninguno pronuncia una palabra—, se sitúa junto al que está en el umbral y echa un vistazo fuera. A pesar de que los rojos avanzan para cerrar el copo y rodearlos, por ese lado todavía no hay disparos y la primera claridad del amanecer queda lejana, circunscrita al cielo oriental. Entre la cooperativa y el olivar todo sigue en sombras, y aún hay para un cuarto de hora, calcula: oscuridad adecuada para que sus hombres se retiren protegidos por ella, y tiempo suficiente para que, si los rojos vienen detrás, haya alguna luz cuando la cobertura apostada en la paridera les plante cara. Es ahora o nunca.

—Nos vamos en un momento, por pelotones —dice—. Avisad a los de arriba.

Le responde un murmullo de voces bajas, seguido por el sonar metálico de los machetes al encajarse en los cañones de los Mauser. Y mientras los legionarios se agrupan, Pardeiro envidia sus cómodas y silenciosas alpargatas, que a todos van a permitir correr mejor de lo que lo hará él con sus altas botas de oficial: adecuadas para pasear por el Espolón de Burgos o la plaza Mayor de Salamanca, pero absurdas en el frente, y más cuando considera que no ha montado a caballo desde que está en la guerra, ni en toda su vida. Luego, resignado, cierra la cremallera de la cazadora, dejando dentro los Zeiss, y comprueba que el correaje y la pistolera están lo bastante ajustados para no incomodarlo al correr. Al fin se quita el chapiri, lo dobla y se lo mete en un bolsillo.

—Sanchidrián.

—Diga, mi alférez.

—¿Llevas mi macuto?

—Lo llevo.

—Toma mi cantimplora y métela dentro... ¡Turuta!

—Aquí estoy, mi alférez.

—Atento a mi orden.

Da unos pasos, seguido del corneta y el asistente, y sale bajo las estrellas, donde apenas ve otra cosa que oscuridad y sombras informes. Camina así hasta un cercado bajo, contiguo al olivar. Todavía no hay disparos por ese lado, comprueba con alivio. El tiroteo, más esporádico, sólo suena ahora en el lado norte de la cooperativa. Tras él siente los pasos de los legionarios que abandonan la casa y se despliegan a su espalda.

—Hasta la ermita sin parar —les susurra—. Hay un sendero que cruza el olivar: el mismo por el que vinimos... Si lo perdéis, manteneos con la Polar a las cinco del reloj.

Un kilómetro, piensa, es mucho espacio para correr y poco para sentirse seguro. Pero calcula que, si los rojos no están ya entre los olivos, el centenar de hombres que le queda podrá recorrer esa distancia sin problemas. Todo es cuestión de moverse con rapidez y no cometer errores. Ser más rápidos y audaces que quienes intentan cercarlos.

Se presentan de vuelta los enlaces, y Pardeiro les ordena mantenerse cerca de él. Una vaga claridad empieza a definir las copas de los olivos, cuyos troncos negros parecen emerger lentamente sobre un mar de sombras. El frío del alba se siente más intenso al raso, y el alférez se felicita por haberse puesto la cazadora. No es cosa de temblar en este momento y que se le note en la voz. De cualquier modo, una vez tomadas las decisiones y sin otra alternativa que el presente inmediato, asumida hace tiempo la certeza de que su carne y huesos, su cuerpo de casi veinte años, son tan vulnerables como cualquier otro de los que ha visto desgarrados y rotos, lo que el joven oficial siente es más aprensión que miedo. Temor de no cumplir con su deber. De no hacerlo bien.

—Soy Vladimiro, mi alférez —suena una voz—. La compañía lista y a sus órdenes.

—Pues ve a tu puesto.

Se descuelga Pardeiro del hombro el subfusil, y apoyado un pie en la cerca lo hace descansar sobre un muslo mientras tira atrás del cerrojo. Cada movimiento lo hace a conciencia y muy despacio, cual si quisiera retrasar el instante inevitable. Y llévame vivo, Dios mío, piensa de pronto agresivo, casi como un reproche. Llévame hasta la ermita para que pueda seguir guiando a mis hombres, para que pueda besar la mano de mi madrina de guerra, para ver salir el sol otra vez.

—Turuta.

—A la orden, mi alférez.

—Tres toques cortos.

Pardeiro casi se sobresalta al oír el cornetín. La señal brota aguda, como un quejido, vibrando en la noche. Entonces, en el piso alto suena el esperado tiroteo de cobertura y las sombras que lo rodean empiezan a correr hacia el olivar. Apoyado en la cerca, el alférez las ve pasar rápidas y oye el ruido de la carrera que las aleja de la cooperativa. Es un centenar de hombres adiestrados, profesionales que sólo huyen para seguir peleando, piensa. Y él es su jefe. Nada hay en el *Reglamento táctico de infantería* que le reproche eso.

Los dos minutos de fuego de cobertura han parecido dos segundos. Casi toda la compañía se encuentra ya en el olivar, y es buena señal que nadie dispare por ese lado. Apoyado en la cerca, acompañado sólo por el corneta, el asistente y los dos enlaces, Pardeiro observa con recelo la claridad creciente —la cooperativa se recorta ya en el alba y una bruma grisácea platea las hojas de los olivos— mientras aguarda con impaciencia a que las dos últimas escuadras se reúnan con él. Los nueve hombres llegan en ese momento fusil en mano, abandonando el edificio a la carrera.

—¡Venga, daos prisa!... ¡No os detengáis hasta la paridera!

Es su grupo, el último, con el que tiene previsto esperar un poco más en la entrada del olivar, relevando al sargento Vladimiro hasta asegurarse de que el enemigo no les pisa los talones. Y se dispone a irse con ellos —último en abandonar la posición, como debe ser— cuando uno de los enlaces emite un grito de alerta. Viene gente corriendo desde las líneas rojas, dice.

Con la muerte en el alma, Pardeiro se adelanta a mirar y advierte, en efecto, unas sombras que se mueven con rapidez, acercándose por el filo indeciso de la noche y el día. Entonces alza el subfusil con el dedo en el gatillo y está a punto de ordenar a los otros que echen a correr mientras él dispara antes de correr a su vez, cuando las sombras que ya están muy cerca se ponen a gritar. «España, España», vocean. «A mí la Legión, arriba España.» Desconcertado, temiendo una treta de los rojos, Pardeiro sigue apuntando hasta que reconoce la voz del cabo Longines.

—¡Arriba España, no tiréis!... ¡Arriba España!

Llega resollando, exhausto, tan al límite de sus fuerzas como los dos legionarios que lo acompañan. Son los únicos que han podido escapar de la Casa del Médico.

—Zusórdenes, mi alférez —masculla Longines sin aliento, al reconocerlo.

Pardeiro se acuerda de Tonet.

—¿Y el neno?... ¿Llegó hasta vosotros?

—De ida y vuelta —al cabo se le quiebra la voz de cansancio—. Es él quien nos ha guiado hasta aquí.

Siente Pardeiro un júbilo inmenso.

—¿Estás ahí, Tonet? —pregunta, admirado.

En la penumbra se adelanta una pequeña silueta.

—Aquí estoy, señor alférez.

Segunda parte
CHOQUE DE CARNEROS

I

El obstáculo aparece tras una curva, inesperadamente. La carretera, que discurre entre colinas espesas de encinas y carrascos, está cortada por un caballo de Frisia hecho con alambre de espino y traviesas de ferrocarril. Con una blasfemia de Pedro, el chófer español, el frenazo hace deslizarse los neumáticos del Alfa-Romeo sobre la gravilla suelta de la carretera.

—Tranquilos —dice Phil Tabb—. Son guardias de asalto.

Vivian Szerman lo cree en el acto, pues el corresponsal del *New Worker* tiene el ojo rápido para esas cosas: lleva dos años en España y ha visto de todo. Eso la tranquiliza, ya que los últimos diez kilómetros los hicieron mientras amanecía, aún con poca luz, y aunque en Mayals les aseguraron que no hay fascistas a este lado del río, entre la realidad y lo que se asegura suele haber un trecho.

—No enseñes todavía las cámaras —le dice Tabb a Chim Langer.

—No pensaba hacerlo.

Ahora también Vivian reconoce los uniformes azul oscuro y las gorras blandas de los guardias que se aproximan relajados, con los fusiles al hombro. Hay cuatro: dos permanecen sentados en la cuneta, indolentes, junto a un pequeño fuego sobre el que hay una cafetera, y los dos que se acercan al coche, uno por cada lado.

—Documentación —dice el de la izquierda.

Le alargan las tarjetas de prensa, la hoja de ruta y los salvoconductos con fotos grapadas; y mientras el guardia los estudia, Pedro —locuaz, gesticulante— se enfrasca con él en una conversación en español tan rápida y animada que a Vivian le cuesta seguirla. Hablan del coche, concluye. Por qué uno italiano, pregunta el guardia. Se capturó en Guadalajara, responde Pedro. Motor de seis cilindros y 68 caballos: una maravilla aunque haya sido fabricado por los fascistas. Pertenecía a un general del CTV llamado Fantochi o Cabroni, uno de ésos. Lo trincaron en la carretera de Sigüenza cuando el frente se les vino abajo y el general se largaba con las maletas y una bailaora de flamenco a la que se beneficiaba. El hijoputa.

Al otro lado del coche, el segundo guardia se inclina para observar el interior. La visera de la gorra le hace sombra en los ojos oscuros e inquisitivos que miran a Tabb, luego a Langer y se detienen en Vivian con una mezcla de curiosidad y suspicacia. Después golpea con los nudillos el cristal de la ventanilla, para que la bajen.

—¿Inglesa?

—Norteamericana —responde Vivian con su mejor sonrisa.

—¿Y ellos?

—Ingleses.

No resulta del todo exacto, pues Chim Langer es checo. Pero trabaja para una agencia británica, lo que simplifica las cosas.

Asiente el guardia de asalto, aún receloso. Es un tipo maduro de rostro chupado, con barba de dos o tres días, y lleva la guerrera desabrochada sobre una camisa arrugada y muy sucia. Luego indica la bolsa que Chim tiene al lado en el asiento trasero, entre Vivian y él.

—Ábranla —dice.

El *usted* está abolido en la República, pero a veces se hace excepción con los extranjeros. Obedece el fotógrafo: dos Leica y varios rollos de película fotográfica. Se endurece la mirada del guardia.

—¿Llevan armas?

Desde el asiento delantero, Tabb se ha vuelto a mirarlo.

—En absoluto, amigo —responde en su español más que razonable—. Nada de armas a bordo... Somos periodistas.

El guardia señala el mapa de carreteras Michelin doblado sobre el asiento.

—¿Y ese mapa?

—Turístico. Para no perdernos.

Sonríe Tabb como hay que hacer siempre con los españoles: mirándolos a los ojos. Son orgullosos, y con ellos cualquier mueca fuera de lugar, un gesto equívoco que insinúe burla o desdén, puede costar un disgusto. El inglés los conoce bien. Son valientes hasta la locura y generosos hasta el disparate, suele decir, pero imprevisibles si les tocas el mal punto. Estuvo con ellos en Madrid durante el invierno del 36, cuando la ciudad anduvo cerca de caer en manos de Franco, y luego en el Jarama y Teruel.

—¿Y qué llevan atrás, en el maletero?

—Una damajuana con vino y una mochila con latas de carne rusa... ¿Quieres una, camarada?

Sin responder, el guardia rodea el coche y va a hablar con su compañero, señalando las cámaras de Chim. El otro le muestra los documentos para probarle que todo está en orden: periodistas extranjeros amigos de la República, papeles en regla, firmas y sellos de la Oficina de Prensa en Barcelona. Autorizados para contactar con el Batallón Jackson de la XV Brigada Internacional, si es que lo encuentran.

—Vía libre —dice al fin Pedro, mientras le devuelven la documentación.

Los guardias llaman a sus compañeros, que se levantan con desgana, y entre los cuatro retiran el caballo de Frisia. Pedro mete la primera marcha, arranca el coche y cuando pasa junto a ellos saca el puño cerrado por la ventanilla.

—Dicen que el río está a diez kilómetros —anuncia.

—¿Y cómo van allí las cosas? —inquiere Tabb.

—De eso no tienen la menor idea... Me han contado que estos días hubo tráfico de camiones con material, incluido un par de tanques. Pero desde ayer, que pasó un batallón de infantería, no han visto a nadie.

—¿Saben algo de los internacionales?

—Nada.

Inclinada la cabeza entre el cuello subido de su chaqueta Harris de mezclilla gris, Tabb enciende dos Camel, uno para él y otro para Pedro. Después le pone al español el suyo en los labios y éste lo agradece mientras conduce agarrando con firmeza el volante, atento a los baches de la carretera y cambiando hábilmente de marchas en las cuestas. Es buen chófer y excelente mecánico de automóviles. Socialista del PSUC, sobre los treinta y tantos, magro, cenceño, despierto y simpático. Habla inglés y francés y está acostumbrado a los periodistas.

—Quiero plantar un pino —gruñe Chim.

El Alfa-Romeo se detiene. Bajan el fotógrafo y Tabb, y mientras el primero camina un poco más allá de la cuneta con dos páginas del periódico *Treball* en la mano y se pierde de vista entre los arbustos, el otro se despereza y fuma su cigarrillo. Vivian se queda con Pedro en el coche, observándolo: alto y delgado con las piernas flacas y el cabello un poco más largo de lo normal, pausado de movimientos y tan sereno cual si acabara de salir de un club londinense. Así es Phil Tabb.

—Se ve el río —comenta el inglés, señalando a lo lejos.

Vivian sale del coche. El sol ya está alto y su jersey empieza a ser molesto, así que se lo quita, descubriendo la camisa militar de grandes bolsillos que viste sobre los holgados pantalones de sarga, sujetos sobre las caderas con un cinturón de cuero. Pelirroja, menuda, lleva el cabello cortado hasta la nuca y tiene unos ojos claros que según la luz viran del azul al gris. Aunque no es guapa, los ojos, las pecas en la nariz y los pómulos, las formas sugeridas por el cinturón y bajo la camisa son una especie de salvoconducto entre los españoles, y no sólo con ellos. Las otras únicas periodistas extranjeras jóvenes de las que hay constancia en la zona republicana son Martha Gellhorn, Virginia Cowles y Gerda Taro; pero la primera no está en España, la segunda no está en el Ebro y la tercera está muerta.

Tabb tenía razón, comprueba. Desde un poco más allá de la cuneta puede verse, distante, un tramo del río entre dos colinas arboladas: una cinta ancha, sinuosa, que refleja como un charco de metal fundido la luz del sol. No se advierte movimiento en él, pero algo más lejos, sobre un lugar oculto a la vista, se alza una columna de humo que la ausencia de viento ensancha por arriba, casi inmóvil, como un enorme champiñón gris.

—¿Puede ser Castellets?

—Quizás —el inglés da una última chupada al cigarrillo, lo deja caer y lo aplasta con la suela de una bota—. Debe de estar más o menos por esa parte... Y escucha. ¿Lo oyes?

Presta atención Vivian hasta advertir el rumor sordo, lejano. Como el batir de un tambor destemplado.

—Artillería —confirma Tabb.

—¿Republicana o fascista?

—Eso no lo sé. Son iguales.

Sonríe la norteamericana.

—Me recuerdas algo que dijo un miliciano en Madrid, cuando le pregunté por qué vestían igual ellos que los franquistas... Se quedó pensando y respondió: «Anda, pues porque todos somos españoles».

También sonríe Tabb.

—Y no le faltaba razón.

—No... Supongo que en cierto modo, no.

Chim Langer se ha reunido con ellos, todavía abrochándose el cinturón: bajo y fornido, manos rápidas, ojos nerviosos de centroeuropeo desconfiado y siempre al acecho. Espaldas de luchador bajo una mugrienta cazadora de ante con el polvo de algunas batallas. El pelo revuelto, ensortijado, muy negro, se enrosca sobre su frente bovina y estrecha, ancha y aplastada la nariz en gimnasios y rings.

—Me jodería llegar cuando todo haya terminado —comenta.

También mira a lo lejos y parece inquieto. Tabb encoge los hombros, flemático, y sin decir nada se encamina hacia el coche. Chim lo observa con el ceño fruncido.

—Ese cabrón —dice— tiene en las venas eso que los españoles hacen con raíces pequeñitas...

Se queda callado, indeciso, buscando el nombre.

—Horchata —apunta Vivian.

—Eso. La puta horchata.

Vuelven al coche. Salieron hace dos días de Barcelona y desde entonces no se han cambiado de ropa, hecho una comida decente ni dormido en una cama. Están cansados, irritables. El modo de expresarlo de Tabb son sus huraños silencios, y el de Chim, las salidas de tono exasperadas. Sólo el humor del chófer Pedro se mantiene inalterable, ajeno a todo.

También Vivian Szerman se siente sucia, incómoda y muy cansada. Sin embargo, la visión del río levanta su ánimo. Ella, Phil Tabb y Chim Langer son los primeros tres periodistas a los que la Oficina de Prensa autoriza a visitar el frente del Ebro, y no está dispuesta a desaprovecharlo. Tabb y Chim han cubierto otros momentos cruciales de la guerra; pero ella no ha conseguido hasta ahora sino crónicas de retaguardia publicadas en *New Magazi-*

ne y *Harper's*. Desde que está en España no le han faltado muertos por bombardeos, trincheras de Madrid ni hospitales con heridos; pero nunca tuvo ocasión de asistir a una verdadera batalla. A la de Teruel no pudo acercarse porque su coche quedó bloqueado por la nieve, y el desastre republicano de Aragón la sorprendió durante un viaje a París. El Ebro es su oportunidad; y sus compañeros de viaje, una garantía: saben moverse y tienen buenos contactos. Ver combatir a los voluntarios del Batallón Jackson será muy interesante, pues nunca ha escrito sobre las Brigadas Internacionales en línea de fuego.

Naturalmente, la norteamericana no se hace ilusiones sobre el motivo por el que Tabb y Chim le permiten ir con ellos. Ninguno de los dos lo ha dicho en voz alta, pero sabe calibrar esa clase de cosas. El propio Chim comentó alguna vez, sin disimular en absoluto, que hacerse acompañar por una mujer en una guerra es acarrear complicaciones; pero Tabb, más sutil en percepciones y más inteligente, sabe también que, en un lugar como España, una pelirroja de ojos claros abre más puertas de las que cierra. Lo comprobaron a principios de año en Madrid, cuando un coronel de artillería hizo disparar unos cañones cerca del puente de los Franceses para impresionarla. También durante la cena con el funcionario de la Oficina de Prensa que en Barcelona autorizó el viaje al Ebro. Y cuando ayer mismo, en Lérida, a cambio de una sonrisa desvalida y un abaniqueo de pestañas, un capitán de intendencia les facilitó treinta litros de gasolina para el Alfa-Romeo.

—¿Quieres chocolate?

—Gracias.

Vivian acepta las cuatro onzas que le ofrece Tabb y se las come despacio, dejándolas deshacerse en la boca. La carretera desciende ahora con muchas curvas entre árboles de ramas casi desnudas, como vencidas por el calor.

—¿Qué especie son ésos, Pedro?

—¿Especie?

—Clase de árboles.

—Ah. Avellanos... Hay muchos por aquí.

El firme de tierra apisonada y gravilla está en mal estado, y los baches hacen que el hombro derecho de Vivian choque con el izquierdo de Chim, que contempla el paisaje con ojos distraídos. El checo es buen fotógrafo —sus imágenes de la guerra española compiten con las de Robert Capa en las portadas de *Life* y *Voilà*—, pero a la norteamericana no le cae bien; quizá porque la primera vez que lo vio, recién llegada a Madrid, fue en Chicote, borracho y abrazado a dos putas españolas con las que acabó yéndose tambaleante, y que a la mañana siguiente la miraron con altivez en el pasillo del hotel Florida. Hija de un profesor de Matemáticas de Hartford, llegada a París un año atrás con la misma Remington portátil que ahora lleva en el coche, noventa dólares en el bolsillo y resuelta a ser periodista o escritora, Vivian no es ninguna puritana; pero detesta la promiscuidad sexual y los excesos de alcohol. Eso sitúa las costumbres del fotógrafo en el extremo opuesto a las suyas.

El otro es distinto, piensa mirando la nuca del inglés, con ese cabello un poco largo que casi roza el cuello de la camisa. Phil Tabb es tranquilo, discreto, dueño de sí: un periodista de izquierdas que no oculta su compromiso, se desenvuelve bien entre los mandos militares y políticos españoles, es ingenioso en las charlas de bar a que tan inclinados son los corresponsales, y trata a las mujeres, periodistas o no, con una educada camaradería que no propicia situaciones equívocas. Vivian tuvo relaciones íntimas con hombres en París, las primeras de su vida y más bien decepcionantes; y en España, cinco meses atrás, una más satisfactoria con un francés de la escuadrilla Bayard al que conoció en el bar Miami de la Gran Vía. Sin embargo, aunque entre los ávidos compañeros de la prensa una mujer periodista suele ser codiciado trofeo de caza —al fanfarrón de Hemingway tuvo que quitárselo de encima en dos ocasiones—, nunca ha querido complicarse la vida con ellos. De cuantos conoce en España, Tabb es el único con el que podría bajar la guardia; pero éste no se ha insinuado jamás. Lo cierto es que tampoco lo ha visto nunca hacer un aparte equívoco con mujer alguna, española o extranjera. Y pese a que nada ambiguo hay en su apariencia, Vivian se pregunta si el corresponsal del *New Worker* no será homosexual. Le recuerda a otros ingleses que conoció en París, de semejante estilo.

El automóvil deja atrás las incómodas curvas y avanza en línea recta por una llanura quemada por el sol, acercándose a una doble columna de soldados que caminan por ambos lados de la carretera.

—¿Son los internacionales? —pregunta Vivian al divisarlos, esperanzada.

—No lo parecen —responde Tabb.

—Infantería española —dice Pedro.

Alcanzan a los últimos, que se apartan al oír el motor del Alfa-Romeo y miran con curiosidad el coche y a los pasajeros cuando pasan entre ellos.

—Para —ordena Chim al chófer, a mitad de la doble columna.

Cuando se detiene el automóvil, el fotógrafo saca una Leica de la bolsa, abre la portezuela, y tras adelantarse con una corta carrera empieza a enfocar a los soldados. Deben de ser, calcula Vivian, unos trescientos. Alguno alza el puño cerrado o sonríe al verse ante el objetivo, pero en su mayor parte siguen andando serios, sudorosos. Se les ve fatigados por una larga caminata, y no muy aguerridos. También la uniformidad deja que desear: unos pocos llevan cascos de acero, ropa militar o monos azules y marrones, pero el resto viste ropa civil, pantalones de pana o sarga, camisas blancas remangadas y alpargatas. Avanzan con las mantas terciadas y los fusiles —se aprecian tres o cuatro modelos distintos— colgados del hombro, algunos con cordeles en vez de las correas reglamentarias. Y a modo de cartucheras para la munición, llevan pesadas bolsas de tela o pañuelos atados a la cintura. Hay en ellos mucho de improvisado, advierte la norteamericana. Incluso de frágil.

—Qué jóvenes son todos —se sorprende.

Ella, Tabb y el chófer han salido también del coche, y apoyados en él contemplan el paso de los soldados.

—¿Qué hacen aquí? —inquiere el inglés—. ¿Van al Ebro?

Pedro asiente, escupe entre sus botas y vuelve a asentir. Mira de reojo a Chim, que sigue haciendo fotos. Tan locuaz siempre, el chófer se muestra ahora reacio a hablar. Parece incómodo.

—Son los muchachos nacidos en 1920, que la República acaba de llamar a filas —responde al fin.

—Dios mío —exclama Vivian—. Mirad sus caras... Son unos niños.

Cuando se gira hacia Pedro, comprueba que el rostro del chófer se ha vuelto sombrío. Ella nunca lo había visto así antes.

—Tienen dieciocho años —confirma éste—. Algunos, sólo diecisiete.

Suspira la norteamericana, conmovida.

—Pobres madres.

—Y pobre República.

—¿Es la que llaman quinta del biberón? —se interesa fríamente Tabb.

Tuerce el gesto el chófer, como si sus propias palabras le amargaran la boca.

—Esa misma, sí... La quinta del biberón.

Puesto de mando de la Harinera: humo de tabaco, camisas mojadas de sudor, hombres que entran y salen fusil al hombro trayendo y llevando órdenes. Cuando Pato Monzón levanta la vista de la centralita de campaña, el jefe de la XI Brigada, teniente coronel Faustino Landa, está de pie junto a ella con una mano rascándose la tripa bajo la camisa y un cigarro puro entre los dedos de la otra. Lo acompañan el mayor Carbonell y el comisario al que llaman Ricardo o el Ruso.

—No consigo hablar desde mi mesa —Landa señala con el puro hacia el rincón de la nave cubierto de mapas, donde Margot y la sargento Expósito se afanan con destornilladores y alicates en dos terminales de campaña—. ¿Puedes conectarme desde aquí mientras lo arreglan?

Pato se quita los auriculares.

—Por supuesto, camarada teniente coronel... ¿Con quién quieres hablar?

—Mando del Cuarto Batallón, capitán Bascuñana.

El nombre le causa a Pato una ligera vibración interior.

—Ahora mismo.

Esforzándose por concentrarse en su cometido, la joven introduce una clavija en uno de los diez jacks de la centralita. Después descuelga el teléfono conectado a ella y hace girar tres veces la manivela. Tras un chasquido, una voz masculina suena al otro lado del cable telefónico que une la Harinera con el pitón de levante.

—«Mando del Cuarto, punto Lola.»

—Comandante de la unidad, por favor.

—«¿Quién llama?»

—Mando de la brigada, Elehache.

—«Un momento.»

207

Mientras aguarda en impecable actitud profesional, fijos los ojos en la centralita y fingiendo no advertir las miradas de los tres hombres, Pato mantiene el teléfono pegado a la oreja. Demora pasárselo al jefe de la brigada, pues quiere oír antes la voz de Bascuñana. Desea oírla.

—Van a avisarlo, camarada teniente coronel —le dice a Landa.

Por un instante teme que éste le arrebate el microauricular, pero se limita a dar una larga chupada al puro y a cambiar ojeadas impacientes con los otros.

—En seguida se pone —añade Pato para tranquilizarlos.

Entre el ruido de parásitos de la línea alcanza a oír estampidos lejanos. Se combate cerca del puesto de mando del Cuarto Batallón.

—«Aquí Bascuñana.»

Pato casi da un respingo, pero no dice nada. Tiene los labios apretados y el teléfono pegado a la oreja, atenta a cada inflexión de la voz masculina que acaba de escuchar. Aparentando que nadie responde todavía.

—«¿Sí, diga?... Aquí mando del Cuarto.»

La vibración interna se hace más intensa en el pecho de la joven. De pronto advierte que sostiene el microauricular con dedos crispados y la palma de la mano se le moja de sudor.

—«Soy Bascuñana —insiste la voz, casi irritada—. ¿Con quién hablo?».

—Un momento, camarada —reacciona Pato al fin—. Te paso al teniente coronel.

Coge Landa el teléfono y se enfrasca en un torrente de órdenes e instrucciones, mientras Pato contempla, sobre los cables y las clavijas, los auriculares de escucha que ahora lamenta no tener puestos. Al fin logra prestar atención a lo que se habla. El jefe de la brigada no se muestra satisfecho con los resultados en el pitón Lola, cuya cresta sigue en manos de los fascistas. Al parecer Bascuñana responde que sus hombres hacen lo que pueden, pero la resistencia arriba es dura y el Cuarto está sufriendo muchas bajas. Algunas por culpa de la artillería propia, cuyos cañones de 105 disparan corto con demasiada frecuencia.

—No hay alternativa, Juan —quiere zanjar el teniente coronel—. El pitón tiene que ser nuestro antes del mediodía... No, no puedo mandarte refuerzos, compañero. Tampoco los tanques han cruzado el río; y cuando lo hagan, no podrán subir por esa cuesta tan empinada... Lo vuestro es trabajo de infantería, a puro huevo, y lo sabes. Así que arréglatelas como puedas, porque no hay excusa posible.

Al tiempo que dice eso, Landa mira de soslayo al Ruso, que hace gestos para que le pase el teléfono; pero le niega con la cabeza.

—Oye, Juan —añade—. Aquí hay quien cuestiona la combatividad de tu gente. Y eso no es bueno para nadie... ¿Me entiendes?

Insiste el comisario en sus ademanes. Al fin, resignado, Landa le pasa el teléfono. Pato observa con disimulo el pelo rubio ralo, la piel pálida y lampiña de las mejillas, los ojos saltones entornados tras los cristales de las gafas. También la estrella roja dentro de un círculo, cosida en los picos de la guerrera. Pese al calor, el responsable político de la brigada es el único que no va en mangas de camisa. Hay algo en él que hace pensar en una piel húmeda como la de un pez, en una sangre helada que discurra despacio enfriando las venas. Regando un cerebro muy peligroso.

El Ruso se ha pegado el teléfono a una oreja. Dos arrugas verticales se marcan entre sus cejas, cual si tuviera delante a Bascuñana y su presencia lo irritara.

—Soy Ricardo, comisario de la Undécima —dice con sequedad—. Y sí, claro... Ya sé que sabes quién soy.

Tras decir eso hace una pausa. Un silencio deliberado, sonoro como un disparo en la nuca.

—Y yo —añade tras un momento— sé muy bien quién eres tú.

A continuación, Pato escucha al Ruso —ahora sí cree detectarle un leve acento extranjero— dirigir al comandante del Cuarto Batallón un torrente de exhortaciones y poco disimuladas amenazas entre alusiones a deberes patrióticos, conciencia republicana y necesidad de disciplina. Y, por supuesto, exigencia de responsabilidades en la que cada cual, desde el último soldado hasta el mando militar y político, acabará dando cuenta de lo que hace. Y de lo que no hace.

—Así que cumple las órdenes y toma ese pitón, camarada —concluye—. O atente a las consecuencias.

Dicho eso, ignorando deliberadamente la mirada de censura que le dirige Faustino Landa, el Ruso corta la comunicación y le devuelve el teléfono a Pato.

—Joder, Ricardo —dice Landa.

El jefe de la brigada está molesto: cambia un rápido vistazo con el mayor Carbonell, le da otra chupada al puro y repite el exabrupto.

—Joder.

Duro, desafiante, el comisario le sostiene el pulso.

—Estoy harto —comenta, agrio— de cobardías y tal vez traiciones.

—Bascuñana hace lo que puede, con lo que tiene.

—Pues que haga más. Lola tiene que estar hoy en manos de la República.

Se encoge de hombros el otro.

—No siempre las cosas salen como se espera. Esto no es un mitin político —mira a Carbonell como en demanda de apoyo—. Esto es la guerra. Y conozco a Juan Bascuñana.

—Pues allá tú. Pero yo no me fío de ese pájaro. Barrunto un traidor.

—No digas tonterías.

—Era militar antes de la sublevación fascista —el comisario se golpea el bolsillo del pecho donde abulta una gruesa libreta—. Tengo su ficha: infantería de Marina.

—¿Y qué? —Landa señala con el puro a su segundo—. También éste fue militar, y aquí lo tienes.

—A mucha honra —confirma el otro.

El Ruso no escucha. Las arrugas del entrecejo acentúan su expresión obstinada.

—Bascuñana no es comunista —insiste—. El único comandante de batallón de la brigada que no lo es.

—¿Y qué? —replica Landa—. Es socialista.

—Más cercano a los de Largo Caballero que a los de Negrín o Prieto, así que peor me lo pones.

—Eso no me consta.

—Pues a mí, sí.

Lo mira escéptico el teniente coronel.

—¿Y tú cómo lo sabes?

—Mi trabajo es saberlo.

Chasquea el otro la lengua con reprobación.

—O imaginarlo —comenta, sombrío.

Al Ruso le resbala el matiz.

—En asuntos de lealtad republicana tengo muy poca imaginación.

Interviene conciliador Carbonell.

—A Bascuñana lo nombraron Modesto y Tagüeña —apunta—. Y ésos sí son comunistas.

—Ya... Pero, fijaos en el detalle, le dieron toda la escoria posible: poumistas traidores, anarquistas poco fiables, burguesitos emboscados, chusma sin oficio ni beneficio... Y así les va, que no ganan un palmo de terreno ahí arriba.

—Exageras —objeta Landa.

—Yo qué voy a exagerar.

El comisario se quita las gafas para limpiarlas con un pañuelo muy arrugado. Sin ellas, los ojos saltones se ven todavía más fríos y peligrosos. De pronto parece recordar algo que le empequeñece las pupilas.

—Además, otra casualidad. Se han quedado sin comisario político.

Landa suspira con fastidio, como si la conversación lo agotara. Después torna a rascarse la tripa bajo la camisa y mira de reojo a Pato, incómodo, antes de volverse al comisario.

—Oye —dice al fin—. No estarás insinuando...

—Yo no insinúo nada —replica fríamente el otro—. Pero a Cabrera se lo han cargado. Eso es un hecho objetivo.

Muerde su puro el teniente coronel.

—Han sido los fascistas, coño.

—O no.

—Eso es injusto... Tenemos el parte de bajas. El Cuarto Batallón ha perdido a mucha gente.

Tras comprobarlas al trasluz, el Ruso se ha puesto las gafas. Ahora observa a Pato como si por primera vez advirtiera su presencia. Baja ésta la vista, se coloca los auriculares y manosea las clavijas, turbada.

—Me dan igual las bajas —comenta el comisario—. Como dice, y dice bien, el camarada Stalin...

—Venga, no jodas con Stalin —lo corta Landa.

Mueve el otro la cabeza, serio y seco.

—Que Bascuñana pierda la gente que tenga que perder. Y si no...

—Coño, Ricardo. Tú todo lo arreglas con tus *y si no*.

Se alejan los tres discutiendo, de vuelta al rincón de los mapas. Y Pato alcanza a escuchar unas últimas palabras.

—En la 42.ª División se fusila poco, Faustino. Os lo vengo diciendo y no me hacéis caso... Se escarmienta y se fusila poco.

A Atilano se le oye venir, y eso es incluso peor para los nervios.

Raaaaas, hacen. Raaaaas. Raaaaas.

Los proyectiles de 105 llegan en andanadas de tres o cuatro, con crujidos que desgarran el aire como si fuera tela. Después revientan con estampidos ensordecedores, velando la cresta del pitón con una polvareda que huele a explosivo y vegetación quemada, de la que surgen gritos de hombres invisibles que mueren, son heridos, maldicen o enloquecen de pánico cuando las explosiones, haciendo vibrar el suelo, expanden fragmentos de metralla que rebotan y se multiplican arrancando esquirlas de piedra.

Puum-bah.

Cling, clang.

Clac, clac, clac.

Acurrucado sobre su fusil entre dos rocas, con las manos sobre la cabeza y la ramita de arbusto entre los dientes, Ginés Gorguel oye golpear fragmentos de piedra y esquirlas de metralla. A veces un proyectil cae muy cerca, todo retumba alrededor, las piedras que lo protegen parecen a punto de aplastarlo, y por un momento angustioso sus pulmones aspiran el polvo acre que sabe a humo y a tierra.

Puum-bah.

Puum-bah.

Nunca se había visto tan aterrorizado e impotente. Nunca su miedo a la mutilación y la muerte fue tan atroz. Tiene la lengua seca, adherida al paladar. Le duelen los músculos de la tensión, y la cabeza como si la sangre fuese a reventar por la nariz y las orejas. De no ser por las continuas explosiones y repiqueteo de metralla, por la convicción de que si se mueve será destrozado por el infierno que bate la cresta, hace rato habría huido ladera abajo como hicieron otros a los que oyó gritar de pánico, incorporarse y correr antes de que el vendaval de hierro y fuego los detuviese, descuartizados como en el tajo de un carnicero.

De pronto llega el silencio.

Cuenta Gorguel: uno, dos, tres, cuatro.

Cinco, seis, siete, ocho.

Extrañado, deja de protegerse con las manos.

Quince segundos y ninguna nueva explosión.

En realidad, el silencio no es tal. Mientras la humareda se disipa despacio, entre las rocas suenan quejidos débiles de heridos, lamentos de moribundos. Una voz blasfema. Otra voz, más lejana, gime como la de un niño. Ay, madre, dice. Ay, madre, madre, madre, madre.

A Gorguel le tiemblan las manos cuando se echa a un lado para sacar el fusil que tenía debajo y le sacude la tierra que cubre el cerrojo. De pronto, esas voces quebradas dan más miedo que las bombas. O tal vez es el silencio de fondo el que se lo da. Sabe lo que viene a continuación, porque lleva dos días en la cresta. Lo sabe muy bien, e ignora si de nuevo será capaz de soportarlo. Seguramente, no.

Eso le hace preguntarse si el moro Selimán y el sargento herido en la pierna seguirán vivos o los habrá matado el bombardeo, y si los demás hombres atrincherados entre las rocas le sacuden el polvo a los fusiles, como él, o son quienes blasfeman, llaman a sus madres o sencillamente están muertos. O corren ladera abajo.

Sigue el silencio de las bombas.

Al menos treinta segundos, calcula, y tal vez algo más. Sin embargo, los dos últimos días lo han convertido en veterano del pitón de levante; así que el antiguo carpintero espera un poco para alzar del todo la cabeza. Los artilleros rojos lo han hecho antes: aguardan a que los defensores del pitón crean que ha cesado el bombardeo, y cuando se relajan y asoman de sus refugios, confiados, cañonean de nuevo. Los muy puercos.

Casi un minuto sin bombas, calcula ahora Gorguel.

Ha tomado una decisión: no va a quedarse allí. Se niega a esperar a que otra vez, además de las blasfemias y los gemidos, el silencio lo llene el rumor de los enemigos subiendo al asalto. Aunque de mal grado y por fuerza, ha cumplido de sobra con Franco y con la patria. A España la ha puesto lo más arriba de lo que es capaz. Ya está bien por ese día, por ese año, por esa vida. Así que se larga.

—¿Dónde cojones crees que vas?

Como una pesadilla que no cesa, pese a las bombas y la metralla y todo lo que ha caído, estallado y roto alrededor, el sargento sigue allí. Cuando tras retroceder a rastras Gorguel se incorpora, encuentra al suboficial recostado en la roca, sucio de humo y tierra hasta el punto de que el pelo cano ya no se distingue del resto, con el eterno y amenazador pistolón del 9 largo sobre el vientre. Inmóvil, duro, invulnerable como una estatua de bronce, milagrosamente vivo y sin nuevas heridas aparte de las que ya tenía en las piernas: la más seria, vendada con jirones de su propia camisa y unas gasas que anoche trajo el moro Selimán con una cantimplora medio llena, robada a saber a qué muerto, amigo o enemigo.

Balbucea Gorguel lo primero que se le ocurre, por decir algo.

—Voy a por bombas de mano.

Lo observa el otro, escéptico, y luego indica la caja que tiene al lado. Dentro sólo hay virutas.

—Ya no quedan.

—Vaya.

—Sí.

215

Se miran mientras Gorguel busca desesperadamente otro pretexto. Una solución. El soldado que llama a su madre entre las rocas cercanas ofrece una remota posibilidad.

—Ese compañero necesita ayuda —dice.

Sigue mirándolo el sargento con mucha fijeza. Ahora crispa un poco los labios, en una mueca que no llega a sonrisa y tal vez ni lo pretende.

—A ése ya no hay quien pueda ayudarlo. Y tú te quedas aquí.

Un ruido cercano sobresalta a Gorguel. Cuando gira el rostro ve al cabo Selimán, que aparece agachado entre las rocas. El moro viene tan cubierto de polvo como ellos: el paño del tarbús parece pardo en vez de rojo.

—¿Suben ya? —lo interroga el suboficial, inquieto.

Niega el otro con la cabeza, mira un momento a Gorguel y va a arrodillarse junto al herido, apartándole las moscas.

—¿Cómo tú estar el pierna cabrona, sirgento? —pregunta, solícito.

—Mal, pero acostumbrado... Échame un vistazo, anda.

Le palpa el moro la pierna, levanta parte del vendaje y acerca la nariz para oler. Luego vuelve a cubrir la herida, se rasca el bigote con dos dedos de uñas sucias y mueve lúgubre la cabeza.

—*Suaia-suaia* —dice.

—Precisa, leches... ¿Cómo de *suaia*?

—Hinchada y fea yo veo mucho —admite Selimán.

—¿Cómo de fea?

—Un poco el negra.

—Ya.

—Por el ojo de mi padre que no gusta.

—Ya, ya.

—¿Duele grande?

—Pues claro que duele.

Le pone el moro la mano en la frente, pero el otro la aparta.

—Tener mucha el calentura, sirgento.

—Y hambre y sed y calor... No te jode.

—Sería bueno sacar tú a ti de aquí. Irte a curar más rápido que deprisa.

Señala el suboficial a Gorguel.

—No le des ideas a ese maula, porque está buscando un motivo para largarse.

—Puedo llevarlo a un puesto de socorro cercano —se ofrece el aludido.

—¿Puesto de socorro? —chirría la risa áspera del sargento—. ¿Aquí cerca?... No me hagas reír, hombre. Que me atraganto.

—Alguno habrá, supongo. El desastre no puede ser tan grande.

—Qué sabrás tú. Cierra el pico.

Otro ruido entre las rocas próximas. Cuando Gorguel se vuelve a mirar, ve al comandante Induráin, jefe del casi desaparecido tabor de regulares, que recorre la cresta para hacer recuento de hombres y munición. Viene tan sucio como ellos, desgarrada la camisa, revuelto el pelo, negro el vendaje que le rodea las sienes. Gorguel lo recuerda dos noches atrás, organizando la defensa del pueblo. Y no parece haber descansado desde entonces.

—¿Qué tal estáis por aquí? —pregunta.

Sus ojos enrojecidos tras una máscara de polvo y pólvora los miran uno por uno, sin mucha esperanza. Hace el sargento un esfuerzo para incorporarse, que acaba en un dejarse caer y una mueca de dolor.

—Bien jodidos, mi comandante —responde—. Sin bombas de mano y cortos de munición.

—Pues no hay más. Ni tampoco quien pueda traérnosla.

—¿Cuántos quedamos?

El jefe del tabor señala a Selimán, que sonríe de oreja a oreja.

—¿Qué tal éste?

—De fiar. Un chivani de los que no chaquetean.

—Ah.

—Del que no estoy seguro es del otro.

Tras dirigir una mirada rápida a Gorguel —no debo de ser el único del que no están seguros aquí arriba, piensa éste—, Induráin se acerca a ver la herida del sargento. Puesto de rodillas, la mira y no dice nada. Después se levanta y hace un ademán resignado.

—Entre regulares, supervivientes del Batallón de Monterrey y del pelotón de legionarios, quedamos unos treinta —responde al fin.

—¿Se sabe algo de refuerzos?

—Nada todavía. Mandé un enlace a retaguardia, pero no ha vuelto.

—Hemos hecho lo que hemos podido —resume el sargento.

—Sí.

—¿Qué tal su cabeza, mi comandante?

—Mejor que tu pierna. La herida se te está... Bueno. Supongo que lo sabes.

—Pues claro que lo sé.

Mira Induráin la cantimplora que está en el suelo, junto a la caja vacía de granadas. Luego se pasa la lengua por los labios secos y agrietados.

—¿Os queda agua?

El sargento señala a Selimán.

—Un poco, gracias al chivani... Beba usted un buchito.

—De salud sirva —lo anima el moro.

Se toca el comandante la cara, como si dudase. Al fin niega con la cabeza.

—Quizá más tarde —dice.

—*Inshalah* —apunta Selimán.

Escucha Gorguel en cuclillas, apoyado en su fusil. Siente hambre, sed y fatiga, pero también una indignación creciente. Aquellos fulanos parecen vivir en otro planeta. Hablan como sin darse cuenta de la situación, de la trampa en la que están; o cual si ésta les pareciese lo más normal del mundo. De pronto le parecen avestruces metiendo la cabeza en un agujero. Haciéndose los héroes, como en el cine. Grandísimos imbéciles.

—Si no nos rendimos, los rojos llegarán furiosos —se atreve a aventurar—. Les hemos hecho muchas bajas.

Lo miran con atención: sorprendido el moro, indignado el sargento, sombrío el comandante.

—¿Qué has dicho?

Induráin parece no dar crédito a lo que acaba de oír. Asustado de sí mismo, Gorguel no responde. Su propia imprudencia le corta el aliento. Lo enmudece.

—¿Cómo te llamas, soldado? —insiste el jefe del tabor.

Traga saliva el albaceteño, dice al fin su nombre, y apenas lo hace lamenta no haberse inventado otro: José García o algo así. Que lo busquen luego.

Induráin sigue mirándolo con fijeza.

—¿Cuántos cartuchos te quedan?

—Sólo dos peines.

—Y una bayoneta, ¿verdad?

—Sí.

—Pues ya sabes lo que hay.

—Descuide, mi comandante —apostilla el sargento, que fulmina a Gorguel con la mirada—. Que si él no lo sabe, esa bayoneta se la voy a meter yo por el culo.

—Dios es grande —ríe Selimán mostrando mucho los dientes—. Él sabe y nos mira.

Ladera abajo, por la parte del enemigo, empiezan a oírse voces y toques de silbato. Suenan unos pocos tiros, todavía aislados.

—Ahí suben otra vez —comenta Induráin.

Lo ha dicho con mucha calma, resignado, mientras extrae el cargador de su pistola, comprueba con ojo crítico la munición y vuelve a encajarlo en la culata. Y el albaceteño, que lo observa muy atento, piensa que el jefe del tabor parece aliviado por el nuevo ataque. Como si eso lo descargase de responsabilidad y deseara, en el fondo, que el enemigo llegue a la cresta y todo acabe de una vez.

Ginés Gorguel cree comprender al comandante. También él anhela ya descansar, dormir o morir.

Desde lo alto del pitón Pepa, el de poniente, el mayor de milicias Gambo Laguna observa el asalto del Cuarto Batallón al pitón Lola. Con los prismáticos rusos pegados a los ojos, el jefe del Ostrovski enfoca la ladera que asciende desde el pinar. La distancia es de casi cuatro kilómetros, pero en la altura parda y amarillenta puede apreciarse la polvareda de las explosiones y el resplandor naranja de los fogonazos. El sonido llega distante, como un rumor apagado que requiere de atención para escucharlo; y a menudo se interpone otro más cercano, un tiroteo esporádico, lleno de ecos, que proviene de las afueras del pueblo situado entre ambos pitones: allí donde los fascistas, tras retroceder por el olivar, aún resisten en torno a la ermita de la Aparecida.

—Bascuñana sigue intentándolo —comenta Gambo.

Le pasa los prismáticos a su segundo, Simón Serigot, para invitarlo a mirar. Llevándoselos a la cara, el capitán observa detenidamente la altura lejana.

—Han llegado muy arriba —dice al fin, satisfecho.

—Eso parece.

—Hay un fregao de narices.

—Sí.

—Seguro que esta vez lo consiguen.

—Ojalá.

A su lado, el comisario del batallón, Ramiro García, los pulgares en el cinto, mordisquea su pipa apagada.

—Trae, hombre —se quita la pipa de la boca—. Déjame echar un vistazo.

Serigot le pasa los prismáticos y García, impaciente, mueve la ruedecilla para ajustar el foco. Después sonríe.

—Las explosiones se ven muy arriba, ¿no?... Y son muchas.

—Eso es que ya se combate en la misma cresta.

—Pues entonces, colosal —García le devuelve a Gambo los prismáticos—. Al final, el Cuarto se está portando.

—Ya te dijimos que no era culpa de Bascuñana —precisa Serigot—. Es un buen hombre. Hace lo que puede con la gente que tiene.

—Que son desechos de tienta, como sabemos todos.

—Serán lo que sean, pero ahí los tienes, casi en lo alto del pitón —Serigot hace una pausa guasona—. Y ahora, sin comisario político que les toque los huevos.

Gruñe García con falsa severidad, alzando la pipa de modo admonitorio.

—No empecemos, camarada.

Mientras charlan su segundo y el comisario, Gambo se pasa la correa de los binoculares por el cuello, dejándolos colgar sobre el pecho, y observa pensativo las propias posiciones. Hasta ahora cree haberlo hecho todo bien: la 1.ª Compañía del Ostrovski, dispuesta frente a la hipótesis más probable —una victoria republicana— y prevenida ante la más peligrosa —un contraataque fascista—, se ha parapetado lo mejor posible en las laderas y cresta de

Pepa, con el pueblo a la espalda. Como el suelo rocoso impide hacer trincheras, los hombres han cavado lo justo para proteger a un fusilero cuerpo a tierra, o construido parapetos con piedras aprovechando los accidentes del terreno. La 2.ª Compañía queda en reserva, a la sombra de un bosquecillo de higueras y algarrobos que está en la contrapendiente del pitón; manteniendo por ese lado, gracias a la honda vaguada —la Rambla, llaman a ese lugar— que cruza el camino bajo un puente de madera y pasa cerca del cementerio, la comunicación con la 3.ª Compañía, allí bien atrincherada. De esa forma, los 437 efectivos del Batallón Ostrovski ocupan todo el flanco derecho de Castellets: las ametralladoras tienen buenas enfilaciones de tiro, y los morteros situados en la vaguada cubren toda la línea, hasta más allá de las viñas que se extienden por el noroeste.

—Hace un calor que te mueres —comenta García, que se ha quitado la gorra para secarse el sudor con una manga de la camisa.

—Y más que va a hacer —asiente Serigot.

En ese aspecto, Gambo también está razonablemente tranquilo. Sus hombres tienen las cantimploras llenas y hay una reserva de bidones de agua en el bosquecillo de la contrapendiente. Todos están bien municionados y han recibido chuscos de pan y latas de sardinas, de atún y de carne rusa. Incluso en caso de contraataque enemigo, el batallón podría resistir cuarenta y ocho horas sin recibir suministros. O más.

Pensando en todo eso, el mayor de milicias pasea la vista desde el lejano cauce del río hasta las posiciones que ocupan sus hombres y dirige otra ojeada al segundo pitón, donde sigue el combate. Luego recorre con la mirada los tejados del pueblo, en el que aún humean algunas casas —el campanario de la iglesia ya no existe—, hasta los olivares cercanos a la ermita.

—Parece que hay movimiento al final de las viñas —señala Serigot, haciendo visera con una mano.

—¿Nuestros o suyos? —se interesa García, imitándolo.

—No tengo ni idea.

—Lo mismo son camaradas que han llegado hasta allí.

—¿Tan lejos y por esa parte?... Lo dudo.

Levantando los prismáticos, repentinamente inquieto, Gambo se ha vuelto a mirar en esa dirección. La doble lente óptica se funde en una sola visión redonda y borrosa por el desenfoque, así que ajusta con el índice la ruedecilla hasta que las imágenes adquieren nitidez en la refracción ondulante del calor y la intensa luz.

Es entonces cuando las ve. Motitas rojas, semejantes a amapolas. Parecen muchas y se mueven en la distancia, muy despacio, aproximándose a la linde de los viñedos.

—Joder —exclama—. Son requetés.

II

La bomba de mano estalla tan cerca que Ginés Gorguel piensa que le ha quemado la cara. El reventar explosivo lo sacude, lo aturde y vacía sus pulmones, aplastándolo contra la roca inmediata mientras siente alrededor, más que oye, el repicar de esquirlas de metralla y piedra que rebotan por todas partes. De pronto se encuentra sentado, escupiendo la tierra áspera que le llena la boca, y al llevarse una mano a la nariz, que nota como entumecida, la retira manchada de sangre.

Un instante después retornan los sonidos, abriéndose paso a través de la bruma que ofusca su cerebro: explosiones, disparos, gritos de hombres que insultan, que blasfeman, que combaten. Y mientras sacude la cabeza para intentar despejarla, el albaceteño recuerda el momento anterior a la explosión: las balas que silbaban en la cresta, los enemigos trepando medio agachados, animándose unos a otros con órdenes y gritos que daban escalofríos de lo cerca que sonaban; tanto que a los atacantes podía vérseles las caras sudorosas, los fusiles armados con bayonetas, las granadas que empuñaban, incorporándose con el torso echado atrás para tomar impulso y arrojarlas. Y el pavor de verlos tan próximos, sin que la horrible rutina de golpear una y otra vez con la palma dolorida de la mano el cerrojo del fusil cuyo cañón quema al tocarlo, meter otra bala y disparar de nuevo, bastase para detenerlos.

El fusil, piensa de pronto.

Con un estremecimiento de pánico palpa en torno, buscando su Mauser, que ha desaparecido. La ausencia del arma lo hace sentirse todavía más desamparado y vulnerable. Entonces, urgido por el pánico, intenta incorporarse para encontrarla, pero los brazos y piernas se niegan a obedecer.

Pam, pam, pam, suena muy cerca.

Son tiros de pistola, seguidos. Uno tras otro.

Entonces ve al sargento herido en la pierna que sostiene en alto la pistola, alargando mucho el brazo, mientras dispara hacia algo situado encima de las rocas, fuera de la vista de Gorguel.

Pam, pam, pam. Clac.

De tal modo suena una y otra vez el arma hasta que percute el último cartucho y el carro del cerrojo queda atorado e inmóvil, con los ojos febriles del sargento mirándolo casi con estupor a través de la máscara de polvo y tierra que le cubre el rostro.

Abre la boca Gorguel para gritarle algo, pero tiene bloqueadas las cuerdas vocales. No emite ningún sonido. Quiere decirle al sargento que ya no puede más, que necesita irse de ahí, correr y escapar, pero es incapaz de articular palabra, y de su garganta sólo brota un quejido desgarrado y hondo. Un ronco sollozo.

En ese momento, unos hombres saltan sobre las rocas y se interponen entre él y el sargento: calzan alpargatas y visten monos azules y caquis sucios de tierra, camisas despechugadas, húmedas de sudor. Algunos llevan cascos de acero y empuñan fusiles con largas bayonetas. Tienen los rostros desencajados cual si llegaran borrachos de pólvora y cólera. Uno de ellos se acerca al sargento, le da una patada para arrancarle la pistola de las manos y le pega un culatazo en la cabeza. Otro apunta al pecho de Gorguel con la bayoneta y echa atrás el fusil, como para clavársela.

—¡No! —alza éste los brazos, suplicante, recobrando de pronto la voz perdida—. ¡No, por caridad!... ¡No, no!

Sus gritos hacen dudar al soldado, que se queda inmóvil —su pecho sube y baja, respirando entrecortadamente— mientras los ojos fatigados, brillantes, hasta hace un momento enloquecidos, parecen serenarse un poco. Entonces rectifica el movimiento de su arma, y en vez de clavarle la bayoneta a Gorguel, se la acerca brusco, tocándole un hombro.

—De pie, fascista —dice.

—¡No soy fascista!

—De pie, te digo... Y quítate el correaje.

Obedece Gorguel con manos torpes, tembloroso de pavor. Mientras su captor le apunta con la bayoneta, otro soldado lo cachea y de un empujón lo manda cerca del sargento. Lo mismo hacen con otros a los que van trayendo hasta sumar una docena de hombres rotos, sucios, deshechos, que vienen atemorizados y con la cabeza baja. Algunos están heridos. Gorguel no ve entre ellos al cabo Selimán; pero sí, tambaleándose y cojeando, al comandante Induráin: el pelo revuelto, sucio de tierra, y los ojos inyectados en sangre. Debe de tener un brazo roto, pues le cuelga inerte y se lo sujeta con la otra mano. Ha perdido el vendaje de la cabeza y la herida se ve sucia y al descubierto.

Según llegan los prisioneros, sus captores los obligan a sentarse agrupados entre las rocas, las manos apoyadas en la nuca quienes pueden hacerlo. El tiroteo ha cesado en la cresta, y ahora sólo se escucha algún disparo aislado, gemidos lejanos de heridos y gritos y órdenes de los vencedores que aseguran la posición conquistada.

—¿Algún oficial?

El que lo pregunta es un individuo bajo y fornido, en mangas de camisa, con las barras y la estrella de teniente en la gorra. Gorguel mira a Induráin, que mantiene los ojos bajos y no dice nada. Pero son varios los que también miran al comandante, y el rojo repara en ello.

—Tú —dice.

El interpelado alza el rostro.

—¿Eres un oficial? —pregunta el otro.

—Lo soy.

Se lo queda mirando el teniente republicano, para asegurarse.

—¿Nombre y rango?

—Eso a ti no te importa.

—Se llama Induráin —dice Gorguel, buscando congraciarse—. Comandante Induráin.

Lo miran Induráin y el rojo. Este último con curiosidad y el otro con desprecio. Después, el teniente coge a Induráin por el cuello de la camisa y lo saca del grupo.

—Este de aquí es sargento —dice otro de los republicanos, que se ha agachado a sacudirle el polvo al galón del herido.

—Y hay dos moros —dice otro—. Y uno del Tercio.

—Ponedlos juntos —ordena el teniente.

Fuerzan a levantarse a dos regulares, uno joven y otro viejo con barba, que obedecen sumisos, resignados a su suerte, y a un legionario pequeño, renegrido, al que le sangra la cabeza y lleva un párpado cortado en dos. A empujones, agrupan a los cuatro junto al sargento, que aún está aturdido por el culatazo, tiene los ojos vidriosos y no se entera de lo que ocurre. Sujetándose el brazo roto, el comandante hace visibles esfuerzos para mantenerse erguido y digno. Los moros y el legionario se estrechan contra él, baja la cabeza, como si eso pudiera protegerlos de lo inevitable.

—Arriba España —dice Induráin, alto y claro.

Los soldados rojos les disparan sin orden, primero a él y luego a los demás, tiros sueltos que levantan polvo en la cabeza y el pecho, haciéndolos desplomarse unos sobre otros. Después, aterrado, Gorguel ve cómo el teniente rojo desenfunda la pistola y, aproximándose, le da a cada uno el tiro de gracia.

Raaaas. Puum-bah.

Un quejido desgarrador rasga el aire de forma inesperada. Un estallido cercano estremece el suelo y las rocas y por los aires salta una nube de polvo y esquirlas. Suenan alaridos de hombres alcanzados por la metralla mientras todos, captores y prisioneros, corren a ponerse a cubierto, se aplastan contra el suelo, pisotean los cadáveres encharcados en sangre.

Raaaas. Puum-bah.

—¡Son los nuestros! —grita el teniente rojo, desesperado—. ¡Es nuestra propia artillería!... ¡Los hijos de puta!

Corre Gorguel como todos, se agacha, se arrastra entre las rocas lastimándose los codos y los brazos. Una nueva explosión, muy próxima, le arroja encima trozos de carne sanguinolenta que mira y toca con estupor. Son vísceras desgarradas de un ser humano que, por un angustioso instante, teme pertenezcan a su propio cuerpo. Y al fin, sacudiéndoselas asqueado de la cara y las manos, ciego de terror, se incorpora de nuevo y corre sin rumbo hasta que pisa en el vacío y cae rodando ladera abajo.

—¡Vladimiro!

Por los pómulos de tártaro tiznados de pólvora corren regueros de sudor. El sargento se incorpora un poco, mira a Santiago Pardeiro y vuelve a agachar la cabeza. De vez en cuando las balas enemigas zumban bajas, arrancando ramas y hojas de los almendros cercanos, e impactan en los muros de la Aparecida, que parecen picados de viruela.

—Mande, mi alférez.

—Vete a ver por qué no tira la Hotchkiss.

—A la orden.

Mientras Vladimiro se aleja arrastrándose con el subfusil colgado a la espalda —Pardeiro se lo ha devuelto—, el joven alférez se asoma al borde de la trinchera donde está de rodillas, pues fue excavada a toda prisa y apenas tiene siete metros de largo por uno de profundidad. La situación no es buena, pero tampoco desesperada. La altura de la ermita sobre los bancales escalonados proporciona cierta ventaja: parapetados en torno a ella y tras sus muros —el pequeño campanario aporta un buen observatorio, aunque ya ha costado dos heridos—, los restos de la 3.ª Compañía se pegan al terreno en agujeros hechos con palas y bayonetas, disparando tenaces contra las oleadas republicanas que avanzan por el olivar hacia el primero de los dos bancales con muretes de piedra que siguen las curvas de nivel de la pendiente, donde hay algunos almendros. Los legionarios han encajado tres ataques desde que se hizo de día, pero aguantan firmes, dentro de lo que cabe. Profesionales de la guerra, considerados por los rojos mercenarios y asesinos sin escrúpulos, saben lo que los espera si son vencidos. Aun así, a alguno le quedan saliva y arrestos para cantar, como hace el cabo Longines; que, de rodillas y asomando la gaita lo justo, tararea una copla apoyado el mentón en la culata del fusil:

Mal final tenga el cartero
que cartita no me trae
de la mujer que más quiero.

Regresa Vladimiro dejando de arrastrarse al arreciar el tiroteo, apretado e inmóvil contra el suelo, avanzando de nuevo al aflojar el fuego. De pronto se aplasta más cuando le caen encima pellas de tierra y trozos de metralla: un proyectil de mortero de 50 acaba de impactar junto a la ermita, salpicando los muros de esquirlas. Hasta Longines ha dejado de cantar.

—Mi alférez...

El ruso entra al fin, reptando, en la escueta trinchera. Pardeiro se hace a un lado para dejarle sitio.

—Dime.

El otro se quita el chapiri y se pasa una mano por el pelo rubio, corto y húmedo.

—La máquina se había recalentado de tanto tirar. Así que, a falta de agua, están meando en el cañón para enfriarlo... Con lo poco que les queda después de todo el día sin beber y sudando.

Respira Pardeiro, aliviado respecto a la Hotchkiss.

—¿Tienen suficiente munición?

—Por ahora, sí —el suboficial se pone el gorrillo, levanta la cabeza para echar un vistazo y vuelve a agacharla, tranquilo—. Los rogelios se han acercado un poco más, ¿no?

—Eso parece.

—Los que atacan desde el pitón de poniente hacia la paridera no se atreven a seguir; desde el emplazamiento de la máquina se les ve tumbados y sin moverse... Pero los que vienen por el olivar ya están otra vez a doscientos metros.

—A menos —calcula Pardeiro.

—Y siguen avanzando, por lo que veo. Despacio, pero lo hacen. Nos darán al asalto de un momento a otro.

—Sí.

Un nuevo estampido les hace agachar la cabeza. El impacto arroja una nube de tierra y piedras, tronchando un almendro cuyos frutos, todavía verdes, salen disparados como metralla.

—Por lo menos no traen con ellos a Atilano, por ahora —gruñe Vladimiro—. Sólo esos morteros.

Asiente el alférez, sin responder. Con calma, el sargento se palpa un bolsillo de la camisa y saca un arrugado paquete de Tre Stelle. Sólo le queda un cigarrillo. Lo mira, dubitativo, y con ademán resignado vuelve a meterlo en el bolsillo.

—¿Me deja decirle algo, mi alférez?... Sólo un minuto.

—Pues claro.

Aún duda el ruso.

—Llevo en el Tercio desde Tizzi Azza —se decide al fin—, cuando el general Franco era mi comandante en la I Bandera; y antes estuve en la Gran Guerra y con la caballería de Glujov, luchando contra los bolcheviques... Algo de tiros llevo dados.

—¿Y?

Un par de balas hacen ziaaang, ziaaang, al pasar cerca, y van a impactar en el muro de la ermita. En un pozo de lobo próximo, uno de los falangistas se pone en pie, toma impulso y arroja una Oto-35 lo más lejos que puede. Antes de que Pardeiro, contrariado, tenga tiempo de reconvenirlo, el sargento alza un poco la cabeza.

—¡Están demasiado lejos, coño! —vocea—. ¡Que nadie tire granadas ni dispare, o me voy a cagar en todos sus muertos!... ¡Ahorrad, que lo vamos a necesitar!

La voz de un legionario oculto responde algo que no se oye bien desde la trinchera. Sin duda es una chufla, porque lo corean algunas risas.

—En fin... —los ojos oblicuos y claros del suboficial miran a Pardeiro, indecisos—. ¿De verdad me permite hablarle con sinceridad?

—Siempre que no te pases de la raya.

—No voy a pasarme, no se preocupe... Lo que quiero decir es que a primeros de año, cuando llegó usted, tan nuevo, tan...

Sonríe Pardeiro.

—¿Tan joven?

Se entornan los párpados eslavos hasta casi desaparecer los iris.

—Eso es —asiente despacio—. Casi no se afeita usted todavía. Y algunos viejos caimanes de la compañía pensamos que iba a dejar de fumar pronto, ya me entiende.

—De sobra. Alférez provisional, cadáver etcétera, la primera paga para el uniforme y la segunda para la mortaja... Un verdadero Sin y Sin, como suele decirse: sin pasado y sin futuro... Lo de costumbre.

—Eso mismo. Pero oiga. En el Cinca, cuando nos quedamos sin jefes y oficiales y usted sostuvo el órdago, la tropa le cogió respeto. Y yo también.

A Pardeiro le reconforta lo que escucha, pero a esas alturas sabe cómo tomarlo. Cuál debe ser su actitud, o más bien la que se espera de él. Así que mira el reloj, displicente, aparentando pensar en otra cosa.

—Termina, anda.

—Ya termino, mi alférez. Sólo quería decirle que, bueno... Los rojos nombran oficiales a los más caracterizados en política, o al más listo, o al más bestia, aunque sean analfabetos...

—¿Esa ventaja les llevamos, quieres decir?

—Claro. Muchachos jóvenes con estudios, gente así, nos dan ventaja... Talento y ventaja. A los rogelios les sobran pelotas, eso nadie lo duda; pero en la guerra no todo es cuestión de eso.

—¿Y?

—Pues que usted, en fin... Tiene lo que hay que tener y además tiene talento. Los dos días en el pueblo, luego en el repliegue y hoy aquí... Eso quería decirle, mi alférez. Que, según la tropa, lo está haciendo bien.

Mira Pardeiro a un lado y otro con aire casual, como sin darle importancia. Apenas visibles en la trinchera y los

233

pozos de lobo, los legionarios esperan al enemigo con los fusiles listos, dispuestos en el borde de los parapetos las bombas de mano y los peines de munición que Tonet —con su chapiri legionario en la cabeza, el chiquillo va y viene entre ellos como una ardilla— reparte a lo largo de la línea. Serenos y disciplinados a pesar del hambre, del calor, de la sed; y aun algunos con ganas de guasa, pese a lo que está cayendo y lo que va a caer. La causa por la que luchan apenas tiene ya nada que ver; a esas alturas, sabe el alférez, lo hacen con la frialdad de guerreros conscientes de sí mismos, sin miedo o aparentando no tenerlo, que para el caso es igual. Ni en sueños, concluye, imaginó en la academia de Ávila que llegaría a mandar una tropa como ésta. A soldados con la hoja de servicios del sargento Vladimiro Korchaguin.

—¿Y por qué me lo cuentas ahora?

Encoge el ruso los hombros.

—Pues no sé, la verdad. Me han venido las ganas —alza el mentón y señala el olivar—. Quizá porque ésos van a atacar otra vez... O porque lleva usted tres días solo, sin superiores que se lo digan.

Pardeiro vuelve a mirar el reloj.

—Se te acabó el minuto, Vladimiro.

—Sí, mi alférez —al asentir le oscila al ruso la borla legionaria—. Y perdone la franqueza.

—Nada que perdonar.

Miran los dos hacia el enemigo. Los rojos han dejado de paquear y ya no tiran sus morteros. No es buena señal.

—¿Odias a los comunistas, Vladimiro?... Supongo que tienes motivos, con tu biografía.

Sonríe el ruso.

—Creía que se había acabado el minuto, mi alférez.

—El tuyo... Ahora es el mío.

Inclina un poco el otro la cabeza, pensándolo, sin apartar la vista del enemigo.

—Al principio, cuando estaba en Rusia, los odiaba —responde al fin—. Ahora es otra cosa. Mato los hechos, no a las personas...

Asiente Pardeiro, que comprende muy bien.

—Son pocos los que en nuestro bando luchan por defender una idea política concreta —dice—. La mayor parte luchamos contra las ideas de ellos.

—Eso me parece a mí... Aunque tal vez odiar sus ideas ya sea un acto ideológico, ¿no le parece?

—Podría ser.

Un breve silencio. Zumban las moscas, atormentándolos, pero ninguno de los dos se mueve.

—¿Qué lo trajo a usted aquí, mi alférez, si me permite la pregunta?

—El hartazgo —el joven ha respondido sin pensarlo—. El cansancio de ver cómo destrozaban España. Nunca me planteé otra cosa.

—Como la mayor parte de nuestra gente voluntaria, ¿no?

—Excepto falangistas y requetés.

—Bueno, ésos sí... Claro.

—Podemos coincidir con ellos en lo que nos une: los rojos son gentuza a exterminar, y punto. No hay más debate por mi parte. Ni tampoco decepción posible de lo que de esto resulte.

—La única sería que nos derrotaran.

—Exacto, y ésa es nuestra ventaja. No buscamos revolucionar el mundo; sólo echar a esos indeseables... Y luego, cuando hayamos vencido, ya veremos quién nos decepciona y quién no.

Mientras habla, Pardeiro sigue observando a los rojos, que están un poco más próximos. Siguen acercándose a saltos, con mucha precaución, dejándose apenas ver de olivo a olivo. Está claro que han aprendido la lección de los cuerpos inmóviles que se ven entre los árboles y sobre el primer murete de piedra, hasta donde llegaron en el último ataque.

—¿Cree usted que podremos pararlos otra vez, mi alférez?

Mira Pardeiro de reojo, sin advertir inquietud en el rostro impasible del sargento. Sólo interés profesional.

—Supongo que sí —responde—. Somos el Tercio, ¿no?

Ríe entre dientes el ruso.

—Sí... Todavía lo somos.

—Pues eso. Y hasta los cinco chicos de Falange que nos quedan...

Levanta Vladimiro una mano abierta con cuatro dedos extendidos.

—Cuatro, mi alférez... Olvidaba decírselo: al bajito del pelo rizado le acaban de dar de refilón en el cuello, cuando municionaba la Hotchkiss.

—Ay, carallo... Me cago en todo.

—Yo también.

—¿Grave?

—Lo suficiente.

—Bueno. Te decía que hasta ellos se portan como jabatos.

Señala el sargento el olivar, donde suena un silbato y se ven más hombres corriendo al amparo de los árboles.

—Creo que ya vienen.

—Eso parece.

Vladimiro se descuelga el subfusil y monta el cerrojo con un sonoro chasquido.

—La verdad es que esos hijos de puta le echan cojones —comenta, ecuánime.

En realidad, en el fondo y en la forma se trata de eso, piensa Pardeiro. Cuestión de cojones. De ellos y nosotros, de quién se atreve y de quién aguanta más que el otro. Muy español, todo. Muy propio de ambos bandos. Un pulso bestial por unos pocos metros de terreno cuya posesión no cambiará el curso de la guerra. La ermita carece de valor estratégico y apenas táctico; sólo sirve de refugio a la única fuerza nacional que aún resiste en el sector. Pero los rojos quieren rematar la faena, y los legionarios no están dispuestos a ponerlo fácil. De modo que allí siguen todos, bajo el sol y el calor que lo impregnan todo como una capa de aceite; agotados, sucios, sudorosos, sedientos unos y otros del agua que ninguno tiene, pues los enemigos están demasiado lejos del pueblo, y a los de aquí se les acabó hace rato el vino. El único pozo se encuentra al pie de los bancales y a la derecha del olivar, en tierra de nadie, y en sus proximidades ennegrecen y se hinchan bajo el sol media docena de cadáveres: los de quienes, nacionales y republicanos, han intentado llenar las cantimploras vacías.

Tres nuevos toques de silbato en el olivar. Vladimiro apoya el Beretta en el borde de la trinchera, hace la señal de la cruz —ortodoxa, de derecha a izquierda— y se restriega la nariz.

—Ahí los tenemos, mi alférez.

De entre los olivos brota un clamor de gargantas: gritos de órdenes y voces de ánimo. Los enemigos, que avanzaban despacio protegidos tras los árboles, han abandonado la cautela y corren valerosamente hacia el murete de piedra del primer bancal. Lo hacen ahora a pecho descubierto, animándose entre ellos: monos azules y caquis, cascos de acero, gorras y gorrillos cuarteleros, fusiles donde destella el sol en las bayonetas. Unos corren en zigzag para ofrecer menos blanco y otros lo hacen en línea recta, queriendo acortar la distancia hasta la protección del murete. Ni ellos ni los defensores disparan todavía, excepto las ametralladoras rojas que tiran altas para cubrirlos desde sus flancos. Las rápidas ráfagas abanican la ermita golpeteando los muros, desgajando ramas y hojas de los almendros. Al cabo de un momento, la ametralladora legionaria se une al estruendo con ráfagas cortas, muy calculadas y precisas, que levantan nubecillas de polvo entre los atacantes y hacen caer a algunos. El cañón al fin enfriado de la Hotchkiss vuelve a estar operativo.

—¡Turuta!

De un ángulo extremo de la pequeña trinchera llega la voz del cornetín, agazapado allí con el asistente Sanchidrián.

—¡A sus órdenes, mi alférez!

Pardeiro saca la Astra del 9 largo de la funda, echa atrás el duro carro, mete una bala en la recámara y quita el seguro.

—¡Atento a mi voz para romper el fuego!

—¡A sus órdenes, mi alférez!

Y entonces, con un suspiro estoico, disimulando la tensión que atenaza sus ingles y le crispa los músculos como si fuese a desgarrarlos, el alférez provisional Santiago Pardeiro Tojo, antiguo estudiante de Ingeniería Naval, se pasa la lengua por el paladar de la boca seca, afirma bien en la cabeza el chapiri con la solitaria estrella de seis puntas, piensa un momento en sus pobres padres y se pone en pie en la trinchera; porque las tradiciones son las tradiciones; y la del Tercio es que el oficial irá siempre cinco metros por delante de la tropa, en el ataque, y se mantendrá impávido, en pie y sereno, durante la defensa.

—¡Echadle huevos, legionarios!... ¡Viva España!

Grita, ronco, cuando ve a los primeros rojos aparecer sobre el murete de piedra. Y desde las trincheras, los pozos de lobo y el campanario de la ermita le responde un aullido colectivo de cólera y de pelea.

Las balas fascistas golpean en los olivos y los almendros, tronchan las ramas y hacen volar las hojas. Con la cabeza baja, Julián Panizo franquea el último trecho hasta el murete de piedra y se deja caer allí sentado, jadeando, el naranjero sobre las rodillas, mientras recobra el aliento. Y Olmos, que viene corriendo detrás, casi le cae encima al hacer lo mismo.

—Nos están dando petróleo Gal —gruñe Olmos—. Cagüendiós.

Es cierto. Zurrean balas por todas partes. El ataque del Primer Batallón, con la compañía de zapadores de choque en cabeza, progresa despacio bajo el fuego graneado del enemigo, que dispara desde la Aparecida batiendo intensamente el primer bancal de los dos que ascienden escalonados hasta la ermita. Tras verse muy castigados en el último tramo del olivar, los republicanos se van agrupando a lo largo del murete, donde el fuego frontal de fusilería y las ráfagas de una ametralladora que tira oblicua desde la derecha arrancan surtidores de tierra y fragmentos de piedra.

—Hay que seguir —dice Panizo.

—Cagüendiós.

—Ya vale, hombre... Reserva el aliento, que aún nos queda trecho.

—Cagüendiós.

Los hombres siguen llegando a la carrera entre los olivos, tropezando y brincando para dejarse caer al resguardo del escalón estrechados unos con otros, buscando por instinto la protección del grupo: manos crispadas apretando los fusiles, rostros sudorosos desencajados por la tensión o el miedo de quienes sienten zumbar las balas, oyen los chasquidos de éstas al pegar en carne y romper huesos, los gritos y blasfemias de quienes caen muertos o heridos, las súplicas de los infelices que se arrastran, dejando regueros de sangre, en busca del tronco de un árbol tras el que protegerse o morir.

—¿Y qué hay del Segundo Batallón? —pregunta otro que está pegado a ellos, uno al que apodan el Fakir por-

239

que es muy flaco—. También tenían que atacar por el norte de la ermita, ¿no?

—Ésos no se mueven —responde Olmos—. ¿No oyes por su lado?

—No oigo una mierda.

—Pues eso digo. Por esa parte no tira nadie... Están tocándose los huevos.

Asiente el otro. El Fakir es de Santander, y de los duros de la compañía. No le faltan motivos. El 18 de julio, los fascistas sublevados le fusilaron a dos hermanos afiliados a la UGT. Es de los que no suelen hacer prisioneros.

—Mucho chaquetero es lo que hay.

—Y que lo digas, camarada.

Sigue el fuego enemigo, intenso. A Olmos le tiemblan los dedos mientras comprueba su arma y se acomoda mejor las seis fundas de cuero llenas de bombas de mano que le rodean la cintura.

—Nos están asesinando, Julián. Y los del Segundo, sin moverse.

—Cállate la boca.

Casi todos los hombres de la compañía están ya pegados al murete, excepto los que han caído en los olivos y los que, amedrentados por el chaparrón de balas, no se atreven a seguir y permanecen a resguardo entre los árboles con la gente de la 3.ª Compañía, que es el segundo escalón del ataque.

—¡Listos para seguir!... ¡Listos para seguir!

Agachados, recorriendo la larga fila de hombres que se agazapan en el límite del bancal, el teniente Goyo, el comisario Cehegín y el brigada Cancela —un granadino cejijunto, ancho y fuerte, antiguo esquilador de bestias— pasan animando a la gente para el nuevo salto. Vuelto hacia los olivos, Cehegín hace señas enérgicas a un grupo de ocho que remolonea allí; y como éstos no obedecen, les muestra en alto la Star y pega un tiro al aire. Eso decide a los rezagados, que se miran entre ellos con angustia; y al fin, animándose, toman impulso y cruzan a la carrera el terreno batido. Uno cae a los pocos pasos, boca arriba y con los brazos levantados y muy abiertos, como si protestara por algo. Otro viene sin fusil, con el cuero cabelludo tan limpiamente rasgado por el roce de una bala como si le hubieran hecho la raya en medio, caído sobre las orejas, y se desmaya al llegar con ojos vidriosos, rostro, cuello y camisa manchados de sangre.

—¡Venga! ¡Arriba todos! —grita el teniente Goyo—. ¡Viva la República!

Bien jodida va hoy la República, piensa atropelladamente Panizo. Porque no vamos a llegar. Dicen que ahí arriba quedan pocos fascistas, pero nos están matando a mansalva. Como a animales. Así no vamos a llegar. Sus ojos encuentran los de Olmos, rojizos y desorbitados por la tensión, y comprende que los camaradas piensan lo mismo.

El teniente debe de tener distinta opinión, porque en ese momento sopla el silbato, se pone en pie y zarandea a los que tiene cerca.

—¡Venga, hombres! ¡Arriba todos!... ¡Vamos a por ellos, joder!

Y mientras grita, trepa a lo alto del murete, entre los balazos que zumban por todas partes como abejorros de metal. El brigada Cancela da una palmada en el hombro de Panizo y lo empuja para que suba también.

—¡Venga, vamos!... ¡Corred al otro murete, corred!... ¡Cubríos en los árboles!

Empuñando el naranjero, Panizo aprieta los dientes, se pone en pie, trepa y corre tras ellos. Mientras lo hace tiene una visión fugaz de la línea de hombres que a su derecha e izquierda se lanzan con las bayonetas por delante, del medio centenar de metros —parecen kilómetros— que los separa de la protección del segundo murete de piedra, de las copas bajas de los almendros entre las que se divisa, más arriba, el edificio de la ermita y la línea atrincherada de los fascistas, donde relampaguean docenas de fogonazos mientras la ametralladora enemiga que bate oblicua desde la derecha riega el bancal con rociadas que restallan como latigazos en la ladera.

—¡No os paréis a tirar! —aúlla el comisario político, que avanza junto a Panizo—. ¡Corred, corred!

De pronto Cehegín suelta la pistola, da unos pasos tambaleándose como si estuviera perdiendo el equilibrio y se lleva las manos a la cara, de la que salen borbotones de sangre. En el corto instante que dedica a mirarlo antes de adelantarse y seguir corriendo, Panizo ve que al comisario le falta toda la nariz y escupe dientes rotos a través de una mejilla desgarrada.

Más zumbidos. Más balas. Cuando los dinamiteros llegan al último murete, el estrépito de fusilería fascista resuena en ecos que estremecen la ladera. Panizo —el pulso le late tan fuerte en los tímpanos que amortigua el fragor del tiroteo— se protege en el escalón de piedras sintiendo cómo Olmos, el Fakir y los que han llegado hasta allí se acurrucan pegados a él. Después levanta un momento la cabeza y ve a tiro de granada los primeros parapetos fascistas, en los que confusas figuras aparecen y desaparecen soltándoles fogonazos.

—¡A ellos, que ya casi estamos! —resuena sobre el tiroteo la voz del teniente Goyo—. ¡Adelante, seguid!... ¡Seguid!

Sin necesidad de palabras entre ellos, los tres dinamiteros se miran, sacan las Limonkas F-1 rusas de las fundas que rodean sus cinturones, extraen los pasadores y las arrojan incorporándose a medias entre la madeja de balazos que buscan sus cuerpos, antes de agacharse de nuevo.

Puum-bah. Puum-bah. Puum-bah.

Tres estallidos metálicos y secos arrojan sobre ellos tierra y piedras, y cuando el polvo aún no se desvanece, los tres se ponen en pie y trepan al murete, como el resto, para lanzarse contra la primera trinchera fascista. Pero ahora llueven granadas desde ese lado, lanzadas como piedras negras y peligrosas, que describen arcos en el aire para caer y estallar entre los atacantes, punteadas por el martilleo constante de fusilería y los secos latigazos de la ametralladora. A lo largo de toda la línea, entre quienes intentan ir más allá del murete se suceden fogonazos cegadores, estampidos que ensordecen, gritos de hombres alcanzados por la metralla, humo y confusión.

—¡Adelante, adelante! —grita el teniente Goyo.

—¡Atrás, vámonos para atrás! —gritan otros, aterrados o indecisos.

Dudan los dinamiteros, se paran, se agachan bajo el fuego criminal que los machaca. El canturrear áspero y seco de la ametralladora fascista parece burlarse de ellos. Otra granada estalla cerca, y una esquirla de hierro caliente roza la cara de Panizo, que se encoge asustado. La primera trinchera está cerca, a veinte metros, pero parece inalcanzable. O más bien comprende que es inalcanzable. Los pocos compañeros que aún tienen impulso y pretenden llegar hasta los enemigos caen uno tras otro, hasta que ya nadie lo intenta. Hacerlo equivale a suicidarse, y ya está bien de suicidios por hoy.

Un balazo tumba al teniente, que muere con la boca abierta para una orden de ataque o de retirada: imposible saberlo ya. Un metrallazo de granada le revienta el vientre a otro hombre, que cae al suelo pisándose las tripas y se pone a chillar como un verraco intentando metérselas dentro de nuevo.

Es suficiente, concluye Panizo, para ese día y casi para una guerra o una vida entera. Así que blasfema, levanta el naranjero, dispara una larga ráfaga que vacía medio cargador, retrocede unos pasos, dispara el otro medio y echa a correr por donde vino. Lo mismo hacen todos los demás, saltando el murete y precipitándose entre los almendros del bancal mientras desde su espalda los fascistas los cazan como conejos.

—¡Me han dado, coño, me han dado!

Es Olmos quien grita. Se vuelve Panizo y lo ve detrás, como tropezando.

—¿Dónde?

—¡En la pierna!

Cuando el otro llega a su lado y se apoya en él, se pasa uno de sus brazos por los hombros. También el Fakir acude en su auxilio, y entre los dos llevan a Olmos hasta el murete. El fuego enemigo se hace ahora más esporádico e impreciso, casi un paqueo indolente, y la ametralladora ha dejado de tirar. De haber mantenido su intensidad, pocos habrían logrado cruzar de vuelta el bancal; pero por fortuna a los fascistas no les sobra la munición. Ellos economizan tiros, y los republicanos, vidas.

Tumbados tras el murete, Panizo le mira la pierna a Olmos.

—¡No tienes nada, joder!

—¿No?... Pues habrá sido una sin fuerza, o un rebote. Pero duele un huevo.

—Me cago en tu puta madre.

—Te juro que me duele.

—Cállate la boca.

Al Fakir, pegado a los dos dinamiteros, le tiemblan las manos cuando saca medio pitillo de una petaca y se lo intenta llevar a la boca; tanto, que se le cae dos veces al suelo. Lo consigue al tercer intento, y al darle con la palma a la ruedecilla del chisquero se queda quieto de pronto, prestando atención a las voces que suenan detrás, en las líneas enemigas.

—¿Oís gritar a los fachistas?

Panizo, que también los oye, asoma la cabeza, curioso. En el bancal, entre los almendros polvorientos, yace una docena de cuerpos —algunos se mueven débilmente y gimen sin que nadie se atreva a ir a buscarlos—, y todavía se aprecian más entre el último murete y las trincheras, al pie de la ermita cuyo muro picado de balazos se alza pardo, macizo y desafiante mientras en las posiciones enemigas suena un griterío acompasado, cadencioso, estilo palmas de tango; como el que se oye en las tardes de corrida cuando sale un animal que da poca faena.

—¿Qué es lo que dicen? —pregunta Olmos.

Panizo escucha un poco más y al cabo mueve la cabeza, se pasa una mano por la cara húmeda de sudor y crispa la boca en una mueca amarga.

—Otro toro... Esos cabrones piden que les echemos otro toro.

Por simple instinto, Ginés Gorguel se dirige en dirección contraria al sol poniente, en busca del amparo de la noche y la oscuridad.

Va tan cansado que se mueve como si la voluntad no interviniese en ello: camina, echa a correr de repente, sin motivo, se detiene y camina despacio de nuevo. Ignora qué hora es, aunque el sol está bajo y falta muy poco para el crepúsculo.

Buscando el terreno que mejor lo esconda, el albaceteño se aleja del pitón tomado por los republicanos. Milagrosamente, su propio pánico vino a socorrerlo durante el bombardeo, cuando vencedores y vencidos corrían a buscar refugio y él se lanzó ciego ladera abajo. La caída le fastidió el hombro izquierdo, que le duele mucho, y le arañó la palma de una mano, pero nada más. Puede huir, y es lo que hace pese a las alpargatas destrozadas que lastiman sus pies al pisar sobre las piedras.

Tiene el estómago vacío, pero es la sed la que lo enloquece. Para calmarla masticó tallos de hierba que le han dejado un sabor amargo en la boca. Hace un momento, al remontar una loma procurando no recortarse contra el cielo, alcanzó a divisar un caserío en la distancia. Ignora si está en poder de rojos o nacionales, o abandonado; pero la idea de encontrar agua y algo de comer supera sus recelos. Así que ha resuelto acercarse con precaución. Sabe que la carretera de Fayón está cerca, aunque no puede verla. Eso aumenta el riesgo, de modo que extrema las precauciones cuando camina.

Una rambla estrecha y profunda, con tramos espesos de cañaverales, ofrece mayor seguridad, así que se mete por ella. Las cañas están pobladas de tábanos que se avivan y lo martirizan al pasar. Se defiende a manotazos de sus picaduras en el cuello y los brazos; pero mejor eso, piensa, que jugársela al descubierto.

Junto al borde de la rambla hay una higuera de retorcidas ramas grises y hojas verdes. Gorguel se acerca a ella con esperanza que se convierte en júbilo: entre el follaje hay un higo, uno solo, picoteado por los pájaros y abierto en una hendidura que muestra el interior rojizo y carnoso. Precipitándose sobre él, lo arranca, abre la piel oscura y se lo lleva a la boca con ansia, chupando, tragando con placer el fruto dulce, cálido y maduro.

—*Ibn charmuta* —dice una voz a su espalda—. Lo guardaba la higos güino para luego mucho.

Al darse la vuelta sobresaltado, Gorguel ve a tres pasos a un moro de Regulares que lo mira muy serio: candrisa color garbanzo en forma de zaragüelles, correaje militar, pantorrillas vendadas sobre alpargatas polvorientas, piel curtida y bigote canoso. Empuña una bayoneta larga y reluciente. Incluso aunque no llevara puesto el tarbús con el galón de cabo, Gorguel lo reconocería en seguida.

—Coño... Selimán.

Lo mira el otro con fijeza y al poco se le distiende el rostro.

—Tú, soldado de arriba.

—Sí.

Enfunda el moro el machete.

—*Jandulilá...* Dios es grande. Suerte para tú más de yo.

Da media vuelta y se dirige a una oquedad del terreno: una cueva poco profunda donde está apoyado un Mauser con una cantimplora colgada de la baqueta. Se sienta allí mientras Gorguel, tras pensarlo un momento, se le acerca, y se acuclilla a su lado.

—No tienes el fusila, paisa —observa el moro.

—Lo perdí.

—No es güino eso —Selimán palmea con orgullo la culata de su arma—. Ti castigan los jefes ellos si pierdes el fusila.

—Que les den por culo a los jefes.

Le mira el otro la mano arañada sin hacer comentarios. Tampoco dice nada cuando Gorguel se frota el hombro dolorido.

—No te vi largarte —comenta éste—. ¿Escapaste antes de que llegaran?

—Me fui cuando el arrojos maricones llegaban, si quiere Dios... ¿Y tú?

—Prisionero, como los que quedaron. Pero pude huir.

—¿Qué pasa con sirgento? ¿Tú sabes estar suerte suya?

—Lo fusilaron.

Chasquea el moro la lengua.

—Pena mala, ¿no?... Sirgento era hombre entero. Sabía manera.

—También ejecutaron al comandante, y a dos de los tuyos que pillaron.

A Selimán se le oscurece la mirada.

—¿En serio tú me dices?

—En serio yo te digo.

—Comunistas son hijos de un jalufo que preñó a su madre.

—Por lo menos.

—Stalin arrojo cabrón.

—Eso también.

—Por eso me fui antes, paisa. Soy sabio... Conozco lo que hacen con el moros.

Mira Gorguel la cantimplora colgada del Mauser sin disimular su ansiedad.

—¿Te queda agua?

—Una poca. Había uno muerto con el cantimplora en camino y yo visto... Hago esfuerzo mío, ti juro, pero nada comida ninguna, gualo, gualo. Sólo el cantimplora —señala la higuera— y cuatro higos ahí. Me comí tres y guardiba otro que tú comes cuando llegas.

—Lo siento. Tenía hambre. Y la sigo teniendo.

—Normal en guirra, ¿no?... Hambre, el sed y además ti matan.

—Supongo.

—¿Cómo ti llamas de nombre tuyo?

—Ginés.

—Yo, Selimán.

—Ya... Me acuerdo.

Descuelga el moro la cantimplora, la agita para que suene lo poco que queda dentro y se le pasa.

—Toma. Yo hago a ti favor tuyo grande, acuérdate. Un buchito, ¿eh?... Agua es regalo raro de Dios.

Desenrosca Gorguel el tapón y, obediente, reprimiendo el impulso de beberla toda, ingiere un corto sorbo que deja un rato en la boca, humedeciéndola cuanto puede antes de tragar. Selimán lo mira con fijeza, indiferente a una mosca que, tras revolotearles alrededor, se le pasea por la nariz y el bigote.

—Luchamos güino misiano arriba, ¿no? —dice el moro al recuperar la cantimplora.

—Bien o mal, nos dieron para el pelo.

Una sonrisa fatalista.

—Estaba escrito del todo mucho, *arumi*... Dios es el que sabe.

—Puede ser. No te digo que sí ni que no.

Cuelga Selimán la cantimplora en la baqueta y saca un bulto de un bolsillo; un hato anudado con un pañuelo mugriento. Tras deshacerlo, muestra a Gorguel su contenido: dos alianzas y cinco dientes de oro, tres relojes de pulsera, dinero nacional y republicano, una cadena de plata con una medalla, un librillo de papel de liar Bambú, una cajita de fósforos del hotel Metropol de Valencia y el arrugado paquete de cigarrillos franceses.

—¿Tienes pisetas nacionales buenas?... Si tienes, ti hago fumar.

—No tengo un céntimo.

Lo piensa un momento el moro y luego se encoge de hombros, se pone un pitillo en la boca y lo enciende con un fósforo.

—¿De dónde tú eres y tú naces, paisa?

—De Albacete.

Arruga el otro el entrecejo.

—Eso es zona arroja, ¿no?... Por mi cara que yo creo.

—Pues ya ves —asiente Gorguel, agrio—. Aquí me tienes.

—¿Tienes el familias?

—Alguna.

El moro se lo queda mirando, pensativo.

—¿Nunca piensas en pasarte? —inquiere—. Muchos se pasan para el familias estar junta toda reunida completa: de allá para aquí y de aquí para allá.

—Ya. Pero si te cogen haciéndolo, te fusilan.

Se rasca el moro el cráneo con las uñas sucias y sonríe irónico.

—¿Por eso no haces?... ¿Porque afusilan?

Gorguel no responde. Selimán le da otra chupada al cigarrillo y entorna los párpados, evocador.

—Yo soy marroquino de Marruecos.

—No me digas.

—Sí ti digo.

—¿Y qué haces aquí? ¿Te trajeron o viniste?

—Vine yo de mi gusto mío.

—Joder... Hay que ser zote para venir aquí por tu gusto tuyo.

—Tú no saber historias güina mía, Inés.

—Ginés.

—Primos, hermanos, parientes, amigos, alistar juntos conmigo y yo: siete pisetas cada día, la uniforme, el fusila... Los arrojos cabrones no estar de Mahoma, no estar derechas: quemar morabos, matar santos. Son *jaramis,* el gente mala. Nosotros venir ayudar al *hach* Franco para salvar España.

—¿*Hach*?

—Santo. Franco tiene el bendición de Mulay Idris y dicen que peregrinar a La Meca cuando siendo joven.

—No jodas... ¿Eso cuentan en tu tierra?

—Por mi cara que sí.

—Manda huevos.

Tras pensarlo un momento, el moro le pasa a Gorguel el cigarrillo. Lo toma éste y aspira con deleite una honda bocanada. Permanecen así los dos un rato, callados y fumando mientras se lo pasan uno a otro. Al final, Selimán desprende la brasa y guarda cuidadosamente la colilla en una cajita de lata.

Gorguel dirige una ojeada al cielo. El sol se oculta tras el borde de la rambla y las sombras de los cañaverales se hacen más largas. Los mosquitos toman el relevo de los tábanos, zumban cerca y se hacen más agresivos. Siente un picotazo en el cuello, y al golpearse allí retira la mano con un punto de sangre.

—Hay un caserío cerca —dice.

—Ya sé, *arumi*. Por mi cara que sé. Has pensado lo que yo el mismo pienso.

—Podemos acercarnos cuando esté oscuro —Gorguel mira el Mauser—. ¿Te queda munición?

—Cuatro balas misianas.

—Mejor no tener que usarlas. Los tiros hacen ruido.

—La virdad habla por tu boca, Inés. Es mejor la machete, tú dices.

Se acurruca Gorguel en la cueva para dormir un rato. De pronto levanta un poco la cabeza.

—¿Por eso te acercabas con la bayoneta?... ¿Para degollarme sin hacer ruido si era rojo?

Una ancha sonrisa le descubre al moro los dientes, que destacan en la cara atezada.

—Tú hombre que conoce, paisa. Tú saber manera.

Cuando los corresponsales extranjeros llegan al Ebro, el río es una franja ancha de aguas terrosas donde se refleja el crepúsculo. Más allá se alza casi vertical la columna de humo de un incendio lejano, que la última claridad del día vuelve rojiza.

Ya casi en sombras, la orilla izquierda es un lodazal de cañas rotas y fango pisoteado donde los camilleros se hunden hasta media pierna para descargar a los heridos que, a bordo de botes de remos, llegan desde el otro lado. Son muchos y vienen atendidos de mala manera, con curas de urgencia y vendas ensangrentadas, camino del hospital que se ha instalado en un caserío próximo. Algunos se quejan cuando los mueven, pero la mayor parte guarda un silencio resignado. Conmovida, Vivian Szerman contempla los rostros pálidos y flacos por el dolor, los ojos sin brillo, los cuerpos rotos cuyos brazos cuelgan de las camillas. La expresión angustiada, ausente o moribunda de tantos hombres jóvenes al extremo del sufrimiento y de la vida.

—No hagáis fotos de esto —dice Pedro, sombrío.

—No podría aunque quisiera —masculla Chim Langer con mal humor—. Ya no queda suficiente luz.

Hay una pasarela, observa Vivian: montada sobre barcas y flotadores de corcho, estrecha hasta permitir sólo el paso de uno en uno. La corriente del río la curva hacia la izquierda, y un grupo de pontoneros se ocupa de mantenerla anclada y que no derive más de lo conveniente. Una larga fila de hombres, de los que la mayor parte se cubre con boinas marrones, la cruza procurando guardar el equilibrio sobre la cubierta de tablas. Cerca de la orilla, una batería antiaérea apunta hacia arriba dos cañones Bofors mientras sus servidores otean el cielo todavía azulado, donde ya brilla la primera estrella.

—Hay tanques —dice Tabb.

—¿Dónde?

Indica el otro la dirección, disimulando el gesto.

—Bajo aquellos pinos. Camuflados con ramas y lonas.

—Son T-26 rusos —confirma Langer—. Y veo dos.

—Tres... Hay otro un poco más allá.

—¿Los harán cruzar el río? —le pregunta Vivian a Pedro.

—Supongo que sí —el chófer contempla dubitativo la frágil pasarela—. Lo que no sé es cómo.

Dejando el coche atrás, los cuatro se acercan a un grupo de oficiales que visten prendas de diversa procedencia, camisas remangadas, monos y cazadoras azules o caquis, y llevan en las boinas o sobre el pecho estrellas rojas y barras de graduación. Uno de ellos, alto, flaco, de rostro pecoso y nariz aguileña, que usa lentes de acero, los mira con curiosidad, comenta algo con los otros y vuelve a mirarlos mientras se aproximan. Lleva una camisa azul descolorida abotonada hasta el cuello bajo una nuez prominente, pantalones briches de montar, altas polainas de cuero, una funda pequeña de prismáticos y una pistola ametralladora Mauser al cinto, en su larga funda de madera. Cosida en la boina, Vivian ve la estrella roja y la barra gruesa de mayor.

—Es Lawrence O'Duffy —dice Phil Tabb.

Vivian también ha identificado al jefe del Batallón Jackson. Lo conoció a finales de año cenando en el comedor de la Telefónica en Madrid, y luego estuvieron juntos en el grupo de internacionales y periodistas que cruzó la calle para tomar unas copas en el bar del hotel Gran Vía. De aquella noche lo recuerda como un hombre correcto y agradable.

—Espero que no nos mande de vuelta —dice Chim.

—No creo —opina Tabb—. Larry es un buen tipo.

O'Duffy los ha reconocido. Los acoge cortés, aunque sin excesivo calor. Un poco forzado. Salta a la vista que tres periodistas extranjeros no son su compañía ideal en este momento.

—Phil, Chim, vaya sorpresa... Hola, Miriam.

—Vivian —lo corrige ella.

—O, eso. Disculpa. Vivian. ¿Qué os trae por aquí?

Tabb ha tomado el control de la situación. Con sus maneras de corresponsal desenvuelto, ducho en el trato con hombres en el frente, le estrecha la mano, saluda a los otros oficiales, promete no molestar demasiado. Después muestra el salvoconducto con sellos de la Oficina de Prensa y la autorización para acompañar al batallón, siempre y cuando eso no signifique entorpecimiento ni intromisión en la actividad militar.

—Me extraña que esta vez os dejen llegar tan lejos —comenta O'Duffy.

—La República se juega mucho en el Ebro. Interesa darle publicidad, como en Teruel. Y los tres somos de confianza.

O'Duffy lee detenidamente los documentos, volviéndolos hacia la última luz. El jefe del Batallón Jackson es irlandés y está al mando de tres centenares de hombres de los que casi la mitad son norteamericanos y británicos, y el resto canadienses, franceses y centroeuropeos. Vivian Szerman sabe que las nacionalidades no solían mezclarse tanto entre los voluntarios extranjeros; pero las elevadas bajas de los últimos combates y la situación mundial —se rumorea una pronta disolución de las Brigadas Internacionales— convierten el batallón en un cajón de sastre donde han ido a parar los supervivientes de otras unidades diezmadas. Hasta las últimas bajas se cubren ya con soldados españoles.

—No puedo garantizar vuestra seguridad —O'Duffy le devuelve los documentos a Tabb—. Mi gente y yo tenemos un trabajo por hacer.

—No te preocupes por eso. Estaremos un par de días, procurando no molestar.

—¿Traéis vuestra propia comida?

Señala Tabb a Pedro, que carga un macuto bien provisto.

—Traemos de todo.

Indica O'Duffy a los heridos, que siguen desembarcando. Uno de los botes se ha anegado cerca de la orilla, y los camilleros chapotean para rescatar a los que vienen a bordo y gritan para que los socorran. El cielo rojizo empieza a empañarse y las primeras sombras se alargan por el río. Fruncido el ceño, el jefe del batallón mira hacia lo alto. Luego saca de la funda unos elegantes gemelos de ópera chapados en nácar y escudriña el horizonte.

—A esta hora no creo que vengan ya los aviones fascistas.

—¿Os han atacado?

—Un par de veces.

—¿Y la aviación republicana?

O'Duffy sigue mirando el cielo, sin responder.

—Está siendo duro —comenta al fin—. Y aún no ha terminado.

—Hemos visto tanques vuestros... ¿Esperáis un contraataque?

—Pues claro —O'Duffy guarda los gemelos y mira hacia la columna de humo lejana—. Para eso vamos allí.

—¿Cuántos hombres tienes, Larry?

—Trescientos dieciocho, contándome a mí. Dos compañías.

—¿Anglosajones?

—Sólo ciento veintitrés. Casi todos están ya al otro lado del río... Queda por cruzar la 1.ª Compañía.

—¿La de Rossen?

—A Tobias Rossen lo mataron en Segura de los Baños, en marzo.

—Vaya. Lo siento.

—Ahora la lleva ese de ahí —señala a un capitán de baja estatura, rubio, nariz aplastada y bigote de morsa—. Es canadiense y se llama Mounsey. Mi segundo al mando... Un buen hombre.

Se sorprende Tabb.

—Creía que los canadienses formaban compañía aparte, con los franceses.

—Eso era antes... En la retirada de Caspe, donde nos cortaron cinco veces el camino y cada una tuvimos que luchar para abrirnos paso, de los cuarenta y dos que había al amanecer sólo quedaban siete por la noche.

—Lo siento.

Asiente despacio el irlandés. Una sonrisa cansada le roza la boca.

—Eso no os lo cuentan en las oficinas de prensa, ¿verdad?

—No —admite Tabb.

—Ahora estamos algo mezclados —O'Duffy señala a sus oficiales—. Aquí, por ejemplo, además de Mounsey, tengo un oficial alemán, un húngaro y un norteamericano...

—¿Y cómo hacéis con los idiomas?

—Nos las arreglamos. Las órdenes básicas en inglés y español, y los juramentos cada uno en su idioma.

Consulta el jefe del batallón su reloj y hace un ademán impaciente.

—En fin, sed bienvenidos —añade—. Y procurad molestar poco. Nos veremos más tarde, supongo. Ahora debo volver a lo mío.

—¿Podemos saber cuál es vuestra misión? —pregunta Vivian.

Dirige O'Duffy a Tabb una ojeada de reproche, como si él fuese responsable de la pregunta. Después niega con la cabeza.

—No, no podéis —responde, seco—. De momento no hay nada que debáis saber. Sólo que mis órdenes incluyen cruzar el río. Formamos parte de la reserva del ataque que se está produciendo.

—¿Y cómo va? —se interesa Langer.

—Tampoco es asunto mío contároslo. Para esa clase de información, dirigíos al puesto de mando de la brigada. El teniente coronel Faustino Landa está en el pueblo.

—Conozco a Landa —dice Tabb—. Lo entrevisté en Teruel.

—Pues arréglate con él... Ahora venid, que os presente a mis oficiales. Luego coged vuestras cosas y cruzad, si queréis.

Diez minutos después, los tres periodistas y el chófer recorren la pasarela intercalados entre los últimos soldados extranjeros que se dirigen a la otra orilla. Mientras procura mantener el equilibrio sobre las tablas oscilantes, Vivian observa la corriente del río, el cielo cada vez más oscuro, las sombras que se adensan en los lugares bajos del paisaje. La guerra parece desvanecerse con los restos del día. La columna de humo que se alza sobre el pueblo apenas se distingue en el crepúsculo silencioso y no se escucha ningún ruido lejano; sólo el rumor de la corriente entre los flotadores de la pasarela y las botas claveteadas de los soldados, que con largos fusiles Mosin-Nagant rusos al hombro y cargados con su equipo de combate caminan delante y detrás de ellos.

Hay algo que inquieta a la norteamericana. Una extraña desazón, como si algo no fuese bien del todo. Quizá, piensa, tenga que ver con la hora del día y la luz; con el paisaje que se vela en franjas sombrías mientras desaparecen despacio los contornos y los colores; pero también, concluye, con los hombres callados entre los que camina. No se trata del sufrido Pedro, que los precede cargado con el macuto, ni de Phil Tabb y Chim Langer, impasibles como acostumbran, sino de los brigadistas internacionales.

—¿Qué te parecen, Phil? —pregunta en voz baja a Tabb, buscando tranquilizarse.

El inglés, que camina delante con las manos en los bolsillos y el cuello de la chaqueta subido, no responde. Se limita a encoger los hombros.

—Se ven distintos —confirma Chim desde atrás.

Ésa es exactamente la palabra, piensa Vivian. Distintos. En otro momento los periodistas habrían sido acogidos con amistosa curiosidad; y ella misma, mujer entre hombres solos, objeto de los habituales comentarios y miradas: mirad, una chica, etcétera. Lo corriente, lo de siempre. Bromas amables. Sin embargo, los brigadistas la contemplan hoy con indiferencia, hoscos incluso, sin detener apenas en ella los ojos inexpresivos y vacíos. Tampoco sus dos compañeros han sido acogidos con excesiva simpatía. Los hombres con los que caminan los aceptan como a extraños quizá inoportunos; y no, a la manera de otras veces, testigos ante el mundo de su sacrificio y su combate.

—Han ido a lugares muy lejanos —comenta al fin Tabb, sin volverse—. Y hay lugares de los que ya no se regresa.

A la norteamericana la asombra lo exacto del comentario. No en vano Phil Tabb es un buen periodista. Sabe mirar y sabe contarlo, y eso lo acaba de contar bien. Aquellos voluntarios extranjeros no parecen los mismos a los que el año anterior vieron confiados, sonrientes, incluso optimistas, en los peores momentos de Brunete y Belchite, cuando iban al combate cantado *Jarama Valley*, antes de la terrible sangría de Aragón, la retirada de Caspe y la ofensiva nacional sobre Levante. Ahora algo interior parece haberse quebrado en ellos; y esa rotura aflora en los rostros sin afeitar de veteranos, en las mejillas hundidas por las privaciones, en las ropas remendadas y mal zurcidas que cubren los cuerpos hartos de caminar y luchar. Taciturnos, flacos y hasta cortos de talla bastantes de ellos, muchos con gafas, ya no parecen vanguardia del proletariado internacional llegada de todos los lugares del mundo, sino sólo hombres duros y cansados a los que se exigió demasiado y ya no esperan victorias, sino supervivencia. Y eso le causa a Vivian más inquietud que la noche que se adueña despacio de todo.

Los tres requetés se acercaron al río cuando aún había luz y ahora buscan, cautos, el camino de regreso. Más allá del pinar, que ya es una confusa masa de sombras, advierten la silueta oscura del pitón de poniente recortada en la última claridad cárdena del crepúsculo, que la hace parecer enorme.

—Me parece que nos hemos perdido —susurra Oriol Les Forques.

—No fastidies.

—Eso me temo.

Atentos a en dónde ponen los pies, Les Forques, Agustí Santacreu y Jorge Milany caminan con los Mauser listos, deteniéndose a intervalos para escuchar. Los tres jóvenes calzan alpargatas y nada llevan encima que pueda hacer ruido excepto los fusiles y las bayonetas. Los mandaron de patrulla a última hora de la tarde para reconocer el terreno situado entre el pinar y el río, en las cercanías del cementerio. Nada de contacto con el enemigo, fue la orden. Sólo mirar, oír y regresar a contarlo. El santo y seña de esa noche es *Juan* y *Jarama*.

—Yo diría que ya estamos —dice Milany.

—No estoy seguro —responde Santacreu.

Hay motivos para eso. Para la incertidumbre. El río próximo ayuda a orientarse; oyen el rumor de la corriente y a ratos vislumbran la extensión lisa y oscura del cauce. Pero las distancias son difíciles de calcular. Les Forques, al mando de la patrulla, se detiene a menudo para mirar las estrellas, que empiezan a definirse con nitidez, y calculando la distancia desde el carro de la Osa Mayor localiza la Polar. Sabe que manteniéndola a la derecha regresarán a sus líneas. El problema consiste en que es difícil saber cuánto han profundizado en zona roja: si el camino de regreso les da vía libre o si los lleva a las posiciones enemigas.

—Vamos a pensar un momento —sugiere.

Se sienta apoyado en el fusil y los otros lo imitan, acercándose mucho. Aunque casi se tocan sus cabezas, apenas pueden verse las caras. Hablan en voz baja y el tono trasluce la tensión.

—Nos exponemos a un mal encuentro... El cementerio debe de estar cerca, infestado de remigios.

—Dijeron que entre las viñas y el pinar.

—Pues no hemos visto viñas. Y pinos puede haberlos en cualquier sitio.

—¿Y entonces?

—O nos la jugamos y tiramos hacia el oeste, o seguimos río arriba.

—Pero en tal caso podemos pasar de largo y dejar atrás a los nuestros.

—Desde luego. Y tampoco sabemos qué hay más allá, si rojos o nacionales.

—Estando oscuro, además, cualquiera puede dispararnos sin preguntar.

—Que ésa es otra.

—Vaya mierda.

—Sí.

Se callan, indecisos. De pronto, todas las sombras adquieren contornos hostiles.

—De cualquier modo —opina Milany—, si os mandaron a vosotros es porque tenéis experiencia, ¿no?... Sois veteranos.

—Los veteranos también nos perdemos.

—*Errare malo cum Platone* —asiente Santacreu.

—Para plátanos estoy yo.

El último rastro de claridad se extingue con rapidez, pero aún permite identificar las sombras. Los requetés permanecen callados y quietos, calculando pros y contras.

—Habrá que decidirse, ¿no? —dice al fin Santacreu.

Se pone Les Forques en pie.

—Venga... Sigamos un poco más, y luego al oeste. Sin agruparnos mucho. Separados, pero a la voz.

—Tú mandas, mi cabo.

—Déjate de guasas.

Empuñan los fusiles y siguen andando en la penumbra inmediata a la noche. Les Forques avanza con el índice rozando el guardamonte del Mauser y el seguro quitado. Una lejana bengala asciende al cielo río abajo y desciende recortando en su resplandor las formas oscuras de los árboles.

—Habéis tardado un huevo —dice de repente una voz—. ¿Dónde estabais?

Suspira Les Forques, aliviado. La voz ha sonado muy cerca. Una silueta se destaca entre los árboles, a cuatro o cinco pasos.

—Nos habíamos perdido —responde.

—Pues nosotros también... Al agacharnos para cagar os perdimos de vista.

Es la voz de un hombre joven, y suena tranquila. Confiada. Pero a Les Forques se le eriza la piel y se queda inmóvil, parado en seco. Algo no encaja como es debido.

—Juan y Jarama —dice mientras levanta despacio el fusil.

—No, soy Pablo. Y conmigo está el Peñas.

Mientras dice eso, la sombra se aproxima y otra se destaca detrás, tan cerca que al requeté le llega el olor a sudor, tierra y ropa sucia. Siente que le tocan el cañón y se lo apartan.

—Quita, hombre. A ver si se te escapa un tiro y la jodemos.

—Qué carajo... —empieza a decir Milany detrás de Les Forques.

Demasiado cerca para tirar y para retroceder, piensa atropelladamente éste. Demasiado tarde para todo. Así que, con el corazón brincándole en el pecho, adelanta un paso, aparta la mano derecha del fusil, toma impulso y dispara el puño contra la sombra.

—¡Remigios! —exclama Santacreu—. ¡Joder, que son rojos!

Pelean a puñetazos, revueltos unos con otros, entre golpes y maldiciones, resollando de pavor y de furia: a oscuras, buscándose a tientas. Pierde Les Forques el arma cuando intenta alzarla para dar un culatazo, recibe un revés en la cara que le hace ver chispas y retrocede trastabillando mientras echa mano a la bayoneta que lleva al cinto.

—¡Dejadlo, dejadlo! —oye gritar a Santacreu—. ¡Parad!... ¡Esto es idiota!... ¡Parad!

Se queda quieto Les Forques, como los otros, bombeándole la sangre cual si fuesen a reventar las venas. Se detienen todos, resollantes. Sólo se oye eso ahora. Las respiraciones entrecortadas. Los jadeos.

—¡Somos cuatro gatos, coño! —insiste Santacreu—. ¿Os dais cuenta? ¡No somos nadie!... ¿Nos vamos a matar a oscuras, por nada?... ¿Unos por jiñar y otros por perderse?

Un silencio, largo. Sólo siguen los jadeos. Al fin habla uno de los rojos.

—Tiene razón, me cago en Dios... No vale la pena.

—Deja a Dios en paz —responde Santacreu— y quédate con lo otro.

Un nuevo silencio. A Les Forques se le calman los latidos muy poco a poco.

—¿Quiénes sois? —inquiere la voz de antes.

—Da igual quiénes —responde Santacreu—. Nosotros, nacionales y vosotros, rojos... Somos tres.

—Nosotros, dos.

—¿Alguno quiere pasarse? —se interesa Les Forques.

—Ni en broma.

—Pues nosotros, tampoco... ¿Queréis venir prisioneros?

Suena una risa hosca.

—Para nada, hombre.

—Tampoco nosotros. ¿Lo entendéis?

—Perfectamente.

—Entonces lo mejor es que cada cual siga su camino, y si te he visto no me acuerdo... ¿Os parece bien?

Esta vez el silencio es aún más largo.

—¿No vais a tirar mientras nos vamos? —plantea al fin uno de los otros.

—Lo mismo te pregunto yo.

—Por nosotros no hay problema... Te juro que no.

—Pues no se hable más. Aire.

—¿Seguro que no tiráis?

—Seguro. Lo que yo te diga.

—Bueno... Pero oye, fachista.

—Dime, rojete.

—¿Tenéis tabaco, por casualidad? De eso andamos cortos.

—Algo llevamos —Les Forques se palpa la camisa en busca de su petaca—. Tomad un pito liado cada uno, pero esperad a que estemos lejos para encenderlos.

—Gracias.

—Ya podéis darlas, sí. Es tabaco chipén de Canarias.

—Oye...

—¿Qué?

—¿Tenéis acento catalán, o me lo parece?

—Es que somos catalanes.

—No jodas.

—Sí.

Alarga Les Forques los cigarrillos y siente el roce del otro al cogerlos. Dedos ásperos, encallecidos. Manos de campesino.

—Oye, fachista.

—¿Qué puñetas quieres ahora?

—Nosotros tenemos papel de liar.

—¿En serio?

—Pues claro. Sabemos que os escasea.

—Eso es verdad. Trae, anda.

Recibe Les Forques un librillo. Se agacha luego en busca de su fusil y se incorpora colgándoselo al hombro.

—Y ahora —concluye—, cada mochuelo a su olivo. Ya nos mataremos mañana como Dios manda.

III

Los dos aviones proceden del este, río abajo, y uno persigue al otro. El primero, que es un biplano, parece en dificultades, pues vuela bajo y altera el rumbo con violentas derivas a uno y otro lado, intentando zafarse mientras el perseguidor, pegado a su cola, le dispara tenaces ráfagas.

—El de atrás es nuestro —dice el teniente Harpo—. Un Chato.

Haciendo visera con una mano, Pato Monzón sigue las evoluciones de los aparatos en el limpio cielo azul de la mañana. La escena ha sorprendido al grupo de transmisiones llevando un cargamento de cable telefónico y baterías checas T30 recién desembarcadas con destino al puesto de mando. Pato, la Valenciana y otras dos compañeras cargan con el equipo. El teniente ha ido con ellas para asegurarse de que se trata del envío adecuado, pues otro recibido ayer contenía material incorrecto.

—Fijaos cómo le sacude el nuestro... El fascista es de los que llaman Angelitos, y está jodido.

Es cierto. Los dos aviones están ahora muy cerca, tanto que se escucha el resonar seco de las ametralladoras del perseguidor. De pronto, el perseguido levanta el morro y asciende con rapidez, dejando bien visibles las aspas negras sobre fondo blanco pintadas en sus alas. Una repentina nubecilla oscura, como una explosión, brota de su motor con una breve llamarada, convirtiéndose en una fina estela de humo que el avión va dejando detrás en su curva ascendente.

—Colosal —exclama Harpo.

Un griterío de entusiasmo recorre la orilla, donde todos siguen la evolución del duelo aéreo. También desde la pasarela por la que ahora cruza una larga fila de soldados. El avión perseguidor sigue la trayectoria del otro sin dejar de disparar, y al fin hace un movimiento lateral, se deja caer sobre un ala y gira alejándose. La estela de humo del fascista se ha hecho más gruesa, y los gritos de los soldados se convierten en vítores cuando ven desprenderse una mota oscura que, un momento después, se convierte en un hombre balanceándose al extremo de un paracaídas.

Todo ha ocurrido muy cerca de Pato. Como Harpo y sus compañeras, la joven ve que el avión enemigo pierde altura de nuevo, cayendo en amplias espirales, mientras la brisa de la mañana trae al paracaidista a este lado del río, descendiendo despacio bajo el paraguas de seda blanca. El avión se estrella fuera de la vista, silenciosamente, y lo único que de él queda es un hongo negro que asciende en la distancia. En cuanto al piloto, toma tierra próximo a donde se encuentra Pato, que corre hacia él, como todos.

—A ése lo van a machacar —se teme Harpo—. Lo harán pedazos.

Cuando la joven se aproxima, el piloto se ha liberado del arnés y, viendo lo que le viene encima, intenta desenfundar la pistola que lleva al cinto. Viste un mono de vuelo y un gorro de cuero, lleva un pañuelo de seda blanca al cuello y todavía tiene puestas las gafas de aviador. Varios soldados lo rodean, apuntándole con sus armas.

—*Zurück, Hurensöhne!* —se le oye gritar—. *Zurück!*

Se detienen todos un momento mientras el piloto empuña la pistola, moviéndola en semicírculo. Le tiembla la mano.

—¡Atrás! —con fuerte acento alemán—. ¡O yo mato!... ¡Yo mato!

La advertencia no frena mucho tiempo a los que lo rodean. Sucios, hirsutos, con sus monos descoloridos en contraste con el pulcro aspecto del aviador, los republicanos se le siguen acercando, ahora despacio. Hay mucho odio en sus caras: deseo de revancha hacia los que matan desde el cielo, sin sudar ni mancharse las manos. Ansia de ajustar cuentas, de equilibrar la balanza. De vengar las innumerables fotos de niños, mujeres y ancianos que todos tienen en la memoria. De las familias bombardeadas y asesinadas en la retaguardia.

—¡Acabad con ese cerdo! —aúlla alguien.

Ya son una veintena los que se congregan en torno al aviador, y Pato está entre ellos. Indeciso, aquél los ve acercarse, el dedo en el gatillo de la pistola, apuntando aturdido a unos y a otros. Casi se percibe el olor agrio de su miedo.

—*Zurück!* —dice de nuevo, y se le quiebra la voz—. ¡O yo mato!

La amenaza se ha trocado en súplica. Y al advertirlo, todos se le echan encima, le arrebatan la pistola, lo zarandean y empiezan a golpearlo con los puños y las culatas de los fusiles. Espantada, Pato ve cómo alguien le arranca el gorro y las gafas de vuelo, descubriendo un cabello rubio y unos ojos azules desorbitados por el miedo. Es un hombre joven, tal vez apuesto, aunque eso dura sólo hasta que los primeros golpes le revientan la nariz, le parten una ceja, le hacen echar una espadañada de sangre por la boca.

—¡Matadlo! ¡Matadlo! —gritan varios.

Mientras intenta protegerse la cabeza con las manos, el aviador cae de rodillas pálido y sangrante, al borde del desmayo, mirando en torno con ojos vidriosos. Le desgarran ahora el mono de vuelo, dejándolo medio desnudo. Debatiéndose entre el horror y la fascinación, Pato ve cómo uno de los soldados le acerca al alemán su propia pistola a la cabeza.

—No puedo permitir eso —dice el teniente Harpo.

Se adelanta y procura apartar a los soldados, pero éstos hacen caso omiso.

—¡Quita!

Uno llega a alejarlo de un violento empujón. Harpo insiste, y lo rechazan de nuevo. Pato reacciona al fin e intenta socorrerlo, pero la apartan también.

—No te metas —dice la Valenciana, sujetándola por un brazo.

De pronto, ensordecedor, suena un disparo cercano que los deja a todos inmóviles.

—¡Quietos todos! —grita una voz—. ¡Dejadlo, coño!

Un oficial se abre paso a empellones hasta ellos. Lleva las barras de capitán en la gorra, mantiene una mano en alto, y en ella la pistola que acaba de disparar.

—¡Es un prisionero!... ¿Entendéis, animales? ¡Un prisionero!

—¡Es un fachista! —responde uno de los que golpeaban al alemán, que lo tiene agarrado por el cuello—. ¡Y aún peor, es un nazi hijo de puta!

Manteniendo en alto la pistola, el capitán empuja al que ha hablado y se sitúa junto a Harpo y Pato, delante del aviador. Es un hombre de mediana edad, corpulento, de piel cetrina y barba negra.

—Es un prisionero y a los prisioneros se los respeta, camaradas. Os lo digo yo.

—¿Y quién leches eres tú?

Se toca el otro con un dedo las insignias de la gorra y luego señala a los soldados jóvenes que siguen cruzando la pasarela. Algunos se han congregado a este lado del río y observan la escena con curiosidad.

—Capitán de milicias Gregorio Madonell, al mando de esos muchachos. Y delante de mí no se lincha a nadie.

—Pues bien que nos matan ellos. Y nos bombardean y fusilan.

—Seguramente también se fusilará a éste. Pero a su debido tiempo, y como deben hacerse las cosas: después de un juicio militar.

—Es mejor que seamos nosotros los que...

—¡Que te calles, joder! ¿Sabes lo que es una orden?... ¡Pues esto que os doy es una orden! ¿Acaso somos anarquistas? —llama a uno de los que se han acercado con sus hombres—. ¡A ver, Casaú!

Se aproxima el otro. Es un sargento flaco, agitanado. Lleva una tercerola vieja colgada del hombro.

—Dime, camarada capitán.

—Llevaos a este infeliz y que nadie le toque un pelo. Me respondes personalmente.

—A tus órdenes.

Se vuelve el oficial a los que aún rodean al alemán.

—Y vosotros, dispersaos. Como venga otro avión fascista y nos encuentre agrupados, hará una carnicería —enfunda la pistola y da dos palmadas—. Cada uno a su puesto, venga... Se acabó el espectáculo.

El sargento llama a algunos soldados y se llevan custodiado al aviador, al que tienen que sostener para que pueda caminar. Cuando se alejan, el capitán mira brevemente a Harpo, Pato y las otras mujeres. Después enciende un cigarrillo.

—Gracias —le dice Harpo.

Se encoge el otro de hombros mientras deja salir humo por la boca y la nariz. Ahora parece fijarse mejor en Pato y sus compañeras.

—No sabía que teníamos mujeres aquí —comenta.

—Sección de transmisiones —informa Harpo.

El capitán contempla a Pato de arriba abajo.

—Ah... ¿Sois muchas?

—Sólo dieciocho a este lado del río —responde ella.

Mira el otro a la Valenciana y las demás, una por una.

—Mis muchachos —dice al fin— pertenecen al Quinto Batallón de Defensa de Costas... Se supone que somos la reserva.

Pato contempla a los soldados que siguen llegando por la pasarela y se dispersan junto a la orilla. Algunos visten todavía ropas civiles. Unos tienen aspecto rústico, de campesinos, y a otros se les ve gente de ciudad; pero todos con algo en común: la mayor parte de ellos todavía no se afeita.

—Qué jovenes son —comenta sorprendida.

La mira inexpresivo el capitán mientras chupa el cigarrillo. Al fin encoge los hombros de nuevo.

—Biberones del primero al último, excepto oficiales y suboficiales.

—Ah, ya entiendo.

—Quinta del año veinte.

—Claro.

—En mi compañía tengo ciento treinta y cuatro críos de diecisiete y dieciocho años, que hace un mes aún estaban en sus casas: catalanes, valencianos, murcianos... Se les ordenó presentarse con cuchara, plato, manta y calzado. Algunas madres los acompañaban de la mano hasta la puerta misma del cuartel, con bocadillos envueltos en papel de periódico.

—¿Tienen entrenamiento? —inquiere Harpo como si temiese la respuesta.

—Te lo puedes imaginar: una semana de orden cerrado, y muchos ni siquiera han disparado un fusil. Los mosquetones se los entregaron hace cinco días, y algunos

son tan viejos que cada dos o tres disparos se encasqui-
llan.

Tras decir eso, el capitán se queda mirando pensativo
a los que cruzan la pasarela.

—Y encima —añade—, venimos andando desde Po-
blet.

Un estruendo de motores llega del río. Se vuelven todos a mirar y comprueban que por la pendiente que asciende desde la orilla asoma la torreta de un tanque. Es
un T-26 y tiene pintada la bandera republicana. El monstruo de acero remonta la cuesta escupiendo una nube gris
de gasolina quemada, y al poco aparece otro y luego un
tercero. Al verlos pasar, los soldados que se encuentran
cerca los vitorean, y los observadores sentados en las to-
rretas responden alzando el puño.

—Por fin —dice Harpo.

Con el cigarrillo en la boca, el capitán ha sacado el
cargador de su Star y repone la bala disparada.

—No se sabía si podrían cruzar —dice—, porque el
puente de hierro previsto no aparece por ninguna parte...
Pero nuestros pontoneros han conseguido una plataforma flotante lo bastante sólida para pasarlos de uno en
uno.

—Irán bien para el último esfuerzo.

—No estoy seguro de lo que se espera de ese esfuerzo, aunque puede ser. Además de mis muchachos y los
tanques, hay por ahí un batallón de internacionales...
Imagino que vamos a echar toda la carne al asador.

—Saldrá bien.

El capitán mete otra vez el cargador y lo encaja con
un golpe de la palma de la mano. Después enfunda la pistola.

—Eso espero, que salga —se toca la visera de la gorra, mirando a las mujeres—. Ahora tengo que irme. Salud y República, guapas.

El resol es tan intenso que las piedras en torno a la ermita deslumbran como si estuvieran cubiertas de nieve, y los almendros y olivos que se extienden desde los bancales se difuminan en una calima polvorienta.

Hace cuarenta y cinco minutos que no suena un disparo.

De pie en uno de los parapetos más avanzados, con los Zeiss pegados a la cara, Santiago Pardeiro observa a los seis legionarios que regresan desde la derecha. Los guía el cabo Longines y vienen cargados con cantimploras, todas las que se ha podido reunir, tras haberlas llenado en el pozo que está al pie de las terrazas, doscientos metros más abajo. Caminan sin apresurarse, del mismo modo que lo hace la media docena de soldados republicanos que se aleja por el otro lado, camino de sus posiciones. Es el tercer y último viaje que hacen unos y otros.

No había elección, piensa el joven alférez. Y llegado el momento, confía en que sus superiores lo comprendan. La falta de agua era atroz para los defensores de la ermita; pero también para los atacantes del olivar, distantes del pueblo. El único pozo, situado en tierra de nadie, costaba demasiadas vidas a unos y otros. De modo que a media mañana, aprovechando una pausa del combate, la propuesta circuló a gritos: un respiro para acercarse al agua, y luego vuelta a las andadas. La idea partió de los legionarios; pero los rojos, tan sedientos como ellos, la aceptaron. Seis hombres de cada bando con cuantas cantimploras pudieran llevar, un máximo de tres aguadas y la garantía de no tirar durante una hora. Así ha sido, y así continuará siendo durante quince minutos más.

Pardeiro ha utilizado la pausa para cavar más profundas las trincheras, reforzar los parapetos y reorganizar a sus hombres. Tiene treinta y ocho todavía en condiciones de combatir, diecisiete heridos en la ermita y catorce muertos en el cementerio a cielo abierto improvisado al otro lado del edificio, ennegreciéndose hinchados bajo el sol y entre enjambres de moscas, amontonados de cualquier manera. En cuanto a los que siguen vivos, llevan desde ayer sin probar bocado, pues las últimas latas de sardinas, abiertas con las bayonetas, usado el aceite para engrasar las armas, se acabaron hace veinticuatro horas. Por suerte queda munición suficiente; y el problema del agua, que era lo más grave, está por ahora resuelto.

Moviendo los prismáticos hacia la izquierda, Pardeiro observa a los rojos que, al descubierto en los dos bancales escalonados desde el olivar, se mueven retirando a sus muertos entre los almendros deshojados por disparos y explosiones, cuyas copas se ven rebozadas de polvo. Utilizan la tregua, y a Pardeiro le parece normal. Marxistas o no, han luchado con valor y caído con mucha decencia. Por eso dio orden a sus hombres de no incomodarlos. Con satisfacción, el alférez comprueba que son numerosos los cadáveres que los republicanos se llevan consigo. Entre los que cargan con los cuerpos alcanza a ver a dos rojos que, algo adelantados, aprovechan para reconocer de más cerca las posiciones de la ermita. Parecen oficiales, y Pardeiro observa a través de los prismáticos a uno que parece estar mirándolo a él. De modo casi automático, sin apartar los ojos de la doble lente, el alférez se lleva la mano derecha al gorrillo, a modo de saludo, y tras un momento el de enfrente imita el gesto, alzando un puño cerrado hasta la sien.

La escuadra de la última aguada está de regreso. Los legionarios recorren los últimos metros, sofocados por la caminata bajo el sol. Ninguno lleva fusil, pero caminan encorvados bajo el peso de la docena de cantimploras todavía húmedas que carga cada uno. A la cabeza viene el cabo Longines, ladeado chulesco el chapiri y con la borla rozándole las cejas, chorreantes las patillas de sudor.

—Zusórdenes, mi alférez... Sin novedad ahí abajo.

—¿Qué tal los otros?

—Bien, para ser rogelios. La verdad es que no hemos hablado mucho. Algún comentario así, de paso. Por lo que parece, les hemos zurrado la badana.

—¿Qué pinta tenían?

—Buena, dentro de lo que cabe. Tíos de pelo en pecho.

—¿Comunistas?

—Supongo. Un par de ellos llevaban pañuelos colorados. Desde luego que no son niñatos, sino gente bregada como nosotros... Al verlos de cerca se comprende que vengan por los bancales como vienen, a pecho descubierto.

Pardeiro mira el reloj.

—Van a volver, imagino.

—De eso no han comentado nada, pero creo que sí. Nos miraban con curiosidad y mala hostia, como diciendo luego ajustaremos cuentas... Sólo uno ha preguntado si aquí arriba éramos todos legionarios.

—¿Y qué le has dicho?

—Que somos una bandera completa y que los vamos a hacer hipofosfitos en cuanto asomen otra vez... Entonces el tío ha dicho que se lo vamos a hacer a nuestra puta madre; y yo le he contestado que bueno, que vale, que de acuerdo. Y que si sube hasta aquí le presentaremos a su padre.

Sonríe Pardeiro.

—Lo normal, vamos.

—Pues eso, mi alférez. Lo normal.

Señala Pardeiro las cantimploras.

—Lleva también éstas al sargento Vladimiro, y que las administre. A todos, incluso a los heridos, un sorbo nada más. No sabemos cuánto tendrá que durarnos esta vez.

—Zusórdenes.

Se marcha el cabo con los otros. Dirige Pardeiro una última ojeada a los rojos, que empiezan a retirarse hacia el olivar, y luego deja colgar los prismáticos sobre el pecho y vuelve a mirar el reloj. Quedan siete minutos de tregua, así que se aproxima a los legionarios que están de pie o sentados sobre los parapetos y trincheras, limpiando sus armas o fumando, los pocos que aún tienen tabaco.

—Id poniéndoos a cubierto, que el té con pastas se acaba.

Obedecen los hombres despacio, echando postreros vistazos al olivar entre cuyos árboles desaparecen los últimos enemigos. El sol está en el cénit, pegando fuerte, y la calima polvorienta hace ondular el paisaje.

Listos de nuevo, piensa Pardeiro, para matar y morir. Con un resignado suspiro interior, mira a uno y otro lado, baja del parapeto y se mete en la trinchera.

—Turuta.

—A sus órdenes.

—No creo que vuelvan a atacar en seguida, pero todo puede ser... ¿Listo para tocarnos algo bonito?

Sonríe el corneta, escupe y se pasa la lengua por los labios.

—Pues claro.

Asiente Pardeiro, satisfecho. Ha notado que a los hombres les gusta escuchar el cornetín cuando están pegando tiros, y que a los rojos parece impresionarlos un poco. No tanto como la Hotchkiss, por supuesto, pero algo hace también. Suena como que en la ermita sean más. Y tal como anda todo, cualquier cosa puede valer. Incluso, si es necesario, los heridos.

—Oye, Sanchidrián.

Se yergue el asistente.

—Mande, mi alférez.

—Ve a echar un vistazo a los heridos, haz una lista de los que puedan sostener un fusil, por si hicieran falta, y dásela al sargento Vladimiro.

—A la orden.

Dirige después un minucioso vistazo a los bancales mientras repasa lo que de ese paisaje ha aprendido en los últimos intentos enemigos: las conclusiones tácticas de cinco ataques rechazados desde ayer, tres desde el olivar y dos desde el pitón de poniente.

El terreno —recuerda— *es un elemento importante en la lucha, y del cual no se puede prescindir, pues influye poderosamente en la marcha del combate...*

A él se lo van a contar, concluye sarcástico. A él se lo va a explicar, a estas alturas, el *Reglamento táctico de infantería* que Sanchidrián le sigue llevando en el macuto. La conclusión es una sola: en otra clase de terreno, él y sus hombres estarían hace ya mucho tiempo pudriéndose al sol.

—Señor alférez.

Es Tonet, que le tira de una manga. Se vuelve a mirarlo. El chiquillo sigue con su chapiri legionario en la cabeza, sucias las piernas flacas bajo el pantalón corto, lleno de churretes el rostro y con mocos secos en la nariz. Lleva un correaje cruzado desde el hombro del que pende una bayoneta; se hizo con ella al ayudar a transportar a un herido, y ya no hubo modo de quitársela.

—¿Qué quieres?

—¿También yo puedo beber agua?

—Pues claro, hombre.

—Gracias.

Va a irse Tonet cuando Pardeiro llama su atención.

—¿Qué llevas en el bolsillo?

—Nada, señor alférez.

El crío intenta disimular un objeto que le abulta a un lado del pantalón. Lo agarra Pardeiro por un brazo.

—Cómo que nada. Ven aquí... Trae.

Se debate el chiquillo.

—Que no, de verdad. Que no es nada.

Le mete la mano el alférez en el bolsillo y saca una bomba de mano: una Breda italiana, con su bonito color rojo.

—¿Qué haces tú con esto?

—Me la encontré por ahí.

—¿Por ahí? —Pardeiro le da una colleja en el cogote—. Te he dicho que nada de cosas que disparen o estallen. ¿Lo has entendido?

Se frota la cabeza Tonet, enfurruñado.

—Lo he entendido, señor alférez.

—¿Bien del todo?

—Del todo.

—Es la tercera vez que te pillan con algo.

—Sólo es la segunda, señor alférez.

—No, es la tercera... Y la próxima, te quito la bayoneta.

Ginés Gorguel se cubre la cabeza con un pañuelo con cuatro nudos. El cabo Selimán y él caminan bajo el sol, que pesa sobre los hombros como si fuera de plomo. El terreno es irregular, con mucho monte y vaguada, y eso entorpece la marcha. A la derecha ven la sierra, que en el relumbrar de luz levanta sus escarpes rocosos y pardos. Por suerte, en el caserío abandonado donde pasaron la noche había media hogaza de pan duro, una cebolla, habas secas y una tinaja de agua, y con eso hicieron una cena frugal que al menos les caldeó el estómago. Ahora se dirigen al este siguiendo de lejos la carretera, atentos a no dejarse ver demasiado. Por mucho desastre nacional y mucho que hayan avanzado los rojos, sostiene Selimán, en alguna parte tiene que haber tropas amigas.

—Me da igual que sean nuestras o suyas —comenta Gorguel—: el campo de prisioneros de unos o la cárcel de otros, te lo juro. Ya tengo de sobra.

El moro escucha en silencio. Va delante, prevenido el fusil, despierta la mirada sobre los detalles del terreno. Sufrido, estoico a la manera de su raza, no se ha quejado ni una vez. En los descansos se queda muy quieto, en cuclillas, apoyado en el Mauser y chupando una ramita de cualquier arbusto, sin espantarse las moscas que se le posan en la cara. Economizando fuerzas y palabras.

Los dos fugitivos caminan desde hace un buen rato.

—Es que yo soy carpintero —insiste Gorguel—. Lo mío es hacer muebles, puertas y ventanas, no pegar tiros... Ni que me los peguen.

—Arrojos estar putos —comenta Selimán sin volverse—. Malos para España y para gente santa.

Se pasa Gorguel de un lado a otro de la boca la piedrecita que el moro le ha enseñado a tener allí para generar un poco de saliva. Después se frota el hombro. Todavía le duele, aunque menos que antes.

—A la gente santa me la cuelgo yo del cimbel.

—No hablas tú así nunca de ti, Inés. Gente santa, nombre santo, Franco santo, tú rispetas o castigo de Dios.

—¿Más castigo todavía?... Anda, no fastidies.

El moro no responde. Se ha detenido y permanece inmóvil mirando al frente, el índice cerca del gatillo de su fusil. Al cabo de un momento se agacha muy despacio.

Gorguel lo imita.

—¿Has visto algo?

El otro sigue muy quieto, sin pronunciar palabra. Moviéndose de rodillas por el suelo, Gorguel se sitúa a su lado y mira en torno, sin advertir nada.

—¿Qué pasa? —susurra.

Los párpados entrecerrados de Selimán apenas dejan ver por la hendidura sus pupilas negras, vigilantes. El rostro moreno y surcado de arrugas está tenso.

—Gente —dice.

—Yo no veo ninguna... ¿Son soldados?

Se pasa el moro la punta de la lengua por el bigote entrecano.

—Gente, ti digo yo mi pilabra —apunta con el mentón al frente—. Por mi cara que sí.

—¿Mucha?

—Alguna veo.

—¿Nuestra o de los otros?

—Tú no sabes, yo no sé. Arrojo, cristiano, aljuri hibreo... Suerte.

—¿Nos han visto?

—Eso tampoco sé.

—Mierda.

—Sí o no mierda, *ia erbbi...* Sólo Dios sabe.

Se quedan así, quietos. Indecisos. Tras un momento suenan voces lejanas, intimatorias. Parecen dirigidas a ellos, y al poco ya no hay duda. Salid de ahí, gritan. Salid.

—Ahora estar vistos —dice Selimán.

Angustiado, Gorguel no aparta la vista del moro, esperando saber a qué atenerse, pero éste se mantiene impasible.

—Deja aquí el chopo —a Gorguel le tiembla la voz—. Si lo ven, dispararán.

Le lanza el otro una ojeada de reprobación.

—*Muhal...* No parece a mí yo hago el objeto, paisa. El arma nunca deja. Soy ascari marroquino de lo mejor que estar, ¿no sabes?... El fusila siempre conmigo.

—¿Y entonces?

Lo piensa el moro. Las gotas de sudor le caen desde el nacimiento del pelo, por las sienes, siguiendo el cauce de las arrugas de su cara. Al cabo, tomando una decisión, manipula el Mauser para extraer el cerrojo. Después se pone en pie lentamente con los brazos alzados, el fusil en una mano y el cerrojo en la otra.

Lo imita Gorguel levantando también las manos, con el alma en vilo. Al hacerlo ve a unos soldados que se acercan apuntándoles con sus armas. Al principio le es imposible saber si son amigos o enemigos; pero cuando se encuentran más cerca alcanza a ver los detalles: camisas caquis remangadas, cascos de acero, buenas botas. Hay en ellos cierta uniformidad que lo tranquiliza.

—Nacionales —suspira casi en un sollozo, aliviado.

—*Jandulilá* —dice Selimán.

—¡Arriba España! —grita Gorguel, tras asegurarse del todo—. ¡Arriba España!

Llegan los soldados hasta ellos, los rodean. Es una escuadra, casi todos jóvenes, y están nerviosos. Pero la presencia del soldado moro los apacigua. Ni siquiera le quitan el fusil.

—Agua, por favor —suplica Gorguel.

Les pasan una cantimplora de la que beben con ansia, y luego todo son preguntas: quiénes son, de dónde vienen, qué está pasando en Castellets. Responden los fugitivos lo mejor que pueden: la toma del sector por los rojos, los combates en el pitón de levante, las ejecuciones, la huida.

—Pues tenéis mucha suerte —comenta un cabo—. Estamos en camino desde anoche, y sois los únicos que hemos visto hasta ahora.

—No sé a qué distancia estamos... Cuánto habremos recorrido.

—Faltan siete kilómetros para el pueblo. Y hasta ese pitón que decís, cosa de cuatro.

—Os juro que parecían veinte.

Los soldados son artilleros y forman parte de las tropas de refuerzo que vienen desde el cruce de las carreteras de Fayón y de Maella. Exploran el flanco para proteger una sección de antitanques cubiertos con lonas y arrastrados por mulas. Y en torno a ellos, cuentan, por el pie de la sierra y la orilla del río, avanzan dos o tres batallones de infantería. Después de tres días de sorpresa y desconcierto, el mando nacional está logrando frenar a los rojos y acumula fuerzas para devolver el golpe. Lo mismo ocurre a lo largo de toda la orilla derecha del Ebro, casi hasta el mar. Por lo visto se libra una batalla muy dura río abajo.

—Dicen que los rojos caen como chinches —concluye el cabo.

—Pues será allí —responde Gorguel—. Porque a los que he visto caer como chinches en Castellets es a los nuestros.

Los llevan hasta un oficial, un capitán de artillería que cabalga en una mula delante de un cañón antitanque alemán de 37 mm, con una fusta de junco en una mano y secándose el sudor con un pañuelo empapado. Éste los acoge con curiosidad y durante un rato los acribilla a preguntas. Al fin ordena que les den agua y algo de comer. Pero cuando Gorguel pretende averiguar hasta dónde pueden ir por la carretera y pide permiso para seguir el camino opuesto a Castellets, el capitán se cierra en banda.

—No estamos en repliegue, sino en avance. Además, ya conocéis el terreno y podéis serme útiles. Os quedáis con nosotros.

A Gorguel se le viene el mundo encima.

—Hemos combatido y ha sido terrible, mi capitán —protesta.

—Pues razón de más. Tenéis experiencia.

—Pero...

Lo mira el otro desde la silla con cara de pocos amigos.

—Ni peros ni peras... Hasta nueva orden, por el artículo catorce, quedáis incorporados a la compañía antitanque del Batallón de Baler.

Pestañea el antiguo carpintero, confuso.

—¿El artículo catorce?

—Mis santos huevos.

Ríen el cabo y los otros artilleros que escuchan la conversación, y hasta Selimán esboza una sonrisa fatalista. Pero Gorguel no se da por vencido.

—El moro y yo llevamos caminando desde ayer —protesta—. Y fíjese usted, por caridad... Tengo las alpargatas rotas y los pies llenos de heridas.

—Ya te buscaremos algo —el capitán señala el cañón que va detrás, tirado por dos mulas—. Ahora podéis subir a esa cureña e ir sentados, descansando, hasta que os repongáis.

—Pero mi capitán...

Sin escuchar más, desentendiéndose de ellos, el oficial golpea el flanco de su cabalgadura con el junco y sigue adelante.

—Me cago en la leche —murmura Gorguel.

—*Mektub* —dice resignado el moro—. Suerte.

Se quedan inmóviles hasta que el cabo los empuja suavemente hacia el cañón, haciéndolos subirse a los brazos cerrados de la cureña pintada de gris.

—Dadme un pitillo, por lo menos —pide Gorguel.

—Toma.

Los dos se quedan sentados con los pies colgando, fumando, mecidos por el paso de las acémilas que arrastran la pieza, mientras uno maldice su negra suerte y el otro, al que han permitido conservar el fusil, vuelve a introducir el cerrojo en su sitio. Desesperado, Gorguel se vuelve a mirar los cañones, los armones con munición y a los soldados que caminan por uno y otro lado de la carretera.

—No me puedo creer que nos lleven allí otra vez —gruñe, escupiendo una hebra dura de tabaco.

—Suerte —repite el moro.

—Lo mío es como una maldición, ¿no crees?... Cuatro días huyendo, y sigo en el mismo sitio.

Se encoge de hombros el otro, filosófico.

—Peor de lo malo es andar muertos mortales, yo ti digo.

Escupe Gorguel otra hebra, gruesa como un palillo de dientes. El cigarrillo que le han dado es infame. Un mataquintos guarro, pura flor de andamio.

—Pues no lo descartes, oye. Tanto va el cántaro a la fuente...

—Sólo Dios es quien lo sabe, paisa.

—Dios, dices.

—Sí.

—Pues vamos a hacer una cosa, Selimán... Tú le rezas al tuyo y yo al mío, y a ver si entre los dos se ponen de acuerdo y nos sacan de esta puta mierda.

Desde lo alto del pitón Pepa, un preocupado Gambo Laguna observa con los prismáticos las líneas enemigas. Aunque no hay combate en el flanco derecho de Castellets, durante todo el día lleva advirtiendo movimiento de hombres y material más allá de los viñedos, frente a la pequeña loma del cementerio. Los requetés que llegaron ayer ocupan posiciones idóneas para atacar, y se sabe de patrullas enviadas para reconocer el lugar. Es evidente que los fascistas preparan un contraataque, y el jefe del Batallón Ostrovski intuye que será fuerte y en dirección al cementerio, en busca de lo que él mismo intentaría: tomar esa posición para flanquear el pueblo, amenazando la comunicación con el río. Y sus oficiales son de la misma opinión.

—¿Por qué no atacan ya? —pregunta el capitán Serigot, segundo al mando—. Llevan ahí desde ayer, y no se mueven.

—Supongo que se están reforzando. Y que esperan artillería.

—Pues cuanto más tarden, más duros van a venir.

—Zugazagoitia está bien preparado.

—Más nos vale.

El teniente de milicias Roque Zugazagoitia, hombre de confianza de Gambo Laguna, manda la 3.ª Compañía del Ostrovski: 139 comunistas, gente de choque bien fogueada y con la moral alta, que lleva desde ayer disponiendo el cementerio para la defensa. Incluso han tendido una fila de alambre de espino entre éste y los viñedos. Tienen munición, comida, están comunicados por una línea telefónica y ahora sólo esperan a que todo empiece. Gambo sabe todo eso, pero también sabe que los fascistas no sueltan con facilidad un hueso cuando lo tienen entre los dientes. La guerra está siendo con demasiada frecuencia el empecinamiento de unos y otros en torno a un punto que se toma, se pierde, se vuelve a tomar y perder; y ambos contendientes se desangran aferrados a él incluso cuando deja de tener valor táctico o estratégico. Cuando todo se convierte en simple y sangriento choque de carneros.

—Voy a echar un vistazo al cementerio —decide Gambo.

Lo mira Serigot, inquieto porque se inquiete.

—Puedo ir, si quieres.

—Prefiero echar yo el vistazo... A saber si, cuando empiece la música, podré bajar.

—Vale. Te acompaño.

—No, quédate aquí. Me basta con dos hombres y un enlace.

—Llévate un naranjero.

—¿Para qué? Los fascistas están a medio kilómetro y hace demasiado calor. Prefiero cargar poco peso.

—Coge al menos una cantimplora. Hace un calor de cojones.

—Sí... ¿Tenemos todavía esa botella de Anís del Mono que trincamos hace dos días?

—Queda un poco más de la mitad.

—Dámela.

Seguido por tres soldados y con la botella en una mano, Gambo baja de la cresta por la contrapendiente. A media ladera encuentra a un grupo numeroso que ha hecho sombrajos con mantas y ramas para protegerse del sol. Prefiere tenerlos allí como reserva, mejor que en la cresta, por si la artillería fascista empieza a molestar. Están sentados buscando sombra los que la tienen, dedicados a lo que se dedica cualquier soldado cuando no está pegando tiros o se los pegan a él: limpiar las armas, remendar la ropa o el calzado, escribir cartas, cazar piojos en las costuras de las camisas, dormitar con el gorrillo o un pañuelo sobre la cara.

—Sin novedad, camarada mayor —dice un sargento veterano, poniéndose en pie.

Sonríe Gambo para sus adentros. El sargento es un antiguo guardia civil llamado Vidal; y aunque ciertas maneras jerárquicas están abolidas en el Ejército Popular, cuando ve unos galones le salta el automático.

—Siéntate, Vidal... Descansa.

—A tus órdenes, camarada mayor.

Más abajo, en la pequeña vaguada donde se encuentran los morteros Valero de 81, una veintena de hombres están sentados en semicírculo en torno a Ramiro García, el comisario político del batallón. Todos tienen una hoja de papel y un lápiz que apoyan en las rodillas o en las fiambreras, y escriben al dictado lo que García lee en voz alta del libro que tiene en las manos:

—*Nuestro único recurso era minar el reducto para volarlo en el momento en que entraran en él los franceses...*

Lee el comisario didáctico y paciente, vocalizando mucho, mientras los hombres, analfabetos hasta hace poco, se afanan concienzudos en la escritura. Los hay jóvenes y también maduros, y sus rostros cenceños de cam-

pesinos y obreros, morenos de sol, sucios de guerra, tras-
lucen una concentración extrema en el modo con que
mueven los lápices convirtiendo en palabras correcta-
mente escritas lo que días atrás eran torpes palotes.

*—Con todo, no fue así, porque, no atreviéndose a dar
un asalto sin tomar las precauciones y seguridades posibles,
continuaron sus trabajos de zapa...*

Los contempla Gambo un poco más, aprobador, con
un puntito de legítimo orgullo. Cuando se proclamó la
República, de veinticuatro millones de españoles, doce
no sabían leer ni escribir. Y lo cierto es que García, el antiguo peluquero de Alcoy, resulta bueno para eso. Habría
sido, piensa, un excelente maestro de escuela: gracias a su
esfuerzo, siete de cada diez soldados del batallón saben ya
leer y escribir con soltura. Una cifra superior a la media
del ejército de la República y, desde luego, muy por encima de la de los soldados de Franco, para quien la tropa es
carne de cañón que no necesita libros y maestros, sino
misas y curas.

Acaba Gambo de abandonar la zanja y cruza el camino entre las viñas, siguiendo el cable de la línea telefónica
de campaña que enlaza el pitón y el cementerio —unas
chicas de transmisiones la tendieron ayer—, cuando oye
ruido de motores en el cielo. Alzando la vista ve en la distancia seis puntos oscuros.

—¿Fachistas? —pregunta uno de los que lo acompañan.

—Si vienen tantos, seguro que sí —dice otro.

Le pasa el mayor la botella de anís a uno de ellos y encara los prismáticos. El sol hace relucir los círculos fuga-
ces de las hélices. Vuelan en formación de dos uves, una
tras otra, acercándose desde el noroeste.

—Son biplanos... Romeos —confirma—. Dos bombas cada uno.

—Ésas son muchas bombas.

—Doce.

—Pues ojalá no las tiren aquí.

—No lo parece —comenta Gambo—. Se dirigen al río.

—Pues adiós a la pasarela.

—No seáis cenizos.

Siguen andando sin dejar de mirar el cielo. Ahora los aviones rompen la formación y descienden uno tras otro hacia el río, que queda fuera de la vista de Gambo, más allá de las viñas verdes y la loma del cementerio. En el aire se deshacen pequeñas nubecillas y suena el lejano martilleo antiaéreo de los Bofors. Después, una sucesión en cadena de fuertes estampidos retumba en la distancia, los aviones remontan el vuelo y se alejan impávidos.

—Jiña y vete —dice uno de los soldados.

—¿Y nuestra aviación? —pregunta el otro, exasperado—. ¿Dónde está la Gloriosa?

—No te quejes, hombre... Esta mañana derribaron uno.

—Lo hizo un caza nuestro. Uno solo, y ya venían dándose candela desde lejos. No sé lo que pasará en otros sitios; pero aquí nada más que vemos aviones fachistas.

—Todo se andará.

—Pues como tarde mucho en andar...

Se vuelve a mirarlos Gambo con cara de malas pulgas. Aprecia hasta al último de sus hombres, pero a veces conviene poner los pavos a la sombra.

—Esas bocas, coño.

Obedecen, como siempre lo hacen. Sólo una vez, recuerda el jefe del Ostrovski, la cosa estuvo cerca de írsele de las manos. Ocurrió en Teruel, en enero, cuando uno de sus oficiales, que ya había perdido casi la mitad de la compañía, se negó a llevar a los supervivientes a un tercer ataque en ocho horas al Muletón. Los hombres, muy castigados por el frío y el fuego enemigo, no querían volver al asalto y estaban a punto de amotinarse, y el oficial se puso de su parte. A Gambo no le quedó otra que relevarlo del mando; y se disponía a hacerlo fusilar sobre el terreno con otros cuatro cabecillas de la revuelta cuando, por suerte, llegó la orden de suspender el ataque. Los revoltosos fueron a una unidad disciplinaria, y el oficial —un hombre valiente, cuya única tacha fue respaldar a los suyos—, enviado a la retaguardia para un consejo de guerra.

—A tus órdenes, mayor.

El teniente de milicias Zugazagoitia, jefe de la 3.ª Compañía, lo ha visto venir y sale a su encuentro junto a la tapia del cementerio acribillada de impactos de bala.

—¿Cómo estáis por aquí, Roque?

—Pues ya ves. Tranquilos y esperando.

Le entrega el mayor la botella de anís.

—Vengo a traerte esto y a ver si necesitas algo.

—Te lo agradezco.

—Siento que no esté entera.

Se saludan con afecto, pues son viejos camaradas. Roque Zugazagoitia, un vasco grandullón, barbudo y de los de una sola ceja, nariz aplastada y manos como palas, lleva toda la guerra combatiendo en primera línea, primero en el frente norte y luego en Aragón y Cataluña. Antiguo obrero metalúrgico, comunista desde 1934, suele decir que el gobierno autónomo de Euzkadi no fue otra cosa, durante su existencia real, que una pandilla de meapilas y fascistas camuflados que iban a lo suyo, a quienes la internacional proletaria y la unidad de España se la traía bastante floja. Ni siquiera fusilaban curas, se lamenta. Por eso el año 37 eligió el Ejército Popular de la República antes que rendirse con aquellos gudaris de misa diaria, respeto a la propiedad privada y la puntita nada más. Con cuyos mandos y políticos, sostiene, lo mismo que con los burgueses traidores de la Generalidad catalana, habrá que arreglar cuentas muy en serio cuando todo vuelva a su cauce.

—Van a atacarte, Roque.

—Ya me lo huelo.

—Se están concentrando al otro lado de las viñas. Requetés, como te dije. Y tal vez otras tropas... Supongo que si no han empezado aún es porque esperan apoyo artillero.

—¿Y qué pasa con nosotros? ¿Cuál es la situación?

—No es mala. Aún no hemos tomado la Aparecida, pero el pueblo y los pitones están asegurados. Se prepara un ataque con tanques hacia la carretera de Fayón, para enlazar con nuestra cabeza de puente... Pero, como te digo, los fascistas parece que van a intentar lo suyo por este lado.

—Bueno, pues aquí estamos bien. Tengo las dos Maxim enfiladas, cubriendo toda la aproximación, y los morteros ahí detrás, listos para hacer lo suyo.

—¿Y la gente?

—Municionada y con ganas. Nos han traído agua y rancho caliente, así que no hay más que pedir.

—Enséñamelo todo, anda.

—Ven.

Lo guía el teniente junto a los nichos, derribados algunos por los combates del lunes 25. Más allá, los hombres descansan con naturalidad entre las cruces y las lápidas de piedra y mármol, atrincherados en la tierra removida donde se ven féretros rotos, restos de mortajas, esqueletos y huesos tirados por todas partes. Al llegar a la tapia, que está medio derruida, Zugazagoitia señala hacia el noroeste.

—Cuando vengan lo harán por allí, desde la vaguada y a través de las viñas. Están bajas, así que la protección que darán es relativa. Y si intentan seguir adelante...

—Esos hijoputas son requetés. Lo intentarán.

—Bueno. Cada cual es lo que es... Si continúan, te digo, tienen luego la línea de alambradas. Tendrán que pasarla para llegar a mi primera trinchera. Y despés está el cementerio propiamente dicho. Mira, ¿ves? —señala a uno y otro lado—. He hecho derribar la tapia en algunos sitios para que la gente se proteja mejor en las fosas.

Arruga el mayor la nariz.

—Huele que apesta.

—A todo se acostumbra uno... Al cabo de un rato, ni lo sientes.

—Pues yo lo siento de cojones.

—Sólo al principio, como te digo. Mi gente refunfuñaba, pero les dije que no hay agujero más seguro que uno de éstos, y además tienen la ventaja de que si palmas, ya estás dentro y con la tumba hecha... Se rieron un poquito, se ciscaron en mis muertos por lo bajini, y todo en orden. Son buenos chicos.

Observa Gambo el terreno con los prismáticos: medio kilómetro de campo llano, viñas de un verde disperso. Malo para los atacantes, bueno para los defensores. Pero sabe que los fascistas vendrán por ahí. No hay otro camino posible.

—No hace falta que te diga...

Lo deja así. Asiente Zugazagoitia, grave.

—Tienes razón; no hace falta. Si pierdo el cementerio, se nos cuelan hasta el río.

—Exacto.

—Y tú quedas copado en el pitón.

—También muy exacto.

Señala el teniente a sus hombres. Algunos calientan marmitas en fogatas hechas con astilla de féretros. Una docena de cuerpos medio momificados se apila en un ángulo de la tapia. Sentados en el borde de una fosa, con los pies colgando dentro y los fusiles al lado, dos soldados juegan a las cartas junto a un cadáver reseco, polvoriento, vestido con un traje desgarrado y sucio. En un rasgo de humor macabro, en la boca entreabierta de la calavera han puesto un clavel seco.

—Tranquilo, míralos —dice Zugazagoitia—. Son los de siempre. Aguantarán lo que nos echen... Tienen más mili que el cabo Machichaco.

Caminan hasta el puesto de mando de la compañía, una trinchera que comunica dos fosas contiguas con un pequeño panteón que preside un ángel de alas mutiladas a balazos. En el interior hay equipo diverso, cajas de munición y un teléfono de campaña.

—Si te quedas sin línea, mándame enlaces. Quiero saber todo lo que pase.

—Descuida —Zugazagoitia deja la botella de anís sobre una caja de cartuchos—. ¿Cuento con refuerzos si la cosa se pone fea?

—No desde el pitón, porque debo mantener mi reserva. Quizá del pueblo puedan mandarte algo, pero no te lo garantizo.

—Comprendo.

—En caso necesario puedo apoyarte con los morteros grandes, aunque no mucho rato... ¿Comprendes?

—Claro.

—Debo economizar.

Se miran, entendiéndose sin más palabras. En ese momento suena el teléfono. Zugazagoitia descuelga el microauricular y se lo pega a la oreja.

—Es Serigot, que quiere hablar contigo —le dice a Gambo—. Por lo visto te han llamado desde la Harinera.

—Trae.

Escucha el jefe del batallón lo que le cuenta su segundo, cuelga el teléfono y mira a Zugazagoitia, sombrío.

—Malas noticias.

—Dímelas.

—Los aviones han destruido la pasarela y la plataforma flotante... Seguramente los pontoneros puedan reparar la pasarela, pero la plataforma se ha perdido del todo. Eso significa que no cruzarán más medios pesados.

—¿Y cuántos han pasado hasta ahora?

—Tres T-26.

—¿Y cañones antitanque?

—Uno.

—¿Sólo?... ¿Eso es todo?

—Me temo que sí.

—¿Y artillería de mediano calibre?

—Cero patatero.

—Hostia... ¿En qué carajo está pensando Faustino Landa?

—Ya lo conoces. El teniente coronel es hombre de buen conformar.

—Sí, de los de vive y deja morir.

—Afirmativo.

Mueve la cabeza el teniente, desalentado.

—Tres tanques y un anticarro para toda una brigada, con los fascistas a punto de contraatacar, no es gran cosa, Gambo.

Sonríe el mayor, estoico.

—Tampoco es la primera vez.

—Ya... Pero de tanto repetirse y repetirnos, alguna puede ser la última.

Tras decir eso, Zugazagoitia suspira y se queda mirando la botella de anís, como si dudara. Al fin se decide, la coge, le quita el tapón y se la lleva a los labios.

—Por si acaso luego no podemos. A tu salud, mayor.

Bebe un sorbo y se la pasa a Gambo, que la alza a modo de brindis antes de beber a su vez.

—A la tuya, teniente... Y a la de esos camaradas de ahí afuera.

El sol está próximo a desaparecer tras el horizonte. Medio kilómetro al noroeste del cementerio de Castellets, al otro lado de las viñas, los requetés de la compañía de choque del Tercio de Montserrat acaban de rezar el rosario y, como es su costumbre luego, cantar el *Virolai:*

Rosa d'abril, Morena de la Serra,
de Montserrat estel,
il·lumineu la catalana terra,
guieu-nos cap al cel...

Tras dirigir la oración, el páter Fontcalda se ha alejado un poco, bajo un árbol, y allí confiesa a la larga fila de hombres que esperan su turno para arrodillarse y, boina en mano e inclinada la cabeza, quedar en paz para lo que los aguarda mañana. En cuanto al resto, se dispone a pasar la noche. Algunos aprovechan la última luz para escribir cartas que se entregarán al sacerdote antes de ponerse en pie al alba y avanzar hacia el enemigo.

—¿Te queda aceite?

—Un poco.

—Pásamelo, anda.

—Ten cuidado, ¿eh?... Es para toda la escuadra.

—Tranquilo.

Sentado entre sus compañeros Santacreu y Milany, el cabo Oriol Les Forques limpia el mosquetón y pasa un trapo por cada uno de los peines de balas que lleva en las cartucheras. Después, tras hacer funcionar varias veces el cerrojo del arma, dejándolo abierto, encaja uno de los peines, aprieta con el pulgar para introducir los cinco cartuchos y retira el clip metálico antes de correr el cerrojo de nuevo, satisfecho con los sonidos nítidos y secos del acero pulido. Su fusil, como el de sus compañeros, es un fiable y eficaz Mauser Oviedo, cuatro kilos de peso si va armado con la bayoneta de casi cuarenta centímetros de hoja. Y más vale tenerlo a punto para que no se encasquille ni falle mañana.

—Toma, Oriol —Santacreu devuelve la pequeña lata de aceite.

La agita Les Forques. Vacía.

—Serás mameluco.

—No, hombre... Quedaba muy poco.

Durruti, el perro mascota de la compañía, menea la cola yendo de grupo en grupo, lamiendo manos y esperando una caricia o un resto de comida. Cada uno de los requetés ha cenado un rancho caliente —guiso de garbanzos y bacalao— y dos dedos de coñac, y ha sido provisto de cien cartuchos de fusil y cuatro bombas de mano. Todos saben lo que ocurrirá mañana. Lo dijo antes del rosario el capitán Coll de Rei, de pie entre el centenar y medio de hombres sentados, explicándoles con detalle, como hace siempre, el trabajo por hacer y cómo hacerlo. Está previsto que una compañía del VII Tabor de Tiradores de Ifni que acaba de llegar de Maella ataque simultáneamente, a fin de cortar la comunicación enemiga entre el pitón de poniente y el cementerio y dividir los fuegos. En cuanto a los requetés, avanzarán por las viñas bajo cobertura artillera, y las primeras escuadras irán provistas de alicates para cortar las alambradas. La orden es tomar la loma del cementerio y mantenerse en ella.

—A toda costa —finalizó el capitán, explícito.

Esas tres palabras no suponen novedad para Oriol Les Forques ni los requetés más antiguos, pues la coletilla *a toda costa* es habitual en su ruda biografía. Al fin y al cabo todos son voluntarios; alguno de más edad, como Joan Gabaldá, alistado a los cuarenta y nueve años con su hijo Sergio, y otros jovencísimos, como Pedrito Regás, benjamín de la unidad, que se alistó en enero asegurando tener dieciocho aunque aún no había cumplido los dieciséis. Disciplinados, estoicos, acostumbrados a bailar con la más fea, todos asumen sin aspavientos lo que se avecina, fingiendo no ver a los sanitarios que, en grupo aparte, preparan material de cura, camillas y artolas para evacuar a heridos en mulas. Y los reclutas más recientes, fugitivos llegados desde Francia o pasados de las líneas enemigas, observan de reojo a los veteranos para imitar su aparente indiferencia, aunque se trasluzca la inquietud en sus rostros tensos y pálidos.

Santacreu, que ha terminado de limpiar el arma, encaja la baqueta y le da con el codo a Les Forques.

—¿En qué piensas, Oriol?

—En Núria.

—Anda tú. Yo también pensaba en ella.

—Lo hago cada vez que hay tomate a la vista... En ella y en mi madre.

—*Mater semper certa*. Lo de la madre es normal.

—Y lo de Núria.

—Bueno, sí... *Quoque*. Ella también.

Señala Les Forques a los otros requetés, sentados o tumbados sobre mantas.

—En momentos como éste, casi todos tienen una Núria en la que pensar.

—Pues bien guapa es la nuestra.

—Desde luego.

Se quedan callados, cómplices. Recordando.

—Quiero morir tomando las Ramblas, collons —suspira al fin Santacreu—. Y con ella viéndolo asomada a un balcón... No en mitad del campo, comido de chinches.

—Eres un romántico, Agustí.

Otro silencio.

—¿Quién es ella? —se interesa Milany.

Santacreu, que se ha tumbado hasta apoyar la cabeza en su macuto, dibuja con las manos una silueta femenina en el aire.

—Un bombón al que pretendíamos los dos y que nos dio calabazas.

—¿A los dos?

—A los dos.

—Temporales —puntualiza Les Forques—. Calabazas sólo temporales.

—¿Y dónde está ahora?

—Seguirá en Barcelona, supongo... No hemos vuelto a saber nada.

También se recuesta en su macuto mientras entorna los ojos, recordando. Núria Vila-Sagressa, Agustí Santacreu y él: coqueteos y amistosa rivalidad, roces de manos furtivos, besos robados a medias, veraneos en Puigcerdá, mañanas de invierno en el Tenis Turó, bailes del Círculo Ecuestre, cenas a tres en La Font del Lleó, Leslie Howard y Merle Oberon en el cine Astoria, discusiones políticas en la terraza del Colón. Toda una juventud, un mundo hecho pedazos. Algo parecido a la música de una orquesta que se extingue despacio en un vasto salón de baile vacío, cuyo suelo está cubierto de pisoteadas serpentinas y confeti.

—¿Tienes una foto de esa Núria?

—No.

—Yo tampoco —dice Santacreu.

—Estábamos en ello un poquito antes del 19 de julio —aclara Les Forques— y hubo que dejarlo todo aparcado hasta nueva orden. Ni para despedirnos hubo tiempo.

—Me habría gustado que ella nos dijera adiós con un vestido blanco y agitando el pañuelo mientras nos íbamos —apunta Santacreu.

—Como en *Luisa Fernanda*.

—Eso es... Pero me quedé con las ganas.

—Nos quedamos.

Ríe Milany.

—¿Era bonita?

—Estaba cañón —confirma Santacreu—. Y supongo que lo sigue estando.

—Había un tercero en discordia —señala Les Forques.

—Es verdad. Un chico llamado Ignacio Cortina: un guaperas que se parecía un poco a Rafael Rivelles.

—¿El actor? —se interesa Milany.

—Ése.

—¿Y tuvo más suerte que vosotros?

—No, menos, porque los rojos lo sacaron de la competición. Lo fusilaron a finales de julio, en Casa Antúnez.

—Vaya. ¿También era carlista?

—Falangista. En esos días cayeron muchos de ellos y de los nuestros. Como los hermanos Alegría... ¿Te acuerdas, Oriol?

—Pues claro —confirma Les Forques—. Y Pepe Colom, con sus ojos azules. Y Fontanet, siempre optimista. Y el heroico Puigros, y tantos otros.

—Los mejores, sí. Todos de nuestra edad. Nos habrían venido aquí de maravilla.

—Y que lo digas. Era gente buena, curtida en la lucha callejera contra Azaña y Companys, como antes se luchó contra Lerroux, Ferrer Guardia y Mendizábal.

—Los mataron como a perros.

—También en mi pueblo tuvimos lo nuestro —comenta Milany—. Incluido mi pobre padre.

Levanta Les Forques un poco la cabeza y señala a los otros requetés.

—En el tuyo y en el de cualquiera. Padres, hermanos...

Asiente Santacreu, sombrío.

—Ya habrá ocasión de arreglar cuentas.

—Por eso precisamente me gustaría seguir vivo —gruñe Milany—. Para ajustarlas.

Son diferentes las noches en la guerra. No hay una igual a otra, aunque se parezcan. Hace dos años que Julián Panizo combate, y lo sabe de sobra. Como dijo Carlos Marx, que es su único y verdadero dios, el hombre pertenece al medio que lo rodea. La rutina de la fatiga, la suciedad, el dolor y el miedo se combina al final de cada día —un día vivido más— con las sensaciones y recuerdos de la jornada; la oscuridad afina los sentidos con la incertidumbre y la reflexión, y eso suscita una especial lucidez: la percepción de las reglas misteriosas, tal vez geométricas —leyó alguna vez esa palabra, y lo fascina—, que gobiernan el cosmos y dispensan la vida y la muerte.

Nada de eso se lo plantearía el dinamitero en voz alta. Sus camaradas, y Olmos el primero, iban a tomarle el pelo si lo hiciese. Por otra parte, nieto de un hombre al que la Guardia Civil tulló a culatazos por coger, para alimentar a su familia, algarrobas de un campo propiedad de un marqués, Panizo es hombre tosco, hecho a sí mismo barrenando entre polvo, vapor y humedad a cientos de metros bajo tierra. En su caso, y es consciente de ello, se trata de simples intuiciones, no de planteamientos intelectuales. Pasar la vida buscando comer y dar de comer a los tuyos reduce ciertos espacios. El antiguo minero siempre se esforzó, sin embargo, por formarse políticamente. Aprender a leer y escribir, algo poco usual en la sierra de Cartagena, lo ayudó en eso. Fue a mítines en La Unión, leyó periódicos y algún libro, se afilió al Partido. Puso lo que pudo de su parte, hizo lo posible en el mundo que le fue concedido, y por eso no se avergüenza de sus limitaciones ni de su falta de cultura. Allí donde no llega con libros que otros leyeron, llega con sufrimientos y peligros. Con el tiempo que lleva dando la cara en el frente, matando fascistas de verdad, en vez de pasear el mono y el fusil levantando el puño en los bares y burdeles de la retaguardia.

El escamoteo de los bienes de iglesias y hospitales, la ena-jenación fraudulenta de los dominios del Estado, el robo de las tierras comunales, la transformación terrorista de la pro-piedad feudal en propiedad moderna privada. He aquí las idílicas bases de la acumulación primaria...

Como un escolar que repitiese una lección, el dina-mitero repasa mentalmente ese párrafo, uno más, del libro que desde hace catorce meses lleva en el macuto, ajado de tanto leerlo, con subrayados a lápiz en cada página. Intenta aprender de memoria un trozo por semana para, descifrándolo, comprender mejor por qué lucha y contra qué. «Aquí está todo», le dijo el comisario polí-tico que le regaló ese pequeño volumen en una trinche-ra de la Ciudad Universitaria. Lo creyó Panizo, y por eso lee una y otra vez sus páginas subrayándolas con una punta de lápiz que moja en la lengua. Sabe, o más bien intuye, que en esas líneas de letras y palabras hay claves ocultas que harán posible un mundo en el que las fábricas sustituyan a las iglesias y los tractores a los co-ches de los terratenientes; y él se esfuerza en aprender-las. En hacerlas inteligibles, diáfanas, antes de que le to-que morir.

En eso piensa mientras fuma un cigarrillo con la brasa escondida en el hueco de la mano, apoyado en el parapeto de piedras sobre el que tiene el naranjero. A veces tirita un poco. Hace algo de frío, y el jersey de lana está con el ma-cuto y la manta, lejos de allí. Hay orden de mantener des-pierto a un hombre por escuadra, vigilando la linde del oli-var para que no se repita lo de anoche, cuando los de enfrente intentaron un golpe de mano. Nada serio: baja-ron desde la ermita un par de fulanos con granadas, dieron el susto y se fueron en seguida, pero mataron a un centine-la. Es su forma de decir que no se achantan.

Al dar otra calada al pitillo, Panizo se descuida un poco. Sólo un instante. Se da cuenta y la oculta en el acto, pero no lo suficiente como para que no le llegue un grito lejano desde las posiciones fascistas.

—¡Rojo, que te veo!

Sonríe el dinamitero, prudente, medio agachado.

—¡Gracias!

—¡De nada, hombre!

Termina Panizo el cigarrillo, se inclina, desprende la brasa y guarda la colilla. La noche es tranquila y ni siquiera suenan pacos aislados. A su espalda, más allá del olivar, el pueblo y los dos pitones permanecen en silencio. Sólo una bengala lanzada de vez en cuando y que desciende recortando perfiles negros en su luz lechosa, recuerda que la guerra sigue agazapada, esperando de nuevo su hora. De las posiciones enemigas, encima de los bancales con almendros convertidos en tejidos de sombras, llega ahora la copla que, con buena voz, está cantando un legionario:

> *Tengo un hermano en el Tercio*
> *y otro tengo en Regulares;*
> *y al más pequeño lo tengo*
> *preso en Alcalá de Henares.*

—No canta mal, el hijoputa —dice Olmos.

Se ha acercado en la oscuridad sin que Panizo lo advirtiera. Se apoya en el parapeto a su lado, silueta con silueta, disimulados bajo las copas densas de los olivos.

—Deberíamos cantarle nosotros algo —añade.

—Luego... Ahora déjalo. Da gusto oírlo, al fachista.

—¿Qué os gritabais antes?

—No, nada.

Se quedan callados un momento, escuchando.

—¿Qué haces aquí? —pregunta al fin Panizo—. Deberías estar sobando como un obispo.

—Tengo hambre... Y las aceitunas verdes, que es lo único que he comido hoy, están amargas por la trilita y me dan cagalera.

Se ríe Panizo.

—Sufrimientos por la patria, llaman a eso.

—Pues aquí querría yo ver a los que lo llaman. Te mandan al frente y todo son consignas: valor, aguante, tenacidad, patriotismo... Pero del plato de lentejas con tocino, ni palabra.

—Es verdad.

—Si a la República le dieran como a mí un fusil y un estómago vacío, no sería laica. Tendría todo el día a Dios en la boca para cagarse en él.

—No te hagas mala sangre, Paco. ¿Quieres un pitillo?

—No, acabo de echar uno... Y, ah, se me olvidaba. Te traigo esto.

Le pasa el jersey. Sucio, maloliente, pero abriga.

—Gracias, compadre.

Se quita el dinamitero los correajes, se pone el jersey y se los ajusta de nuevo.

—¿Cómo lo ves? —pregunta Olmos.

—Crudo. Están bien atrincherados y no les falta parque.

—Ya no pueden ser muchos. Les hemos dado fuerte.

—También ellos nos dan fuerte a nosotros.

—Dicen que volveremos a intentarlo mañana... Que han llegado tanques y va a haber un avance nuestro hacia la carretera de Fayón. A lo mejor eso ayuda.

—Ojalá.

—Esto recuerda un poco Santa María de la Cabeza, ¿verdad?... Nosotros y los internacionales abajo y los otros arriba.

—Clavadito. O casi.

—Los guardias civiles en la iglesia, defendiendo cada piedra, y nosotros pagando caro cada metro que subíamos.

—Sabían tirar.

—Vaya si sabían. Y así hasta el final, oye. No se rindieron, los tíos... ¿Qué fue de aquel capitán al que cogimos herido pero vivo?

—Cortés.

—Eso, Cortés. Supongo que a él sí lo fusilaron, ¿no?

—Creo que se murió solo. Iba bien aviado.

—¿Te acuerdas de cuando lo sacamos en camilla?... Todo flaco, sin afeitar, con aquellos ojos ardiendo de fiebre y los puños apretados. ¡Menudo animal! Nos miraba como diciendo «volvería a hacerlo si me dejarais».

—Me acuerdo muy bien.

—Vaya cabrón era, ¿eh?... Y los otros, los cochinos guardias sublevados, esbirros de los explotadores andaluces, la oligarquía y el capital. No entiendo cómo la República perdonó a los pocos que dejamos vivos.

—Había observadores extranjeros y periodistas mirando.

—Pues podían haberse ido a mirar a otra parte y dejarnos con nuestras cosas... Bastante por culo dan con la no intervención y toda esa mierda, que sólo beneficia a los fachistas.

—Alta política, compañero.

—Pues me truño en la alta política, en la baja y en la puta que las parió... En los señoritos falangistas y en los requetés cagasantos que mean agua bendita.

Se quedan callados un rato. En las trincheras enemigas, el legionario sigue cantando:

Mientras ella se bañaba,
yo la ropa le escondí.
No lloraba por la ropa,
lloraba porque la vi.

—Deberíamos cantarle algo nosotros —insiste Olmos—. Ahí, a la derecha, está de guardia Pepe el Curiana... Que le suelte alguna cosa.

Lo llaman a voces, hasta que responde en la oscuridad. El Curiana es un malagueño, antiguo limpiabotas del Café de Chinitas, que tiene mucho arte. Al poco, en la primera pausa del enemigo, se alza su voz entre las sombras del olivar.

> *Eras tú la que decías*
> *prende fuego al chaparral,*
> *y ahora que lo ves ardiendo*
> *me lo quieres apagar.*

Silencio al otro lado. Al cabo se oye de nuevo cantar al legionario:

> *Si eres del puño cerrao*
> *escucha este fandanguillo.*
> *Me cago en lo colorao,*
> *en la hoz y en el martillo*
> *y en la leche que has mamao.*

La última estrofa la corean varias voces en las trincheras enemigas. Olmos se echa a reír.

—Ya la estamos liando.

Cantan ahora varios hombres acompañando al Curiana, y el himno de los dinamiteros se extiende a lo largo de las posiciones republicanas.

> *Arroja la bomba que escupe metralla,*
> *coloca el petardo y empuña la Star,*
> *no tengas respeto por esos canallas*
> *hasta que consigas tener libertad.*

Panizo no alcanza a ver de dónde parte el primer disparo. Suena un pac-cuuum solitario, un latigazo en la noche; y cual si fuera una señal, eso desencadena un rosario de fogonazos en las posiciones enemigas y se corre a modo de reguero de pólvora por la línea propia. Silban las balas descortezando ramas de olivo y hasta las ametralladoras se unen brevemente, con alguna seca ráfaga cuyas trazadoras pasan como luciérnagas disciplinadas y veloces.

Panizo, que no dispara, mueve la cabeza y sonríe agachado en la oscuridad.

—Estos jodíos fachistas...

Sabe que, si sobrevive a la guerra, algún día recordará esos momentos. No es fácil olvidar las voces de unos enemigos valientes.

IV

Ruido de botas cruzando la vaguada. Sonidos metálicos, órdenes en voz baja, respiración entrecortada de hombres que se mueven rápido en la claridad todavía incierta del amanecer.

—*Ego te absolvo a peccatis tuis... Ego te absolvo a peccatis tuis...*

La voz monótona del páter Fontcalda susurra absoluciones mientras, con la mano alzada, bendice a los requetés que pasan por delante de él, camino de los viñedos. En la primera luz de la mañana, la loma lejana del cementerio pasa despacio del gris al pardo y luego al rosado mientras el sol se insinúa más allá.

—*Ego te absolvo a peccatis tuis...*

A medida que llegan al borde de la vaguada, los hombres de la compañía de choque del Tercio de Montserrat se alinean de rodillas agrupados por escuadras y pelotones. Todos miran al frente, intentando prever lo que los espera; estudiando el terreno que han de cruzar. Algunos besan medallas y escapularios o tocan con reverencia los detente bala cogidos con imperdibles a las camisas. Nadie lleva casco, y las boinas parecen sembrar la línea de flores rojas: oficiales y suboficiales les han quitado sus insignias y galones y retirado los parches del pecho, para dificultar la tarea a los tiradores enemigos. Sólo don Pedro Coll de Rei mantiene las tres estrellas en la boina. Es el único que está de pie en el borde de la vaguada, apoyado en su bastón cual si se dispusiera a un paseo por el campo, con Durruti pegado a las botas. Como siempre, su buena planta, alto, fornido, tranquilo, con la barba y el bigote rizados, la Astra del 9 largo al cinto, impresiona a quien lo mira: carlista de horca y cuchillo. Detrás de él, junto a los otros dos oficiales, los enlaces y el sargento Buxó, que lleva la bandera, el asistente Cánovas tiene en las manos la escopeta de caza del capitán; y cruzada al pecho como un bandolero mejicano, una canana con cartuchos de postas.

De rodillas y apoyado en su Mauser, el cabo Oriol Les Forques se ajusta el correaje, el paquete de cura individual y las cartucheras con munición y granadas para que no lo incomoden al correr. A la derecha tiene a Santacreu, Subirats y Vila, y a la izquierda a Milany y Dalmau. Como sus compañeros, observa con prevención los viñedos que los separan del objetivo: las vides están plantadas geométricamente, y sus ramas verdes con brotes de uvas se extienden por el suelo o se sostienen con estacas y cañas a pocos palmos de altura. Eso no ofrece protección, y supone avanzar quinientos metros al descubierto. Será un hueso duro de roer, y los requetés lo saben. Anoche, como casi todos, Les Forques dejó una carta en manos del páter. Una nota breve, por si acaso:

Queridos padres, mañana entramos en combate. Estoy en gracia de Dios. Os quiere vuestro hijo.

El capitán Coll de Rei mira su reloj, y como si eso fuese señal de algo, unos rápidos estampidos suenan desde atrás, lejanos, y sobre las cabezas de los requetés rasgan el aire proyectiles de artillería que golpean con rápido estruendo en el cementerio.

—Son nuestros Otto con Otto —dice Les Forques, reconociendo el sonido de los 88 mm alemanes—. Por lo menos hay cuatro tirando.

—Menos mal —dice Santacreu.

Sobre la posición enemiga se levanta una columna de polvo que oculta los cipreses y en la que brillan los resplandores naranjas de los impactos. Al cabo de un minuto de bombardeo, los cañones quedan en silencio.

—¿Eso es todo? —se extraña Milany.

—Volverán a tirar —comenta Les Forques.

—Pues ya tardan.

Se miran los requetés con sorpresa e inquietud. Poca preparación artillera parece, si queda sólo en eso. Pero pasa el tiempo, no hay más disparos y la polvareda se disipa en el cementerio.

—No me lo puedo creer —dice Santacreu—. Sólo unos cuantos cañonazos para cubrir el expediente.

—Los remigios se estarán descojonando.

—No te quepa... Como si los viera.

Les Forques observa que el capitán Coll de Rei mira atrás, cual si también esperase algo más, y luego hacia la derecha, donde se supone que una compañía de tiradores de Ifni está en línea para unirse al ataque. Después se vuelve hacia el teniente Cavallé y el alférez Blanch, cambia con ellos unas palabras, éstos se cuadran y se dirigen cada uno a ponerse al frente de su sección. Cuando Blanch pasa junto a Les Forques y sus compañeros, les dedica una pálida sonrisa.

—A ello, hijos míos —le oyen decir.

A Les Forques le hace gracia lo de hijos míos, porque el alférez —cara huesuda y lampiña, ojos inocentes, primer combate— tiene veintidós años; sólo uno más que él. Pero cada cual maneja su estilo. Por su parte, el barcelonés está listo para lo que venga: una bala acerrojada en la recámara del Mauser, el seguro puesto, calada la boina, las alpargatas navarras —cinco pesetas le costaron— bien atadas a los tobillos. Todo lo demás, macuto, manta, cantimplora, lo ha dejado atrás, en el vivac. Cuanto estorbe para correr rápido va a estar hoy de sobra.

—¡Armen bayonetas! —ordena ásperamente Coll de Rei.

El sol, que acaba de salir, hiere con sus rayos horizontales las hojas de acero. Con la boca seca y el corazón golpeándole en el pecho, Les Forques encaja su machete en la guía bajo el cañón del fusil y lo fija allí con un golpe y un chasquido. El clac, clac, clac, breve y metálico, se extiende a lo largo de la vaguada. Coll de Rei le pasa a su asistente el bastón, éste le entrega la escopeta y el otro la sostiene apoyada en el antebrazo, como si se dispusiera a ojear perdices. Dando vueltas en torno a sus piernas, Durruti menea el rabo, feliz, intuyendo un bonito paseo.

—¡Viva Cristo Rey!... ¡Pórtense como quienes somos!

Un ronco grito de pelea recorre la vaguada. Después el capitán echa a andar, el sargento Buxó levanta la bandera, y los requetés se ponen en pie y avanzan entre las viñas.

El cielo es ya tan azul que casi hiere la vista. El sol no se ha despegado aún del horizonte, pero a Les Forques le sudan las manos mientras sostiene el fusil, cuyo peso, con el de las cartucheras llenas, las bombas de mano y los alicates de alambrada que lleva al cinto como jefe de escuadra, entorpece sus pasos sobre los terrones irregulares del suelo. Camina rodeado por sus compañeros, manteniendo un metro de distancia entre unos y otros.

—¿Y los moros? —pregunta Milany, que mira preocupado hacia la derecha.

—Ya vendrán.

—Pues no se les ve el pelo.

También inquieto, Les Forques mira en la misma dirección. Los tiradores de Ifni ya deberían estar allí, avanzando como ellos; pero por ese lado no se ve a nadie. Ni apoyo artillero ni flanco derecho. La compañía de choque parece dirigirse sola contra el enemigo.

—¿Qué coño pasa? —pregunta Jaime Dalmau, que como es el más corpulento carga al hombro el fusil ametrallador Chauchat del pelotón.

—Seguid adelante —dice Les Forques—. Separaos más y seguid.

El sudor empieza a mojarle la badana de la boina y la camisa en los hombros, bajo el correaje, y su corazón late tan fuerte que casi apaga el rumor de pasos que lo rodea. Tiene, como todos sus compañeros, fija la vista en la loma de enfrente, y de vez en cuando observa a don Pedro Coll de Rei en busca de algún indicio; pero el capitán camina erguido e indiferente unos pasos por delante de todos, la escopeta al brazo y Durruti al lado, tan flemático como si paseara por su finca. Hace sólo unos días, Les Forques le oyó decir que despreciar el fuego enemigo en un combate no es tanto cuestión de valor sino de buena educación.

El primer morterazo cae lejos, hacia la izquierda. Un estampido y un surtidor de tierra y cepas hechas trizas que salta por los aires. Muchos requetés se encogen instintivamente y algunos reclutas jóvenes se detienen indecisos, mirando a sus compañeros.

—¡No os agrupéis! —grita Les Forques—. ¡Separaos!

El segundo impacto da en carne. Un par de hombres se desploman entre las vides, alcanzados por esquirlas de metralla. El capitán Coll de Rei hace un ademán exasperado, como si lo incomodaran en mitad de un paseo o una reflexión; y pasando la escopeta del brazo a las manos, empieza a correr mientras Durruti emprende un alegre trotecillo para mantenérsele cerca. Corren también el teniente y el alférez, pistola en mano, y el sargento Buxó llevando en alto la bandera, y los siguen todos mientras un sinfín de fogonazos destella de modo simultáneo en el cementerio, las ametralladoras rojas tartamudean secas ráfagas y las balas zumban entre los requetés, suenan al hundirse en el suelo o pegan con chasquidos en las cepas haciendo volar sus hojas.

—¡Corred! —gritan los oficiales y los sargentos—. ¡Corred!

Caen requetés. Muchos. Los ve quedarse atrás Les Forques, desgarrados por los morterazos o por las balas que llegan rasantes enfilando el viñedo. Avanza el barcelonés sorteando las plantas, sintiendo el zumbar del plomo que pasa fugaz, se pierde a su espalda o golpea en los cuerpos con siniestro sonido de carne alcanzada o huesos rotos. No piensa, no siente. Ni siquiera el pavor que se le enrosca en las ingles le llega a la cabeza. Sólo mira. Corre y mira. A un requeté que va delante, un impacto le troncha una pierna con crujido semejante al de una rama al romperse, y cae con un angustiado ¡ay, Dios mío! mientras Les Forques, para no tropezar con él, salta por encima. Milagrosamente vivo todavía, don Pedro Coll de Rei continúa el avance en cabeza de todos, sin volverse siquiera a mirar si lo siguen o no, con el impávido Durruti a su lado, el asistente Cánovas detrás, y otro requeté que ahora lleva en alto la bandera porque al sargento Buxó ya no se lo ve por ninguna parte.

—¡Corred!... ¡Corred!

Por un instante, de soslayo, Les Forques divisa a Santacreu y Subirats, que corren por su derecha sorteando las vides, aferrando los fusiles con las inútiles bayonetas. El resto de la escuadra avanza detrás o por la izquierda, con Dalmau, que sigue cargando el Chauchat, y los otros. Para ese momento, la cortina de fuego enemiga es tan intensa que parece imposible que aún haya gente en pie y corriendo. Huele a aire caliente de metralla que salta y proyectiles que pasan, a cepas chamuscadas, a azufre y a tierra removida por los impactos de mortero. Algunos hombres tienen ya suficiente, titubean, se detienen y se tiran al suelo buscando el amparo de las viñas, que si no protegen de los tiros y explosiones, permiten, al menos, esconderse un poco tras ellas. Otros siguen cayendo, pero no por su voluntad: cada vez hay más cuerpos inmóviles, miembros destrozados, vísceras sangrantes colgadas de las ramas, entre las uvas todavía verdes sobre las que se posa el polvo de las explosiones. Gritan los heridos sin que se oigan sus voces, ahogadas por el retumbar de los morteros y el zumbido de las balas.

Busca Les Forques con la mirada al capitán Coll de Rei, sin hallarlo, y de pronto se encuentra ante una línea de espino. Casi tropieza con ella. Sin saber cómo, la compañía de choque ha alcanzado las alambradas enemigas. Se encuentran éstas un poco en alto, en un ligero desnivel, y bajo ese peldaño de apenas medio metro se resguardan los requetés a medida que van llegando, los que llegan. Se arrojan allí pegados al suelo como si quisieran escarbar la tierra, sepultarse vivos en ella. Se amontonan unos sobre otros haciéndose lugar entre los compañeros con los codos y las culatas de los fusiles. De vez en cuando, alguno gime y cae hacia atrás o se revuelca por el suelo, herido. Junto a Les Forques cabeza con cabeza, casi encima de él, sucias de tierra las patillas carlistas, Santacreu musita el Señor mío Jesucristo. Tampoco Milany aparece por ninguna parte.

—¡Alicates, alicates! —grita el teniente Cavallé—. ¡Cortadlas, por Dios!

Golpean las balas sobre sus cabezas levantando surtidores pardos, arrancando arpegios metálicos a los piquetes de hierro donde están fijas las alambradas. Busca nerviosamente Les Forques en su cinto, abre la funda de lona y empuña la cizalla, entre cuyas mandíbulas de acero aprisiona uno de los alambres de espino, el más bajo de todos. Aprieta fuerte hasta que oye un clac. Después aparta el alambre, se incorpora un poco más y aprisiona un segundo alambre; pero una bala pega justo delante de sus ojos, cegándolo de tierra. Se agacha angustiado, lagrimeante, intentando limpiarse cuando las manos de Santacreu le arrebatan las cizallas.

—Trae, hombre.

El fuego que hacen los rojos es infernal. Apenas hay brevísimas pausas, y en ellas resuenan los gritos de los heridos. Les Forques logra despegar los párpados y ve que Santacreu ha abierto un paso en la alambrada. Por su parte, Dalmau, apoyado el bípode del fusil ametrallador en el reborde, indiferente a las balas que le rozan la cabeza, dispara ensordecedoras ráfagas mientras el sudor chorrea por la culata del arma. El alférez Blanch viene arrastrándose con la pistola en una mano y una granada de piña en la otra. Sus ojos ya no parecen inocentes. Trae la boina desgarrada sobre la oreja derecha y desde allí le gotea hasta la mandíbula un hilillo de sangre. Al llegar junto a ellos da con el codo en el hombro a Santacreu.

—Muy bien, hijos míos... ¡Vamos arriba!

Le quita el joven alférez la anilla a la granada, se pone en pie, imitado por tres requetés —Les Forques y Santacreu se quedan donde están—, aparta los alambres cortados para pasar entre ellos, y en ese momento una bala le arranca la mitad izquierda del cráneo, haciéndolo caer de espaldas sobre la alambrada. Cae también uno de los requetés, y los otros dos vuelven a tirarse a tierra. La granada rueda por el desnivel y los hombres se apartan despavoridos. Les Forques hunde la cara en el suelo mientras la explosión levanta tierra, piedras y esquirlas de metralla, y cuando abre los ojos ve a uno de su escuadra, Andreu Subirats, mirándose desconcertado, muy pálido, los tres dedos que le faltan de una mano. Otro requeté agarra por un pie al alférez y tira de él hacia abajo desgarrándole la ropa en las púas; dejando un rastro de sangre y masa encefálica.

—Vaya desastre —la voz entrecortada de Santacreu suena en la oreja misma de Les Forques—. Y los moros, ni se han movido... Nos han dejado solos y nos cazan como a patos.

Asiente Les Forques, confuso, restregándose los ojos todavía irritados, y mira hacia atrás: humean las cepas y los matorrales incendiados junto a las motas rojas de boinas de requetés muertos, heridos o inmovilizados mientras el fuego constante del enemigo los tiene a todos clavados en donde están. Ni retirarse es posible, pues quien se incorpora y lo intenta, incluso arrastrándose, es abatido en el acto. A los supervivientes de la compañía de choque del Tercio de Montserrat no les queda otra que adherirse al terreno, sin moverse hasta que se haga de noche, y buscar entonces un repliegue al amparo de la oscuridad. Pero sólo son las 07:45 de la mañana.

Gime Subirats hecho un ovillo, apretándose la mano mutilada. Sigue tirando Dalmau con el Chauchat, y el estruendo martillea los tímpanos. Al disparar, mueve los labios como si hablase. Les Forques presta atención entre ráfaga y ráfaga, y comprueba que está rezando.

Le tira de una manga.

—Déjalo ya... Te van a dar un chinazo, y no vale la pena.

Al tercer tirón se agacha el otro, bajando el arma; y cuando cambia el cargador vacío por otro de treinta balas, el cañón caliente roza una mano de Les Forques, quemándole el dorso.

—Coño.

—Perdona.

Se chupa el barcelonés la quemadura, que es ligera, y luego apoya la cabeza en los brazos, acurrucándose lo mejor que puede. Pasada la tensión del primer momento, ahora lo atormenta una sed atroz.

—Va a ser un día largo de narices —jadea Santacreu, que acaba de vendarle la herida a Subirats.

—Sí. Pero nosotros seguimos vivos.

—Por ahora. ¿Has visto a Milany?

—No.

—Mierda... Yo tampoco.

Los ojos entreabiertos y vidriosos del alférez Blanch —el derecho, extrañamente deformado— están fijos en el cielo por donde tal vez a esas horas ande su alma; pero aquí, en la tierra, las primeras moscas empiezan a zumbar sobre el cráneo deshecho. Así que Les Forques saca un pañuelo del bolsillo y le cubre al muerto la cara.

—Pobrete —dice Santacreu, y ése es todo el epitafio por un requeté de veintidós años.

Desde el cementerio van dejando de disparar: hace rato cesaron los morterazos y ahora callan las ametralladoras. Sólo suena ya, esporádico, el paqueo de los tiradores sueltos que acechan al que se mueve. Y entonces, desde las trincheras rojas situadas veinte metros más allá de la alambrada, llega el grito al mismo tiempo burlón y admirado de un enemigo.

—¡Le habéis echado pelotas, chavales!

La línea telefónica con el pitón Lola no funciona —seguramente fue dañada por alguno de los ataques aéreos—, y Pato Monzón y Vicenta la Valenciana han sido enviadas por el teniente Harpo a resolver el problema. Cargadas con el equipo de reparación, las dos mujeres siguen el cable tendido entre los pinos, buscando el punto de la avería. En

314

algunos lugares la línea está colgada de ganchos clavados en los árboles o en pértigas de madera, y en otros discurre por el suelo, camuflada entre la vegetación, protegida con piedras y ramas en los sitios más expuestos.

—Ahí lo tenemos —dice la Valenciana.

Un tramo está roto, y el embudo próximo de una bomba fascista evidencia por qué: el cable negro se ve seccionado con pérdida de un metro de su longitud, y bajo el recubrimiento de caucho asoman el cobre y el acero deshilachados.

—Dame dos metros de mipolán —pide Pato.

Con mano experta limpia los dos extremos de la línea rota, instala el tramo intermedio y lo une a cada chicote con un nudo de rizo antes de enlazar las almas de cobre, apretar con unos alicates los casquillos de empalme y cubrir cada uno con esparadrapo aislante.

—Hecho.

—¿Será éste el único tramo averiado?

Mira Pato más allá, hacia la masa rocosa del pitón que se vislumbra entre los pinos. El puesto de mando del Cuarto Batallón estará cerca, calcula. A menos de diez minutos. La tentación es demasiado fuerte.

—Vamos a seguir la línea hasta el final, para asegurarnos.

—De acuerdo.

Se cargan las mochilas a la espalda y continúan adelante. Mientras caminan entre los pinos, Pato comprueba que el paisaje ha cambiado. Ahora se ven árboles caídos o descortezados por las bombas, embudos de tierra removida y una mezcla extraña de olores, resina de los pinos heridos por la metralla y suciedad de los cientos de soldados que por aquí transitan: zanjas convertidas en letrinas, latas de conserva y cajas de munición vacías, ropas pisoteadas y sucias. Y sobre el hediondo cadáver de una mula hinchada y con las patas al aire, picoteada por un par de pájaros negros, zumba un enjambre de moscas disfrutando de tan suculento botín.

Unos pasos más allá las dos mujeres se detienen, impresionadas. Un calvero del pinar alberga una treintena de montones de tierra recién removida, cada uno del tamaño de un ser humano. Sobre algunos hay un trozo de madera con un nombre, una rama con un gorro de soldado, un casco de acero.

—Hostia puta —dice la Valenciana.

—Tiene que haber sido malo ahí arriba —comenta Pato.

—Pobre gente.

No suenan disparos cerca ni lejos, y no se ve a nadie. Y eso, tan próximas a la línea de fuego, puede significar cualquier cosa. Cinco días en el Ebro las han convertido en veteranas. Así que, suspicaz, Pato desenfunda la Tokarev que lleva al cinto y acerroja una bala. Chas, clac, hace. Por si acaso. Ni siquiera de los camaradas republicanos puede una fiarse del todo, en aquella sucia y triste soledad.

A su espalda oye a la Valenciana hacer lo mismo.

—¿Estás segura de que es el camino? —pregunta ésta, inquieta.

—Claro —Pato señala el suelo—. Mira el cable.

A los pocos pasos dan con un pelotón de soldados sentados cada uno con su fusil, que comen la ración de campaña: una lata de atún y un chusco de pan sobre el que echan el aceite procurando que empape bien. Todos levantan la vista al ver aparecer a las dos mujeres, pero al principio nadie hace comentarios. Tienen expresión fatigada, polvoriento el pelo, tiznados de tierra y pólvora los rostros sin afeitar. Algunos llevan al cuello pañuelos rojos y negros.

—Tranquilas, chicas, que somos de los vuestros —dice uno cuando pasan por delante de él—. Guardaos los hierros, no se escape un tiro y la jodamos.

Pato desamartilla y enfunda la pistola. El que ha hablado tiene un galón de sargento cosido al pecho.

—¿Dónde está la plana del batallón?

—Un poco más allá, prendas. En un chabolo de tablas al pie del pitón.

—Gracias, camarada. Salud.

Sonríe el otro e indica el aspecto desastrado de sus compañeros.

—Salud, poca. Como veis.

Pato y la Valenciana siguen adelante sin responder. El puesto de mando está en la contrapendiente, aprovechando una cueva natural y camuflado con tablones y ramas. A su derecha, rodeando la altura rocosa, discurre un camino ancho de gravilla que salva un pequeño barranco mediante un puente de madera. El barranco está lleno de cajas de munición y material; y una trinchera recién excavada, de la que asoma una ametralladora entre sacos terreros, se extiende en zigzag a lo largo del camino. Los hombres que hay dentro parecen relajados como los del pinar. Casi todos descansan o duermen. Es evidente que tras la toma del pitón aquello se ha convertido en un lugar tranquilo.

—Vaya... Menuda sorpresa.

Eso dice el capitán Bascuñana al verlas aparecer. El jefe del Cuarto Batallón está sentado a la sombra del cobertizo, abierta la camisa a cuadros sobre el pecho, enjabonado el rostro y afeitándose ante un trozo de espejo roto: jofaina con un dedo escaso de agua, brocha, navaja. También tiene el aire cansado, y un vendaje sucio rodea su antebrazo izquierdo.

—Vaya tío guapo —susurra la Valenciana.

—Calla.

Bascuñana se seca con un trapo los restos de jabón de la cara, abotona la camisa y se coloca la gorra ladeada.

—Hemos reparado la línea —le dice Pato.

—Estupendo. ¿Cuál era el problema?

—La cortó una bomba fascista.

—Bien. Vamos a probar ahora.

Señala una fogata, en torno a la que hay varios hombres sentados.

—Tenemos algo parecido a café —el fino bigote de actor de cine se le tuerce en una agradable sonrisa—. ¿Os apetece?

—Sí, gracias.

Se pone en pie, va hasta la fogata y regresa con dos tazas de hojalata. Pato bebe a sorbos cortos. Está recién hecho y muy caliente. No es el mejor café del mundo, y ni siquiera es verdadero café: achicoria y garbanzos tostados y molidos. Pero recuerda un poco el sabor, y menos es nada.

Bascuñana la observa con mucha atención y eso la hace sentirse vagamente incómoda. Un poco azorada.

—Veamos el teléfono —dice ella.

El aparato, un Aurora ruso, está bajo el cobertizo, sobre una caja de munición rotulada en polaco. Bascuñana abre la caja de baquelita, descuelga el teléfono y da vueltas a la manivela de la magneto. Cuando responden desde la plana mayor de la brigada, cambia unas palabras y frunce el ceño. Sólo parece satisfecho a medias.

—Hay un ruido como de fritura cuando hablo.

—Trae, camarada.

Escucha Pato con atención. Después comprueba los bornes donde se conecta la línea.

—Seguramente es la cápsula del micrófono —concluye—. La membrana de este modelo es de carbón y suele estropearse.

Mientras habla, desenrosca la parte inferior del microauricular y cambia la cápsula por otra con membrana de aluminio que le pasa la Valenciana.

—Ésta irá mejor. Es de un Eneká, alemana... Con su aguilita nazi y todo.

—Que no te oiga un comisario, camarada —dice Bascuñana—. Eso de que el material alemán sea mejor que el ruso puede no estar bien visto.

Sonríe la Valenciana, pero Pato ignora la broma. Muy seria, termina de enroscar la pieza, prueba la línea y se la hace probar al capitán.

—Perfecto —dice éste.

—De todas formas, voy a revisar el aparato entero. Nunca se sabe.

—Deja —dice la Valenciana—. Lo haré yo.

Mientras toma de la mochila un destornillador y un voltímetro, la Valenciana dirige a Pato una mirada cómplice. Aprovecha y date una vuelta por ahí, sugiere sin palabras. Pato enarca las cejas, recriminándoselo furtiva.

Saca el capitán un arrugado paquete de cigarrillos rusos, de esos con la boquilla larga y algo de tabaco en la punta.

—¿Fumáis, camaradas?... Se me acabó el otro, pero éste es bolchevique fetén.

Niega la Valenciana con la cabeza, ocupada ya en desmontar el teléfono. Pato sí acepta. Aprieta con dos dedos el cartoncito de la boquilla, le da fuego el capitán —se rozan las manos al hacerlo— y caminan un poco, apartándose de la cueva. El sol vertical aplasta las sombras de los pinos cercanos. El pitón se yergue a la izquierda, rocoso y pardo. Por su ladera asciende trabajosamente una fila de hombres cargados con una ametralladora, sacos terreros y cajas de munición. La gente de Bascuñana fortifica la cresta.

—¿Qué te ha pasado en el brazo, camarada capitán?

—Nada serio.

Recorren el borde del barranco en dirección al camino de gravilla y el puente. Una larga fila de soldados con fusil, manta y macuto lo está cruzando. Pato sabe quiénes son y a dónde van, pues ha intervenido en las conversaciones telefónicas desde el mando de la brigada. Son los chicos del Batallón de Defensa de Costas, que se dirigen a la carretera de Fayón.

—¿Qué te parece todo esto? —pregunta el capitán.

Ella duda antes de responder.

—Al principio, asombroso —dice al fin—. Ahora, sobrecogedor. Nada semejante a lo que una imagina desde lejos.

Da una chupada al cigarrillo, saboreando el aroma fuerte del tabaco soviético.

—Me doy cuenta de que hay dos mundos en cada bando, porque supongo que en el fascista pasa lo mismo: los que luchan en el frente y los que luchan en la retaguardia.

—¿Y?

—Prefiero luchar en el mundo de aquí.

—¿Por qué?

—Hay más compañerismo, más...

Duda Pato, buscando la palabra.

—Honradez —concluye—. Cuando a un soldado le preguntas qué significa Rusia para él y te responde «trabajo y pan», te das cuenta de eso.

—Eso no es honradez, sino ingenuidad.

—No me estoy explicando bien... Quiero decir que me enternece esa simpleza ideológica, incluso en los mejores. No pierden el tiempo en debates y teorías de café, como en la retaguardia.

—Es que aquí no hay café. Y para la mayoría, su principal ideología es seguir vivos.

Ella da otra chupada al cigarrillo y deja salir despacio el humo.

—Lo que me admira es cómo se acostumbran todos a soportar este horror: estudiantes, campesinos, obreros, empleados, oficinistas... Cómo al final acaban encontrándolo natural.

Se queda callada mientras considera si la palabra *natural* es apropiada. Y asiente, convencida.

—Los muertos, los heridos, la suciedad —concluye.

Bascuñana, que escucha atento, parece reír entre dientes.

—*La guerra è bella ma incomoda,* dicen los italianos.

—Aquí no hay belleza ninguna —la joven niega vigorosa con la cabeza—. Ni siquiera el heroísmo es bello.

—¿Creías que lo era?

—Sí, un poco... Por eso me afilié al Partido.

—El cine y las fotos de las revistas ilustradas han hecho mucho daño, me temo.

—Es posible.

Se palpa Bascuñana de modo maquinal el brazo vendado.

—Ni siquiera es heroísmo, camarada Patricia... La misma persona puede luchar como una fiera y media hora después correr despavorida como una liebre. Los héroes no existen. Sólo las circunstancias.

—Pero lo habéis conseguido ahí arriba, en el pitón. Tú y tu gente.

—¿Y sabes a qué precio?... De cuatrocientos catorce hombres que tenía en mi batallón cuando cruzamos el río, he perdido ciento treinta entre muertos y heridos. Y perderé más cuando los fascistas contraataquen, cosa que harán inevitablemente, y se me pida a través de ese teléfono que acabas de reparar que defienda este lugar a toda costa.

Se han detenido cerca del puente, que los soldados siguen cruzando. Tras un momento se escucha estruendo de motores y un tanque T-26 pasa con chirriar de cadenas bajo sus diez toneladas de acero, un oficial en mangas de camisa y con gafas de motorista sentado en la torreta. Los soldados se apartan, y al poco hacen lo mismo para otros dos tanques que vienen detrás. Los tres blindados se alejan haciendo crujir la gravilla y dejan una humareda de gasolina quemada.

Vuelven a pasar los soldados por el puente. Van mal uniformados, observa Pato. Casi todos son jovencísimos.

—Parecen niños —dice.

—Realmente lo son —confirma Bascuñana—. La República reclama a sus hijos, y ahí van esos pobrecitos biberones, a salvarla.

Lo mira ella con súbita atención.

—¿Tú tienes hijos?

—No.

—¿Y compañera, o esposa?

—Murió de tifus hace año y medio.

—Lo siento.

Las manos en los bolsillos, humeante el cigarrillo en la boca, Bascuñana sigue contemplando a los soldados.

—Míralos —dice al fin—. Son idénticos a los que han muerto y van a morir en las próximas horas o días. Cada uno de ellos significa una esposa, una madre, unos hijos. De casi todos éstos, las madres. Una familia... ¿Cuántos de mi batallón crees que subieron pitón arriba pensando que se sacrificaban por un mañana mejor para la humanidad?

—Yo creo en eso. Y también tú estás aquí.

—Estoy porque creo que debo estar. Porque hay cosas de las que uno no puede quedarse al margen. Cuando los fascistas se sublevaron, supe en el acto cuál era mi lugar...

Se interrumpe, dejando el resto en el aire. Y cuando Pato lo mira, se limita a encoger los hombros.

—¿Pero? —insiste ella.

—Pero he visto cosas.

—¿Cosas que te hacen dudar?

—Que me hacen pensar... Ser soldado de esta República y pensar no es una combinación cómoda.

—Peor debe serlo para los criminales fascistas. Alguno de ellos tendrá conciencia.

—Conciencia, me dices.

—Eso es.

Bascuñana contempla el resto del cigarrillo.

—Hay un momento complicado, cuando descubres que una guerra civil no es, como crees al principio, la lucha del bien contra el mal... Sólo el horror enfrentado a otro horror.

Lo mira Pato casi sobresaltada, incómoda por la deriva de la conversación. Consumida hasta la última hebra de tabaco, el capitán deja caer el cartoncillo al suelo y lo aplasta bajo una bota.

—Hace dos años vi matar a palos a un pobre desgraciado en la puerta de una iglesia —añade—. ¿Y sabes por qué?

—No.

—Porque era el sacristán... Habían ido a por el cura, se les escapó y la emprendieron con él.

Confusa, Pato no sabe qué responder a eso. Abre por fin la boca para decir algo, cualquier cosa, pero Bascuñana alza una mano, interrumpiéndola.

—He visto asesinar a mucha gente —prosigue—. Y no por sublevarse contra la República, sino tan sólo por haber votado a las derechas. A críos fusilados por ser de Falange, a mujeres a las que pegaban un tiro después de acusarlas de fascistas y violarlas... He visto a criminales liberados de la cárcel, vestidos de milicianos, ir a matar y robar a los jueces que los condenaron.

—Gentuza hay en todas partes —apunta la joven.

—Tú lo has dicho. En todas partes, y también entre nosotros. Eso es lo que a veces hace dudar, no de la justicia de la causa, sino de si realmente merecemos ganar.

Lo mira Pato con renovada atención, queriendo ver más allá de los ojos fatigados y el apunte de sonrisa que no llega a materializarse del todo.

—¿Por qué me cuentas eso, camarada?

—Supongo que me gustas —la sonrisa llega al fin, abierta, suavizando lo directo del comentario—. Cualquier hombre lúcido necesita un testigo, imagino. Y si ese testigo es una mujer, mejor todavía... Hay cosas que sólo están en vosotras.

—¿Qué cosas?

—Aprobación o sanción. No hay medalla, no hay premio comparable a eso, cuando ocurre. Ni condena tan inapelable, en el caso opuesto.

—Eres un hombre raro, camarada capitán.

—También tú eres rara, camarada Patricia.

Se quedan mirándose, inmóviles, sin apartar la vista de los ojos del otro. Es Pato la primera que parpadea.

—Yo sólo quiero ayudar —dice.

—Claro. Por eso es admirable que a tu edad... —Bascuñana vacila un momento—. Bueno, eres lo bastante joven para que se te pueda preguntar la edad sin ser descortés. ¿Cuántos años tienes?

—Veintitrés.

—Pues que con esa edad estés aquí, en vez de haciéndote fotos o soltando mítines en cines y teatros... En vez de ir por ahí del brazo de un diputado, o de un patriota de los que se dedican al estraperlo en la retaguardia, o de uno de esos intelectuales cuyo antifascismo consiste en llevar pistola en los restaurantes y denunciar a quienes criticaron sus novelas o no aplaudieron sus poesías... Todo eso dice mucho de ti.

—Sólo cumplo con mi deber.

—Me gusta que lo cumplas. Me gusta que vistas un mono sucio y huelas a sudor, como yo. Y que lleves ese pelo tan corto que pareces un chico guapo. Que lleves una Tokarev al cinto y sepas reparar un teléfono de campaña. Y me gusta que me mires.

Pato intenta controlar el extraño estremecimiento que la recorre por dentro, casi a punto de humedecerle los ojos.

—Debes de sentirte muy solo, camarada.

—¿Solo? —responde Bascuñana en tono ligero—. Para nada. Me quedan doscientos ochenta y cuatro hombres.

—Sabes que no hablo de eso.

La mira el capitán con extrema fijeza, impasible y callado, sin mover un músculo de la cara.

—Volvamos —dice al fin—. Hay una guerra que debemos ganar. O al menos, hacer que no la ganen los fascistas.

Tras decir eso, Bascuñana dirige una última ojeada a los soldados que se alejan tras los tanques e inclina la cabeza, como asintiendo a pensamientos que sólo él conoce. Después rompe a reír y esta vez lo hace abiertamente, sin reservas.

—Qué español suena eso, ¿verdad?... Si no ganas tú, al menos procura que no gane el otro. Que todos pierdan.

Gritos nerviosos, órdenes y contraórdenes. Corren los artilleros de un lado a otro emplazando los cañones y abriendo sus cureñas mientras una línea de fusileros se despliega treinta pasos por delante, cava pozos de tirador y emplaza armas pesadas tras parapetos improvisados con piedras.

Cerca de un carrascal, camufladas a toda prisa con ramas de arbustos y muy separadas unas de otras, las tres piezas antitanque apuntan hacia la carretera que se pierde entre una ondulación de pequeñas lomas cubiertas por vegetación de monte bajo, pinos raquíticos y matojos.

—¡Vosotros dos, venid aquí!

Ginés Gorguel y Selimán, que ayudaban a cavar una trinchera de urgencia, dejan las palas y acuden a donde los reclama el capitán.

—A sus órdenes.

El capitán se seca el sudor del rostro con un pañuelo. En la otra mano sostiene el junquillo con que azuzaba a la mula. Señala con él uno de los cañones.

—¿Sabéis algo de ésos?

—Nada, mi capitán. Nosotros somos de infantería.

—Erais.

—Como usted diga.

—Pues son antitanques alemanes, cojonudos. Alcanzan un blanco a novecientos metros. Y esa de allí —señala una caja situada aparte, bajo unas ramas— es la munición: perforante, de 37 mm. Atraviesa un blindaje bastante bien.

Se miran Gorguel y el moro, desconcertados. No comprenden por qué el capitán les explica eso.

—Cada pieza tiene su jefe, su apuntador y sus sirvientes. Pero la munición se gasta, hay que proveerla y ando corto de gente. Así que os ha tocado municionar ese de allí. En cuanto empiece el jaleo, os ocupáis... ¡Cabo!

Acude un tipo rubio, espigado, de ojos vivos y cara picada de viruela. Al llegar se toca el gorrillo.

—Estos dos van a municionar tu Pak —comenta el capitán—. Te los adscribo hasta nueva orden. No les quites ojo.

—Oiga, mi capitán... —quiere protestar Gorguel.

Sin hacerle más caso, el oficial se aleja golpeándose las botas con el junquillo y se pone a dar órdenes a los sirvientes de otro cañón. Los brazos en jarras, el cabo mira a Gorguel y a Selimán de arriba abajo.

—No tenéis que hacer nada complicado —señala unos armones con cajas de munición entre los carrascos—. Los proyectiles están ahí, algo apartados, para que si cae encima un pepinazo no nos vayamos todos a tomar por culo... ¿Cómo te llamas, paisa?

—Selimán al-Barudi.

—¿Tú saber manera?

—Yo saber, tú tranquilo —palmea el moro la culata del Mauser que lleva colgado al hombro—. Yo bueno tirando con el fusila. Por mi cara que sí.

—Me refiero al cañón.

—No tiene sicreto cañón, *arumi*. Moro mete el bala por culo y tú sacas por delante.

—Muy gracioso, jamido.

—Selimán, yo ti digo he dicho.

—Vale —el cabo se vuelve hacia Gorguel—. ¿Y tú, amigo?

—Yo ni sé manera ni tengo puta idea de nada.

Mira el otro con vaga curiosidad sus alpargatas destrozadas, la ropa sucia, el rostro enflaquecido y barbudo de cinco días.

—Pregunto cómo te llamas, hombre.

—Ginés.

—¿Ginés y qué más?

—Gorguel.

El cabo saca del bolsillo una libreta y un lápiz y apunta los nombres.

—¿Y no tienes fusila, como el jamido?

—No.

—Da igual, porque de momento no te hace falta... Yo soy el cabo Lucas Molina, jefe de pieza —señala el cañón—. Y ésa es la mía, la número tres. Por lo demás, nada, lo dicho. Sentaos en el carrascal, a la sombra, y en cuando aparezcan los rojos y veáis que disparamos cuatro de los seis proyectiles que tenemos cerca, me traéis otros dos cada uno por viaje. Agachados, para que no se os vea mucho. No son grandes, como veis.

—¿Van a atacarnos en serio? —pregunta Gorguel.

—Eso parece —con un ademán, el cabo indica a los hombres que se atrincheran por todas partes—. Por lo visto traen tanques e infantería. Y tenemos que pararlos en este lugar.

Mira Gorguel la carretera que se pierde entre las lomas.

—¿Vendrán por ese lado?

—Pues claro, hombre. ¿Por dónde van a venir?... ¿No ves a dónde apuntamos?

—Yo no tendría que estar aquí.

Se enjuga el cabo el sudor con una manga, malhumorado.

—Ninguno deberíamos.

—Llevo pegando tiros desde el lunes. Y recibiéndolos.

Lo observa el otro de nuevo, con más detenimiento. La expresión parece suavizársele un poco.

—Ha sido jodido en el pueblo, ¿no?

—Un desastre.

Mira el cabo a Selimán. Con una sonrisa, el moro pasa un brazo amistoso sobre los hombros de Gorguel.

—Por cabeza padre mío ti juro, amigo el cabo. Mi paisa, mucho valiente... *Ascari* güino, y todavía mejor si yo digo.

—Valiente mis cojones —farfulla Gorguel.

Le alza un dedo Selimán al cabo, cual si pusiera al cielo por testigo.

—Al mi amigo gusta el guasa y no dice virdad, yo ti digo. Allí en monte de arriba, cuando atacaban arrojos, él y yo matamos muchos comunistas cabrones... Gana él una midalla y yo otra.

Gorguel se quita de encima el brazo de Selimán. De un momento a otro me despertaré, piensa. Y esto no habrá ocurrido nunca. Tampoco este moro pelmazo es real. Me lo estoy imaginando.

—Nunca he visto un tanque... Me refiero a verlos en combate.

—Pues ahora los vas a ver —el cabo señala su cañón—. Y de esa preciosidad depende que no los veas demasiado cerca.

—*Inshalah* —tercia Selimán—. Yo meto el bala misiana mía y volamos tanque hijoputa.

—Tú no metes nada, jamido.

—Selimán.

—Ya os lo he dicho, hostia —se toca el cabo el galón del gorrillo—. ¿Sabéis lo que es esto?

—Yo sé, amigo. Una galona de el cabo.

—Pues eso. Así que traéis los proyectiles y estáis a lo que yo os mande. Y punto.

—Vale... Dios aumente el bien tuyo.

Regresa el artillero junto a la pieza, que los otros sirvientes han puesto del todo a punto. Tiene dos ruedas grandes a cada lado, una protección de acero y un cañón estrecho y no demasiado largo.

—Esto es un disparate —se lamenta Gorguel.

—Venga, amigo —el moro le da una palmadita en un hombro—. Vamos a la sombra ahora güina, yo ti cuento.

—Estoy muy cansado, Selimán.

—Por eso güino tú descansa un rato. Ven y aprovecha.

—Quiero irme de aquí, joder.

A Gorguel le ha salido casi un sollozo. Lo mira compasivo el moro.

—Tú nada irte ahora de nadie, por mi cara. Sólo ayudas con el cañona... Tinemos que ganar el guirra para Franco santo, si quiere Dios.

—Me cago en la leche.

—Mejor tú caga en el sombra que aquí al sol.

Lo toma Selimán del brazo y se lo lleva bajo las ramas poco espesas de los carrascos.

—Tú eres hermano mío, Inés.

—Ginés.

—Ti lo juro que sí. Como la hermana, ti digo.

—Suéltame el brazo, coño.

Se sientan junto a las cajas de proyectiles, rotuladas *Panzerabwehrkanone Pak 35/36 37 mm*. Tras un momento, Gorguel las mira con aprensión.

—Oye, Selimán.

—Dime, paisa.

—Ha dicho el cabo que están aquí apartadas las cajas por si cae un pepinazo.

—¿Y qué pasa entonces si tú me la dices?

—Que si de verdad cae algo, quienes se van a tomar por culo somos tú y yo.

Lo considera el moro y al poco se encoge de hombros.

—Suerte... No lo quiera Dios, que todo lo sabe.

—Pues a mí también me gustaría saberlo.

—No digas la nombre santo así. Dios castiga.

—¿Más todavía?

Se hurga el otro en los zaragüelles y saca el hatillo de sus tesoros.

—He cambiado diente de oro rojo por tabaco misiano, mucho barato... ¿Ti hago fumar?

Suspira Gorguel, resignado.

—Hazme.

Está deshaciendo Selimán el hatillo cuando hacia las lomas suena un estampido lejano, seguido de tiroteo de fusiles.

Al moro se le anima el rostro.

—Ya vienen —sonríe, feliz.

A Gorguel se le hiela la sangre. Ha vuelto a ellos, piensa. O ellos a él. No cesa la pesadilla. Otra vez los tiene ahí.

Al teniente coronel Faustino Landa le gusta la prensa, sobre todo si es extranjera. Así que no lo incomoda la presencia de los tres corresponsales. Por el contrario, después de acogerlos con simpatía y ofrecerles unos bocadillos de chorizo y una botella de vino de Jumilla, se los lleva en una visita a las posiciones de primera línea. Tras mostrarles las huellas del combate en el pueblo, recorriéndolo con su propio automóvil —una decrépita furgoneta Chevrolet requisada a los fascistas en retirada—, señala ahora el pitón de levante desde el camino situado entre éste y los olivares. Y por el rabillo del ojo, mientras expone los pormenores generales de la situación, permanece atento a las fotos que le toma Chim Langer.

—Nuestra misión no es avanzar más, sino cortar el paso a los fascistas en este lugar. Hacer de cerrojo entre ellos y nuestra cabeza de puente de Fayón, ¿comprenden?... Proteger bien su flanco.

Para las fotos, Landa ha cambiado su habitual cigarro puro por un pitillo proletario que humea entre sus dedos de obrero mientras gesticula señalando posiciones. El grupo, que incluye al comisario político de la XI Brigada —un tipo rubio y frío que Vivian nunca había visto antes, pero del que oyó hablar—, está junto a la furgoneta, en una loma sobre la que los muros calcinados y picados de balas de un caserío indican la dureza de la lucha.

—¿Esperan un contraataque enemigo? —pregunta Phil Tabb.

—Es probable —responde el teniente coronel—. Aunque las tropas españolas siguen avanzando victoriosas río abajo con audacia y método, hay lógicos intentos de contraofensiva fascista... Pero tengan en cuenta que en el Ebro está lo mejor del Ejército Popular de la República, con la moral alta y elevado espíritu combativo.

—Los fascistas se limitan a dar coletazos rabiosos —apunta con sequedad el comisario político.

Vivian lo observa con disimulada curiosidad. Sabe que se trata de Ricardo alias el Ruso, de quien se afirma es uno de los enviados de Stalin para asesorar militarmente a los republicanos españoles. Habla bien el español, pero su ralo pelo rubio y los ojos claros y fríos tras las gafas ligeramente ahumadas apenas disimulan al eslavo. Es un personaje siniestro, confirma. Del que se cuentan cosas poco simpáticas.

—Los dos pitones y el pueblo de Castellets son nuestros —sigue diciendo Landa— y les aseguro que los vamos a retener... Hace sólo unas horas hemos rechazado un contraataque fascista en el cementerio, haciéndoles muchas bajas.

—¿Podemos echar un vistazo allí?

—Todavía no. Quizá más adelante.

Vivian y Tabb toman notas. Chim Langer ha cambiado el carrete de una Leica, calcula la luz y enfoca el grupo para un plano general. Alzando una mano con desagrado, el comisario se aparta para no salir en la foto. Por su parte, desenvuelto ante la cercanía de la cámara, Landa apoya una mano en la funda de la pistola y mira hacia el horizonte con aire intrépido.

—¿Qué papel tiene previsto el Batallón Jackson en este sector? —inquiere Tabb.

Hace el teniente coronel un ademán vago, sin dejar de posar.

—Comprendan que no me extienda en eso... Lo que sí puedo decir es que nuestros hermanos internacionales, cubiertos de gloria en todos los campos de batalla de España, cumplirán con lo que se les exija.

—Hay quien piensa que tal vez se les exige demasiado —comenta Tabb.

A Vivian le gusta cómo el británico conduce la situación, tranquilo como suele, formulando preguntas con la prudencia adecuada para no despertar recelo en sus interlocutores. Dando la impresión de que está de su parte, lo que suele ser cierto entre los periodistas destacados en el bando republicano —«Esa mierda de objetividad» es su frase fetiche—, pero sin que ello implique aprobación incondicional de cuanto ve o escucha. Vivian sabe que a los españoles, acogedores con los periodistas, no les gusta que los tomen por tontos. Por eso la norteamericana admira a Tabb, siempre sereno y respetuoso a diferencia de fanfarrones como Hemingway, a quienes encanta aconsejar a los españoles cómo hacer la guerra.

Aun así, el último comentario del británico ha rozado suspicacias. El teniente coronel Landa mira brevemente al comisario político, cediéndole la palabra, y es éste quien interviene.

—Los camaradas extranjeros vinieron a España para dar cuanto pueden dar. Y cumplen con su esfuerzo y su sangre.

Lo dice de modo duro, rápido, suspicaz. Con una mirada contenida y lúgubre. Y desde luego, piensa de pronto Vivian, no quisiera tener a ese hombre por enemigo, ni sentado enfrente mientras la interrogan. Aquellos ojos claros tras los cristales azulados evocan purgas políticas y sótanos de la Lubianka; nada que ver con la desgarrada alegría, teñida del humor y el fatalismo inocentes que ella cree ver en muchos combatientes republicanos. El Ruso y cuanto representa están muy lejos de los mugrientos y amables muchachos que, la última vez que estuvo en las trincheras de la Ciudad Universitaria, buscaron una caja de munición para que se sentara, compartieron con ella un trozo de salchichón, un chusco de pan y una bota de vino, cantaron canciones patrióticas y le ofrecieron un fusil por si quería darse el gusto de disparar un tiro contra los facciosos.

Suena de nuevo el clic de la cámara de Chim. El comisario se vuelve hacia él con aspereza.

—Pare de hacer fotos.

Regresan a la furgoneta, y por un camino irregular, de incómodos baches, dejan atrás la loma. Por todas partes quedan restos de la retirada fascista: cajas de munición vacías, equipo abandonado. Entre dos postes de teléfonos caídos hay un automóvil Ford acribillado a balazos y en su interior algo con forma vagamente humana; sin duda, un cadáver cubierto con una manta sucia donde se agolpan las moscas. Llegan así hasta el arranque de la carretera de Fayón, por la que avanza una larga fila doble de soldados. Algo más lejos, carretera adelante, tres tanques T-26 se alejan dejando humo y polvo tras ellos.

—Para esto los he traído aquí —dice el teniente coronel—. Como pueden comprobar, nuestras tropas no se limitan a mantener las posiciones conquistadas, sino que avanzan. Véanlo.

—¿Cuál es su objetivo?

—Despejar la carretera y asegurarla.

—A esos chicos los vimos hace dos días, antes de cruzar el río —Vivian se vuelve hacia Tabb—. ¿Es posible que sean los mismos?

—Tal vez.

—Ahí los tienen —comenta Landa, aparentando emoción mientras Chim le fotografía el gesto—. Son la quinta del año veinte... Lo más joven y entusiasta de la República.

Contempla Vivian a los soldados que se alejan con el paso lento, fatigado, de quien lleva caminando mucho tiempo. No parecen entusiastas, concluye. Más bien desconcertados por el paisaje en el que se adentran. En sus rostros se manifiestan, todavía sin el barniz igualador de la guerra, el estudiante, el dependiente de comercio, el campesino.

—Pobres chicos —murmura como para sí misma, sin apenas darse cuenta. Y al hacerlo, como una alumna pillada en falta, siente fija en ella la mirada fría del Ruso.

Cuando termina la visita, Landa y el comisario regresan al puesto de mando y la furgoneta lleva a los periodistas de regreso al Batallón Jackson. Los internacionales se han instalado en la parte oriental del pueblo, en unas casas saqueadas a conciencia: la calle está llena de vidrios rotos, harapos pisoteados, papeles y trozos de ladrillo. Sentados o tumbados en sillas y colchones sacados de las casas, los internacionales comen sus raciones de campaña, limpian las armas y esperan órdenes. En un muro hay pintado, con grandes letras y junto al yugo y las flechas de Falange, un *Viva Franco, arriba España* que nadie se ha molestado en borrar.

—¿Qué tal vuestro paseo? —pregunta Larry O'Duffy al verlos aparecer.

El jefe del batallón está bajo la sombra de un porche, consultando el mapa desplegado en una mesa. Apoya los codos sobre él, tiene las gafas alzadas hasta la frente y se inclina mucho sobre la escala 1:50.000.

—Interesante —dice Vivian.

Se incorpora el mayor mientras su rostro salpicado de pecas se distiende en una sonrisa.

—¿Os ha tratado bien Landa?

—De maravilla —responde Tabb—. Hasta nos invitó a unos bocadillos.

O'Duffy se coloca bien las gafas. Su camisa azul está húmeda de sudor en las axilas.

—Los periodistas son su especialidad. Su medio natural.

—Ha sido realmente amable. Y nos lo ha enseñado casi todo.

—Es un jefe muy a su estilo —sonríe el irlandés—: astucia de campesino, disciplina comunista, trucos de español.

—Lo hemos visto muy confiado.

—Sus motivos tendrá.

—¿Qué sabes de nuevo?

El jefe del batallón hace un ademán impreciso y mete las manos en los bolsillos de los pantalones de montar.

—No más que vosotros. De cinco a seis divisiones de la República han pasado el Ebro... La nuestra sigue atacando en todo el frente río abajo y se combate muy duro por Gandesa. Unos dicen que ya es nuestra, y otros, que no —los mira con repentino interés—. ¿Os ha dicho el teniente coronel algo sobre eso?

—Nada que valga la pena.

—También estaba el tal Ricardo —dice Vivian—. El que llaman Ruso.

La mirada de O'Duffy se torna opaca.

—Ah, ése.

No dice nada más.

—¿Cuáles son tus órdenes? —inquiere Tabb.

—Esperar y ver. Mis muchachos y yo seguimos siendo la reserva. Los fascistas empiezan a reaccionar e intentan los primeros contraataques. Supongo que entraremos pronto en línea, en alguna parte.

—Estupendo —se le escapa a Vivian.

Se arrepiente de haberlo dicho cuando ve a O'Duffy arrugar la frente y percibe la reprobación silenciosa de Tabb. El mayor mira ahora a Chim, que sentado en el suelo, indiferente a la conversación, limpia los objetivos de sus Leica.

—¿Cuál es vuestro plan?

—Se trata de contar cómo combatís los internacionales en el Ebro —responde Tabb—. Nos quedaremos mientras podamos.

—Bajo vuestra responsabilidad —precisa O'Duffy.

—Por supuesto.

—Pues entonces yo descansaría un poco. Las cosas pueden moverse rápido, y lo mismo hay que ir a algún sitio esta noche... Creo que vuestro chófer os ha buscado algo al final de la calle. He dicho que os lleven agua y algo de comer.

Vivian observa a los brigadistas sentados o tumbados a la sombra de las casas. Le siguen pareciendo distintos a los primeros que conoció en las trincheras de Madrid. Han perdido parte de su brillo original, de su arrogancia. Aún no han entrado en fuego esta vez y ya parecen cansados, como si llevaran varios días combatiendo.

—Larry.

Lo dice sin pensar. Un impulso irreflexivo, sin saber realmente qué va a decir. O cómo decirlo. O'Duffy se vuelve hacia ella.

—Dime.

—¿Qué es lo que ha cambiado?

—¿En qué?

Vivian señala a los hombres.

—En ellos.

La mira el mayor un instante con fijeza, sin responder. Su nuez prominente sube y baja un par de veces, como si tragase saliva mientras considera qué decir. Al fin mueve despacio el perfil aguileño de izquierda a derecha, cual si algo que pasara por detrás de la norteamericana atrajese su atención. Después vuelve a levantarse las gafas sobre la frente, se inclina sobre la mesa, apoya los codos y acerca los ojos al mapa.

—No ha cambiado nada —dice hosco—. Sólo es demasiada guerra.

V

—¡Eh, fascistas! ¡Requetés!... ¡Podéis iros, que no tiramos!

Agazapado bajo el desnivel de la alambrada, a veinte metros del cementerio, Oriol Les Forques no da crédito a lo que escucha. Lo gritan desde las trincheras rojas. Pegado a él, Agustí Santacreu lo agarra de la camisa empapada en sudor y sucia de tierra.

—¿Estás oyendo?

—Sí.

Lo oyen Les Forques y todos los que, cuerpo a tierra en el desnivel y desperdigados por las viñas, que parecen bolas de polvo, llevan siete horas inmóviles bajo el sol implacable, torturados por la sed, atormentados por las moscas, cazados como conejos por los pacos republicanos cuando quieren moverse. Los gritos de los heridos que pedían ayuda se han ido apagando a medida que éstos se desangraban, pues los camilleros que intentaban evacuarlos fueron abatidos uno tras otro. Desde donde está, pegado al terreno con un grupo de compañeros y sin poder alzar la cabeza, a Les Forques le resulta imposible calcular cuántas son las bajas en la compañía. Pero deben de ser enormes.

—Dicen que no tiran si nos retiramos —comenta Santacreu.

—Puede ser una trampa... No me fío de los rojos.

—Yo tampoco.

Insisten desde las trincheras enemigas. Retiraos, que no tiramos, dice la voz. Os damos media hora para iros.

Los requetés escuchan, desconfiados y atónitos.

—Lo mismo van en serio —dice el que está junto al cadáver del alférez Blanch—. Saben que nos han dado bien.

—Y nos quieren seguir dando —apunta otro.

—Creo que lo dicen de verdad.

—Pues va a levantar la cabeza su puta máuser.

Se miran Les Forques y Santacreu, dubitativos. Lo cierto es que, tal como se encuentran, queda a voluntad de los rojos dejarlos irse u obligarlos a permanecer así el resto del día, hasta que intenten retirarse amparados por la noche.

—¡Podéis iros! —gritan de nuevo desde el cementerio—. ¡Tenéis media hora, y en ese tiempo no vamos a tirar!

Una voz surge de entre los requetés.

—¿Lo decís en serio, rojillos?

Les Forques reconoce a don Pedro Coll de Rei, y eso le causa intensa alegría. Pese a lo que les ha caído encima, el capitán llegó a las alambradas y sigue vivo.

—¡Pues claro que sí! —responde el republicano—. ¡Para lo flojos que sois habéis luchado bien!... ¡Aprovechad y llevaos a vuestros heridos!

—¿Hay palabra?

—¡Sí, coño!

—¿La palabra de quién?

Un breve silencio. Después la voz suena otra vez.

—¡Teniente de milicias Roque Zugazagoitia!... ¿Quién eres tú?

—Soy el capitán Coll de Rei.

—¡Eso suena a fascista que te cagas!... ¡Pero oye, lo dicho! ¡Tienes mi palabra de que durante media hora no vamos a tirar!... ¿De acuerdo?

—De acuerdo. Y gracias.

—¡Ya puedes darlas!... ¡Venga, moved el culo antes de que nos arrepintamos!

Desde donde está, Les Forques ve cómo de entre los hombres tumbados bajo el desnivel se alza una figura fornida, todavía imponente pese a la ropa sucia y rota en las alambradas por las que quiso abrirse paso. Don Pedro Coll de Rei lleva la cabeza descubierta y en la mano derecha sostiene la escopeta de caza. Su brazo izquierdo tiene un vendaje sobre la manga de la camisa manchada de sangre seca. Puesto en pie, inmóvil como para comprobar si es cierta la promesa enemiga de no hacer fuego, permanece así un momento, mirando alrededor a sus hombres agazapados, heridos o muertos. Su rostro barbado muestra una expresión impasible.

—Qué huevos tiene —murmura Santacreu, admirado.

Tras comprobar que los rojos no disparan, el capitán sube con mucha calma al desnivel y rescata la bandera de la compañía, caída entre las alambradas con el requeté que la llevaba. Después mira a los hombres que empiezan a levantarse en el desnivel y entre las viñas como si un campo de amapolas rojas cobrase vida. Entre ellos se pone en pie el teniente Cavallé. También Les Forques, igual que todos cuantos pueden hacerlo; y tras dirigir un vistazo a las posiciones enemigas del cementerio, donde algunos rojos están saliendo de las trincheras para mirar, se cuelga al hombro el Mauser y ayuda a moverse a Subirats, al que han vendado la mano mutilada. Lo imitan Santacreu y Dalmau, cargado con el fusil ametrallador.

—Habría que llevarse al alférez —opina Les Forques—. No podemos dejar aquí a un oficial.

Entre Santacreu y otros dos levantan el cuerpo y se lo llevan por las viñas, donde los requetés que se retiran recogen a los que siguen vivos. Docenas de hombres sudorosos, sucios, agotados, tambaleantes, dan la espalda a las posiciones rojas y caminan bajo el sol cegador que hace brillar el acero de las innumerables bayonetas tiradas por el suelo con los fusiles de los hombres que han caído. El silencio es ominoso, mortal. Ni los heridos se quejan ya. Entre las vides y junto a la alambrada, Les Forques alcanza a ver demasiados cuerpos inmóviles. Buena parte de la compañía, calcula, se ha quedado por el camino.

—Me alegra verte, Oriol.

Para consuelo de Les Forques, Jorge Milany ha aparecido de improviso, el fusil en una mano y la otra sujetándose un pañuelo manchado de sangre contra la mandíbula. Apenas nada, comenta. Un rebote, más golpe que otra cosa.

—Han matado a Esteban Vila —añade—. Y a los hermanos Vendrell.

A Les Forques se le corta el aliento.

—¿A los tres?

—Sólo a dos. El mayor y el pequeño... Y también a Pedrito Regás. Llevaba la bandera cuando cayó en la alambrada.

Piensa Les Forques en Regás: hijo único de madre viuda y requeté voluntario desde enero. Recién cumplidos los quince, tras huir a Francia y la zona nacional mintió sobre su edad para alistarse.

—Qué desastre.

—Y que lo digas. Sin apenas apoyo artillero, y los tiradores de Ifni ni se movieron... Nos han dejado más solos que al otario de la Cumparsita.

Pasa Joan Gabaldá, el abuelo de la compañía, crispado el rostro, preguntando por su hijo de diecinueve años.

—¿Habéis visto a Sergi?... ¿Habéis visto a Sergi?

Lo encuentra al fin, ayudado por otro compañero, sin más daño que un tobillo roto. Se abrazan muy fuerte.

—Bendito sea Dios —musita el padre—. Bendito sea Dios.

Delante de todos, escopeta sobre el brazo sano, don Pedro Coll de Rei camina por el viñedo, feudal y tranquilo. A veces se detiene para ayudar a levantar a un herido o reconocer a uno de los muertos. También Les Forques los mira, reconociendo a muchos: Calduch, Roca, Pepín Gimpera, Jordi Ruscalleda. A otros resulta difícil identificarlos a causa de los destrozos en la cara o la sangre que los cubre. Las horas de exposición al sol empiezan a ennegrecerlos, hinchando sus cuerpos, alzando brazos y piernas en posturas a veces grotescas. Zumban sobre ellos espesos enjambres de moscas.

Lo cierto, piensa el joven mientras camina por semejante cementerio, es que no hay nada bello ni romántico en un soldado muerto. Eso queda para las pinturas de los museos, los versos de los poetas y la demagogia de los políticos. La realidad inmediata sólo es carne muerta, carroña pudriéndose al sol.

Detrás de don Pedro Coll de Rei y del teniente Cavallé va el asistente Cánovas, a quien el capitán ha pasado la bandera. Les Forques se encuentra a su lado, y le extraña no ver al perro mascota de la compañía.

—¿Dónde está Durruti? —se interesa.

Hace el otro un ademán desolado y señala hacia atrás con un dedo pulgar, sin volverse.

—Caído por Dios y por España.

Tres horas más tarde, cuando se pasa lista, un tercio de los requetés de la compañía de choque no responde a la llamada. Anotada tras la acción del viernes 29 de julio de 1938 frente al cementerio de Castellets del Segre, la cifra de bajas es de 33 muertos, 29 heridos y un perro.

El primer tanque aparece tras un recodo de la carretera, entre la ondulación de las lomas situadas a unos trescientos metros. Se detiene allí un momento y retrocede de nuevo. Hasta los hombres parapetados llega el rumor lejano de su motor.

—¡Ahí los tenemos! —grita la voz de un oficial.

Arrodillado bajo los carrascos, junto a las cajas de munición, Ginés Gorguel no aparta los ojos de la carretera que otra vez parece desierta. La imagen del monstruo mecánico asomando tras el recodo no se le borra de la retina. A su lado, goteándole el sudor por las arrugas del rostro cenceño, el cabo Selimán se pasa los dedos por el bigote cano y sonríe con expectante ferocidad.

—Ya estar arrojos putos —dice.

Quince pasos más allá, al descubierto pero camuflados con ramas de árboles y arbustos, los tres pequeños cañones antitanque enfilan la carretera y los campos de matorral que la flanquean. Agachados tras su escudo protector, los sirvientes del Pak número tres se mantienen atentos. El cabo Molina está a la izquierda, con unos prismáticos pegados a la cara; el apuntador y el cargador, de rodillas entre los mástiles abiertos de la cureña. Los tres se cubren con cascos de acero.

—Esos cabrones llevan casco —dice Gorguel, despechado.

—*Mektub*. Suerte.

—Podían habernos dado uno a nosotros.

—Tú quedar tranquilo, paisa. Haz el corazón y aguanta un poco, que yo saber manera... En cuanto maten uno, yo ti traigo.

—Joder.

Junto a ellos hay abierta una caja con doce proyectiles. Las vainas de latón son relucientes y las ojivas, estilizadas, acaban en un cono de color cobre. Los proyectiles, de sólo dos dedos de diámetro, le parecen a Gorguel demasiado pequeños para perforar un blindaje.

—¿De verdad crees que esto agujerea un tanque, Selimán?

—Por mi cara que sí —lo tranquiliza el moro—. El cañona es misiano, yo ti digo... Todo lo alimán muy güino de trinca, ti juro por cabeza mía y ojos míos, Inés.

—Ginés.

—Pues eso digo: Inés.

Siguen mirando, atentos. La voz del oficial vuelve a alertar a los artilleros. El tanque acaba de asomar de nuevo, y esta vez no se detiene, sino que sigue adelante.

—Ruso —dice Selimán.

—¿Qué?

—La tanque, ruso cabrón... Yo estar visto antes en Teruel y Brunete.

Como hipnotizado, Gorguel ve que el tanque avanza un poco por la carretera y luego se desplaza hacia la izquierda, campo a través, mientras por la curva asoma un segundo blindado, seguido al cabo de un momento por un tercero. Simultáneamente, las lomas próximas empiezan a hormiguear de figurillas diminutas que se mueven despacio.

—Una tanque sin infantería está jodida mucho —comenta Selimán—. Dentro no ves, no oyes gualo, no sabes. Y si ti dan, ti asas como pinchito de cordero, yo ti digo. Tienes que ser grande loco para ir en uno si no ti cuidan afuera.

Junto al Pak, el cabo Molina dice algo a sus compañeros, sosteniendo con una mano los prismáticos ante los ojos mientras señala con la otra el tanque de la izquierda. Manipulando con rapidez los volantes de la pieza, el apuntador mueve el cañón unos veinte grados en esa dirección y golpea con una palmada el ancho botón disparador.

—*Bismillah* —musita Selimán, como si rezara.

El disparo suena duro y seco, igual que un latigazo corto. Las ruedas de la cureña dan un brinco y el rápido fogonazo se convierte en una breve humareda gris. Un segundo después, algo más allá del tanque se levanta una columna de polvo. El eco del impacto llega al momento, lejano, como perdido en el vacío.

—Mierda —exclama Gorguel.

Casi al mismo tiempo, los otros dos cañones abren fuego. Un proyectil desaparece en la nada, sin efecto aparente, y otro levanta una polvareda similar a la del primer disparo. Las figurillas diminutas se mueven ahora más deprisa. Son hombres corriendo, y son muchos.

—Mierda, mierda, mierda.

El tableteo recio de una ametralladora restalla al otro lado del carrascal, y desde la trinchera excavada en zigzag delante de los cañones, a ras del suelo, brota un crepitar intenso de fusilería que no detiene a los enemigos que avanzan. De rodillas tras el escudo del Pak número tres, los artilleros del cabo Molina eyectan la vaina vacía y meten otro proyectil en la culata, que cierran con un chasquido.

Pac-paaah, hace.

Un nuevo latigazo duro y seco. Luego, otro. Y otro. Vuelve a brincar el cañón sobre las ruedas y parten los disparos, simultaneados con los de las otras dos piezas. Los estampidos, los ecos lejanos de los impactos y el tiroteo de la ametralladora y los fusiles se mezclan ya en un combate en toda regla. Los tanques siguen acercándose despacio mientras la infantería roja se despliega tras ellos y a los flancos. El cabo Molina se ha vuelto hacia Gorguel y Selimán y grita algo que con el ruido no alcanzan a oír, pero cuyo sentido está claro.

—*Iallah,* Inés.

Dice el moro. Y con un proyectil bajo cada brazo, agachada la cabeza, corre hacia el antitanque. Gorguel lo imita tras un momento de indecisión, y así llegan los dos hasta el cañón, cuya boca de carga humeante acaba de eyectar otra vaina.

—¡Más!... ¡Traed más! —grita el artillero cargador.

Le entrega Gorguel sus dos proyectiles, da la vuelta, corre de nuevo hacia los carrascos, y a mitad de camino oye un sonido desgarrador, un raaas que se acerca, revienta entre los árboles y le arroja encima una nube de tierra, piedras y astillas. Se tira al suelo mientras el estruendo lo deja sin aliento, decidido a quedarse allí. De pronto siente la mano de Selimán que le palpa la espalda.

—¿Tú estar güino, amigo? ¿Tú estar güino?

—Creo que sí.

—*Jandulilá...* Dios ti protege, yo ti digo. Ahora tú trabajarás por vida tuya.

—¿Qué ha sido eso?

—La tanque cabrón, paisa, la tanque roja comunista cabrón. Está más cerca y también tira.

Lo ayuda el moro a levantarse y juntos llegan a las cajas de munición, cubiertas de tierra y ramas rotas. Apartan la suciedad y cogen dos proyectiles cada uno. Gorguel ve que Selimán limpia los suyos con el faldón de su camisa, pero él no lo hace. Que los limpien quienes los disparan, piensa. Que les vayan dando a todos.

Sigue haciendo fuego el antitanque. Regresan a él con otros cuatro proyectiles, y en el momento en que se arrodillan para entregarlos, el Pak abre fuego y un sonido metálico y distante, una especie de clang de acero contra acero, llega desde el blindado que avanza por la carretera.

—Carajo... Rebotan —dice Gorguel.

Niega el artillero cargador, moviendo la cara tiznada de pólvora. Es un tipo regordete, de cejas espesas.

—Lo ha tocado de refilón. Pero ya le daremos, ya.

Le tiembla la barbilla al hablar, y eso no tranquiliza a Gorguel en absoluto. Sobre todo porque el tanque de la izquierda se encuentra a menos de doscientos metros. Ya es posible distinguir los detalles de la torreta y el chasis, y el cañón que suelta un fogonazo cada vez que el blindado se detiene a disparar. Algunos de sus proyectiles pasan altos, perdiéndose entre los carrascos, y otros caen cerca, como uno que da en la trinchera, levantando una polvareda de la que Gorguel ve salir a dos camilleros evacuando a un herido.

Al fin, los antitanques consiguen hacer blanco. Del blindado más a la derecha brota un fogonazo como si él mismo acabase de disparar, pero que un segundo después se convierte en llamarada, cual si prendiera en la torreta una caja de fósforos; entonces se detiene y una columna de humo negro, aceitoso, se retuerce hacia el cielo desde su estructura de acero.

—Dios es grande —exclama Selimán—. *Alahu akbar.*

Gritan de júbilo los artilleros, pero la alegría dura poco. Gorguel y el moro están de regreso con cuatro proyectiles más cuando el cañonazo de otro tanque impacta en el Pak situado en el centro de la posición, tumbándolo de lado y matando o hiriendo a sus servidores. Suenan alaridos de dolor en la polvareda y corren hacia allí los camilleros mientras, aturdido, Gorguel se agacha y entrega su carga. El blindado de la izquierda parece tan cerca que da miedo verlo. Tras él, los infantes rojos, muy castigados por el fuego de fusilería y los impactos que no aciertan en el tanque pero estallan entre ellos, empiezan a buscar protección en el terreno y a quedarse atrás.

—¡Se para y va a tirar! —grita el cargador del antitanque—. ¡Cuidado!

El tanque, en efecto, se ha detenido. Su cañón se mueve lentamente de lado, escupe un nuevo fogonazo, y esta vez el proyectil revienta justo frente al Pak, la metralla golpea con estrépito el escudo protector de acero, y, de no encontrarse en ese momento agachados detrás, Gorguel y Selimán se habrían ido juntos al diablo. Quien no tiene la misma suerte es el cargador de la pieza, el soldado de las cejas espesas, que cae con un gemido ronco, líquido, del aire y la sangre que brotan de su garganta seccionada, pataleando en el suelo mientras el moro intenta taponarle la herida con las manos. Quince segundos después el artillero pone los ojos en blanco, deja de patalear y se queda inmóvil. Entonces se aparta Selimán y la sangre corre libre, encharcando la tierra.

—Dios todo lo sabe —dice el moro.

Cuando Gorguel aparta la vista, el cabo Molina está allí mismo, con ellos. Tiene el rostro desencajado y le tiemblan las manos cuando mira al caído, pero empuja a Selimán hacia las cajas de proyectiles y agarra al albaceteño por el cuello de la camisa, pegándolo a la culata del cañón donde el apuntador, amarillo como la cera vieja, abre la boca de carga y hace saltar una vaina vacía.

—¡Te quedas aquí de cargador, pegado a nosotros!... ¡Y tú, jamido, sigue trayendo!

—Selimán yo ti llamo, me digo.

—¡Venga, joder! ¡Trae más munición!

Sale el moro corriendo hacia el carrascal, pega Molina un ojo al visor y mueve con nerviosismo los volantes de dirección y elevación.

—¡Vamos!... ¡Otro, vamos!

Coge Gorguel precipitadamente un proyectil, y se le cae de las manos. Vuelve a cogerlo, le quita la tierra con la manga de la camisa y se lo pasa al otro artillero, que lo mete en la recámara y trinca el cerrojo. Molina ha apartado la cara del visor.

—Dale —dice.

Una palmada al disparador, un estampido, un agudo clang metálico, un disparo que vuelve a tocar de refilón el acero del tanque y rebota detrás sin estallar, entre la infantería roja cada vez más rezagada.

—¡Otro, venga, otro! —los acucia Molina pegando un ojo al visor.

La voz suena lejana en los tímpanos ensordecidos de Gorguel, que sin embargo son capaces de captar el chirriar siniestro y próximo de las cadenas del tanque. Empieza a descomponerlo el pánico. Sin saber lo que hace, por pura y horrorizada inercia, le pasa un nuevo proyectil al artillero, y éste lo mete en la recámara humeante. Llega en ese momento Selimán con dos proyectiles bajo cada brazo, los deja en el suelo, le quita el casco al artillero muerto y se lo pone a Gorguel en la cabeza.

—Yo ti dije, paisa. Por mi cara que sí... Toma la casco tuyo.

Lo mira Gorguel con ojos desorbitados, atónito, sin comprender.

—¡Dale! —ordena el cabo.

Pac-paaah, hace el cañón. Otro estampido seco, otro brinco sobre las ruedas. Y esta vez el tanque cercano se detiene con estrépito mientras en su costado destella un resplandor naranja y azul, y una de sus cadenas, rota, corre sin control hasta caer al suelo. Se abre la escotilla de la torreta y por ella sale un hombre que salta a tierra, y luego otro más intenta hacerlo. Pero el que aún está en la torreta es abatido por las innumerables balas que resuenan al golpear en el acero —todos los fusiles de la trinchera se ceban ahora en el blindado—. Y, un momento después, también el que corre campo a través es alcanzado y cae cuando intenta unirse a la infantería roja; que, como hace el tercer tanque, ahora retrocede en desorden.

—Dios es grande y sabe manera —dice Selimán.

Tras el cañón humeante rodeado de vainas de proyectil vacías, mojados de sudor, ennegrecidos de tierra y pólvora, Gorguel y el moro se abrazan con los artilleros.

Son la estampa viva de la derrota, comprueba sobrecogida Pato Monzón. Nada puede reflejarla tan bien, piensa la joven, como esas docenas de muchachos que regresan tambaleantes de la carretera de Fayón, arrastrando los fusiles, exhaustos de correr hacia el enemigo y de retirarse luego bajo el fuego fascista. Son, advierte, los mismos a los que vio pasar por la mañana sobre el puente cuando estaba allí con el capitán Bascuñana. Caminan de vuelta con aire desorientado, errante, y los hay que se sientan en el suelo para permanecer con la cabeza entre las manos hasta que sus jefes, de aspecto tan cansado como ellos, los obligan a levantarse y seguir. Unos heridos van por su propio pie, sostenidos por los camaradas, y otros pasan en camillas, colgando inertes los brazos, goteando sangre en el polvo del camino. Y algunos lloran.

—Maldita sea la hostia —dice la sargento Expósito—. A esos críos les han dado bien duro.

Es media tarde, y las mujeres fuman Luquis americanos a la sombra del caserío convertido en puesto avanzado de observación, reforzado con sacos terreros y aspilleras en los muros, donde les han ordenado instalar un teléfono de campaña y un heliógrafo Mark V. Acompañan a Pato y a la sargento otras dos de la sección: Vicenta la Valenciana y Rosa Gómez, una extremeña bajita, de simpáticos ojos verdes bajo la borla del gorrillo cuartelero. Han tendido cuatro bobinas de cable desde el pueblo, procurando proteger la línea con piedras y arbustos, y acaban de conectarle un Aurora.

—No me gusta ver esto —comenta la Valenciana.

La mira Expósito con aspereza.

—Di algo que no sepamos, o cállate... A ninguna nos gusta.

—Maneras de Moscú —murmura la Valenciana, y Pato y Rosa ríen por lo bajo.

—Te he oído, niña —gruñe la sargento—. Y vosotras, menos risitas... Una temporada en la Academia Krupskaya también os iría bien.

Se las queda mirando con el pitillo entre los dedos a medio fumar. Los ojos muy negros relucen en su rostro huesudo, de hembra seca y dura.

—Algunas creíais que la guerra era salir bien peinada y maquillada, con el mono recién planchado y zapatos de tacón, en la portada de *Mundo Gráfico,* como Juanita Montenegro —señala a los soldados de la carretera—. Pues, como podéis ver, estabais equivocadas.

Se toca la Valenciana la cabeza rapada.

—Ya nos hemos dado cuenta.

—No lo bastante, camarada... Todavía no.

Hay una promesa o una amenaza explícita en esas palabras, y Pato conoce lo suficiente a la subjefa de la sección de transmisiones para saber que habla en serio. La sargento Expósito, forjada en la Agrupación de Mujeres Antifascistas, en el cuartel de la Montaña, el Alto del León y el puente de los Franceses, superviviente de Brunete y el Jarama, está en condiciones de interpretar con lucidez las señales externas. Y por su expresión grave, sombría, Pato comprende que la suboficial no se hace ilusiones sobre el desenlace de todo. Con maneras de Moscú o sin ellas.

—¿Cómo lo ves, camarada sargento?

La mira Expósito sin responder, da una chupada al cigarrillo y lo arroja lejos con un golpe del pulgar y el índice. Vuelve a mirar a los soldados que se alejan por la carretera y al fin se encoge de hombros.

—Vamos a ganar... No sé si esta batalla en concreto, porque otras he visto pelear con mucho coraje y perderlas; pero sí esta guerra. Vamos a ganarla porque la razón y la Historia están de nuestra parte. De eso no tengáis la menor duda.

Se queda callada, como si su conciencia dialéctica se interrogara sobre seguir hablando o no. Y al fin vence la dialéctica.

—Hubo momentos peores, os lo aseguro. Y no siempre por culpa de los fascistas. Incluso entre los nuestros, traidores y emboscados aparte, hubo siempre incompetencia y mala fe. Por eso es tan importante el papel que los comunistas hacemos en esto. Por oposición a los libertarios anárquicos y los trotskistas revisionistas y traidores, somos el único argumento fiable.

—Dicho en bonito —interviene Rosa—, la columna de hierro de la República.

—Exacto. Tú misma, por ejemplo. ¿Por qué estás aquí?

—Ay, bueno —Rosa se ruboriza un poco—. Supongo que por pura lógica. Mi padre era albañil, analfabeto y de la CNT. Se quedó cojo al caer de un andamio. No quiso que ninguno de sus hijos fuera bautizado, y me llamo como me llamo por Rosa Luxemburgo... Mis dos hermanos fueron a trabajar desde críos, pero mi madre procuró que yo tuviera algunos estudios. No seas una mula de carga como tu abuela y yo, insistía.

—Tu madre era una mujer sabia.

—Lo era. Los domingos, mi padre nos enseñaba *La Internacional* y *A las barricadas,* porque cantar, decía, es la diversión del pobre. Y cada Primero de Mayo íbamos de merienda a celebrarlo. Desde los siete años me sé de memoria la lucha por las ocho horas y la historia de Sacco y Vanzetti, y durante mucho tiempo creí que Federica Montseny era una mujer torera, porque oía decir que llenaba las plazas de toros.

—¿Dónde está tu padre? —se interesa Pato.

A Rosa se le ensombrece la cara.

—Lo fusilaron en Badajoz, a él y a uno de mis hermanos.

—Vaya.

—Combatieron en la defensa de la ciudad y los cogieron los legionarios.

—Lo siento. ¿Qué hay de tu otro hermano?

—Hacía el servicio militar en Ceuta cuando la sublevación, y lo alistaron con los fascistas... No sé nada de él.

—¿Has pensado que tal vez lo tengamos ahí enfrente?

—Pues claro que lo he pensado. Si puede se pasará, imagino.

—Ojalá siga bien.

Suspira Rosa, suave y triste.

—Ojalá supiera que estoy aquí. Combatiendo.

La sargento Expósito ha estado escuchando con atención.

—Ser mujeres y estar aquí es un deber y un honor —interviene al fin—. Demostrar a los fascistas, y también a nuestros camaradas, que lavar la ropa y cocinar no es sólo cosa nuestra. Y que hay trabajos, incluso militares, que podemos hacer mejor que ellos.

—Puedes jurarlo —confirma la Valenciana—. Ninguna nos alistamos para morir con un cucharón de cocina en la mano.

—O para que nos llamen putas, y no sólo los fascistas —señala Rosa.

Sonríe Pato con amargura.

—De heroínas a putas se pasa fácil —comenta.

—Y que lo digas.

—Los hombres —opina la Valenciana— son comunistas, socialistas o anarquistas de cintura para arriba...

De cintura para abajo se diferencian poco de un señorito o un capitalista.

Se muestra de acuerdo Rosa.

—Hasta Largo Caballero dijo que nuestro puesto son los hospitales, las cocinas y las fábricas.

—Eso lo dijo Indalecio Prieto.

—Qué más da. Menudos imbéciles.

—Y acuérdate, Valenciana, del fulano aquel, ¿no?... Tu amiguito de Igualada.

—Cómo se me va a olvidar.

A ninguna de ellas se le olvida. Acosada la Valenciana por un carabinero que la habría violado de no estar borracho —voy a enseñarte lo que necesitamos los combatientes, argumentaba, porque me apuesto un jamón serrano a que aún eres virgen—, el teniente Harpo, poco amigo de complicaciones, quiso arreglarlo con buenas palabras; así que fue la sargento Expósito quien tomó cartas en el asunto: primero fue a buscar al fulano a su cuartel y, delante de sus compañeros, le puso una pistola en la frente y le dio dos bofetadas que el otro encajó sin rechistar —me apuesto el chocho, dijo ella mientras le daba, a que eres un fascista—. Después lo hizo detener, someterlo a consejo de guerra, y a esas horas el carabinero picaba piedra en un batallón disciplinario.

La sargento habló de nuevo.

—Cuando estaba en Somosierra con la primera columna de las JSU —comenta de pronto—, tragándome lo que todos, tenía que esperar la noche para, sin que mis compañeros me vieran, tirar al fuego los algodones manchados con sangre de la regla...

No dice nada más. Lo ha hecho en tono pensativo, y las otras mujeres la miran con atención. No es frecuente, piensa Pato, que Expósito se preste a confidencias, ni de esa clase ni de ninguna otra.

—Hemos sabido echarnos a la calle como nadie —añade la suboficial tras un momento—. Maestras pelando patatas, enfermeras fregando suelos, pescaderas aprendiendo a leer y escribir, sirvientas atendiendo hospitales, modistas cosiendo uniformes... Y además de todo eso, fuimos a pegar tiros al lado del obrero y el campesino, fueran nuestros compañeros o no.

—El tuyo lo era —señala Pato.

Los ojos duros que se clavan en ella son absolutamente bolcheviques. No hay emoción ninguna ahí, piensa la joven. Esos ojos están secos de cuanto han visto y han sufrido.

—Y allí se quedó, como el hombre entero que supo ser —contesta Expósito—. Pero en todo caso, también nosotras nos hemos ganado el respeto, ¿no os parece?

Sigue mirando a Pato. Asiente ésta, convencida.

—Por supuesto —responde—. Prefiero estar entre un batallón de hombres que en la retaguardia, paseando del brazo de un emboscado. Aquí me siento más segura.

—¿A pesar de los tiros, las bombas y la miseria?

—Quizá a causa de todo eso... No sé si me explico.

—Te explicas.

Esboza Expósito una mueca agria, que es lo más cercano en ella a una sonrisa.

—Ese privilegio hay que seguir ganándolo cada día —añade—. Aquí y en donde sea.

—Lo ganamos de sobra —interviene la Valenciana.

—Por eso tenemos que aguantar más que ellos —insiste la sargento—. A nosotras no se nos puede ver flaquear. Primero, porque somos mujeres; y luego, porque somos comunistas. Sabemos lo que nos espera si el fascismo, ese machismo inculto y perverso, gana esta guerra.

Se detiene, se pasa una mano por el pelo corto y luego la apoya en la funda de la pistola que lleva al cinto, estrechándole el holgado mono azul.

—De la que se eche atrás me ocuparé personalmente, porque no voy a permitiros chaquetear —mientras dice eso las observa hosca, una por una—. A ninguna de vosotras... ¿Os parecen suficientes maneras de Moscú, tontitas mías? ¿Lo he dicho claro?

Asiente Pato, que no le aparta la mirada.

—Clarísimo.

—Pues que no se os olvide, camaradas. Con nosotras combaten aquí todas las mujeres de España y del mundo, incluidas las fascistas... Incluso las que ni lo entienden ni lo saben.

Saltan de los camiones, polvorientos los uniformes del viaje desde Zaragoza, y se agrupan por centurias: 1.ª, 2.ª y 3.ª. Son trescientos catorce hombres vestidos con pantalón de sarga marrón, botas, polainas y camisa azul sobre cuyo bolsillo izquierdo, a la altura del corazón, están bordados en rojo un yugo y unas flechas. Llevan cascos de acero checos y cargan con cajas de munición, fusiles Mauser, granadas italianas, fusiles ametralladores Chauchat y Hotchkiss, y máquinas Fiat Revelli. Incluso, corchos de botella para quemarlos y curarse con ellos las heridas ligeras. Son tropa escogida, de élite; fuerza de choque curtida en la defensa de Huesca y la ofensiva de marzo: la XIV Bandera de Falange de Aragón.

—¡A formar! ¡Cubrirse!

Preocupados, los falangistas ven alejarse de vuelta los vehículos. No es una buena señal. Por el camino han venido adelantando a otras tropas que marchaban a pie: legionarios, fusileros, artillería e incluso tanques. Y que los hayan llevado hasta allí en camiones, ahorrándoles fatiga y suela de botas, no tranquiliza demasiado. Saben por experiencia que esa clase de lujos suelen acabar en canela fina.

—¡Izquierda!... ¡De frente, mar!

La columna se pone en marcha campo a través, siguiendo al comandante de caballería Bistué, que camina acompañado por el alférez médico y el capellán. Todos los componentes de la bandera son aragoneses. Algunos camisas viejas, sobre todo oficiales y suboficiales, combaten voluntarios desde la sublevación de julio o la formación de la unidad a finales de 1936, tras haber actuado con extrema dureza en lo que eufemísticamente se denomina «depuración de personal desafecto en la retaguardia». Otros se han ido incorporando desde entonces, llamados por su quinta o reclutados para cubrir bajas en los pueblos de la región: ni son falangistas ni son voluntarios, pero como si lo fueran. La XIV Bandera es una fuerza de combate homogénea, veterana, con alto grado de cohesión y fuertemente politizada a nivel de mandos superiores e intermedios. Una herramienta de guerra casi perfecta.

—¡Cantad! —ordena el teniente Guillén, jefe de la 2.ª Centuria, al que llaman Zarallón pero nunca en su cara.

La centuria, disciplinada, canta. Y al momento, la canción se extiende a toda la bandera.

> *Nuestro anhelo es tu grandeza,*
> *que seas noble y fuerte;*
> *y por verte temida y honrada*
> *contentos tus hijos*
> *irán a la muerte.*

Obediente, el falangista Saturiano Bescós canta con sus compañeros mientras camina cargado con su equipo, el casco colgando del correaje. Rubio de pelo, cachazudo de carácter, pastor de profesión, analfabeto que apenas sabe garabatear su nombre, acaba de cumplir veinte años aunque su físico grande, fornido, lo haga parecer mayor. Bajo el gorrillo isabelino azul con madroño rojo, el sudor gotea por su cara y le moja la camisa.

Que aún te queda la fiel infantería,
que por saber morir sabe vencer.

Hace mucho calor y el terreno es áspero, pedregoso, con arbustos de espino, subidas y bajadas que vuelven la marcha agotadora. Eso es la guerra: andar, correr, esperar, mojarse, pasar hambre y frío. Pero Bescós lo soporta bien. Como muchos compañeros, sólo es falangista de uniforme. Hasta que lo reclutaron con otros jóvenes de Sabiñánigo, cuidaba cabras en los montes del Serrablo desde que cumplió nueve años, con el único lujo de una manta para protegerse del frío y la lluvia; por eso las privaciones y la vida dura no fueron novedad, y los dieciocho meses que lleva en la bandera lo han acostumbrado a todo. Humilde, resistente, cumplidor, valiente cuando se le pide que lo sea, Saturiano Bescós —Satu, lo llaman sus camaradas— es un buen hombre y un buen soldado; uno más de los sufridos españoles que durante siglos pelearon bajo diferentes soles, climas y banderas.

—¡Cantad otra y avivad el paso!

La metralla, la metralla
mete un ruido que escaralla.

Avanzan los falangistas por los campos yermos y las vaguadas rocosas, viendo a lo lejos las alturas de la sierra de Mequinenza y, algo más cerca, dos pitones dorados en el sol de la tarde, que se rumorea son su destino. Ni siquiera saben el nombre del lugar. Y cuando tras una hora de marcha se detiene la tropa, Saturiano Bescós hace corro con sus camaradas, que abren latas de conserva y leche condensada con las bayonetas, y cenan en frío mientras se pasan unos a otros la bota de vino.

—Pásame el morapio, Satu.

—Ahí va.

—¿Echamos un cigarrico, o qué?

—Hala, pues.

Circulan de mano en mano el petacón y un librillo de Zig-Zag y chispean los chisqueros de campaña, hechos con vainas de balas vacías.

—Esto arde fatal, ridiela. Tiene más estacas que los cristobitas.

—No te quejes... Por lo menos hay fumeque y con qué remojar el garganchón.

Todos en la unidad menos un capitán, un teniente y una docena de falangistas zaragozanos —casi todos los de Teruel murieron allí cuando la tomaron los rojos— son nativos de la provincia de Huesca; y en la escuadra de Bescós, 5.ª de la 2.ª Centuria, todavía más paisanos entre sí: Jesús Tresaco y Domingo Orós son también de Sabiñánigo; Sebastián Mañas es de Tormos; Lorenzo Paño, de Gurrea, y el cabo Elías Avellanas, de Tardienta. El más joven, Mañas, tiene diecinueve años, y el abuelo de la escuadra, que es el cabo, veintitrés. Todos están juntos desde que los alistaron y se conocen mejor que a sus propios padres y hermanos. O como piensa Bescós, que nunca los tuvo varones, éstos son realmente sus hermanos: los camaradas junto a los que luchó en el manicomio de Huesca contra la División Lenin, defendió Almudévar contra la Carlos Marx y combatió al arma blanca del 26 al 29 de mayo —todavía se estremece al recordarlo— en la cabeza de puente de Balaguer.

Pasa cerca del grupo el teniente Zarallón, revisando armamento. Tiene veintipocos años, mofletes sonrosados y una cara simpática. Que engaña.

—Dicen que mañana entramos en fuego —le comenta el cabo Avellanas—... ¿Has oído algo, mi teniente?

Tuteo de camaradas a los mandos: pese a su estricta disciplina militar, las unidades falangistas son las únicas donde se tolera. Se para el oficial, alarga una mano y le pasan la bota de vino.

—Va a haber chandrío —dice, guiñando un ojo. Luego echa atrás la cabeza, levanta las manos y encaja un largo chorro de la bota.

—¿Y nosotros? —aventura Sebastián Mañas.

—Los primeros, como siempre. Qué has de hacer.

—Cagüenlá.

El oficial les devuelve la bota, guiña el ojo de nuevo y sigue su camino. Los seis jóvenes se miran entre ellos, graves.

—Cagüenlá —repite Mañas.

—A Zarallón le gusta la jarana —comenta Domingo Orós—. Se diría que disfruta cuando la ve venir.

—Se relame.

—No es con lo único que se relame.

Ninguno dice nada más, pero todos saben lo que piensan los otros camaradas. Respetan al oficial, que es valiente y los trata con decencia, pero no les gusta. O no del todo. Antiguo estudiante afiliado al SEU, partícipe en la sublevación de Zaragoza y la liberación de Alcañiz, Calanda e Híjar, se dice que no le tembló el pulso a la hora de ajustar cuentas, y antes de graduarse de oficial en la academia de Las Veguillas estuvo cebando a gusto cunetas y tapias de cementerios por todo Aragón. Y según dicen, con motivos: a un hermano suyo, falangista de quince años, le dieron dos tiros por la espalda unos cenetistas cuando pegaba carteles anunciando un mitin de José Antonio en el teatro Principal.

—Siempre me pregunto —comenta Orós cuando el teniente está lejos— si lo que se cuenta de las orejas es verdad o es una trola.

Lo que se cuenta de Zarallón es que, mientras anduvo depurando retaguardias, llevaba en un bote de vidrio con alcohol varias orejas de rojos muertos, como si fueran rodajas de melocotón en almíbar.

—Nunca habla de esa época —dice Avellanas.

—Muy lejos no andará la cosa —tercia Jesús Tresaco—, de todas formas... ¿Vosotros lo habéis visto dejar vivo a un prisionero que lleve galones, de sargento para arriba, desde que estamos en esto?... ¿A que no?

—Negativo.

—No.

—A ninguno.

Baja un poco Tresaco la voz. Es un chico alto y pálido, con gafas, antiguo empleado de ayuntamiento: el único voluntario de la escuadra. Se alistó antes de que lo llamaran porque en su pueblo estaba considerado de izquierdas y temía que lo sacaran de casa cualquier madrugada, como a tantos. Y además, como voluntario que es, su madre recibe tres pesetas diarias.

—¿Os acordáis de aquel rojo que quiso rendirse en el monte Oturia?

—¿El sargento de montañeros catalanes?

—Ése.

—Pues claro que me acuerdo. El desgraciado salió de la trinchera con los brazos en alto, y en que Zarallón le vio la barra y la estrellica rojas cosidas al pecho, le pegó un tiro... Y eso que nos habían mandado coger vivos a los mandos, para interrogarlos.

—Menuda bronca le echó el jefe de la bandera —señala a Paño—. Éste los oyó.

—Vaya si los oí —dice el aludido—. Al comandante Bistué le reventaban las venas del cuello... «Aquí se fusila con método, Guillén», gritaba. «Que no somos chusma anarquista, coño. Aquí se fusila con método.»

—Se lo pasa por los huevos.

Sigue un silencio incómodo. Toda la escuadra, como el resto de camaradas de la bandera, lleva en el hombro izquierdo o en el gorrillo el ángulo de falangistas de primera línea; la distinción de verdaderos combatientes que

362

los diferencia de los oportunistas y emboscados que visten camisa azul en la retaguardia: de quienes, a veces individuos dudosos resueltos a justificarse, detienen, asesinan, rapan a mujeres y se dedican a los chanchullos y la política sin correr otro riesgo que atragantarse con una copa de Tío Pepe. Pero en lo que se refiere al teniente Zarallón, opinan los de la escuadra por lo bajini, haya sido o sea un cabrón pese a sus mofletes sonrosados, todavía hay clases. Al menos, él se bate el cobre. Lo que no entienden es que a veces hable casi como los rojos. España no puede ser la criada de Europa, dice, ni casinos y cotos de caza para señoritos. Está bien que sea republicana porque los reyes son basura, pero necesita una verdadera revolución social, etcétera. A todos les parece que con tales cosas les lía la cabeza; así que cuando empieza a endilgarles esos discursos, desconectan.

—Por lo demás es un tío fetén —opina el cabo Avellanas—. Y nos cuida de puta madre.

Suspira Tresaco, ecuánime.

—Una cosa no quita la otra.

—Por lo visto, antes de la guerra estudiaba para filósofo.

—No jodas.

—Se lo oí comentar con el capitán el otro día. De la universidad y todo eso.

—Tira, pues, con los filósofos.

Se interesa Orós, muy arrugada la frente.

—¿Eso es estudiar para sabio, u qué?

—U qué.

Escucha Saturiano Bescós, sin intervenir. Es poco hablador. Su vida como cabrero, la soledad del campo sin otro sonido que el viento, el rumor de la lluvia, sus propios pasos en la nieve, las esquilas de los machos o el aullar de los lobos lo han hecho silencioso. Pero le gusta escuchar. Sus camaradas de escuadra y el tiempo que lleva junto a ellos son la ventana a un mundo que hasta hace poco veía distante, muy lejano. Con ellos, con las penalidades compartidas, el socorro mutuo en las miserias cotidianas, la lealtad tácita que se anuda entre seres humanos sometidos a idénticas pruebas, Bescós ha descubierto la singular felicidad de la camaradería. Por supuesto, ni siquiera se lo plantea. No es algo que razone o concluya; sólo intuiciones y sentimientos. Como mucho a veces piensa en el futuro, cuando acabe la guerra, si es que sobrevive a ella, y su regreso a la soledad de los montes y el silencio. En los momentos más duros, y han sido unos cuantos, lo anhela de verdad. Pero a menudo, como ahora, piensa en eso con melancolía. Aquellos jóvenes, que la metralla y la muerte han respetado milagrosamente hasta ahora, son, en efecto, su familia.

—¿Otro pitillico, Satu?

—Venga.

El que ha hablado es Sebastián Mañas, que le pasa a Bescós un cigarro ya liado. Mañas es un joven muy seco y duro, también de esos aragoneses austeros que como mucho hablan para preguntar, dicen ridiela o cagüenlá y luego se callan. Tiene otros tres hermanos en distintas unidades nacionales repartidas por el frente —por suerte, los cuatro están en el mismo bando—; y a todos ellos, como a Bescós y la mayor parte de los demás, los reclutaron por las bravas cuando un camión de falangistas llegó a su pueblo e hicieron subir a los mozos a él. Vais a salvar a España de las hordas marxistas, les dijeron. Y tras ponerles una camisa azul les enseñaron a cantar el *Cara al sol.* Aparte de eso, ninguno tiene la menor idea de lo que son los veintisiete puntos, los luceros y el corporativismo sindical.

—Se me ha acabado la piedra —frota Bescós con la palma la ruedecilla, pero no saltan chispas—. Pásame tu chisquero, Sebas.

—Ten.

Un pitillo, la barriga medio llena, unos camaradas. Se recuesta Bescós en el macuto, satisfecho de la vida, mirando el sol que baja despacio hacia poniente. A veces se pregunta si, de haber sido otros los que llegaran a su pueblo en el camión, ahora no estaría cantando *La Internacional*. Pero de todas formas, suele decir Lorenzo Paño —el gracioso de la escuadra—, lo bueno de la camisa azul es que, como pese a los lavados sigue siendo oscura, en ella buscas mejor a la hora de encontrar los piojos.

Es el cabo Longines quien los ha visto primero.

—Saliendo de la quebrada que da a levante, mi alférez... Con bandera arriba y olé sus huevos. Mírelos usted, que da gloria verlos.

Observa Santiago Pardeiro en esa dirección. Se lleva los prismáticos a la cara y vuelve a mirar. Su rostro sucio y con barba de un par de días —la última vez se afeitó con vino— se relaja en una sonrisa de alivio.

—Enseñan la bandera para que no se los tome por rojos —dice—, no les vayamos a tirar.

—Piedras tendríamos que tirarles, mi alférez... A mí me quedan siete cartuchos.

Alborozados, los exhaustos legionarios —son treinta y cuatro los que todavía están en condiciones de combatir— se incorporan prudentes en las trincheras y tras los muros de la Aparecida para observar la fila de hombres que asciende por el lado oriental, que la luz decreciente ensombrece despacio. Viene una compañía entera, calcula Pardeiro; y por los uniformes verdosos y los chapiris, legionarios como ellos. Lo anunció un enlace llegado al amanecer tras cruzar las líneas enemigas: los nacionales preparan un contraataque, hay tropas en camino y Pardeiro debe seguir firme hasta ser relevado. Como si intuyeran el cambio de tornas, quizá tan cansados y sedientos como los defensores de la ermita, los rojos han tenido un día razonablemente tranquilo: un ataque con escaso entusiasmo a media mañana, que no pasó del primer bancal, y disparos de mortero que hicieron dos bajas. Lo más incómodo son un par de tiradores que consiguieron infiltrarse durante la noche por la paridera, y desde allí paquean a quien se deja ver.

—Oye, Longines.

—Zusórdenes.

—Los que suben estarán al descubierto cuando pasen los almendros, y los otros van a tirar.

—Seguro, mi alférez... Se dirigen derechos allí.

—Pues que alguien vaya a avisarlos para que tengan cuidado en ese tramo.

Se rasca el cabo las patillas sudorosas y mira a Tonet, que está sentado junto al muro de la ermita, sucio de tierra y mugre, jugueteando a clavar en el suelo su bayoneta.

—¿Mando al pistolillo?... Se mueve y corre como un gamo.

—No seas animal, coño. No vayan a darle un chinazo a última hora.

—Entonces voy yo mismo, si a usted le parece bien.

—Me parece. Venga, aire.

—Zusórdenes.

—Y ten mucho ojo, no te lleves tú el chinazo.

—No se preocupe. Todavía no ha nacido el rogelio que me la endiñe.

—Lárgate de una vez.

Se cuelga Longines el fusil a la espalda, se santigua, agacha la cabeza y empieza a bajar entre las peñas. Y en ese momento, Tonet, que lo ve irse, se pone en pie de un salto, enfunda la bayoneta y echa a correr detrás.

—¡Tonet!

Sin hacer caso, el chiquillo salta sobre la trinchera —un disparo suena desde la paridera y una bala zumba y se pierde en el vacío— y se aleja entre las peñas detrás del cabo. Pardeiro los ve reaparecer poco después, juntos y bastante más abajo, acercándose a la fila de legionarios que prosigue su ascensión.

—Lo ha conseguido usted, mi alférez —dice el sargento Vladimiro.

Se vuelve el joven a mirarlo.

—Lo hemos conseguido entre todos —responde.

Hay un apunte de sonrisa en el rostro eslavo y por lo común impasible del suboficial, iluminado ahora por el sol poniente. Sus ojos algo oblicuos, legañosos, cargados de fatiga, observan con respeto al superior.

—Los vivos y los muertos —añade Pardeiro.

Se queda pensativo el sargento. Al cabo se cambia de hombro el subfusil y suspira quedo.

—En cierta ocasión...

Eso empieza a decir, pero se calla como si meditase continuar, o no. Al poco hace un ademán de indiferencia.

—En cierta ocasión —prosigue— un capitán pidió voluntarios... Fue hace catorce años en Marruecos, en un lugar llamado Kala Bajo. Había que reforzar una posición cercada y era mala papeleta, pues los rifeños habían aniquilado a dos socorros. El capitán nos hizo formar y gritó: «Voluntarios para morir»...

Lo deja ahí Vladimiro, indeciso, y el alférez lo insta a continuar.

—¿Los hubo?

Mueve el otro la cabeza.

—Nadie se movió... Todos sabíamos que era un suicidio.

—¿Y?

—Que entonces un teniente se volvió y nos dijo: «Voluntarios para morir conmigo».

Sonríe Pardeiro, comprendiendo.

—¿Y hubo paso al frente?

—Aquella noche se hizo el socorro, y la posición se salvó.

—¿Ibas tú con ellos?

—Sí, iba... Pero ésa no es la cuestión. Lo que quiero decir es que si hubiera sido usted aquel oficial, los hombres también habrían dado ese paso al frente.

Se miran los dos en grave silencio.

—Gracias, sargento.

—No hay por qué darlas. Es la simple verdad.

—¿Y qué fue de ese teniente?

—Lo mataron.

Restriega Vladimiro una manga en su cara barbuda, secándose el sudor. Después hace un ademán que abarca a los hombres de las trincheras y la ermita.

—En el Tercio siempre hay gente dudosa —añade—. Sobre todo ahora, que para cubrir bajas hay tanto republicano pasado y tanta escoria que se alista de grado o a la fuerza... Desde que el lunes empezó el hule y las cosas se pusieron feas, he temido que alguno se nos fuera con los rojos.

—Yo también. No habría sido la primera vez.

—Pero ninguno lo ha hecho.

—Es verdad.

—Por algo será. Como le dije, usted...

—Ya vale, sargento.

—A la orden.

La fila de legionarios que sube desde la quebrada está más cerca, guiada por el cabo Longines y Tonet. Ya se distingue a dos oficiales que caminan delante de la bandera, a cuya vista algunos rojos tiran esporádicamente, sin entusiasmo ni eficacia. De esos oficiales será la responsabilidad en la Aparecida dentro de un momento. Aturdido de felicidad por tal perspectiva, Pardeiro siente deseos de gritar su júbilo, pero se reprime. El decoro es el decoro, y a fin de cuentas todo se ajusta al credo legionario que aprendió apenas ingresado en el Tercio: *La Legión pedirá siempre, siempre, combatir sin turno, sin contar los días, ni los meses, ni los años.*

—Confío en que traigan agua —Vladimiro se pasa la lengua por los labios cubiertos de costras—. Mataría al zar Nicolás por un sorbo.

Aunque la sed de Santiago Pardeiro también es atroz, en ese momento el agua no le importa. Cumplió su deber defendiendo el pueblo con tesón, replegándose ordenadamente a una segunda línea de defensa y luego a la ermita, donde ha rechazado seis duros ataques enemigos. La suya es la única fuerza nacional que no ha dejado de pelear en Castellets del Segre desde que los rojos cruzaron el río. Y del centenar y medio de hombres de la 3.ª Compañía con los que hace casi cinco días entró en fuego, incluidos los que envió al pitón de levante, ciento quince están muertos o heridos. Un 78 % de bajas y una posición mantenida a ese precio son algo a lo que ningún credo legionario ni reglamento táctico de infantería pueden hacer el menor reproche.

—Espabila, Julián, que nos vamos.

—Cállate la boca.

Apartando la mano de Olmos que le toca el hombro, Julián Panizo termina de camuflar con ramas de arbustos el alambre fino tendido tenso entre dos olivos, a un palmo del suelo, y luego se acerca a comprobar que las cargas de trilita disimuladas al pie de cada árbol estén bien conectadas a los cebos, el cordón detonante, la pila eléctrica y las pinzas de tender la ropa perforadas con tachuelas metálicas que cerrarán el circuito. Todo muy artesanal, pero suficiente para que cuando un fascista enganche un pie en el alambre, salte el cartón separador y se cierre la pinza, sobre él y quienes lo acompañen en diez metros a la redonda se proyecten tres o cuatro kilos de metralla que los hagan filetes.

—Ya está.

—Pues venga.

Tras un último vistazo para comprobar que todo está bien oculto, Panizo se cuelga a la espalda la mochila de artificiero, coge el subfusil que estaba apoyado en un árbol y camina detrás de los camaradas que se retiran del olivar hacia el pueblo.

—No me gusta hacer de cangrejo —dice Olmos.

—Son las órdenes.

—Mucho emboscado, mucho mierda y mucho traidor tenemos dando órdenes, eso es lo que pasa.

Panizo intenta quitarle importancia al asunto. En su fuero interno está de acuerdo con Olmos, pero la vieja disciplina comunista le da un sólido asidero en momentos como ése.

—Se ha hecho lo que se ha podido —comenta—. El Segundo Batallón se desangró y nosotros hemos encajado lo nuestro. Los fachistas de ahí arriba están bien situados.

—Aun así, nos ha faltado de todo —opone Olmos—. Apoyo, artillería... Hasta sin munición nos quedamos ayer. Por no hablar del agua.

Se mueven los dinamiteros en la última luz del día, claridad decreciente que las copas de los árboles tiñen de tonos ceniza y por donde ya reptan las sombras. Panizo camina despacio y de vez en cuando se vuelve a mirar atrás con mal humor, pues sabe que Olmos tiene razón. Es la primera vez desde que cruzaron el Ebro que desandan el camino recorrido, y eso no le gusta. Evoca retiradas dinamitando cuanto quedaba atrás para retrasar el avance faccioso: vías férreas en Toledo, edificios en Brunete, puentes en Belchite, depósitos de munición en el Cinca. Como si al ejército de la República le pusieran a cada rato una zancadilla gitana, toda ofensiva propia empieza con golpes de mano, valor, entusiasmo y sacrificio, para terminar retrocediendo a cara de perro, con los jefes largándose los primeros —algunos son especialistas en eso, últimos en llegar y primeros en irse— mientras Panizo y sus compañeros cubren retirada tras retirada, volándolo todo y a veces volándose ellos mismos sin remedio.

—Con el rabo entre las piernas —gruñe Olmos en voz alta, despechado—. Tanta gente perdida en los bancales, para nada. Hasta el pobre teniente Goyo y el comisario se quedaron allí.

—Nunca es para nada —objeta Panizo.

—No estoy seguro. ¿Te acuerdas de aquel puente cerca del Alfambra?

—Como para olvidarlo... Los fachistas a tiro de fusil, cada vez más cerca, y nosotros allí colgados, poniendo petardos.

—Creí que no lo contábamos.

—La verdad es que nos dejaron en la ratonera. O no supimos salir de ella.

Chasquea Olmos la lengua, despectivo.

—Pues bien supo salir el Campesino, ¿eh?

—No empieces.

—Nos dejó tirados y corrió como quien se quita avispas del cogote... Aguantad, que voy a por tabaco, dijo. Y tomó las de Villadiego. Has perdido mil hombres, le decían. Y él: No los he perdido, que sé muy bien dónde se quedan enterrados.

—Venga, déjalo ya. Sus razones tendría el camarada Valentín para irse.

—Las razones te las digo yo: la jindama se convierte en capital, el capital en plusvalía de poca vergüenza, y la poca vergüenza en germen de verdaderos hijos de puta.

—Tampoco es eso, Paco. Te pasas.

—¿Que me paso?... No lo defiendas, hostias. Acuérdate de Teruel, te digo: centenares de hombres abandonados y nosotros dinamitándolo todo para aguantar hasta la noche y escapar río abajo.

—¿Y?

—Pues eso. Que no me gusta irme de los sitios.

—Somos vieja guardia, ¿no?

—De la de antes, y a mucha honra. ¿Qué tiene eso que ver?

—Pues que estamos a lo que haya, duras o maduras. Y si hay que gibarse, pues se giba uno. Y mañana será otro día.

—Lo será para quien llegue a mañana.

—No exageres, hombre. Nos vamos cuando toca y volvemos cuando toca.

—Anda la leche. Es increíble que nunca te desmoralices, Julián.

—¿Y de qué vale eso?... Tú y yo también somos la República. Y si ella chaquetea, se va todo a la mierda.

—Pues bien que chaqueteamos ahora: la República, nosotros y la madre que nos parió. Y eso que Modesto, Tagüeña y Líster son de lo mejor que tenemos... A Landa te lo dejo aparte.

—Por eso son jefes, Paco. Porque saben.

—A veces te hacen jefe no por lo que sabes, sino por lo que dices. Y a muchos se les va toda la pólvora por la boca. Y no quiero señalar, que nos pilla cerca.

El brigada Cancela, que se ha acercado y camina junto a ellos, interviene en la conversación.

—Dejadlo ya, leches.

Se le encara Olmos, farruco, aunque sabe que Cancela está ahora al mando de lo que queda de la compañía.

—¿Y por qué lo tenemos que dejar?... La libre discusión intelectual es sana para el combatiente, como decía nuestro comisario político que en paz descanse.

—Menos guasa, coño.

—Hablo en serio.

—Que retrocedamos un poco no es tan grave —dice el brigada—. El enemigo se refuerza y va a contraatacar: habéis visto a los que subían camino de la ermita. Y dicen que llegan por todas partes... En el olivar estamos en precario, así que es normal que vayamos al pueblo para atrincherarnos mejor.

Ríe entre dientes Olmos con mucha guasa.

—Recibido. Ahora dímelo en bonito.

—Pues te lo digo: repliegue táctico a posiciones previamente establecidas.

—No fastidies. ¿Lo largas en serio?

—Clarinete.

Interviene Panizo, burlón.

—Se te está poniendo cara de camarada comisario, Cancela... De aquí a nada te vemos con la estrellita redonda, ahora que hay vacante.

—No te pases tú tampoco, Julián.

—Resumiendo —apunta Olmos, amargo—. Que vamos de la ofensiva a la defensiva, y tiro porque me toca.

—Más o menos.

—Pues a buenas horas, el repliegue táctico de los cojones. Nuestros mandos podían haberlo pensado hace unos días y nos habríamos ahorrado las penas y la sangre.

Se encoge de hombros el brigada y no dice más. Siguen caminando por el olivar que ya difumina sus sombras. Las primeras casas del pueblo se adivinan tras los árboles, oscuras y silenciosas. Una bengala asciende en el cielo color violeta, por la parte del río, y al descender despacio recorta los edificios en un contraluz de claridad lechosa.

—Mucha cagada de rata en el arroz es lo que hay —dice Olmos.

—Vale, ya está bien —se impacienta Cancela—. Bajad la voz. O mejor, hablad de otra cosa.

—Sí, de síntesis marxista vamos a hablar con los fachistas pegados al culo... No te jode.

VI

La duermevela suscita imágenes confusas en Pato Mozón. Se ve en una ciudad extraña, caminando por calles desconocidas con el desasosiego de no recordar de dónde viene y a dónde se dirige. Es el suyo un sueño intermitente, poco reparador, alterado por sus propias sensaciones y también por los ronquidos de los hombres que descansan cerca, en el caserío de la Harinera: bultos inmóviles en la penumbra de una lámpara de queroseno a cuya luz trabajan, al otro extremo de la estancia, dos oficiales en la mesa de mapas. Huele a cerrado, sudor masculino, ropa mugrienta y colillas rancias.

Pato se encuentra esta noche —casi madrugada, ya— de guardia en la centralita del puesto de mando, tumbada sobre una manta junto a las conexiones telefónicas. Hace una hora, incapaz de dormir, salió al exterior a fumar bajo la ventana, en un lugar desde el que podía oír la centralita si entraba una llamada. Miró las estrellas y todo le pareció en paz en el cielo y en la tierra. Ningún ruido de disparos lejanos, ninguna bengala. Sólo la noche en calma. Pensó entonces en quien ella misma fue cuando el mundo no se rompía en pedazos: la muchacha que trabajaba en la Standard Eléctrica, su reflejo en los escaparates de la Gran Vía o Preciados, las terrazas de los bares, los fines de semana con amigos junto al río, las cestas de merienda, los bailes, la música, las risas, la ignorancia de lo que estaba por llegar, la conciencia política que todavía no empañaba todo lo anterior, como si el camino de la libertad aún pudiera discurrir por vías felices. Más tarde pensó en su familia, en las compañeras, en el hombre desaparecido en Teruel y también en el capitán Bascuñana, su atractivo bigote de actor de cine y su gorra de marino varado en tierra; y sólo ese último recuerdo le imprimió una suave sonrisa. Pensaba en eso y en todos ellos muy despacio, demorándose en cada imagen y cada sensación, sintiéndose muy lejos y muy sola. Luego apagó el cigarrillo, se abrazó a sí misma como si la humedad del río penetrase hasta su corazón y volvió junto a la centralita para intentar dormir.

Un timbrazo molesto, chirriante, prolongado. La centralita cobra vida y un punto luminoso se enciende sobre uno de los diez jacks. Se incorpora Pato con presteza, despejada de pronto, se sienta ante las clavijas, coge el casco con auricular y micrófono y conecta esa línea. No hace falta que lea el papelito pegado encima para saber de cuál se trata. Y eso le acelera el corazón.

—Aquí mando Elehache —responde.

Sigue un corto silencio seguido por un crepitar de interferencias. Al fin suena una voz tranquila, dueña de sí.

—«En Lola estamos recibiendo ataque.»

Pato no logra establecer si se trata de Bascuñana o de otro oficial. Como sonido de fondo, más allá de la voz, se oyen explosiones y disparos lejanos. Pato se vuelve hacia los oficiales de la mesa de mapas y los previene.

—¡Los fascistas atacan Lola!

Después, en el cuaderno de registro que tiene a mano, anota la hora exacta de la comunicación: *5 horas 14 minutos sábado 30 julio mando LL informa ataque enemigo.* Al oírla gritar, algunos de los que dormían han levantado la cabeza; y de los oficiales que estaban con los mapas, uno sale de la sala y otro acude rápidamente junto a Pato. Es el mayor Carbonell, que se lleva a la oreja el teléfono que le tiende la joven tras activar el conmutador.

—Segundo de mando Elehache al habla —dice.

—«Aquí mando Lola. Estamos recibiendo fuerte ataque por el lado oriental del pitón.»

Pato sigue con los auriculares puestos y su clavija enchufada, escuchando. En esta clase de comunicaciones, su obligación es anotar cada incidencia. Sigue intentando identificar la voz al otro lado de la línea, pero no puede.

—Dime si tu situación es estable, mando Lola —reclama Carbonell.

—«La estamos evaluando.»

Llega en ese momento Faustino Landa, seguido por el comisario político de la brigada y otros dos oficiales. El teniente coronel viene remetiéndose la camisa en los pantalones, revuelto el pelo y grasiento el rostro del sueño interrumpido. Con ademán brusco arrebata el teléfono a Carbonell.

—Oye, Lola, soy Landa... ¿Hablo con el jefe del batallón?

—«Negativo, negativo. Soy el capitán Bosch. El número uno ha subido a la cresta para organizar la defensa. Nos comunicamos mediante enlaces.»

—¿A qué distancia se encuentra el enemigo?

—«Contacto próximo, pegado a nuestros parapetos de arriba.»

—¿Un ataque serio?

—«Eso parece. Subieron aprovechando la oscuridad, sin hacer ruido, y están tirando bombas de mano.»

Se miran inquietos los responsables de la brigada. El Ruso señala su reloj y Landa asiente.

—Necesitamos que aguantéis hasta que haya luz —le dice al teléfono—. ¿Lo crees posible?

—«No sé... Los fascistas aprietan mucho. Necesitamos refuerzos. Apoyo artillero no, porque están demasiado cerca. Ni siquiera podemos tirar con nuestros morteros.»

—Comprendo. Veremos qué os puedo enviar... Informa cuando haya novedad, mando Lola.

—«Entendido.»

El teniente coronel devuelve el teléfono.

—No lo desenchufes, camarada.

Le dice a Pato. Luego se vuelve hacia los otros y la penumbra le traza surcos graves en el rostro. Está preocupado.

—Han ido a nuestro punto más débil: el Cuarto Batallón.

—Algún pasado los habrá puesto al corriente —apunta Carbonell.

—Puede ser.

Interviene el Ruso, malhumorado y agrio. Os lo llevo diciendo desde el principio, gruñe. Os lo vengo diciendo. Landa escucha con fastidio y hace un ademán impaciente.

—Lo que hayas dicho no importa ahora, Ricardo. No la liemos.

—Esos traidores trotskistas y anarquistas habrían necesitado un escarmiento —insiste el otro.

—Déjate de traidores ni hostias. Eso lo veremos luego... Ahora hay cosas más urgentes —Landa mira a Carbonell—. Hay que mandar algo allí.

—Ya, pero ¿qué?

Suspira el teniente coronel.

—Ése es el problema.

—No me fío de Bascuñana —vuelve a la carga el comisario—. A saber qué andará haciendo.

—Han dicho que está arriba, organizando la defensa.

—Aun así no me fío.

Se pasa Landa las dos manos por la cara, queriendo despejarse más de lo que está. Un oficial trae una taza de café humeante —ése sí huele a verdadero café— que el teniente coronel apura de un trago.

—Coño —devuelve la taza vacía—. Quema.

—Lo siento.

—Si Lola chaquetea, estamos jodidos —comenta Carbonell—. Nos costará recobrarlo.

Propone el Ruso recurrir al Batallón Jackson. A los internacionales.

—Los tenemos cerca. Podrían estar allí en una hora, si se mueven ya.

Lo mira Landa con sorna.

—¿De ésos sí te fías, camarada comisario?

—Más que de Bascuñana y su gentuza.

—A oscuras es arriesgado —objeta Carbonell—. No sabemos si hay otros ataques fascistas en marcha... Desguarneceríamos la carretera y el caserío, y el día puede ser largo.

Reflexiona Landa sobre los pros y los contras. Aguarda Pato inmóvil, inexistente para ellos. Al fin el teniente coronel se dirige a la joven.

—¿Tenemos línea con los Jackson, camarada?

Poco después Landa está hablando con el mayor O'Duffy, del batallón internacional. Que, por lo que Pato puede oír, se maneja en un español razonable. La conversación es breve y práctica: se le ordena acudir a la posición atacada, aunque sea en la oscuridad, y el jefe de los brigadistas responde que se pondrá en marcha de inmediato.

—Buena gente —dice Landa, colgando el auricular.

Minuciosa, la joven mira el reloj y escribe en el registro: *5 horas 31 minutos. Batallón Jackson recibe orden reforzar posición Lola.*

Suena el teléfono.

—«Aquí mando Lola... ¿Me escuchas, mando Eleha-che?»

En esta ocasión la voz del capitán Bosch parece alte-rada. Con estrépito creciente de disparos y explosiones como fondo, el segundo jefe del Cuarto Batallón informa de que por la contrapendiente del pitón bajan muchos heridos y fugitivos, que en la cresta reina el caos y que se combate cuerpo a cuerpo.

Se acercaron al pitón con sigilo, caladas las bayonetas cuyas hojas habían cubierto de barro para disimular los brillos, buscando las sombras en los árboles y arbustos próximos a la ladera. Antes de que rompiese el alba, dos centurias de falangistas cruzaron la carretera y se desple-garon sin hacer ruido más allá del pinar, contenido el aliento, pisando primero con el talón y luego con la sue-la de las botas, atentos a que en las partes altas del terre-no sus siluetas no se recortasen en el contraluz del cielo estrellado. Subieron por la falda del pitón cada vez con menos silencio, cada vez más apresurados. Y un momen-to después, cuando casi estaban arriba, alguien gritó en la cresta, un rosario de fogonazos se corrió por la altura y las balas empezaron a zumbar ladera abajo. Entonces las ciento noventa y seis sombras dejaron atrás las precaucio-nes y se lanzaron al asalto.

Combate Saturiano Bescós a oscuras, como todos, guiándose por el instinto y por el resplandor fugaz de dis-paros y explosiones. Pasan las balas trazadoras muy bajas, arrancando chispas a los matorrales y las piedras. Se lucha a tres o cuatro metros del enemigo, y a veces mezclados con él. En la cresta no hay trincheras sino parapetos de piedra, hombres que se escudan en las rocas, que se per-siguen unos a otros entre ellas, casi a tientas en la oscuridad, y desde allí disparan o son alcanzados. Gritan de dolor los heridos y gritan los que pelean con desesperación o coraje. Se arrojan unos a otros bombas de mano, resuenan sus esquirlas rebotando por todas partes, y la breve luz de los fogonazos ilumina sombras que se disparan, se clavan bayonetas, se golpean con las culatas de los fusiles o pelean a puñetazos.

Bescós no sabe si los suyos están perdiendo o están ganando, ni sabe dónde están Mañas, Tresaco y los demás de su escuadra. Si viven o están muertos. Ni piensa en ellos ni piensa en nada. Rezó un padrenuestro cuando se acercaba a la cresta, y ése fue su último acto de lucidez antes de sumirse en la locura. Bastante tiene ahora con mantenerse vivo mientras hurta el cuerpo a los golpes enemigos y siente el ziaaang de balazos que pasan sin alcanzarlo. Se mueve entre las rocas de la cresta tropezando con los arbustos mientras acuchilla lo que se le pone delante, oyendo los alaridos que suenan a cuatro palmos de su cara cuando se le interponen sombras y clava la bayoneta en ellas.

Voces cercanas, gritos, disparos que vienen en su dirección. Amigos o enemigos, le están tirando a él. Para evitar matarse unos a otros, los falangistas gritan Arriba España cuando pueden, que no siempre pueden. Los que tiran no lo gritan en absoluto, así que Bescós desengancha la última granada que le queda en el correaje, le quita el pasador, la arroja al frente y se agazapa tras un peñasco dos segundos antes de que el fogonazo recorte siluetas humanas, piedras y arbustos. Aún permanece un momento inmóvil contra la roca, recobrando el aliento, en busca de introducir aire respirable en sus pulmones, que arden de fatiga, polvo de tierra y humo acre de chedita, nitramina y pólvora.

De pronto, todo termina. El silencio reina de golpe, o casi, en la cresta. Gimen heridos invisibles y voces aterrorizadas gritan «No tiréis, nos rendimos, por favor, no tiréis, arriba España». Sólo hay ahora algún disparo suelto, esporádico, y una última granada arrojada ladera abajo estalla e ilumina desordenadas sombras que huyen por la pendiente. La voz del teniente Zarallón, ronca pero reconocible, se alza en la oscuridad.

—¡No matéis más, parad!... ¡Haced prisioneros y asegurar la posición!

Se yergue cauto Bescós, aún desbocado el corazón, moviendo en semicírculo el fusil armado con la bayoneta. Sintiendo atenuarse el golpear del pulso que parecía reventarle las sienes y le causaba un fuerte dolor de cabeza.

—¡Limpiadlo todo bien! ¡Agrupad aquí detrás a los rojos!

El alba ha roto ya hacia levante, y un tenue resplandor azulado comienza a apagar allí las estrellas. Esa claridad incipiente perfila a contraluz siluetas de rocas y de hombres con fusiles que las bayonetas alargan de modo siniestro, o alzan los brazos mientras son empujados por los otros hacia la contrapendiente.

Dos sombras que estaban acurrucadas se ponen en pie ante Bescós.

—¡Nos rendimos, no disparéis!

Tarda un momento el falangista en reaccionar, apuntando alternativamente a una y otra sombra, una bala acerrojada en la recámara del Mauser y el índice dentro del guardamonte, rozando el gatillo. Lo saca de dudas una voz cercana, en la que reconoce la de Sebastián Mañas:

—¡Tirad lo que llevéis encima! —ordena a los rojos—. ¡Moveos despacio, con las manos arriba y haciendo palmas sobre la cabeza!

Obedecen los que se rinden. Dos siluetas recortadas en la claridad del alba golpean las manos en alto. Bescós empuja a una de ellas con el plano de la bayoneta y se vuelve hacia la sombra del camarada.

—¿Estás bien, Sebas?

—Cagüendiela, Satu. Qué alegría oírte... ¿Sigues entero?

Se palpa el cuerpo Bescós, todavía aturdido, para comprobarlo.

—Me parece que sí —responde—. ¿Y los demás?

—Yo qué sé. Cerca andarán.

Por doquier, entre los lamentos de los heridos, suenan ahora las voces de los falangistas que se llaman unos a otros buscando identificar a los camaradas. La luz del alba aumenta con rapidez y su claridad grisácea ilumina detalles y escorzos de rostros, hombres armados que escudriñan las oquedades del terreno o se parapetan en las rocas apuntando sus armas a la pendiente por la que ha huido el enemigo. Los prisioneros pasan brazos en alto a la contrapendiente, donde se les hace sentarse en grupo tras cachearlos con cuidado. Son una treintena. Bescós y Mañas registran a los suyos —dos cuerpos jóvenes y vigorosos que tiemblan como azogados— y los conducen junto al resto. El alba ya es casi amanecer y descubre entre las rocas y los arbustos cuerpos de falangistas caídos en el asalto a la cresta. Empiezan a llegar los camilleros, guiados por los gritos de los heridos.

—¡A ver, mandos rojos de sargento para arriba!... ¡Identificarse!

Para el teniente Zarallón, el odio es también una virtud. Su voz restalla seca, con augurios de sentencia. Remolonean los prisioneros y algunos falangistas se meten entre ellos repartiendo culatazos. Alguien saca una linterna eléctrica e ilumina de cerca gorros y camisas buscando estrellas rojas, barras y galones. Se entornan ojos deslumbrados en rostros que desencaja el miedo, con heridas frescas, sin curar, que gotean lágrimas de sangre.

—¡Tú y tú, poneos aquí!

Se mueve el teniente de un lado a otro entre los cautivos, agarrando a alguno por el brazo para llevarlo aparte, empujándolo hacia el nuevo grupo, que crece despacio.

—¿Hay algún comisario entre vosotros?... ¿Algún extranjero?

Agachan la cabeza los hombres sentados, sumisos como animales en el contraluz azulado del cielo que ya es cárdeno por levante. Los puestos a un lado son cinco, y en su fuero interno se alegra Bescós de que ninguno de los que capturó hace un momento esté con ellos. En los seleccionados advierte las insignias de un teniente, un alférez, dos sargentos y otro individuo que muestra en la camisa el desgarro deshilachado del galón que se arrancó antes de rendirse.

Pistola en mano, muy remangada la mugrienta camisa azul, Zarallón se ha puesto en cuclillas delante del primer oficial rojo, que es bajo y fornido. Tiene éste una oreja arrancada y la sangre le mancha la quijada y el cuello.

—¿Cómo te llamas? —le pregunta el teniente.

—Salvador Patiño —responde el otro, muy pálido, temblándole la voz.

—¿A qué unidad perteneces y quiénes son tus mandos?

Traga saliva el prisionero, que mira con fijeza el yugo y las flechas bordados sobre el pecho del teniente. Luego cierra los ojos y se encoge de hombros.

—Vete a tomar por culo.

Zarallón le dispara en la frente y se acuclilla ante el alférez. Le pregunta nombre, unidad, jefes y misión, y el otro se lo dice todo.

—No me mates —concluye.

Levanta el teniente la pistola y le vuela medio cráneo de un balazo. Después se incorpora, señala a los suboficiales y se vuelve hacia los falangistas que los custodian.

—Despachadme a éstos —dice.

Bescós y Mañas están el uno junto al otro, hombro con hombro. Y no se mueven.

—Yo no hago eso —susurra Mañas, muy bajito.

—Yo tampoco —confirma Bescós.

El teniente, que está a cuatro o cinco metros, los mira como si los hubiese oído.

—Si no estuviéramos donde estamos —dice— y no os conociera bien...

Tras decir eso, se vuelve hacia los otros falangistas.

—¿Hay voluntarios para quitarme de delante a esta chusma?

Se adelantan el sargento Eleuterio Pochas y dos cabos de la 2.ª Centuria. Empuñan un naranjero y dos fusiles.

—Hijos de puta —gime el suboficial del galón arrancado.

El resto de falangistas se miran incómodos, avergonzados. Disimuladamente, Bescós le da a Mañas con el codo.

—Vámonos de aquí, Sebastián.

Y mientras los dos jóvenes se cuelgan los Mauser al hombro y vuelven la espalda, tras ellos suenan tres disparos.

Casi al mismo tiempo, un aullido desgarra el aire y el primer proyectil de artillería enemiga estalla en la cresta.

—Nos ordenan recuperar el pitón de levante —dice Lawrence O'Duffy.

Vivian Szerman, Phil Tabb y Chim Langer miran sorprendidos al jefe del Batallón Jackson.

—Pero si lo acaban de tomar los fascistas...

—Por eso.

Con un tazón de té y una galleta de lata Sunshine en las manos, la corresponsal norteamericana observa a los internacionales que se disponen a atacar: sucios, mal afeitados, vestidos con prendas diversas, sólo su armamento es impecable. Llevan fusiles Mosin-Nagant y fusiles ametralladores ZB checos, y en este momento se aprovisionan de bombas de mano, dejan los macutos en tierra, se ajustan las cinchas de los correajes, llenan las cartucheras con peines de balas y se abotonan los bolsillos que tienen botones. Lo que impresiona a Vivian es que todos actúan en resignado silencio, como si hace tiempo que nada tuvieran que decir o expresar sus miradas vacías, su aspecto fatigado, las ojeadas de soslayo —cual si no quisieran darse por enterados de que está allí— a la altura rocosa que se alza a quinientos metros, tras los pinos que perdieron sus ramas por el fuego de artillería y son muñones ennegrecidos y desnudos. Cada cinco o seis minutos, en rápidas salvas, el fuego de artillería republicano que tira desde la otra orilla del río —cañones situados a tres kilómetros de allí— impacta en la cresta y los estampidos hacen retumbar la tierra. Una espesa nube de polvo se levanta arriba, iluminada a contraluz por el sol naciente.

—No podéis venir con nosotros —objeta O'Duffy.

—Estás de broma, Larry —es Tabb quien protesta—. No hemos llegado hasta aquí para perdernos lo importante.

Mueve el irlandés la cabeza, disuasivo.

—Ahí arriba hay falangistas, y va a ser duro... Para vosotros es peligroso.

—Eso ya lo sabemos. Pero no podemos perder esta oportunidad.

—Os digo que no.

—Vamos, hombre —insiste Chim—. Nos conoces. No somos novatos y sabemos movernos bien —señala a Vivian—. Incluso ella.

—Incluso yo —asiente la norteamericana.

Reflexiona brevemente O'Duffy. Sus hombres lo reclaman y tiene en qué pensar. Se ha quitado las gafas para limpiarlas con el faldón de la camisa y vuelve a un lado el rostro pecoso y aguileño para mirar al grupo de camilleros que preparan botiquines de urgencia, encajan las pértigas y ajustan las lonas.

—De acuerdo —accede al fin—. Pero no con la vanguardia... Podéis ir con la 1.ª Compañía, la de Mounsey, que es el segundo escalón.

—¿Y qué hay de mis fotos? —inquiere Chim.

Niega impaciente O'Duffy, insiste el fotógrafo. Acuerdan al fin que éste acompañe a la 2.ª Compañía, que irá por delante, y Vivian y Tabb vayan con la de Mounsey.

—Pero no me hago responsable de nada —zanja O'Duffy.

Y se despide. Los tres corresponsales se quedan mirando alejarse su alta y flaca silueta. Casi todos los hombres lo saludan al cruzarse con él.

—Lo respetan —observa Vivian.

—Los internacionales siempre dieron más importancia al valor que a los discursos políticos —comenta Tabb—, y también a cierto dejar vivir. En los asuntos internos del batallón, Larry es tolerante... Y en cuanto al valor, se ha labrado una buena reputación por su frialdad bajo el fuego. Cuando era un simple oficial mandaba a su gente insultándola y animándola en el más puro estilo irlandés, con su endiablado acento de Cork. Pero incluso después de cada paliza, no había uno que no dijese: «Larry es un soldado cojonudo».

Asiente Chim, que prepara sus cámaras.

—Eso incluye ser hombre peligroso para estar cerca de él cuando se combate, pues atrae las balas y la metralla como la mierda a las moscas.

—¿Él no va ahora en el ataque? —pregunta la norteamericana.

—No creo que vaya. Un comandante coordina desde su puesto de mando.

—¿Y quién manda la unidad con la que tú vas?

Mira el fotógrafo el pitón con ojos distraídos.

—Ni idea.

Llama Chim a Pedro, que permanecerá en la retaguardia, le pasa sus objetos innecesarios y se mete seis rollos de película fotográfica de 35 mm en los bolsillos. Las dos Leica le cuelgan del pecho.

—Nos vemos por ahí —dice.

Después dedica a Tabb una media sonrisa que aclara su rostro de boxeador, le guiña un ojo a Vivian, se rasca el pelo crespo como reflexionando sobre si olvida algo, y se aleja en busca de la 2.ª Compañía.

Mira la norteamericana alrededor. Se han gritado unas órdenes, y por el pinar se extiende el chasquido metálico de fusiles que acerrojan balas en las recámaras. Los internacionales empiezan a moverse despacio hacia el pitón, sobre cuya cresta prosigue el fuego de artillería. Ahora sí lo miran con mucha atención, grabándose en la cabeza cada detalle de su topografía, cada zona enfilada por el enemigo y cada posible protección del terreno por el que van a moverse mientras luchan y mueren.

—Busquemos a Mounsey —dice Tabb.

Los estampidos llegan desde arriba secos y sordos, en intensas salvas, y la norteamericana no puede menos que preguntarse quién sobrevivirá de los que ocupan la altura. Sacando el cuaderno de tapas de hule que lleva en un bolsillo, anota unas líneas. Ya tiene en la cabeza el arranque de la crónica que escribirá cuando salga de allí: «Silenciosos, resueltos, solidarios, hombres venidos de todo el mundo para defender la libertad se disponen de nuevo a luchar y morir por la República española, como ya hicieron en el Jarama y Brunete...». Afloran su corazón y sus sentimientos, y que nadie pida otra cosa. El análisis sereno lo deja a quienes peroran limpios, pulcros, en las redacciones, los restaurantes y los cafés. Incluso a los que escriben ecuánimes editoriales. Ella es una reportera mugrienta y sudada, y está a punto de venirle la regla.

—¿Crees que lo conseguirán? —le pregunta a Tabb.

Camina el inglés con las manos en los bolsillos de la chaqueta, elegante pese a lo sucio que está y a la ropa arrugada que viste. Como si ni siquiera la guerra lograse batir su habitual calma.

—No lo sé —responde.

Tras decir eso hace un ademán vago, fatalista, y da unos pasos en silencio.

—Ya los ves —añade de pronto, indicando a los hombres con los que se cruzan.

Vivian contempla a los soldados. Algunos la miran con curiosidad al comprobar que se trata de una mujer, pero la mayor parte dejan resbalar sobre ella miradas indiferentes.

—No son los mismos, desde luego.

—Es difícil que lo sean, ¿no crees?... A la mayor parte de los otros los han matado ya.

Es cierto, comprueba de nuevo Vivian. Rebeldes proscritos en su tierra, obreros en paro, universitarios, vagabundos, hombres de pasado oscuro y porvenir incierto convertidos en soldados bajo el fuego y por el fuego, los brigadistas de la primera hora a los que conoció en anteriores batallas poco tenían que ver con los de ahora. Millares de muertos y heridos después, carne de cañón de cada matanza, diezmados tanto por el enemigo como por deserciones, enfermedades venéreas, tifus, alcohol y represión a cargo de comisarios formados en la ortodoxia estalinista, los voluntarios internacionales que aún no han caído en la lucha están hartos de un pasado inútil, un presente sangriento y un futuro apátrida en una Europa donde no habrá lugar para ellos. Los idealistas ven tambalearse sus convicciones y los aventureros descubren que no era ésta la aventura que imaginaban.

—Desde el cerro del Puerco y Valsaín —comenta Tabb— es difícil reconocerlos.

Se ha detenido a encender un cigarrillo y mira a Vivian mientras hace hueco entre las manos para proteger la llama del fósforo.

—¿Te acuerdas, Vivian?

—Pues claro. Los de la Telefónica no nos dejaron mandar ni una línea... ¿Cómo se llamaba el funcionario que nos negó el teléfono?

—Barea.

Recuerda Vivian al español flaco y nervioso que estaba a cargo de la Oficina de Censura en Madrid. Tomando copas en la terraza del bar del hotel Gran Vía con un oficial de las Brigadas Internacionales, Tabb y ella se habían enterado de que, durante la batalla de La Granja, una compañía disciplinaria de la XIV Brigada Internacional se había negado a atacar por cuarta vez después de verse casi aniquilada en tres ataques frontales. Entonces, un capitán llamado Duchesne, antiguo suboficial del ejército francés, eligió por sorteo a cinco hombres —la casualidad hizo que los cinco fueran belgas— y los ejecutó uno tras otro a la soviética, de un tiro en la nuca.

—Ese mismo, sí —confirma Vivian—. No consintió en que enviásemos aquello, ni dejó de preguntar cómo nos habíamos enterado. Y eso que no lo contábamos todo.

Con el cigarrillo colgando de los labios, Tabb sigue caminando.

—Creo que tenía razón —opina tras un momento—. Hicimos bien en no contarlo.

Sonríe Vivian.

—¿A la mierda la objetividad?

Asiente Tabb con aire cansado.

—Sí... Ésta no es una guerra corriente, querida. A la mierda la objetividad.

Alcanzan al capitán Mounsey, que, sin duda prevenido por O'Duffy, apenas tuerce el bigote de morsa al verlos aparecer y los acoge sin comentarios. Su compañía está desplegada rodilla en tierra en la linde de los pinos desmochados, a lo largo de una maloliente acequia seca llena de excrementos —todo el batallón parece haber pasado por allí—, mirando cómo los camaradas de la primera oleada de ataque se aproximan a la falda del pitón. Avanzan los internacionales muy separados entre sí, buscando la escasa protección de rocas y matorrales que ofrece el terreno, y Vivian ve a Chim, que se mueve entre ellos, cada vez más lejos, haciendo fotografías. El fuego de artillería pesada se ha interrumpido, de las cercanías del pinar surge ahora el tump, tump, tump de disparos de mortero, y en la polvareda que cubre la cresta destellan fogonazos de los proyectiles que impactan con su peculiar ruido de pilas de platos rotos. La empinada cuesta devuelve y multiplica los ecos.

—¿Quién manda la primera oleada? —pregunta Vivian a Mounsey.

—János Voros, un húngaro.

—Veterano, supongo.

—Mucho.

El canadiense ha respondido sin apartar la vista de los camaradas que ascienden ya por el primer tercio de la ladera. Las figurillas dispersas, del mismo color que el terreno, sólo se advierten porque se mueven. Ahora también el fuego de mortero ha cesado en la cresta y la nube de polvo empieza a disiparse lentamente. El silencio es absoluto y vuelven a zumbar las moscas. Vivian mira a los hombres que aguardan arrodillados, sus rostros tensos e inquietos, y adivina lo que piensan. Ojalá los que suben por el pitón se basten para hacer el trabajo. Ojalá no tengan que subir ellos.

Desde hace doce horas, sin interrupción, Santiago Pardeiro duerme tumbado sobre un banco polvoriento de la ermita con el gorrillo legionario cubriéndole los ojos. Es el suyo un sopor letárgico, desprovisto de sueños. Su consciencia yace sumida en un pozo negro sin forma y sin fondo.

—¡Mi alférez! —lo despierta un susurro—. ¡Mi alférez!

Abre los ojos el joven. Lo hace con desgana casi dolorosa, y tarda un rato en situarse en el tiempo y el espacio. Al fin reconoce el lugar, el techo de vigas de madera y tejas rotas por el que se ve el cielo, el rostro del sargento Vladimiro inclinado sobre él.

—¿Qué ocurre? —murmura, soñoliento.

—Lo reclaman a usted en la compañía.

—¿Qué compañía?

—La que nos ha relevado —el sargento le pasa un papel doblado en cuatro—. Un enlace acaba de traer esto del mando de la bandera.

Se incorpora Pardeiro hasta quedar sentado, frotándose los ojos. Le duele todo el cuerpo y siente la garganta y la lengua como papel de lija.

—Dame agua, Vladimiro.

—Aquí tiene.

Bebe el alférez dos sorbos, se enjuaga la boca, traga y devuelve la cantimplora al sargento. Después desdobla el papel, que viene escrito a mano:

*Por su conocimiento previo del escenario de opera-
ciones en Castellets, el alférez Pardeiro tomará el mando de la 4.ª Cía., a la que reforzará con la tropa de que
dispone, procediendo con las anteriores órdenes de esa
unidad.*

*Firmado: Comandante Gregorio Morales, XIX Ban-
dera*

Aturdido, Pardeiro intenta encajar aquello. Cuando
se echó a dormir, la 4.ª Compañía había tomado el relevo de su sector y avanzaba bancales abajo para desalojar a
los rojos del pueblo. Otras unidades nacionales llegadas
durante la noche deben de encontrarse también en las
proximidades.

—¿Sabes de qué va esto, Vladimiro?

—Algo me ha contado el enlace, mi alférez.

—Pues cuéntamelo a mí.

Y Vladimiro se lo cuenta. Castellets está siendo atacado a fondo y la 4.ª opera en vanguardia. La resistencia de
los rojos es dura; y las bajas, muchas. Ha habido ataques
y contraataques entre la Cooperativa de Aceites y la iglesia, o lo que queda de ellas. En uno han matado al capitán que mandaba la compañía.

Pardeiro se queda atónito. Anoche, ese capitán y él se
estrechaban las manos cuando los refuerzos llegaron a la
ermita.

—¿Han matado a Carrión?

Pero a Vladimiro aún le quedan malas noticias. También, añade, han muerto un teniente y un alférez, y otro
se encuentra herido de gravedad. Es un sargento el que
ahora está al mando. Y además de quedarse sin oficiales,
la compañía ha perdido a mucha gente.

A esas alturas del relato, Pardeiro se ha despejado del
todo. Y prefiere atribuir el vacío que se le ha hecho en el
estómago a que desde que se durmió no ha probado boca-

do. Abre la boca para llamar a Sanchidrián, su asistente, cuando recuerda que a Sanchidrián y al corneta los mató un impacto de mortero ayer por la mañana y ahora están enterrados en el cementerio improvisado en la parte de atrás de la ermita. A quien sí ve es al cabo Longines, que entre otros hombres que duermen o descansan está sentado con Tonet sobre una viga caída del tejado, masticando algo.

—Longines.

Se pone en pie el legionario, cuadrándose como en el patio de un cuartel.

—Zusórdenes.

—¿Qué comes?

—Sardinas, mi alférez. Y están de muerte.

—¿Queda una para mí?

—Y aunque no quedaran.

Saca el legionario una sardina de la lata, la pone sobre un chusco de pan duro y aprieta éste para que empape bien el aceite.

—Buen provecho, mi alférez.

—Gracias —indica Pardeiro a Tonet—. ¿Qué tal el neno?

Muestra la dentadura amarilla el antiguo ladrón de relojes y anarquista. Sonríe con tanto orgullo como si fuera tutor del chiquillo.

—Pues ya lo ve, al charrán. Pequeñito y con las pelotas duras y pegadas al culo, como los tigres... Dice que quiere ser legionario de mayor, y yo le digo que no se preocupe por eso, que ya lo es más que muchos.

Sale Pardeiro al exterior, entornando los ojos bajo la claridad del mediodía. A menos de dos kilómetros, más allá de la mancha gris ceniza del olivar y entre los dos pitones rocosos que lo flanquean, se divisan los tejados de Castellets. De algún lugar hacia el centro del pueblo se alza una columna de humo y se oye el ruido de disparos lejanos.

—Hay hule gordo en el pitón de levante —comenta Vladimiro.

Se lleva el joven los prismáticos a la cara. En la cresta situada a su derecha advierte polvareda de explosiones y algún fogonazo aislado.

—¿Es nuestro o de los rojos, mi alférez?

—No tengo la menor idea.

Mastica Pardeiro el último bocado de pan y sardina, pensativo. Aunque en realidad no hay mucho que pensar.

—Dime el último recuento, anda.

—Además de usted y yo, treinta y un hombres en condiciones de combatir, mi alférez... Dos están al límite, así que podemos dejarlo en veintinueve —entorna los ojos el ruso, que es su forma de sonreír—. Y con Tonet, veintinueve y medio.

Deja caer Pardeiro los prismáticos sobre el pecho.

—¿Tenemos parque suficiente?

—Algo hay, mi alférez... Antes de irse, los compañeros de la bandera nos dejaron cinco mil cartuchos y seis cajas de bombas de mano.

—Pues con eso nos apañamos de momento. Entrega cien cartuchos y cuatro granadas a cada hombre. Que lleven de comer, pero que no les estorbe para la faena. Llenaremos cantimploras en el pozo —le echa un vistazo al reloj—. Salimos en diez minutos... ¿Qué pasa?

Se ha quedado mirando al sargento. El rostro del ruso suele permanecer impasible, pero algo en él envía ahora señales. Estudia Pardeiro los ojos ligeramente oblicuos, los pómulos de tártaro sobre las mejillas con barba canosa y sucia de seis días. En el tiempo que llevan juntos ha aprendido a interpretar al veterano suboficial. A conocerlo en sus palabras y silencios.

—Desembucha, Vladimiro.

—No pasa nada, mi alférez.

—Desembucha, te digo.

Lo piensa un instante el otro. Al fin hace un ademán evasivo.

—Los hombres se han batido como jabatos —dice—. Ahora se creen a salvo por una temporada, después de la machada que hicieron.

Le sostiene Pardeiro la mirada, inquisitivo.

—¿Y?

—Bueno, nada... Que va a pedirles que vuelvan ahí abajo.

—A ordenarles, sargento.

El joven ha remarcado la graduación. Pestañea ligeramente el otro.

—Sí, claro, mi alférez. A ordenarles que vuelvan a combatir.

—Son legionarios, ¿no?

—Por supuesto. Gruñirán por lo bajo, pero nadie va a protestar en voz alta. De eso me encargo yo... Aunque debería usted decirles algo.

Se frota Pardeiro la nariz.

—Algo, dices.

—Sí.

—¿Como qué?

—Pues no sé... El oficial es usted.

—Supón que el oficial fueras tú.

Lo piensa Vladimiro.

—Cualquier cosa —concluye— que no los haga sentirse simple carne de cañón.

Modula el joven una sonrisa casi cruel.

—Son carne de cañón, Vladimiro, como tú y yo. Esto es el Tercio, ¿no?... Todos lo somos.

—Bueno, ya. Usted me entiende.

—Sí, te entiendo —Pardeiro levanta otra vez los prismáticos y los enfoca hacia el pueblo—. Venga, diles que se preparen, que nos vamos.

—A la orden.

Diez minutos después, los legionarios dispuestos para marchar se agrupan en la pequeña explanada, junto al muro acribillado a tiros de la ermita.

—¡A formar! —vocea Vladimiro—. ¡Alinearse, firmes... Ar!

Se sitúan los hombres a un codo de distancia uno de otro, en tres filas. Contempla el alférez los rostros barbudos, fatigados y sucios de polvo y pólvora, los ojos enrojecidos, las camisas mugrientas abiertas sobre el pecho entre correajes cargados de munición y bombas de mano, las cantimploras de nuevo casi vacías, los bolsillos abultados por latas de conserva o trozos de pan duro. Contando fusiles y bayonetas, los supervivientes de la 3.ª Compañía llevan encima cuanto poseen en el mundo. El resto, mantas, macutos, equipo complementario, lo han ido dejando atrás en los combates de los últimos días. Algunos tienen heridas ligeras cubiertas con vendajes sucios y otros han reforzado con cordel y trapos sus alpargatas destrozadas. Hasta Tonet, inseparable del cabo Longines, tiene aspecto de haber hecho varias veces, ida y vuelta, el viaje al confín del infierno: aún más flaco, las piernas desnudas y sucias bajo el pantalón corto, desgarrada la camisa y la bayoneta colgada en bandolera. La borla del gorrillo legionario oscila sobre su nariz mocosa y los ojos inyectados en sangre, fríos y distantes, en los que todo rastro de infancia parece haberse desvanecido.

—¡Descansen! —ordena Vladimiro—. ¡Ar!

Se relajan los legionarios, apoyadas las manos en el cañón del fusil. Lo piensa Pardeiro un momento, indeciso. Voluntarios para morir, recuerda. A esos hombres al límite de sus fuerzas, incluso al niño que lo mira con obediente fijeza, no puede irles con milongas de patria y bandera. Están demasiado cerca de la orilla oscura para que eso funcione. Entre ellos hay gente rebotada de presidio y antiguos anarquistas como Longines; es milagroso que en seis días de combate ni uno solo haya intentado pasarse al otro bando.

—Os he visto luchar como fieras —dice con voz alta y clara—. Habéis dado una lección al enemigo, y merecéis descansar... Sin embargo, nuestros compañeros de ahí abajo no se las arreglan bien. No son vulgares pistolos, sino gente de la XIX Bandera; pero no conocen el pueblo y lo pagan caro. Por eso piden ayuda. Nosotros conocemos Castellets porque hemos peleado cada metro y cada casa... Además, los rojos nos obligaron a irnos, dejando atrás a muchos compañeros muertos. Soy legionario y no me gusta que me echen de los sitios, así que voy a devolverles la faena.

Hace una pausa. No mira al sargento Vladimiro, pero siente los ojos del veterano de Marruecos fijos en él. Aprobadores.

—Podría pedir ahora —añade—, como solemos en el Tercio, voluntarios para morir... Pero somos camaradas de combate, hermanos de sangre. Y os lo voy a pedir de otra manera.

Hace una pausa y los mira casi uno por uno. Al fin sus ojos se detienen en Tonet.

—¡Firmes! —ordena—. ¡Ar!

Se cuadran los legionarios, erguidos los rostros, mandíbulas apretadas. Hasta el chiquillo lo hace.

—¡Voluntarios para no dejarme solo!

Grita. Y los veintinueve hombres y medio dan un paso al frente.

El polvo de yeso y de ladrillo cubre la cara de Julián Panizo como una máscara surcada por regueros de sudor. Agachado tras una barricada de adoquines, sacos terreros, muebles y colchones de las casas próximas, blasfema mientras forcejea con el cerrojo del MP-28, que se ha encasquillado.

—Me cago en la puta que parió a Dios.

—Busca otra arma, Julián —le sugiere Olmos.

—Qué coño otra... Ésta es la mía, joder.

Las balas fascistas zumban muy cerca, golpean en las fachadas de las casas, se incrustan con chasquidos en el parapeto. Sigue manipulando Panizo con manos impacientes el naranjero, intentando destrabar el cierre con la punta del cuchillo. Pero es inútil.

—Se ha jodido la uña extractora y no hay manera de sacar el cartucho.

—Pues asómate y cuéntaselo a los fachistas.

—Cállate la boca.

Alarga Olmos una mano.

—Anda, trae que te lo mire. Que para eso me doy buena maña.

—Le tengo cariño a este tartamudo —Panizo le pasa el subfusil—. Si lo arreglas, me haces un hombre.

—Eso necesitas tú. Que te hagan un hombre.

Mira el dinamitero alrededor. En la barricada, asomándose de vez en cuando a disparar o haciéndolo por improvisadas troneras, una docena de compañeros intercambia fuego con el enemigo, situado a muy poca distancia. Con el apoyo de blindados ligeros —Panizo pudo ver al menos dos Panzer de los que llaman *negrillos*—, el ataque fascista fue desde el principio muy violento, y se notaba que son tropas de refresco. Eso obligó a los republicanos a abandonar la Cooperativa de Aceites y la de Vinos, demasiado expuestas. La posición de defensa se mantiene ahora teniendo a la espalda la iglesia, la plaza mayor y la calle principal del pueblo; y lo que queda de la compañía de zapadores de choque, reducida a la tercera parte de sus efectivos, se ha parapetado en las calles estrechas próximas a la iglesia.

Agachado, Panizo recorre la barricada hasta el zaguán de una casa grande cuyo escudo nobiliario de piedra se ha hecho pedazos al caer al suelo, y mira en la penumbra del interior. Hay allí tres heridos que esperan evacuación, y sus fusiles y correajes se encuentran aparte, contra la pared: un Berthien francés del año de la polca, un viejo mosquetón mejicano y un espigado Mosin-Nagant ruso. Sin dudarlo, Panizo se apodera de este último, comprueba que la cartuchera con la bayoneta tiene suficiente munición del calibre adecuado y se la ciñe a los hombros y la cintura. Después mete un peine de cinco balas de 7,62 en el depósito y acerroja una. El sonido metálico hace abrir los ojos a uno de los heridos, que pregunta débilmente cómo van las cosas afuera.

—Podrían ir peor —responde el dinamitero.

—¿Ganamos o perdemos?

—Ni sí, ni no... ¿Necesitas algo?

Alza una mano el herido, mostrando un muñón vendado y ensangrentado.

—Una mano nueva es lo que necesito. Me la destrozó una dumdún.

—De eso no tengo, camarada.

—Ya imagino.

Cuando sale al exterior, Panizo ve que por un lado de la calle se acerca una fila de hombres que avanzan con la cabeza baja, pegados a las fachadas de las casas. Con ellos viene el brigada Cancela. Panizo se arrima también a una pared y se queda a esperarlos.

—Refuerzos —dice el brigada cuando llega a su altura.

Contempla Panizo a los recién llegados con ojo crítico. Son una veintena, todos muy jóvenes, y parecen asustados, inseguros del terreno por el que se mueven.

—Biberones —dice, decepcionado.

Asiente el brigada.

—Es lo que hay, Julián. Ayer les zurraron bien en la carretera de Fayón, y encima les mataron a un capitán y un teniente. Fue su bautismo de fuego y están desorientados. Así que los mandan por secciones a reforzar otras unidades. A nosotros nos tocan éstos. El sargento que traen no es mala gente... —se vuelve hacia la tropa—. ¡Casaú!

Se adelanta un suboficial menudo, flaco, agitanado, de ojos color de agua y piel tan atezada que casi parece mulato. Tiene pinta de baratero de feria. Cancela hace una breve presentación.

—Mira, Casaú, éste es Julián Panizo, que no tiene graduación porque no le da la gana. Cree que llevar galones es de fascistas.

—Salud —dice el recién llegado, y se estrechan la mano.

—Panizo —prosigue Cancela— es de los que tienen conchas en los huevos. Así que olvídate de que tú eres sargento y él no, y hazle caso en todo. Como si fuera yo... ¿Entendido?

Asiente el otro.

—Entendido.

—Pues ahí os dejo —les da Cancela una palmadita en el hombro antes de incorporarse—. Que haya suerte, y cuidad de esos críos, que no sobran.

Lo retiene Panizo por una manga.

—Los fachistas tienen unos negrillos ahí detrás. Por lo menos, dos. De vez en cuando asoman y nos dan una rociada. Por suerte sólo llevan un par de ametralladoras en la torreta, pero joden lo suyo. De momento se conforman con eso, pero si vienen, nos van a fastidiar... Sólo tenemos un fusil antitanque.

—¿Qué fusil?

—Un Mauser Tegé.

—Con eso no agujereas ni una lata de anchoas.

—Por eso te lo digo.

—¿Y qué quieres que haga yo?

—Nos irían bien unas botellas de gasolina y un par de cajas de bombas de mano.

—¿Ya no os quedan?

—Pocas.

—Veré qué puedo hacer.

—Vale. ¿Y quién se encarga del antitanque?

—Yo mismo, cuando vuelva.

Mientras se aleja Cancela, Panizo y el sargento se miran.

—¿Traes tabaco, camarada? —pregunta el dinamitero.

—Algo traigo, sí. Y además, ya liado.

—Olé los hombres.

Fuman en cuclillas, cambiando impresiones. Sentados contra la pared, los biberones aguardan expectantes con el fusil entre las piernas. Se les adivina el origen al primer vistazo: algunos son de la clase media y se nota que están allí con pocas ganas; otros, seguramente hijos de obreros y campesinos —no hay más que ver sus manos—, parecen más hechos a lo que caiga. Pero está claro que unos y otros tirarían el chopo y saldrían corriendo si los dejaran. Casi todos encogen la cabeza al oír zumbar las balas o resonar una explosión cercana. Los reclutaron para un batallón, cuenta el sargento, que en principio iba a limitarse a vigilar las costas en la zona de levante. Tranquilos, que no oiréis un tiro, les repetían. Y de un día para otro los metieron en un tren y se vieron en el Ebro.

—¿Y tú? —pregunta Panizo.

—Yo también me creí lo de la defensa de costas. Me las arreglé para que me enchufaran en esa unidad, y ya ves.

—No te ofendas si lo pregunto... ¿Eres gitano?

Los ojos color de agua le dirigen una mirada recelosa.

—¿Por qué lo quieres saber? ¿Tengo cara de robar gallinas?

—No, hombre, por simple curiosidad. Tenía amigos gitanos en La Unión.

Se aclara la expresión del otro.

—¿Minero?

—Barrenero de primera clase.

—Pues algo gitano soy, por parte de madre. Lo que también fui es banderillero.

—No jodas.

—Sí. En la cuadrilla del Algabeño, para más inri.

—Qué fenómeno. Igual te he visto torear.

—Puede ser. Pero ya ves... El maestro salió fascista, y al subalterno aquí lo tienes.

—¿Y cómo te hicieron sargento? ¿Pasaste un curso, y todo eso?

—Lo hice, claro. Pero es que además iba con buenos antecedentes... El verano del 36 hicimos entre varios compadres una brigadilla, requisamos un camión para ir pueblo por pueblo, y hasta a un obispo nos cargamos. No quedó fachista vivo entre Castellón y Valencia.

—Alguno quedaría.

Sonríe Casaú con orgullo proletario.

—Ni uno, oye... Los Hijos de Lenin, se llamaba nuestra unidad.

—De Lenin, nada menos.

—Sí.

—O sea, que en lo de darle al gatillo tienes experiencia.

—Lo que yo te diga.

—¿Y en combate?

—De ésa tengo menos. Pero con la de ayer podría escribir un libro.

—¿Fue malo?

Le da el otro una honda chupada a lo que queda de su cigarrillo, tanto que la brasa casi le quema las uñas. Después retiene el humo y lo deja salir muy despacio.

—Fue peor que malo —dice al fin—. Nos mandaron detrás de tres tanques sin decirnos ni lo que teníamos enfrente. Los tanques se adelantaron mucho y nos reventaron dos. El tercero tomó las de Villadiego y a los de infantería

403

nos cazaron como perdices: de los doscientos noventa y cuatro que éramos volvimos doscientos siete, y a muchos los cogieron los fachistas... Perdimos al capitán Madonell y a un teniente; y el comisario político, que era de mucho discurso pero una perfecta maricona, salió de estampía y no lo hemos vuelto a ver.

Mueve la cabeza Panizo, haciéndose cargo.

—Ahora me explico que tus criaturas traigan esas caras.

—Demasiado bien lo llevan, los pobres. O lo llevamos.

Guarda el dinamitero su colilla en la cajita de lata, da una palmada en el fusil y se incorpora a fin de echar un vistazo rápido sobre la barricada. Después vuelve a agacharse. El fuego enemigo ha aflojado un poco. Casi no disparan ahora, y eso puede ser tan bueno como malo.

—Dime qué hacemos —reclama Casaú.

—De momento mete a los mocosos en esa casa y en esa otra —las señala Panizo—. Diles que no se agolpen. En grupo se pasa menos miedo, pero es más fácil que te disparen... Que se mezclen con los que están allí, uno o dos por escuadra. Y que no asomen la gaita si no hay fregado gordo.

—¿Y yo?

—Quédate conmigo, si quieres. Y ya vamos viendo.

Hace también el otro amago de asomarse a la barricada, pero no consuma el movimiento. Lo detiene a la mitad, como si acabara de pensarlo mejor.

—¿Sabemos quién está enfrente?

—El Tercio.

—Coño.

Los aragoneses de la XIV Bandera de Falange que habían tomado el pitón de levante apenas consiguen retenerlo durante dos horas. Después de un duro bombardeo que los mantuvo acurrucados entre las rocas de la cresta, el contraataque republicano los sorprendió sin tiempo de ser reforzados, reponer munición ni parapetarse bien. Cuando pudieron asomar la cabeza y emplazar las armas, los mismos hombres que habían llevado a cabo el asalto y sufrido el bombardeo se encontraron con el enemigo a pocos metros, atacando con ímpetu. Y sin medios para oponerse, tras una defensa encarnizada y breve que consumió los últimos cartuchos y bombas de mano, los falangistas se vieron obligados a ceder terreno, en desordenado sálvese quien pueda.

Puuum-clac-clac-clac.

Corren ladera abajo Saturiano Bescós y sus camaradas con las cartucheras y las recámaras de los fusiles vacías, buscando amparo en las rocas cada vez que un proyectil de mortero de los que baten la contrapendiente estalla cerca. Algunos se detienen a recoger a los heridos y otros siguen adelante ciegos de pánico, sin reparar en nada que no sea ponerse a salvo fuera del pitón. Los proyectiles de 81 mm llegan sin aviso previo, en prolongada y silenciosa curva desde lo alto, y los fragmentos de piedra y metralla rebotan por todas partes, destrozan los arbustos, alcanzan a los hombres.

Puuum-clac-clac-clac.

Uno de los morterazos revienta delante de Bescós, tan cerca que el joven ve el resplandor naranja y siente como si un martillo de polvo y aire sólido lo golpease de frente, proyectándolo hacia atrás. Cae de espaldas mientras innumerables esquirlas le repiquetean en la cabeza, el pecho y los brazos, da con la nuca en el suelo y se remueve allí aturdido, intentando incorporarse sin conseguirlo.

Metralla, Dios mío. Metralla.

Es lo primero que piensa atropelladamente, muy asustado, cuando al fin puede hacerlo. Ya me tocó a mí, y esos hijos de puta me han llenado de metralla. Para una vez que no llevo el casco. Al fin logra mover las manos y se palpa con angustia el pecho y los brazos, buscando heridas. Siente entumecida la cabeza y un calor extraño, tibio, se le extiende entre las cejas y le gotea por la nariz. Entonces se toca la frente, y al mirarse los dedos los ve manchados de sangre.

Metralla en la cabeza, madre mía. Metralla en la cabeza.

Se palpa espantado la herida, queriendo meter el dedo dentro para averiguar la profundidad bajo el hueso roto. Y en ese momento ve inclinada sobre él la cara de Sebastián Mañas, sucia de tierra y pólvora.

—No te toques, cagüenlá —le dice su camarada—. Déjame a mí.

Le revisa la herida y luego le da un cachete. Sonríe.

—Es una pedrada, idiota. Un rebote de piedra, nada más.

—¿Y el hueso?

—Como nunca. Sólo un chichón y un rasguño.

Escupe Bescós una saliva ácida y amarga.

—Pues sangro como un tocino... ¿Y lo demás?

Le revisa ahora Mañas el pecho y los brazos.

—Lo mismo. Rebotes de gravilla.

—¿Y los huevos?

—En su sitio, enteros.

—¿Seguro?

—Que sí, hombre.

—Gracias a Dios.

Mientras Mañas le anuda un pañuelo en torno a la frente, cae un nuevo morterazo cerca, saltan más piedras y tierra, y los dos jóvenes se acurrucan uno contra el otro.

—Venga, Satu, vámonos de aquí.

Lo ayuda a incorporarse, se pasa un brazo por encima de los hombros y lo agarra por la cintura.

—Deja, que puedo solo —protesta Bescós.

—Tú qué vas a poder, tontolhaba.

Terminan de bajar abrazados por la contrapendiente y se unen a los camaradas que ya están fuera de la zona de fuego, agrupándose en la linde del pinar, en las antiguas posiciones que las dos centurias ocupaban anoche antes de subir al asalto.

—He perdido mi gorrillo —cae en la cuenta Bescós.

—No te preocupes. Hoy sobran.

Van llegando los falangistas agotados por la carrera, maltrechos, sin aliento, dejándose caer al suelo, mirándose entre ellos aún confusos. Con ojos aturdidos, buscan a los camaradas que faltan. Lorenzo Paño y el cabo Avellanas, que ven acercarse a Bescós y Mañas, les vienen al encuentro. Se abrazan los cuatro.

—Nos han crujido, pero bien —comenta Paño.

Mira Bescós alrededor en busca del resto de la escuadra.

—¿Habéis visto a Tresaco?

—No.

—¿Y a Domingo Orós?

—Tampoco.

Se fija Avellanas en el vendaje de Bescós.

—¿Qué tienes en la cabeza, Satu?

—Mañas dice que poca cosa... Una pedrada.

—Pues te ha puesto guapo.

—Ya.

Contemplan los cuatro falangistas la cresta del pitón.

—Casi no lo contamos esta vez.

—No nos dieron tiempo, los cabrones. Después del último pepinazo de Atilano ya estaban allí mismo, en nuestras narices.

—Eran internacionales, me parece. Los oí gritar en lengua extranjera.

—Hijos de puta... Qué se les habrá perdido aquí, matando españoles.

407

—Hordas marxistas, como dice Zarallón.

—¿Y qué es de él?

—Por ahí anda. Lo hemos visto antes.

—¿Ileso?

—Por completo.

—Cuenta, pues. Qué suerte tiene el tío.

—Mal bicho nunca palma.

—El que no aparece por ningún lado es el capitán Labarta.

—Cagüentodo. Ése es un tío majo.

—Pues ya ves... A lo peor le tocaba ya.

Intenta despejar Avellanas la incógnita.

—Lo vi arriba, queriendo agrupar a la gente para resistir. Pero aquello estaba perdido y no me quedé a ver cómo terminaba... Desde luego, bajar no ha bajado —se pasa un dedo por la garganta, explícito—. Y los que no han bajado, pues ya sabéis.

Asiente lúgubremente Paño.

—A los falangistas tampoco nos hacen prisioneros.

—Pues no sé por qué, cagüenlá —gruñe Mañas—. Yo no pedí que me pusieran una camisa azul.

—Eso díselo a los rojos en que te trinquen —responde Avellanas—. Para ellos somos todos iguales: los de primera línea y los que dan paseos en la retaguardia.

—Los nuestros no dan paseos, cuidado —se guasea Paño—. Eso lo hacen ellos. Los nuestros depuran. Arrancan la mala simiente comunista.

El cabo Avellanas mira en torno, inquieto, y le toca un brazo.

—Déjate de coñas, anda. Que no está el horno para eso.

—Pero tampoco nosotros vamos con pampurrias —insiste el otro—. Acordaos de esos a los que Zarallón dio café cuando tomamos la cresta. De sargento para arriba, como suele.

—Venga, vale —se enfada el cabo—. Déjalo ya.

Saca Bescós la petaca e intenta liar un cigarro, pero los dedos manchados de sangre seca le tiemblan demasiado, y se le cae todo.

—Trae —dice Mañas, y se lo toma de las manos.

—Me preocupan Tresaco y Orós —dice Bescós.

—Y a mí.

—A lo mejor están por ahí.

—Ojalá.

Avellanas le echa un vistazo de cerca a la frente vendada.

—¿Qué tal tu perola, Satu? ¿Te duele?

—Como si tuviera dentro una rata loca.

—Ve a que te lo miren, anda.

Se echa Paño a reír.

—Igual ganas una baja y te mandan a un hospital lleno de enfermeras con teticas gordas.

—No caerá esa breva.

Mañas ha terminado de liar el cigarrillo, pasa la lengua por el borde del papel y se lo entrega a Bescós, con la petaca.

—Toma.

—Gracias.

—Te acompaño a que te vean.

Al tercer intento, Bescós acierta con la brasa del chisquero en la punta del cigarrillo.

—No, deja. Ya voy solo.

Se aleja, pitillo humeante en la boca y colgado el fusil al hombro, mirando los rostros de los camaradas que halla al paso. De pronto ve a Tresaco sentado contra un pino, vendándose un brazo él solo. Al verlo, el otro se levanta muy contento y viene a su encuentro. Se abrazan.

—Lo mío es poca cosa —dice Tresaco—. Me di una trompada cuando corría pitón abajo y me despellejé un codo. Nada serio... ¿Y lo tuyo?

—Un rebote de piedra.

—Pues tienes la cara hinchada de cojones.

—Ya.

Señala el otro el puesto de socorro, una casilla de peones camineros junto a la carretera, donde unos enfermeros y camilleros atienden y clasifican a los heridos que van llegando.

—Ven a que te miren.

—A eso iba, china chana.

Lo retiene el otro por un brazo.

—Oye, ¿y qué hay de los demás?

—Todos bien, pero no vemos a Orós.

A Tresaco se le oscurece el semblante.

—Ni lo vais a ver... Se quedó arriba.

—Hostia.

—Sí. El capitán Labarta nos estaba reagrupando e íbamos con él, y un balazo le pasó el cuello, de lado a lado. Cayó como un pajarico, sin decir nada... A tres palmos de mi cara y con los rojos encima. Así que me di la vuelta y eché a correr ladera abajo, como todos.

—Pobrete.

—Diecinueve años hizo el mes pasado. Y de Sabiñánigo era, como nosotros.

—Qué pena de padres.

—Sí.

En ese momento aparece el teniente Zarallón. Va de grupo en grupo de falangistas, haciéndolos ponerse en pie mientras comprueba sus armas. Está polvoriento desde el gorro hasta las botas y trae cara de malas pulgas.

—¿Qué tienes tú? —le pregunta a Bescós.

—Nada. Un rebote.

Le levanta Zarallón el pañuelo y mira la herida.

—No parece serio.

—Eso pienso yo.

—Pues ve a que te curen y reúnete con tu escuadra. Coged también vuestros cascos de acero, que ahora sí los vamos a necesitar... Ha dicho el comandante Bistué que en cuanto descansemos un poco y municionemos, tenemos que volver ahí arriba.

Traga ruidosamente saliva Tresaco.

—¿Lo dices en serio, mi teniente?

Alza el oficial la vista hacia el pitón, con aire sombrío, y a Bescós no le gusta lo que ve en sus ojos.

—No he hablado tan en serio en mi puñetera vida.

Se aleja, y se miran los dos falangistas.

—Jodó —dice Tresaco—. Aquí sales de herrero y te meten a carbonero.

VII

Los mira de lejos, preocupada. Pato Monzón ocupa un banco de hierro en el patio de la Harinera, destornillador en mano, reparando la magneto de un NK-33; y desde donde se encuentra ve la reunión que tiene lugar bajo el porche: teniente coronel Landa, comisario político de la brigada, segundo jefe Carbonell y capitán Bascuñana. No es una charla amable. Discuten hace rato, enfadados Landa y Carbonell, amenazador el comisario, vehemente Bascuñana. Desde que el Cuarto Batallón perdió el pitón Lola, la joven ha oído lo suficiente para inquietarse por el capitán, a quien culpan del revés. Antes de que Bascuñana cumpliese la orden de presentarse en el puesto de mando, el Ruso se mostró duro en sus comentarios; y aunque Pato no alcanza a oír ahora la conversación, los ademanes y expresión del comisario son desagradables. Golpea la palma de una mano con el puño cerrado de la otra.

—Menudo chorreo —comenta el teniente Harpo, que ha pasado cerca y se detiene a mirarlos al llegar junto a Pato.

—¿Le están dando duro? —pregunta la joven.

Asiente Harpo, apoyada la espalda en la pared.

—Sólo falta echarle la culpa de que Bailaor se cargara a Joselito en Talavera.

Lo mira Pato con fingida candidez, queriendo tirarle de la lengua.

—Alguna razón tendrán, ¿no?

Se rasca el otro el pelo ensortijado y cano.

—En estas cosas las razones son relativas. Lo acusan de perder el pitón, lo que es verdad; y de que hayan tenido que ir los internacionales a recuperarlo, que también lo es... Pero el Ruso habla de negligencia y cobardía ante el enemigo, y eso ya son palabras mayores.

—Conozco a ese capitán —comenta Pato— y no me parece nada de eso.

Sonríe Harpo, vagamente cómplice.

—Ya sé que lo conoces... Dice la Valenciana que os ponéis ojitos.

Apunta la joven al teniente con el destornillador.

—La Valenciana es tonta perdida.

Ríe Harpo y los dos se quedan callados, mirando a los que discuten. Al cobertizo situado junto a la puerta siguen llegando heridos entre los que se mueven un médico y dos practicantes agotados de operar, vendar, poner inyecciones de suero antitetánico y dar tabletas de morfina. A cada rato salen hacia el río camilleros o mulas con artolas donde se balancean hombres que gimen y chiquillos que lloran. En una zanja excavada al otro lado de la tapia se acumulan los cadáveres, sobre los que antes de echar tierra se arrojan paletadas de cal viva.

—El tal Bascuñana —opina Harpo tras un momento— no es más negligente o cobarde que cualquiera de ellos, o de los demás, incluidos nosotros... Su batallón está formado por gente sin coherencia ideológica. Estoy seguro de que hizo lo que pudo.

Pato hace girar la manivela de la magneto, que ya parece funcionar bien.

—¿Puede tener problemas serios?

414

—Podría tenerlos —Harpo dirige otra ojeada al grupo y mueve la cabeza—. Cuando el Ruso mete baza y pintan bastos, nunca se sabe.

—¿Qué crees que pasará?

—No tengo ni idea... Pero estas cosas no terminan bien.

Se mete Harpo en el edificio y sigue Pato con el teléfono. Atornilla la tapa de baquelita cuando ve a Bascuñana desceñirse el cinturón con la pistola, dárselo a Carbonell y apartarse del grupo. Da el capitán unos pasos sin rumbo aparente, las manos en los bolsillos, y luego se acerca a los heridos y conversa con algunos que parecen de su batallón. Al fin sale del patio. Tras pensarlo indecisa, la joven se cuelga al hombro el aparato y camina detrás. El capitán se ha quitado la gorra y fuma sentado en un murete de piedra, mirando hacia el río. Lleva la misma camisa a cuadros descolorida de siempre, muy arrugada y sucia. Huele a sudor y mugre, pero el rostro se ve recién afeitado, y el bigote fino de actor, recortado e impecable.

—Camarada Patricia —se sorprende al verla aparecer.

Permanece la joven en pie a su lado, contemplando también la pendiente y los pinares que suben y luego descienden hasta el Ebro y las alturas escarpadas de la otra orilla. A veces puntean fogonazos en el Vértice Campa, se oyen los estampidos dos segundos después, y proyectiles de 105 pasan desgarrando el aire como seda rota, en dirección a las posiciones fascistas.

—Te he visto antes —comenta ella—. Con ésos.

Alza el rostro Bascuñana para observarla con interés.

—¿Y has oído lo que decíamos?

—No.

—Menos mal.

Se toca la cara y vuelve el rostro hacia el río. No parece hablador en ese momento, y Pato cree entender por qué.

—Espero que no tengas problemas —apunta con timidez.

La mira él de nuevo con aire distraído, como pensando en otra cosa.

—Mis problemas han terminado casi por completo —sonríe apenas—. Me relevan del mando.

—No entiendo.

—Es fácil de entender. Ya no mando el Cuarto Batallón, o lo que queda de él. Mis órdenes son ir a retaguardia y permanecer allí mientras se revisa mi conducta.

—¿Hablas en serio?

—Pues claro. Eso ha dicho el comisario: revisar mi conducta... Suena de lo más soviético, ¿no te parece?

—Yo soy comunista.

—Lo sé, y por eso te lo digo. Conoces la retórica: si no eres parte de la solución eres parte del problema.

—Qué absurdo.

Palmea Bascuñana el murete de piedra.

—Anda, relájate. Siéntate aquí.

Duda ella un momento. Al fin se descuelga el teléfono, lo deja en el suelo y se instala junto al capitán.

—Relevarte me parece una injusticia —opina—. No es culpa tuya si...

Se calla, sin saber cómo continuar. Dudando entre lo que es adecuado decir y lo que no.

—Aun así tengo suerte —comenta Bascuñana—. Debo quedarme aquí por ahora, esperando los documentos para dirigirme a mi destino por mis propios medios... De pícnic, como dicen los ingleses. No me han detenido, ni nada de eso.

Se remueve Pato, indignada.

—Faltaría más.

—Pues no creas. Se lo debo agradecer al teniente coronel Landa. El comisario es más partidario de un consejo de guerra inmediato para dar ejemplo.

Lo mira, boquiabierta.

—Ejemplo ¿de qué?

—De firmeza republicana, supongo.

—Te burlas de mí.

—Para nada.

Se quedan callados otra vez. Al cabo, Bascuñana tira el cigarrillo ruso y encoge los hombros.

—Como ves, ahora tengo tiempo libre. Lástima que no lo tengas tú.

Incómoda de pronto, ella se pone en pie y coge el teléfono por la correa.

—Tengo cosas que hacer, camarada capitán.

—Claro.

Bascuñana lo dice con aire absorto, mirando el cielo. Pato sigue la dirección de sus ojos y advierte dos puntos negros acercándose sobre el cauce del río. Dos biplanos. Después mira su reloj.

—La hora del ángelus —dice él—. Puntuales como máquinas.

Se levanta también, toma su gorra y coge a Pato de una mano, llevándola hasta una trinchera protegida con sacos terreros, próxima al murete.

—Irán al río, como suelen —dice ella.

—Nunca se sabe.

Se tumban los dos en el borde de la trinchera, hombro con hombro, viendo cómo los aviones, indiferentes a las nubecillas blancas que se deshacen a su paso —resuena el monótono pah-pah-pah-pah de los antiaéreos Bofors—, descienden sobre un lugar que Pato no alcanza a ver, y al momento, cuando ganan de nuevo altura y se alejan, dos altas columnas de agua asoman y se desploman tras el ribazo.

—Adiós otra vez a la pasarela —dice Bascuñana.

Se quedan tumbados, mirándose.

—Vi a tus hombres atacar y volver destrozados del pitón, una y otra vez —dice ella—. Sé que hiciste cuanto era posible.

Esboza el capitán una sonrisa agradecida y triste.

—Oh, ellos también lo saben. Hasta el Ruso lo sabe... Pero no se trata de saber o no saber, sino de lo que necesita aparentar cada cual.

Están inmóviles, muy quietos. Se tocan los hombros y parece que ninguno desee interrumpir ese contacto. Por un momento antes de apartar la vista, ligeramente azorada, Pato advierte su propio reflejo en los iris oscuros del hombre.

—Las cosas empiezan a estancarse —sigue diciendo Bascuñana—. El enemigo contraataca. Tenemos los pitones y el cementerio, pero hay facciosos otra vez en el pueblo.

—¿No habrá refuerzos?

—Qué va a haber. Los biberones y los internacionales eran la reserva... Y aunque hubiera más, sería difícil que pasaran el río. Han hundido casi todos los botes y nuestros pontoneros no dan abasto. Poco a poco nos vamos quedando aislados aquí.

El hombro de Pato sigue tocando el del capitán: un contacto cálido y confortable que parece consolar de cosas imprecisas. Confirma la joven que, a esa distancia, el olor seco, recio, masculino de Bascuñana no es en absoluto desagradable. Y ojalá me abrazara, piensa de pronto. Debió hacerlo cuando los aviones. Sí. Cuando dijo nunca se sabe.

—Alguien tiene que pagar por tantos errores, ¿comprendes? —está diciendo él.

Asiente ella con tristeza. Comprende muy bien.

—Por eso necesitan cabezas de turco —responde.

—Además de guapa, eres una chica lista.

—No hace falta ser lista para entender eso.

Llegan disparos lejanos, retumbar de explosiones por la parte del cementerio y el pitón de poniente. Allí se combate de nuevo. Pato mira en esa dirección. Al volverse encuentra los ojos de Bascuñana fijos en ella.

—Me hablaste de un hombre, si no recuerdo mal.

—Hablé de él —asiente Pato—. Y dije que desde hace tiempo no tengo noticias.

—Estamos en el momento y el lugar equivocados.

Lo ha dicho pensativo, de modo críptico. Le dirige ella una ojeada curiosa.

—¿A qué te refieres?

—Sabes a quiénes me refiero.

No deberíamos estar aquí, se dice la joven. No de esta forma. A impulsos de ese nuevo pensamiento, se pone en pie, sacudiéndose el mono. Él la imita.

—Después de que muriese tu mujer, ¿tienes otra en alguna parte?... ¿Una compañera?

—Ninguna en especial. Todo se lo lleva esta guerra.

Se pone él la gorra, ladeada como suele.

—Si alguna vez... —añade.

Contiene ella suavemente la respiración.

—Si alguna vez ¿qué?

Se inclina él a coger el pesado teléfono y la ayuda a colgárselo al hombro.

—Hay épocas en las que es mejor estar solo, ¿no crees?... Se corre mejor sin un niño en brazos, sin una mujer de la mano, sin unos padres a los que dejas atrás...

Se interrumpe mientras hace un amplio ademán abarcando la trinchera, el pinar, el caserío próximo, el río medio oculto.

—Vamos a perder la guerra, camarada Patricia. A saber qué será de cada uno de nosotros cuando esto acabe.

—No acabará mientras haya fascismo en el mundo.

—Me encanta tu fe.

—Yo sé qué será de mí si perdemos. Tal vez muera; pero si nos derrotan y estoy viva, quisiera seguir luchando como pueda. Tanto sacrificio debe servir de algo.

—Si alguna vez...

Él sólo dice eso, casi bruscamente, y Pato lo mira con más intensidad.

—Vuelves a repetirlo. Si alguna vez... ¿Qué quieres decir con eso?

—Si me encontrase contigo en otro lugar, me gustaría que llevases el pelo rapado como un muchacho, igual que ahora. Y caminar contigo del brazo, con orgullo.

Se pasa la joven una mano por la cabeza, sorprendida.

—¿Con orgullo, dices?

—Sí.

—Estás loco.

—No.

Lo piensa ella un momento y al cabo asiente despacio.

—Me gusta eso del orgullo. Suena bien en tu boca.

Cuando la artillería enmudece después de un bombardeo intenso que se ha prolongado durante tres cuartos de hora, ochenta y cinco boinas rojas se ponen en pie y otras tantas bayonetas relucen entre la polvareda que el sol cenital convierte en bruma dorada.

—¡Viva Cristo Rey! —grita el capitán Coll de Rei—. ¡Arriba España!

Esta vez los requetés de la compañía de choque del Tercio de Montserrat no han ido a pecho desnudo contra el cementerio, sino que se aproximaron despacio al abrigo de la cortina artillera, avanzando entre los viñedos sembrados el día anterior de compañeros muertos. Después, cerca de las posiciones republicanas, esperaron cuerpo a tierra mientras los proyectiles de 88 mm pasaban sobre sus cabezas para levantar surtidores de humo y metralla en las trincheras enemigas. Y a esta misma hora, si no se quedan atrás como hicieron ayer, los tiradores de Ifni deberían estar haciendo lo mismo por el flanco derecho.

—¡Adelante, adelante, no os paréis!... ¡Viva Cataluña y arriba España!

Huele a azufre, trilita y tierra removida. Parpadeando para librarse del polvo que irrita sus ojos, Oriol Les Forques empuña el Mauser mientras corre casi a ciegas, esquivando las últimas vides o tropezando con ellas. Todavía no ve las trincheras enemigas y se orienta por el impulso de salida y los bultos confusos de los compañeros que van en la misma dirección. Sabe que cerca de él avanzan Santacreu, Milany y Dalmau, y que todos siguen vivos porque los rojos, abrumados por lo que les ha caído encima, todavía no disparan. En el silencio de la artillería sólo se oyen las voces de los oficiales y sargentos, los pasos apresurados sobre los terrones y la respiración entrecortada de los jóvenes que corren.

—¡Arriba España, arriba España!

La alambrada aparece de pronto, sobre el desnivel que fue punto máximo de progresión del avance de ayer. Esta vez no hace falta cortarla, al menos en el tramo que Les Forques tiene delante, pues lo abatió el bombardeo. Remonta el requeté el desnivel, salta sobre el alambre de espino, y en ese momento, entre la nube de polvo que empieza a disiparse, relumbran fogonazos cercanos y un rosario de estampidos se corre de izquierda a derecha, marcando la primera trinchera enemiga.

Fluaaas, ziaaang, fluaaas. Así oye Les Forques pasar los proyectiles invisibles que horadan la cortina de polvo con un sonido de succión que eriza la piel. Pero no hay tiempo para protegerse, y ni siquiera para disparar la primera bala acerrojada en la recámara del fusil. Lo advirtió don Pedro Coll de Rei cuando ocupaban las posiciones de partida después de repartir un sorbo de coñac a cada uno, mientras el páter Fontcalda —que esta vez los acom-

paña en el asalto— daba la última bendición y los requetés besaban medallas, escapularios y detentes. Una vez empecemos, dijo el capitán, no se paren por nada ni nadie,
no disparen ni busquen resguardo. Quien vacile y ofrezca
blanco, morirá. Arrojen sus bombas de mano y después
vayan derechos a los rojos y clávenles las bayonetas.

—¡No os paréis, por Dios!... ¡Seguid, seguid! ¡Arriba
España!

Se oyen chasquidos siniestros y gemidos, chac, chac,
balas que dan en carne. Pasando el fusil a la mano izquierda, sin dejar de correr, Les Forques desengancha del
correaje la granada Oto que llevaba preparada, le quita
el pasador, se detiene un momento y la arroja lo más lejos que puede. Se agacha dos segundos hasta que oye el
estampido y luego se incorpora y avanza de nuevo: una
pequeña pendiente, sacos terreros, fogonazos y estruendo
de bombas de mano por todas partes. Suenan gritos en catalán y en castellano. Al fin se desvanece la polvareda descubriendo un foso en zigzag con cuerpos agazapados dentro, rostros temerosos, hombres que miran hacia arriba,
apuntan sus armas, disparan mientras zumba el ziaaang,
ziaaang, ziaaang como si Les Forques atravesara un enjambre de abejas enloquecidas. Y entonces, sordo de explosiones, borracho de violencia y espanto, el joven requeté se siente el hombre más solo del mundo cuando
salta dentro de la trinchera y, precisamente por eso, porque se cree solo, empieza a clavar la bayoneta en todo lo que
tiene delante. En todo cuanto se mueve o está quieto, se
defienda o levante las manos.

—¡A la otra, adelante! —la voz ronca de don Pedro
Coll de Rei suena lejana, como si desde el cielo gritara
Dios—. ¡Esto ya está, sigan adelante!

El cabo Les Forques es un autómata ensangrentado
hasta los codos, doloridos los brazos de moverlos en vai-
vén con el fusil y la bayoneta, cuando sale de la trinchera

y corre otra vez entre los compañeros que ahora aúllan como lobos carniceros, llegan a la tapia destrozada del cementerio y se dispersan entre las tumbas, las cruces mutiladas y caídas, las lápidas rotas por las que asoman féretros astillados y cadáveres viejos que se mezclan con los nuevos; y a cada paso disparan, acuchillan, atacan a culatazos a los hombres que salen de las fosas como espectros y se enfrentan a ellos disparando a quemarropa y peleando a machete, o cazan por la espalda a los que huyen entre las tumbas, disparándoles mientras se alejan, haciéndolos caer con fusilazos secos, con impactos que levantan nubecillas de sus ropas polvorientas.

Acorrala Les Forques a tres rojos que reculan hasta pegar la espalda a un muro de nichos con las lápidas picadas y rotas de balazos. Se defienden blandiendo palas de trinchera afiladas como hachas. Encara el fusil, dispara, hace caer a uno —rodillas dobladas, como si se desmayara— y golpea el cerrojo con la palma de la mano, metiendo una bala en la recámara. Los otros tiran las palas, alzan los brazos y gritan. Uno de ellos hace desesperadamente el saludo falangista.

—¡No tires, hermano, no tires!... ¡Arriba España!

Demacrados, sucios, tienen el pelo revuelto de tierra y los ojos febriles de miedo. Vacila Les Forques, el dedo en el gatillo. De pronto, otro requeté aparece a su lado como si se materializase de la nada, se adelanta fusil en mano, y a punta de bayoneta hace arrodillarse a los dos rojos. Después le da una patada al caído para comprobar si se mueve y mira a Les Forques. Sólo entonces reconoce éste a Agustí Santacreu.

—Baja el chopo, Oriol, cojones. No me pegues un tiro a mí.

Obedece Les Forques cual si saliera de un sueño. Retornan las imágenes y sonidos nítidos cuando su corazón, que golpeaba sin control, recobra un ritmo razonable.

Respira hondo y apoya la culata del fusil en el suelo mientras Santacreu registra a los prisioneros haciéndoles tirar los correajes y quedándose con cuanto de utilidad llevan encima: tabaco, mecheros de trinchera, billeteras, documentos de identidad.

—Marxistas de carnet —dice, mostrándoselos a Les Forques.

Se mete los documentos en un bolsillo y mira a los prisioneros con cara de pocos amigos.

—Han matado a Milany —añade, sombrío.

Pestañea Les Forques aturdido, sin encajar del todo la noticia.

—¿Qué dices?

—Que estos cerdos lo han matado... Cuando acabábamos de pasar la alambrada.

—¿Estás seguro?

—Sí. Corría a mi lado y lo vi caer. Hasta oí pegar la bala. Me agaché queriendo socorrerlo, pero entonces llegó el capitán, me dio una bofetada que me tiró la boina y me ordenó seguir adelante.

—¿Seguro que estaba muerto? Puede que sólo...

—Le vi los ojos, oye. Abiertos y fijos —se señala el pecho—. El tiro le dio justo aquí, en el corazón... Cuando me levanté y eché a correr de nuevo, ya tenía la camisa llena de sangre.

—Mierda.

—Sí.

Mira Santacreu al muerto y parece a punto de darle otra patada. Después se vuelve hacia los prisioneros, amenazador.

—Agustí —dice Les Forques.

—¿Qué?

—Vale, déjalo ya.

Empujan a los dos rojos para juntarlos con otros a los que agrupan ante una de las tapias: son una veintena y algunos están heridos. Al verse contra la pared, muchos miran recelosos a los requetés, lívidos, temiendo lo peor.

Aparece Dalmau, grande, sudoroso, muy sucio, con su eterno fusil ametrallador sobre un hombro. Viene con aire abatido.

—Se han cargado a Milany —informa.

—Ya lo sabemos.

—Y Juanito Falgueras está herido... Por lo visto tiró una granada, o la tiraron, avanzó demasiado rápido y se llevó él toda la metralla.

—¿Grave?

—Ciego se queda, seguro.

Entre las tumbas y los cipreses tronchados hay cadáveres: algunos requetés y muchos rojos. Sin distinguir entre unos y otros va el páter Fontcalda con su estola morada en torno al cuello, arrodillándose para repartir absoluciones. Más allá de las cruces rotas por la metralla, una fila de tiradores moros se dirige en buen orden al lado oriental del cementerio.

—Ahí van esos jamidos cabrones —comenta Dalmau.

—Al menos hoy no nos han dejado solos —responde Santacreu—. Se dice que a don Pedro Coll de Rei tuvieron anoche que sujetarlo, porque con la mano sana quería darle de leches al comandante del tabor.

—Me lo creo... ¿Seguirá vivo?

—Mira —señala Les Forques—. Allí viene.

Se acerca Coll de Rei con varios requetés, entre ellos su asistente Cánovas y el sargento Xicoy.

—Buen trabajo, muchachos —va diciendo el capitán—. Buen trabajo.

Aparte el polvo que lo cubre desde la boina hasta las botas altas, su porte es tan impecable como suele. Lleva el brazo izquierdo vendado y sujeto al cuello por un pañuelo de seda, que no se sabe de dónde habrá sacado pero que a nadie extraña en él, y la escopeta de caza apoyada en el antebrazo derecho con ademán negligente, cual si viniera de dar un paseo; pero la canana de cartuchos cruzada al pecho del asistente está ahora vacía.

—Lo han hecho muy bien, muchachos... Espléndido trabajo.

Se detiene a pasar revista a los rojos capturados con el aire de quien mira jabalís abatidos en una montería. Por su parte, el sargento Xicoy recoge los documentos de identidad intervenidos y los muestra al capitán.

—Comunistas de carnet —informa—. Todos.

Coll de Rei estudia los documentos y se vuelve hacia los prisioneros.

—Oficiales y suboficiales, preséntense —los conmina.

Nadie se mueve. Coll de Rei le pasa la escopeta a su asistente, y con la mano sana se retuerce el bigote.

—¿Alguno de ustedes se llama Roque Zugazagoitia?

Silencio. Agrupados como un rebaño que espera el matadero, los prisioneros bajan la mirada.

—¿Alguno es el teniente Zugazagoitia? —insiste Coll de Rei.

—Ha muerto —dice al fin una voz.

Se queda callado el capitán, ladeando la cabeza como si reflexionara.

—Lo siento —dice.

Atentos a la escena, Les Forques, Santacreu y Dalmau se han sentado sobre una de las pocas tumbas intactas mientras se reparten el tabaco cogido a los rojos.

—¿Oís lo que ha dicho? —susurra Santacreu, asombrado.

Coll de Rei vuelve a dirigirse a los prisioneros.

—Me miran con el único rencor noble que existe, que es el de los valientes que han luchado bien y han perdido... Y yo eso lo respeto. Además, ayer tuvieron la humanidad de dejar que nos retirásemos con nuestros heridos —hace un ademán referido a los requetés que escuchan—. Mis hombres y yo no lo olvidamos.

Nuevo silencio. Ni rojos ni nacionales despegan los labios.

—¿Algún otro oficial o suboficial?

Tras un largo momento, un hombre sale de las filas y se queda quieto a tres pasos del capitán, con la cabeza baja. Tiene la ropa destrozada y un galón de sargento a medio arrancar en la camisa. Le tiemblan las manos.

Coll de Rei lo mira detenidamente.

—¿Nombre?

—Fernando Laguna.

—¿Es el de más graduación?

Duda un poco el otro, mira a los suyos y vuelve a bajar la cabeza.

—Eso parece.

Sigue mirándolo con mucho interés el capitán. Por fin, Coll de Rei hace ademán de palparse la ropa con la mano sana y mira inquisitivo en torno. Al reparar en los tres requetés sentados, se aproxima a ellos, que se ponen en pie de inmediato, les quita todos los cigarrillos de las manos y va a dárselos al sargento rojo.

—Repártalos a su gente —le dice—. Y estén tranquilos, que aquí no se fusila a nadie. Tienen mi palabra.

Y después, antes de dar media vuelta e irse de allí, ordena al sargento Xicoy que queme los carnets de los hombres capturados.

Desde la cresta del pitón Pepa, el mayor de milicias Gambo Laguna los ve llegar agotados de correr, mojados de sudor, pardas las camisas de polvo y chedita. Son catorce hombres exhaustos, algunos de ellos heridos: los supervivientes del cementerio que acaban de tomar los fascistas. El jefe del Batallón Ostrovski ha estado siguiendo el combate con los prismáticos, testigo impotente de la última resistencia y la desbandada final. Duda que de la 3.ª Compañía, de cuyo teniente no tiene noticias, haya podido escapar una cuarta parte: unos cruzando la Rambla hacia el pueblo, y otros buscando refugio cercano en el pitón. Combatientes duros, soldados curtidos de los que no chaquetean fácilmente, los hombres de Roque Zugazagoitia han disputado el terreno palmo a palmo y tumba por tumba; pero la artillería les quebró el espinazo y el ataque de la infantería enemiga ha sido de una violencia inaudita. Gambo recibió hasta tres mensajes del cementerio —el último, ya sin línea telefónica, mediante un enlace— pidiendo refuerzos que no podía enviar; y ahora debe ocuparse de su propia defensa, pues sabe que el próximo objetivo enemigo será él.

—Vaya desastre —se lamenta Ramiro García, el comisario político del batallón.

—Es más que un desastre —asiente Gambo—. El cementerio en manos fascistas es el cerrojo de una trampa... Y a nuestra gente en el pueblo cada vez la tenemos más lejos.

Están con ellos el capitán Simón Serigot y el teniente Félix Ortuño, los otros oficiales del Ostrovski. Y los cuatro miran preocupados la humareda de incendios que se alza en el centro del pueblo, de donde viene el eco de disparos lejanos.

—O sea —resume Serigot—, que nos hemos quedado dentro de la jaula.

—Eso parece.

—Supongo que contraatacar hacia el cementerio es imposible —comenta Ramiro García.

Gambo, que mira a través de los prismáticos, responde sin apartárselos de los ojos.

—Supones bien. Nos quedan doscientos cincuenta y dos hombres: dos compañías para defender el pitón. No hay refuerzos que crucen el río, y el resto de la brigada está empeñado en el pueblo y en sostener Lola.

—Quizá los internacionales...

—Toma —Gambo le pasa los Komz—. Echa un vistazo a los internacionales.

Enfoca García el otro pitón. La humareda y los fogonazos en torno a la cresta.

—Anda la hostia.

—Pues eso.

Recupera Gambo los prismáticos y se mueve por las rocas, saltando de una a otra, hasta la hendidura cubierta por una lona donde tiene instalado el puesto de mando. Por la parte que da al cementerio, hasta ahora desprotegida, los hombres se afanan con picos y palas y acarrean piedras para hacer parapetos. El suelo es tan duro y pedregoso que excavar medio metro supone una hazaña.

Sobre unas cajas vacías de munición hay un plano de Castellets a escala 1:20.000, una lámpara de acetileno apagada y un teléfono de campaña. Gambo se quita la gorra, invita a sus oficiales a acercarse y señala puntos en el plano.

—Con el cementerio en sus manos, los fascistas pueden infiltrarse hasta el río, copando a la brigada entera. Por aquí, ¿veis?... Supongo que los principales esfuerzos de Faustino Landa serán para cortarles el paso por ese lado.

—¿Supones? —inquiere García, ceñudo.

—Sólo eso... Supongo.

—¿Y con quién lo hará, si ya no quedan reservas?

Tarda Gambo tres segundos en responder.

—Con los restos del Batallón Fajardo, seguramente. O algo encontrará.

Se miran los cuatro, sombríos. Saben que el Segundo Batallón, mandado por el comandante de milicias Fajardo, se ha deshecho lentamente en los últimos seis días, desde la toma inicial del cementerio a la defensa del pitón

Pepa, los ataques fallidos a la ermita de la Aparecida y los combates de las últimas horas en Castellets junto al Primer Batallón. De los cuatro centenares de hombres de esa unidad que cruzaron el río, apenas deben de quedar los efectivos de una compañía.

—¿Y qué hay de nuestros morteros, los que están en la Rambla? —pregunta el teniente Ortuño.

Tiene Ortuño sobre los cuarenta años y es segoviano. Cobrador de tranvía hasta que empezó la guerra, socialista desde que tuvo uso de razón, del Partido desde el año 34. Gambo lo mira y se encoge de hombros.

—Se han retirado también hacia el pueblo, porque ese lugar se convierte en primera línea.

—No fastidies, mayor.

—Sí.

—¿Quién ha ordenado eso?

—No lo sé. Lo cierto es que con los fascistas tan cerca, quedaban muy expuestos.

—Pero son nuestros morteros, coño —tercia el capitán Serigot.

—Ya.

—Al menos nos quedan dos Maxim —se consuela Ortuño—. Algo es algo.

Se miran entre ellos, serios. Tienen los rostros y las camisas mojados de sudor. Las moscas los atormentan desde hace tanto que ya ni se molestan en espantarlas.

—Y entonces —pregunta Serigot—, ¿qué pintamos aquí nosotros?

Hace Gambo un ademán ambiguo.

—Nada en especial, me temo. Distraer una buena porción de fuerzas fascistas e impedir que se sientan seguros si avanzan desde el cementerio, porque amenazamos su flanco... De hecho, les vamos a dar esta noche un golpe de mano, algo rápido y violento, para que no estén cómodos —mira a Ortuño—. Encárgate de eso.

—A tus órdenes.

—Necesitamos apoyo artillero constante —indica Serigot—. No sólo de los morteros, sino del Vértice Campa. Cuando vengan los fascistas, vendrán a lo bestia.

Gambo hace un gesto tranquilizador.

—Los requetés no creo que suban... Ayer y hoy han sufrido mucho.

—Los moros —opina Ortuño—. Subirán los moros gritando en su algarabía.

—Nuestra gente está muy hecha. No los achantan unos mojamés y unos turbantes.

—Ya, pero a los jefes fascistas les importa una mierda perder vidas. Nos los echarán encima por oleadas, como siempre. Carne de cañón: mandan a quinientos para que lleguen cien. Habrá que matar mucho para frenarlos.

—Tranquilo, Félix. Se matará... ¿Tienes bien enfiladas las dos máquinas?

—De maravilla —confirma el teniente—. Un poquito en diagonal, como debe ser. Y nos sobra munición.

—Pues nada, hombre. Arrímales candela.

Señala Gambo el teléfono de campaña, abierto en su funda de baquelita negra. El cable sale de la cueva y se extiende entre las rocas, protegido con tierra y piedras.

—Otra cosa que me fastidia es que este chisme empieza a dar problemas.

—¿Qué ocurre con él?

—La línea sólo funciona a ratos. Pasa cerca del cementerio y puede haberla dañado la artillería fascista. He pedido que la revisen.

—Sin teléfono habría que comunicarse por enlaces —apunta García—. Copados, lo tendremos crudo.

Gambo le dirige una agria mirada al comisario.

—Ahora dime algo que no sepa, mariscal Foch.

—¿Y qué es lo que ha dicho el teniente coronel Landa? —interviene Serigot.

—Que nos abarraquemos bien, que hará lo que pueda.

—Según dijo Chuminoski, famoso táctico bolchevique... No te fastidia.

—Y que resistamos a toda costa.

—Me lo temía. No me gusta cómo suena eso.

—A mí tampoco —apostilla Ortuño.

—Ni a mí. Cuando se dice a toda costa siempre es a costa de los mismos.

—¿Cuál es tu idea, mayor? —pregunta Serigot.

—Si seguimos comunicados, cumplir lo que se nos mande.

—¿Y si no?

—Aguantar hasta mañana por la noche, ataquen los fascistas o no. Si para entonces la situación ha mejorado en Castellets, y Landa acaba de prometerme que sí, restablecerán el contacto con nosotros.

Serigot le sostiene la mirada, escéptico.

—Insisto... ¿Y si no?

—Ya veremos.

No aparta el capitán los ojos de los suyos. Se conocen demasiado como para que el segundo jefe del Ostrovski se conforme con evasivas.

—¿Y si no, Gambo?

Suspira el mayor, mueve la cabeza, toca el plano y desliza un dedo desde el pitón hacia el pueblo, despacio, como si le costara hacerlo. Una mosca se le posa en el dedo.

—Pues entonces, tal vez tengamos que abandonar Pepa y abrirnos paso hasta Castellets.

Ortuño y el comisario se inclinan sobre el plano, preocupados; pero Serigot sigue mirando a Gambo.

—En veinticuatro horas la cosa puede empeorar, y lo sabes —dice fríamente—. Tendríamos más posibilidades ahora.

—¿No te fías de lo que te digo?

—No me fío de lo que te dicen. Tú no eres de los que malgastan vidas para nada. Pepa es una ratonera, y en otras circunstancias estaríamos liando el petate para retirarnos al pueblo... ¿Qué no nos has contado todavía?

Suspira Gambo, se desabotona un bolsillo de la camisa y saca un papel doblado.

—Lee, anda —se lo pasa—. Lo trajo un enlace del puesto de mando. En mano, para que le firmase el acuse de recibo.

> *Todas las unidades de esta brigada conservarán sin excusa ninguna sus posiciones, y en caso de perderlas contraatacarán para recuperarlas de inmediato. Posición perdida debe ser posición recobrada. Se hace responsables del cumplimiento de esta orden a jefes, oficiales y suboficiales.*
> *Firmado: Ricardo, comisario político, XI Brigada Mixta, 42.ª División*
> *30 de julio de 1938*

Lee Serigot, se lo pasa al teniente Ortuño y mira hosco a Ramiro García.

—Oye, comisario... ¿Tú conocías esto?

Asiente el otro, incómodo.

—Me he enterado hace diez minutos —se justifica.

—Eso no es una orden, coño. Es una amenaza chequista de lo más rancia.

—Muy al estilo del Ruso, por otra parte —dice Gambo—. Aunque él asegura que la instrucción es general para todo el ejército del Ebro.

—¿Y el teniente coronel Landa está de acuerdo?

El jefe del Batallón Ostrovski se encoge de hombros.

—Landa vive y deja vivir... O en este caso, deja morir.

Lo resume bien Serigot, guasón.

—San Joderse cae en sábado.

El sol ya está al otro lado del pueblo. Agachada en una zanja, masticando carne rusa con una rebanada de pan que huele a gasolina, Vivian Szerman mira hacia la ladera del pitón de levante.

—Ahí vuelve Chim —dice.

Junto a ella, Phil Tabb se incorpora un poco para mirar. No demasiado, pues la artillería fascista irrumpe sin cadencia fija y los proyectiles caen imprevisibles, batiendo la contrapendiente y el espacio descubierto frente al pinar de una calima polvorienta que nunca se disipa del todo.

—No parece tener prisa —comenta Vivian.

—Las prisas también matan.

Chim Langer baja por la ladera buscando la protección del terreno mientras se cruza con los soldados internacionales que, del mismo modo, resguardándose en donde pueden, ascienden en dirección contraria para reforzar la cresta, intensamente contraatacada desde el otro lado del pitón. Hace rato que Vivian y Tabb permanecen en la zanja, viendo primero cómo la 2.ª Compañía del Batallón Jackson atacaba y tomaba la cima, y cómo ahora, tras la furiosa respuesta enemiga, la 1.ª debe acudir también a reforzar la posición.

Al fin llega Chim hasta ellos. El fotógrafo viene tiznado y gris de subir y bajar entre los arbustos quemados del pitón. Con una última carrera, agachada la cabeza, protegiendo las cámaras con las manos, alcanza la zanja y se deja caer en ella.

—Joder —resopla.

Y les cuenta. El ataque fue duro, aunque a los fascistas no les dio tiempo de atrincherarse bien; así que tuvieron que retirarse. Volvieron antes de una hora con la artillería por delante, y en este momento unos y otros combaten a poca distancia, casi en la cresta misma. Por eso Larry O'Duffy ha pedido al capitán Mounsey que se una al combate con la compañía de reserva.

—El propio O'Duffy está arriba, aguantando el envite —concluye—. Lo he visto allí.

—¿Cómo fue la toma de la cresta? —se interesa Tabb.

—Salvaje. Los internacionales atacaron rápido y bien... Admirables, incluso. Mejor de lo que uno habría creído al verlos aquí abajo.

—¿Quiénes estaban arriba?

—Camisas azules, ya sabes. Falangistas.

—Esos fanáticos asesinos —dice Vivian.

—Ahí está el punto —responde Tabb, ecuánime—. Cuanto más firmes son las ideas de los hombres, más dura es la batalla.

Dirige el fotógrafo una mirada sombría al pitón, donde el ruido de disparos sigue siendo muy intenso.

—Ahí arriba deben de tenerlas bastante firmes, unos y otros. Las ideas.

—Vimos bajar heridos de los nuestros, pero no prisioneros de ellos —comenta Tabb—. ¿Capturaron a alguno?

Pone Chim repentino interés en quitar el polvo de los objetivos de sus Leica.

—Ya he dicho que eran falangistas —se limita a decir.

Lo mira rápidamente Tabb.

—¿Fotografiaste eso?

—No pude.

—Vaya.

—Había cinco o seis, alguno herido, y los estaban interrogando. Todos bastante jóvenes. Entonces vino Larry y ordenó que me largara de allí... Ve a fumarte un cigarrillo, dijo.

—¿Los mataron? —inquiere Vivian, estremecida.

—Y yo qué sé. Supongo que sí.

—¿Supones?

—Oí tiros, pero tiros llevo oyendo toda la puta tarde.

Otro proyectil de artillería estalla entre el pitón y el pinar, sin que se le oiga llegar. Se encogen los corresponsales en la zanja.

—Tampoco tuve tiempo de ver nada más —prosigue Chim—, porque entonces empezó el bombardeo, contraatacaron los fascistas y se lió una gorda —mira hacia la cresta—. Y así sigue.

—¿Tienes buenas fotos? —pregunta Tabb.

—La luz era favorable, no están mal. Tres carretes enteros: los hombres subiendo, el combate de arriba, los heridos y un par de muertos... Pero hasta que revelen los negativos no hay forma de saberlo.

—Quisiera alguna de esas fotos para mi reportaje —propone Vivian.

Dirige Chim una mirada a Tabb, consultándole la posibilidad. A fin de cuentas, en este viaje los dos trabajan juntos.

—Lo hablaremos —responde Tabb.

—No seas mezquino, Phil —dice ella.

—Lo hablaremos, te digo.

Asiente resignada la norteamericana. Son reglas no escritas del oficio, como sabe de sobra. En situaciones como ésta, la carrera la hacen todos juntos, ayudándose si es necesario; pero los últimos metros los corre cada uno por su cuenta.

Llega Pedro, el chófer español. Viene pálido, encogiendo la cabeza más de lo necesario. Su rostro sin afeitar tiene profundas ojeras. Salta a la vista que desearía encontrarse en la Oficina de Prensa de Barcelona o en cualquier otro lugar que no fuera éste. Trae un insólito paquete de dátiles secos.

—¿Queréis?

Cogen un puñado cada uno. Saben muy dulces.

—¿De dónde los has sacado?

—Estaban por ahí... Algún moro los dejaría atrás.

Mastica Vivian la pulpa azucarada y pegajosa.

—¿Hay novedades?

—Una importante —anuncia el español—. Tenemos que irnos.

—¿Por qué? —se sorprende Tabb.

—No es zona segura. La artillería de Franco es cada vez más activa y hay contraataques por todas partes.

—Creía que las cosas iban bien.

—En la guerra las cosas pueden ir bien y mal... Ordenan del puesto de mando de la brigada que crucemos a la otra orilla del río.

—¿Ahora?

—Ahora.

—Hemos venido a ver esto.

—Pues ya lo habéis visto.

—Mala señal —comenta Vivian.

Lo confirma el español con una ojeada inquieta alrededor.

—Podemos vernos atrapados aquí —Pedro mira en dirección al río, invisible desde allí—. La aviación fascista ha hundido muchas barcas y la pasarela está fuera de uso otra vez. En cuanto la reparen...

—Yo no me voy —dice bruscamente Chim.

Lo miran extrañados.

—¿Y eso? —inquiere Vivian.

El fotógrafo escupe un hueso de dátil y se frota la nariz ancha y aplastada.

—Esto se va a calentar mucho, y no voy a estar mirándolo desde la otra orilla. Me quedan cuatro carretes vírgenes.

—No seas animal.

—Me quedo.

—Pero las órdenes del teniente coronel Landa...

Escupe Chim otro hueso.

—Que le den por culo a Landa. Tenemos una autorización del Estado Mayor republicano para acompañar al Batallón Jackson. Y el Batallón Jackson está aquí.

Tabb, que no ha dicho nada, entorna ligeramente los párpados.

—Puede que mañana a estas horas —apunta con calma— no quede mucho batallón al que acompañar.

—Pues entonces ya veremos —el tono de Chim es agresivo—. Iros vosotros, si queréis.

—No he dicho que vaya a irme —responde Tabb con la misma suavidad que antes.

Se miran los tres corresponsales: ceñudo Chim, tranquilo Tabb, indecisa Vivian, que mastica el último dátil.

—Bueno, pues no se hable más —concluye al fin—. Nos quedamos.

Pedro está escandalizado.

—Se os ha ido la chaveta.

—¿Qué es la chaveta?

—La clavija que... —se interrumpe, moviendo la cabeza—. Joder. Me pueden hacer responsable a mí.

—Di que no das con nosotros —sugiere Chim—. O que no nos sale de los cojones irnos.

Se pone en pie el español, desalentado.

—Bueno —se resigna—. Voy a echar un vistazo por ahí, a ver dónde podemos pasar la noche con alguna seguridad... No os mováis de aquí, por favor. Y nada de subir al pitón.

—Descuida.

Cuando desaparece entre los pinos, dos camilleros acaban de bajar por la ladera. Traen a un herido y se apresuran con él. En ese momento un proyectil revienta cerca, y la tierra y la metralla les cae encima. Los dos se arrojan al suelo con el herido; pero al desvanecerse la polvareda, sólo uno se pone en pie. Chim está mirando con ojos de cazador ávido, y de improviso abandona la zanja y se dirige hacia allí preparando una cámara. Tras un instante de indecisión, sin reflexionar sobre el impulso, Vivian se levanta y corre detrás.

El soldado ileso intenta tirar de la camilla, aturdido, mientras su compañero yace inmóvil. Vivian se arrodilla junto al caído, a quien un cascote de metralla ha abierto un boquete en la base del cráneo. Nada que hacer ahí, concluye mirando fascinada el agujero todavía humeante, del que ni siquiera sale sangre. El herido gime y se remueve con medio cuerpo fuera de la camilla, así que Vivian, reaccionando al fin, lo empuja para devolverlo a ella y después sujeta los extremos de los varales libres, levantándola al tiempo que oye a su lado el clic, clic de la Leica de Chim. Y así, entre ella y el camillero conducen al herido hasta los pinos.

Regresa a la zanja, donde el fotógrafo rebobina el carrete y Tabb la acoge con una agradable sonrisa.

—Te has ganado la foto —dice el británico—. Y también el titular: *Nuestra corresponsal socorre a un herido republicano en primera línea de fuego...* Las editoras elegantes van a envidiar a la tuya a la hora del cocktail en el Algonquin, cuando te vean entre un anuncio de Palmolive y otro de Elizabeth Arden.

—No seas idiota. No pensaba en la foto.

—Ya lo sé. Si piensas ciertas cosas es cuando no las haces... Pero lo tuyo estuvo bien: una chica de Connecticut corriendo en España con una camilla entre pepinazos fascistas —señala a su compañero—. Aunque a Chim no lo tienes contento.

Mira la norteamericana al fotógrafo.

—¿Por qué?

—Te has metido en cuadro —responde éste, huraño.

—¿En serio?

Ríe Tabb.

—Dice que le has estropeado la foto. Volvió mascullando algo sobre las mujeres que juegan a la guerra.

—¿Eso dijo?

—Eso mismo.

Vivian le da un puñetazo en el hombro al fotógrafo, que gruñe y mira a Tabb.

—Eres un chivato cabrón.

—Sí —admite el otro, flemático—. Me gusta enredar.

—Vaya —Vivian saca su libreta y se dispone a tomar algunas notas—. Lo siento, Chim.

—No importa.

—Míralo desde otro ángulo, compañero —dice Tabb, filosófico—. *Harper's* te pagará una pasta por la foto... Y tiene gracia, ¿verdad? Te la juegas ahí arriba para conseguir buenas imágenes, y lo que hace rentable la tarde es Vivian con la camilla.

Mantiene ella inmóvil la punta del lápiz sobre la hoja de su cuaderno. Piensa en el camillero muerto y el agujero humeante en su nuca. Tendría nombre, una familia, unos amigos. Y ni siquiera llegó a verle la cara.

Combaten los falangistas aragoneses casi en la cresta del pitón. Ellos y los internacionales que están arriba se arrojan bombas de mano como si fueran piedras, que llueven a uno y otro lado con rosarios de fogonazos y secos estallidos: hueco el de las Lafittes, metálico el de las de piña polacas y rusas, rotundo el de las de palo alemanas, vivo y alto el de las italianas. Huele a matorrales quemados, pólvora, explosivo y hombres que se matan.

Vendada la cabeza bajo el casco de acero, Saturiano Bescós avanza con sus compañeros, armado el fusil con la bayoneta, y trepa de piedra en piedra con la destreza del pastor que fue antes de la guerra, en busca de protección cada vez que una granada estalla cerca, parándose a tomar impulso para arrojar las suyas. A su lado, agazapándose juntos cuando una nueva bomba de mano enemiga llega por el aire, Sebastián Mañas se mueve como él.

—¡Cuidado, Satu, que viene otra!... ¡Cuidado, Satu!

Puuum-bah. Estallido. Puuum-bah. Estallido. Las granadas ofensivas y defensivas siguen lloviendo como pedrisco. La pesadilla no termina nunca, y por todas partes rebotan el hierro, el aluminio, el latón, el plomo, la baquelita. En torno a los dos falangistas se animan unos a otros los camaradas con órdenes y gritos, conscientes de que han llegado demasiado arriba para retroceder y una retirada significaría ser ametrallados por la espalda. Entre los estampidos se oye la voz lejana del teniente Zarallón, que al principio del ataque ordenó cantar el *Cara al sol* para impresionar a los rojos, aunque los balazos empezaron pronto y nadie pasó de *volverá a reír la primavera*. Eso sí: alguien que le echa pelotas a la vida, o tal vez más de uno, porque quizá caen y se la van pasando, ha desplegado la bandera roja y negra de la centuria, y entre la humareda puede Bescós verla moverse, ondear, ser abatida bruscamente y alzarse de nuevo.

—Con dos cojones —dice Mañas en un respiro, echando también un vistazo.

Es curioso, piensa atropelladamente Bescós cuando se encoge tras una roca para esquivar otro zambombazo y tomar aliento. Hasta a Mañas, cuya familia votaba a las izquierdas en su pueblo, le pasa lo mismo. A casi todos importa un carajo esa bandera, que ni siquiera es la española con franja o sin ella; pero calienta verla moverse y que todos la sigan, como la seguirían aunque fuese un trapo de cocina o un mocho de escoba. Le van detrás porque donde va ella van los camaradas, y porque a los camaradas, que son tus hermanos, se les sigue allí donde vayan;

y éstos a su vez, como tú mismo, siguen a Zarallón, que es un hijo de puta pero al que daría mucha vergüenza dejarlo avanzar solo. Quizá la palabra idónea sea lealtad, aunque ni Bescós, ni Mañas, ni el cabo Avellanas, ni la mayor parte de los demás, cuyo vocabulario rural es limitado, la hayan dicho ni oído pronunciar en su vida.

—¡Pegad duro, que los rojos chaquetean!... ¡Venga, venga, arriba España! ¡Duro con ellos!

Es cierto. En la cresta se ponen en pie algunas figurillas veladas por el humo y el polvo y corren hacia un lado y atrás, abandonando sus posiciones. Bescós levanta el Mauser, dispara contra ellas, acerroja otra bala mientras avanza, se detiene y vuelve a disparar. Ya nadie tira granadas, tal vez porque no quedan, y lo que suenan son continuos fusilazos, disparos falangistas y zumbido de balas del enemigo.

—Cagüendiela, Satu, que me han dado.

Mira Bescós a su derecha y ve a Mañas saltando a la pata coja, con el casco bailándole en la cabeza y una mancha de sangre que se le extiende por la pernera del pantalón. Instintivamente baja el fusil y se acerca a socorrerlo.

—Espera, que te pongo algo.

Da un paso en su dirección y en ese momento un moscardón de plomo le roza el cuello, sacudiéndolo igual que el calambre de una corriente eléctrica. El dolor es inmediato, agudo como si le sacaran los nervios en manojo, de un tirón. Así que emite un gemido, suelta el fusil y cae de rodillas. Y es Mañas quien se precipita sobre él, en su auxilio.

—¡Satu!... ¡Satu!

Tirados en el suelo, protegidos tras una roca, se socorren uno a otro. Lo de Mañas es un tiro limpio de entrada y salida en un muslo. Sangra, pero no a borbotones ni muy seguido, lo que significa que no hay vena ni arteria tocadas. El propio Mañas, estoico, abre su paquete de cura individual y saca de un bolsillo una tira de goma de neumático que Bescós le liga como torniquete, pegajosos los dedos de sangre que deja huellas rojas en el vendaje.

—¿Tienes una ampollita de yodo, Sebas?

—Claro.

La rompe y se la vierte en la herida. Aprieta los dientes el otro.

—Jodó.

—Si escuece, es que cura.

—Pues debe de curar de cojones... A ver lo tuyo —Mañas le aparta la camisa y le revisa el cuello—. ¿Duele?

—No mucho. Lo que tengo es una garrampa que no me deja mover la cabeza.

Le toca el otro la herida, mirándola de cerca.

—Nada, te ha raspado la carne. Poca, el tiro de la suerte. Y los tendones no parecen rotos... ¿Tienes más vendas?

—Un paquete de gasa.

—Trae. Y sácate por fuera la camisa.

Quitando la bayoneta del fusil, Mañas hace tiras con el faldón de la camisa de Bescós. Después aprieta la gasa del paquete de curas en la herida y le venda el cuello con las tiras. Se miran los dos, sucios de tizne, ensangrentadas las manos. En la cresta, fuera de su vista, sigue el tiroteo.

—Cagüenlostia, qué cerca estuvimos —dice uno.

—Cagüentodo —dice el otro.

—Ayer la pedrada en la frente, y hoy que llevo puesto el casco, esto.

—No te quejes, oye. Esto y nada, parientes del tío Ninguno... Que todo venga así.

Aparece agachado el sargento Pochas, subfusil en mano, y se los queda mirando, suspicaz.

—¿Qué hacéis ahí?

—Pues ya ves, mi sargento —responde Bescós, señalando su cuello y la pierna del compañero—. Tomando el sol tan a gusto.

Les comprueba el suboficial las heridas.

—¿Puedes andar, Mañas?

Asiente el otro, dientes apretados, con su cara de muchacho enjuto y duro bajo la visera circular de acero.

—Si me ayuda éste, sí.

—Baja a que te curen, anda... Bajad los dos.

—¿No hay camilleros?

—Tan arriba no suben. Y tened cuidado, que ésos se están largando pero todavía tiran.

Se cuelga Bescós el fusil del hombro opuesto a la herida y Mañas usa el suyo como muleta. Y así, ayudándose, bajan por la ladera y al llegar abajo se quitan los cascos. Canturrea Bescós una jota, contento de verse allí y no arriba.

Coloradica la cara,
al besarla se le puso
coloradica la cara...

El puesto de socorro sigue al borde de la carretera, en torno a la casilla de peones camineros. Bajo una tienda de campaña, un médico opera de urgencia y media docena de enfermeros clasifican y atienden a los heridos que traen del pitón.

—Anda pues, Sebas. Hay dos mozas... Ayer no estaban.

Miran fascinados a las enfermeras, primeras mujeres que ven desde que salieron de Zaragoza. Las dos visten monos caqui y brazaletes con la cruz roja, llevan delantales ensangrentados y se mueven con eficiencia entre las camillas puestas en tierra.

—Son una morena y una rubia, como en las zarzuelas.

—Ninguna vale un currusco, Satu. La más alta podría ser mi abuela Vidala.

—¿Y qué?... En tiempo de guerra, todo hoyo es trinchera.

Es la rubia la que los atiende. Huele a cloroformo. Gordita, joven, de ojos castaños, lo que en esas circunstancias y lugar la hace guapísima. En cuanto se acerca, los dos falangistas enmudecen azorados y la llaman de usted. Desinfecta la enfermera la herida de Mañas, confirma que ni hueso ni venas están afectados, le pone una inyección antitetánica y le venda el muslo mientras éste guiña un ojo cómplice a su camarada. Después hace lo mismo con Bescós.

—¿Puede mover el brazo y el cuello?

—Sí, señora.

—¿Le duele al hacerlo?

—No, señora.

—¿Qué le pasa en la cabeza? ¿Por qué la lleva vendada?

—No es nada, es de ayer. Sólo un golpe.

—Su compañero debe quedarse aquí. Usted puede volver a su unidad —le pone en la mano un sobre con dos tabletas de Veramón—. Tómese una ahora, y otra cuando vuelva a dolerle.

—Creía que con esto iba a quedarme aquí un rato.

—Haría falta algo más, como su amigo. La orden que tengo es que los heridos leves vuelvan lo antes posible a sus unidades.

Lo acepta Bescós, resignado. Mira a Mañas y luego otra vez a la mujer.

—Perdone, señora... ¿Preguntar es ofender?

—En absoluto.

—¿Cómo se llama?

Sonríe levemente la enfermera. Una sonrisa fatigada y comprensiva.

—María del Sagrario.

Se inquieta el falangista, torpe, ruborizándose.

—¿No será monja, por un casual?

Se acentúa la sonrisa de la mujer.

—Todavía no.

Respira aliviado el joven. Sentado en el suelo, estirada la pierna herida, Mañas enciende un pitillo mientras sigue con interés la conversación.

—Pues gracias, doña María del Sagrario —dice Bescós.

—Buena suerte, soldado.

Se aleja la enfermera. La señala Mañas con los dos dedos que sostienen el cigarrillo.

—Jodó. La tienes en el bote, Satu. Como a aquella de Zaragoza.

—¿La puta?

—Esa misma... Te ponía más ojitos a ti que a los demás.

Ahora es Bescós quien sonríe, recordando. Fue hace tiempo, y parece que haya transcurrido una eternidad. Cinco pesetas le costó la primera mujer de su vida, única hasta hoy. A él, a Mañas y al resto de la escuadra: seis muchachos en torno a los veinte años haciendo cola mientras esperaban turno en un pasillo. No estoy dispuesto a morir virgen, había dicho el cabo Avellanas —el más lanzado del grupo— cuando pasaban, bebidos y ruidosos, por delante de La Pena Negra. Y aquella noche, en menos de una hora y con una sola profesional para todos, la escuadra entera resolvió el asunto.

Se cuelga Bescós el fusil en el hombro que no le duele y coge su casco.

—Me voy, Sebas. Saludaré de tu parte a los camaradas.

—Espero que sigan todos bien.

—Yo también lo espero... Me hace duelo dejarte, oye.

—Y a mí.

—Cuídate, y que vaya bueno.

—Lo mismo digo.

Se abrazan con emoción, sin intentar disimularla. Después, Bescós regresa a la compañía. Por el camino observa que ya no hay tiroteo en la cima y que en ella ondea, en la suave brisa del atardecer, la bandera roja y negra. Descienden camilleros con heridos por la ladera, y también cinco hombres custodiados por falangistas. Los prisioneros parecen muy cansados y traen el pelo revuelto y sucio de tizne y polvo. Dos son rubios, todos parecen extranjeros, y el cabo que manda la escolta —un tal Urrás— se lo confirma a Bescós cuando se detiene a pedirle fuego para el pitillo apagado que lleva en la boca.

—Internacionales —confirma—. Arriba hay muchos escabechados, pero a éstos los hemos cogido vivos.

—¿De qué país son?

—Ni idea, oye. Uno me parece que habla yesverigüel, y los otros, idiomas raros. Y es que tiene huevos, ¿no?... Vienen aquí a matarnos y no chafardean ni el idioma.

—Pues éstos no van a tener tiempo de aprenderlo —dice otro falangista.

Contempla curioso Bescós los rostros abatidos de los brigadistas. Otras veces luchó contra ellos, o eso le dijeron, pero es la primera que los ve vivos y cerca.

—¿Los vais a...?

Deja la pregunta en el aire, bajando la voz. El cabo hace un ademán indiferente.

—No es cosa nuestra. Zarallón ha dicho que los llevemos al mando de la bandera.

—¿Sigue vivo el teniente?

—Sigue... Todos creíamos que iba a darles matarile allí mismo, entre otras cosas porque hemos encontrado a seis camaradas liquidados en montón.

—¿Seis?

—Cinco y el sargento Cierzo... Por lo visto los internacionales los trincaron al tomar la cresta.

—Cagüenlostia.

—Bueno, ya sabes, aquí cada cual arregla lo suyo. Creíamos que Zarallón iba a despachar a éstos, te digo, pero estuvo muy contento para como es él. Sólo se cargó a los internacionales heridos que no podían andar. Y a éstos, dijo, bajadlos a que los interrogue alguien que sepa idiomas.

—Si son brigadistas, poca diferencia va a haber, ¿no?

—Poca, claro. Unas horas más de vida, como mucho. Y mírales la cara de acojono.

—Lo saben —confirma Bescós.

—Pues claro que lo saben. Y si no, que se lo hubieran pensado antes de venir a dar por culo, a matar españoles, a fumarse el tabaco y a follarse a nuestras mujeres... A ver quién les ha dado vela en nuestro entierro.

Se vuelve el cabo y mira a los prisioneros, entornados los ojos por el humo del cigarrillo. Después empuja a uno con la culata del fusil, sin violencia.

—Venga, desgraciaos... Tirad palante.

Y la sombría comitiva sigue su camino hacia la retaguardia.

Tercera parte
LOS DIENTES DEL DIABLO

I

A la luz del amanecer que entra por la ventana de cristales rotos, los jóvenes reclutas miran impresionados las seis botellas llenas de gasolina y envueltas en papel de barba con hilo bramante que Julián Panizo y su compadre Olmos han dejado en el suelo, en el rincón más protegido de la habitación cubierta de escombros y restos de muebles astillados. Los biberones son ocho y está con ellos el sargento Casaú.

—El problema de los tanques es que sin infantería cerca están ciegos —explica Panizo—. Así que la técnica es sencilla: unos mantienen lejos a los fusileros enemigos, pegándoles muchos tiros, y los otros se arriman con esto y una bomba de mano... Se le tira una botella a las cadenas o la parte baja, que es la más vulnerable, y cuando se rompe y derrama la gasolina, la incendiamos con una bomba de mano... Como veis, la cosa tiene poco secreto.

—Sólo hay que echarle un par de huevos —apostilla Olmos.

—Eso es. Gasolina, bomba y huevos. No hay defensa antitanque mejor que ésa.

Suenan disparos afuera, esporádicos todavía. Un paqueo flojito. Al poco resuena el estampido lejano de una granada.

—Los fachistas empiezan a despertarse —dice Panizo—. Tienen tanques y los van a traer —se encara con los reclutas—. ¿Hay alguno de vosotros que quiera probar?... Necesitamos a dos.

Intercambian miradas los jóvenes, indecisos. El dinamitero se fija significativamente en Casaú, que está apoyado en la pared con el fusil al hombro y las manos en los bolsillos; pero el medio gitano permanece impertérrito, como si la cosa no fuera con él. Quien no se arriesga hoy puede combatir mañana, dicen sus ojos claros y huidizos. O pasado mañana. O mejor, nunca.

Panizo señala a Olmos.

—Quien venga con nosotros tiene que ser de confianza. Uno irá con éste y el otro conmigo.

—¿Ya lo habéis hecho antes? —pregunta uno de los jóvenes.

—Pues claro, chaval. En Brunete.

Levanta la mano el que habló. Y luego, tras dudar un poco, otro que está a su lado. Asiente Panizo, aprobador.

—Muy bien, criaturas... ¿Tenéis nombre?

El primero que alzó la mano tiene una cara risueña, apicarada, y tuerce la boca con descaro juvenil. Viste camisa militar, pantalón civil y alpargatas, sostiene un viejo Lee-Metford inglés y lleva el gorrillo muy ladeado, rozándole chulesco la ceja izquierda.

—Tenemos nombre e incluso apellidos —declara—. Yo, por ejemplo, me llamo Rafael Puigdevall, abuelo.

—¿Abuelo de segundo apellido?

—No, eso te lo digo a ti. Nosotros, criaturas, y tú, abuelo... ¿No?

—Abuelo será tu padre.

Le sostiene la mirada el joven, sin inmutarse.

—Eso espero, vivir lo bastante para darle nietos.

Lo mira de arriba abajo Panizo, los brazos en jarras.

—Vamos a ver, zagal. Si te dan a elegir entre aquí murió un valiente o aquí corrió un cobarde, ¿tú qué elegirías?

—Puesto en la tesitura, por aquí corrió una liebre.

—¿Qué pasa, eres el chistoso de tu quinta?

El joven ni pestañea.

—Había otros, pero los mataron ayer en la carretera de Fayón.

Contiene el dinamitero la sonrisa que le sube a la boca y mira muy serio al otro biberón.

—¿Y tú, qué?

—Yo me llamo Lluís Masadeu.

Se vuelve Panizo hacia el primero.

—¿Qué edad tienes, Rafael?

—Dieciocho años.

Mira el dinamitero al segundo joven: bajo, aniñado, con granitos en la frente y la nariz.

—¿Y tú, Lluís?

—Diecisiete.

—¿Y eres tan listillo como tu compañero?

—Si fuéramos listos no habríamos levantado la mano.

Ahora es Olmos quien suelta la carcajada, con Casaú y los demás.

—Tienen casta, los jodíos.

Panizo sigue haciendo esfuerzos por mantenerse serio.

—Tiene razón el camarada Olmos: sois dos tíos fenómenos por presentaros voluntarios. Ahora falta ver si estáis a la altura... El chistoso vendrá conmigo. Y tú, Lluís, con Olmos. Cuando os lo digamos, venís y cogéis dos botellas cada uno. Con mucho cuidado de que no se rompan. Luego volvéis con nosotros y hacéis lo que os digamos. ¿Entendido?

—Entendido.

—Entendido, abuelo.

Sonríen Casaú y los otros biberones que escuchan la conversación. Al advertirlo, se planta Panizo ante el último que ha hablado, acercándole mucho la cara.

—Mira, Miguel...

—Rafael.

—Bueno, vale —Panizo lo agarra por el cuello de la camisa—. Mira, Rafael. Si vuelves a pasarte de listo, te voy a pegar siete hostias, ¿comprendes?... No una, sino siete, una detrás de otra. ¿Entendido?

Pestañea el otro, ahora intimidado. Se le ha esfumado el descaro y casi está firme.

—Sí —dice.

—Pues más te vale, porque yo los galones no los llevo en la manga sino en los cojones. Y déjame darte un consejo: ten cuidado con los soldados viejos en un mundo en el que se muere joven... ¿Me captas?

Mueve el joven afirmativamente la cabeza.

—Te capto.

—Camarada.

—Te capto, camarada.

—Así me gusta... criatura.

Se ajusta Panizo el correaje que rodea su cintura con cuatro fundas de cuero con granadas Lafitte, coge el naranjero —Olmos le reparó la uña extractora, dejándolo como nuevo— y señala la puerta. En el exterior, el tiroteo crece en intensidad.

—Y ahora, venga —dice a Casaú y los demás—. Moved el culo, que tenemos otra vez ahí a los fachistas.

Salen a la calle. Está cubierta de ladrillos y tejas rotas, y las fachadas de las casas se ven picadas de metralla y balazos. La noche transcurrió tranquila y eso dio un respiro; pero ayer los combates fueron intensos, llegando hasta cerca de la iglesia, o lo que de ella queda: muros negros de humo y vigas mutiladas bajo el cielo que el sol empieza a dorar por el este. Los tanques fascistas se detuvieron a cierta distancia de las barricadas republicanas, a la espera de que su infantería asegurase el terreno. Y por el fuego que ahora hace el enemigo, intuye el dinamitero que los del Tercio aprovecharon la oscuridad para infiltrarse a uno y otro lado de la calle que conduce a la iglesia y la plaza del pueblo. Cuando vengan, los tanques lo harán por allí.

—Y están al caer —le dice a Olmos.

Tras distribuir a Casaú y los otros reclutas por las inmediaciones, los dinamiteros se acercan a la barricada principal seguidos por los dos biberones. Los cuatro caminan agachados, pues las balas zurrean sobre sus cabezas. Una ametralladora fascista tira de vez en cuando con ráfagas cortas que repiquetean en las casas próximas y hacen volar fragmentos de teja. La barricada es un parapeto que los republicanos reforzaron durante la noche: ladrillos apilados, vigas de las casas, sacos terreros. Tiene apariencia sólida y se han practicado troneras. En una de ellas están el brigada Cancela y otro soldado con el fusil antitanque Mauser TG: arma pesada y larga de la altura de un hombre, bípode para apoyarla y munición de 13,2 mm con núcleo de acero, que veinte años atrás fue temible en las trincheras de la Gran Guerra pero ahora tiene mala fama, con su retroceso capaz de romper la clavícula al tirador desprevenido y su escasa capacidad para perforar un blindaje moderno si no impacta en ángulo recto y a menos de cien metros.

—Los fachistas se están moviendo —dice Cancela al verlos llegar.

—Se nos metieron cerca esta noche —comenta Panizo, preocupado.

Señala el brigada las casas próximas, a uno y otro lado de la calle.

—Y tan cerca… En algún sitio los tenemos a treinta pasos. Se han arrimado mucho.

—Eso es que vienen los tanques —toca Panizo con escasa confianza el metal frío y negro del TG—. ¿Te ocuparás tú del abrelatas?

Suspira Cancela con escaso entusiasmo.

—Alguien tiene que hacerlo —señala al soldado y la caja de cartuchos abierta a sus pies—. Éste me irá pasando munición.

Indica Panizo a Olmos y los biberones.

—Mi compadre irá por un lado de la calle y yo por el otro. Estos zagales vienen con nosotros. Llevarán las botellas.

Estudia crítico el brigada a los reclutas.

—¿Saben a lo que van? —duda—. ¿Tienen experiencia en eso?

—Así es como se tiene, ¿no?... Nadie nace enseñado.

De pronto, sin previo aviso, tres proyectiles de mortero caen en las inmediaciones, desmenuzan tejas y levantan una polvareda que se extiende por la calle. Casi al mismo tiempo resuena un intenso tiroteo que repiquetea como granizo en los muros próximos y en la barricada, haciendo a todos agazaparse detrás.

—Ya está, ya vienen —dice Cancela.

Encarando el fusil antitanque, mira por la tronera, echa atrás el mecanismo de cierre e introduce en la recámara el reluciente cartucho de un palmo de longitud que le entrega su ayudante. Al cerrarse, el chasquido del cerrojo suena como la recámara de un cañón.

—Cada uno a lo suyo —añade, y entorna un ojo alineando el otro con las miras del arma.

—Colgaos el chopo a la espalda y traed la gasolina —ordena Panizo a los biberones—. Dos botellas cada uno.

Salen los jóvenes corriendo con la cabeza baja mientras los dos dinamiteros se miran. No tienen mucho que decirse.

—Tú por el lado derecho de la calle —sugiere Panizo—. Y yo por el izquierdo.

—Vale.

Comprueban una por una las cuatro bombas de mano que cada uno lleva en la cintura, y luego se miran otra vez.

—Que tengas buena caza, Julián.

—Lo mismo te digo, compadre. Vámonos a Pénjamo.

Se dan la espalda sin más palabras en el momento en que regresan los dos biberones con las botellas de gasolina. Seguido por el llamado Rafael, Panizo se mete por la puerta de la casa más cercana entre las de la izquierda. Pasa así a través de los tabiques agujereados a golpes de pico hasta la última en poder de los republicanos. Hay allí una docena de hombres que disparan protegidos tras los sacos terreros que fortifican puertas y ventanas. El suelo está alfombrado de vainas vacías y en el recinto flota el humo áspero de la pólvora.

—¿Quién manda aquí?

El jefe del grupo, un cabo de pelo gris con trazas de veterano al que Panizo conoce de vista, se vuelve y mira las Lafittes y las botellas de gasolina. Aquello no requiere explicaciones.

—¿Cómo vais a hacerlo? —se limita a preguntar.

Tiene un acento asturiano muy cerrado, ojos legañosos bajo el gorrillo, barba de una semana y manos grandes y sucias. Le falta el dedo meñique de la izquierda y tiene cuatro puntos azules tatuados en el dorso. Panizo se agacha junto a él y mira cauto por una tronera.

—¿Hay forma de arrimarse un poco más a ese tramo de la calle?

Señala el otro un muro de piedra medio caído: la tapia de un pequeño corral.

—Si te arrastras y te cubrimos bien, puedes ir hasta ahí.

—¿Y la casa de al lado?

—Es tierra de nadie, o lo era hace un rato... No creo que esos castrones vayan a disparar desde ella.

—¿No crees, o estás seguro?

—Seguro no estoy ni de mi mujer.

Estudia Panizo detenidamente el terreno.

—¿De verdad podréis cubrirnos?

—Aquí los compañeros tiran bien —señala el cabo un fusil ametrallador Degtyarev apostado en una ventana—. Con ése y los chopos los tendremos un rato agachados.

—¿Seguro?... Los de enfrente son lejías, y ésos se agachan poco.

—Tranquilo. Hay munición para quemar de sobra —entorna los ojos soñolientos, le dirige una ojeada al joven Rafael y se refiere a él con un movimiento de cabeza—. ¿Qué tal el guaje para esta faena?... ¿Responderá?

—Luego te lo digo.

Le está mirando el cabo a Panizo el cinturón de Lafittes.

—Malas son ésas para esto —comenta—. O fallan, o lo matan a uno más que a los fachistas.

—No había otras... Por si acaso, antes de tirarlas les corto de un tajo la cinta.

—Hostia.

—Sí.

—Me cago en les pites de Grao... Olé tus pelotas, camarada.

—Qué remedio.

Grita uno de los que están en las troneras. Un grito de alarma.

—Ya los tenemos ahí —dice el cabo.

El dinamitero no tiene necesidad de asomarse para confirmarlo. Con ademán tranquilo, fatalista, se descuelga el naranjero y lo deja apoyado en la pared. De rodillas a su lado, con una botella de gasolina en cada mano, el joven Rafael se ha puesto pálido. Está, como todos, oyendo los motores y el chirriar de cadenas; pero cuando siente en él la mirada de Panizo, intenta forzar una sonrisa.

—Oye, abuelo —dice de pronto.

—¿Qué coño quieres?

—Antes de venir, un comisario político nos soltó una arenga diciendo que Stalin era nuestro padre...

—¿Y?

—Pues que no quisiera palmar sin que me resuelvan la duda. Si Stalin es nuestro padre, ¿quién es nuestra madre?

Santiago Pardeiro está al otro extremo de la calle, asomado a una esquina, observando con los prismáticos la barricada republicana.

Tiene el joven los ojos turbios de cansancio, apenas ha dormido tres horas la pasada noche y se tiene en pie gracias a un tubo de tabletas de dexedrina. Después de una semana de combates está sucio de arriba abajo, y apenas se diferencia de sus legionarios en las botas altas, la pistola al cinto y la estrella de alférez en el chapiri y el lado izquierdo de la camisa rígida de mugre. Aun así, aunque el suministro de agua sigue siendo escaso —ayer se acercó un camión cisterna a las afueras del pueblo—, ha podido afeitarse y lavarse un poco, en un intento por mantener la dignidad de oficial.

—La gente está lista, mi alférez.

Tampoco el sargento Vladimiro goza de mejor aspecto: los pelos rubios de la barba se entreveran con las canas, las arrugas del rostro parecen más marcadas y los ojos eslavos tienen el tono opaco, patinado de fatiga y pólvora, de los hombres sometidos a larga y dura prueba. También lleva un comprimido estimulante en el cuerpo.

Cuando Pardeiro se hizo cargo de la 4.ª Compañía por baja de sus oficiales, resolvió mantener a su lado al ruso blanco como segundo en el mando. Es el cabo Longines quien manda los restos de la antigua 3.ª Compañía, reducida ya a una sección que Pardeiro ha dejado en reserva, y son los legionarios del refuerzo los que ahora van en vanguardia; aunque perdidos sus jefes naturales, tienen buenos sargentos y cabos. Es gente fogueada, de choque. Durante la noche, guiados por el incansable Tonet —el chiquillo sigue moviéndose entre los combatientes con diligencia y seguridad pasmosas—, dos pelotones se infiltraron silenciosamente a través de las casas próximas. Ahora, con la luz del día, han empezado a hacer fuego intenso apoyados por morteros y esperan al resto de la fuerza para atacar en serio.

Un estrépito de motores hace a Pardeiro volver la cabeza. Son dos Panzer-I alemanes de los llamados negrillos, tanques ligeros que se acercan dejando una humareda gris. No llevan cañones como los T-26 rusos del enemigo, pero sí una doble ametralladora en la torreta; y su blindaje les permite apoyar desde muy cerca, con fuego intenso, a la infantería nacional. Por la torreta del primero asoma el jefe de la dotación, un sargento canario con lentes y boina negra con el que Pardeiro estuvo anoche planeando el ataque. Tras saludarlo, el alférez se encarama a la torreta para señalar el objetivo: alcanzar la iglesia y la plaza mayor del pueblo. Del tanque le llega el olor cálido del motor, a combustible, grasa y aceite.

—Hay una barricada grande al final de la calle —dice—. Mi gente empieza a avanzar dentro de diez minutos. Lo hará de casa en casa, por los dos lados, protegiéndolos a ustedes.

—¿Hay cañones antitanque? —pregunta el carrista, prudente.

—En los reconocimientos no hemos visto nada.

Tuerce la cara el otro. Parece inquieto y al hablar se come la mitad de las sílabas.

—En calles tan estrechas, si su infantería se queda atrás y nos deja solos, estaremos vendidos.

Pardeiro le muestra las dos largas filas de legionarios sentados o arrodillados a uno y otro lado de la calle: remangadas y abiertas las camisas, listo el fusil, mirando tensos el terreno por el que van a avanzar en cuanto reciban la orden.

—No se preocupe —lo tranquiliza—. Mis hombres son gente cruda. Ya los tengo metidos en las casas, y el resto iremos pegados a ustedes —salta al suelo y se lleva la mano al chapiri—. Buena suerte.

—Gracias.

Saluda el otro, se mete dentro y cierra la escotilla. Pardeiro va a reunirse con el sargento Vladimiro.

—Allá vamos, venga… Manda armar machetes.

Grita Pardeiro la orden y las dos filas coruscan de bayonetas que brillan al sol mientras se encajan en el cañón de los Mauser. Con ademán automático que todavía no puede desterrar, el alférez mira en torno buscando a su turuta, el cornetín de órdenes que, como el asistente Sanchidrián, lleva un par de días enterrado. Demasiada gente falta ya, piensa con tristeza. Y el goteo trágico no acaba nunca. Se hace extraño, además, avanzar de nuevo por los mismos lugares que hasta hace cuatro días los legionarios defendieron con su sangre, haciendo pagar caros a los rojos cada calle y cada casa.

—Los hombres están listos, mi alférez.

Con un suspiro interior, resignado a lo que hay, olvidándolo todo para concentrarse en lo que ahora debe hacer, el joven saca la Astra, acerroja una bala y pone el seguro. Después mira a Vladimiro.

—Venga, vamos —le dice.

461

El primer tanque se pone en movimiento, y luego arranca el segundo. Uno tras otro doblan la esquina, y al mismo tiempo las dos filas de legionarios avanzan primero despacio y, pasada la esquina, corriendo de uno en uno para situarse a ambos lados de la calle. Pardeiro encabeza una y Vladimiro, otra. El fuego de cobertura —morteros de dos calibres, ametralladoras y fusilería— es intenso ahora sobre la barricada y casas aledañas, pero los republicanos no se limitan a agachar la cabeza, sino que responden. Los balazos pegan en las fachadas y los aleros, arrancando fragmentos de ladrillo, tejas y trozos de yeso. De los que van por el otro lado de la calle, Pardeiro ve desplomarse a uno, que cae blando, como si no tuviera huesos, y se queda inmóvil.

—¡Pegaos más a las casas! —ordena a los suyos.

Los tanques van el uno detrás del otro, ligeramente escalonados, y cada uno hace fuego con sus dos ametralladoras. El estrépito es infernal, y entre la humareda que empieza a disiparse en la posición enemiga, pues los morteros han dejado de disparar, se ve cómo las trazadoras surcan el aire y las densas ráfagas impactan a un centenar de metros en la barricada roja, levantando fragmentos y nubecillas de polvo.

Coge Pardeiro los Zeiss para estudiar la posición. Está mirando arrodillado cuando siente que un zumbido roza el cuello de su camisa y suenan, a su espalda, un crujir de hueso roto y un gemido. Erizada la piel, haciendo un esfuerzo tan inhumano por seguir impasible que anuda los tendones en sus brazos, el joven consigue mantener los prismáticos pegados a la cara.

—¡Atended a ese hombre! —ordena sin volverse.

El primer tanque se mueve con estrépito a la derecha, algo adelantado, y el alférez respira el humo acre de gasolina quemada. De pronto, por encima del ruido del motor y las ametralladoras resuena un sonido metálico agudo y vibrante, un prolongado claaang de acero contra acero, y algo duro y rápido golpea en el blindaje, rebota, pasa sobre la cabeza de Pardeiro y hace un boquete de un palmo en la pared contigua.

—Rediós —exclama el legionario que va detrás.

Desconcertado, el alférez se agacha e intenta averiguar qué ha sucedido. Algo semejante debe de tener en la cabeza el jefe del primer tanque, porque el vehículo deja de disparar y se detiene con un chirrido y un leve cabeceo sobre sus cadenas, como si fuese el propio monstruo mecánico el que vacilara. Pero en seguida avanza y sus ametralladoras vuelven a disparar con saña.

Llega un segundo impacto: otro sonoro claaang que vibra en el acero, rebota de nuevo y esta vez va a perderse en algún lugar de la calle. Es entonces cuando Pardeiro comprende: los rojos están disparando desde la barricada con un antitanque de pequeño calibre. También los tripulantes de los negrillos parecen haberlo comprendido, pues las cuatro ametralladoras se centran ahora en él, batiéndolo con un fuego furioso mientras los dos blindados siguen adelante.

Pero ése es el problema, advierte el alférez: que los tanques avanzan, pero el fuego intenso que los rojos hacen en diagonal, desde cada hilera de casas al otro lado de la calle, retrasa a la infantería. Se mueve ésta muy al descubierto, los disparos zumban por todas partes, y los legionarios caen muertos o heridos en la telaraña de balas tejida en torno a ellos. El propio Pardeiro se estremece al sentir los impactos a pocos centímetros, al ver las breves nubecillas de polvo alzarse con rebotes en el suelo, cerca de sus pies, o en los muros contra los que se pega como si anhelara traspasarlos para salir de allí. Va en cabeza de su fila. Una súbita granizada hace que se detenga y arrodille, un legionario lo rebasa y un balazo suena con un chasquido. Se detiene el legionario con cara de estupor, mira al alférez como si lo hiciera responsable y se derrumba contra él salpicándolo con la sangre que se le escapa por la boca.

Se detiene Pardeiro agazapado en un portal mientras el caído se desangra a su lado. Seguir así es ir directos al suicidio, y su calma se descompone durante diez angustiosos segundos. El cerebro se le cierra como un erizo y no logra pensar con lucidez. Mira confuso a la gente de Vladimiro, que está en la misma situación; y volviendo más el rostro ve a los legionarios que, agobiados, sudorosos, acurrucados como pueden junto a sus muertos y heridos, esperan estoicos la siguiente orden. Mandar es eso, concluye: ordenar a otros que hagan cosas imposibles que tal vez les cuesten la vida. Pero también cuidar de ellos, ahorrando cuantas vidas pueda.

—¡Atrás! —se decide al fin—. ¡Replegaos, atrás!

Los negrillos ya están diez metros por delante, sin infantería que los proteja. Impotente, Pardeiro los ve alejarse sin poder avisarlos de que se han quedado solos. Y entonces, entre la humareda de los tanques y los disparos, tras un pequeño muro de piedra situado algo más lejos y al otro lado de la calle, una figura solitaria se pone en pie. Lleva en la mano lo que parece una botella de gasolina.

Julián Panizo no piensa apenas, ni siente. Ni siquiera lo intimida el estrépito de las balas que zumban y golpean por todas partes. La guerra se capta con los ojos y los oídos, y en eso concentra todo su ser. En ver y escuchar. De esa forma parcial e intensa es como percibe el mundo mientras se arrastra por el corral a cielo abierto, a lo largo del murete paralelo a la calle. Es su instinto de luchador veterano, sus reflejos adiestrados por dos años de incertidumbres y peligros, lo que rige sus movimientos. Avanza el dinamitero despacio, cauto, empapado de sudor, procurando no dejarse ver. Sintiendo en sus botas a Rafael, el joven biberón que viene detrás apoyándose en los codos, con las dos botellas en las manos.

Se detiene Panizo. El ruido de motores y chirriar de cadenas está muy cerca. A menos de diez metros, calcula. A punto de caramelo. Alzando un poco los ojos estudia con inquietud la casa próxima. Hay en ella una ventana, y teme ver asomar por allí, de un momento a otro, a algún fascista que lo achicharre a tiros. Pero los compañeros que están más atrás, cubriéndolo, hacen bien su trabajo. Los disparos republicanos pasan espesos sobre los dos hombres que se arrastran. Si hay un enemigo apostado en esa ventana, el fuego que se hace sobre ella es tan intenso, picando el muro, haciendo saltar astillas del marco, que haría falta estar loco para arriesgar la gaita.

—Prepárate, Rafael.

Con movimientos que hizo antes muchas veces —misma calma con la que en otro tiempo colocaba barrenos a centenares de metros bajo tierra—, el dinamitero desabrocha una de las cartucheras y saca una Lafitte. Después abre la navaja y, apoyando el pulgar en la teja de seguridad, corta de un tajo las cuatro vueltas de cinta del seguro. A partir de ahora, cuando retire el pasador y arroje la granada a no importa qué distancia, cualquier golpe hará funcionar el mecanismo de percusión.

Con la granada firme en la mano izquierda, apretada la teja con el pulgar, Panizo se vuelve hacia su compañero.

—Pásame una botella.

Se la pasa el otro. Por un instante los ojos del veterano se cruzan con los del biberón: tensos unos, asustados los otros. El chico, reconoce Panizo, se está portando bien.

—Si fallo, me pasas la otra... ¿Comprendes, criatura?

—Sí, abuelo.

—Y si caigo, se la tiras tú.

—¿Yo?

—Sí, hostias, tú. Aquí no hay nadie más.

Asiente el biberón, al fin decidido, aunque le tiembla la barbilla. Entonces Julián Panizo piensa brevemente, apenas dos segundos, en su mujer y sus hijos. Sólo esos dos segundos. También encendería un pitillo ahora mismo, concluye. Pero aunque le sobran ganas, le faltan manos. Después respira hondo varias veces, tensa el cuerpo y se pone en pie de un impulso, Lafitte en una mano y botella en la otra. Canturrea entre dientes, casi sin darse cuenta, para no escuchar las balas:

> *Volad en calma, noches azules,*
> *somos pioneros, hijos de obreros...*

No hay nada en la calle que sea nuevo; escombros, casas picadas de balazos, moscardones de acero que pasan zumbando, estampidos sueltos o en ráfagas: el triste paisaje donde tal vez Panizo va a morir. Y, a seis o siete pasos, el más cercano de los dos monstruos mecánicos que avanzan despacio, chirriantes sus cadenas que trituran el suelo, dejando detrás una humareda negra y gris.

> *Que esté en guardia,*
> *que esté en guardia*
> *el burgués implacable y cruel...*

Ni piensa ni calcula; no hay tiempo para eso. Echa atrás el cuerpo, alargada la mano derecha, y lanza con toda su fuerza la botella contra el costado del tanque. Acierta en la parte trasera, justo detrás de la torreta, donde está el motor; se rompe el vidrio y corre la gasolina sobre el acero. Entonces Panizo se pasa la Lafitte a la mano libre, le quita el pasador y la arroja también. El estallido, un fogonazo naranja, brota cuando se tira a tierra de nuevo; no lo bastante rápido, porque fragmentos de metralla le pasan peligrosamente cerca golpeando en el murete o cayendo en el corral. Pero el dinamitero llega al suelo indemne, con el júbilo feroz de haberlo hecho y seguir vivo.

Huele fuerte a aceite y caucho quemado, se oyen crepitar llamas próximas y suenan gritos de alegría en las posiciones republicanas. Cuando abre los ojos y mira hacia arriba, Panizo comprueba que una densa humareda negra se enrosca hacia el cielo desde la calle; y al volver la vista a un lado, encuentra los ojos llenos de admiración del biberón Rafael, que sonríe y le ofrece la segunda botella de gasolina.

—El otro está demasiado lejos —mueve el dinamitero la cabeza—. A ver si mi compadre Olmos lo consigue.

—Con mi amigo Lluís, quieres decir.

—Claro, criatura... Con él.

Hay un mordisco de bombazo en el murete: un agujero entre las piedras por el que Panizo, que gatea hasta él, se arriesga a echar un vistazo. Desde allí puede ver el tanque cercano, que arde con la trampilla de la torreta abierta, y el otro blindado fascista detenido un poco más allá, disparando con furia las dos ametralladoras. Y también puede ver, con el alma en un puño, a dos hombres que se acercan corriendo agachados por el otro lado de la calle, Olmos y su biberón, mientras las balas les puntean alrededor, y ve a Olmos, impávido, arrojar su botella contra el tanque, y después la bomba de mano.

Entonces ocurre algo simultáneo y terrible: al mismo tiempo que el segundo tanque se incendia con un fogonazo cegador, una espesa andanada de disparos impacta en torno a Olmos y su compañero; y cuando Olmos retrocede rápido en busca de refugio, el otro, que aún lleva en la mano la segunda botella de gasolina, se ve de repente envuelto en una llamarada que lo convierte en una antorcha humana que corre sin rumbo, cae al fin y se retuerce dando alaridos que, por un momento, acallan el resonar del combate.

Hay revuelo en la Harinera. El puesto de mando de la XI Brigada hierve de tensión y los nervios empiezan a manifestarse en las órdenes y las actitudes. A cada instante entran y salen enlaces apresurados, el teniente coronel Landa, el Ruso y los demás no levantan los ojos de los mapas ni despegan la oreja del teléfono, y las dos horas que Pato Monzón y la Valenciana estuvieron atendiendo la centralita han sido una locura, con llamadas de todas las posiciones pidiendo apoyo artillero, munición y refuerzos. A veces se escuchan estampidos y disparos cada vez más cerca, hacia el centro del pueblo. Y hace sólo veinte minutos, en la orilla misma del río, la aviación fascista ha bombardeado y ametrallado a una veintena de heridos que esperaban a ser evacuados, haciendo con ellos una carnicería.

Pato está tumbada a la sombra, descansando con Vicenta la Valenciana. Comen cuatro higos maduros que han cambiado por un cigarrillo, masticando con precaución porque entre la pulpa roja y dulce hay pequeños fragmentos de metralla. Cada vez que dan con uno lo escupen como si fuera un hueso de aceituna.

Asoma la sargento Expósito. Su habitual hosquedad parece más avinagrada que de costumbre.

—Venid conmigo —ordena.

—Acaban de relevarnos —protesta la Valenciana.

—Que vengáis, os digo.

Se levantan y la siguen al interior, hasta la mesa donde se encuentran los jefes incluido el teniente Harpo. El ambiente está cargado de humo. Huele a tabaco, sudor y ropa sucia. Faustino Landa, remangado y con la camisa abierta hasta la cintura, un cigarro puro a medio fumar entre los dientes, estudia el plano de Castellets y sus inmediaciones. Al verlas llegar alza la cabeza, ordena que se acerquen y les muestra la situación.

—El pitón Lola está perdido —dice a bocajarro—. Los internacionales han contraatacado dos veces sin éxito. Ahora se limitan a mantener la línea por aquí, a lo largo del pinar... En el lado opuesto, ¿veis?, los fascistas tienen el cementerio y los nuestros los contienen atrincherados en el lugar que llamamos la Rambla. Lo mismo ocurre en el centro del pueblo, mirad —las escruta de arriba abajo, valorándolas—. Meteos la situación en la cabeza, porque lo vais a necesitar.

Dicho eso mira al teniente Harpo, dejándole a él los detalles.

—Lo que resiste bien es el pitón Pepa —interviene el teniente—. Tenemos allí al Batallón Ostrovski, que es gente fetén...

—Un hueso duro de roer para los fascistas —apostilla Landa.

—El problema —prosigue Harpo— es que entre el cementerio y las posiciones enemigas en el pueblo han ido estrangulando nuestra comunicación con Pepa. El Ostrovski no está copado, pero anda cerca de estarlo —duda un momento y mira a Landa, que asiente—. Su defensa es fundamental para que todo aguante.

Levanta Pato una mano.

—Para que todo aguante ¿hasta cuándo?

Ignora Harpo la pregunta y estudia fijamente el mapa, cual si buscase allí la respuesta. Pato mira al Ruso, que no ha despegado los labios, y comprueba que los ojos helados del comisario político no se apartan de ella. Es como si me observara un animal extraño, piensa incómoda. Un pez frío y peligroso.

Es el teniente coronel quien responde.

—Para que todo aguante lo necesario —zanja, brusco—. Por eso, mantener la comunicación con Pepa es cuestión de vida o muerte —mira a las mujeres—. Estáis al corriente de lo que pasa, ¿no?

Asiente Pato. Cuando la relevaron hace veinte minutos, dice, no había buena comunicación telefónica con esa posición.

—Seguimos sin tenerla —confirma Harpo—. La línea estaba mal, pero ahora no funciona.

—Y eso es un grave inconveniente —puntualiza Landa—. Me estoy comunicando con el Batallón Ostrovski mediante enlaces, pero pasar por ese cuello de botella se vuelve complicado, y me han matado a dos. Así que necesito restablecer la línea —mira a Harpo y a la sargento Expósito—. Que lleven cuanto necesiten y que las escolte alguien... ¿De acuerdo?

—Están de acuerdo —dice Expósito.

Landa le da una chupada al puro y les dirige una mirada distraída.

—¿Cómo os llamáis, camaradas?

—Patricia.

—Vicenta.

—Pues recordad que vuestra misión es importante. Así que a ello, hijas mías... Me ha dicho vuestro teniente que sois eficaces y valientes. A ver si lo demostráis.

—Sí —los ojos de escarcha del Ruso siguen clavados en Pato—. A ver si lo demostráis.

Quince minutos después, pistolas Tokarev al cinto y tres cargadores de munición cada una, las dos jóvenes se cuelgan a la espalda las mochilas, que incluyen un kilómetro de cable telefónico en dos bobinas y dos teléfonos de campaña. Los nueve kilos de cable, sumados a los diez del NK y el resto de material —la Valenciana lleva el otro teléfono y la segunda bobina—, clavan las cinchas en los

470

hombros de Pato, que además carga con la cantimplora y el macuto de herramientas. No va a poder correr mucho en caso necesario, piensa con resignación. Pero es lo que hay, y ha sido entrenada para ello.

Están listas para irse, así que salen al patio. Allí aguarda la sargento Expósito acompañada por un tipo barbudo, anguloso y flaco, de mirada huidiza bajo el gorrillo de madroño capado. El soldado calza alpargatas, lleva una carabina Destroyer colgada al hombro y unas viejas cartucheras ceñidas sobre el descolorido mono azul. Un cigarrillo a medio fumar le asoma sobre la oreja y le rodea un brazo la banda morada de los enlaces de la plana mayor.

—Se llama Mingo y es nuestra escolta —dice Expósito.

El fulano se levanta al gorrillo un puño indolente, a medio cerrar. Se sorprende Pato al ver que la sargento lleva un naranjero y un cinto con dos cargadores. Se ha envuelto la cabeza con un pañuelo negro, lo que acentúa el carácter de sus rasgos secos y duros.

—¿Nuestra, dices?

Expósito le quita el macuto para aliviarle el peso y se lo cuelga ella.

—Yo también voy.

Sin más explicaciones, echan a andar siguiendo el cable telefónico, que en algunos lugares está colgado de postes y árboles y en otros va por el suelo. Abre la ruta el soldado, lo siguen Pato y la Valenciana, y Expósito cierra la marcha. Mientras dejan atrás la Harinera, la joven mira a uno y otro lado con la esperanza de encontrar allí al capitán Bascuñana; pero sólo alcanza a ver el cobertizo al que siguen llegando heridos desde el pueblo y a los hombres que cavan trincheras y apilan sacos terreros. Lo que no es buena señal.

Del pueblo, que rodean sin internarse en él, sigue llegando estruendo de combate: rumor de fusilería y estampidos de morteros y granadas. De vez en cuando, el cielo azul sin una nube parece rasgarse con los proyectiles que vienen del Vértice Campa y van a estallar en las posiciones enemigas del pitón de levante y el cementerio. Tampoco los cañones fascistas están ociosos, y algunos de sus disparos caen en el pitón de poniente o las proximidades del río, o hacen fuego de contrabatería sobre la artillería republicana.

Tras un rato de marcha, el tal Mingo se para y mira con atención a uno y otro lado. Quitándose el medio cigarrillo de la oreja, se lo pone en la boca, saca un chisquero y lo enciende con parsimonia. Las tres mujeres se detienen a su lado.

—¿Qué pasa? —pregunta Expósito.

Encoge el otro los hombros mientras deja salir el humo por la boca entreabierta y la nariz.

—El sendero nos acerca demasiado a los fascistas.

—¿Ya pasaste antes por aquí?

—Dos veces.

Pato reconoce el lugar: la Rambla cercana y a medio kilómetro la leve altura del cementerio, con lo que resta de su tapia blanca y los cipreses ahora desmochados y desnudos. Siguió el mismo camino hace una semana, el día del cruce del río, cuando fue a contactar con el Segundo Batallón.

—¿No hay nadie entre nosotros y ellos? —pregunta.

—Espero que siga habiéndolo. Tenemos una línea de trincheras a lo largo de la Rambla, que baja hasta el río. Pero aun así, deberíamos desviarnos a la izquierda, acercándonos más al pueblo.

—¿Y el cable? —inquiere Expósito—. Hay que seguirlo todo el rato, sin perderlo de vista.

—Eso ya no es cosa mía.

—Pero sí es nuestra. La avería puede estar en este tramo.

Mira Mingo hacia la izquierda, preocupado.

—El otro problema es que tampoco sabemos hasta dónde han llegado los fachistas en el pueblo. ¿Veis aquellas casas?... Bueno, pues igual son de ellos que nuestras.

—Esto se parece a jugar a las siete y media —apunta la Valenciana.

—Y que lo digas. Estamos en el cuello de la botella. Si nos quedamos cortos, nos dan de un lado, y si nos pasamos, del otro.

Estudia Expósito el lugar con mucha atención. Después mira al soldado.

—¿Qué propones?

Mingo le da una chupada larga al cigarrillo.

—Si decís que hay que seguir el cable, se sigue y punto... Lo mejor es que yo vaya delante, a diez o doce pasos, de manera que podáis verme. Y así lo vamos tanteando.

—¿Y por qué tú?

—Sería una pena que os pegaran un tiro.

—¿Por qué?

—Me cago en la hostia. Porque sois mujeres.

Inmóvil y callada, la sargento lo mira fijamente unos segundos.

—Oye, tú.

—Dime.

—Vete a tomar por culo.

Parpadea el otro, apurando el pitillo.

—Tampoco es para ponerse así.

—Me pongo como me sale del coño.

Dicho lo cual, Expósito se descuelga el naranjero, monta el cerrojo y echa a andar delante.

—Joder con la sargento bengalí —comenta el soldado—. Menuda leche tiene.

—Es de la línea dura —apunta Pato, divertida—. Tiene el cuartel de la Montaña y Somosierra en el currículum.

Arruga el ceño el otro, desconcertado.

—¿Currículum?

—Que estuvo allí, vamos. Allí y en otros sitios.

—Ah, bueno. Qué palabras más raras usáis las tías.

—Camaradas.

—Bueno, eso... Camaradas.

Avanzan comprobando el cable. Al cabo de un trecho, Mingo releva a Expósito en cabeza. Hace calor y el pitón se alza rocoso y pardo en la luz cenital que aplasta las sombras. Cuando pasan más cerca del pueblo suenan tiros perdidos que no se dirigen a ellos, y alguna bala silba alta sobre sus cabezas. Al poco ven tres mulas muertas junto a un cráter de artillería, hinchadas al sol y cubiertas de moscas. Se las olía de lejos.

—Pobres animales —dice la Valenciana.

Caminan agachados junto a una estrecha vaguada de la que asoma un cañaveral cuando de pronto Mingo se detiene, invitándolas a escuchar. Atiende Pato y oye voces muy tranquilas, como ajenas a la guerra:

—No hay mus, y el que corta, envida.

—Pues mira por dónde, yo envido más.

—Cuatro son muchas, camarada.

—Pues dos para mí, de pico largo.

Se acercan con precaución y se asoman a la Rambla. Bajo un sombrajo de lona y cañas, cuatro soldados juegan a las cartas. Tienen una bota de vino y usan balas de pistola como amarracos. No se muestran en absoluto sorprendidos de ver aparecer al grupo, aunque miran con curiosidad a las mujeres.

—¿Qué hacéis aquí? —pregunta Expósito.

Son acemileros, responde con mucha flema uno que lleva el galón de cabo en el gorrillo. La artillería fascista los ha dejado sin mulas y no tienen nada que hacer.

La sargento los contempla atónita.

—Pero los fachistas están ahí cerca.

—Bueno, sí. Pero eso es cosa de la infantería.

—¿Estáis seguros?

—Lo que yo te diga.

Los acemileros vuelven muy tranquilos a sus cartas y el grupo prosigue la marcha. Están llegando al pitón. Suenan disparos próximos y las balas zumban bajas, así que se tumban en el suelo mientras Pato y la Valenciana montan sus pistolas, por si acaso. Se quedan así un rato, quietos los cuatro, hasta que afloja el tiroteo. Se incorporan luego y avanzan con la cabeza baja y sin perder de vista el cable telefónico, con muchas precauciones, cuando entre unos matojos ven a un soldado agachado con el pantalón en las rodillas y el fusil en el suelo, haciendo sus necesidades. Al verlos pasar, sin inmutarse, éste alza el puño cerrado en impecable saludo republicano.

—Es un mundo de locos —resume la Valenciana.

Acaba de decir eso y todavía sonríe cuando se oye el desgarro agudo de un proyectil de artillería que llega desde el otro lado del pitón, estalla a pocos metros y los mata a ella y a Mingo.

Por más que se esfuerza —lleva una semana intentándolo—, Ginés Gorguel no consigue despegarse de la guerra. Ésta le sigue los pasos, se adhiere a él como engrudo, lo envuelve en una malla siniestra de la que no logra escapar.

—Esto es una mierda, Selimán.

—No tan malo estamos, paisa... Dios ayuda.

—Pues podría ayudar un poquito más.

—Calla tú dices. Respeta nombre santo por cabeza tuya.

Así lamenta su suerte el antiguo carpintero de Albacete mientras bajo la sombra de un pino vigila la orilla del río, de nuevo con un fusil en las manos, junto al moro

Selimán y una veintena de soldados recogidos, como ellos, de aquí y de allá. Tras el combate con los tanques en la carretera de Fayón, Gorguel y el moro fueron agregados a un pelotón heterogéneo formado con supervivientes del Batallón de Monterrey y del XIV Tabor de Melilla —guarnición de Castellets aniquilada el primer día de la ofensiva republicana—, que han sido cazados como perros fugitivos cuando vagaban por las inmediaciones o huían dispersos hacia la retaguardia: dos docenas de moros y españoles, puestos bajo el mando provisional de un sargento y tres cabos del Batallón de Baler, patrullan entre el pinar y la orilla del Ebro para evitar infiltraciones republicanas por el sector oriental; aunque, más que enemigos en buena forma, lo que llevan día y medio encontrando son rojos asustados, unos con pocas ganas de luchar y otros solos o en pequeños grupos que buscan la ocasión de pasarse a los nacionales. Los últimos llegan alzando las manos, temblando de miedo, inseguros de si los que les apuntan son sus salvadores o, por error de cálculo propio —es difícil diferenciar uniformes—, verdugos que los llevarán al paredón por desertar. Luego viene el alivio, incluso la alegría. Hasta los prisioneros contra su voluntad se sosiegan tras el primer momento, seguros de que, aunque les esperan cárceles y campos de concentración, el combate acabó para ellos. Cuando se trata de hombres en fuga, hay poca gallardía en la derrota.

Otros tres aparecen ahora. Desde la linde del pinar donde está apostado, Gorguel los ve correr a unos cien metros siguiendo la orilla. O son rojos que tantean el modo de cruzar el río, o buscan pasarse. De ésos han cogido hoy a una docena; así que, dejándose llevar por la pereza, el albaceteño mira de soslayo a Selimán y al cabo de su escuadra, que está un poco más lejos tumbado bajo un pino, y hace como si no viera a los fugitivos. Que se encarguen los otros del pelotón, desplegados algo más lejos. Él ha cumplido con la patria y ahora está tranquilo y a la sombra. Para qué complicarse la vida.

—Haber dos o tres allí, tú ves —dice de pronto Selimán, indicando el río.

Con fastidio y pocas ganas, Gorguel mira en la dirección que el moro señala con un brazo.

—Lo mismo son nuestros —dice.

—Cosa loca tú dices... *Urraseq,* venir de enfrente, fíjate bien el vista. Seguro que estar arrojos.

Dando media vuelta, voluntarioso como siempre, Selimán va a prevenir al cabo y vuelve con éste. Soñoliento, el cabo echa un vistazo. Es un extremeño bajito, tostado, de dientes sucios.

—Rogelios —sentencia—. ¿Llevan armas?

—Dios lo sabe.

—Lo que quiero es saberlo yo.

—No se ve bien —dice Gorguel.

Suspira el cabo y mira el sol con fastidio, acerroja una bala y se vuelve hacia Gorguel y el moro.

—Vamos a darles el alto, ¿vale?... Si no obedecen o se ponen tontos, tirad.

Lo siguen, preparando sus Mauser. Los fugitivos han desaparecido tras unos matorrales. Quizá los ven acercarse y se esconden, inseguros de con quién han topado. Cuando se encuentran a veinte pasos, el cabo hace a Gorguel y Selimán señal de que se detengan y aparten uno de otro. Después se echa el fusil a la cara y apunta a los matorrales.

—¡A ver, vosotros! ¡Salid de ahí!

Nadie se mueve.

—¡Tirad las armas y salid con los brazos en alto, o disparamos! ¡Os cuento hasta tres!... ¡Uno!... ¡Dos!...

Se incorporan tres hombres desarmados, alzando las manos. Son jóvenes: pelo revuelto, ropa sucia, alpargatas. Uno viste un mono azul y los otros combinan prendas militares con civiles. Tiemblan los tres como si tuvieran malaria.

—Acercaos despacio. Sin bajar los brazos.

Obedecen, sumisos. El miedo les opaca los ojos mientras miran las bocas de los fusiles que les apuntan.

—¿Quiénes sois? —pregunta uno.

—Las preguntas las hago yo —responde el cabo—. ¿De dónde venís?

Señalan atrás hacia la orilla, río arriba.

—Del pueblo —dice uno.

—¿Y a dónde ibais tan escondidos?

Se miran, temerosos. Uno de ellos, el que viste el mono azul, estudia la ropa y armas de sus captores con mucha atención. Los ojos se detienen por fin en Selimán, y eso parece tranquilizarlo un poco.

—¿Sois nacionales?

—Os he preguntado que a dónde ibais.

Traga saliva el soldado, aún indeciso. Con gesto de quien se juega la vida a cara o cruz.

—Buscábamos pasarnos.

—¿Y vuestros chopos?

—Los tiramos.

—Si os pillan los vuestros sin armas y pasándoos, os fusilan.

—Ya lo sé. Por eso nos escondimos al veros.

—¿Y cómo sabes que no somos rojos?

Indica el otro a Selimán, que se ha colgado el fusil a la espalda y está registrando sus bolsillos y los de sus compañeros.

—Lo supongo por éste.

—¿Qué pasa, los rojos no tenéis moros?

—No, que yo sepa.

—Pues habéis tenido suerte, chavales. Somos nacionales de la España fetén... ¿De dónde sois?

—Yo soy de Castellón y estos dos, murcianos.

—¿Podéis darnos agua? —pregunta otro soldado.

—Luego —responde el cabo y mira a Selimán—. ¿Alguno lleva papeles de identidad?

Mueve el moro la cabeza.

—Nada... Sólo fotos y cartas, yo ti digo.

Señala los matorrales el primero que habló.

—Los hemos roto al veros.

—¿Cuánto tiempo lleváis movilizados?

—Menos de un mes. Pero desde el principio pensábamos pasarnos.

—Eso se lo contáis después a los que os interroguen.

Mientras hablan, Selimán se pone en cuclillas y evalúa en el suelo el botín: un paquete mediado de cigarrillos, billeteras con alguna foto, cartas sobadas de tanto ser leídas y dinero republicano, dos chisqueros, un mendrugo de pan duro, un librillo de papel de fumar, un reloj de pulsera, una navajita y un anillo de oro. Con la mayor naturalidad del mundo, reparte los cigarrillos con Gorguel y el cabo y se guarda todo lo demás.

—¿Cómo está la cosa al otro lado? —pregunta el cabo.

—Mal... Muchas bajas y el río a la espalda. Nos mandan al matadero de cualquier manera. Nosotros somos de Defensa de Costas, y ya ves. Nos trajeron engañados, sin equipo y sin más instrucción que el patio del cuartel. No habíamos pegado un tiro hasta hace dos días.

Se vuelve el cabo hacia Gorguel y Selimán.

—Llevadlos a retaguardia y volved en seguida. Que os firmen un recibo.

Se ponen en marcha los dos camino de la carretera, fusil al hombro, relajados, escoltando a los jóvenes. A medida que se alejan del frente, éstos se van animando e incluso bromean entre ellos. Alcanzan al poco rato la carretera; y medio kilómetro más allá, dejando atrás dos puestos de control y después de rodear el carrascal donde hace dos días combatieron contra los tanques rojos —los cañones antitanque siguen allí, camuflados con arbustos—, llegan a un bosquecillo lleno de soldados.

Huele a rancho. Hay tiendas de campaña, camiones y acémilas, y entre los árboles humea una cocina móvil frente a la que una larga fila aguarda con el plato de aluminio en la mano mientras otros, sentados, meten la cuchara. Judías con arroz, parece. A Gorguel se le dispara el apetito.

Sentado ante una tienda, un teniente de infantería los recibe con indiferencia.

—¿Pasados o prisioneros? —se limita a preguntar.

—Ellos dicen que pasados —responde Gorguel.

Tras un breve interrogatorio y apuntar los nombres, el teniente escribe un recibo y se lo entrega.

—Llevadlos ahí detrás, al sargento Martínez —dice.

Y se desentiende del asunto. Conducen Gorguel y Selimán a los tres jóvenes, preguntan el camino, y al fin llegan a una hondonada cercada de algarrobos donde se hacina un centenar de hombres divididos en dos grupos y vigilados por soldados fusil al hombro. El tal Martínez es un suboficial cuarentón de pelo crespo, mentón mal afeitado y manos rudas, con cara de malas pulgas.

—Si son pasados, que vayan con ésos —dice señalando el grupo más pequeño: una decena de hombres también bajo vigilancia, cuyo único privilegio visible respecto a los otros es que están sentados a la sombra de los árboles, no a pleno sol.

—Nosotros simpatizamos con Franco —protesta débilmente el del mono azul—. Por eso estamos aquí.

Chasquea la lengua el sargento como quien ha oído eso cien veces.

—Pues claro, hombre. Igual que todos... Pero eso ya lo iremos aclarando. Ahora id a sentaros ahí, calladitos. Venga.

—Pero oiga, es que yo...

Le pega el sargento una bofetada que restalla seca, como un disparo.

—¡Que os sentéis ahí, te digo!

Nota Gorguel que Selimán le da con el codo, y al volverse ve que el moro le indica con los ojos que es hora de irse. También él es de la misma opinión, así que dan media vuelta para alejarse de la hondonada. Antes, Gorguel dirige un vistazo al grupo más numeroso, el de prisioneros. Abatidos, sucios, con la ropa hecha jirones, descalzos algunos, están sentados o tumbados en el suelo, apiñados unos con otros. Varios se cubren la cabeza con pañuelos y es la suya una imagen patética de desolación y derrota. Gorguel aparta ya la vista cuando descubre que un individuo de mediana edad, de rostro huesudo y barba de varios días, lo mira con mucha fijeza. Su rostro le es vagamente familiar, aunque no logra establecer de qué. Y entonces, inquieto, ve que el prisionero se pone en pie, llama la atención de un soldado con el que cambia unas palabras, y éste avisa al sargento Martínez.

—Oye, tú —dice el suboficial.

Se vuelve Gorguel, que ya se alejaba. Sorprendido.

—¿Es a mí?

—Sí, a ti. Espera un momento.

Se acerca hosco el sargento, observándolo con desconfianza.

—Ahí hay uno que dice que te conoce.

Mira Gorguel hacia la hondonada.

—Pues no sé... No creo.

—Dice que eres de Albacete, como él.

—Yo a ese tío no lo he visto nunca.

—Pero ¿eres o no eres de Albacete?

—No, bueno... O sea. Sí.

—¿En qué quedamos? ¿Eres o no eres?

—Soy de allí —admite Gorguel.

—También dice que antes de la guerra eras un poco rojillo.

Palidece el antiguo carpintero.

—¿Perdón?

—Que votabas a las izquierdas.

—¿Y él qué sabe?

—Habría que aclarar eso.

—No hay nada que aclarar, sargento...

—*Mi* sargento.

—No hay nada que aclarar, mi sargento. Yo estoy con los nacionales desde julio del 36.

—A ver tu documentación.

Se palpa Gorguel la ropa, maquinalmente.

—No tengo. La he perdido en toda esta locura.

—Vaya, hombre. Qué casualidad... ¿Dónde te pilló el Alzamiento?

—En Sevilla.

—Pues a lo mejor por eso estás con nosotros y no con ellos. Como tanto sinvergüenza que ahora levanta el brazo después de cerrar bien el puño.

A Gorguel, desconcertado, se le traban las palabras.

—Oiga... —empieza a decir, y se atranca.

Se lo queda mirando ceñudo el sargento.

—¿Qué?

—Es un disparate —articula por fin—. Estoy en Castellets desde antes de que atacaran... Combatí en el pueblo, en el pitón de ahí al lado y en la carretera de Fayón.

—Eso es lo que tú cuentas.

Mira el albaceteño a Selimán.

—Díselo tú, anda.

Lo confirma el moro, honrado y enérgico.

—Ti dice el verdad güina, sirgento, yo ti juro... Yo he visto hacer bien el guirra nuestra y matar arrojos cabrones.

El sargento apenas lo mira.

—Tú te callas, jamido.

No se achanta el otro. Sus ojos negrísimos chispean indignados.

—Yo no callo ni llamo Jamido sino Selimán al-Barudi, soldado arrigular. Y éste ser hombre nuestro de Franco santo, yo garantizo a ti.

Le dirige el sargento una ojeada rápida, despectiva, de arriba abajo.

—Anda la leche... Menudas leyes tiene el morube.

—Yo digo verdad el grande, *maak el haq* —insiste Selimán—. Por cabeza de mi padre y ojo mío que él estar hombre güino mucho, sirgento. Ti juro.

—Eso es lo que vamos a averiguar: cómo de bueno o malo es este prenda —el suboficial interpela desabrido a Gorguel—. Venga, el fusil.

Se demuda el albaceteño.

—¿Qué?

—Que me des el fusil. ¿Estás sordo, o qué?

—Le repito a usted...

Emitiendo un suspiro de impaciencia y fastidio, el sargento le quita el Mauser y lo empuja hacia el lado de la hondonada donde están los prisioneros.

—Que te muevas, coño.

Impotente, aturdido y con el mundo dándole vueltas, sintiendo que le flaquean las piernas, Gorguel se deja torpemente llevar a empellones. Protesta tenaz Selimán, que no se aparta de ellos, y el sargento acaba por volverse amenazador hacia el moro, sacudiéndose con violencia el brazo por el que lo agarra.

—Y tú cierra el pico, jamido... O por mis santos huevos que te enchiquero con éste.

Hace girar Pato Monzón la manivela de la magneto del teléfono de campaña, contacta con el puesto de mando de la brigada y previene a la sargento Expósito.

—Línea restablecida —dice.

Lo comprueba la otra, asiente y busca a Gambo Laguna, que está por allí cerca. Acude éste presuroso. Expectante.

—¿Ya tenemos comunicación con la Harinera?

—Eso parece, camarada mayor.

Al jefe del Batallón Ostrovski se le ilumina la cara.

—Sois estupendas... Que san Lenin os bendiga.

Se aparta Pato entre las rocas, procurando no dejarse ver demasiado. El pitón de poniente está bajo el fuego esporádico de los morteros fascistas, que de vez en cuando revientan con estrépito haciendo rebotar piedras y metralla. También algunos tiradores enemigos han subido un poco, acercándose lo suficiente para hostigar a quienes se recortan contra el cielo en la cresta.

El sol está muy bajo en el horizonte y las nubes sueltas que asoman por ese lado empiezan a teñirse de nácar y naranja. Se sienta Pato con la espalda contra una roca y los pies apoyados en otra, enrojecido el rostro por la luz declinante. El paisaje es bello; pero el morir del día, la inminencia de la noche que se acerca por detrás del pitón le causan desasosiego. Es como si un soplo frío corriese por su espalda, estremeciéndola de incertidumbre. Hay muchas formas de miedo, en la última semana ha conocido la mayor parte de ellas, y sabe que el temor a lo que está por llegar es el peor de todos.

Suena un tiro de fusil aislado, lejano, que el eco mantiene un instante en el aire. La joven se acurruca entre las rocas y contempla el paisaje procurando no mirar el sol de frente. Al pie del pitón puede ver las vides entre las que serpentea, camino de montañas azules y distantes, la carretera de Mequinenza. Y cerca de ésta, con resplandores que reflejan el crepúsculo, la ancha curva del río que se interpone entre la orilla derecha y la sierra de Campells: paisaje tranquilo en el que la guerra parece haberse desvanecido. Algo semejante al día de la Creación, o al del fin del mundo.

Metiendo una mano en un bolsillo, saca su último y arrugado paquete de Luquis y comprueba, desolada, que sólo quedan tres cigarrillos. Jamás hasta el Ebro imaginó lo importante que es el tabaco en la guerra: alivio, consuelo, compañía. Por qué los hombres son capaces de cualquier cosa por llevarse un pitillo a los labios. Nunca ha sido gran fumadora, y una cajetilla podía durarle más de una semana; pero desde que entró en fuego, como para la mayor parte de quienes la rodean, fumar se ha convertido en una obsesión. Así que extrae su antepenúltimo cigarrillo, se lo lleva a la boca, guarda el paquete y saca el chisquero. Entonces, cuando está a punto de dar con la sucia palma de la mano a la ruedecilla, se queda inmóvil al reparar en las uñas, que tienen restos de sangre de Vicenta la Valenciana. Una sangre que también mancha, parda y seca desde hace cuatro horas, una pernera del mono azul.

Un ruido metálico le hace volver la cara. La sargento Expósito ha apoyado el subfusil en la roca, sentándose a su lado. Está, como Pato, sucia de sudor, tierra y polvo, ennegrecido el mono de arrastrarse entre los arbustos quemados cuando reparaban la línea telefónica cortada por un morterazo. El rostro fatigado de la antigua miliciana parece más flaco y duro que nunca.

—No pienses en lo que estás pensando —dice—. Ocúpate en cosas que lo impidan.

La mira Pato, sorprendida.

—¿Y cómo se consigue eso?

—Con práctica. Y tú ya la tienes.

Mueve la joven tristemente la cabeza.

—Había visto morir antes... Pero nunca así, a una amiga.

—Sé lo que es eso. Alguien está, y de pronto no está.

Cierra los ojos Pato y el recuerdo la golpea como el agua violenta de un torrente: Mingo destrozado, partido en dos trozos de horribles flecos rojizos, la Valenciana con el cuerpo cubierto de tierra, acribillado y roto, yéndosele la vida por media docena de agujeros, y ella encima, intentando taponárselos con las manos, el calor de la sangre saliendo a borbotones entre los dedos, los ojos de la moribunda, que miraban sin ver, opacándose despacio mientras se les iba la vida. La respiración entrecortada y ronca, casi líquida, y el aliento sofocado, débil, vuelto gemido que se apagaba en la inmovilidad de la muerte.

—Ojalá valga la pena —murmura, sombría.

—Pues claro que vale —observa convencida la sargento.

—Fue tan... Tan repentino, todo. Miro a un lado y me parece que ella va a estar ahí mismo, riéndose... Y el pobre Mingo.

—Sí. También él.

Fuma Pato despacio, inhalando profundamente el humo del cigarrillo. El sol, que ya toca el horizonte, es un lejano disco rojo que empieza a menguar por su base.

—La guerra hace cosas extrañas con nosotros —dice—. Yo era una muchacha de clase media que taconeaba camino de mi trabajo, que iba al cine y a las terrazas de las Vistillas o a bailar en los merenderos de la Casa de Campo. Que se preocupaba del vestido, del lápiz de labios, de tener las cejas bien depiladas...

—Y aquí estás.

—Sí, aquí estoy. Con sangre de la Valenciana en las uñas. No como tú, que...

Se calla, insegura, bajo la sensación de que está yendo demasiado lejos. A fin de cuentas, quien está junto a ella es la sargento Expósito. Nadie menos a propósito para confidencias.

—Sigue, anda.

Es un tono distinto al que Pato le ha oído otras veces. Relajado, quizás. O neutro. Menos áspero que de costumbre. Quizá calificarlo de amistoso sería ir demasiado lejos.

—No como tú, que pareces hecha de piedra —se decide al fin.

La mueca de Expósito es casi peligrosa.

—¿Eso parezco?

—Sí.

—¿Maneras de Moscú?

Duda Pato.

—Algo así —dice al fin.

—¿Y eso es bueno o malo?

—No lo sé. Supongo que en este momento es bueno. O al menos, útil. Y te lo envidio.

Asiente Expósito, aunque no dice nada. Mira el sol poniente, y la luz crepuscular también enrojece su rostro correoso y huesudo.

Una vez tuvo un hombre, piensa Pato. Y también lo perdió.

—¿Cómo era él? —se atreve a preguntar.

Para su sorpresa, la sargento responde en el acto, con naturalidad.

—Guapo. Fuerte.

—¿Tienes una foto?

—No.

Se ha vuelto a mirarla, inexpresiva como de costumbre. Pero el sol relumbra en su mirada oscura un brillo de interés.

—¿Y tú, tienes foto del tuyo?

—Tampoco —miente Pato—. Y no era exactamente mío... No del todo, o no todavía. Se lo llevó la guerra, no sé a dónde.

—Teruel, me han dicho.

—Sí.

Puuum-bah. Un morterazo cae cerca de la cresta, levantando una nube de polvo tras el estampido. Miran en esa dirección las dos mujeres y se acurrucan un poco más entre las rocas que las protegen. Alarga la mano Expósito, solicitándole a Pato el cigarrillo casi consumido, y lo devuelve tras darle una breve chupada.

—Mi hombre era el más dulce del mundo —dice mientras deja salir el humo—. Y de los pocos afiliados al Partido que había en Artes Gráficas... El día de la sublevación fascista fuimos al cuartel de la Montaña, a quitárselo a los militares. Sacaron una bandera blanca, la gente se acercó y tiraron sobre nosotros, matando a muchos. Entonces lo vi transformarse. En el patio, cuando se rindieron, fue de los que empezó a pegar tiros en la cabeza. Iba como loco, de uno a otro. Y yo fui con él, haciendo lo mismo.

Se calla, inexpresiva. Inmóvil. Alza ligeramente una mano hacia el rostro, pero la detiene a mitad de camino y la deja caer en el regazo.

—Recuerdo el olor de la sangre... Todos esos cuerpos allí tirados y el patio oliendo a sangre.

Un largo silencio. Sobrecogida, Pato apura el cigarrillo y apaga la colilla. No se atreve a despegar los labios. Al fin, Expósito habla de nuevo.

—Después de aquello pasó un día encerrado en casa, oyendo la radio tumbado en la cama, sin abrir la boca. Y al otro dijo que se iba a la sierra, a parar a los fascistas. Dije que iba con él y allá fuimos. Con un batallón de milicias de la columna Galán.

Se interrumpe de pronto. Está vuelta hacia la joven.

—¿Qué miras? —dice con aspereza.

—Nunca has sido habladora, camarada sargento. Era difícil imaginar...

Lo considera la otra un momento, pensativa.

—Es posible —concluye.

Tras decir eso sacude la tierra de las perneras del mono, se incorpora a medias, atenta a no exponerse al fuego de los pacos enemigos, y coge su naranjero.

—Tenemos que volver a la Harinera, pero el mayor Gamboa dice que hoy no conviene. Que podríamos darnos de boca con los fascistas. Que pasemos aquí la noche y, si no atacan antes, bajemos al alba viendo dónde pisamos.

Hace ademán de marcharse, pero no se mueve. Permanece quieta con el subfusil en las manos, mirando cómo desaparece el último rastro de sol.

—Contraatacábamos en el Alto del León —dice de pronto—. Yo iba con mi hombre. Subíamos con más entusiasmo que conocimiento y los fascistas tiraban de arriba. Había otras milicianas, casi todas con sus compañeros. Dejé de ver al mío, di media vuelta y empecé a buscarlo... Lo encontré unos pasos atrás, boca arriba, aún caliente. Una bala le había partido el corazón.

Se detiene, mira a Pato y sonríe por primera vez. Nunca la joven la había visto hacerlo antes. Una sonrisa pensativa, dolorida y triste, que por un instante presta una arcaica belleza a sus rasgos endurecidos y secos.

—Y también me lo partió a mí —añade.

Después se cuelga el arma y se encoge de hombros.

—No siempre fui así, camarada. Ni para ti ni para mí... Nadie es así hasta que lo acaba siendo.

II

Sesenta metros, calcula Santiago Pardeiro asomándose con cautela por una ventana. Quizá diez o veinte más en aquel punto. Ochenta metros, como mucho.

Eso supone entre veinte y treinta segundos bajo fuego directo enemigo.

Tales, concluye el joven oficial, son la distancia y el tiempo necesarios para cruzar del sindicato a la escuela de Castellets. Lo que significa salir del primer edificio, correr por el tramo angosto de la plaza mayor en la embocadura de la calle principal y penetrar en la escuela a bombazos y con las bayonetas por delante. No hay otra forma de tomarla si no es por asalto. A las bravas. Llegar allí supondría, al fin, poner pie en la mitad norte del pueblo y dejar la calle principal y la plaza mayor a la espalda. Por eso los rojos, que lo saben, se han parapetado bien y defienden esa posición como gato panza arriba.

—Están listos, mi alférez —dice Vladimiro.

—¿Cuántos son?

—Treinta y cuatro.

—Bastará con eso.

—Ojalá.

Sale Pardeiro con el sargento al patio interior del sindicato. Aguarda allí un grupo numeroso de legionarios

491

que municionan los Mauser y ponen cebo a las granadas. Se trata de la sección de choque, compuesta por los mejores hombres, o los que a esas alturas están más enteros. En su mayor parte pertenecen a los refuerzos de la 4.ª Compañía llegados hace tres días y que combaten desde antes de ayer; pero entre ellos hay supervivientes de la diezmada 3.ª, que empezaron a luchar hace ya una semana. Además de Vladimiro están allí el cabo Longines —siempre con Tonet pegado a él como una lapa— y tres o cuatro veteranos de la primera defensa del pueblo, la iglesia y la ermita. Se distinguen entre los otros porque se ven más sucios, sin afeitar, despechugadas las camisas empapadas de sudor agrio, tiznados los rostros. También por el brillo inusual de sus ojos enrojecidos y las pupilas dilatadas por las últimas pastillas de dexedrina de Pardeiro, que éste ha disuelto en la botella de coñac saltaparapetos que todavía pasa de mano en mano, un sorbo cada uno, antes de afrontar lo que viene.

Procurando ser breve y claro, el joven explica lo que espera de ellos. Cruzar la zona batida, entrar en la escuela y tomarla a la bayoneta. El fuego enemigo será intenso en los primeros metros, que es el tramo malo, o el peor. Luego disminuirá hasta llegar al cuerpo a cuerpo. Por eso es vital la rapidez, correr mucho y en línea recta, sin pararse.

—Cuanto más despacio, más bajas... ¿Entendido?

Asienten los legionarios, conscientes de lo que les pide que hagan. Aun así, tras un momento de duda resuelve Pardeiro darles un poco de margen. Se la van a jugar a cara o cruz y merecen consideración. En una acción como ésa no puede dejarse todo a la disciplina y la obediencia ciega. Al menos en lo aparente.

—¿Tenéis alguna pregunta?

Se miran los hombres, poco acostumbrados a escuchar eso. Ni que fuéramos rojos, censura la mirada disconforme del sargento Vladimiro. Pero Pardeiro lleva una semana manejando la vida y la muerte de los suyos, y cree saber lo que hace.

Levanta la mano un cabo de rostro chupado y moreno, de los llegados con la 4.ª Compañía.

—¿Tendremos cobertura, mi alférez?

Lo dice con más curiosidad que preocupación. Según ha contado Vladimiro, que lo conoce de antes, se trata de un antiguo cantaor de flamenco, conocido homosexual del Barrio Chino de Barcelona, al que llaman la Lirio. Enviado al presidio de Ceuta tras un asunto de celos y puñaladas, alistado en el Tercio para redimir condena, estuvo en Sevilla con Queipo de Llano —fue de los primeros legionarios que bajaron de un avión en el aeródromo de Tablada—, en Badajoz con Yagüe, y lleva pegando tiros toda la guerra.

—Dos Hotchkiss, una Fiat y los cuatro fusiles ametralladores —responde el alférez—. Todo eso va a tirar al mismo tiempo, durante medio minuto, desde nuestra derecha e izquierda para que los rojos agachen la cabeza... Y apenas pare, salimos.

Se frota el cabo la nariz, flemático.

—Como la Brecha de la Muerte, pero en corto —comenta con calma.

Asiente Pardeiro. En la puerta de la Trinidad de Badajoz, agosto del 36, atacando al descubierto, de un centenar largo de legionarios de la 16.ª Compañía de la IV Bandera sólo llegaron catorce. Y según Vladimiro, la Lirio era uno de ellos.

—Algo parecido —confirma.

Luego señala la botella que ya está en el suelo, vacía.

—A ver si crees que ese lingotazo os va a salir gratis.

Ríen los legionarios jactanciosos, brutales, y tuerce la boca el cabo esquinando una sonrisa. Mira Pardeiro el reloj.

—¿Alguna pregunta más?

No las hay. Se indica el alférez la bragueta.

—Faltan cinco minutos. Echad la meada del lejía, que nos vamos.

Disciplinados hasta para eso, se alinean los legionarios contra las paredes del patio, vaciando vejigas. Eso hará más llevadero un eventual balazo en la tripa. Imita Pardeiro a sus hombres, aunque le cuesta un rato echar el chorro. El exceso de estimulante tiene la culpa.

Cuando se vuelve abotonándose el pantalón, el cabo Longines está colgándose al cinto las bombas de mano que Tonet, chapiri del Tercio en la cabeza y bayoneta en bandolera, le pasa después de colocar los cebos con soltura de veterano.

—El neno no viene —dice Pardeiro.

—Pues convénzalo usted, mi alférez —observa Longines—. A mí no me hace caso.

Coge Pardeiro a Tonet por un hombro y se lo lleva aparte. Lo contempla el chiquillo con devoción, alzada la cara sucia de churretes bajo el madroño del gorrillo del Tercio. Pendiente de sus palabras.

Pardeiro lo mira con solemne gravedad.

—¿Verdad que eres un legionario, Tonet?

Se cuadra el chiquillo, orgulloso.

—Sí que lo soy, señor alférez.

—Y la principal hazaña de un legionario es obedecer. ¿Verdad?

—Sí, señor alférez.

—Pues escucha bien. Ahora te ordeno que entres ahí y ayudes a municionar a los que van a disparar para cubrirnos. Quiero que hagas eso hasta que el cabo y yo volvamos. ¿Lo has entendido bien?

—Muy bien.

—Pues venga —Pardeiro le da un suave cachete—. Espabila.

Los legionarios empiezan a abandonar el patio por la puerta que da a un callejón desenfilado del enemigo, próximo a la calle que han de cruzar. Saca el alférez la pesada pistola, tira atrás del largo cañón negro, clac, clac, para acerrojar una bala, saca el cargador, repone esa bala, vuelve a introducir el cargador en la culata y deja el seguro puesto. Una más irá bien en lo que se avecina. Después sale con los últimos de sus hombres. El resto se encuentra en el callejón, todos arrodillados y las culatas de los fusiles apoyadas en el suelo; fijos los ojos en la esquina que los oculta del enemigo y donde Vladimiro Korchaguin está agachado el primero, con el subfusil Beretta sobre una rodilla. Pardeiro se queda en pie a su lado, colgando la mano derecha que empuña la pistola, y mira de nuevo el reloj.

—Machetes —dice con calma—. Pero sin gritos. Los rojos están demasiado cerca.

Se vuelve el ruso hacia los que aguardan detrás.

—Armad bayonetas —ordena a media voz.

El clac, clac, clac metálico se extiende por el callejón. Brillan los largos aceros desnudos mientras se ajustan en las bocas de los fusiles.

—Quitad seguros.

Roza con los dedos Pardeiro, asegurándose de que está abotonado, el bolsillo de la camisa donde lleva la billetera con la carta inacabada para su madrina de guerra. Después cierra los ojos y se concentra, tenso el cuerpo, temerosos los músculos, vacía de pensamientos la cabeza. A su espalda suena la respiración fuerte, profunda, rápida, de los hombres que se llenan los pulmones de aire disponiéndose a correr.

El fuego de cobertura estalla ensordecedor, como si las casas próximas escupieran estampidos. Todo el resto de la compañía quema pólvora y balas con estruendo infernal. Resuenan el hablar seco de los Mauser, el tableteo tartamudo de los fusiles ametralladores, el increpar violento de ráfagas de las máquinas.

El reloj de Pardeiro no tiene segundero, así que el joven cuenta mentalmente.

Cinco, seis, siete, ocho, nueve, diez...

Al llegar a quince, se vuelve a mirar a los hombres y hace una señal con la mano. Todos se ponen de pie, tan tensos los rostros que si alguien los golpease en ese momento apenas lo notarían.

Veintidós, veintitrés, veinticuatro...

O Pardeiro ha contado despacio, o quienes los cubren lo han hecho demasiado rápido. El silencio surge de pronto, prematuro, casi inesperado, y sólo lo salpican algunos tiros finales cuando el joven alférez, reaccionando, se santigua.

Que no sea ahora, Dios mío.

Eso reza.

Por favor, que no sea ahora.

Después dobla la esquina saliendo al descubierto, y echa a correr en dirección a la escuela.

—¡Arriba España! —grita, y siente pasos que vienen detrás.

Frente a él, súbitamente, todo el otro lado de la calle, puertas y ventanas, se inflama en un rosario de llamaradas naranjas, de estallidos de armas que tiran de cerca, y esa distancia se acorta con cada zancada. Al correr empuñando la pistola siente el zumbar de las balas que pasan, el sonido agudo de las que impactan y rebotan en el suelo, el soplo cálido que dejan en el aire las que rozan su cuerpo, los pasos precipitados de los hombres que lo siguen mientras el mundo, o la porción de mundo donde parece a punto de terminar el suyo, se descompone en un caos de gritos, estampidos y fogonazos.

No voy a llegar, se dice aterrado el joven.

No voy a llegar, porque me matan antes.

No llegaré nunca, porque ya estoy mutilado o muerto, o camino de estarlo.

De pronto, ciego de tensión y ardiéndole los pulmones, se encuentra ante una pared con la que choca como si nunca hubiera imaginado que estuviera allí; y cuando mira a un lado y otro, confuso, intentando recobrar la calma, comprueba que varios legionarios están pegados a esa pared, o van llegando y se agrupan bañados en sudor, rojos los rostros por el esfuerzo, y que con ojos enloquecidos y ademanes urgentes, violentos, sin necesidad de recibir la orden que el alférez ni siquiera está en condiciones de dar, arrojan granadas por las ventanas y la puerta que se abren en esa pared de ladrillo picado de balazos.

Puuum-bah. Puuum-bah. Puuum-bah.

Saltan humaredas negras de los huecos, astillas de madera, fragmentos de yeso. Penetran los atacantes por la puerta saltando sobre los sacos terreros, apartando los muebles y colchones que hacen barricada, mientras otros se asoman por las ventanas y fusilan el interior. Reacciona Pardeiro al fin, remueve obstáculos y se mete dentro deslumbrado por la luz de la calle, moviéndose en la penumbra de las aulas llenas de escombros y pupitres rotos, disparando la pistola hacia las sombras que se interponen en su camino, contra las siluetas huidizas que escapan por los pasillos.

—¡Sin cuartel, sin cuartel! —aúllan los legionarios, dando bayonetazos.

Se combate cuerpo a cuerpo, al machete, a golpes de culata, a puñetazos. Pardeiro dispara hasta quedarse sin balas y luego golpea con la pistola agarrada por el cañón y un dedo en el guardamonte, usándola como maza, pegando con ella en la cabeza de los que se revuelven, lo agarran de la ropa, le tiran golpes y cuchilladas. Crujen los cráneos y los huesos, se dispara a bocajarro y los estampidos, en el espacio angosto de las habitaciones, resuenan atronadores, ensordecen y aturden.

—¡Sin cuartel!... ¡Sin cuartel!

No hay piedad para nadie, y los rojos lo saben. Ni siquiera intentan rendirse: pelean, caen, son rematados en el suelo, y los que pueden procuran escapar. Son acosados de habitación en habitación. Llega Pardeiro al rellano de una escalera iluminado por un tragaluz, en persecución de varios que pretendían ganar el piso de arriba. Se revuelven éstos a plantar cara con ojos angustiados. No les queda munición ni tiempo para recargar, así que lo hacen a punta de bayoneta.

—¡Hijos de puta! —gritan—. ¡Fascistas hijos de puta!

Retrocede unos pasos el alférez para esquivar los machetazos y unos legionarios se interponen, cruzando fusiles con los rojos. Saltan chispas de los aceros. Pardeiro arroja su pistola contra la cabeza de un enemigo, acierta y el otro dobla las rodillas soltando el arma. Un legionario le va encima al caído —Pardeiro reconoce a la Lirio— queriendo ensartarlo. Agarra el rojo, ciego de pánico, el cañón del fusil para apartarlo de su cuerpo; pero la Lirio le clava la bayoneta en el pecho, apoya un pie, retira el fusil echando atrás los codos, toma impulso y vuelve a clavarla otra vez.

Poco a poco, despacio, el caos se convierte en imágenes y sonidos nítidos. Cesa el ruido del combate principal. Sólo se oyen ahora los gritos de los rojos heridos rematados a bayonetazos, los disparos sueltos que, por las ventanas, se hacen contra los que huyen por la parte de atrás, el estampido sordo de las granadas que se arrojan contra los que se han refugiado en el sótano. El suelo cubierto de casquillos vacíos está resbaladizo de sangre y huele dulzón, a vísceras reventadas y suciedad corporal. Hay pupitres rotos, cuadernos de tapas azules pisoteados y sucios de excrementos, y en la pizarra aún se ven escritos con tiza signos matemáticos cruzados por la frase *Viva Largo Caballero.*

Aparece el sargento Vladimiro, tiznado de pólvora. Trae la cabeza descubierta, un corte en una ceja y coágulos de sangre en el pelo. Pardeiro y él se miran sin decir nada. Demasiado exhaustos hasta para felicitarse de estar vivos.

—¿Te has asomado a la plaza? —pregunta por fin Pardeiro.

Asiente el ruso.

—¿Cuántos, al cruzar?

—Once.

Mira el joven en torno.

—¿Y aquí?

—Creo que ocho.

Permanece inmóvil el alférez, respirando hondo y despacio mientras su pulso desbocado retorna a la normalidad. Después se pone a buscar su pistola entre los cadáveres enemigos que se amontonan al pie de la escalera, que la Lirio y otro legionario desvalijan a conciencia. Es la Lirio quien encuentra el arma: está ensangrentada, tiene restos de cabello y masa encefálica adheridos a la culata, y el legionario se la entrega a Pardeiro después de limpiarla en la ropa de uno de los muertos.

El mayor O'Duffy no baja la cabeza cuando un proyectil de artillería pasa rasante, arrancando ramas de los pinos, y estalla lejos de la vista, con un estampido que hace oscilar los árboles. Sigue chupando por el agujero de una lata de leche condensada. Los tres corresponsales, que se agacharon al oír el ruido, se incorporan despacio.

—¿Contraatacar? —dice Phil Tabb, todavía asombrado.

Asiente el irlandés, estoico. Bajo la boina marrón brillan gotitas de sudor en la frente pecosa.

—Eso me ordenan —responde.

—No tiene sentido.

Apura O'Duffy la última gota echando muy atrás la cabeza y tira el bote vacío.

—En realidad, sí lo tiene. Se trata de ganar tiempo... Aliviar la presión fascista en este lado del río.

Señala Tabb, escéptico, la altura parda que se ve entre los pinos.

—No podéis volver ahí arriba.

—Supongo que basta con que los fascistas crean que podemos hacerlo.

—Pero eso supone sacrificar lo que te queda del batallón.

—Nunca se sabe. Lo mismo tenemos suerte.

—Quiero verlo —dice Chim Langer.

—Y yo —se suma Vivian.

O'Duffy se ha quitado las gafas y las limpia minuciosamente, frotando los cristales con una hoja de papel arrugado. Pese a lo sucio que está, los pantalones de montar, las altas polainas de cuero, la camisa remangada y la pistola ametralladora al cinto mantienen su aspecto de militar de otros tiempos.

—No os lo aconsejo. Saldrá bien o mal. Y si sale mal, todo puede venirse abajo en un momento —apunta con el mentón hacia Castellets—. Los fascistas se han metido en el pueblo. No puedo hacerme responsable de vuestra seguridad.

—No te estamos pidiendo eso.

Mira O'Duffy los lentes al trasluz, no parece satisfecho y vuelve a frotarlos.

—Esto se ha ido al diablo —una mueca desganada le afila el rostro—. En vuestro lugar, intentaría cruzar lo antes posible al otro lado del río... Quizá luego no podáis hacerlo.

Cambian una ojeada los corresponsales: pensativo Tabb, inquisitiva Vivian, ceñudo Chim. El brigadista irlandés se encaja las gafas en la nariz aguileña y encoge los hombros.

—Pensadlo —insiste—. Mi gente empezará a moverse en veinte minutos.

Se aleja sin más comentarios, pinar adelante. Mirándolo irse, Tabb mueve preocupado la cabeza. Se ha quitado la chaqueta para sacudirle la tierra y las agujas de pino.

—Carne de cañón —opina—. Los mandan al matadero, como siempre pasa con los internacionales. No tienen ninguna posibilidad.

Obtuso el rostro de boxeador, manosea Chim las dos cámaras que le cuelgan sobre el pecho.

—Bueno, oye... Estamos aquí para ver cómo ocurre.

—Y para contarlo. Cosa que no podremos hacer si nos vemos atrapados.

Vivian se pone de parte del fotógrafo.

—La República está a punto de retirar a los voluntarios extranjeros —dice—. Cuestión de semanas, como sabemos. Puede que ésta sea la última batalla de los brigadistas en España.

—Ya —acuerda Tabb, sarcástico—. Y no me gustaría que también fuese la última mía.

Lo estudia la joven. El tono del británico es tranquilo. Pese al calor, ni siquiera suda —no lo ha visto sudar nunca, extrañamente pulcro siempre—. El corresponsal del *New Worker* no es ningún pusilánime, y ella lo sabe. Sólo es un periodista veterano que confía en su instinto, y eso la hace dudar. Le gusta estar con él, pero la excita la naturaleza del combate que se avecina. Desea presenciarlo.

—Phil.

—¿Qué?

—Vemos el ataque y luego nos vamos.

Mueve el inglés la cabeza.

—Ya habéis oído a Larry. Lo de irse puede ser difícil.

—Al carajo —masculla Chim.

Da media vuelta y echa a andar, malhumorado, por donde se fue O'Duffy. Duda Vivian en seguirlo y se vuelve hacia Tabb pidiéndole un último juicio. Golpea éste las manos con suavidad, cual si sacudiera polvo y argumentos.

—He estado en China, Palestina y Abisinia —observa—. Nunca para vivir aventuras, sino para contar lo que pasa... He corrido riesgos y estuve en apuros antes, y sé cuándo vale la pena y cuándo no.

Se detiene un momento, mira al fotógrafo que se aleja y luego el pitón entrevisto más allá de los pinos.

—También sé que un corresponsal muerto no sirve para informar.

—Pues Chim... —opone ella.

—Chim es Chim. Ese hijo de perra sólo es feliz si le disparan.

Vivian siente la necesidad de justificar al fotógrafo.

—Su trabajo consiste en hacer fotos. Para eso tiene que estar donde las cosas ocurren.

—Sus cámaras son sólo un pretexto. Una vez me lo dijo en el Florida, hasta arriba de alcohol y con una mujer desnuda en la cama. Sólo me siento vivo, Phil, amigo, cuando pueden matarme. Eso dijo.

Lo cuenta Tabb sonriendo un poco, y es la suya una mueca leve y triste.

—Algún día lo conseguirá —concluye—. Que lo maten.

Vivian no sabe qué decir. Sin esperar respuesta, Tabb despliega sus brazos y largas piernas, como desperezándose. Después señala atrás, en dirección a la trinchera donde los espera un cada vez más abrumado Pedro.

—Voy a pasarme por el mando de la brigada, porque ahí está la información. Luego bajaré hasta el río, a ver si la pasarela sigue intacta o hay forma de llegar al otro lado.

Mira a Vivian.

—Elige.

Aún duda ella. El temor roza sus ingles y el vientre: ese ligero temblor que seca la boca y ha llegado a ser familiar. Pero el pitón que se alza tras los pinos, los hombres que otra vez se dirigen a él, la atraen de modo magnético. Nunca se perdonaría no verlo.

Transcurren cinco segundos de silencio. Y Vivian se decide al fin.

—Te veo luego, Phil.

Asiente éste, impasible.

—Claro. Nos vemos luego.

Se aleja con su calma habitual, una mano en un bolsillo, doblada sobre un brazo la chaqueta, y Vivian permanece un momento mirando su figura alta y elegante. Luego va a reunirse con Chim. Lo encuentra en un claro, junto a un grupo de internacionales que preparan sus fusiles y se cuelgan granadas del correaje. Algo más allá, inclinada la cabeza junto al capitán Mounsey, que le llega por los hombros, Lawrence O'Duffy consulta un mapa, mira el reloj y señala hacia la altura rocosa del pitón.

Observa Vivian a los brigadistas: taciturnos, desgreñados, flacos, comidos de chinches, cargados de espaldas bajo el peso del equipo y los negros pensamientos. Llevan colgados al hombro los fusiles rusos que las estilizadas bayonetas hacen parecer todavía más largos, y bajo los cascos de acero asoman sus rostros ojerosos, quemados por el sol y con barbas de trinchera. Endurecidos por la realidad, docenas de hombres que fueron obreros, estudiantes, empleados, profesores sin relación con las armas se disponen a recorrer un espacio de terreno cuyo aire surcarán millares de rápidos y pequeños fragmentos de cobre, zinc, hierro, aluminio y plomo. La mayor parte de ellos vino a España por sus ideales; y de ésos son casi todos los que quedan; los que aguantan. Los otros, quienes vinieron a causa de problemas personales o en busca de aventuras —quince pesetas al día no vuelven rico a nadie—, hace tiempo que desertaron, se pasaron al enemigo o fueron fusilados.

Chim fuma y conversa con un soldado mientras pone rollos de película en las cámaras. Cuando se acerca a ellos Vivian, están a media conversación.

—Los heridos siempre son pesimistas —dice el soldado—. Nunca creas lo que te cuentan.

—¿Y tú? —se interesa Chim.

—Si quieres que te diga la verdad, preferiría estar en la esquina de Broadway con la Séptima, bebiendo una cerveza.

Fuerte, pelirrojo como Vivian, sucio de grasa y mugre, el soldado apoya en el suelo la culata de un fusil ametrallador Degtyarev. Del cinto donde lleva metidas dos granadas Ferrobellum de mango le cuelga un casco de cresta francés, y la puntera de una de sus botas está pegada con esparadrapo. Ojos irritados y metálicos. Tiene el físico de un leñador de Oregón, pero su acento es de Brooklyn; y Vivian piensa que en los lugares duros siempre hay un chico duro con acento de Brooklyn.

Contempla el brigadista las Leica de Chim con curiosidad.

—¿De verdad vas a venir con nosotros?

Señala el fotógrafo a Vivian, que se ha detenido a su lado.

—También ella.

Una mirada de admiración. Mueve el soldado la cabeza.

—Vaya chica con agallas.

—Sí.

—¿Eres norteamericana?

—Lo soy.

—Tenemos el mismo color de pelo, hermana.

Asiente ella, divertida.

—Eso parece.

—¿De qué periódico?

—Revista... *Harper's Bazaar.*

La estudia el otro de arriba abajo.

—Vaya. Un papelucho elegante.

—Según se mire.

—Burgués que te mueres.

—También.

—Pues yo soy un genuino producto de la Liga de Jóvenes Comunistas de Nueva York y la escuela de tiro de Albacete.

—Hay peores combinaciones —ríe ella.

—Y que lo digas. En mi caso, añade taxista en paro y la tendrás completa.

Vuelve a mirar el soldado las cámaras fotográficas.

—Yo de ti no iría con los primeros —le aconseja a Chim.

Hace éste un ademán indiferente.

—Demasiado lejos, la foto no vale nada. Demasiado cerca, te pueden matar. Todo es cosa de cogerles el punto a las distancias exactas.

—¿Y cómo las calculas?

—En realidad son las distancias las que me calculan a mí.

Cierra Chim la tapa de la segunda cámara y señala la altura rocosa entre los árboles.

—¿Qué te parece regresar allí?

Mira de nuevo el brigadista el pitón y suspira. Un piojo le sube por el cuello de la camisa.

—Desde que estoy en España, los únicos sitios que atacamos son inexpugnables y los únicos que defendemos, indefendibles.

—¿Crees que será muy duro? —se interesa Vivian.

—Bueno, ya lo ha sido —mira el soldado al mayor O'Duffy y compone un gesto de resignación—. Hace dos días tomamos el pitón y lo perdimos, y ayer nos dieron bien. Pero, por lo visto, él no tiene bastante. Así que volvemos a por más. Y es que los del Jackson atraemos el metal como las esponjas el agua... ¿Sabes cómo llaman los camaradas a esta colina?

—No.

—El pico de las viudas.

Buen título para una crónica, piensa Vivian, memorizándolo. Pero no lo dice.

—¿Cómo crees que va a ser? —pregunta.

—Bueno, espero que no como el cerro del Mosquito, el año pasado en Brunete, que tomamos la cima y la perdimos siete veces en doce horas.

Fascinada, Vivian sigue la progresión del piojo por el cuello del brigadista. Éste se percata de su mirada, alza una mano y atrapa el bicho con la habilidad de la costumbre, reventándolo entre las uñas. Después se limpia los dedos en la camisa y se rasca el cuello.

—¿Qué es lo peor de esta guerra? —pregunta ella.

La contempla el otro como si no diera crédito a lo que oye. Mira a Chim y de nuevo a la joven, escupe un salivazo e inclina a un lado la cabeza, pensando.

—El estreñimiento —responde por fin—. No cagar bien causa hemorroides.

Tras decir eso los mira dubitativo, inseguro de haber dado la respuesta adecuada. Se rasca otra vez el cuello, arruga la frente y al cabo se le ilumina el rostro.

—Hasta que vine a España no supe lo que era la verdadera democracia —añade—. Y aquí aprendes a odiar de veras el fascismo.

Vivian ha sacado su libreta y apunta eso. Mira el brigadista con atención lo que escribe, asegurándose de que lo registra tal cual.

—¿Cómo te llamas, soldado?

—Mejor no pongas mi nombre... Llámame Andy. Sólo eso.

—¿Y qué piensas de los españoles, Andy?

—Poco preparados políticamente. Sucios, desordenados, ingenuos.

—¿Qué es lo que más te apetece en este momento?

—Lo que más deseo del mundo es caminar sin que me disparen.

Un sonido de succión pasa sobre sus cabezas, y dos segundos después una humareda blanca se alza en el pitón. El estampido llega casi inmediato, seguido por otros.

—Ya empieza —dice el brigadista—. Es nuestra artillería, que calienta el terreno.

Los 105 rasgan el aire, y entre el humo relumbran fogonazos naranjas bajo el impasible cielo azul.

—Tiran muy abajo —observa Chim.

—Los fascistas no sólo están en la cresta. También se han parapetado a media ladera.

El mayor O'Duffy está haciendo sonar un silbato y los soldados comienzan a moverse con cautela, muy despacio, entre los esqueletos de los pinos que huelen a madera y resina quemadas, los ojos atentos al terreno y buscando en él itinerarios cubiertos. Suenan metálicas las armas que se acerrojan. El neoyorquino se pone el casco y se echa al hombro el fusil ametrallador.

—Comparado con esto, el infierno va a parecer un lugar cómodo —dice.

De pronto sus facciones se han vuelto duras, inexpresivas. Como si dejara de estar allí.

—Mi mujer —añade— cree que estoy haciendo tareas administrativas.

Cuando cesa el bombardeo y deja de estremecerse el suelo bajo su cuerpo, Saturiano Bescós se guarda en un bolsillo el palito que ha estado apretando entre los dientes. Después, todavía sordo por los estampidos, espolvoreados el casco y los hombros de tierra y restos quemados de arbustos, el falangista levanta la cabeza y desde su parapeto rocoso en la falda del pitón ve acercarse a los rojos.

—¡Decid cómo estáis, chiquetes! —suena la voz próxima del invisible cabo Avellanas, jefe de la escuadra, tan escondido como todos.

—¡Estoy de pistón! —grita Bescós.

—¡Yo, enterico y bien! —se oye a Jesús Tresaco.

El último en informar es Lorenzo Paño.

—¡Jodido pero contento!... ¡Atilano no puede conmigo!

Pone Bescós dos granadas Breda al alcance de la mano, pega la cara a la culata del fusil, sopla el polvo que cubre el cerrojo y observa atento a los enemigos, cada vez más próximos. Sean los internacionales de antes o refuerzos españoles, no se trata de novatos. Avanzan sabiendo lo que hacen, con muchas precauciones y en zigzag, saltando primero de árbol en árbol y luego, al empezar la subida, de roca en roca, buscando siempre la mayor protección del terreno, los matorrales menos chamuscados y los cráteres, no demasiado profundos, excavados por la artillería en el suelo.

—No tiréis hasta que no lo hagan las máquinas —se oye decir a Avellanas.

Pasea la vista Bescós por los que se acercan. Un par de morteros de pequeño calibre hacen tump, tump, y tiran proyectiles fumígenos para cubrir un poco a los que dan el asalto; pero son imprecisos y hay una ligera brisa que se lleva el humo. La débil neblina blanca no basta para disimular las figurillas grises, caquis y azules que avanzan, se agachan, corren y se vuelven a agachar. A tiro de fusil desde hace un momento.

Elige Bescós a uno de los más cercanos y visibles. El rojo mueve los brazos y no lleva chopo, así que lo más probable es que se trate de un sargento o un oficial. Lo sigue con el punto de mira, con calma, el dedo fuera del guardamonte y sin rozar el gatillo. Sabe que cuando lo apriete hará blanco si el otro no se mueve demasiado rápido. El joven pastor aragonés tiene buena puntería, y no sólo con el Mauser. Poco antes de la guerra le acertó a una loba a treinta pasos con una escopeta de caza y cartuchos de seis postas. La alimaña le había matado un perro y llevado un cabrito, y su padre le dio cuatro bofetadas por permitirlo.

—Destalentao —le dijo—. Eres un destalentao y un zaforas.

Así que Bescós estuvo buscando día y medio a la loba hasta dar con ella. Le tiró de lejos, acertando a la primera, y al acercarse descubrió cuatro loboznos en el cubil. Los cartuchos eran caros, a peseta cada uno; así que, para ahorrar, remató a la madre con el cuchillo de monte y despeñó a los cachorros por un barranco. Lo hizo sin placer ni ensañamiento, con la tranquila certeza de que cinco lobos menos era lo más seguro para el rebaño. La misma calma con la que ahora apunta al rojo que mueve las manos. No porque sea rojo, que eso unas veces se elige y otras no, sino porque si lo deja arrimarse le puede llevar un cabrito. A un camarada o a él mismo. Son las reglas del monte y de la vida.

Mantiene Bescós al rojo en la mira del fusil, siguiéndolo con cuidado. El sol le hace arder el acero del casco y el sudor le gotea por la cara y las axilas, mojando la camisa y la culata del arma. El joven falangista está casi inmóvil y sólo el cañón del fusil se mueve casi imperceptiblemente de derecha a izquierda. Por un instante piensa que, español o extranjero, el hombre al que apunta tiene una vida detrás, como la suya. Que llevará en la cartera una foto con unos padres, una mujer o unos hijos; y que ninguno de ellos, esté donde esté y haga lo que haga en este momento, sospecha que a su hijo, marido o padre le quedan minutos o segundos de vida. Que el hombre que sube ladera arriba, cauto, valeroso, obligado o voluntario, cumpliendo con su deber o sus ideas, puede ser dentro de un rato un trozo de carne muerta pudriéndose al sol.

Un grito entre los que suben. Suena como una orden, y Bescós cree que la han dicho en lengua extranjera. Alguien vuelve a gritar, y esta vez parece que es americano, inglés o como se diga. Algo así como *jarri-ap,* o parecido.

Internacionales, piensa Bescós. Los que hace dos días tomaron el pitón y volvieron a perderlo. Y ahí suben otra vez al asalto. Gente americana, francesa, rusa, china, de por ahí fuera. Extranjeros. Como los que vio hace dos días camino del interrogatorio y el paredón después de ir con Sebastián Mañas al puesto de socorro. Valientes, sin duda. Comunistas entrenados y pagados por Rusia, pero tan vulnerables como cualquiera a un balazo en la tripa.

Tacatacatá, tacatacatá, tacatacatá. Suena al fin en la cresta. Áspero y seco.

Restallan como latigazos ráfagas bien dirigidas de las ametralladoras y las balas pasan sobre la cabeza de los falangistas con agudos zumbidos, rastros luminosos de trazadoras y abejorros de plomo que impactan entre los que suben haciendo un pac-clac, pac-clac que levanta nubecillas de polvo y tierra, hace volar matorrales carbonizados, puntea las figuras que se mueven en la neblina casi desvanecida de las granadas fumígenas. Caen unos rojos, se agazapan otros. Rompe el fuego ahora en la falda de la colina, en los parapetos más avanzados entre las rocas, y se generaliza el combate.

Silban desde el otro lado balas altas y bajas, pero a esas alturas de la vida y la guerra, el antiguo pastor no se inquieta, pues conoce sus secretos. La que viene de cerca zumba fuerte y rápida, con sonido corto. Si llega de lejos lo hace más suave y despacio, y se oye cuando pega en algo o cae al suelo. La más peligrosa es la que rebota, porque no se sabe de dónde puede venir. A ésa se la reconoce porque suena más vibrante, como la cuerda de una bandurria.

De cualquier modo, ha llegado el momento de que también suenen las balas propias, y allá se las entiendan los rojos con ellas. Sin apresurarse, Bescós toca al fin el gatillo del Mauser, lo aprieta, y el arma golpea contra su hombro con una sacudida casi dolorosa. Apenas parte el disparo, acciona con la palma el cerrojo, lo echa atrás, mete otro cartucho en la recámara y apunta otra vez. El hombre que movía las manos ya no las mueve. Ha caído de rodillas y está inmóvil, como si rezara. Entonces Bescós lo tumba con un segundo disparo.

Al menos ése, piensa mientras recarga de nuevo, no va a robarle el cabrito.

En el aire resuena como un chasquido de dedos el vacío que dejan las trayectorias de las balas, y su impacto parece un látigo con innumerables puntas de plomo que golpease la tierra. Avanza Vivian Szerman entre los brigadistas, encorvado el cuerpo, corriendo de protección a protección, aterrada y fascinada al mismo tiempo. Va con la segunda oleada de ataque, y a medio centenar de metros por delante puede ver a los hombres de la primera que ya ascienden, o lo intentan, por la falda del pitón, que desde allí se ve alto y pedregoso, salpicado de nubecillas de humo blanco y polvo pardo, con la impresionante apariencia de una fortaleza inexpugnable.

Si no paran esto, van a herir a alguien, piensa absurdamente.

Hay realidades peores que las pesadillas, y la de la guerra aún no penetra del todo en ella. La norteamericana ha estado antes en las trincheras de Madrid y vio a gente destrozada por las bombas; pero nunca se había encontrado bajo fuego directo, corriendo y brincando entre los matorrales y las rocas, rodeada de antiguos mineros de Silesia, universitarios de Cleveland, vendedores de coches de Ohio, empleados de banca de Budapest, parados de Liverpool que aprietan fusiles en las manos crispadas y jadean guiñando los ojos bajo cascos de acero, entre un enjambre de minúsculos objetos de metal que cruza el aire en todas direcciones.

A veces, cuando imitando a quienes la rodean se detiene tumbada en el suelo o agachada para tomar aliento mientras calcula el siguiente salto, ve a Chim Langer moviéndose una treintena de pasos por delante, levantando las cámaras, parado un instante de pie como si fuera invulnerable, indiferente al fuego, para tomar una foto, y permanecer así incluso cuando proyectiles de mortero empiezan a caer entre los brigadistas: estampidos, fogonazos naranjas y conos invertidos de tierra, piedras y metralla. Continúa haciéndolo incluso entonces, y cuando un hombre se tumba cerca de él, soltando el fusil muy abiertos los brazos, Vivian ve al fotógrafo correr en su dirección, agacharse a su lado y levantar de nuevo la cámara.

La segunda oleada ya está también dentro del campo de tiro de las ametralladoras fascistas, metida en el paisaje de metal volador y pequeños torbellinos de humo y polvo entre los que suena el continuo clap-clap-clap de las balas que como granizo impactan y se meten en la tierra o el crac-crac de las que rebotan y arrancan fragmentos de roca.

Asombrada, incapaz todavía de aceptar que todo sea real, Vivian comprueba que empiezan a caer muchos hombres. A ser heridos y a morir.

Suenan los primeros gritos de ¡camilleros! ¡camilleros!

Los que corren lo hacen cada vez más agachados y más despacio. Unos se paran y buscan resguardo; otros avanzan arrastrándose sobre los codos y las puntas de los pies, cruzados los fusiles sobre los antebrazos.

Huele fuerte a gas azufrado de bombas y hierba seca que arde. Humean los matorrales incendiados por los chispazos de las trazadoras y los morteros. La falda de pitón está cubierta de una neblina blanca y parda.

Vivian deja de correr y comienza a arrastrarse. Le sangran y escuecen los codos allí donde se le desgarra la camisa. Se detiene dolorida al resguardo de una piedra grande, tras la que hay agazapado un brigadista que tiembla de la cabeza a los pies abrazado al fusil. El casco está abollado de un balazo.

—Éste es un mal lugar —dice una voz en inglés al oído de Vivian—. *A bad place.*

Se vuelve y encuentra a dos palmos al pelirrojo de Brooklyn. Tiene la cara mojada de sudor, y la tierra y el tizne de los arbustos quemados se adhieren a ella. Pretende sonreír, con el reflejo masculino que todo hombre con agallas intenta mantener ante una mujer; pero no le sale sino una mueca tensa.

—No quiero morir aquí —dice ella.

—Yo tampoco, hermana... De pronto, cualquier otro lugar del mundo se vuelve un lugar deseable.

Los observa el que tiembla, hosco, rencoroso como si su presencia tras la misma piedra violase algún derecho de precedencia. Después se vuelve a mirar atrás, cual si buscara otro sitio para recomendárselo a ellos o irse él mismo, se incorpora un poco al hacerlo, y en ese momento llega un chasquido semejante al que hace un carnicero al cortar unas chuletas sobre el tajo de madera, suena el casco de acero igual que una campana, el brigadista echa la cabeza atrás como si hubiera recibido un puñetazo y, cuando cae al suelo junto a Vivian, ésta ve que una bala le ha cruzado el rostro arrancándole el maxilar inferior, que cuelga sobre su pecho.

—¡Camilleros! —grita inútilmente el de Brooklyn.

Se debate el herido pataleando en el suelo, las manos en la cara, mientras la aterrada norteamericana, que ha sacado un pañuelo, intenta hacer algo, aunque no sabe qué. La interrumpe el otro brigadista, que tira de ella cogiéndola por el cuello de la camisa.

—¡Atrás!... ¡Arrástrate para atrás y vete, idiota! ¡No te quedes aquí!

Tras decir eso, el de Brooklyn vuelve a avanzar gateando, se incorpora, corre un poco y se arroja al suelo para arrastrarse de nuevo. Vivian se lo queda mirando, indecisa entre seguirlo, permanecer junto al herido o alejarse de allí. Entonces ve a Chim Langer a unos veinte pasos por delante, justo en el lugar donde empieza a elevarse la ladera del pitón. Está de rodillas, impávido, haciendo fotos como si nada de lo que ocurre lo afectara en absoluto. Vivian observa con fascinación, asombrada. No es humano, piensa. Ese checo testarudo no lo es; nadie que haga eso puede serlo. Y justo entonces, como si las ocultas reglas del caos quisieran desmentirla —son las distancias las que me calculan a mí—, un morterazo estalla muy cerca del fotógrafo, que desaparece en el surtidor de tierra, humo y polvo que la explosión levanta. Y cuando éste se disipa, Chim ya no está allí. O no parece estar.

Son extraños los mecanismos que rigen la conducta humana. De pronto, algo vibra intenso en el interior de Vivian, y no es el miedo. En el futuro, durante los veintitrés años que aún le quedan por vivir, se preguntará muchas veces de qué se trató con exactitud, y nunca dará con la respuesta; con la explicación de que en su interior se mezclen de súbito, como un cóctel de raros componentes, el coraje, la desesperación, la solidaridad, la cólera y el cansancio. No es como cuando hace dos días acudió en ayuda del camillero mientras Chim hacía fotos. Ahora es distinto. Es singular. Es correr por el reluciente filo de una navaja. Es literalmente eso, correr.

Corre Vivian como nunca en su vida y como no volverá a hacer jamás. Se pone en pie entre las balas y la metralla y avanza todo lo rápido que puede saltando sobre las piedras y los matorrales, rebasa al brigadista de Brooklyn que se arrastra y la mira pasar asombrado, llega hasta el pequeño cráter aún humeante de la explosión y se abalanza sobre el fotógrafo, que está tirado de espaldas con el pantalón y la camisa acribillados de puntitos y desgarros rojos, y con un boquete de mayor tamaño en el pecho, sobre el que aún tiene las dos cámaras, rota una, intacta la otra.

—¡Chim! ¡Chim!

Los ojos entornados, vidriosos y con las córneas cubiertas de polvo la miran sin verla. De la garganta brota un quejido hondo, un estertor líquido, y a cada movimiento de la respiración irregular y entrecortada burbujea una espuma rosa en el boquete grande del pecho. Vivian se arranca una manga de la camisa desde el hombro, hace con ella un tapón y lo mete en la herida.

—¡Chim!... ¡No te duermas, Chim!

Es cuanto se le ocurre decir. Después grita tres veces ¡camilleros! sin que nadie acuda. El rostro del fotógrafo está pálido y le azulean los labios. También se estremecen las piernas. Vivian se abraza a él, y las lágrimas que corren por su cara se mezclan con la sangre que brota de las innumerables heridas del cuerpo agonizante. Poco a poco, igual que si una oculta mano cósmica subiera el volumen de la guerra, la joven empieza a oír de nuevo el sonido de los disparos y las explosiones.

Retorna el miedo para Vivian. La conciencia del lugar en que está. Los gritos de los hombres que luchan y mueren.

El brigadista de Brooklyn pasa cerca, reptando como antes, el casco sobre los ojos y el fusil en los antebrazos. Se detiene un momento a mirar y después, inexpresivo, sin decir nada, sigue adelante. También él se mueve distante, en la burbuja de su mundo. De su propia vida y su propia muerte.

Chim ya no se agita ni respira, y sus ojos entreabiertos están fijos, opacos. Vivian sacude la cabeza con violencia, intenta despejarse. Respira hondo muchas veces, ahogando los sollozos que le suben del pecho como un vómito. Al fin mira alrededor queriendo orientarse, en busca de la dirección por la que vino, y gatea y se arrastra. De pronto recuerda las Leica del fotógrafo, se detiene y vuelve atrás, le quita del cuello la que está intacta —la otra tiene la tapa rota y abierta y suelta la película— y tras registrar el cadáver coge los rollos de 35 mm impresionados que Chim llevaba en los bolsillos, y también la billetera con sus documentos. Después se arrastra de nuevo, pegada cuanto puede al suelo, alejándose de allí mientras, a su espalda, lo que queda del Batallón Jackson es destrozado en la ladera del pitón.

El teniente que interroga a Ginés Gorguel es el mismo que el día anterior firmó la entrega de los desertores del bando rojo. Tiene una cara ancha, colorada, cuello de toro y unos ojos pequeños, mezquinos y duros. Sentado a la sombra de la lona en una silla de tijera y tras una mesa de campaña, escribe en un registro tomándose tiempo para mojar la pluma en un tintero situado junto a un volumen de *Las hazañas de Rocambole*. Es el suyo un aire hastiado, de funcionario que no ve la hora de cerrar la ventanilla o volver a la lectura del libro.

—¿A quién votabas antes del Alzamiento?

—Siempre voté a las derechas.

Mira el oficial al sargento responsable de los prisioneros, que está a su lado observando por encima del hombro lo que escribe.

—Pues no es lo que dice uno que te conoce —señala el sargento.

Parpadea Gorguel, indeciso entre mostrar sorpresa o indignación. Está de pie, pero daría un año de su vida por estar sentado.

—Nadie puede saber lo que yo votaba —responde al fin—. El voto es secreto.

—Pero en los pueblos os conocéis todos —señala el teniente.

—Albacete no es un pueblo. Ese que me acusa se lo está inventando, él sabrá por qué.

—Pues dice que eras carpintero —apunta el sargento—. ¿Lo eras?

—Eso sí es verdad.

Lo mira con atención el teniente. Una sonrisa malévola le tuerce la boca.

—Luego algo te conoce, ¿no?

A Gorguel se le deslizan gotas de sudor por la nuca y las axilas.

—Yo nunca fui de izquierdas ni estuve afiliado a nada —niega con vehemencia—. En Albacete habrá quien me avale.

Mueve la cabeza el oficial.

—Lo dudo... Eso es zona roja, y a los que dices que podrían avalarte, lo más seguro es que los asesinaran hace tiempo.

Consulta el registro para revisar las notas y deja el palillero con el plumín junto al tintero.

—Además, ni siquiera tienes documentos —añade.

—Qué voy a tener. Los perdí.

—¿Cuándo?

—La verdad es que no me acuerdo.

El teniente y el sargento cambian una ojeada significativa.

—Qué casualidad —dice el primero.

—Llevo luchando desde el lunes pasado. Estaba de guardia en el río la noche que nos atacaron.

—Pues en vista de lo que ocurrió, no debiste de vigilar bien —lo mira el oficial con maligno interés—. ¿O es que estabas calladito para dejar que pasaran?

Gorguel siente que le flaquean las rodillas. Se ha llevado las manos a la espalda, cruzándolas para que no se note cómo tiemblan.

—Eso es una barbaridad —protesta—. Fui el primero que les tiró unas granadas dando la alerta, y luego luché en el pueblo con el comandante... Induráin, se llamaba. Y también con un teniente al que mataron.

—¿Quiénes lo mataron?

—Los rojos. ¿Quién iba a ser?

Coge de nuevo el oficial la pluma, con desgana, y la moja en el tintero.

—¿Y cómo se llamaba ese teniente?

—Nunca supe su nombre. O espere, sí. Varela se llamaba, me parece. O Valera.

Se queda el otro con la pluma suspendida, mirándolo.

—¿Lo sabes o no lo sabes?

—No estoy seguro. Todo fue muy rápido, ¿comprende?... Salimos del pueblo y lo mataron.

—¿Así, por las buenas?

—Así.

—¿Por delante o por la espalda?

La pregunta ha sonado siniestra. Gorguel traga saliva.

—Nos atacaron. Cayeron él y muchos otros.

—Menos tú.

—Menos yo y algunos más.

El oficial lo sigue estudiando con mucha fijeza.

—Ya veo... ¿Y qué hiciste después?

—Fui al pitón de levante, donde también nos mandaba el comandante Induráin. Y más tarde luché contra los tanques rojos en la carretera.

—¿Con el mismo comandante?

—No, a ése lo fusilaron los rojos al tomar el pitón.

—¿Lo viste?

—Claro que lo vi.

—¿Y a ti no te fusilaron?

—Hubo un bombardeo, y me escapé.

—Te escapaste, dices.

—Sí. Y luego fue lo de la carretera de Fayón. Con los antitanques.

—Mira tú... ¿Te pasaste a la artillería?

—Me pasaron.

Cambia otra mirada escéptica el teniente con el sargento.

—Menudo fantasma —dice éste.

Los ojos pequeños y duros del teniente recorren a Gorguel de arriba abajo.

—Mucho has luchado tú, por lo que veo.

—Más que algunos de los que veo por aquí.

Aún no acaba de decirlo cuando se arrepiente, pero ya está dicho.

—Vaya impertinencia —espeta el oficial.

Vuelve a tragar saliva Gorguel, que intenta no dejarse llevar por el pánico.

—No lo pretendo, mi teniente —balbucea—. Pero usted me pregunta y yo respondo.

—Así que, encima, eres un héroe.

—No sé lo que soy. Pero que he luchado contra los rojos toda esta semana, de eso no cabe duda. El moro puede dar testimonio.

—¿Qué moro?

—El cabo Selimán. Usted lo vio ayer, cuando trajimos a los pasados.

—¿Y dónde está ese Selimán?

—Ni idea... Se fue.

Se rasca el teniente una ceja. Mira lo que ha escrito y otra vez a Gorguel. No parece convencido del relato.

—Bueno —concluye—. Ya lo iremos aclarando todo.

Después se dirige al sargento.

—Lléveselo.

Agarra el suboficial a Gorguel por un brazo y lo conduce de vuelta a la hondonada.

—Mi sargento... Le juro por mi hijo que he dicho la verdad.

—Que sí, hombre, que sí —asiente el otro, indiferente, mientras tira de él—. Que yo también te quiero.

—Le aseguro que...

Una mirada amenazante y una mano lista para golpear. Un violento empujón.

—Cierra la boca de una puta vez.

Gorguel no vuelve a despegar los labios; pero al llegar a la hondonada lo tranquiliza que el sargento no lo meta en el grupo de los prisioneros, sino en el de los pasados.

—Te estás ahí quietecito, hasta que decidamos qué hacer contigo... ¿Está claro?

Va Gorguel a reunirse con los otros bajo los árboles. Unos están sentados y otros tumbados con los pañuelos o los gorrillos sobre la cara, y algunos comen trozos oscuros de las algarrobas caídas de los árboles. El albaceteño tiene una sed atroz —el interrogatorio le ha dejado la boca como papel de estraza— pero nadie les da agua. Se queda allí, sin osar moverse. De vez en cuando levanta la vista y mira con rencor hacia el otro extremo de la hondonada, al prisionero que lo delató, intentando recordar. Y al fin lo consigue: es un camarero del bar Manchego, junto a la iglesia de la Purísima, donde Gorguel solía tomar a media mañana un bocadillo de chorizo y un vaso de vino. Ni siquiera sabe el nombre, y no recuerda haber cambiado con él otras palabras que ponme de esto y cuánto te debo.

El ser humano es un animal extraño, concluye el antiguo carpintero. Un animal peligroso, mezquino y extraño. Con ese pensamiento se tumba de espaldas, cierra los ojos y se queda dormido. Hasta que lo despierta una patada.

—Tú... Levanta, tú.

Cuando abre los ojos encuentra al sargento, los puños en las caderas, contemplándolo. Se levanta Gorguel, titubeante, y el suboficial lo empuja.

—Tira palante, venga.

—¿A dónde me lleva?

—Que tires, te digo.

Desandan el camino hasta donde lo interrogaron. Esta vez Gorguel camina sin que el sargento lo agarre del brazo. Aun así, o tal vez por eso, empieza a temer lo peor. Con un desasosegante calambre en las ingles, intenta comprobar por el rabillo del ojo si la pistola del suboficial sigue en su funda, y si éste se retrasa más de lo normal. Pero nada ocurre. Llegan a la tienda de campaña del teniente y Gorguel se queda estupefacto cuando ve allí, junto al oficial, a Selimán en persona. Se para en seco, desconcertado, pues ignora si es una buena o una mala noticia. El rostro curtido del cabo de regulares está muy serio. Lleva una camisa limpia sobre los viejos y sucios zaragüelles, correaje con cartucheras y fusil al hombro. Se ha afeitado, y su bigote entrecano luce frondoso y marcial.

—¿Conoces a este moro? —pregunta el teniente.

—Pues claro que lo conozco. Les hablé de él.

El oficial tiene un papel en las manos, escrito a máquina. Se lo pasa a Gorguel, que lee, nervioso.

> *Por la presente certifico que el soldado de infantería Inés Gorguel, agregado temporalmente a mi unidad, combatió con valor acreditado en la acción del viernes 29 de julio en la carretera de Fayón, contribuyendo a la destrucción de dos blindados enemigos. Y para satisfacción y garantía del interesado, confío este reconocimiento al cabo Selimán al-Barudi, de la 2.ª Cía. del XIV Tabor de Melilla, y lo firmo y fecho en el frente de Castellets del Segre el 1 de agosto de 1938.*
>
> *Firmado: Capitán Luis Gómez Soto, Cía. antitanque del Batallón de Baler*

—Se te acaba de aparecer la Virgen —dice el teniente.

Abraza Gorguel al borde de las lágrimas a Selimán, y le cuenta el moro sus esfuerzos: la búsqueda urgente de la compañía antitanque y del oficial que la mandaba, el relato de lo que estaba pasando, sus ruegos de que se certificase todo por escrito, lo que no consiguió hasta esta mañana. Su carrera de regreso sin aliento, papel en mano.

—Hasta ahora no puedo la venir contigo, paisa —concluye—. Ti lo juro por mis ojos.

Escuchan el teniente y el sargento, curiosos al ver a un moro y a un cristiano hermanados de aquella manera. Se vuelve Gorguel hacia ellos.

—¿Puedo irme? —pregunta.

—¿A dónde? —inquiere el oficial.

Mira el albaceteño a Selimán, indeciso. Se toca el moro con un dedo el galón de cabo que lleva cosido al tarbús, como para concretar su solvencia. Luego se lo quita y saca de dentro otro papel doblado.

—Estamos agrigados a pilotón de rifuerzo de la 2.ª Compañía del Batallón de Baler, mi tiniente. *Urraseq,* yo ti juro lo que digo. Por cabeza de mi padre.

Le devuelve el otro el documento sin apenas mirarlo.

—Para ser moro, mucho sabes tú de papeles.

Asiente Selimán sin complejos.

—Larga vida el mía, yo saber manera —apoya una mano protectora en un hombro de Gorguel—. Mato arrojos cabrones para santo Franco, y mi amigo ayuda mucho.

Se miran el teniente y el sargento. Encoge este último los hombros, pero el oficial tiene algo en la cabeza. Mira a Gorguel despacio, pensativo. Al fin tuerce la boca con mal gesto.

—No tienes fusil.

—Me lo quitaron cuando vine.

Se dirige el otro al sargento.

—Habrá que devolvérselo, si se lo gana.

Hay algo en el tono que no le gusta a Gorguel. Una guasa siniestra como fondo. El sargento parece haber comprendido, porque sonríe, y no es la suya una sonrisa simpática.

—Claro —dice.

III

En el puesto de mando de la XI Brigada empiezan a percibirse malos síntomas. Hombres apresurados entran y salen del edificio fusil al hombro, cruzando con prisas el patio cubierto de trapos, botellas, latas y cajas de munición vacías. Se queman documentos y material mientras los disparos y explosiones del pueblo suenan cada vez más próximos. Los nervios y la tensión espesan el aire.

Pato Monzón, que regresa de reparar otra línea telefónica —ya ha perdido la cuenta de las veces que ella y sus compañeras han tenido que hacerlo—, ve que aumenta el número de heridos que llegan al puesto de socorro, y que cuantos pueden moverse son desviados hacia el río sin recibir atención médica. No hay inyecciones antitetánicas, ni morfina, ni medicamentos; faltan vendas y material de sutura, y las heridas se cierran con imperdibles de costura o vueltas de cordel. Quienes están muy graves se hacinan bajo el cobertizo sin más socorro que un sorbo de agua, y de la Harinera hasta la orilla del Ebro se alarga una fila de camilleros y hombres maltrechos que cojean o se apoyan unos en otros, camino de una hipotética evacuación cada vez más difícil.

El teniente Harpo está en el patio con la sargento Expósito, controlando el material de transmisiones que sigue operativo: un Aurora de respeto, dos macutos con herramientas y cuatro bobinas de cable.

—Hola, camarada —Harpo sonríe al ver a Pato, jovial como suele—. ¿Qué tal por ahí abajo?... ¿Alguna novedad?

—La pasarela está fuera de servicio otra vez. La aviación fascista ha vuelto a destruirla, matando a unos cuantos.

Se pasa el teniente una mano por la cara, irritada por un sarpullido que la enrojece. Los cristales de las gafas están sucios de polvo.

—Mierda —dice.

—Tender la pasarela a la luz del día es una locura... Los pontoneros deberían trabajar sólo de noche.

—Supongo que con la luna dará lo mismo —observa Expósito.

—¿Hay barcas, al menos? —inquiere Harpo.

—Muy pocas. Cruzan a remo y abarrotadas, llenas para allá y vacías para acá.

—Nada de refuerzos, imagino.

—No he visto.

—Mejor así. Traer más gente a esta orilla puede ser después no sacarla.

—¿Tan mal estamos?

Baja la voz Harpo y señala con disimulo la hoguera del rincón del patio.

—Mira a ésos. Cumplen órdenes... Y cuando se queman papeles y material, es que las cosas deberían ir mejor de lo que van.

—Ya veo.

Mientras Pato se descarga de la mochila, Harpo y Expósito terminan de contarle cómo está todo por allí. Sólo quedan tres líneas que funcionen: la que ella acaba de restablecer con el punto de paso de la orilla, la del pinar próximo al pitón de levante y la de la Rambla, frente al cementerio. Con las otras posiciones se ha perdido el contacto. El pitón Pepa, donde sigue resistiendo el Batallón Ostrovski, está otra vez sin línea, aunque hay mensajeros que van y vienen por el estrecho cuello de botella. En cuanto al pueblo, los combates son tan próximos al puesto de mando que no hace falta teléfono: informes y órdenes circulan mediante enlaces.

—Resumiendo —concluye Harpo—: Que esto da las boqueadas.

Observa Pato a la sargento Expósito, que casi no despega los labios, y en el rostro de la suboficial lee una estoica confirmación a las palabras del teniente.

—¿Cuánto podremos aguantar?

Ni uno ni otra responden. Suspira Pato, muy cansada. Le duelen los muslos de caminar y los hombros de las cinchas de la mochila. Se sienta en el suelo y empieza a desliar las bandas de tela que le ciñen las perneras del mono sobre las alpargatas. Al hacerlo se desprende de ellas polvo, tierra y mugre. En la pantorrilla izquierda tiene un grano infectado: pica y duele, pero poco puede hacer por él. La suciedad lo empeora. Cuando madure lo podrá reventar, lavarlo con agua hervida y cauterizarlo con la llama de una de las tres cerillas que guarda en una cajita de lata. Pero faltan uno o dos días para eso, y pasarán muchas cosas hasta entonces.

Un soldado viene a decir a Harpo que lo reclaman en la plana mayor y el teniente entra en el edificio. Pato sigue sentada en el suelo, poniéndose de nuevo las bandas de tela mientras Expósito la observa en silencio.

—Eres una buena chica —dice al fin, y la joven la mira sorprendida.

—¿Lo soy?

—Lo eres.

No dice la sargento nada más. Ha sacado de un bolsillo del mono un bocadillo envuelto en una hoja de *Solidaridad Obrera*. Pato acaba de ajustarse las bandas y la mira.

—Hemos perdido, ¿verdad?

—Todavía no.

—Pero parece inevitable.

Inexpresiva, Expósito mira hacia el cobertizo de los heridos.

—Ya ganaremos en otra ocasión.

Ha partido en dos el bocadillo y le ofrece la mitad. Acepta Pato, que no prueba nada desde hace horas. El pan está duro y lleva dentro una rodaja de detestable buey inglés enlatado, pero calma el estómago vacío. Se ayuda con un sorbo de la cantimplora: agua del río con una gotita de yodo que le dio un camillero. Sabe a diablos, pero es agua.

Se acerca un soldado: uno de los machacantes de la plana mayor. Trae en una mano un botón y con la otra se sujeta la cintura del pantalón.

—¿Alguna de vosotras puede coserme esto, guapas?

Lo mira un segundo Expósito, pétrea.

—Ve a que te lo cosa tu puta madre.

Parpadea el otro, desconcertado.

—Anda la leche... ¿De qué vais, camaradas?

Expósito se señala el galón cosido al mono.

—¿Ves esto?

—Lo veo.

—Pues pírate, anda.

—¿Qué?

—Que te largues, idiota... Aire.

Se aleja el otro farfullando y se cruza con Harpo, que viene acompañado del mayor Carbonell, segundo al mando de la brigada. Los dos llegan serios y cuchicheando.

—Reunión de pastores, oveja muerta —murmura Expósito viéndolos llegar.

Se pone Pato en pie e informan los otros en pocas palabras. El pitón Pepa es clave, y si cae puede derrumbarse toda la defensa en Castellets. El paso de los enlaces por el cuello de botella resulta cada vez más difícil, y es necesario restablecer la comunicación. Le toca ir a Pato.

—¿Por qué ella? —inquiere la sargento.

La mira Harpo, molesto por la pregunta.

—Ha estado allí y conoce el camino. Además, es buena operadora y camarada fiable.

—Por eso mismo no deberíamos arriesgarla tanto. Apenas la dejamos descansar.

Dirige Pato a la sargento una ojeada de gratitud y sonríe fatigada.

—Puedo ir, camarada sargento... No hay problema.

Asiente Harpo, aprobador, y parece satisfecho el mayor Carbonell. Expósito se guarda el resto del bocadillo, coge el teléfono de campaña y se cuelga al hombro el subfusil.

—En ese caso, voy con ella.

—No —objeta Harpo.

—¿Por qué?

—Haces más falta aquí.

Duda la sargento, interviene Pato.

—No hay problema —repite—. Puedo ir sola.

—Tampoco es eso —observa el teniente—. Llévate a Rosa Gómez.

Lo considera adecuado Expósito y Pato se muestra conforme. Rosa Gómez es de confianza. Va la sargento a buscarla mientras Carbonell y Harpo detallan a Pato la misión. La línea telefónica funciona con normalidad hasta la posición republicana frente al cementerio que llaman la Rambla, así que la avería estará más allá, entre ésta y el pitón Pepa. Las dos mujeres deben ir allí, informarse de la situación, y luego revisar la línea hasta el pitón y repararla si es posible.

El mayor Carbonell le entrega a Pato un papel doblado en cuatro y lacrado.

—En cualquier caso, con línea telefónica o sin ella, entregaréis este mensaje al jefe del Batallón Ostrovski. Es importante que lo reciba... ¿Está claro?

—Sí, camarada.

Se marcha el mayor, cruzándose con la sargento Expósito y Rosa Gómez: treintañera de piel pálida, manos delicadas y grandes ojos negros a la que Pato conoce bien, pues hicieron juntas el curso de formación. Seria, dispuesta, con estudios, Rosa es hija de un militar fusilado el 18 de julio en Ceuta por mantenerse leal a la República.

—Llevaos lo básico —dice Harpo.

Señala un carro con los varales apoyados en el suelo, junto a la tapia, donde se apilan de cualquier manera las armas dejadas por los heridos.

—Pero equipaos mejor de lo que estáis —añade.

—¿No llevan escolta? —se extraña Expósito.

—Van solas.

Fulmina la sargento con la mirada al oficial.

—Es arriesgado mandarlas así, camarada teniente: dos mujeres solas, y no lo digo sólo por los fascistas.

—No es cosa mía —se justifica Harpo, incómodo—. Saben a lo que se exponen.

—Es verdad —confirma Pato.

La ignora la sargento.

—Aun así, no deben ir sin escolta —insiste—. Son personal técnico.

Esta vez quien protesta es Rosa.

—Somos soldados —dice.

Mueve Harpo la cabeza, desentendiéndose.

—Tenemos a los fascistas en el pueblo y hacen falta todos los hombres disponibles. Están armando hasta a los chupatintas de la plana mayor.

Lo considera Expósito un momento más y al fin accede de mala gana. Mira a las dos jóvenes.

—El camarada tiene razón... No hay gente, y vosotras sabéis arreglároslas.

—Pues claro —coincide Pato.

Señala Expósito el carro.

—Venga. Coged algún arma.

—Llevamos las pistolas —opone Rosa Gómez—. Y con el equipo iremos muy cargadas.

—Aun así, coged algo más. Armas ligeras, pero llevadlas por si acaso. Y munición suficiente... No sabemos qué encontraréis en el cuello de botella.

Caminan Ginés Gorguel y el resto del grupo hacia el río. La corriente está cerca, con relumbres de sol entre los cañaverales de la orilla. Zumban molestos enjambres de moscas.

—Aquí está bien —dice el sargento.

Se detienen todos: suboficial y seis soldados con fusiles, uno de los cuales es Gorguel y otro, Selimán. Dos hombres van entre ellos, atadas las manos por delante, unidos por la misma cuerda. El sargento inclina la cabeza para encender un pitillo y mira alrededor, satisfecho.

—Un sitio tan bueno como otro cualquiera.

Permanece un momento contemplando el paisaje con ojos soñadores mientras da chupadas al cigarrillo. Pensando en sabe Dios qué. Al fin parece volver en sí, pues mira a los prisioneros. Entonces saca un papel del bolsillo, lo desdobla y lee en voz alta:

—A resultas del consejo de guerra sumarísimo, cúmplase la sentencia dictada contra el soldado Rubén Nolla Corbí, por intento de pasarse al enemigo...

Mira Gorguel al sentenciado: un hombre de unos treinta años, flaco, mejillas hundidas, ojos nerviosos. Sus manos de campesino tiemblan bajo las ligaduras mientras mira al sargento con expresión desconcertada y la boca abierta, pendiente de sus palabras, buscando en ellas un improbable resquicio por donde seguir viviendo. A su izquierda, el otro prisionero contempla el suelo con calma, cual si calculase los minutos que faltan para descansar en él. Es un individuo de la misma edad, carilargo, rubio, de pelo rizado y barba de tres o cuatro días, y su uniforme caqui está muy sucio. Tiene un hematoma en la frente que le inflama los ojos hinchados y amarillos.

—Y también —sigue leyendo el sargento— contra el identificado como Martin Hellfeldt, apátrida sin nacionalidad de origen conocida, mercenario a sueldo de las llamadas Brigadas Internacionales...

Hace en ese punto una pausa deliberada y larga, casi teatral, mira a uno y luego al otro.

—Sentenciados ambos —concluye— a ser pasados por las armas.

Observa Gorguel de reojo a Selimán, que asiste a todo sin extrañarse de nada. El moro no estaba incluido en el piquete; pero al enterarse de que Gorguel formaba parte, no vaciló en acompañarlo. Los otros cuatro son voluntarios: dos falangistas venidos de Fayón y dos guardias civiles, uno viejo y otro joven.

—¿Queréis decir algo? —pregunta el sargento a los condenados.

Niega el brigadista, tan impasible que parece que aquello no fuera con él; con todo el aire de quien desea simplificar trámites y acabar pronto. Es el otro quien habla, angustiado. Repitiendo algo que habrá expuesto cien veces en las últimas horas.

—Soy de Mayals, a quince kilómetros de aquí —además de las manos, le tiembla la voz—. Sólo quería ver a mi familia, ¡lo juro por Dios!... A mi mujer y a mis hijos pequeños. Pensaba volver.

No se lo dice al sargento, sino a los seis hombres del piquete, cual si la decisión final dependiera de éstos y de los fusiles que llevan al hombro. Aparta la mirada Gorguel, incómodo. Los últimos ocho días lo han llevado al límite y endurecido, y además sabe que no tiene elección; pero los ruegos de ese infeliz lo desazonan. Le causan una intensa vergüenza. Para aliviarse busca consuelo en Selimán, cuyo rostro curtido y cetrino permanece inconmovible. Rojos cabrones que no creen en Dios, y punto. Suspira Gorguel en sus adentros, con amargura. Ojalá para él fuera así de fácil.

Emite el sargento una orden y los del piquete se alinean a siete pasos, preparando los fusiles. El suboficial se acerca a los sentenciados y les ofrece un cigarrillo. Niega el español y lo acepta el extranjero, que acerca un poco el rostro para que el sargento le dé fuego. Fuma con las manos atadas, tranquilo, llevándose el pitillo a la boca con asombrosa entereza. Lo supone Gorguel alemán, austríaco o de por allí. A saber, se dice, qué extrañas carambolas de la vida lo trajeron a España. A morir aquí, ejecutado como un perro.

—Poneos de espaldas —les dice el sargento.

Obedecen. El extranjero sigue fumando con mucho temple, aunque el español chaquetea, desfallece y cae sentado. Gorguel no puede verle la cara, pero la espalda se estremece en sollozos.

—Quitad seguros y apuntad —ordena el sargento espantándose las moscas a manotazos—. Vosotros tres, a ése; y vosotros tres, al otro.

Estudia al piquete con severa desconfianza y en especial a Gorguel, como diciéndole mucho ojo con fallar el tiro, que te vigilo. Levanta éste el fusil, mete el dedo en el guardamonte, roza el gatillo. Siente náuseas y procura que no se le note. Por suerte, piensa, le ha tocado dispararle al extranjero.

—¡Fuego!

Suenan los tiros casi simultáneamente aunque no del todo, como indecisos. Golpean pequeñas nubecillas de polvo en la espalda de los dos hombres, que caen de bruces cruzándose uno sobre el otro, el español sobre el brigadista. La sangre empapa en seguida las camisas agujereadas, una con tres impactos y otra con dos.

Mira el sargento al piquete con ojos furiosos, como preguntando quién ha fallado un disparo. Después saca la pistola de la funda, acerroja una bala, va hasta los fusilados, le da un tiro de gracia a cada uno, y mientras guarda la pistola se acerca al cigarrillo humeante del brigadista, caído sobre la hierba seca, y lo aplasta con la suela de una bota.

—Hay algo ahí —susurra Rosa Gómez.

—¿Qué?

—No lo sé... Pero he visto algo.

Es Rosa una mujer adiestrada y sabe moverse. Se ha detenido, agachándose despacio hasta ponerse de rodillas al amparo de un matorral. Acaba de quitarle el seguro a la carabina y mira inquieta, tensa, goteándole el sudor por la cara bajo el gorrillo. Con la mochila del cable telefónico a la espalda y el mono azul sucio de tierra parece un extraño animal jorobado que buscara mimetizarse con el paisaje.

—Espero que sean los nuestros —dice Pato Monzón en voz baja.

—Yo también.

Se agacha Pato a su lado, echando atrás el macuto de herramientas y el teléfono de campaña que lleva cruzados en bandolera. También ella le ha quitado el seguro al arma. Para aliviar el material que cargan, ambas llevan carabinas Bergmann Destroyer del 9 largo, más ligeras que los pesados mosquetones. Las cogieron del carro de las armas abandonadas en la Harinera, con puñados de cartuchos que se metieron en los bolsillos.

—La Rambla tiene que estar ahí —concluye Pato tras observarlo todo.

—¿Estás segura?

—No del todo, pero creo reconocer el sitio —indica el cable telefónico que han estado siguiendo—. Pasé ayer por aquí.

Calla un momento y se le ensombrece el gesto.

—Un poco más allá mataron a la Valenciana.

Se miran, indecisas. Ahora no suenan disparos ni explosiones; pero si hay silencios inquietantes, aquél es uno de ellos. Incluso agachadas pueden ver la altura del pitón Pepa a cosa de un kilómetro, entre la luz brumosa del sol que enrojece el horizonte; y algo más cerca y a la izquierda, las casas de la parte norte del pueblo, de donde ascienden paralelas y en diagonal dos columnas de humo gris. Frente a las mujeres y a unos quinientos metros, medio oculta por un bosquecillo de avellanos, se distingue la suave colina del cementerio.

—Habrá que seguir —dice Pato.

—Sí.

Avanzan despacio, agachado el cuerpo y separadas una de otra, listas las carabinas para disparar. Procurando no pisar ramas secas que hagan ruido. A Pato le sudan las manos en torno al arma; y no es de calor, aunque hace mucho. Ahora es ella quien advierte algo delante, cerca, entre los árboles. Colores insólitamente vivos. Se detiene, mira con atención y sonríe. Una franja morada.

—Es nuestra bandera.

Casi al mismo tiempo escucha el chasquido metálico de un arma al montarse y una voz les da el quién vive. Se echan las dos cuerpo a tierra y grita Pato el santo y seña de ese día.

—¡El papa es un cabrón!

—¡Vale! —responde la voz.

Unos minutos después, orientadas por los centinelas, las dos mujeres llegan a la posición republicana próxima al cementerio. El lugar llamado la Rambla es una profunda hendidura que se alarga hasta la orilla del río. El borde norte, que motean avellanos descortezados a tiros y cañizales quemados y rotos, está reforzado con trincheras y sacos terreros donde se parapeta centenar y medio de hombres: unos arriba, vigilando las posiciones enemigas, y otros que descansan en el seno arenoso, bajo lonas extendidas y sombrajos de cañas. Huele a sudor, suciedad y humo de leña. Arden fogatas calentando ranchos y comen los hombres, limpian sus armas, remiendan sus ropas o se despiojan, pacientes. En un recodo hay cuatro morteros de 81 mm con las bocas tapadas y todo parece allí tranquilo.

—Vaya... Qué sorpresa, camarada Patricia.

El capitán Bascuñana, que estaba tumbado bajo un cañizo, se incorpora al ver acercarse a Pato, confuso. Pero a la joven no le extraña verlo allí. Viene del puesto de mando, donde varias veces, sin identificarse, estableció conexión telefónica con la Rambla. Sabe que, por decisión de Faustino Landa y pese a la oposición del comisario político de la brigada, la orden contra el capitán quedó sin efecto a las pocas horas, pues la toma del cementerio por los fascistas y la matanza sufrida por la 3.ª Compañía, con pérdida del teniente Zugazagoitia y todos los oficiales, dejó debilitado el sector. Por eso Bascuñana, con lo que queda de su gente diezmada en el pitón Lola y los restos del batallón del mayor Fajardo —de baja y evacuado con otros a causa de un brote agudo de sarna—, ha sido puesto al frente de ambas unidades: dos batallones reducidos a una compañía.

—Me alegra verte, camarada Patricia. Aunque no sea el mejor lugar del mundo.

Pato le presenta a su compañera, y Bascuñana la saluda amable. El capitán ha cambiado un poco desde hace dos días, observa la joven. Más flaco, quizá. Más fatigado aún. O las ojeras que ahora le marcan la cara sin afeitar lo aparentan. Sigue llevando vendado el brazo izquierdo, pero la sonrisa que tuerce el bigotillo de actor americano es la misma, y cuando se pone la gorra lo hace ladeándola con la simpática chulería de otras veces.

—Todo parece tranquilo —dice Pato.

Ha dejado el equipo y la carabina en el suelo, como Rosa, para descansar los hombros. Asiente Bascuñana.

—Lo está. Los fascistas quedaron agotados con la toma del cementerio, así que se han limitado a atrincherarse y esperar. A veces intercambiamos algún paqueo, y anoche hubo un par de golpes de mano suyos y nuestros, para tantearnos. Pero no pasa de ahí.

—¿A quiénes tenéis enfrente?

—Requetés. A ratos se ven las boinas rojas... Y moros más arriba, cerca del pitón.

—¿Crees que atacarán?

—Ah, de eso no me cabe duda. Supongo que sólo esperan a reponerse o recibir refuerzos.

—¿Sigue abierta nuestra comunicación con Pepa?

El capitán le dirige una mirada inquisitiva. Preocupada.

—Eso creo —responde tras un momento—. Pero el cuello de botella es cada vez más estrecho, y esta madrugada hubo moros queriendo infiltrarse. Hasta doscientos metros de aquí tengo escuchas que vigilan el camino, marcado cada cincuenta pasos con trapos blancos... Más allá no puedo decirte, aunque a mediodía pasó un enlace. Supongo que sigue abierto.

Sigue mirándola igual que antes, dubitativo, a la espera de que Pato le resuelva la incógnita. Qué asunto la lleva por allí. Mira ella hacia el camino que él acaba de indicar y hace un ademán decidido.

—Mi compañera y yo tenemos que llegar al pitón. Reparar la línea.

Al capitán se le ensombrece la cara.

—Mala papeleta.

Se encoge la joven de hombros y hace ademán de cargar otra vez con el equipo.

—Tenemos que irnos ya.

—Disculpa, camarada —dice Bascuñana a Rosa.

Tomando a Pato del codo, se la lleva unos pasos aparte. Está muy serio.

—No creo que debáis iros ahora —dice, bajando la voz—. Queda menos de una hora de luz y no sabes lo que vais a encontrar por el camino.

Se esfuerza Pato por disimular su turbación. La cercanía del hombre no le es indiferente. Incluso el roce de la mano en su codo le ha erizado la piel. Ni siquiera el olor a suciedad y sudor que emana de su cuerpo resulta desagradable. Para evitar pensar en eso, la joven se atrinchera en el deber.

—Tengo una orden —opone, firme.

Bascuñana no se da por vencido. Sabe lo que son las órdenes para ella, comenta. Pero aunque Pato y su compañera localicen la avería, no tendrán tiempo de repararla antes de que sea de noche. Y con los moros rondando, no es sitio para estar a oscuras.

—Puedo llamar a la Harinera y explicárselo. O hacerlo tú misma... Lo mejor es que paséis aquí la noche y al amanecer vayáis con más seguridad y viendo dónde ponéis los pies.

La joven no se deja convencer.

—Tengo un mensaje escrito para el comandante del Ostrovski.

—Lo llevará uno de mis hombres, si es urgente. Un enlace mío.

Niega, obstinada.

—No.

—¿Por qué?

—Me lo confiaron a mí y debo entregarlo yo.

Se impacienta Bascuñana. Vuelve a rozarle el codo con los dedos.

—Puedo retenerte aquí, ¿no comprendes?... Me basta con ordenártelo bajo mi responsabilidad.

Aparta Pato el codo casi con violencia. Al diablo toda la estúpida protección masculina, piensa. Pese a las evidencias, pese a la guerra, pese a Vicenta la Valenciana destrozada por una bomba cerca de allí, pese a la sangre seca que ella misma lleva en la ropa y bajo las uñas sucias, hasta los mejores hombres siguen sin entender nada.

—Tú no harás eso, camarada capitán.

—¿Por qué?

De pronto siente la necesidad —ésa es la palabra, necesidad— de ser cruel.

—No estás en condiciones. En el puesto de mando te tienen muchas ganas.

Bascuñana la mira con repentina fijeza. Una expresión que ella no había visto antes en él y que le desagrada mucho. Superior, amarga y dura.

—¿Sabes lo que os harán los moros si os cogen?

—Lo mismo que a tu enlace, si lo cogen a él.

—No... Exactamente lo mismo, no.

Vivian Szerman está sentada en el suelo, la espalda contra el tronco de un árbol, agotada de correr y deshecha por la tensión. Tiene la cámara y las películas de Chim Langer en el regazo, y a Phil Tabb a su lado. El inglés la encontró allí cuando, tras conocer el desastre de los internacionales, anduvo en su busca. Todavía en shock, confusa como quien rememora una pesadilla, la norteamericana refirió a Tabb la muerte del fotógrafo y los dos se sumieron después en un largo y triste silencio. Sentados hombro con hombro, ella intenta fumar, pero le tiembla tanto la mano que no logra acercar la llama del fósforo al cigarrillo. Es Tabb quien le da fuego con su encendedor.

—Creía que sólo era una aventura —murmura Vivian al fin, exhalando el humo.

La mira el inglés, grave.

—Y era la vida —dice.

Asiente Vivian, despacio. Se toca la camisa y los pantalones, rígidos de parda sangre seca.

—Ahora sé de qué hablaba ese novelista polaco —asiente otra vez—. Ahora lo sé de verdad.

Se echa atrás Tabb con un dedo la manga de la chaqueta y consulta el reloj. Luego dirige una ojeada recelosa a la parte del pinar que tienen a la espalda.

—No podemos quedarnos aquí.

Lo dice en tono neutro, limitándose a señalar algo evidente. Se incorpora sacudiéndose la ropa, pero Vivian sigue quieta. Lo mira aún aturdida, el cigarrillo en los labios.

—Chim —dice.

La contempla Tabb, muy callado. De pie, una mano en un bolsillo de la chaqueta, tan sereno como si estuviera paseando por Fleet Street.

—Pronto será otro fantasma de los que llevamos en la maleta —comenta al fin—. También él lo será. Y los hay peores.

—No comprendo cómo hablas con esa frialdad... Chim era tu amigo.

—Claro que lo era. Pero conocía las reglas.

Tabb parece pensarlo un poco más y se sienta de nuevo.

—El pasado invierno —prosigue—, en Teruel, vi a un niño de doce años que después de perder a su familia en un bombardeo cruzó las líneas caminando diez kilómetros bajo la nieve, con su hermanito de tres años cargado a la espalda... Cuando lo encontramos, el hermano había muerto de congelación; pero el chiquillo seguía caminando con él encima, intentando llegar a alguna parte.

Se detiene un instante, vaga la mirada, y se remueve como si estuviera en una postura incómoda.

—¿Y sabes lo que no puedo olvidar?... Las lágrimas del hermanito muerto, heladas en su cara.

Ahora mira la sangre seca en la ropa de Vivian. Tras un momento, alarga una mano y la rasca suavemente para desprenderla de allí.

—Chim vivió como quería y murió como quiso.

—No me caía bien —confiesa ella con pesar.

Sonríe el inglés.

—Lo sé. Chim era Chim.

—Pero ver cómo lo mataban de esa manera...

—Lo mataron como a tantos otros.

—No era un soldado, Phil —Vivian le muestra la Leica que tiene en el regazo—. Sólo llevaba sus cámaras. Es como si lo hubieran asesinado.

Alza una mano Tabb igual que si acabase de escuchar una nota discordante en una melodía conocida.

—A un reportero nunca lo asesinan en una guerra —responde—. Muere, eso es todo. Lo matan trabajando... Simple accidente laboral.

Se queda callado, pensativo, y vuelve a rascar con suavidad la sangre seca del fotógrafo.

—Olvidamos a veces que las guerras son eso: criminales y sucias guerras.

—Supongo que sí. Pero el precio es demasiado alto.

Tabb enmudece, pensándolo. Después mira otra vez el reloj y se pone en pie.

—A diferencia de casi todos esos otros desgraciados —dice—, nadie nos obliga a estar aquí. ¿No crees?... Venimos con un pasaporte y un pasaje de tren o barco en el bolsillo, y cuando nos cansamos nos esperan una ducha caliente y una copa en el Metropol o el Florida.

Sonríe tristemente Vivian.

—Y unas putas, en el caso de Chim.

—Sí, también eso.

Le tiende una mano para ayudarla y ella se incorpora. Suspira Tabb y mueve la cabeza.

—Él era de los que envejecen mal.

Se alejan del pinar en dirección al puesto de mando de la brigada. Por el camino encuentran a soldados que vagan sin rumbo, algunos de ellos heridos, y a otros que en grupos disciplinados parecen saber lo que hacen. Un pelotón de zapadores desnudos de cintura para arriba, relucientes los torsos de sudor, cava trincheras entre el pinar y el río, aprovechando una pequeña altura sobre una cañada poco profunda. En el pueblo, que Vivian y Tabb dejan a la izquierda, el sol poniente enrojece dos columnas de humo y llega rumor de disparos y explosiones.

Pedro los aguarda conversando con unos soldados junto a la tapia de la Harinera. Los ojos agotados y nerviosos del español se alivian al verlos, aunque observa inquieto la ropa manchada de sangre de Vivian.

—Espero que no sea tuya.

—No lo es.

El español está al tanto de la muerte de Chim Langer. También de que la evacuación de ese lugar es inminente. Llevándose aparte a los corresponsales, les informa en voz baja. Los republicanos destruyen cuanto no pueden transportar y fortifican la posición para establecer allí un punto de resistencia.

—Me gustaría hablar con el teniente coronel Landa —dice Tabb.

—Imposible. Está trasladando el puesto de mando a la orilla del río y tiene otras cosas de que ocuparse. No es tiempo de atender a periodistas.

—¿A qué orilla dices que se traslada?

Se oscurece la cara del otro.

—Eso es una impertinencia.

Vivian y el inglés cambian una mirada significativa. Con gesto malhumorado, Pedro se cuelga al hombro el macuto de los corresponsales.

—Los pontoneros están reparando la pasarela para que esté practicable durante la noche. Lo mejor es que bajemos al río.

—O sea, que se acabó —resume Tabb.

Duda el español un momento.

—Para nosotros, desde luego —responde al fin—. La orden es que pase a la otra orilla todo el personal que no sea necesario aquí... Pero la brigada sigue combatiendo.

Sonríe sarcástico Tabb. Una sonrisa despectiva, muy anglosajona.

—Querrás decir lo que queda de ella.

El tono y la sonrisa enfadan a Pedro. O tal vez sus nervios estallen por ahí. Saltan chispas de los ojos cansados y se yergue cual si aumentase de estatura. Vivian nunca antes lo había visto así. Tan furioso.

—Dicho sea con respeto, no me toquéis los cojones... Los del Batallón Ostrovski resisten como héroes en el pitón Pepa, en el pueblo seguimos luchando casa por casa, y en el flanco izquierdo se está reforzando una línea de defensa.

Tabb recoge velas. Intenta apaciguarlo.

—Perdona, amigo. No quería...

Le ha puesto una mano en el hombro, pero el español se la sacude, brusco.

—Me importa una mierda lo que quisieras.

Los mira seco, dolido. Le tiembla de cólera el mentón que oscurece la barba.

—No sé cuánto aguantaremos aquí —añade—. Pero de momento, aguantamos. Sois testigos de que la República lucha como nadie lo hizo nunca. Los que tenemos enfrente son fascistas, pero también españoles; y eso los convierte en duros de pelar. Si nosotros somos la mejor infantería del mundo, ellos son la segunda.

Se detiene y los mira casi con violencia.

—¿Os lo he dicho claro?... ¿Estáis de acuerdo?

—Lo estamos —afirma Vivian, convencida.

—Pues escribidlo en vuestros periódicos para esos mierdas de vuestros gobiernos, incapaces de comprender que si no paramos el fascismo en España lo tendrán en la puerta de su casa.

Tras decir eso, se descuelga el macuto y lo deja caer al suelo.

—Ahí tenéis vuestras cosas. Mis órdenes son ir al río, y allá me voy... No sé cuánto tiempo estará a flote la pasarela, si la reparan.

—Espera, hombre.

—Al carajo.

Se aleja Pedro a grandes zancadas. Coge Tabb el macuto y caminan detrás.

—Discúlpanos, hombre —le van diciendo en español—. Discúlpanos.

—No podremos pasar —dice Rosa Gómez.

Pato Monzón comparte esa opinión, pero cuesta admitirlo en voz alta. Están las dos tumbadas en el sendero, empuñadas las carabinas, con el pesado equipo a la espalda. El sol bermejo, a punto de desaparecer tras el pitón de poniente, hace las sombras muy largas. Han recorrido los últimos metros arrastrándose, atentas a no recortarse en los relieves del terreno; cumpliendo al pie de la letra las instrucciones que recibieron durante el adiestramiento: ir de resguardo a resguardo, buscar las partes bajas, evitar lugares enfilados, calcular todo movimiento antes de hacerlo, mantener la calma al moverse por zonas batidas.

Aquélla lo es, y cada vez más. Lo que empezó como tiros sueltos que pasaban sobre sus cabezas se ha ido espesando a medida que avanzaban, y ahora suena a combate generalizado. A veces algún balazo llega más bajo y arranca ramas y hojas de los matorrales, que caen sobre las dos mujeres. No les tiran a ellas —en tal caso, ya estarían muertas—, sino que se mueven entre dos fuegos mientras de uno a otro lado se disparan entre sí, seguramente porque los fascistas aprovechan la última claridad para avanzar un poco más y estrangular el cuello de botella copando a los defensores del pitón. Éste se alza próximo, a menos de quinientos metros; pero en ese momento parece tan inalcanzable como la luna.

Pato tiene muy cerca el rostro de su compañera. La mira ésta inquisitiva, chorreante de sudor, sucia de tierra. Respira muy rápido, desorbitados los ojos por el miedo y la tensión, y Pato piensa que podría oír batirle el corazón de no estar ella misma ensordecida por el palpitar desbocado del suyo.

—Déjame pensar —dice.

Cuesta mucho concentrarse. Mantener la calma mientras se aclaran las ideas. El cable telefónico que seguían, intacto hasta allí, se prolonga entre los arbustos y las piedras, hasta donde ella puede ver. El corte, si de eso se trata, debe de estar más adelante, fuera de su alcance. Y es imposible ir más allá. También el mensaje sin entregar para el jefe del Batallón Ostrovski le quema en el bolsillo. Por un momento, la joven considera dejar a Rosa con el equipo y seguir adelante ella sola, intentando alcanzar el pitón. Pero con la poca luz que queda, el paso tan estrecho o inexistente, los fascistas allí mismo y la posición republicana casi cercada, o tal vez del todo, un tiro se lo pueden pegar incluso los propios camaradas.

—Hay que volver —admite al fin.

Rosa no se lo hace decir dos veces. Retroceden arrastrándose, como vinieron. Algo más lejos, cerca de la Rambla y el cementerio, hay un tramo algo elevado, casi al descubierto, que las expone en exceso: seis o siete pasos sin una piedra ni un matojo. Así que se detienen para planificar el cruce. Se incorpora a medias Pato, respira hondo varias veces y corre la primera, encorvada bajo el peso de la mochila. En la última zancada escucha el disparo y siente el ziaaang de la bala que pasa. Ignora si tiran fascistas o republicanos, pero ahora le da igual. Arrodillada, encara la Destroyer, quita el seguro con el pulgar, dispara, acerroja otra bala, dispara de nuevo, acerroja otra y vuelve a disparar mientras su compañera salva corriendo la distancia batida y se deja caer a su lado, indemne.

—Fascistas hijos de puta —masculla Rosa, recobrando el resuello.

—Puede que fueran los nuestros.

—Rojos hijos de puta.

Ríen las dos, liberando la tensión y el miedo. Después vuelven a arrastrarse. Un poco más allá, reconociendo el lugar, Pato grita el santo y seña para evitar que les disparen desde la Rambla. El papa, etcétera. Poco después están informando al puesto de mando mediante el teléfono de la posición. Es el teniente coronel Landa en persona quien responde. Les ordena que permanezcan allí esa noche; y que si al amanecer sigue cortado el paso, desistan y regresen a la Harinera.

Cuando Pato se acerca a uno de los parapetos a mirar, el cielo se ha cuajado de estrellas. La masa oscura del pitón aún se vislumbra a lo lejos. Dibujándose en la última claridad azulada del crepúsculo, los arbustos y los árboles sin hojas parecen decorados de teatro, recortes de hojalata negra. De las posiciones fascistas en el cementerio llega la voz de alguien que canta lo bastante fuerte como para que se le oiga en la Rambla:

Viva Dios, que nunca muere,
y si muere, resucita;

546

viva la mujer que tiene
amores con un carlista...

Oye la joven ruido de pasos y advierte una sombra próxima. Se vuelve creyendo que se trata de Rosa, pero suena la voz del capitán Bascuñana.

—Habéis sido muy valientes, camarada Patricia. Tu compañera y tú.

—¿También les dices eso a los hombres que son valientes, camarada capitán?

—También se lo digo.

Vuelve la joven a mirar al frente. El cantor del cementerio ha terminado su copla y ahora sólo hay oscuridad y silencio.

—Mañana volveremos a intentarlo.

—No creo —disiente el capitán—. Los fascistas se han infiltrado en el cuello de botella y los del pitón están copados. Nadie podrá pasar por ahí.

—¿No habrá contraataque nuestro?

—¿Con quién?... Lo que queda de las antiguas reservas está empeñado en el pueblo. A nosotros, ya nos has visto. Y la gente de Pepa bastante tiene con resistir ahí arriba.

—¿Podrán?

—No lo sé. Gambo Laguna es un magnífico jefe de batallón, y sus soldados son motivados y duros. Pero no van a recibir refuerzos, ni munición. Ni siquiera agua o comida. Aguantarán mientras puedan, estoy seguro. Aunque me temo que los abandonamos a su suerte.

—¿Y qué hay de ti?

—Oh, ya sabes.

—No, no lo sé.

—Dejadas en suspenso las medidas disciplinarias que el comisario político de la brigada quiere aplicarme, aquí estoy. A la espera de darle nuevos motivos.

—¿Qué va a pasar?

Calla unos segundos Bascuñana.

—Cuando los fascistas se sublevaron en Cartagena y les echamos mano —dice al fin—, todos los jefes y oficiales fueron al agua... Nos quedamos con los barcos y puertos del Mediterráneo, pero con tripulaciones que no sabían ni mover un timón.

Se queda Pato esperando que continúe, a ver a dónde quiere ir a parar; pero Bascuñana no añade nada más sobre eso.

—Hay algo muerto en todo esto, ¿sabes?... Algo muerto de antemano, que nos condena.

—No me gusta oírte hablar así, camarada capitán. Ni a ti, ni a nadie.

—Ésta es mi trinchera... Aquí digo lo que quiero.

Tras decir eso, permanece de nuevo en silencio. Al cabo hace un movimiento brusco y se queda otra vez quieto.

—Te diré lo que pasará —añade en voz tan baja que ella debe esforzarse para entender sus palabras—. Todo lo evacuable irá al otro lado del Ebro... El resto va a seguir aquí para sostener la retirada el mayor tiempo posible.

No puede evitar Pato estremecerse.

—¿Y cuánto tiempo será ése?

—No más de dos días. Mañana o pasado caerán nuestras posiciones por la parte de levante y luego caeré yo. Gambo Laguna aguantará lo que pueda ahí arriba, mientras lo machacan. Y en cuanto los fascistas tomen la Harinera, empezará la desbandada. El sálvese quien pueda.

—¿Y qué va a ser de ti?... ¿De tus soldados?

Tras otro corto silencio, habla el capitán de los suyos. Son buenos hombres, asegura, aunque diferentes de los muchachos duros que defienden Pepa: críos asustados y padres de familia que llevan una semana viendo morir a sus camaradas, y a quienes a estas alturas la República importa un pimiento.

—Vete a decirles que el marxismo es todopoderoso porque es cierto —concluye—. Lo que anhelan es que todo acabe, gane quien gane, e irse a sus casas. La mayor parte no querría estar aquí, e incluso algunos prefieren estar con los de enfrente.

—¿Has tenido deserciones?

—Como estamos tan cerca del cementerio, anoche se pasaron cuatro. Y esta noche lo intentará algún otro. Además, un pobre desgraciado, casi un crío, se ha pegado un tiro en la pierna; lo que le va a costar un juicio sumarísimo y el paredón... Hasta que se lo llevaron hace un rato, tuve que tenerlo amordazado. No paraba de gritar llamando a su madre.

Pato digiere lentamente lo que acaba de escuchar.

—Es horrible —comenta.

—Son seres humanos. Demasiado se les exige... Y demasiado hacen.

—¿Crees que aguantarán?

—Procuraré que casi todos lo hagan. Me queda un pequeño grupo de antiguos trotskistas y anarquistas que se saben marginales, pero aún tienen arrestos para combatir.

Permanece un momento pensativo, como indeciso.

—Esta mañana me mataron a otro hombre —dice al fin—. Se descuidó al asomarse y le dieron en la cabeza. Entre sus cosas llevaba una carta... ¿Quieres leerla?

—Claro. Pero no hay luz.

—Ven, agáchate.

Se ponen a cubierto y Bascuñana enciende una linterna eléctrica que da una luz débil y amarillenta. Desdobla Pato el papel, escrito con una letra redonda y torpe. Una esquina está manchada de sangre seca.

Querido padre:
Tengo gana de que esto termine para volver al pueblo y ajustar las cuentas con tanto canalla y enchufista que nos

reunamos todos a comer unas migas y acaben ustedes de estar a la orden de esos manipulantes que nunca les llegan las balas y disfrutan de un buen cafe y hasta un coche y no pasan las calamidades que nosotros aqui donde hay mucha injusticia como la de un muchacho que pidio permiso para ver a su madre enferma y no se lo han dado y se ha pasado a los fascistas cuando hubo un descuido y tuvo suerte porque a otros dos que hicieron eso mismo los cogieron y fusilaron hace dos dias.

Me da mucha pena que al tio Andres lo mataran los milicianos porque no hacia mal a nadie pero ya pagaran todo a nuestra vuelta que los del pueblo que estamos aqui vamos a matar a tanto granuja que se lo come todo mientras ustedes se mueren de hambre que me cuenta mi hermana en su carta que fue un grupo de mujeres al ayuntamiento a pedir pan y el alcalde las llamo fascistas mientras que a el no le falta y amasa buen pan de trigo.

Hablando de trigo me dice tambien la Andrea que son 9 fanegas las que le han quitado al primo Cosme como a usted el año pasado cuando fueron a casa y se le llevaron el grano. Si hace falta no tenga miedo de pegarle un porrazo al que vaya porque ese trigo me costo mucho trabajo sembrarlo y para eso el que quiera comer en la Republica que trabaje o se venga aqui con nosotros a defenderla que son unos sinverguenzas porque despues que traen a los hijos al matadero matan de hambre a los padres.

Le devuelve la carta al capitán, que apaga la linterna. Se ponen en pie.

—No creo que... —empieza a decir Pato, confusa.

—No te preocupes —la interrumpe él—, no pretendo hablar de esto. De verdad que no. Sólo quería que la leyeras.

—¿Por qué?

—Hay cartas que conviene leer... De todas formas, no creo que ésta hubiera pasado la censura.

Un silencio. Prolongado.

—La verdad no siempre es revolucionaria —añade él tras un momento.

Siente ella el impulso de apoyar una mano en su brazo, pero no lo hace.

—Estoy segura de que lucharán bien —se limita a decir.

Emite Bascuñana un sonido suave, quedo. Parece que ría en tono muy bajo, pero Pato no está segura.

—Al menos, lo suficiente para que salvemos la cara —dice él—. Procuraré que lo hagan. Después...

Se calla de nuevo, y ella se vuelve a mirar su perfil en sombra.

—¿Qué pasará después?

—Pues lo previsible: el cuartel general emitirá un parte diciendo que en el marco de nuestra ofensiva en el Ebro, que sigue su curso, en el sector de Castellets del Segre se ha efectuado un repliegue táctico a posiciones establecidas de antemano, tras causar graves pérdidas al enemigo...

Esta vez el silencio es largo. Y cuando parece que Bascuñana no va a decir nada más, habla otra vez.

—Espero que para entonces te encuentres al otro lado del río.

La noche se ha asentado por completo y no se advierten ya ni el pitón ni el cementerio. Bultos oscuros se mueven por la Rambla, en el contraluz de pequeñas fogatas ocultas a la vista del enemigo. Entre el olor a humo de leña y arpillera rellena de tierra llega otro más agradable.

—Eso huele a milagro —dice Bascuñana—. O sea, a sopa. Voy a ver si es cierto.

Regresa al cabo de un momento y le pasa a Pato, casi a tientas, una marmita metálica. Sus manos se tocan al hacerlo.

—Es caldo de habas secas con un poco de tocino, pero al menos engaña el estómago.

Prueba Pato la sopa, reconfortante y cálida, mientras suena de nuevo la voz del fascista que canta al otro lado:

Si piensas que te he querido,
era por entretenerte.
El amor que te he tenido
ya se lo llevó la muerte.

Cuando calla el cantor, habla Bascuñana.

—Me gustaría tener tu dirección, camarada Patricia. Un lugar estable donde buscarte cuando esto acabe... Suponiendo que cuando acabe haya algún lugar así.

Ella mira la sombra del hombre con curiosidad.

—¿Por qué la quieres?

—Quizá me equivoqué en lo de tu pelo rapado. Quizá sí me interese ver cómo eres con un vestido y el pelo largo.

—Me prefiero así.

—Yo también te prefiero así esta noche. Sin esto no habría sido capaz de reconocerte del otro modo. Ahora sé.

—¿Qué sabes?

—Que eres la mejor parte del mundo y de la vida. Que luchas y mereces vencer.

Ella sigue vuelta hacia su sombra, queriendo adivinar la expresión que tiene en ese momento.

—¿Y tú, camarada capitán?... ¿Lo mereces tú?

—No sé qué merezco. Sé que mis hombres merecen vivir, pero voy a seguir dándoles órdenes que lo impedirán.

—Al menos ellos mueren por algo noble. No como los mercenarios de Franco.

Lo oye reír quedo, entre dientes.

—Morir en esta guerra no tiene nada de noble.

—No me extraña que el comisario político de la brigada te tenga entre ceja y ceja.

—Al tal Ricardo ni mi bigote le gusta... Dice que usar bigote es de derechas.

—¿Y por qué lo llevas?

—¿Por qué no?... Lo he llevado desde que me afeito, camarada Patricia.

Me gusta su voz, piensa ella. Me gusta mucho cómo habla y cómo calla. Me enternece esa melancolía resignada de soldado sin fortuna con la que asume cuanto le pasa.

—Recuerdo mi emoción el primer día que me oí llamar *camarada* —dice la joven—. Figúrate. Tenía dieciocho años.

Otro silencio. Se toca la frente, consciente de que él no puede ver el ademán.

—Nuestro deber es no rendirnos nunca. No rendirse de aquí... La voluntad.

Una bengala asciende al cielo y desciende lentamente, recortando la altura del cementerio cercano en su luz lechosa. Pato puede ver ahora el perfil iluminado de Bascuñana, que mira atento en esa dirección.

—¿Te gusta el cine, camarada capitán?

—Sí.

—A mí también. La última película que vi antes de venir aquí se titula *Mares de China,* con Jean Harlow. Una de aventuras.

—La he visto.

—Pues te pareces un poco al actor.

—¿Wallace Beery?

—No seas tonto.

—Bueno, gracias. Y no es por devolverte el cumplido, pero tú te pareces a Kay Francis.

Las últimas palabras las ha dicho vuelto hacia ella, mirándola hasta que se extingue la bengala.

—En otros paisajes del mundo hay gente que a esta hora está cenando, va al cine, a bailar... Pasea por lugares donde no te pegan un tiro.

—¿Por qué dices eso, camarada capitán?

—Me haces pensar en ello.

Se ha acercado un poco más a Pato y ahora se tocan los hombros. Ella no rehúye el contacto. Vuelve a sentir su olor sucio y agradable a la vez. Permanecen así, inmóviles, y ella piensa que ese contacto la reconforta. La consuela de la oscuridad y la incertidumbre.

—Estamos perdidos en un mundo absurdo —dice Pato.

—El sueño de un dios borracho y cruel.

Se yergue ella apartando el hombro, de regreso a la comunista lúcida, instintivamente dialéctica. Vuelta en sí como si le hubieran echado agua fría en la cara.

—Los dioses han muerto —afirma, rotunda y seca—. Estamos aquí para que la humanidad tome conciencia exacta de esa verdad histórica.

—Me temo que la humanidad tiene otras cosas en la cabeza.

Ella se queda pensando.

—No me adiestraron para esto —concluye al fin.

—¿Para la derrota, quieres decir?

—Para la duda.

—Ah.

—Para discutir sobre la duda.

—Ah.

—Una comunista sólo discute sobre certezas. Por eso leí libros, escuché a mujeres y hombres sabios hasta pensar que todo quedaba resuelto para siempre: el marxismo como solución, la lucha de clases... Por eso me asombraba tanto quien parecía no verlo tan claro como yo.

—Estás hablando en pasado, camarada Patricia.

—Porque creía que las fronteras entre lo malvado y lo recto, entre el control burgués de la democracia y la dictadura de las masas obreras y campesinas, eran perfectamente nítidas.

—¿Y no lo son?

Vacila ella un momento, buscando expresarlo mejor.

—Aquellos a quienes he visto morir lo hacen sin gritar viva la República ni viva nada. Sólo caen y se quedan quietos para siempre.

—Así es.

—Creí que...

Se calla Pato. Otra bengala asciende al cielo y baja despacio, más allá del cementerio. Esta vez suenan disparos lejanos, y ve al capitán mirar en esa dirección, de nuevo iluminado su perfil por la luz artificial y blanquecina.

—¿Y ahora? —dice él, sin dejar de observar la colina recortada en la noche.

—Sigo creyendo que —zanja ella—. O quiero creerlo.

Se apaga la bengala, y en las retinas deslumbradas de la joven queda impresa la sonrisa triste del capitán.

—Bueno, tampoco pasa nada —dice éste—. Fuimos muchos los que lo creímos.

Mientras la luz de la bengala oscila y desciende en la noche, los tres requetés permanecen inmóviles, aplastados contra el suelo y anhelando enterrarse en él.

Por el rabillo del ojo, pegada una mejilla a la tierra, el cabo Oriol Les Forques observa el rostro tenso de sus compañeros Santacreu y Dalmau, iluminados por la luz blanca. Salieron de las trincheras en el cementerio hace veinte minutos y han reptado describiendo un semicírculo hacia la Rambla, o hacia el lugar donde suponen que está, volviéndose de vez en cuando boca arriba para orientarse por las estrellas. A fin de hacer el menor ruido posible calzan alpargatas en vez de las botas de clavos, han envuelto con trapos las hebillas del correaje y sólo van armados, cada uno, con una pistola, un cuchillo y cuatro bombas de mano Oto. Hasta las cadenitas con cruces y medallas que llevan al cuello las han cubierto de esparadrapo, para que no tintineen. Incluso el crujido de una ramita rota o el roce de los cuerpos serpenteando sobre la hierba seca podrían oírse a metros de distancia.

—*Luce meridiana clarus* —susurra Agustí Santacreu.

Lo reprende Dalmau en voz muy baja.

—Calla, puñetas.

Cuando se extingue la bengala, los tres vuelven a moverse. Apoyan los codos, las rodillas y las puntas de los pies para avanzar. Las granadas que llevan en los cinturones molestan al engancharse en las piedras e irregularidades del terreno. La pausa ha destemplado el sudor que moja sus camisas y el frío húmedo de la noche se hace sentir. Les Forques debe apretar los dientes para que no castañeteen.

Qué extraña es la vida, piensa. O ciertos ángulos de la vida. En ocasiones se diría que a Dios le gustan las paradojas, los juegos de manos, los escamoteos, las bromas pesadas, poner a prueba a los seres humanos para sondearles el corazón y la cabeza, doblando la fe hasta el límite de ruptura. Si al correcto y educado joven de la alta burguesía de Barcelona, al estudiante de aperitivos en la terraza del Moka, copas en Boadas y padres con palco abonado en el Liceo, carlista por tradición familiar, le hubieran dicho hace tres años que se vería una noche hurtando el cuerpo a las bengalas y arrastrándose a pocos metros de una trinchera marxista, el Cristóbal Colón de lo alto de la columna, en el puerto condal, habría alcanzado a oír sus carcajadas. Qué dirían los socios del Círculo, si pudieran verlos a él y a Agustí Santacreu. Qué dirían las chicas de la pandilla. Qué diría Núria, esté donde esté ahora.

Chirrían monótonos los grillos entre los arbustos, lo que es buena señal. Todo parece tranquilo. Unos metros más allá, Les Forques mira las estrellas de nuevo. Por el tiempo transcurrido y la dirección en que se mueven, calcula que deben de estar muy cerca de las posiciones republicanas. Cuando aún había luz, el sargento Xicoy los llevó a él y sus dos compañeros a un lugar desde el que se podía observar el terreno, les prestó unos prismáticos e indicó el camino a seguir y el punto de referencia: un bosquecillo de avellanos maltratado por los bombardeos, convertidos los troncos en muñones negros. Están ahí mismo, dijo. Al llegar a esos árboles, estaréis pegados a los remigios.

Sigue arrastrándose Les Forques, tenso el cuerpo, seca la boca, latiéndole el pulso al doble de lo habitual. Cuanto más cerca está del enemigo, más gana tiene de rezar; pero ya lo hizo antes de abandonar la posición, cuando el páter Fontcalda los bendijo a él, a Santacreu y a Dalmau tras escucharlos en confesión y hacerles la señal de la cruz en la frente; y lo último que oyeron mientras se arrastraban hacia la tierra de nadie fue el susurro de su «id con Dios, hijos míos».

De cualquier modo, concluye el requeté, ya basta de pensar en lo que no es inmediato. Incluso rezar ahora, asomarse al pozo de temor oscuro que eso supone, distraería los sentidos que el joven necesita concentrar en lo que hace. En la sutil diferencia que en ese momento hay entre la vida y la muerte. Así que se limita a rozar con los dedos el detente bala que lleva cogido con un imperdible en un ojal de la camisa, mientras oye detrás la respiración contenida de sus compañeros y el roce de los cuerpos sobre la tierra. A veces, si se detiene, Santacreu, que repta pegado a él, tropieza con sus pies y gruñe protestas ininteligibles.

Unos matorrales se distinguen en la oscuridad. Les Forques lo advierte al arañarse en ellos la cara, y se queda muy quieto porque acaba de oír entre el ramaje un sonido metálico, por fortuna no demasiado fuerte. Alargando una mano tantea con precaución y comprueba que hay latas de conserva vacías colgadas, muy cerca unas de otras, a modo de alarma ante posibles intrusos. Lo indica a sus compañeros, rodean con precaución los matorrales, y en ese momento una nueva bengala asciende al cielo, lejana, recortando en negro contra su luz descendente y lechosa el bosquecillo de árboles desmochados, a no más de treinta metros.

Cuando desaparece la luz, los tres requetés se arrastran hasta agruparse, cabeza con cabeza. No hay mucho que decir: sólo acordar brevemente, en susurros a la oreja de cada compañero, cómo lo van a ejecutar y cómo se irán luego. Ya lo hicieron otras veces. Aunque en los partes figure como *reconocimiento por el fuego,* un golpe de mano es pillar al enemigo por sorpresa, dormido a ser posible, y reventarlo bien. A veces consiste en tomar un momento una posición enemiga o hacer algún prisionero que proporcione información. Esta noche sólo deben trabar contacto con los rojos atrincherados en la Rambla, tanteando sus defensas y su capacidad de reacción.

Inmóviles, guardan silencio. Escuchando.

Durante un buen rato no se oye nada, y al fin llega hasta ellos el sonido de una conversación lejana. Varios hombres hablan entre ellos, y por un brevísimo instante, oculto de inmediato, puede verse el punto cárdeno de un cigarrillo. Les Forques mira en esa dirección mientras la voz contenida de Santacreu le susurra al oído:

—Como quince metros a tu izquierda.

Asiente Les Forques en la oscuridad, sin responder, avanza un poco más y se detiene de nuevo, respirando despacio para que ni ese leve sonido vaya más allá de sus labios. Los tocones de los árboles desmochados se alzan próximos, como una empalizada siniestra en el contraluz del cielo estrellado.

—Aquí —musita.

Después, intentando controlar la tensión que hace temblar sus manos, se pone de lado para desprender las granadas del correaje y alinea las bombas ante él. Lo mismo hacen sus compañeros; y tres por cuatro suman doce, lo que no está nada mal si las consiguen colocar todas en la trinchera enemiga.

—Venga.

Pronunciada en voz muy baja, la palabra es apenas un suspiro. Tras darse unos a otros con el codo, los requetés cuentan segundos mientras sincronizan movimientos: uno, dos, cuerpo ligeramente incorporado sobre la cadera y el antebrazo izquierdo, tres, cuatro para tirar de la lengüeta y arrojar la primera, cinco, seis para arrojar la segunda, siete para aplastarse bien contra el suelo —las Oto son tan imprevisibles que pueden meterle un metrallazo en la cara a quien las arroja—, ocho, nueve escuchando los estampidos con los ojos cerrados para que no los deslumbren los fogonazos, diez, once para incorporarse de nuevo, doce, trece, catorce, quince para arrojar las otras dos granadas, dieciséis para volver cuerpo a tierra, y diecisiete y dieciocho para dar la vuelta y alejarse arrastrándose con la mayor rapidez posible —ponerse en pie y correr sería un suicidio—, mientras a lo largo de la trinchera enemiga relumbra un rosario de disparos, las balas altas y bajas zumban por todas partes, y desde las posiciones nacionales del cementerio dos ametralladoras hacen intenso fuego de cobertura sobre los rojos, con balas trazadoras que llegan despacio y pasan rápido sobre los tres jóvenes que reptan apresurados de regreso, magullándose brazos y piernas contra el suelo.

Mírame, Núria, mírame, piensa atropelladamente Les Forques, sofocado por el esfuerzo, arrastrándose y gateando entre las balas que arrancan chispazos de piedras y matorrales. Ansiando seguir con vida. Mírame bien, Núria, por favor. Soy Oriol, el que conociste. O tal vez no sea exactamente el mismo, pero en realidad sigo siendo yo. Mírame ahora, te lo ruego. Hazlo mientras intento ser fiel a lo que debo ser. Y si vivo lo suficiente, si alguna vez tengo la suerte de que te cases conmigo, cuando pasen los años y me veas sentado en una butaca, viejo, cansado, inútil ya para tantas cosas, piensa en lo que ese mismo hombre hizo cuando aún tenía vigor, y le reían los ojos, y era capaz de arrastrarse de noche por los dientes mismos del diablo.

En ese momento, un kilómetro al este y a través de los prismáticos, el mayor Gambo Laguna mira inquieto hacia la Rambla desde lo alto del pitón de poniente. Está a su lado Simón Serigot, segundo al mando del Batallón Ostrovski: dos siluetas negras entre las rocas que la luna muy baja perfila y aclara en las sombras.

—No parece nada serio —dice Gambo.

Al cabo de un instante le pasa los Komz al capitán.

—¿Un golpe de mano? —pregunta éste, mirando a su vez.

—Eso creo.

—¿Nuestro, o de ellos?

—Dudo que los nuestros estén en condiciones de andarse con chulerías, pero todo puede ser.

Muy pronto disminuye el número de fogonazos, y los disparos se vuelven esporádicos hasta que a la Rambla retornan el silencio y la oscuridad. Serigot le devuelve al mayor los prismáticos.

—Para mí que los fascistas están tanteando la cosa.

—Eso creo. Supongo que atacarán por ahí esta noche o mañana.

Se quedan callados un momento. Excepto el débil resplandor lunar, el pitón parece una isla rodeada por un mar negro. Las únicas referencias bajo las estrellas son un tenue relumbre plomizo por la parte del río y el fuego lejano y preciso de un incendio que sirve de referencia para situar el pueblo.

—Si cae la Rambla...

Eso comenta Serigot, sin terminar la frase. Gambo mete los prismáticos en su funda de cuero. Lleva una cazadora ligera, muy usada y rota, que apenas abriga. La gorra está húmeda por el relente nocturno.

—Ya —dice.

No es necesario más, y ambos lo saben. El cuello de botella se ha cerrado a su espalda y el batallón está copado en el pitón; pero si los fascistas toman la Rambla, la distancia con las posiciones propias se volverá excesiva. Un intento de romper el cerco será aún más difícil.

—¿Qué tienes en la cabeza, Gambo?

—Nada que no tengas tú.

Serigot lo piensa un instante.

—Hemos rechazado cinco ataques —dice al fin—. Empieza a escasear la munición y apenas nos quedan bombas de mano. Tampoco hay víveres, pero lo que más me angustia es la falta de agua.

—Y a mí.

Suena la risa amarga del capitán.

—Te lo he resumido bien, entonces.

—Lo has resumido de puta madre.

De nuevo guardan silencio. Una ligera brisa que viene del norte y asciende por la ladera trae un olor espeso y desagradable, a carroña. Son los cadáveres de los regulares fascistas que han estado pudriéndose al sol, entre las rocas y los matorrales por donde suben y atacan desde hace dos días.

—Esos moros volverán en cuanto amanezca —comenta Serigot, exasperado—. Parece que les sobren, joder.

—Les sobran, como dijo Ortuño... Por eso a Franco no le importa echarnos carne.

Exhala aire Serigot con desaliento. Un soplo seco, entre dientes.

—¿Puedo decirte la verdad, mayor? ¿Lo que pienso?

—Debes.

—No nos doy más de un día.

No responde el jefe del Ostrovski. Se limita a golpear con suavidad un hombro a su segundo y retrocede entre las rocas seguido por aquél, camino del lugar donde tiene instalado el puesto de mando del batallón. Muy cerca, tocada por alguien invisible, suena una armónica que acompaña a una canción de moda, canturreada en voz baja:

Adiós, mi chaparrita,
no llores por tu Pancho,
que si se fue del rancho,
muy pronto volverá...

Hay bultos negros de hombres atrincherados en los escuetos pozos de lobo excavados en el suelo rocoso y en los parapetos de piedra donde se han podido poner algunos sacos terreros. Otros duermen entre rumor de respiraciones y ronquidos. A veces se oye el sonido metálico de un arma, una tos, una conversación. Nadie fuma; y no por precaución en la oscuridad, sino porque no queda tabaco. Hinojo y espliego secos, como mucho. Los últimos cigarrillos de verdad, conseguidos por el sargento Vidal registrando los cadáveres más próximos de los enemigos, los sorteó Gambo excluyendo a jefes, oficiales y suboficiales hace catorce horas.

El puesto de mando es un sombrajo hecho con una manta, piedras apiladas y cañas, en la contrapendiente y a pocos metros de la cresta, donde no llega la claridad de la luna. Allí están el comisario político del batallón, Ramiro García, y el teniente Félix Ortuño. La llama azulada de una lámpara de acetileno ilumina un poco el resguardo. A su luz, con la pipa vacía en la boca, García lee *Amanecer*.

Señala Gambo el inútil teléfono de campaña, puesto junto a un mapa sobre la caja de munición que hace de mesa. Al lado hay mantas dobladas, un botijo vacío y un maletín de primeros auxilios con una cruz roja pintada. Sobre un hornillo Primus humea una vieja lata de petróleo con un guiso de tres patatas, media cebolla y un hueso de jamón.

—¿Sigue muerta la línea?

Asiente Ortuño con ojos enrojecidos y aire de fatiga. Tiene fiebre desde hace dos días.

—Más que mi bisabuelo —confirma.

Entra de guardia para relevar a Serigot y está equipándose. El mayor se quita la cazadora para dársela y Ortuño se la pone, ciñendo encima el correaje con la pistola y una granada. También recibe el único reloj de pulsera con esfera fluorescente de que dispone el batallón.

—Los chinches me los quedo yo —dice Gambo.

—Te lo agradezco —el teniente enseña los dientes caballunos y amarillos—. Bastante tengo con los míos.

Gambo le toca la frente, que sigue ardiendo.

—¿Cómo te encuentras?

Le aparta el otro la mano.

—Mejor que nunca.

—Deberías descansar, Félix.

—Ya descansaré cuando esté muerto.

—Olé tus huevos.

—Vete a mamar.

Hace Ortuño ademán de irse, pero se detiene.

—¿Qué le digo a la gente, si me preguntan?

—Qué les dices ¿de qué?

—Ya sabes de qué... ¿Insinúo que tal vez nos lleguen refuerzos?

Se pasa Gambo una mano por la cara y la barba le raspa al hacerlo.

—No me gusta mentir a los nuestros.

—Qué más da. Todos mienten más que el astrólogo de *Blanco y Negro*.

Levanta la cabeza del periódico el comisario político.

—Insinuar no es mentir —apunta.

Le dirige Gambo una ojeada de curiosidad.

—¿Eso es de Bujarin? —pregunta, guasón.

—De Lenin.

—No me jodas.

—Te doy mi palabra.

—Te lo estás inventando, Ramiro. Me he leído los treinta y siete volúmenes y no viene.

—Lo que yo te diga. A fin de cuentas, el Partido...

—No fastidies con el Partido, coño. Y no me mires con cara de camarada comisario. Esto es el pitón Pepa.

Vuelve a la lectura el otro. Se le acerca Serigot y finge leer por encima de su hombro.

—Anda, eso está bien —dice—. Todos los ministros han firmado un código de conducta... Primer punto, ganar la guerra. Segundo, no acercarse a menos de diez kilómetros de un frente de batalla. Tercero, no aceptar propinas.

Aparta García el periódico con un manotazo irritado.

—Déjate de bromas, Simón, joder.

—De bromas, nada —Serigot les guiña un ojo a Ortuño y Gambo—. La próxima crisis ministerial será, en realidad, un vuelco del camión de la carne, con todos los cerdos desparramados y corriendo por ahí.

—Eres la caraba, de verdad.

Se marcha el teniente Ortuño y lo oyen alejarse: silba *Suspiros de España.*

—Es un buen tipo —dice Serigot mientras se sirve en un plato de aluminio y saca del bolsillo una cuchara.

—Sí.

—¿Lo imagináis en el tranvía antes de la guerra?... Seguro que nadie subía sin pagar.

—Me lo imagino haciendo cualquier cosa, y haciéndolo todo bien.

Los dos recién llegados se sientan junto a García, que ha cambiado el periódico por un libro muy sobado. Los rodea un molesto zumbido de mosquitos. Se inclina Gambo sobre el comisario para ver qué está leyendo.

—*Pueden darse situaciones en las que los intereses de la humanidad tengan que ceder su prioridad a los intereses de clase del proletariado...* —lee en voz alta—. Oye, Ramiro, ¿tú no descansas nunca?

Sonríe el otro y alza un dedo índice aleccionador, en remedo mitinero.

—No hay teoría revolucionaria sin práctica revolucionaria, camarada mayor.

—La libertad de lectura es algo tan precioso que debe ser racionada, camarada comisario.

—¿Qué hacer?

—¿Qué no hacer?

—Me aburrís, leninistas de los cojones —dice Serigot, que tras acabar la sopa ha descolgado el teléfono y sin mucha esperanza da vueltas a la manivela—. Sois pasto de frenopático.

—Un responsable político tiene el deber de mantener engrasada la teoría —se justifica García—. Después la tropa hace preguntas.

Cuelga Serigot el teléfono con mal humor.

—Sí... Sobre todo, pregunta cuándo puede irse a casa.

Aplasta Gambo de un manotazo un mosquito posado en su cuello y retira la palma con un punto de sangre. Se desabrocha el correaje, desdobla el mapa que está junto al teléfono y lo estudia largamente, fruncido el ceño, calculando oscuridad, distancias y tiempo para recorrerlas. Si mañana por la noche la Rambla es de los fascistas y de los muertos, dos kilómetros para romper el cerco pueden ser demasiados. A fin de atenuar el vacío que siente en el estómago, que no es de hambre aunque la tiene, procura pensar en otra cosa. En su mujer, de la que nada sabe desde que cayó el frente norte. En los dos hijos pequeños, niño y niña, cuya foto lleva en el hule de la gorra, puestos a salvo en la Unión Soviética y que se encuentran en una escuela-granja de pioneros cerca de Minsk.

—¿Quién está en la posición avanzada? —pregunta García, cerrando el libro.

—El sargento Vidal.

—Otro buen hombre.

Saca el comisario de una caja de granadas la última tableta de Nestlé, envuelta en papel de plata, se mete una onza en la boca y les da otras dos a Serigot y a Gambo.

—¿Qué va a pasar, camarada mayor?

Suspira éste sin apartar los ojos del mapa mientras el chocolate le endulza la lengua. Recorre con un dedo referencias y curvas de nivel.

—Pues va a pasar que en cuanto se haga de día, o quizá antes, los fascistas nos bombardearán y atacarán otra vez... Y también a los de Bascuñana.

—Les costará mucho poner pie en Pepa.

—Lo saben. Se lo hemos demostrado estos últimos días. Pero me huelo que, más que tomar por las bravas el pitón, lo que pretenden es desgastarnos, sin darnos respiro. Dejarnos a punto de caramelo para que nos vayamos cociendo en el puchero. Estamos copados y saben que lo sabemos. Por eso creo que van a apretar en la Rambla... En cuanto caiga, el copo será absoluto.

—Como atunes en una almadraba.

—Algo así.

—¿Y por qué no irnos antes de aquí?... Igual luego ya no podemos.

Serigot, que se ha tumbado para dormir, suelto el correaje y sin quitarse las botas, levanta la cabeza.

—Acuérdate de la orden de tu compadre el Ruso.

—Ricardo no es mi compadre.

—Es igual, acuérdate: «Todas las unidades conservarán sin excusa sus posiciones, posición perdida debe ser posición recobrada...». Eso significa que necesitaremos una buena dosis de aguantoformo.

Se escarba García los dientes con una ramita.

—O sea, que la República debe resistir hasta la última gota de tu sangre.

—Y de la tuya.

—Prefiero que sea de la tuya... Tú eres el hombre de acción, Simón. Lo mío son las ideas, ya sabes. La política.

—Se lo recordaré a los fascistas cuando vengan y pregunten.

Mira inquisitivo el comisario a Gambo.

—¿Vamos a poder?

Asiente el mayor sin vacilar, porque realmente está convencido de eso.

—Nuestra gente es magnífica; así que un día más, seguro que sí... Y veinticuatro horas de margen para la XI Brigada, o lo que queda de ella, serán oro puro.

—Entonces, ¿con aguantar mañana habremos cumplido?

—A menos que recibamos nuevas órdenes. Pero tal como va la cosa, sin teléfono ni enlaces, dudo que ya nadie nos ordene nada.

—¿Y después?... ¿Qué pasará si resistimos hasta la noche?

—Dejaremos Pepa e intentaremos romper el cerco. Si la Rambla aguanta, buscaremos unirnos a Bascuñana. Si ha caído, nos abriremos paso hacia el pueblo.

—¿Y si todo el pueblo lo han tomado ya los fascistas?

—Entonces el camino será más largo: directamente al río.

—Los que puedan llegar —dice Serigot, que tiene los ojos cerrados y las manos cruzadas con placidez sobre el pecho.

—Claro —confirma Gambo—. Los que puedan llegar.

Inclinándose sobre el cajón de municiones, el mayor apaga la lámpara, se suelta la hebilla del cinturón y se tumba, cubriéndose con la manta.

Suena la voz de García en la oscuridad.

—Habría que decírselo a la gente, ¿no?... Que estén preparados.

Chasquea la lengua Gambo. No olvida lo que oyó decir a un profesor llamado Ponznansky en la Academia Frunze de Moscú: cuando barrunta un desastre, camaradas, un hombre casado no es más que la mitad de un hombre; y si tiene hijos, la cuarta parte.

—No, déjalos. Que luchen sin pensar en largarse. Ya por la tarde les diremos que se preparen.

—¿A qué hora nos iremos?

—En cuanto se oculte la luna.

—¿Y quién cubrirá la retirada?

—Nadie... Nos iremos todos a la vez, por pelotones.

—Me pido el último —dice Serigot con voz soñolienta.

—Eso ya lo hablaremos mañana —responde Gambo tapándose la cara con el pañuelo para protegerse de los mosquitos.

IV

Sentada en el suelo, apoyada la espalda en una rueda del automóvil camuflado bajo unos árboles, Vivian Szerman teclea en la Remington portátil que tiene sobre las piernas cruzadas. Sabe que su crónica nunca pasará completa la censura, pero en ese momento es incapaz de escribir otra. Ya la revisará más tarde, antes de intentar enviarla:

Martes, 2 de agosto, en algún lugar del frente del Ebro. Por V. Szerman.

Después de nueve días de durísimos combates, la XI Brigada republicana empieza a abandonar la orilla derecha del río, a la que pasó en la noche del 25 de julio.

Fuentes del mando señalan que se han cumplido los objetivos asignados en ese sector y que se trata de un repliegue previsto. Pero esas palabras no bastan para resumir el triste espectáculo de una fuerza en retirada.

Bajo la acción incesante de la aviación rebelde, con el pueblo más cercano ardiendo en la distancia, decenas de soldados fugitivos y heridos se agolpan en la orilla buscando un lugar en las pocas embarcaciones que aún pueden cruzar el río, mientras los pontoneros trabajan sin descanso reparando la pasarela, constantemente destruida por las bombas enemigas.

También los corresponsales de la prensa extranjera pagan su tributo de sangre. El fotógrafo de nacionalidad checoslovaca Joachim Langer resultó muerto el 1 de agosto cuando...

Deja la norteamericana de escribir, levanta la vista y mira hacia el río. Desde el lugar en que se encuentra, alcanza a ver la vaguada que baja hasta el cauce, el agua terrosa y la humareda que se alza sobre Castellets. El pueblo queda fuera de su vista, pero los dos pitones se distinguen bien. El más próximo es el de levante, con su cresta rocosa desnuda bajo la luz intensa de la mañana. Nada parece estar ocurriendo allí. El de poniente se encuentra más alejado, a cinco o seis kilómetros de Vivian, que puede ver la polvareda que lo cubre. Es evidente que sigue en manos republicanas, pues la artillería fascista lleva bombardeándolo desde el amanecer y los estampidos lejanos de las explosiones llegan en monótona sucesión. Quien se encuentre ahí tiene que estar pasándolo mal.

Enciende la joven un cigarrillo —quedaba medio cartón de Camel en el maletero del coche— y mira a Phil Tabb, que a poca distancia de ella conversa con Pedro y con dos oficiales republicanos. Pese a los días transcurridos, incluso después de la incómoda noche pasada tras cruzar a la orilla segura del río, el inglés sigue tan elegante y aplomado como de costumbre, media mano en el bolsillo izquierdo de la chaqueta, un cigarrillo humeando entre el índice y el corazón de la otra, cual si en vez de en el frente de batalla estuviese esperando que lo condujeran a una mesa del Savoy. Observándolo, Vivian recuerda las horas de angustia de ayer a su lado, el atardecer siniestro en la huida hacia el río entre soldados fugitivos, la orilla a la que llegaban hombres en fuga y camilleros con heridos. Las pocas barcas disponibles se movían despacio de orilla a orilla, abarrotadas a la ida, y pontoneros medio desnudos, nadando o con el agua por la cintura, tenaces hasta el heroísmo, reconstruían una y otra vez la pasarela destrozada por los aviones fascistas, que de vez en cuando aparecían, ametrallaban, soltaban bombas que alzaban surtidores de agua en la corriente y hacían saltar los flotadores de corcho y los tablones.

Fue gracias a Tabb que lograron pasar al otro lado. Se agolpaban los fugitivos en el fango de la orilla entre cañas pisoteadas, correajes, armas y equipo que dejaban allí para no ahogarse si caían al agua. La pasarela estaba destruida en ese momento, con una gran brecha en su tramo central, y en los botes se daba prioridad a los heridos. Una veintena de hombres exhaustos y aterrorizados reclamaba un lugar, y las posibilidades eran escasas. Pedro discutía con los barqueros sin que nadie le hiciera caso, y Vivian aguardaba impaciente, aturdida, cuando Tabb, al que había perdido de vista, reapareció con Larry O'Duffy, el jefe del Batallón Jackson.

—No nos dejan cruzar —le decía Tabb.

O'Duffy no era el mismo al que habían visto por la mañana. Tenía el pelo revuelto y muy sucio, la boina en un bolsillo, y parecía veinte años más viejo: sombrías ojeras cercaban sus párpados y la cara pecosa y aguileña mostraba rasguños de metralla. Hasta caminaba diferente: más lento, encorvado, dolorido.

—Siento lo de Chim —dijo el irlandés—. Y es una locura que aún estéis aquí.

Después los puso al corriente. Los republicanos resistían en el pueblo, la Rambla y el pitón Pepa; pero todo se estaba viniendo abajo y era dudoso que la situación pudiera sostenerse más de veinticuatro horas. Sus órdenes, las últimas recibidas del mando de la brigada, eran reagrupar los restos del batallón, recoger a cuanto español pudiera combatir y organizar una línea defensiva medio kilómetro más allá de la pasarela, entre el río y el pinar, aprovechando unos viejos blocaos y trincheras fascistas.

—¿Cuántos internacionales te quedan? —quiso saber Vivian.

—Veintisiete y once españoles.

—¿Sólo?

—Sólo.

—¿Qué ha sido de los demás?

Apenas formulada, a ella misma le pareció una pregunta estúpida. O'Duffy alzaba la mano herida, señalando el pinar.

—Se quedaron en el pitón, o perdidos por ahí.

—¿Y el capitán Mounsey? —preguntó Tabb.

—Muerto.

Mientras decía eso, el irlandés abrió la funda de cuero para sacar sus gemelos de ópera chapados en nácar, y con ellos ante los ojos dirigió una mirada al otro lado del río.

—Tenéis que iros —concluyó.

—No hay manera de embarcar —anunció Pedro, que se había unido a ellos.

O'Duffy guardó los gemelos y contempló a los hombres que se agrupaban en la orilla. Un fatigado teniente español, sucio de barro y pistola en mano, intentaba organizar el caos; conseguir que formaran filas para embarcar por turnos, dando preferencia a los heridos. Con Pedro como escolta, el brigadista se dirigió a él y señaló a los corresponsales. Se mostraba poco dispuesto el teniente, que ya antes los había rechazado con malos modos; pero alzó el irlandés la voz, gesticulando y mostrando los galones, hasta que el otro acabó cediendo. Hizo entonces O'Duffy a Vivian y a Tabb señal de que se acercaran.

—Embarcáis en el próximo bote —anunció.

—¿Con Pedro?

—Sí. El teniente ha sido razonable. Sois prensa extranjera.

—Te veremos en la otra orilla, entonces —comentó Tabb estrechando su mano.

Sonreía triste el brigadista, los ojos vacíos.

—Claro... Me debéis una copa en el bar del Majestic.

—Te debemos más de una —dijo ella.

—Que sea de Gordon's con un chorro de Indian Tonic, por favor.

—Desde luego.

Lo besó en una mejilla, raspándose los labios con el roce de la barba. Después el irlandés se alejó sin mirar atrás, y los corresponsales y Pedro embarcaron, tras chapotear en el barro y meterse en el río hasta la cintura, en un bote tan cargado de gente que se hundía hasta las bordas, por lo que costaba mucho impulsarlo con los remos. Tardaron veinte minutos en llegar al otro lado, mirando todos al cielo con el temor de ver aparecer aviones fascistas, y pusieron pie en la orilla cuando el sol ya se ponía y el crepúsculo reflejaba nubes bermejas en el agua. Después llegó la noche, que los tres pasaron mojados bajo las mantas, agotados, durmiendo en el Alfa-Romeo que, milagrosamente, nadie se había llevado de donde lo dejaron seis días atrás.

Aparta Vivian la máquina de escribir, descruza las piernas dormidas y se recuesta en la rueda del coche, disfrutando del cigarrillo. Tabb se ha apartado de Pedro y los oficiales, que se alejan juntos, y viene hacia ella. Se queda en pie delante, mirándola, proyectada su sombra sobre la mujer. Ella levanta el rostro haciendo visera con una mano.

—Pedro cree que puede conseguir gasolina —dice el inglés—. Suficiente para llegar a Reus.

—Es una buena noticia.

—Sí.

—¿No deberíamos quedarnos hasta el final?

—No nos quieren aquí. No les gusta lo que estamos viendo, y es fácil de entender... Hasta Pedro está nervioso.

—Tendremos problemas con la Oficina de Censura.

—¿Cuándo no los hemos tenido?... Pero no te falta razón. Esta vez nos van a leer con lupa —mira Tabb la máquina de escribir—. ¿Estás contando lo de Chim?

—Claro.

—Un corresponsal nunca debe ser noticia, pero a veces es inevitable.

—¿Tenía familia?... Nunca hablaba de eso.

—No, que yo sepa. Sólo una chica en París, una modelo de pintores, austríaca o alemana, llamada Jutta. Ni siquiera sé el apellido. Vivían juntos, o vivieron. Me la presentó el año pasado, en el Flore.

Un silencio triste. Doblando sus largas piernas, Tabb se tira hacia arriba de los pantalones sucios de barro seco, como para evitar que se abolsen más las rodilleras, y se sienta junto a Vivian. Después contempla a los soldados que remontan la cuesta desde el río, a los que un piquete de carabineros hace agruparse a un lado del camino de tierra. Algunos están heridos y pocos conservan sus armas.

—No pueden ganar esta guerra —comenta—. Ya no pueden.

—Sin embargo, merecen ganarla —responde ella.

Le ha ofrecido la cajetilla de tabaco, pero el inglés se limita a darle vueltas entre los dedos, sin llevarse ningún pitillo a la boca.

—Es cierto que lo merecen —dice al fin—. Pero ellos, no sus líderes: esa gentuza irresponsable que se dedica a ajustar cuentas, a disputarse el poder y a reventar al adversario en la misma izquierda, sin importarle ponérselo fácil a los fascistas.

La norteamericana está de acuerdo.

—Es cierto —coincide—. Asombra tanta nobleza en los que luchan y tanta vileza en los que están lejos del frente. Cualquiera puede darse cuenta de eso.

—Los fascistas, al menos, matan con método —expone Tabb—. Ejecutan una carnicería sistemática con objeto de aterrorizar y desgastar —se queda pensando—. A diferencia de éstos, ellos son...

—¿Eficaces?

—Brutalmente eficaces.

Otro silencio. Tabb le devuelve la cajetilla y ella se la guarda en un bolsillo del pantalón.

—¿Has leído sobre historia de España, Vivian?

—Muy poco.

—A mí me interesa... A menudo busco paralelismos con la Primera República, que aquí se proclamó en forma federal y acabó en un desastre, con provincias y hasta ciudades declarándose independientes. Una, incluso, llegó por su cuenta y riesgo a declarar la guerra a Alemania.

—¿En serio?

—Sí. Escribí un artículo divertido sobre eso.

—Es una buena historia.

—Buenísima. Figúrate cómo sería aquello, que el primer presidente del Gobierno republicano, un tal Figueras, dijo en un consejo de ministros: «Señores, estoy hasta los cojones de todos nosotros». Luego se subió a un tren camino de París y dimitió desde allí por telegrama.

Ríe Vivian, oscilándole el cigarrillo colgado a un lado de la boca.

—Es con eso con lo que quieren terminar los comunistas.

—Demasiado tarde.

—Así lo creo.

Le da ella una larga chupada al cigarrillo y deja salir despacio el humo.

—Me considero una mujer de izquierdas, pero no me gusta demasiado Stalin.

—A mí tampoco.

—Lo sé, recuerdo cuando Dos Passos y tú discutisteis con Hemingway... Casi llegasteis a las manos.

—Es verdad —asiente Tabb—. Estabas allí.

Había ocurrido en el comedor del hotel Gran Vía de Madrid. Dos, como llamaban a Dos Passos, dijo que Stalin estaba creando un verdadero ejército de la Unión Soviética en España, y Hemingway se lo discutió. Y aunque así fuera, opuso, tenemos la obligación de no airearlo mucho, para no beneficiar a los fascistas. En ese punto, Dos, cuyo amigo y traductor Pepe Robles, un español trotskista, había desaparecido a manos de los comunistas, dedicó duras palabras a la parcialidad de Hemingway. Ningún comunista lucha por la democracia, dijo. Tabb tomó partido por Dos, la discusión subió de tono gracias al vino ingerido, y a punto estuvo de acabar en zafarrancho entre corresponsales. Desde aquella noche, Hemingway no había vuelto a dirigir la palabra a Dos ni a Tabb.

—Los sucesos de Barcelona me hicieron pensar mucho —comenta el inglés—. Estuve viendo cómo se mataban entre sí, y comprendí que esa enfermedad tiene difícil curación. A veces pienso, y me aterra pensarlo, que sólo un dictador salido de un bando u otro controlaría esto. Y el que lo haga, sea quien sea, rojo o azul, lo sumirá todo en un baño de sangre. Incluso después de vencer, prolongará durante algún tiempo la carnicería...

Algo estalla fuerte a lo lejos. Un estampido sordo que parece proceder del pueblo, que queda fuera de la vista, bajo las columnas de humo que se alzan casi rectas en el cielo ahora sin brisa. Los dos corresponsales miran en esa dirección. Después, Tabb apoya la nuca en la portezuela del coche.

—¿Sabes lo que me dijo en Barcelona un viejo comunista, de ésos irreductibles?

—No.

—Cuando esto acabe, dijo, ajustaremos cuentas con los de Franco, pero también con traidores a la República como Companys, Aguirre y algunos otros. Los mismos a los que fusilarían los fascistas, los fusilaremos nosotros. Pasarán algunos años hasta que todo esté como debe estar... Nivelado, fue la palabra que usó. Añadiendo una extraña expresión: tajo parejo, dijo. Lo cortaremos todo a tajo parejo.

—Tiene sentido.

—Sí. Desde su óptica, por supuesto que lo tiene. Pero no veo en eso democracia por ninguna parte.

Se calla el inglés, ocupado con una ramita seca en desprender el barro adherido a sus mugrientas botas de ante.

—Y sin embargo, son gente maravillosa —dice Vivian.

—Lo son —acuerda Tabb—. Por eso duele verlos luchar y morir de esta manera. Tan bárbaramente inocentes, tan orgullosos...

—Tan bravos y tenaces.

—Sí. Italia está de rodillas bajo el payaso de Mussolini, Alemania es un siniestro autómata del partido nazi, las democracias europeas miran hacia otro lado con Hitler y con Stalin, y hasta en Gran Bretaña se impone un fascismo de guante blanco...

—También mis compatriotas estadounidenses se creen a salvo, como si nada fuera con ellos.

Asiente Tabb. Tiene las rodillas flexionadas y apoya en ellas un gastado cuaderno de notas que acaba de sacar del bolsillo. Lápiz en mano, contempla una hoja en blanco.

—A veces pienso que los españoles son los únicos lúcidos —dice—. Comprenden que lo práctico de una guerra civil es que uno sabe a quién mata. Por eso no se han doblegado, no transigen y luchan la batalla que otros no se atreven a dar o no creen necesaria... Dan una lección a un mundo al que no parece importar que la biblia del futuro sea *Mein Kampf*. Por eso, con todos sus defectos y desastres, admiro tanto a estos analfabetos, orgullosos, desorientados, irreductibles hijos de puta.

Mira un momento a Vivian, inclina la cabeza y empieza a escribir.

—Conmueve pensar en lo que los espera si son derrotados.

El sargento Vladimiro, medalla militar individual y cuatro raspas de heridas en la manga, no vivirá para lucir la quinta. Lo matan a media mañana, cuando el Tercio combate casa por casa en el reducido sector que aún conservan los republicanos en Castellets. Los legionarios acaban de irrumpir en un edificio de dos plantas, y al llegar al pie de la escalera reciben una bomba de mano Citron lanzada desde el piso de arriba. Cae ésta humeante pero sin estallar, buscan los hombres resguardo, y Santiago Pardeiro, que está con ellos, ve cómo el sargento la coge para devolvérsela al enemigo. El estallido le destroza a Vladimiro el brazo hasta el hombro y lo deja cubierto de polvo de yeso, salpicado de esquirlas de metralla.

—¡Quitadlo de ahí! —grita el alférez.

Mientras unos legionarios disparan por el hueco de la escalera, otros cogen al ruso y lo arrastran hacia un lugar seguro, dejando sobre el suelo un largo rastro de sangre. Se precipita Pardeiro sobre él, buscando el modo de taponar la herida, pero el desgarro es irreparable: la explosión ha reducido el brazo a tiras rojizas de carne entre las que asoma el húmero hecho astillas, seccionada la arteria tan cerca del hombro que es imposible aplicar una ligadura. Se desangra Vladimiro sin remedio, turbios los ojos en shock, hundidas las mejillas blanqueadas de polvo; y cuando Pardeiro le busca el pulso en la muñeca sana, apenas lo siente y nota la mano fría. Al levantar la vista ve las caras ahumadas y sucias de los hombres que lo contemplan.

—Acabad con ellos —dice, y no es la dexedrina lo que le hace brillar los ojos—. Sin prisioneros, ¿entendido?... ¡No deis cuartel!

Después, con una extraña sensación de desamparo, o tal vez de orfandad, el joven alférez provisional coge la cartera del moribundo, se la mete en un bolsillo del pantalón, se pone en pie y retorna al combate dejando atrás a Vladimir Sergei Korchaguin, veterano de cuatro guerras, *junker* en la academia de caballería Nikolaiev, teniente en el Frente Oriental, capitán del regimiento de dragones de Glujov durante la contienda civil rusa, cabo legionario en la campaña del Rif y sargento en la guerra de España, que agoniza hecho un ovillo, acurrucado contra la pared, mientras del piso superior llegan los disparos y los gritos de cólera de los camaradas que lo vengan.

—¡Arriba España!... ¡No dejéis ni uno, arriba España!

Pasa Pardeiro junto a una ventana destrozada y lo deslumbra la luz, así que entorna los ojos para no ponerse en peligro cuando vuelva a la penumbra. Recorren el edificio legionarios quemados de sol y negros de pólvora, sudando el agua y el vino que bebieron al amanecer antes de reanudar el ataque. El suelo está lleno de casquillos vacíos pegados a la sangre seca.

—¡No os paréis, duro con ellos! ¡Que lo paguen!... ¡Seguid adelante!

Despejan una a una las habitaciones entre cuyas paredes resuenan los disparos y el estampido de las granadas que se tiran de forma preventiva a habitaciones y sótanos. A ratos suenan gritos de rojos heridos que se quejan o se rinden, y que sólo duran el tiempo que tardan los atacantes en acabar con ellos. La orden de no dar cuartel se cumple a rajatabla.

—¡A degüello, a degüello! —vocean los legionarios, disfrutándolo.

El corazón del joven alférez provisional late fuerte y rápido; tanto, que nota los golpes en el pecho. Porque hay, comprueba, un placer salvaje en la persecución. En el ajuste de cuentas de la caza, haciendo pagar caro lo que sufres y has sufrido, lo que pierdes y aún puedes perder. En el odio que se desborda, ilimitado, contra quien puede satisfacerlo. El propio Pardeiro lo siente estallar intenso cuando, después de invadir una cocina desde la que un momento antes disparaban los enemigos, asomado a un corral por el que todavía corren unos rojos queriendo ponerse a salvo, alza la pistola y dispara tres tiros, abatiendo al último. Acertar le produce un estallido de júbilo. Una salvaje felicidad. Se lanzan los legionarios tras los fugitivos; y uno, al pasar junto al caído, que todavía rebulle, se agacha machete en mano y le taja la garganta. Corre el alférez con los hombres que penetran en la siguiente casa, donde se repiten las escenas de la anterior: un legionario mira incrédulo su pie destrozado por una bala explosiva; otro, gritando de rodillas, se sujeta el vientre abierto por un bayonetazo; dos rojos que se arrastraban heridos son rematados como bestias entre olor picante de pólvora, retumbar de granadas, disparos y alaridos.

—¡Sin cuartel! —se sigue gritando—. ¡A degüello, a degüello!

El calor es insoportable y a Pardeiro le da vueltas la cabeza. Si pudiera pensar, no le gustaría que su madrina de guerra lo viese ahora: tiene el rostro tiznado de humo y polvo, desfigurado por la tensión, y en su ropa húmeda se mezcla el sudor propio con la sangre de amigos y enemigos. Y también recordaría, si pudiera pensar, que hoy es 2 de agosto de 1938 y que hace un momento ha cumplido veinte años.

Cuando Pato Monzón y Rosa Gómez regresan a la Harinera, una humareda se alza sobre el pueblo y de las casas cercanas llega ruido de combate encarnizado.

El puesto de mando ya no existe: el lugar se ha convertido en un fortín con aspilleras abiertas a golpes de pico en las paredes y las tapias. Humean en el patio restos de las fogatas donde se quemaron material y documentos. Quedan pocos heridos en el cobertizo, pues están siendo evacuados hacia el río; y los cadáveres recientes, amontonados en el cráter de una bomba de aviación, se cubren con paletadas de tierra bajo la que asoman formas humanas, vendas ensangrentadas y jirones de uniformes, miembros rígidos, cráneos abiertos, rostros deformados por impactos de balas o metralla. Un catálogo del horror.

La sargento Expósito y otras dos compañeras se encuentran en el patio, metiendo en mochilas el equipo: el inútil emisor-receptor que no ha funcionado en nueve días, la centralita, teléfonos de campaña, repuestos, bobinas de cable. El rostro habitualmente severo de la suboficial se anima al ver aparecer a las dos jóvenes, aunque vuelve a ponerse serio enseguida.

—Dichosos los ojos —dice.

Se extraña Pato de no ver a Harpo.

—¿Y el teniente?

—Herido.

—¿Grave?

—No demasiado. Tuvimos un ataque aéreo que hizo daño. A él le cayeron unos escombros encima: heridas en la cabeza y conmoción. Las camaradas que ya han ido al río se lo llevaron. Nosotras estamos recogiendo lo que queda.

Pato se descuelga del hombro la carabina y se apoya en ella.

—¿Todas están bien?

—Sí, que yo sepa. O lo estaban cuando se fueron... ¿Cómo os ha ido a vosotras?

Explica Pato lo ocurrido: la noche en la Rambla, la imposibilidad de alcanzar el pitón, los ataques enemigos que comenzaron al amanecer. El momento crítico en que los fascistas estuvieron a punto de llegar hasta las posiciones, y la orden que les dio el capitán Bascuñana: irse antes de que las cosas se pusieran feas.

—No sé si resisten todavía —resume.

—Lo hacen —Expósito indica el único teléfono de campaña que sigue operativo, instalado junto al poyo de piedra de la puerta, bajo el porche—. Comunicaron hace un rato, diciendo que los fascistas les habían dado un respiro.

—No van a durar mucho —opina Pato, descorazonada.

Le dirige la suboficial una ojeada censora.

—Eso es derrotismo, camarada... Te puede costar un disgusto.

—Venimos de allí, camarada sargento.

La observa la otra, pensativa. Mira luego a Rosa y a las otras dos, y vuelve a mirar a la joven. Sus rasgos huesudos parecen endurecerse.

—Pues más vale que aguanten —concluye— si no queremos que los fascistas se nos cuelen por ese lado.

Lo ha dicho en tono seco, desapasionado. Cual si le preguntaran qué hora es. Se quita Pato el gorrillo para enjugarse el sudor que le gotea por la cara.

—¿Cuál es la situación?

—Podría ser peor.

—Ya, pero ¿cuál es?

Remolonea la sargento, hosca.

—A nuestra izquierda, en el pinar —dice al fin—, se mantienen los internacionales, o lo que queda de ellos.

—¿Hay línea telefónica?

—No. Es una posición demasiado inestable.

—Se arreglan con enlaces —apunta una de las compañeras.

Expósito mira la humareda gris suspendida sobre Castellets, de donde sigue llegando fragor de fusilería y estampidos de granadas.

—En cuanto al pueblo, ya ves... Tenemos a pocos metros a los fascistas. Los nuestros se defienden en las últimas casas y la Harinera va a convertirse en principal punto de resistencia. Se trata de ganar tiempo para que toda nuestra gente pase al otro lado del río.

—Horas —precisa Pato, desalentada.

Asiente Expósito con la misma frialdad.

—Eso creo, horas. El teniente coronel Landa, el comisario y los otros se fueron ya.

—Qué prisa se han dado.

Sonríen las otras al oír eso, pero la sargento fulmina a Pato con la mirada.

—Las ironías te las metes en el coño... ¿Entiendes, camarada?

Asiente Pato, fatigada.

—Entiendo.

—Aquí se queda el mayor Guarner con media compañía de fusileros, tres ametralladoras y lo que va llegando del pueblo. O sea, lo que queda del Primer Batallón.

Pato mira a las compañeras, que se echan a la espalda las mochilas. Además de Rosa, son Paquita Marín, de familia de mineros leoneses, y Lucía Santolaria, a quien llaman Bicho, que fue taquillera del metro en Madrid. Dos buenas chicas, de las mejores. Tal vez por eso la sargento las ha retenido para irse las últimas.

—¿Y nosotras? —pregunta.

—Nos ordenan que mantengamos una línea telefónica directa con el río —dice Bicho.

—Posición Estribo, llaman a lo de allí abajo —confirma la sargento—. Quieren informes continuos de la situación y saber a qué atenerse. Por eso dejamos aquí un Eneká y la línea tendida.

—¿Quién va a ocuparse de eso?

—Yo me ocupo —Expósito mira a Rosa—. Esta camarada se queda conmigo.

—¿Y qué hago yo?

Señala la sargento a Paquita y a Bicho.

—Te vas con ellas.

Duda Pato, reticente, y Expósito la mira con extrañeza. La joven no suele discutir las órdenes.

—¿Qué pasa?

—Quisiera quedarme, camarada sargento.

—¿Por qué?

—Rosa está más cansada que yo.

No se le escapa a Pato el gesto esperanzado de Rosa. Y a Expósito, que las observa, tampoco.

—De acuerdo —muestra a Rosa una bolsa de herramientas que tiene a los pies—. Coge esto y vete tú también al río. Y tened cuidado.

Levantan las tres el puño hasta la sien y se alejan deprisa, cargadas con el equipo. Los ojos negrísimos de la sargento contemplan a Pato, críticos.

—No consigo librarme de ti, por lo que veo.

—Tampoco yo de ti, camarada sargento.

Expósito no sonríe. Indica la carabina Destroyer, en cuyo cañón mantiene Pato apoyadas las manos.

—Yo no me alejaría mucho de ésa.

—No pienso hacerlo.

Todavía la mira la otra un momento. Al fin ladea la cabeza.

—Ven, anda. Te presentaré al mayor de milicias Guarner.

Encuentran al mayor junto a la tapia, supervisando la instalación de una ametralladora Maxim: muy flaco, cara de ratón astuto, ojos inquietos tras unas gafas de concha de cristales gruesos. Lleva el uniforme arrugado, grasiento; y como los hombres que lo rodean, una sucia barba de trinchera oscurece su cara hasta los pómulos. A Pato no le extraña ese aspecto agotado, pues Guarner y su Primer Batallón llevan nueve días combatiendo en el pueblo, en los olivares de la ermita de la Aparecida y otra vez en el pueblo.

Por lo demás, el mayor es un hombre amable. En pocas palabras pone a las dos mujeres al corriente de lo que espera de ellas.

—Vamos a aguantar hasta la noche —concluye—, para dar tiempo a que nuestra gente termine de cruzar el río.

—¿Y qué pasa con el pitón Pepa? —aventura Pato.

Las mira Guarner, inquisitivo. Primero a ella y luego a Expósito.

—Acaba de volver de la Rambla —la justifica ésta—. La enviamos ayer al pitón y no pudo pasar de ahí.

Al mayor le cambia la expresión.

—Ah, ¿has visto a Juan Bascuñana?... ¿Qué tal está?

Lo pregunta sin recelo, interesado. Cual si apreciase al capitán. Pato responde que lo encontró bien y con su gente dispuesta. Que la hizo regresar cuando atacaron los fascistas, pero que está resistiendo.

—¿Quiénes atacaban?

—Requetés, me parece. Desde el cementerio.

—Ya... Pues más nos vale que resista. ¿A qué distancia están sus posiciones del pitón Pepa?

—No sé, un kilómetro.

Hace Guarner un ademán de impotencia, mira de reojo a los soldados que se afanan emplazando la ametralladora y baja la voz.

—Pepa se da por perdido —comenta—. Pero los que están allí son los del Batallón Ostrovski, y ésos no se dejan fácil... Puede que al llegar la noche intenten romper el cerco. Ése es otro motivo para mantenernos aquí, por si consiguen llegar.

Le dirige a Pato una sonrisa distraída. Casi paternal. Es un hombre cansado que alberga pocas esperanzas, y no parece dar órdenes, sino argumentos.

—Garantizadme a toda costa la comunicación con el río —concluye—. Si cae la Harinera, hay que evitar un sálvese quien pueda.

—A tus órdenes.

Se retiran Pato y Expósito. Cruzan el patio de regreso, bajo el sol cegador, oyendo el ruido del combate cada vez más cercano.

—Prueba el Eneká —dice la sargento.

Se sientan en el poyo de piedra, bajo la sombra del pequeño porche. Junto al teléfono hay un macuto, y apoyado en la pared está el naranjero de Expósito. Descuelga Pato el microauricular y mueve la manivela de la magneto, que gira con la resistencia adecuada. Al otro lado de la línea suena una voz de mujer.

—«Posición Estribo al habla.»

—Elehache probando comunicación... Aquí estamos sin novedad.

—«Entendido, Elehache.»

Cuelga el teléfono Pato.

—Línea limpia —le dice a Expósito.

—Bien.

—¿Y ese macuto?

—Lo olvidaron los de la plana mayor cuando se iban.

La sargento hace balance de lo que hay dentro: tres latas de sardinas, una de mantequilla holandesa, otra de leche condensada, una novela muy sobada de Eduardo Zamacois, un *Manual del aspirante a oficial* y una insólita botella de cerveza El Águila con la chapa intacta. También cuatro cigarrillos, un paquete de vendas, un carrete de hilo de coser y dos ampollitas de yodo.

—No está mal —dice.

Encienden un cigarrillo con el chisquero de la sargento, destapan la cerveza y se la pasan una a otra, compartiéndola. Está caliente, pero sabe bien. Del interior del edificio llegan voces y ruido de los que abren aspilleras y atrincheran puertas y ventanas: las frases más repetidas son «Daos prisa» y «Me cago en Dios». Contempla Pato el patio desolado, las cenizas de las fogatas, el equipo pisoteado y abandonado en el suelo, los soldados que se asoman tras las aspilleras y los sacos de tierra mirando inquietos hacia el pueblo. Objetos y personas prescindibles, piensa, dejados atrás por los que en este momento repasan el río. También yo lo soy, concluye con una tristeza casi física, cercana al estremecimiento. Como lo son Expósito, el mayor Guarner y todos esos infelices que insultando a Dios o rezándole en los adentros, según cada cual, aguardan resignados la acometida fascista.

—¿Qué está pasando, camarada sargento?

La mira hosca Expósito. Como si acabase de oír una impertinencia.

—¿Por qué preguntas eso?

—Nunca pensé que la República podría perder esta guerra —se sincera Pato—. Hasta hoy.

La otra bebe un trago de cerveza y se la pasa.

—Ten cuidado con lo que dices.

—Da igual, ¿no? —la joven acaba la cerveza y deja la botella vacía en el suelo—. El camarada comisario ya se ha ido.

—No seas idiota... La República no ha perdido nada. No puede perder.

Señala Pato el lugar.

—Pues nadie lo diría, viendo esto.

Siguen fumando. Con la mano que sostiene el cigarrillo, Expósito hace un ademán vago y obstinado al mismo tiempo.

—En otros lugares del Ebro, los nuestros avanzan con éxito... Dicen que hemos tomado Gandesa, o que estamos a punto de hacerlo. Nuestra misión aquí era cortar la carretera entre Mequinenza y Fayón y lo hemos hecho durante nueve días.

—Nueve meses, me parecen a mí.

—No es una derrota, no te equivoques. Es un movimiento dentro de una batalla general y más compleja. Misión cumplida. Hemos luchado bien, nos vamos y volveremos a luchar donde y cuando se nos ordene. Y así será una y otra vez, hasta que acabemos con los fascistas.

La joven no ve eso tan claro.

—¿Y si no acabamos con ellos?

—Entonces nos iremos a las montañas para seguir peleando, o a Francia como hicieron los de la bolsa de Bielsa, para volver por otro lado. No nos rendiremos nunca.

Se calla Expósito, da una última chupada al cigarrillo cuya brasa le quema las uñas, y lo deja caer al suelo.

—Además —añade—, Europa está al borde de la guerra... Cuando estalle, dejaremos de luchar solos. Éste es uno de los muchos lugares donde debemos resistir hasta que ocurra.

Lo ha dicho mirando hacia el cobertizo, del que los camilleros retiran a los últimos dos heridos. Allí no quedan más que mantas manchadas de sangre, vendas sucias, papeles arrugados y cajas sanitarias vacías.

—Hay que dar tiempo al camarada Stalin y a nuestros amigos de la Unión Soviética.

La mira Pato, confusa. Ha sacado el cerrojo de la carabina y está limpiando la recámara.

—Tiempo ¿para qué?

El sol, pesado y vertical, dora el aire polvoriento. Bajo esa luz, los rasgos de la sargento parecen más duros que nunca.

—Stalin aún no está preparado, te digo... Hay que darle tiempo.

Los últimos edificios del pueblo que conservan los republicanos parecen monstruos desventrados y con las entrañas al descubierto: montones de escombros bajo los que apestan cadáveres, ropa manchada de sangre, olor a basura, ruina y muerte. Y los fascistas se infiltran por todas partes. Desbordados, Julián Panizo y sus camaradas retroceden como lobos furiosos peleando casa por casa, habitación por habitación. No hay tiempo para el cálculo ni la serenidad, pues sólo se lucha por no morir. Los que atacan son legionarios que avanzan a la bayoneta sin importarles las bajas, arrojando bombas de mano en busca del cuerpo a cuerpo. No hay piedad para nadie. El calor es terrible y hasta la sombra se ha vuelto un infierno. Algunos hombres combaten desnudos de cintura para arriba, relucientes los torsos de sudor, blancos los labios de sed. Arden vigas caídas entre los escombros, muebles rotos, puertas y postigos de ventanas. Flota en el aire una calima de yeso pulverizado y humo de madera y pólvora que irrita ojos y pulmones. Que vela, difuminándolo en gris sucio, el caos de disparos, gritos, insultos y estampidos.

Saca Panizo el cargador vacío del MP-28 y se le cae al suelo porque los dedos le tiemblan. Se agacha, lo coge, se lo mete en el cinturón, introduce en el subfusil uno lleno —le queda otro entero y munición suelta en los bolsillos—, da un leve toque al gatillo y dispara una ráfaga corta, tacatacatá, tres tiros justos a través de la puerta, que no es más que un boquete de ladrillos rotos, piedras y astillas. A su lado oye gritar a Olmos.

—¡Se están colando por las ventanas!

De pronto el dinamitero se siente en extremo vulnerable, consciente de que sus costados derecho e izquierdo, incluso su espalda, son carne mortal. Así que, con una tensa sensación de desamparo, retrocede mientras mira a uno y otro lado, temiendo ver relucir las bayonetas enemigas. Al hacerlo, resbala en los casquillos sueltos que ruedan sobre el suelo ensangrentado: tiene a los pies a un compañero con la cara abierta como un girasol por el impacto de una bala dumdún, y a otro más lejos, arrodillado, al que Olmos venda la cabeza, que gotea sangre.

Suenan bombas de mano en las habitaciones contiguas, vibran las paredes picadas de balazos.

—¡Están ahí mismo, joder!... ¡Los tenemos dentro!

Olmos deja al herido a medio vendar y retrocede también, tropezando con Panizo en la puerta hacia la que se abalanzan. El pasillo es largo y estrecho, claroscuro, bajo un techo con grietas de luz entre las vigas rotas. El biberón joven que acompañó al dinamitero cuando lo del tanque, Rafael, está pegado a la pared, disparando con su viejo Lee-Metford a través del vano de una puerta. Al verlos aparecer tan apresurados se le demuda el rostro.

—¡Corre, criatura!

El chico no se lo hace decir dos veces. Alcanzan los tres juntos el extremo del pasillo, un rellano del que parten dos escaleras, una hacia la bodega y otra al piso superior. Allí encuentran al sargento Casaú y a media docena de biberones que se agrupan indecisos, sin ganas de morir. Dos de los jóvenes, asustados, corren escaleras arriba buscando la protección del piso superior. El resto, Casaú incluido, se dispone a seguirlos, pero Panizo agarra al gitano por la camisa.

—¡Arriba estáis muertos!... ¡A la otra casa! ¡Tirad para la otra casa!

Sin comprobar si lo siguen o no, sale al patio —un corral entre dos edificios— y lo cruza a toda prisa. Mientras lo hace ve que hay hombres que saltan la barda a su izquierda y está a punto de pegarles un naranjazo; pero aparta el dedo del gatillo al advertir que son camaradas: seis o siete dinamiteros que huyen de los edificios próximos, sucios, destrozados, chorreando sangre igual que cristos de Semana Santa. Como persiguiéndolos, algo parecido a una piedra llega de atrás, describe una curva en el aire, los rebasa y va a caer entre ellos y Panizo. Se arroja éste al suelo con las piernas encogidas, protegiéndose los testículos, y con el estampido seco la granada le arroja por encima piedras y esquirlas. Apenas dejan de rebotar éstas, se pone en pie y corre de nuevo. De los fugitivos se levantan cuatro y llegan todos juntos con Panizo a la puerta de la siguiente casa, por la que se meten de inmediato. Se vuelve el dinamitero apoyado en la jamba destrozada, en alto el cañón del subfusil, y deja pasar a Olmos y Rafael, que entran seguidos por Casaú y cuatro biberones. Apenas llega el último, Panizo baja el arma y dispara contra las sombras que asoman en la casa que acaban de abandonar, mientras en las ventanas del piso superior se oyen gritos y estampidos de granadas.

Un respiro escaso, de apenas un minuto. Afuera suenan tiros sueltos. Jadeante, empapado en sudor y rebozado de polvo de ladrillo y yeso de arriba abajo, Panizo contempla las nucas sudorosas, las espaldas húmedas de los camaradas que miran hacia el patio apretando los fusiles aún calientes. Metiendo una mano en un bolsillo, saca el último puñado de munición que le queda en reserva: cincuenta y dos balas del 9 largo. Con apretones del pulgar mete treinta y seis en el cargador vacío. Por las prisas se levanta la uña hasta la mitad.

—¿Qué hacemos? —pregunta Casaú, quebrada la voz.

Panizo se chupa el dedo herido, mordiendo blasfemias. Escuece horrores.

—Pararlos, coño.

Sin que nadie les diga nada, los cuatro dinamiteros se reparten por las ventanas, apoyando en ellas los fusiles mientras comprueban el parque que les queda. Ninguno despega los labios. Son zapadores de choque como Panizo, que los conoce: el Fakir, Galán, Morrazo y Sueiras —Morrazo es el asturiano al que falta un meñique y tiene tatuajes de presidiario en el dorso de la mano—. Todos sufren rasguños y magulladuras, incluso heridas vendadas o sangrantes, pero no parecen dispuestos a correr más de lo necesario. Mantienen la cabeza fría porque son gente bragada, hecha a que la maten y a matar. Con buen criterio, Olmos sitúa junto a cada uno de ellos a uno de los biberones de Casaú, luego mira a Panizo y señala el techo de la habitación.

—Arriba es más expuesto —dice—. Pero habría que...

—Claro —responde Panizo.

Le coge a su compadre la última bomba de mano que lleva al cinto, y se la mete en un bolsillo.

—Así me gusta —se chotea Olmos—. Que cargues a la izquierda.

—Cállate la boca.

Se chupa otra vez el dedo, que le sigue doliendo mucho.

—Quédate aquí con el gitano y los otros —añade—. Y si tenéis que largaros, dame un grito pero no me esperes, que ya me las arreglo.

Le mira Olmos las botas, se agacha y le arranca una esquirla de metralla de dos dedos de largo que tiene clavada en una de ellas.

—¿Te ha entrado en la carne?

Pisotea Panizo y se toca dentro, comprobándolo.

—No. Por lo menos, no duele.

Tira el otro la esquirla y vuelve a señalar el techo.

—En cuanto lo veas crudo, bajas. ¿Eh?... No vayan a enchiquerarte ahí.

—Descuida.

Se dirige Panizo al pasillo y la escalera. Está subiendo por ella cuando oye pasos, se vuelve y ve que Rafael le viene detrás.

—¿Qué haces tú aquí?

Sonríe con descaro el joven, tiznado el rostro de pólvora.

—Me traes suerte, abuelo.

—Abuela será tu puta madre.

El piso superior no tiene techo, sino un esqueleto de vigas que se entrecruzan a modo de costillas rotas. Metiéndose entre ellas, el sol pega fuerte. Panizo se arrima con precaución a la ventana, asomando lo justo para mirar. En el patio no hay nada excepto los cuerpos inmóviles de los dos alcanzados por la granada. Uno se ha arrastrado para ponerse a cubierto junto al muro, pues hay un reguero de sangre hasta allí; como un toro moribundo que buscase el amparo de las tablas. Seguramente lo han rematado desde la casa, porque hay impactos de balazos en el adobe.

Sacando el cuchillo de la vaina, el dinamitero corta una tira de tela de una manga de la camisa y se venda el dedo pulgar con ella, apretando bien la uña. Después se vuelve hacia Rafael.

—Anúdame esto, anda.

Obedece el muchacho. Panizo apunta con el mentón hacia la ventana.

—Cuando vengan lo harán protegidos por la barda, tirándonos desde allí mientras otros cruzan el patio... ¿Lo ves?

—Lo veo.

—Vas a hacer lo siguiente: te arrimas a la otra ventana y te concentras en ésos, disparándoles para que no asomen la cabeza. Procura no exponerte. Tiras, te agachas para recargar, tiras y te agachas. No apuntes a ninguno en concreto, dispárales a bulto. Hazlos sentirse en peligro.

—¿Y el patio?

—De eso nos ocupamos los de abajo y yo.

—Vale.

—Otra cosa. Si los fachistas llegan a la casa, éste es mal sitio. Habrá que bajar antes de que nos corten el paso en la escalera. Así que si te digo que corras, incluso aunque no te lo diga pero si ves que lo hago, echas a correr... ¿De acuerdo?

—De acuerdo.

—Eres un buen zagal. Lo hiciste de cojones cuando el tanque. A ver si lo haces igual esta vez.

Mientras habla, Panizo mira por la ventana, se humedece los labios con la lengua y ésta toca los pelos de la barba. Se acabó el respiro. Unos gorrillos verdes se mueven al otro lado de la barda.

—Ahí los tienes, criatura. Duro con ellos.

Al mismo tiempo que dice eso, estalla un fuerte tiroteo en la planta de abajo. Se asoma Panizo y ve fogonazos e impactos de polvo en la casa de enfrente, de la que empiezan a salir legionarios con las bayonetas por delante. Poniendo el naranjero en el suelo, saca del bolsillo la bomba de mano, le quita el pasador y la arroja contra ellos. Y antes de que toque el suelo y estalle, coge el subfusil, espera agachado el estampido, se incorpora y riega el patio con tres largas ráfagas que vacían el cargador. Lo saca y lo deja caer al suelo, mete otro y dispara de nuevo, esta vez tiro a tiro, buscando los blancos en los fascistas que, frenados por la bomba de mano, se muestran indecisos, caen alcanzados por el fuego que se les hace desde la casa, retroceden y arrastran a alguno de sus heridos.

Pam, pam, pam, pam, suena en la otra ventana, atronando la habitación. Haciendo exactamente lo que Panizo le dijo que hiciera, el joven Rafael hostiga a los suyos. Los balazos fascistas llegan en diagonal a la pared de atrás, de abajo arriba, arrancando trozos de estucado y ladrillo. Del techo roto caen astillas de madera.

—¡Han pasado la barda! —grita Rafael, súbitamente descompuesto—. ¡Los tenemos al costado de la casa!

Panizo lo oye con dificultad, ensordecido por los disparos que él mismo hace contra los enemigos que vuelven a avanzar por el patio. Caen unos y llegan otros, saltando sobre los cuerpos. Al fin el dinamitero mira al muchacho y lo ve agachado, sin munición, con el cerrojo del arma abierto, sin saber qué hacer. Suenan metrallazos de granadas en la planta baja. Es hora de irse. Panizo se inclina a coger el cargador vacío, se precipita hacia la escalera, baja los peldaños de cuatro en cuatro y encuentra a los camaradas que retroceden en desorden por el pasillo, jadeantes, mirando alrededor con ojos de bestias acorraladas. Algunos cargan con heridos y uno de ellos es Casaú, al que Olmos y Morrazo traen muy pálido, arrastrando los pies y con los pantalones mojados de sangre. El dinamitero sale al exterior, donde ya no hay casas sino vallados y tapias bajas de huertos y corrales, porque el pueblo se acaba allí y a doscientos metros sólo queda el edificio grande y cuadrado de la Harinera. Deslumbrado por el sol, Panizo ve cómo echan a los heridos por las ventanas y éstos caen de cualquier manera sin que nadie los recoja, pues los que salen de la casa se alejan a toda prisa.

Empiezan a zumbar balas desde la derecha y la izquierda. Se abre la veda del conejo, comprende Panizo. Los fascistas asoman ya por las esquinas y pronto lo harán desde la casa, donde resuenan sus gritos de júbilo y sus arriba España. Dejando al gitano tirado en el umbral, Morrazo y Olmos echan a correr juntos y saltan tapias y vallas como si de una competición deportiva se tratara. Hace Panizo lo mismo, se cobija en un corral de apenas un metro de alto, comprueba sorprendido que Rafael se mantiene cerca, pegado a sus talones —el dinamitero lo había olvidado por completo—, y cuando se levanta para seguir advierte que Olmos está corriendo solo y al asturiano ya no se lo ve. Y también que, de pronto, Olmos trastabilla y cae de boca como si le hubieran pegado un puñetazo en la nuca.

Duda Panizo entre el instinto de conservación y la lealtad al amigo. Sólo un segundo. Se impone por escaso margen la última, corre hasta él y lo encuentra con la cara en el suelo y un impacto en el cráneo, aunque rebulle, respira quejumbroso y procura incorporarse. Cuando Panizo le toca la cabeza, palpa la parte hundida y los huesos muy blandos y rotos. Apenas hay sangre.

—¡Paco! ¡Paco!

No responde el herido. Lo coge Panizo por los brazos y tira de él. En ese momento levanta la vista y ve que Rafael también está allí, se ha colgado el fusil e intenta coger a Olmos por las piernas. Pero pesa mucho y se le escapa de las manos. Las balas fascistas siguen zumbando en torno a ellos como si tejieran una red de malla fina; y el joven, con ojos angustiados, impotente, dirige una mirada de disculpa a Panizo y sale corriendo. Tira el dinamitero de su camarada, aunque es inútil. Olmos está ahora de costado y entorna los ojos opacos, aturdidos.

—Déjame, coño —musita ronco, quebrándosele la voz en un quejido.

—Cállate la boca.

Consigue arrastrarlo Panizo algo más, a tirones. Aunque sólo un poco. Otra cerca baja de piedra y adobe se interpone en el camino. Prueba a cargárselo a hombros, pero ya no tiene fuerzas; y además, al moverlo, Olmos se pone a gritar como si le arrancaran la cabeza. Intenta Panizo empujarlo arriba para echarlo al otro lado, mas no puede. Pesa demasiado.

—No puedo, hermano.

Lo mira el otro con la boca entreabierta y los ojos velados de polvo. Entonces, inclinándose sobre él, Panizo lo besa en la frente, se levanta y sigue corriendo hacia la Harinera.

Ginés Gorguel se detiene en la linde del pinar, apoya el mosquetón en el tronco de un árbol, se frota el hombro y mira hacia el río.

—Les están dando bien —comenta, echándose hacia atrás el casco de acero.

Selimán se detiene a su lado y observa también cómo los aviones nacionales, puntitos negros y plata en el atardecer, pasan una y otra vez, descienden entre las nubecillas blancas de los antiaéreos, bombardean, ametrallan y vuelven a elevarse haciendo la cadena. Parece un espectáculo aéreo dominical para diversión de un público invisible; pero en la distancia se escucha el retumbar sordo de las explosiones y el tartamudeo sincopado de los Bofors.

—No me gustaría estar ahí —añade Gorguel.

—Ya hemos estado, yo ti digo —apunta el moro.

Mantiene el fusil al hombro y un pulgar en el guardamonte del Mauser, de cuya baqueta cuelga una gallina —sin duda la última que quedaba a este lado del Ebro— a la que hace un rato descubrió en unos matorrales, tardando treinta segundos en atraparla y retorcerle el cuello. Gorguel mira con afecto los ojos oscuros y leales, el mostacho cano que se une a una barbita de varios días, el sucio y deforme tarbús inclinado sobre la frente con el galón de cabo cosido.

—La guerra es rara de cojones, Selimán —concluye.

Lo observa el moro con interés.

—¿Por qué dices el eso que dices?

—Pues no sé —Gorguel se rasca la mugre del cogote, que ya le forma costra—. Conoces a gente que nunca habrías conocido y haces cosas que nunca imaginaste que podrías hacer... Y matas.

Un ancho trazo de sonrisa cruza el rostro atezado de Selimán.

—Y también ti matan, paisa.

—A nosotros no nos han matado. Y mira que todos lo intentan, ¿eh?... Pero seguimos vivos.

—*Inshalah,* Inés.

—Ginés.

Hace el moro un ademán fatalista, vuelta una mano hacia arriba y juntando los dedos.

—Todavía estar mucha el guirra por dilante.

—Joder. Tú siempre dando ánimos.

Coge Gorguel el fusil y caminan. La unidad a la que los agregaron sigue desplegada en un sector tranquilo, encargada de vigilar la parte oriental de la orilla. Ya nadie dispara por allí. Como mucho, nuevos desertores y fugitivos rojos que intentan largarse por ese lado y se entregan a los nacionales con más alivio que inquietud.

—Yo era incapaz de matar una mosca, ¿sabes?... Era carpintero.

—Pero tu destino era estar soldado y matar arrojos cabrones que no estar a derechas.

—Pues sí. Eso parece.

—*Mektub,* amigo.

—Hasta que empezaron a dispararme, los comunistas no me habían hecho nada. Y me disparan porque estoy aquí y no en mi casa, que es donde debería estar.

—Ti disparan porque son arrojos malos. Queman iglesias y mezquitas y no creen en Dios, dueño de los mundos... Franco santo, bendito sea el nombre suyo, lo dice.

—Tampoco yo tenía muy claro lo de Dios. Y oye: lo de Franco, todavía menos.

—Pues ti he oído el rezar a ti, paisa.

—Estos días hago muchas cosas que no había hecho nunca.

De unos matorrales cercanos llega un olor nauseabundo, intenso. Se oye zumbido espeso de moscas. A esas alturas, Gorguel sabe perfectamente de qué se trata. Intenta alejarse de allí, pero el moro se acerca a mirar.

—No fastidies, Selimán.

—Tranquilo, paisa.

—Estoy tranquilo, pero apesta.

—Tú tapas nariz, yo miro.

Rodean los matorrales y ven el cadáver: debe de llevar allí varios días, porque su aspecto es muy desagradable. A simple vista resulta imposible establecer si era joven o viejo, nacional o rojo. No tiene cerca ningún arma, pero lleva una bomba de mano enganchada junto a la hebilla del cinturón.

—¿Nuestro, o de ellos? —pregunta Gorguel, que se cubre con una mano la nariz y la boca.

Sin reparo ninguno, dejando el fusil con la gallina muerta en el suelo, Selimán se ha arrodillado junto al cadáver y lo estudia de arriba abajo, indiferente a las moscas que se le posan en la cara. Al fin encoge los hombros.

—La granada estar rusa.

Con una rama aparta los gusanos que reptan entre la ropa y hurga en los bolsillos.

—Toda ocasión ser misiana, yo ti digo a ti... Hacer galima, paisa.

Una cartera, un mechero, una navaja. Los deja en el suelo, aparte. Después mira la cartera, deja caer dos fotografías, saca cuatro billetes de cinco pesetas y abre la cartulina de un carnet.

—Estar arrojo maricón —dice.

Tira el documento y la cartera, registra un poco más y le quita al cadáver una cadenita de oro que lleva al cuello con una hoz y un martillo en miniatura, que enseña a Gorguel con ademán triunfal. En la mano izquierda hay una alianza también de oro, pero el dedo está tan hinchado que es imposible quitársela, así que coge el machete y lo corta sin vacilar. Después se ocupa de la muñeca izquierda, en la que hay un reloj.

—Joder, Selimán —protesta Gorguel, que sigue tapándose la nariz y la boca.

—Tú tranquilo, amigo. *Zaretna el baraka.* Nos visita el prosperidad.

Mira la esfera del reloj, lo agita, le da un poco de cuerda, se lo acerca a una oreja y sonríe, satisfecho. Luego saca de los zaragüelles el pañuelo donde envuelve sus tesoros, lo mete todo dentro, coge su fusil y se pone en pie.

—*Iallah...* Vámonos.

Cuando se alejan, Gorguel retira la mano de la cara, escupe e inspira profundamente, queriendo limpiarse las fosas nasales y los pulmones. El recuerdo de los gusanos le revuelve las tripas.

—No me reconozco, Selimán.

Sonríe el moro con placidez. La gallina pende cabeza abajo, atada por las patas a la baqueta del Mauser.

—Sólo Dios, que todo lo ve, es quien sabe. Conoce lo que somos.

—Hacemos cosas mezquinas.

—¿Misquinas?

—Miserables... Feas.

Lo piensa el otro un momento.

—También estar hechas cosas grandes tú y yo, paisa. Hemos luchado bien, *ualah.* Por el cabeza de mi padre ti lo digo. Sí.

—Yo, porque me obligaron.

—Estar igual obliguen o no... Un hombre debe luchar cuando debe. Las mujeras se quedan en el casa con hijos y ancianos, y el hombres luchan. Salen a buscar la dinero y el comida, y por eso luchan. Y mientras luchan hacen cosas buenas y hacen cosas malas. Suerte.

—Las malas las conozco todas, me parece. Dime algunas de las buenas, anda.

Lo mira Selimán de soslayo para asegurarse de que habla en serio.

—Es raro que tú digas eso, con muchos días que estar el juntos —dice al fin—. Una vez en el guirra luchas por tu honor, por el jefes, por el compañeros... Ya no es sólo la dinero y el comida. Ni la patria, que decís los *arumis*. Sale negro de tu corazón, pero también sale el luz, yo ti digo. Orgullo de estar hombre y hacer como un hombre... La guirra es el prueba mayor que nos hace Dios.

Gorguel se queda pensando en eso. Al fin, con un dedo índice, le toca la sien al moro.

—Tienes un tornillo flojo, compañero.

Sonríe el otro.

—Mi padre, que tenga Dios, como mi abuelo, que tenga Dios, luchó contra el franceses y contra el españoles... Lo pienso y mi gusta. Por el cabeza y el ojos míos, que estar mucha orgullo de llamarme Selimán al-Barudi.

—¿Y eso, por qué?

—En lengua mía, *barudi* significa el que dispara con el pólvora del *emkhala,* que es el fusila.

—Ah... Vaya.

—Yo ti cuento una cosa, Inés... Los hombres sólo lloran cuando mueren padres o mujera y nacen hijos. Pero una vez lloré y no era de ésas.

Lo piensa un momento Gorguel.

—Oye, Selimán...

—Dime.

—No te imagino llorando ni al enterrar a tu madre, que Dios no lo quiera.

—Mi madre estar vieja pero bien, *jandulilá*. Pero ti digo que una vez lloré. El jalifa llamó para ayudar a Franco santo a matar arrojos que no estar de Mahoma. Promitían cuarenta duros al mes y eso son muchas pisetas, así que los jóvenes y los viejos nos apuntamos en el lista de arrigulares de mi cabila. Además de dos pagas, nos dieron la uniforme y los alpargatas, una lata de aceite Giralda, un paquete de té verde y tres pilones de azúcar La Rosa... Nos convirtieron en hombres ricos, y nos fuimos contentos a el guirra.

Han llegado a una altura donde se ve mejor el río, que por aquel lado discurre en una curva de orillas escarpadas. El sol está bajo y su luz poniente se filtra a través de la humareda suspendida más allá del pitón cercano, sobre el pueblo, que no ven desde allí. Selimán deja el fusil con la gallina en el suelo, y Gorguel, que se ha quitado el casco para secarse el sudor, se acuerda del cadáver y piensa que nunca será capaz de comer algo de esa gallina, ni aunque la cocinen en pepitoria.

El moro está sentado con las piernas cruzadas y extiende en el suelo el pañuelo con su botín, deshaciendo los nudos.

—Cuando nos llevaron a Mililla en camionas —comenta—, las mujeras estaban con hijos en brazos a la salida del aduar, despidiéndonos con el *alilí* que gritan con el lingua y el guirganta cuando sus hombres se van a luchar, que significa lucha bien y vuelve, que ti espera la fuego del casa, la risa del hijos y el carne suave de tu esposa.

—A mí nadie me gritó nada cuando me trincaron para este disparate.

—Porque no tienes el suerte de ser marroquino.

—Sí... Va a ser eso.

—Yo ti digo, iba en la camiona y las oía a las mujeras, y me acordé cuando el mi padre, que Dios tenga, se iba a el guirra contra españoles y yo estaba cogido del mano de mi madre, y la oía gritar lo mismo...

Se detiene, con algunos objetos en la mano: dientes de oro, cadenitas de plata, alianzas, relojes de pulsera. Lo contempla todo como si pensara en otra cosa. De pronto alza la mirada. Se le ha alterado un poco la voz y sus ojos negros brillan como azabache húmedo.

—Entonces lloré, paisa… Lloré como lloran el hombres, tragándomelo, mientras mis compañeros cantaban.

Dice eso y se queda muy quieto y en silencio. Al cabo de un momento, con insólito cuidado, casi con ternura, anuda el pañuelo, lo guarda y se pone de pie. Reluce en una mano la cadenita de oro del rojo muerto.

—Nunca se lo contado a nadie… *Bekher, Alah iazeq.* Dios quiere a ti porque estar mi amigo, Inés.

—Ginés, coño.

—Ya sé, Inés… Tú comprendes misiano el que yo digo, paisa.

Le ofrece la cadenita. Gorguel la mira, levanta los ojos hacia el moro y niega con la cabeza. Insiste Selimán.

—Yo lo doy a ti de corazón mío.

Él mismo se la introduce a Gorguel en un bolsillo de la camisa. Después se cuelga el mosquetón y echa a andar, oscilante la gallina a su espalda.

Poniéndose el casco, el albaceteño le da alcance y camina junto a él.

—Oye, Selimán.

—Dime, paisa.

—¿De verdad te crees que Franco es santo?

Olor a guerra inmóvil.

Las cintas blancas de las bombas de mano cuelgan de las cañas rotas, los arbustos y los troncos de los árboles sin ramas. Eso bastaría para dar idea de lo duro que ha sido el combate, de no ser más elocuentes los cadáveres tirados en los parapetos con expresiones rígidas y sorprendidas —un soldado siempre parece morir decepcionado, como sin terminárselo de creer—, los heridos de uno y otro bando, la docena de prisioneros sentados en el lecho arenoso de la Rambla, a los que vigilan exhaustos requetés con la bayoneta calada.

Oriol Les Forques retira la suya del cañón del Mauser, y antes de meterla en la vaina la frota con tierra y hojas de un matorral. Todavía le tiemblan las manos al tocar el mango de metal y madera, la hoja de más de dos palmos de acero manchado de sangre que el sol y el calor secan con rapidez.

—Lo hemos hecho, Oriol —dice Agustí Santacreu.

—Sí... Otra vez lo hemos hecho.

—Ya falta menos.

—Y yo que lo vea.

Santacreu termina de vendarle a Sergio Dalmau la pantorrilla atravesada por una bala, que por fortuna es herida limpia. Con un cigarrillo humeante en los labios, el requeté grandullón está tumbado de espaldas apoyado sobre los codos, mirando con aprensión cómo su camarada, tras ponerle yodo en la herida, anuda los extremos del vendaje sobre la gasa.

—Duele un huevo —masculla.

Se echa a reír el otro.

—No te quejes, lechón, que no ha tocado hueso ni arteria. Así que enhorabuena, porque vas camino del pesebre. Con esto tienes para dos semanas de hospital y enfermeras guapas.

—Y aunque sean feas, ¿eh?... Os mandaré alguna foto.

—Serás cabrón.

—Pues que te hubieran pegado el tiro a ti, oye. Pídete la vez para el siguiente.

Lo amonesta Santacreu, guasón, moviendo un dedo.

—No olvides que, según el páter, el tango es el atajo más corto al infierno.

—Te lo confirmo cuando pueda bailarlo.

Les Forques deja en el suelo el fusil y se cierra las cartucheras vacías. Después mira hacia donde don Pedro Coll de Rei atiende al teniente Cavallé, herido en los últimos momentos del asalto, cuando los rojos retrocedían en desorden, se daban a la fuga o empezaban a rendirse. Dos camilleros lo ponen sobre la lona y se lo llevan, colgando un brazo casi desgajado del tronco. El capitán lo mira alejarse y luego, seguido por el sargento Xicoy —el asistente Cánovas ha muerto—, recorre la Rambla pasando revista a los heridos y los cadáveres entre los que deambula, arrodillándose para los últimos auxilios, el páter Fontcalda con su estola morada al cuello.

Casi todos los que son de origen campesino, observa Les Forques, mueren callados, fatalistas, sin aspavientos. A los de ciudad suele costarles más: llaman a sus madres y protestan mientras agonizan.

—Son muchos —comenta Santacreu limpiándose las manos en la camisa. Se ha puesto en pie y también contempla los cuerpos ensangrentados sobre los que se inclina el capellán. Se le ensombrece la cara.

—Demasiados —asiente Les Forques—. Varias generaciones de cuervos podrían vivir de esto durante años.

Pocas verdades hay como ésa, piensa. De los cincuenta y nueve supervivientes de la compañía de choque del Tercio de Montserrat que salieron del cementerio a media tarde con bolsillos y correajes llenos de granadas y munición, acercándose a gatas y arrastrándose mientras los morteros de grueso calibre machacaban la posición enemiga, apenas queda la mitad. Los otros empezaron a caer cuando la polvareda de las últimas explosiones aún flotaba en el aire y el capitán Coll de Rei se puso en pie con un brazo en cabestrillo, Cánovas alzó la bandera, los camaradas gritaron «Viva España» y «Viva Cristo Rey» lanzándose al asalto, y durante once minutos lucharon y murieron en las trincheras enemigas, a bayonetazos y con granadas, hasta que los rojos levantaron las manos o escaparon campo a través hacia el río, hostigados por los disparos de quienes, dueños por fin de la posición, los cazaban como perdices por la espalda.

—De aquí a nada, desfilando por la Diagonal —dice Santacreu, como consolándose.

Sonríe Les Forques, fatigado y triste. Sucio de sudor, tierra y pólvora.

—Me conformaría con un vermut y unas tapas en El Xampanyet.

—Que sea Cinzano y con aceituna. Por favor.

—Faltaría más... Aceituna rellena de anchoa.

A una veintena de pasos, en una semicueva rodeada de sacos llenos de tierra, hay un destrozado sombrajo de cañas y lona que atrae la atención de Les Forques, pues cuando los requetés irrumpieron con las bayonetas por delante, un grupo de rojos intentó hacerse fuerte en ese lugar. Resistieron duro, sin aceptar rendirse, hasta que Dalmau les dio una larga rociada con el fusil ametrallador —en ese momento recibió el balazo en la pierna—, Les Forques arrojó una granada, y entre él y Santacreu acabaron a bayonetazos con los que aún rebullían dentro.

—Quédate ahí quieto —le dicen a Dalmau—. Que ahora venimos.

—¿Cómo queréis que me vaya? ¿Saltando a la pata coja?

—Eres muy capaz.

—Que os den... Eso quisiera ya mismo, irme.

Se acercan los dos requetés al sombrajo, a echar el vistazo tranquilo que antes no pudieron dar. Los rojos atrapados allí eran cuatro, y sus cuerpos siguen tal como cayeron, cubiertos de moscas. Dos de ellos yacen sobre los sacos terreros acribillados de esquirlas y balazos. Los otros se encuentran detrás, uno en posición fetal y boca arriba el otro, los brazos abiertos en cruz sobre el suelo cubierto de casquillos vacíos. El que está encogido tiene la ropa perforada por minúsculos metrallazos y por las botas rotas y ensangrentadas le asoman los huesos de los pies. Una gran esquirla de granada sobresale de su cráneo.

Hay un teléfono de campaña sobre un cajón de municiones astillado, con desperfectos de metralla en la funda de baquelita. Les Forques lo descuelga, hace girar la manivela y se lo lleva a la oreja. Para su sorpresa, al otro lado de la línea se oye una voz.

—«Aquí Elehache, dime.»

El requeté mira el auricular, incrédulo.

—Hay línea con los remigios —le dice a Santacreu.

—No jodas.

—Compruébalo.

Coge Santacreu el microauricular y se lo acerca a la boca.

—Os hemos reventado bien, rojos de mierda —dice en castellano.

Cuando Les Forques le quita el aparato, se ha interrumpido la comunicación. Junto al teléfono, arrugados y manchados, hay mapas y libretas de notas. Consciente de que interesarán a don Pedro Coll de Rei, el requeté se los mete entre el pecho y la camisa. Al volverse ve que Santacreu contempla curioso el cadáver que está boca arriba: la camisa a cuadros de éste, rígida de sangre coagulada como gelatina roja, tiene cosidas las tres barras y la estrella de capitán del ejército republicano; y pese a dos grandes tajos de bayoneta que le hunden el pecho, la expresión que fijó la muerte en su rostro parece serena: entreabiertos los párpados y opacas las pupilas, encogido el labio superior, descubre los dientes como en una burlona mueca final.

—Creía que los rojos no usaban bigote —comenta Santacreu.

V

Queda un leve resplandor lejano, a un lado de la noche cubierta de estrellas. Está a punto de ocultarse la luna y conviene no perder el tiempo.

Bultos negros se mueven con cautela en la oscuridad. Son muchos. Nadie habla, ni siquiera susurra. Sólo se oye el roce de botas y alpargatas en el suelo, las respiraciones sofocadas. A veces rueda una piedra o cruje una rama al pisarla, y entonces la larga fila de sombras se inmoviliza, contenido el aliento, antes de avanzar de nuevo.

Silenciosamente, los restos del Batallón Ostrovski abandonan el pitón Pepa. Son 198 hombres sanos los que intentan romper el cerco y escapar. Tras de sí dejan a veintisiete heridos que no pueden caminar y a un enfermero voluntario para quedarse con ellos. Antes de abandonar las posiciones se despojaron de todo lo superfluo, cubrieron lo que brillaba con barro hecho con orines y tierra —llevan un día sin agua—, se camuflaron con ese mismo barro la cara y trincaron cuanto en su equipo podía hacer ruido, saltando sobre los pies para comprobarlo. Y después de recibir en susurros las últimas órdenes, bajaron uno tras otro la ladera, por pelotones, semejantes a una larga oruga negra que reptase en las sombras.

Gambo Laguna siente la ropa mojada, pero no es el relente de la noche. Se lleva una mano a la cara para apartar el sudor de los ojos. De un instante a otro teme que la oscuridad estalle en centellas, una bengala salte al cielo y su gente sea ametrallada antes de ponerse a salvo. Ha destacado a Simón Serigot con el pelotón de cabeza, al comisario Ramiro García con el teniente Ortuño en medio, y él se retira con la última gente. Junto a cinco hombres mantuvo las posiciones de la cresta hasta el último momento, dio un abrazo al sanitario que se quedaba con los heridos —un bravo muchacho aragonés llamado Florencio Azón— y ahora se da prisa en alcanzar a los demás. La idea es moverse por el antiguo cuello de botella pasando entre la Rambla, que ya es de los fascistas, y el pueblo, que también lo es. Avanzar cuanto se pueda en dirección al río antes de que —y eso, saben todos, ocurrirá tarde o temprano— los descubran y tengan que abrirse paso a tiro limpio.

—Si no llego a nuestras líneas, visita a mi mujer cuando puedas —dijo Simón Serigot antes de irse—. Toma esta carta para ella. Las señas están en el sobre.

—No seas idiota, camarada... Llegarás.

—Tú coge la carta, coño.

Un ruido apagado, tal vez alguien que tropezó. Se detienen los que van delante y Gambo se da en la cara con el cañón de un fusil. Algo punzante le lastima un pómulo, y cuando se lleva los dedos a la herida, le escuece y nota la calidez de la sangre que gotea por su barba. Es, comprende con fastidio, lo que los soldados llaman golpe de mira; algo que puede ocurrir cuando caminas en fila a oscuras y te das con la mira del fusil que lleva colgado al hombro quien te precede. Alguno perdió un ojo por eso.

La noche sigue en silencio. El último resplandor de la luna apaga un poco el brillo de las estrellas en ese lado del horizonte. El pueblo, que oscuro y silencioso queda a la derecha, se define con vagas formas geométricas. Gambo arranca un trocito de papel de la libreta de notas que lleva en un bolsillo y lo pega en la herida para detener la hemorragia. Luego alza la vista para advertir la posición de la Polar, que cada hombre debe conservar a su izquierda, en las nueve del reloj.

Se rasca el mayor el picor de una axila, por la que siente moverse un piojo. Después mira alrededor. ¿En qué piensa uno en momentos como éste? ¿A quién recuerda, a quién olvida, a quién ama? La respuesta es nada ni nadie en absoluto, pues los instintos, más poderosos que los pensamientos, se concentran en conservar la vida. Por eso el comandante del Batallón Ostrovski mantiene la mente vacía de todo lo ajeno a la supervivencia inmediata: cautela, silencio, cuidar dónde pisa, tender el oído atento al menor indicio de peligro, escudriñar la noche hasta que duelen los párpados de estar abiertos y el nervio óptico de taladrar las sombras.

Late el pulso rápido, aún más acelerado, cuando una bengala sube al cielo muy lejana, tal vez sobre el río, y desciende lenta recortando en negro los tejados de las casas más próximas del pueblo, que mediante esa vaga claridad puede estimarse a unos doscientos metros, y dejando entrever también la larga fila de hombres ahora quietos y agachados. Están a pocos minutos, comprende Gambo, de que algún centinela fascista los descubra; pero cada paso hacia el río antes de que eso ocurra los acercará a la salvación. Una vez empiece todo, no quedará otra que correr como diablos y abrirse camino a tiros, los que puedan. Consciente de que vive los últimos momentos de respiro, el mayor saca de la funda la pesada Llama Extra del 9 largo, comprueba con el pulgar que está puesto el seguro, y la mantiene en la mano cuando la bengala lejana se extingue y la oruga oscura se pone en pie y reanuda la marcha.

Pese a la incertidumbre y la tensión, Gambo nota una extraña ligereza de espíritu; una libertad interior que hace mucho no experimentaba. Por primera vez desde que tomó el mando del batallón, no se siente responsable de sus hombres. En este momento, avanzando en la noche hacia el río y el enemigo que se interpone entre ellos y la libertad, sólo es uno más. Las instrucciones finales se dieron al ponerse el sol, y no habrá otras. Su última orden fue «llegad al río cuantos podáis, cruzadlo y seguid luchando». Ahora cada uno es responsable de sus propios actos, pues cuando empiece el combate nadie podrá controlar nada. Se combatirá a oscuras, cada cual como pueda, librado a sí mismo, intentando romper el cerco fascista. Intentando llegar.

A Gambo le suda la mano en la que sostiene la pistola. Se la pasa a la otra para secarse en la camisa, y entonces ocurre: un disparo al frente, no muy lejos, y el estampido seco de una bomba de mano. Después una bengala sube al cielo, cegadora, y al caer ilumina árboles, desniveles del terreno, zanjas por las que la oruga negra, de pronto inmovilizada, cobra súbitamente vida y se dispersa en todas direcciones mientras la noche estalla en fogonazos, explosiones, rastros violáceos y blancos de trazadoras que zumban y arrancan chispazos a las piedras y los arbustos, claridades que se entrecruzan como pespuntes de una máquina de coser gigantesca.

Corre Gambo como corre el resto de sombras, oyendo el ziaaang de las balas que pasan, sintiendo el vacío rápido, como de succión, que dejan los proyectiles que rozan su cuerpo. Corre jadeante tropezando con las piedras y matorrales, sin buscar protección, sin detenerse, pues sabe que quien lo haga no volverá a correr jamás. Corre ciegamente en la dirección que ha pasado media hora fijando en su instinto sin perder de vista la Polar, aunque también allí, a donde se dirige, relumbran disparos, brotan destellos breves de granadas.

Apenas se extingue la bengala sube al cielo otra, iluminándolo todo con una claridad fantasmagórica y lechosa. Gambo sigue a toda prisa y sus pulmones arden igual que si tuvieran brasas dentro. Hay hombres que lo preceden, y también a su derecha e izquierda. Adelanta a unos, lo rebasan otros. Un estallar de fogonazos surge a poca distancia, cortándoles el camino, y algunos de los que corren se desploman. Suenan nítidos los chasquidos de balas al pegar en carne, al romper huesos. Levanta el mayor la pistola, dispara hacia los fogonazos, corre un poco más y de pronto cae en un desnivel del terreno, una zanja en la que se agazapan bultos confusos, sombras enemigas. Van llegando más hombres de los que corrían en torno a él, y la zanja se convierte en un caos de gritos, golpes, culatazos. Dispara Gambo a quemarropa contra los bultos, oye el alarido de quienes son traspasados por las bayonetas, se abre paso como puede golpeando con la pistola, trepa fuera de la zanja y sigue corriendo mientras mira de reojo la Polar, manteniéndola en el hombro izquierdo. La última bengala casi toca tierra y su luz se extingue, y en el postrer rastro de claridad todavía alcanzan a verse las siluetas negras de muchos hombres que corren, caen, mueren, disparan y luchan por sus vidas.

—¡Nos atacan, mi alférez! ¡Nos atacan!

Santiago Pardeiro, que descabezaba un sueño tumbado en el suelo, se incorpora bruscamente. Es el cabo Longines quien lo zarandea por un hombro, sin miramientos de graduación. Detrás asoma la cara de ratoncillo expectante de Tonet.

—¿Qué carallo dices?

—Los rogelios, mi alférez. ¡Los tenemos ahí mismo!

Sacude la cabeza Pardeiro y se frota los ojos legañosos, despejándose mientras se ciñe el correaje con la pistola y se cala el chapiri. Con la linterna eléctrica ilumina el reloj en su muñeca.

—Imposible... Quienes vamos a atacar dentro de dos horas somos nosotros.

—Lo que yo le diga.

Sale el joven alférez al exterior. La casa que ocupa con sus hombres es la más avanzada del lado nordeste de Castellets, a menos de trescientos metros de las posiciones rojas en la Harinera. Pero por esa parte todo parece tranquilo. Es al norte, en el cuello de botella entre el pueblo y el cementerio, donde se combate; y además, comprueba, con extrema violencia. Desde el portal mismo de la casa, Pardeiro alcanza a ver muy cerca los fogonazos de los disparos y el resplandor de las bombas de mano, y escucha el denso crepitar de fusilería que se extiende como una traca, resonando en ecos que lo multiplican. Y por el lugar donde eso ocurre, comprende en el acto lo que sucede.

—Oye, Tonet.

Suena la voz decidida del chiquillo.

—Dígame, señor alférez.

—Tú conoces bien ese lugar, ¿verdad?

—Pues claro.

—¿Ves los disparos que relumbran más a la derecha?

—Los veo, señor alférez.

—¿Qué distancia hay de ahí al río?

—Unos dos kilómetros.

Asiente el oficial, satisfecho.

—Quieren romper el cerco. Intentan pasar.

—¿Contraatacan desde el río? —pregunta Longines.

—No, hombre, al contrario. Van hacia el río. Se largan... ¿Verdad, Tonet?

—Me parece que sí, señor alférez.

Era una posibilidad. Ya lo advirtió ayer el mando, y Pardeiro tomó las disposiciones adecuadas, dentro de lo posible. Dispositivo según la hipótesis más probable, seguridad conforme a la más peligrosa. Sus legionarios —los restos de la 3.ª Compañía mezclados con los refuerzos de la 4.ª— hacen frente principal a la Harinera, que se proponen atacar por la mañana en cuanto lleguen dos Panzer que deben apoyar el asalto; pero también, en previsión de un intento de infiltración desde el pitón de poniente, el alférez ha situado un pelotón en cuña en el cuello de botella, en trincheras que les hizo excavar a toda prisa y desde las que casi se dan la mano con los carlistas que ayer tomaron la Rambla. Y a esos hombres los apoya desde algo más atrás, en una elevación del terreno que permite enfilar bien el sector, una ametralladora pesada Fiat Revelli equipada con cargadores de cincuenta balas; la misma que en este momento dispara con ráfagas profesionales, muy bien dirigidas, orientado su fuego por las trazadoras que rasgan la noche con sus rastros luminosos.

—¡Están pasando! —exclama alguien nervioso en la oscuridad, no muy lejos.

—¡Silencio! —brama Pardeiro—. ¡Disparad, y silencio!

Alguno lo conseguirá, supone, aunque duda que sean muchos. Tiran los legionarios con fuego graneado desde su altura, guiándose por los trazos de la ametralladora. También los requetés del otro lado disparan intensamente desde el cementerio y la Rambla. El tump, tump, tump de salida de los morteros de pequeño calibre empieza ahora a sonar desde atrás, veinte segundos después los primeros proyectiles estallan abajo, y el cuello de botella se convierte en un vértice infernal que bulle de impactos, llamaradas y fogonazos donde convergen los puntos luminosos de las trazadoras que surcan la noche como luciérnagas disciplinadas.

—Menudo hule se están llevando —comenta Longines.

Alzando los prismáticos, Pardeiro alcanza a ver lejanas siluetas que corren dispersas entre breves resplandores semejantes a luces de magnesio de un fotógrafo enloquecido. Pero no sólo huyen, advierte. También combaten.

No me gustaría estar ahí abajo, piensa. No me gustaría en absoluto.

—¿Oye eso, mi alférez?

Pardeiro lo oye, en efecto, y presta aún más atención. Algunas voces empiezan a oírse entre los estampidos de las granadas y los disparos de fusil, creciendo en intensidad como un rumor que se propaga hasta ser coreado por docenas de gargantas cada vez más numerosas, cada vez más fuerte. Casi puede distinguir, o adivinar, las palabras:

Arriba, parias de la tierra,
en pie, famélica legión...

—Están cantando —dice mientras baja los prismáticos, asombrado—. Esos cabrones están cantando *La Internacional.*

Pato Monzón los ve llegar, al menos a algunos de ellos. Los que consiguieron pasar aparecen entre las dos luces inciertas del alba, corriendo solos o en pequeños grupos, siluetas desamparadas en la claridad plomiza que empieza a filtrarse desde levante. A su espalda, lejos, aún relampaguean los fogonazos del fuego de mortero, los rastros intermitentes de las trazadoras que aniquilan a los que no han podido romper el cerco y se quedan allí para siempre. Vienen los supervivientes agotados del esfuerzo, jadeantes, heridos, ayudados por los compañeros. Algunos se acogen a los muros fortificados de la Harinera y se dejan caer exhaustos al sentirse a salvo, de cualquier manera, sucios los rostros de barro seco, sangrantes de las heridas, arrastrando los fusiles que casi todos conservan. Otros pasan de largo y siguen adelante hacia el río, caminando ahora más despacio sin concierto alguno, sin jefes ni oficiales a la vista que les den órdenes.

—Pobres camaradas —comenta Pato.

—De pobres, nada —gruñe la sargento Expósito—. Han luchado como fieras y lograron pasar.

—No todos.

—Es igual... Cada uno que llega es una victoria.

Los atienden lo mejor que pueden antes de encaminarlos al río: agua, algo de comer, atención para los heridos. Los recién llegados se miran unos a otros, se buscan y llaman, preguntan por este o aquel camarada. Son hombres recios, curtidos por la vida y la lucha, y tal vez por eso a Pato la enternecen sus comentarios medio ingenuos, su afán por saber de los amigos ausentes, por averiguar quiénes han conseguido cruzar las líneas fascistas y quiénes no pudieron. La conmueven esas voces roncas y breves, las expresiones vacías en los ojos que la claridad creciente define cada vez más, el modo en que se estrechan las manos o se abrazan al reconocerse con la primera luz, cómo inclinan los rostros cansados, los comentarios de inquietud o dolor por los ausentes. Cree la joven percibir en ellos algo inequívocamente masculino: un curioso ritual de grupo, no deliberado, instintivo, que parece unirlos entre sí. Como si llevaran, no dos años de campaña, sino treinta siglos regresando juntos de lugares difíciles, de la caza y de la guerra, siempre ellos y siempre los mismos, los que consiguen romper el cerco y los camaradas que no vuelven, en cuyo honor se mira atrás o se enciende un cigarrillo. Y Pato siente una extraña envidia, pues la perturba la sospecha de que, a diferencia de los hombres y su instinto natural de grupo, que tanto los abriga, las mujeres luchan mucho más solas.

Llega un soldado tambaleante, malherido en un brazo, del que la arteria seccionada arroja chorros de sangre, y se desploma ante ellas sin una voz ni un quejido. Huele a pólvora, tierra y ropa sucia. Lo atienden las dos mujeres lo mejor que pueden, ligándole fuerte el brazo con una goma para dormírselo y sacarle la enorme esquirla de metal que impide taponar bien el desgarro. Pero al herido —flaco, harapiento, embarrado el rostro, barba de varios días— se le van quedando frías las manos y exangües los labios, y se desangra sin que puedan parar la hemorragia, muy abiertos los ojos doloridos, fijos en la nada que se adueña despacio de su cuerpo inmóvil.

—Déjalo —dice Expósito, poniéndose en pie mientras se seca las manos en las perneras del mono—. Ya no vale la pena.

No dura, la relativa calma. Apenas se asienta la luz del día, el enemigo empieza un bombardeo pavoroso. La artillería fascista, que parece haberse reforzado durante la noche, arroja un diluvio de fuego sobre la posición avanzada republicana y los casi tres kilómetros de terreno que hay entre ella y el Ebro. Durante una hora estallan proyectiles de grueso calibre levantando surtidores de tierra, espesando el aire con una polvareda que huele a rastrojo quemado, a azufre y a trilita. Por fortuna el tiro es indirecto, y la mayor parte de los cañonazos pasan aullando sobre la Harinera para estallar entre ella y el río; pero el fuego de mortero sí bate directamente el edificio produciendo daños y bajas.

Agazapada en un refugio rodeado de sacos terreros, tumbada boca abajo con las manos protegiéndose la nuca mientras oye reventar bombas y saltar metralla, Pato siente temblar la tierra bajo su cuerpo. Aprieta un palito entre los dientes para que no entrechoquen y la onda expansiva se compense dentro y fuera de los tímpanos y los pulmones, y lo siente húmedo de un sabor metálico inconfundible: le sangran la nariz y las encías. La sargento Expósito está tumbada junto a ella, tocándose sus cuerpos. A veces, en los momentos de respiro entre bomba y bomba, se miran sin decir nada, con los ojos rojizos que traspasan la máscara de tierra y polvo. Parece imposible que nada pueda sobrevivir a lo que está cayendo.

De pronto cesa el ruido y el silencio que sigue, semejante al estupor de quienes lo guardan —como si no acabasen de creer en él—, se llena con las blasfemias de los hombres que se incorporan, las voces de los heridos que hasta ahora no se atrevían a gritar o no se les oía, los ruegos pidiendo enfermeros y camilleros. Y luego, entre la humareda que aún no se disipa del todo, las figuras que se mueven tambaleantes, desorientadas en la calima parda, mientras Pato y la sargento se ponen en pie ayudadas una en otra, tosiendo el polvo y la tierra que irritan los pulmones y secan boca y garganta.

Expósito se sacude el mono y se pasa las manos por la cara. Pato empieza a decirle que es preciso comprobar si el NK-33 y la línea telefónica funcionan después del bombardeo, cuando la sargento se queda muy quieta, y le hace señal a la joven de que se calle. Mira hacia el edificio, cuyo techo se ha desplomado y del que hay tejas rotas y trozos de ladrillo desparramados por todas partes, pero no presta atención a eso, sino al sonido que viene de más allá, del otro lado de la Harinera por la parte del pueblo: un rumor creciente de motores que se acercan.

—Joder —dice.

A Pato le da un latido en falso el corazón.

—¿Aviones?

—Peor... Tanques.

Son muchos los que oyen lo mismo, y los hombres corren apresurados a sus posiciones de combate. Ya suenan disparos sueltos y ráfagas, y el martilleo de ametralladoras pesadas golpea siniestro al otro lado de los muros. Pato ve al mayor Guarner, que de pie en el centro del patio da órdenes, enviando gente a las aspilleras. Después camina hacia el poyo de piedra donde está instalado el teléfono de campaña, rodeado de una protección de cajas de municiones llenas de tierra, y Pato y Expósito acuden a reunirse con él. Cuando llegan a su lado, el mayor ha descolgado el auricular y hace girar la manivela.

—Posición Estribo, Posición Estribo —dice—. Os llamo desde Elehache... ¿Me oís?

Tiene el rostro gris de fatiga y los ojos irritados le lloran tierra. Mira a las dos mujeres y le pasa a Expósito el teléfono con ademán impotente. La sargento se lo lleva a la oreja, mueve la manivela.

—Fuera de servicio —confirma—. El cable estará roto.

Las mira Guarner resignado, casi indiferente. Saca un pañuelo muy sucio y se suena la nariz.

—¿Hay forma de reparar la línea? —pregunta con poca esperanza.

Expósito no responde. Se limita a mirarlo con gravedad. Encoge los hombros el mayor.

—No importa, no hay mucho que decir —señala el equipo—. Recoged esto y marchaos. Nada tenéis que hacer aquí.

—¿Tan mal está todo, camarada mayor? —inquiere Pato.

—No está mal, está acabándose... Iros ahora que aún podéis.

El tiroteo aumenta al otro lado del edificio. Disparos de fusilería y también el estampido intermitente de ametralladoras Maxim. Suena fuego pesado algo más lejos, cada vez más cerca. Fuego fascista.

—Cuando lleguéis al río, informad de lo que hay. Supongo que podré aguantar unas horas... Decidles que se den prisa en cruzar, los que puedan. Después de que caiga la Harinera, todo ocurrirá muy deprisa.

Tras decir eso, el mayor gira sobre los talones para meterse en el edificio, pero se detiene a señalar el naranjero y la carabina Destroyer que están en el poyo junto al teléfono.

—Si no os lleváis eso, inutilizadlo.

—Tenemos las Tokarev —responde Expósito, palpándose el cinto.

—Mejor. Así iréis más ligeras de peso.

Desaparece Guarner. La sargento se ha inclinado sobre el teléfono y desconecta los cables.

—Ve por el macuto de herramientas y la mochila de la bobina —le dice a Pato—. Están en el cobertizo del gallinero.

Obedece la joven. El lugar se halla a treinta pasos, adosado a una tapia derruida por las bombas. Una de las explosiones arrancó el techo tan limpiamente como si lo seccionara un hachazo. Pato va a echarse a la espalda la mochila cuando oye un fuerte estampido cercano, un disparo de salida. Empinándose sobre la punta de los pies alcanza a ver las cabezas de unos soldados junto al escudo protector de un cañón. Curiosa, se asoma a mirar. Se trata de un antitanque Maklen 37 ruso, con sus características ruedas de carro. Lo sirven cuatro artilleros; uno acaba de meter un proyectil en la recámara aún humeante del disparo anterior, y otro la cierra con un chasquido metálico. Más allá del escudo cuadrado de acero, Pato alcanza a ver las casas más próximas del pueblo; y entre ellas y la posición republicana, a unos doscientos metros, algo que le eriza la piel: cuatro blindados de color gris muy oscuro que avanzan despacio, se detienen, disparan densas ráfagas de ametralladora y vuelven a avanzar. Tras ellos, a saltos, buscando la protección del terreno, se mueven hombres dispersos que apenas se dejan ver un momento.

Dispara de nuevo el antitanque con una llamarada y un brinco que levanta la cureña un palmo del suelo; y uno de los blindados destella con un chispazo enorme y se queda inmóvil. Gritan alborozados los artilleros y el grito se corre por la posición republicana, pero inmediatamente arrecia el tiroteo: los otros tanques escupen fuego graneado y directo que golpea en los muros del edificio, en las tapias y sacos terreros, y resuena con granizar metálico en el escudo protector del cañón. Se agachan más los artilleros, se aplasta Pato oyendo zurrear las pesadas balas, y al mismo tiempo una salva de morterazos de grueso calibre impacta encadenada sobre las trincheras y los parapetos.

Humo y polvo de nuevo. Mucho. Hurta el cuerpo la joven retrocediendo con la cabeza baja, a gatas, cargándose a la espalda la mochila y el macuto, y corre a reunirse con Expósito. La sargento ha cerrado la caja del teléfono y recoge todo el hilo telefónico que puede; mas cuando Pato propone adujarlo en la bobina, la sargento se queda quieta, contemplando desalentada el cable. Al fin, tras un titubeo, deja caer la parte que tiene enrollada en las manos.

—A la mierda —dice con desánimo.

Coge el naranjero por el cañón, le parte la culata de madera de un recio golpe contra la piedra y tira los dos trozos al suelo.

—Venga, vámonos.

Se cuelga la correa del NK, y empieza a andar alejándose del edificio. Siente Pato un vacío en el pecho que le hace flaquear las rodillas: una desolada mezcla de estupor, desfallecimiento y miedo. Reacciona al fin, se desprende con un manotazo de la mochila, se ajusta el macuto, coge la carabina, saca el cerrojo y la rompe de otro golpe. Después tira el cerrojo lo más lejos que puede, y con el macuto de las herramientas al hombro se va detrás de la sargento.

Bajan las dos hacia el río, dándose prisa. El camino de tierra está lleno de objetos abandonados por los hombres en fuga: un carro volcado, ropa pisoteada y sucia, vendas manchadas de sangre, cantimploras, peines de munición, cartucheras, armas, mochilas abiertas con el contenido desparramado por el suelo. Junto a un tanque T-26 tumbado en una zanja, con una cadena partida y fuera de sus guías por el impacto de una bomba de aviación, hay una mula muerta; y junto a ella, los cadáveres destrozados de dos heridos que transportaba en las artolas cuando fue alcanzada por el impacto. El cuerpo del acemilero está unos pasos más allá, caído de bruces, con la nuca y la espalda negras de moscas.

Un hombre está sentado contra un árbol a un lado del camino. Por un momento Pato cree reconocer al capitán Bascuñana y se aproxima con el corazón saltándole en el pecho; pero advierte que no es él. Se trata de un soldado de mediana edad con el pelo revuelto y muy sucio, los pies negros de mugre asomando entre las alpargatas rotas. Una oscura barba de trinchera le azulea la cara. Tiene un fusil al lado, con la bayoneta puesta, apoyado en el árbol. Permanece inmóvil mientras fuma un cigarrillo; y al acercarse, Pato comprueba que está herido en un costado, rígida la camisa de sangre seca.

—¿Puedo ayudarte, camarada?

Alza el otro la vista y la mira con aire distraído, sin moverse ni responder, limitándose a llevarse de nuevo el pitillo a la boca. Parece indiferente, cansado o tal vez ambas cosas a la vez. Al cabo, después de contemplar a la joven, niega muy despacio con la cabeza.

Ella se lo queda mirando desconcertada, lenta en reaccionar. Por fin, como a impulsos de una sacudida interior, da bruscamente la espalda al soldado y se apresura para alcanzar a la sargento Expósito, que sigue andando sin mirar atrás.

La derrota era esto, piensa Pato mientras camina.

Así que la derrota era esto.

La victoria es esto, se dice un exultante Santiago Pardeiro cuando avanza con sus legionarios cubriéndose detrás de los tanques: algo que casi se puede tocar con los dedos. La certeza de la fuerza propia que se proyecta al fin sobre el vencido; el alivio incluso físico que, tras las zozobras y la incertidumbre del combate, supone verlo retroceder quebrantado, objeto de los disparos que se le hacen mientras corre para ponerse a salvo. La sensación de cruel omnipotencia que roza el ajuste de cuentas.

Si hay un momento en el que el joven alférez no desea en absoluto morir, es ahora, tan cerca del final. Por eso se mueve con una precaución que no mostró en los días pasados, volviéndose de vez en cuando para asegurarse de que sus hombres hacen lo mismo; atento a que el blindaje del Panzer que chirría ante él dejando una humareda de gasolina lo resguarde lo más posible. A veces, entre el estampido de la doble ametralladora MG-13 de la torreta, oye el cling-clang de las balas que golpean el blindaje.

Pardeiro no da órdenes, no hace falta. Cada legionario sabe lo que hace. Antes de armar bayonetas, abandonar la protección del pueblo y ponerse en marcha hacia la Harinera, reunió al centenar escaso de hombres que le quedaba y les dijo, en una corta arenga, lo que se espera de ellos: ataque frontal apoyado por varios tanques negrillos mientras por la izquierda flanquean los tiradores de Ifni y por la derecha el Batallón de Baler. Los nacionales tienen que alcanzar el río por la tarde, y en eso están ellos.

En quebrar la resistencia de la Harinera para despejar el camino.

El antitanque rojo que tiraba desde la izquierda ha sido silenciado al fin. Estaba haciendo daño. Por fortuna no hay necesidad de tomarlo por asalto, porque uno de los últimos impactos de mortero pesado —esa cobertura terminó cuando los legionarios se acercaron a la posición enemiga— debió de dar en la munición, pues lo levantó por el aire, volcándolo fuera del parapeto como si fuese de cartón piedra. Haciendo un fuego furioso con sus ametralladoras, los tres negrillos que quedan operativos han dejado atrás al que recibió el cañonazo, que humea con un desgarro en el acero y el cadáver de un tanquista atravesado en una de las escotillas abiertas.

Mira Pardeiro a sus hombres: barbudos, mugrientos, empuñan los Mauser armados de bayonetas al tiempo que caminan despacio y se agachan tras los tanques protegiéndose en cada irregularidad del terreno por pequeña que sea, hurtando el cuerpo a las balas que pasan. No tienen prisa, no gastan fuerzas, no disparan; se detienen arrodillados, miran precavidos, avanzan de nuevo. Ahorran la munición que necesitarán cuando estén a la distancia adecuada, antes del cuerpo a cuerpo. Algunos de ellos, supervivientes de la 3.ª Compañía, llevan diez días combatiendo. Los que llegaron con la 4.ª de refuerzo, cinco. Por eso se mueven con el modo peculiar de los soldados que han recibido mucho fuego y están casi al límite: un poco lentos, con ademanes mecánicos, enrojecidos y brillantes los ojos, convertidas las pupilas en duros puntos negros. Van de coñac hasta las trancas.

Una ametralladora roja tira en ráfagas bien dirigidas, las balas hacen clap-clap-clap-clap levantando nubecillas de polvo, y uno de los hombres que avanzaban al descubierto por la derecha del alférez dobla las rodillas y se desploma cual si le fallaran las fuerzas. Gira su torreta uno de los tanques y el tableteo de la doble máquina atruena vengativo, intenso, machacón, picoteando de impactos la posición enemiga. Corren dos camilleros en busca del caído y lo retiran hacia retaguardia. Los muros de la Harinera están cerca, y los tres negrillos se detienen buscando la mejor posición para sostener la última fase del asalto. Unos rodilla en tierra, otros apoyados en los blindajes, los legionarios más adelantados empiezan a llevarse el fusil a la cara y disparar.

Mira Pardeiro hacia atrás para ver cómo está el resto de la gente y encuentra a Tonet pegado a su sombra. El chiquillo le va detrás con su chapiri legionario y su bayoneta en bandolera, agachándose cuando el alférez se agacha, caminando cuando lo hace. Las piernecillas llenas de arañazos oscurecen de suciedad, tiene rasguños en las rodillas y la cara llena de churretes, pero su expresión es de absoluta felicidad.

—¿Qué haces aquí, Tonet?

El crío no responde. Se limita a dar dos pasos más y arrodillarse junto a Pardeiro, mirando hacia el enemigo con gesto intrépido. Un poco más allá, protegido detrás de otro tanque, está el cabo Longines, que desde la muerte de Vladimiro hace funciones de sargento. Pardeiro señala al niño pidiendo explicaciones, y el otro hace un ademán de impotencia.

—Te dije que te quedaras atrás, neno.

—Atrás no se ve nada, señor alférez.

Pardeiro le da una colleja y el niño sonríe, obstinado. Agarrándolo por un brazo, el alférez lo arrima más al tanque, buscando protegerlo mejor.

—No te apartes de ahí. Pero si ves que el tanque se mueve, ten cuidado porque puede retroceder y aplastarte... ¿Entendido?

—Sí, señor alférez.

Saca el oficial la Astra de la funda. Después se asoma sobre el blindaje para calcular la distancia hasta la posición enemiga. Hay por delante una buena carrera, ligeramente en cuesta. De nuevo el asalto. Por miedo a las botellas de gasolina, hasta que no les despejen el terreno los tanques no van a ir más allá.

Otra vez la fiel infantería, concluye. Que, como dice el himno, por saber morir sabe vencer.

Tras pensarlo un instante, el joven se mueve pegado al tanque y sintiendo el calor del motor, hasta el costado izquierdo. Una vez allí golpea con la culata de la pistola el blindaje, haciendo la señal adecuada: la socorrida copita de ojén. Se entreabre la escotilla lateral y asoma un rostro grasiento tocado con una boina negra que luce una calavera y dos tibias: el oficial jefe del carro.

—¿Se van a quedar aquí? —pregunta Pardeiro.

—No me fío de ir más adelante —dice el tanquista—. Ahora es cosa de ustedes.

Asiente el alférez, estoico. No hay mucho que pensar, ni nada que discutir.

—Entonces, nos adelantamos nosotros. Batan la brecha grande y el parapeto de la derecha, desde donde nos tira esa máquina, y procuren darnos cuanta cobertura puedan.

—Cuente con ello, amigo... Buena suerte.

Se cierra la escotilla y Pardeiro regresa a la parte de atrás. Varios hombres se han aproximado y se agrupan buscando por instinto la protección del tanque. Todos miran al oficial con la resignación tranquila del veterano que sabe lo que viene a continuación. Longines y los demás legionarios, tumbados cuerpo a tierra o agachados tras los otros negrillos, también lo miran expectantes. No hay posibilidad de dar órdenes de viva voz, porque en este momento los tres blindados empiezan a disparar y el estruendo lo llena todo: seis ametralladoras de 7,92 mm castigan la posición enemiga.

Nuestro anhelo es tu grandeza, canturrea mentalmente Pardeiro sin mover los labios cuando acerroja una bala en la pistola y deja puesto el seguro. Nuestro anhelo es tu grandeza, repite. Que seas noble y fuerte. Se toca con dos dedos el bolsillo del pecho, sobre el parche con la estrella de seis puntas, donde lleva las fotos de sus padres y su madrina de guerra y la carta inacabada para ésta. Después se santigua sin intentar disimularlo, y mirando a los hombres que tiene alrededor les guiña un ojo para aligerar el gesto. Sonríen algunos y otros se santiguan también. A derecha e izquierda, todos están pendientes de él: del alférez provisional de veinte años recién cumplidos que se dispone a conducirlos, de nuevo, a la victoria o al desastre.

Respira hondo el joven, muy seguido, consciente de sus pulmones todavía sanos, colmándolos del aire que tanto va a necesitar, mientras contempla el cielo azul y se llena los ojos de luz. Se siente en paz con su conciencia y con el mundo en que le tocó vivir. Si ha de caer, lo hará como un oficial y un caballero que cumple su deber, sin odio —el rencor de un soldado en combate es otra cosa— hacia los que pretende matar y tal vez lo maten. En paz consigo mismo. Tan sólo con una gris melancolía por lo que le será negado.

Baja la vista al fin, mirando al frente. Y por verte temida y honrada, sigue canturreando para sí mismo; aunque de pronto se detiene confuso, pues no recuerda cómo sigue el himno guerrero que ha cantado cien veces. Pero es el momento, y ya da igual. Levanta la mano izquierda con los cinco dedos extendidos y los recoge uno a uno: cuatro, tres, dos. El último, el índice, lo agita en un movimiento circular. Entonces abandona la protección del tanque y ve la Harinera enfrente, blanca y amenazadora, salpicada de impactos y nubes de polvo por el fuego de las ametralladoras. El edificio se encuentra a menos de un centenar de metros, pero parece hallarse en el confín del tiempo y del miedo.

—¡Arriba España!

Grita eso con voz ronca —lleva diez días gritándolo—, quita el seguro de la pistola y empieza a correr. Lo hace cinco metros por delante de sus hombres, como estipula la ordenanza no escrita de la Legión.

Entonces, de pronto, recuerda el resto de la letra.

Y por verte temida y honrada, contentos tus hijos irán a la muerte.

Julián Panizo se ajusta el vendaje de la uña rota, asoma la cara por el hueco entre dos sacos terreros, echa un vistazo y blasfema fuerte y claro.

—Me cago en las bragas de la Virgen.

Los biberones que están agachados junto a él, Rafael y una docena más, lo miran esperando lo que el dinamitero no sabe cómo darles: ánimo y confianza. Han visto caer a demasiados compañeros, y sus caras casi infantiles, sucias y fatigadas, se ven tensas, desorbitados los ojos de incertidumbre, pendientes de Panizo como, en un temporal que arrancara las velas y desarbolase los palos, un marinero inexperto lo estaría del capitán. Pero él no es capitán, y ni siquiera quiso aceptar nunca un simple galón de cabo. No sabe conducir a hombres, y mucho menos a chiquillos de diecisiete y dieciocho años. Lo único que sabe es luchar.

—Vienen a la bayoneta, criaturas —es cuanto acierta a decir—. Hay que pararlos como sea. No pueden llegar hasta aquí.

—¿Y si nos retiramos? —aventura uno.

—Eso es peor, atontao... Nos cazarían por la espalda, como a conejos.

Su naranjero da un chasquido al montarse. Le queda ese cargador entero y medio más: cincuenta y cuatro disparos y ninguna granada. Despúes habrá que bailar un chotis a base de culatazos y machete. Disimulando la desazón, aplazando la desesperanza, se esfuerza en sonreír. Cuánto echa de menos a su compadre Paco Olmos, y poder decirle ahora que se calle la boca.

Señala los sacos terreros.

—Vamos a asomarnos ahí y a tirarles con todo lo que tenemos. Echadle huevos y pupila, ¿vale?... Por cada disparo, un fascista.

Dando ejemplo, se incorpora lo justo para apoyar el subfusil y apuntar hacia las figurillas enemigas que ahora avanzan con rapidez y ya se encuentran a unos cincuenta metros de la posición. Pone el selector en tiro a tiro, aprieta el gatillo y empieza a disparar despacio, ahorrativo, con método, buscando a los enemigos más próximos. A uno y otro lado se unen los estampidos de los chicos que también disparan, imitándolo. Sólo dos de ellos se quedan agachados y un tercero sale corriendo. Panizo, que lo ve de reojo, reprime el impulso de pegarle un tiro. No es momento, comprende. No ahora, porque se vendrían todos abajo.

Hay tres tanques fascistas cubriendo el ataque. Por suerte, piensa el dinamitero, son de los alemanes pintados de oscuro, que sólo llevan ametralladoras en la torreta. Si tuvieran cañón como los rusos, de la Harinera no quedarían ni los rabos. Pero se han parado lejos y dejan que la infantería, legionarios por ese lado según parece, haga el resto del trabajo. Sin embargo, comprueba satisfecho, no lo tienen fácil. Al fuego de fusilería que se les hace desde los parapetos y el edificio se une el martilleo eficaz de la máquina rusa que desde el lado izquierdo abanica ráfagas bien dirigidas que ponen en respeto a los atacantes, obligándolos a venir más despacio, pararse de vez en cuando y buscar protección.

Aunque también los fascistas disparan. Ya no llueven morterazos como hasta hace poco, pero el fuego de los tanques riega sistemático, a chorreones, las posiciones republicanas. Caen hombres y escasea el parque: se oye a gente pidiendo a voces, desesperadamente, una munición que ya nadie trae. O él no sabe nada de la guerra, piensa Panizo, o en este momento hay a su espalda un montón de hijos de puta tirándolo todo para correr más deprisa hacia el río.

—¡Lo estáis haciendo muy bien, criaturas! —grita a sus chicos—. ¡Seguid así, duro con ellos!... ¡Imaginad que os miran vuestras novias!

No hay remedio, con novias mirando o sin ellas, y el antiguo minero de La Unión lo sabe. Pero lo cierto es que le da pereza correr. Mucha cansera, como dicen en su tierra. Y ése, concluye, es un lugar tan bueno como otro cualquiera para encarar el final. Lo siente, eso sí, por los chavales que lo rodean, que están muriendo o van a morir incluso antes de empezar a vivir. Pero así son las cosas y así es la guerra. Así es el cochino mundo que lucha por cambiar; un mundo nuevo que sin duda tiene que venir. ¿A quién puede gustarle éste?

Una ráfaga en el parapeto. Un biberón suelta el fusil, se lleva las manos a la cara y cae de espaldas sin decir ni ay, tan despacio que parece que se está sentando. Otro, con un hombro destrozado, se acurruca en el suelo llamando a su madre. Madre mía, gime. Mamá, por favor, madre mía.

—¡Dadles duro, hijos míos! ¡Dadles duro a esos cabrones!

—Nietos, abuelo... En todo caso, seremos nietos tuyos.

El biberón Rafael está a su lado casi codo con codo, golpeando el cerrojo del arma con la palma de la mano, metiendo una bala tras otra y disparando allí donde lo hace Panizo. Ha cambiado su viejo rifle por el Mauser de alguno de los que han caído, y lo usa con eficacia. Con una mirada de soslayo, el dinamitero ve el perfil tiznado de pólvora del joven, el gorrillo inclinado sobre una ceja, la media sonrisa descarada que ni siquiera lo que está cayendo le quita al joven de la boca. Abre Panizo la suya para decirle cualquier tontería, pero en ese momento ve, más allá del chico, cómo una ráfaga de ametralladora pega de lleno en el parapeto de la máquina rusa, pillando a los sirvientes desprotegidos mientras cambian la cinta y echan agua en el refrigerador. Uno cae fuera del parapeto, desarticulado como un monigote de feria, y otro queda abatido sobre la máquina.

Panizo ni lo piensa. Esa ametralladora es el único obstáculo serio que se opone a los fascistas por ese lado. Así que se cuelga el naranjero a la espalda y da un golpe en el hombro a Rafael.

—¿Sabes ayudar con una Maxim?

—No.

—Pues es tu día de suerte... Ven, que vas a aprender.

Corre Panizo con la cabeza baja, trepa al parapeto y aparta al ametrallador muerto, empujándolo a un lado. El manguito de latón estriado que rodea el cañón está caliente y resbaladizo de sangre; lo limpia un poco el dinamitero con la manga de la camisa y cierra el tapón de entrada de agua.

—Ésta es una Maxim, ¿ves?... Una máquina soviética cojonuda. Cada cinta tiene doscientas cincuenta balas y tira seiscientas por minuto. Es la hostia.

Se sitúa Panizo sentado tras el escudo protector de acero.

—Dame la cinta, anda. Métela por la caja de alimentación... Por ahí a la derecha, eso es. Sostenla en alto para que no se enganche... Y baja más la cabeza, coño.

Cuando asoma el extremo de la cinta por el lado izquierdo, el dinamitero da un fuerte tirón, mueve adelante el cerrojo, y repite dos veces la misma operación. Clac-clac, clac-clac, hace.

—¿Ves? Ahora hay una bala en la recámara y otra en la entrada de la corredera. Ya se puede tirar en automático.

Inclinado sobre la culata, Panizo sujeta la doble empuñadura, apoya el pulgar izquierdo en la palanca gatillo —el derecho le duele— y observa por la ventanilla del escudo enfilada con la mira. Los fascistas están a treinta metros, calcula.

—Ponme el alza a cero y abre bien la boca, para que no se te rompan los tímpanos.

Obedece Rafael, agachándose en el acto porque uno de los tanques acaba de enviarles otra ráfaga que crepita contra los sacos terreros y el muro que está detrás, haciendo volar tierra y esquirlas de ladrillo. Un balazo perdido golpea el acero del escudo, que vibra con un siniestro campanazo y hace estremecerse la máquina. Dos segundos después, crispado el rostro, entreabiertos los labios que descubren los dientes apretados, Panizo empieza a disparar ráfagas cortas y precisas que surgen con violenta sucesión de estampidos, atronando el aire. Y al otro lado, allí donde impactan, las figurillas que avanzaban decididas vacilan, se detienen y buscan resguardo entre los surtidores de polvo que las puntean.

—¡Otra cinta!... ¡Ten preparada otra cinta!

Al volverse hacia Rafael gritándole eso, temblorosas las manos de las sacudidas del arma, Panizo comprueba desolado que los biberones que se quedaron tras los sacos terreros empiezan a abandonarlos, seguramente porque, como él ahora, oyen los gritos de los moros que aúllan igual que chacales dando el asalto algo más allá, por el flanco derecho de la posición. Eso cambia las cosas y las cambia demasiado: la sensación de urgencia y peligro atenaza las ingles del dinamitero, que se esfuerza en no dejarse arrastrar por el pánico. Perder ahora la cabeza es perder la vida, y él la necesita para seguir matando fascistas. De un manotazo sacude a Rafael por un hombro.

—¡Tráete a uno de ésos, antes de que se larguen todos! ¡Corre, que nos llevamos la máquina!

Obedece el muchacho mientras Panizo retira los pasadores del escudo, para aliviar de peso la ametralladora. Después la desengancha del afuste con ruedas. Los sesenta kilos de peso quedan ahora repartidos en dos, arma y carro, y eso la hace transportable. Hay dos cajas de munición cerradas, llenas, y una abierta. El dinamitero se ciñe en torno al cuerpo la cinta de balas de la que está abierta, y en ese momento ve aparecer a Rafael con otro muchacho sudoroso y de ojos asustados, cubierto con un casco de acero tan grande que le baila en la cabeza.

—Tú, échate a cuestas el carro. Y tú, coge esa munición... Nos vamos, criaturas.

Esperan los tres agazapados a que los fascistas disparen la siguiente ráfaga, y cuando aún está en el aire la polvareda que ésta levanta, el dinamitero se echa al hombro la pesada máquina, baja del parapeto y se mete lo más deprisa que puede por la brecha de la tapia, en dirección al patio lleno de escombros donde hay hombres que huyen y otros que se arrastran heridos, implorando un auxilio que nadie les da. Cruza Panizo el lugar apresurándose, sofocado bajo el peso que lleva encima, que los casi cinco kilos adicionales del naranjero hacen insufrible. Y tras mirar atrás comprobando que Rafael y el otro biberón siguen sus pasos, toma el camino de tierra que baja hacia el río. El sol está muy alto y cae vertical, como un castigo, y el sudor chorrea por el cuerpo del dinamitero igual que si le exprimieran encima una esponja.

Abriéndose paso entre los cañaverales que lo ocultan de los fascistas, el mayor de milicias Gambo Laguna observa la orilla opuesta del río.

La salvación está allí, o lo estaría para un buen nadador capaz de vencer la corriente o dejarse llevar por ella con habilidad hasta el otro lado; pero él es un nadador mediocre, y además no está solo. Lo acompañan cinco hombres, uno herido. Cuatro de ellos son los únicos que quedan del pelotón con el que iba cuando la pasada noche rompieron el cerco enemigo en el cuello de botella. El quinto es el capitán Serigot, a quien el jefe del desaparecido Batallón Ostrovski encontró al amanecer con un balazo en una cadera y otro en la pierna, refugiado en los mismos cañaverales por los que ahora intentan acercarse a la pasarela. Un lugar de salvación que Gambo calcula a setecientos u ochocientos metros de distancia.

Eso, claro, en caso de que la pasarela siga operativa y no haya sido destruida otra vez por la aviación fascista.

Los seis hombres están exhaustos y los mosquitos los acosan. Llevan la ropa destrozada y sucia de arrastrarse por el fango de la orilla. Han podido beber agua del río, pero tienen los estómagos vacíos desde ayer. Gambo conserva su pistola Llama, y dos de los hombres, los fusiles Mannlicher. Los otros perdieron las armas en la huida, y cargan con Simón Serigot, que no puede caminar y apenas conserva el conocimiento.

—Esperad aquí. Y no hagáis ruido.

Se adelanta Gambo unos pasos, a echar otra ojeada. Entre los altos tallos y hojas verdes no se ve ahora, por la parte de tierra adentro, más que una leve cuesta salpicada de algunos pinos: ni rastro de fascistas como los que hace rato obligaron al grupo a estar dos horas largas escondidos en el cañaveral, inmóviles, tapándole la boca a Serigot para que sus quejidos no los delataran, cuando esperaban a que los hombres con boina roja que patrullaban el lugar se alejasen de allí. Gambo tuvo tiempo de sobra para observarlos, pues llegaron a sentarse a echar un cigarrillo y pasarse una bota de vino mientras un par de ellos vigilaban: eran requetés, todos jóvenes, y hablaban en valenciano o catalán. Por la dirección de la que venían y hacia la que luego regresaron, dedujo Gambo que pertenecían a la unidad que había tomado el cementerio y la Rambla; y por su actitud tranquila, que se sentían seguros en esa parte del frente, ya que el grueso del combate se centraba, y sigue haciéndolo, en las afueras del pueblo en torno a la Harinera, de donde proviene ruido lejano de estampidos y disparos.

—Todo despejado. Podemos seguir.

La cuestión, piensa Gambo mientras continúan la marcha apartando cañas a su paso, es si los rezagados como ellos conseguirán llegar al punto de cruce antes de que lo hagan los fascistas. Si ese último rincón de la orilla será la salvación o la ratonera final.

—¿Falta mucho, camarada mayor? —susurra uno de los hombres.

—Ya estamos cerca de la pasarela... Si es que sigue estando ahí.

—Pues más vale que siga. No sé nadar.

—Ni yo —dice otro.

Emite el herido un lamento ronco, prolongado, y Gambo se vuelve a mirarlo. Simón Serigot es su amigo, pero nada puede hacer por él más de lo que entre todos hacen: no abandonarlo aunque los retrase. El segundo jefe del desaparecido batallón se halla en un estado lamentable: arde de fiebre, delira y musita palabras incoherentes, y bajo el torniquete que le liga el muslo izquierdo con una tira de goma de neumático, cubierto con trozos de su propia camisa, asoma un fragmento blanco del fémur astillado. La otra herida, vendada de mala manera, gotea sangre y lo hace sufrir mucho a cada movimiento.

—¿Esto ha sido una derrota, o qué? —pregunta uno de los que hablaron antes.

Sonríe Gambo aunque no sea momento de sonrisas: un vistazo de soslayo y una mueca resignada. El soldado, cubierto de barro seco, es uno de los veteranos del Ostrovski al que el mayor conoce bien: Cipriano Jalón, se llama. Un fulano pequeño y correoso, jardinero de señoritos ricos antes de la guerra, que lleva con él desde la creación del Quinto Regimiento y que se ha comido sin rechistar todos los fregados desde Madrid hasta aquí. Alguien a quien no hace falta irle con paños calientes.

—Estamos en repliegue táctico, Jalón.

Chirría la risa atravesada del otro.

—No me jodas, camarada mayor... ¿Ahora se le llama así?

—Siempre lo hemos llamado así.

Frunce el ceño el otro, secándose el sudor embarrado de la cara.

—Oye, camarada mayor.

—Dime.

—¿Por qué el camarada Stalin no nos ha mandado lo que prometió?

—¿Y qué es eso?

—Pues no sé. Tanques, aviones. Tela marinera.

—¿Te lo prometió a ti personalmente?

—Lo dijo la Pasionaria en aquel discurso que nos dio en Teruel, ¿no te acuerdas?... Para Stalin, la guerra de España es muy barata, con lo que el mundo se juega en ella. Eso dijo la tía. Por eso a los españoles no nos va a faltar de nada... Eso dijo también, ¿no?... ¿Lo dijo o no lo dijo?

—Sí, hombre. Lo dijo.

—Y luego, con todo su chocho, se acercó a un herido de los que venían del frente e hizo como que lo sostenía, para que le hicieran la foto que salió en *Mundo Obrero*.

Crujen las cañas a su paso. Gambo dirige otro vistazo a la orilla opuesta, que empieza a bajar hacia una vaguada, y cree reconocer el lugar. Ya están cerca de la pasarela y no se oye ruido de aviones. Quizá les sonría la suerte.

—Cada cual lucha a su manera —comenta.

Gruñe Jalón, poco convencido.

—Pues podríamos intercambiar maneras, ¿no crees?... Nosotros haciéndonos fotos, a la suya, y ella recibiendo tiros, a la nuestra. Ella, Negrín o incluso el camarada Stalin.

—No te pases.

—Es que antes todo era frente, ¿verdad?... O eso nos decían. Ahora tenemos frente y retaguardia, pero en el frente seguimos estando los mismos.

—Venga, déjalo ya.

—Vale, camarada mayor —Jalón se cambia de hombro el fusil—. Ahora dime eso de que más vale equivocarse con el Partido que tener razón contra el Partido...

—Que lo dejes, te digo. Si te oyera, nuestro comisario político te metía un paquete de aquí te espero.

—Difícil que me oiga, ¿no crees? Se lo cargaron anoche.

—Ah, sí... Es la costumbre.

—¿Cargárselo?

—Nombrarlo. A Ramiro, hombre. No seas bestia.

—Pues los fascistas nos han jodido la costumbre.

Es cierto, Gambo piensa amargamente. García y muchos más. Tampoco sabe nada del teniente Ortuño. Y se pregunta cuántos han podido cruzar las líneas fascistas. Cuántos supervivientes del batallón habrán logrado llegar a la Harinera y cuántos estarán ahora dispersos y solos como ellos, buscando el modo de alcanzar la pasarela.

Al cabo de unos pasos se vuelve y contempla el rostro duro y sucio del soldado.

—Jalón...

—¿Qué?

—Eres comunista, coño.

Asiente el otro y da una palmada en el fusil, que es lo único que lleva limpio y reluciente.

—No te jode. Aquí iba yo a seguir, si no lo fuera.

Cuando Pato Monzón y la sargento Expósito llegan a la orilla del río, la pasarela es un caos; pero sigue tendida entre ambas orillas, muy curvada hacia la derecha por la corriente del río: ciento cincuenta metros de tablas de poca anchura montadas sobre barcas y grandes flotadores de corcho, por las que cruzan a la carrera, haciendo oscilar la estructura que los pontoneros se esfuerzan en mantener firme, docenas de hombres despavoridos a los que unos pocos sargentos apenas pueden contener. De vez en cuando, alguno cae al agua y se hunde o desaparece río abajo. Otros se amontonan en la margen, con el fango hasta media pierna, intentando subir a alguno de los botes que se mueven muy despacio, cargados a la ida y con sólo dos remeros a la vuelta.

—No podremos pasar —dice Pato, descorazonada.

—Tranquila —responde Expósito—. Ya verás... Tranquila.

Todo el lugar, por el camino que viene de la Harinera, está lleno de armas y equipo tirados por el suelo. Una treintena de heridos se agrupa en la orilla misma, en camilla unos y sentados o tumbados en el barro otros, esperando que alguien los suba a los botes; pero los camilleros han desaparecido y nadie se ocupa de ellos. De vez en cuando, desde el Vértice Campa, que se encuentra al otro lado, salen disparos de artillería que pasan rasgando el aire sobre el río y van a estallar fuera de la vista, hacia Castellets y los alrededores, en un intento de retrasar el avance fascista. A medio camino entre el pueblo y el río, por donde hace poco han pasado las dos mujeres, se oye ahora un fuerte tiroteo de armas pesadas, como si se hubiera establecido allí un último punto de resistencia antes de que todo se venga abajo y llegue el momento del sálvese quien pueda.

Un momento que no parece lejano, si es que no ha empezado ya. Cuando Pato se acerca al arranque de la pasarela, buscando un hueco entre los hombres para subir a ella, un suboficial la aparta de un empujón y se interpone, cortándole el paso.

—¡A la cola, tú!... ¡Espera el turno!

Se adelanta Expósito, centelleantes los ojos. Maneras de Moscú.

—Es una mujer, camarada.

La mira el otro, insolente, con cara de estar harto de todo.

—También tú lo eres.

—Yo no tengo prisa, puedo esperar. Pero ella es una cría.

—¿Y qué?... Si ha venido a la guerra, que se aguante. Que se hubiera quedado en su casa.

Se le acerca Expósito con tal violencia que Pato cree que va a darle un cabezazo en la cara.

—Me cago en tu puta madre —le dice, ruda.

Se yergue el otro más desconcertado que furioso, mirándole a Expósito el galón de sargento que lleva cosido en el mono.

—No te consiento... —empieza a decir.

—Lo que tú me consientas me lo paso yo por el coño —agarra a Pato por un brazo y se la pone delante al otro—. ¿Qué pasa, se la vas a dejar a los fascistas?... ¿Sabes lo que le harán los moros si le ponen la mano encima?

Parpadea el suboficial, confuso, mirando alternativamente a las dos mujeres. Al fin se hace a un lado.

—Pasad —dice.

Se adelanta Pato, pero Expósito no la suelta y le toca el macuto cargado de equipo.

—Si te caes con eso te ahogas, idiota. Quítatelo.

Duda Pato, y es la propia sargento quien la desembaraza de él. Luego se saca por la cabeza la correa del teléfono de campaña y lo arroja al agua.

—Vamos... Corre.

Suben a la pasarela y avanzan rápido sobre las tablas de sólo metro y medio de anchura, que se mueven peligrosamente con el paso apresurado de los hombres que las preceden y van detrás. Algo más adelante, un soldado se agarra a otro para no caer y se precipitan los dos al río, donde manotean dando alaridos mientras los arrastra la corriente. Mira Pato con aprensión el agua terrosa y turbia que corre bajo sus pies, pero el temor se convierte en miedo atroz cuando ve que los antiaéreos de la otra orilla empiezan a tirar, mira hacia arriba y ve cuajarse el cielo de nubecillas blancas.

—¡Aviación! —gritan todos, descompuestos de pánico—. ¡Aviación!

Cuatro puntos negros y plata que reflejan el sol aparecen remontando el curso del río, aumentan de tamaño, y junto al sonido creciente de sus motores llega, violento, el tacatacatacatac de las ametralladoras que pican surtidores en el agua, impactan en la pasarela y siguen más allá, entre los botes que cruzan más arriba. Caen hombres al cauce y en ese instante empiezan a reventar bombas: dos levantan columnas de agua y espuma que caen como surtidores sobre Pato, Expósito y los soldados, y otra estalla en la orilla en una pirámide invertida de fango, humo y metralla. La cuarta acierta de lleno en mitad de la pasarela, haciéndola saltar por los aires con los hombres a los que atrapa en su torbellino.

El estampido ensordece a Pato, al mismo tiempo que la onda expansiva y el brinco de la pasarela desarticulada la arrojan por los aires. Cae al agua, que le parece tan fría que le corta la respiración, y se hunde aturdida, reaccionando con un braceo desesperado cuando comprende que se está yendo al fondo. Sale a la superficie con un gemido de angustia, metiendo aire en los pulmones al mismo tiempo que tose para expulsar el agua que penetró en ellos. De nuevo se hunde, y patea mientras con un forcejeo agónico intenta desabrocharse el cinturón con la Tokarev y los cargadores que aún conserva. Sale otra vez a la superficie, liberada al fin, y nada; o, más que nadar, golpea casi a ciegas con los brazos y los pies intentando ganar la orilla. Consigue tocar un fondo blando y fangoso en el que se hunde hasta los tobillos; y pisando en él, a empujones, logra sacar medio cuerpo del agua y arrastrarse hasta el ribazo. Llega llorando y tosiendo, y al recostarse ve que tiene la mano izquierda atravesada por una gran astilla de madera que entra por el dorso y sale por la palma, tiñéndole los dedos y la muñeca de sangre que el agua extiende con rapidez.

Mientras se quita el agua de los ojos con la mano sana, Pato busca angustiada a su compañera entre los hombres que chapotean en la orilla, los heridos y los muertos que se desangran sobre el barro. Pero no volverá a verla jamás. A la sargento Expósito se la han tragado el río y la guerra.

Cuando Gambo Laguna y los otros cinco supervivientes del Batallón Ostrovski alcanzan el lugar de cruce, la pasarela ha desaparecido y sus dos mitades están deshechas y arrastradas hasta ambas orillas por la corriente. La ribera derecha del Ebro es un caos. Por el sendero que lleva a Castellets siguen llegando fugitivos, aunque tras ellos aún se oye combatir a elementos republicanos que resisten entre intenso tiroteo y estruendo de explosiones. Ya nadie trae a los heridos, que vienen por su propio pie o quedan abandonados. Tira la artillería propia casi a cero desde el Vértice Campa para cubrir la retirada, y por encima de las cabezas pasa el sonido desgarrador de los proyectiles que apenas contienen ya a los fascistas.

Hay pocos medios de paso y el pánico es contagioso. Los botes que van y vienen son asaltados por docenas de hombres que pretenden subir a bordo, y en muchos casos deben ser rechazados a punta de pistola. Otros vagan por la orilla sin saber qué hacer, y los más osados arrojan las armas, se quitan la ropa y se meten en el río para intentar cruzarlo a nado.

Cargados con Serigot, que sigue vivo, Gambo, Jalón y los otros tres se abren paso hasta la orilla. Hay en ella dos botes junto al barrizal de cañas, ropa y equipo piso-teado, y una veintena de soldados descompuestos que pretenden subir a ellos, rechazados a golpes de remo por los barqueros, que insisten en dar prioridad a los heridos. Se miran Gambo, Jalón y los otros, y sin necesidad de pa-labras se meten entre ellos a empujones, chapoteando en el fango. El bote más cercano ha embarcado a varios hom-bres, heridos o no, y se disponen a apartarse de la orilla cuando el mayor y los suyos llegan allí.

—Traemos un herido —dice Gambo.

Niega el barquero, un tipo tostado y sucio que viste ropas civiles y se cubre con una boina.

—Estamos llenos.

Gambo se ha metido en el agua hasta las rodillas y man-tiene agarrada la regala de la embarcación.

—Ahí llevas a hombres sanos —señala a Serigot—, y tenemos a un herido.

—Heridos hay muchos —responde el otro.

—No como éste.

Tras decir eso, sin alterarse, Gambo saca del cinto la pistola y se la muestra al barquero mientras se frota el pecho para limpiar la barra de su grado que lleva cosida a la camisa.

—Soy el mayor de milicias Emilio Gamboa Laguna, este hombre es el capitán Simón Serigot y está herido grave... Y si el bote está demasiado lleno, se baja quien haga falta. Me da igual quién sea, ¿oyes?... Que baje uno.

Se calla el barquero y mira a los otros ocupantes. Hay nueve a bordo, y tres de ellos parecen perfectamente sanos. Gambo elige al azar.

—Tú, bájate.

Se niega el aludido, encogiéndose entre los otros: uno con trazas de campesino y canas en la barba de trinchera, que viste un mono caqui desgarrado en las rodillas. No lleva armas.

Gambo le apunta al pecho con la pistola.

—Si no bajas, te pego un tiro.

Al soldado le tiemblan las manos y la boca y se desorbitan sus ojos de pavor. Intenta decir algo, pero no le salen las palabras. Gambo deja de apuntarle al pecho y le apunta a la cabeza.

—Abajo, camarada... O juro que te mato.

Obedece el otro al fin. Pasa junto al mayor, que nota el olor agrio de su desesperación y su miedo, y se pierde entre los que miran. Mientras, Jalón y los suyos acomodan a Serigot en el bote. El propio Gambo ayuda a empujarlo hacia el río y se quedan allí, viéndolo alejarse. Después el mayor se vuelve a sus hombres: aparte de Jalón, se llaman Domínguez, Soto y Roldán. Todos veteranos de muchos combates, todos comunistas de la primera hora. Contempla sus rostros sucios, barbudos y honrados. Tranquilos y altivos los cuatro, pese al desastre. A fin de cuentas han peleado bien, como otras veces; y también como otras veces han sido vencidos. Son albures de la guerra. Gambo sabe que volverían a combatir si él se lo pidiera. Y que volverán a hacerlo si llegan al otro lado del río.

—De derrota en derrota —les dice— hasta la victoria final.

Sonríen los soldados. Gambo pregunta quién sabe nadar y dos de ellos levantan la mano.

—¿No sabes, Jalón?

—No, camarada mayor —responde el otro con mucha flema—. Soy de secano.

—¿Y tú tampoco, Domínguez?

—Tampoco.

Señala Gambo unos restos de pasarela amontonados en la orilla.

—Vamos a coger esas maderas, las juntamos empalmando los cinturones y correajes y nos agarramos todos a ellas. Dándole al agua con los pies podemos intentarlo, y a lo mejor la corriente nos ayuda a llegar hasta la curva del río... ¿Os parece bien?

Se lo parece a Domínguez, pero no a Cipriano Jalón, que niega con la cabeza.

—Lo siento, camarada mayor, pero el agua no es lo mío... Prefiero quedarme en este lado, pisando tierra firme.

—Te cogerán los fascistas —Gambo señala a los hombres amontonados en la orilla y luego indica el camino de Castellets, donde sigue sonando la fusilería—. Al que no se eche al agua lo van a atrapar, ¿comprendes?... Están ahí mismo, ya los oyes.

Mueve el otro la cabeza, tozudo.

—Prefiero que me liquide uno de esos hijoputas a remojarme el pescuezo.

Lo piensa un momento y entorna los párpados, como dudando si decir algo más.

—Además —confiesa al fin—, me da miedo.

—No jodas, Jalón.

—Lo digo en serio. Y estoy mayor para andar de balnearios.

Tras decir eso, se descuelga del hombro el fusil y se yergue como si le desaparecieran de golpe el cansancio, el barro y la mugre de encima.

—Permiso para actuar por mi cuenta, camarada mayor —añade.

A Gambo se le hace un nudo en la garganta.

—Permiso concedido, camarada Jalón.

Se lleva el otro el puño a la sien. Está muy serio pero le sonríen los ojos.

—Salud y República —dice.

Después da la vuelta y camina sendero arriba, hacia donde suenan los disparos.

VI

A Julián Panizo le tiemblan las manos y le duelen los pulgares, sobre todo el de la uña rota, de apretar la palanca gatillo de la Maxim. Mueve la ametralladora de un lado a otro, oscilante el cañón en ángulo de unos noventa grados, procurando cubrir la mayor extensión posible del terreno por el que, lenta pero inexorablemente, cubriéndose y avanzando a saltos calculados, se mueven cada vez más próximos los fascistas. Por suerte los tanques se han retrasado después de que, rebasada la Harinera, uno de ellos recibiese el impacto de dos botellas de gasolina y se pusiera a arder con los tripulantes dentro. Panizo lo ve a lo lejos, columna de humo negro que se une a las que animan el horizonte.

El último punto de resistencia republicano se ha establecido en torno al lugar desde el que el dinamitero y los dos biberones disparan, junto a la carcasa averiada de un T-26 medio tumbado en una zanja. El propio tanque y la zanja ofrecen protección, y allí se han agrupado de modo espontáneo, sin nadie al mando, los últimos fugitivos procedentes del pueblo: los que aún tienen ganas de combatir y los que están demasiado cansados o maltrechos para alcanzar el río. Desde donde se encuentra, Panizo no puede saber cuántos son; aunque por el sonido de disparos y las direcciones desde las que se hace fuego, calcula una veintena de hombres, tan tozudos o desesperados como él.

Que cada vez son menos: junto a Panizo y el biberón Rafael, recostado en la cadena rota del tanque, el chico del casco grande yace pálido y amarillento como si la piel se le hubiera convertido en cera vieja, el cuello y la camisa cubiertos de sangre en la que se ceban las moscas y que el sol empieza a coagular en costras rojizas. Tiene los párpados entreabiertos, una mano ligeramente alzada, como si hubiera pedido permiso para morir, y todavía lleva puesto el casco que no le sirvió de nada cuando, al acercarles una caja de munición, una bala fascista le atravesó la garganta, haciéndolo desplomarse como un pajarito, sin un grito ni una queja.

Ni dieciocho años, le calcula Panizo con el último vistazo antes de concentrarse otra vez en la ametralladora. Y ni siquiera Rafael sabe cómo se llamaba. Un chiquillo más, de tantos. Una madre en alguna parte. Un futuro que ya no existe.

Sigue tirando Panizo mientras procura ahorrar munición, en ráfagas cortas de tres o cuatro disparos. De pronto la Maxim se encasquilla —ya ha ocurrido tres veces—, reacia a encajar el último cartucho atravesado en la recámara. Es un arma estupenda, rusa hasta las cachas, la mejor ametralladora que el dinamitero ha visto en su vida; pero lleva demasiado tiempo disparando, la camisa de latón del refrigerador parece una plancha caliente y seguramente los residuos de pólvora se han acumulado en la cámara de gases. O vete a saber. Panizo da más tirones a la cinta de munición y empuja hacia atrás la manivela hasta que consigue encajarla. Entonces entreabre la boca, aprieta los dientes y hace fuego de nuevo.

Rafael, que mantiene la cinta levantada para que entre con más facilidad, grita algo que Panizo apenas oye, sordo como está por la sucesión de estampidos. Señala el muchacho hacia la izquierda, mira Panizo en esa dirección y advierte que los fascistas intentan flanquearlos: avanzan a rastras, dejándose ver lo imprescindible. Vuelve hacia allí el arma el dinamitero, larga tres ráfagas cortas y la ametralladora se encasquilla otra vez. Intenta repetir la operación, pero el arma parece bloqueada de verdad.

—Me cago en el copón de Bullas —exclama.

No hay tiempo, comprende con desánimo. Ya no queda espacio para nada. Desmontar la caja de mecanismos y reparar la avería es imposible; y además, el cañón está tan caliente que las balas se dispersan mucho en los lugares a los que apunta. Por otra parte, cuando dirige un vistazo alrededor comprende que a la resistencia en la zanja y en torno al tanque le quedan sus últimos minutos: desmoralizados al fin, heridos o acabada la munición, algunos hombres se apartan y salen corriendo hacia el río; y los pocos que se quedan, calan bayonetas o empuñan los machetes mientras por el flanco derecho se oye el griterío de los moros que vienen al asalto.

Rafael lo está mirando: cara tiznada de pólvora y reluciente de sudor, el gorro cuartelero inclinado sobre la frente. Ya no hay insolencia en el rostro del muchacho, sino desconcierto. Mira a Panizo como un cachorrillo desamparado miraría al mastín que lo protege. Sin esa mirada, tal vez el dinamitero se habría quedado allí, naranjero en una mano y cuchillo en la otra, esperando llevarse a unos cuantos moros o legionarios por delante mientras cantaba *Adiós, muchachos,* como hacen los hombres que se visten por los pies. Pero, por algún extraño motivo que no se detiene a analizar —él no es de los que hacen eso—, el soldadito que tiene sólo tres o cuatro años más que su hija mayor le remueve cosas por dentro. Lo hace sentirse incómodamente responsable de su vida.

—Nos vamos, criatura —decide.

Desprende la palanca del cierre de la Maxim, extrae éste, lo arroja lejos, se descuelga de la espalda el naranjero y le pega un tiro al manguito refrigerador. Y luego, sin más preámbulos, agarra a Rafael por un brazo para apartarlo de la máquina, pasa agachado junto al tanque y el biberón muerto y echa a correr camino del río.

Lo sigue el muchacho. Arden los matorrales y la hierba seca, incendiados por la artillería, con un fuego bajo y breve que deja el suelo cubierto de ceniza y humea levantando una bruma gris en la que estallan los fulminantes de los cartuchos de los hombres muertos. Entre esa bruma, a su izquierda, Panizo distingue formas humanas, figuras confusas que se mueven de modo oblicuo, acercándose; y en una segunda ojeada advierte angustiado que visten uniformes color garbanzo y se cubren con turbantes: moros a veinte o treinta metros. Parándose de pronto para afirmar los pies, levanta el subfusil.

—¡Sigue! —le ordena a Rafael—. ¡Corre, sigue!

Dispara dos ráfagas cortas, muy calculadas, pero en la última escucha el clic del gatillo sin cartuchos que picar. Entonces corre de nuevo mientras saca el cargador vacío, lo tira al suelo y mete el otro. Unas balas más y se acabó, piensa. Se para otra vez, dispara otra ráfaga corta y sigue corriendo. Las siluetas que se movían entre el humo se detienen, se agachan, se ocultan. Panizo corre ahora detrás de Rafael, y mientras lo hace observa que el biberón no ha tirado el fusil y sigue con él en las manos. Buen chaval, piensa el dinamitero. Es un buen chaval.

Más siluetas hostiles, esta vez por la derecha. Ahora es Rafael quien las ve primero, se detiene, pone rodilla en tierra, dispara, acerroja y dispara. Panizo le da una palmada en la espalda al pasar corriendo a su lado.

—¡Sigue, criatura! ¡No te pares más!

Oye los pasos precipitados del muchacho que vienen detrás. Hay nuevos enemigos a derecha e izquierda; y de no ser por el humo ya los habrían cosido a tiros al biberón y a él. Suenan disparos y gritos, zumban balas perdidas. Y de pronto, tras bajar y subir una pequeña vaguada dejando el humo atrás, Panizo se encuentra casi en la orilla del río. Se vuelve entonces para animar a Rafael, y al hacerlo ve que el biberón viene más despacio, cojeando. Ya no lleva el fusil y con las dos manos intenta taponarse la sangre que le brota de una cadera y empapa el pantalón.

Mala suerte, piensa Panizo. Con los fascistas encima, el pobre chico no tiene ninguna posibilidad. Y si se entretiene demasiado, él tampoco.

—Lo siento.

Eso dice, o tal vez sólo lo piensa. Y sigue corriendo. Entonces oye a su espalda la voz suplicante del muchacho.

—¡No me dejes aquí, abuelo!... ¡No me dejes aquí!

Se detiene Panizo como si le hubieran dado una bofetada. Sacude la cabeza y se lleva una mano a la cara, indeciso. Por un momento cree ver la imagen de su compadre Paco Olmos descojonándose de él. De sus prisas.

—Me cago en mi puta calavera —exclama.

Y entonces, resignado, se cuelga a la espalda el naranjero, da la vuelta y acude en socorro del muchacho.

Son pocos los prisioneros que se hacen en la zanja y junto al tanque ruso; y serían menos, o ninguno, si Santiago Pardeiro, pistola en mano, no se hubiera interpuesto reduciendo a la disciplina a sus hombres y a los tiradores moros que, victoriosos, se lanzan al degüello de los rojos que siguen vivos, queriendo cobrarse su resistencia. Una cosa fue acuchillar a los que aún se defendían, lo que hicieron sus legionarios sin reparos al llegar a la bayoneta, e incluso rematar en caliente a los heridos y moribundos que se debatían pidiendo clemencia. Eso va de oficio para uno y otro bando en las leyes no escritas de un asalto. Distinto, sin embargo, es degollar en frío a la docena de hombres deshechos, agotados de combatir hasta el último cartucho, que han arrojado las armas y levantan las manos, entregándose.

Pero hay quien se lo reprocha. Un capitán de tiradores de Ifni se acerca con muy mala cara, pidiendo explicaciones.

—¿Cómo se atreve a dar órdenes a mi gente? —lo interroga con sequedad.

Lo contempla Pardeiro: flaco y con bigote, un ojo iracundo bajo la visera de la gorra de plato rojo y un parche negro en el otro. El uniforme del oficial está sucio de combatir, aunque no demasiado. Desde luego, no como los de Pardeiro y sus barbudos legionarios, que van cubiertos de mugre y polvo como jamones viejos. Un día de jaleo, le calcula del vistazo. O dos, como mucho. Gente fresca, venida a Castellets hace un par de jornadas. Con ganas, claro. Pero recién llegada, como el que dice.

—Ya se ha matado mucho por aquí —responde.

Lo mira el otro de arriba abajo.

—Cuádrese.

Tras un par de segundos, aturdido y sin creer lo que oye, se pone firmes Pardeiro.

—En mis tiradores mando yo —dice desabrido el capitán.

Señala el joven alférez a los moros, que en ese momento cortan dedos y rompen a culatazos las quijadas de los muertos para quitarles anillos y dientes de oro.

—Pues debería decirles que se conformen con el botín.

—Yo soy quien decide con qué se conforman.

Mira Pardeiro a los prisioneros que alzan los brazos como un rebaño abatido y roto de cansancio: ropa desgarrada, pelo revuelto y sucio, rostros hirsutos. En sus ojos hundidos hay fatiga, rencor y miedo. Sin oponer resistencia se dejan desvalijar por los legionarios que los custodian; que, ya sin ensañarse con ellos, los agrupan a punta de bayoneta junto al tanque ruso averiado.

—Esos hombres han luchado bien.

Lo observa el capitán de tiradores con curiosidad, fijándose en Pardeiro por primera vez: suciedad, aire ausente, pupilas afectadas por la fatiga y los estimulantes. El polvo y la grasa que cubren el parche con la estrella de provisional que lleva cosido al pecho.

—¿Por qué dice eso?

—Porque es verdad. Me han matado gente y se la hemos matado a ellos... Ahora merecen que se les trate como a personas.

—Identifíquese —replica el otro, brusco.

—Alférez Santiago Pardeiro Tojo.

—Gallego, claro. Con ese acento.

—Sí.

—¿Y desde cuándo está usted aquí?

Debe hacer memoria el joven. Titubea un momento, torpe, y responde al fin.

—Desde el primer día, creo.

—Diez, entonces.

—Sí, eso. Diez.

Mira el capitán a la treintena de legionarios que sigue en pie. Su expresión ha cambiado.

—Entonces, esos hombres...

—3.ª y 4.ª Compañías de la XIX Bandera —dice Pardeiro—. O lo que queda de ellas.

—¿Y siguen ustedes aquí?

—¿Y dónde íbamos a estar?

Se queda callado el otro sin quitarle la vista de encima. Por fin hace un ademán negligente.

—Lo dejo con sus prisioneros... ¿Tiene otras órdenes?

Niega Pardeiro.

—No, que yo recuerde. Nuevas, quiero decir.

Se detiene el capitán, que volvía la espalda.

—¿Y cuáles fueron las últimas?

Señala el joven el terreno a su espalda.

—Tomar la Harinera. Y lo he hecho.

—La Harinera queda muy atrás.

—Ya.

—Entonces, ¿qué hace aquí?

—Decidí perseguir a los rojos en retirada, para que no se reagrupasen.

Otra ojeada curiosa. Sorprendida ahora.

—A eso, los de Tiradores lo llamamos comerse la orden... ¿Lo decidió por su cuenta?

—Pensé que mi ataque frontal ayudaría mientras ustedes y el Batallón de Baler atacaban por los flancos.

—Frontal, dice.

—Sí.

—Vaya... ¿Eso pensó?

—Sí, mi capitán, eso pensé.

Lo sigue mirando el capitán detenidamente. Dirige un vistazo rápido a los legionarios y vuelve a mirarlo a él.

—Puede quedarse aquí, alférez —dice al fin—. Considérese relevado con todo honor. Yo me encargo de llegar al río.

Suspira el joven.

—Se lo agradezco. Mis hombres...

Lo interrumpe el otro alzando una mano.

—Sí, ya los veo —responde—. A sus hombres.

Y sin más palabras, da la vuelta y se va.

Se queda Pardeiro viendo alejarse al capitán y luego cierra los párpados. Ni siquiera está contento. Se siente tan cansado que podría dormirse de pie. Cuando abre los ojos ve a su lado al cabo Longines, a la Lirio y a Tonet, que lo miran expectantes. Entonces suspira hondo, y al hacerlo advierte que aún sostiene la pistola en la mano derecha, como si la hubiese olvidado allí.

Con la mano izquierda abre la tapa de la funda y guarda el arma muy despacio.

—Se acabó la guerra —murmura—. Al menos, por ahora.

Tiene ganas de llorar, pero Tonet lo está mirando.

Mojado, sucio de barro, Gambo Laguna tirita de frío. Aún conserva su pistola al cinto. Le han dejado una manta con la que se cubre los hombros mientras camina entre los hombres sentados o tumbados a lo largo del sendero hasta los muros de la masía en ruinas que está sobre una loma. Algo más allá, los cañones del Vértice Campa siguen tirando contra la otra orilla para contener en lo posible a los fascistas que ya empiezan a asomar y disparan sobre los últimos que intentan cruzar el río. Suenan los cañonazos de salida y los proyectiles revientan al otro lado cual lluvia de hollín negro, cubriéndolo de una neblina gris entre la que ascienden columnas de humo de los pinares incendiados.

Hay heridos por todas partes, a los que atienden en el hospital de sangre bajo carpas de lona, y también centenares de soldados semejantes unos a otros: pálidos, barbudos, soñolientos, llenos de mugre y parásitos, muchos sin armas, que más parecen prisioneros que fugitivos. Algunos suboficiales van y vienen pasando lista, y estremece el silencio que sigue a numerosos nombres de los que se pronuncian. A veces no es el interpelado sino otro el que responde: lo vi caer, se ahogó, herido, muerto, lo perdimos en la orilla.

De la gente de Gambo no quedan muchos. Después de romper el cerco en el cuello de botella, alcanzar algunos la Harinera y llegar otros al río, los que pasaron a la margen izquierda son desoladoramente pocos. El mayor de milicias apenas ha visto a una treintena, entre los que se cuentan los que cruzaron con él pataleando en la balsa y llevaron a Simón Serigot hasta el hospital de sangre, y también el sargento Vidal y algunos más —Félix Ortuño no aparece por ninguna parte—. Eso es cuanto queda de los 437 hombres del Batallón Ostrovski, la mejor unidad de choque de la República, que el 25 de julio cruzaron el Ebro.

Huele fresco, a almendros y resina de pinos. Eso es novedad para Gambo, que desde hace días sólo ha sentido olor de matorrales quemados, pólvora y cadáveres en descomposición. Al lado de la masía y junto a un camión Katiuska, protegida del sol bajo un sombrajo de lona y cañas, está la plana mayor de la XI Brigada Mixta, o de lo que queda de ella. A medida que remonta la cuesta y se acerca, Gambo ve que están allí, en torno a un telémetro binocular, teléfonos de campaña y una mesa plegable con mapas, el teniente coronel Faustino Landa, el mayor Carbonell y el comisario político que se hace llamar Ricardo. Visten ropa limpia, hay una botella de vino y unos bocadillos sobre la mesa, y a Landa le humea un farias entre los dedos.

—Coño, Gambo... ¡Qué alegría!

Sinceramente alborozado, el teniente coronel se adelanta hasta el mayor, que se ha quitado la manta, y lo estrecha en un caluroso abrazo sin importarle que su ropa esté sucia y mojada.

—¿Qué te ha pasado en la cara?

—Nada, un golpe. No tiene importancia.

—Sabía que no iban a poder contigo, ¿eh?... Vaya si lo sabía.

Lo conduce afectuoso hasta la mesa, coge la botella y llena un vaso hasta el borde.

—Toma, hombre, que estás empapado. Esto te calentará por dentro.

También el comisario de la brigada le estrecha la mano. Su contacto es frío, incluso para Gambo en el estado en que se encuentra: húmedo, áspero, sin temperatura, al mayor le hace pensar en las escamas de un pez. Y no sólo la mano. También la piel pálida y las mejillas sin vello, el pelo rubio escaso, los ojos saltones tras los cristales gruesos y azulados de las gafas; y, como siniestro recordatorio, la estrella roja rodeada de un círculo en los picos de la guerrera. Porque Ricardo, alias el Ruso, lleva guerrera y no va en mangas de camisa como todos, hasta en agosto. Como si tuviera frío todo el año.

—¿Y el mayor Guarner? —pregunta Gambo después de vaciar el vaso y ponerlo en la mesa.

Se encoge de hombros Landa, con cara de circunstancias.

—Se quedó a defender la Harinera... No sabemos nada.

—Vaya.

—¿Y de Juan Bascuñana?

—Tampoco.

—Hostia puta.

—Pero cuéntanos tú, hombre —le pasa el otro un brazo por los hombros, cordial—. Cuéntanos.

Lo hace con aire interesado, incluso simpático; y Gambo piensa que, más que el jefe de una brigada del Ejército Popular deshecha y en retirada, Faustino Landa parece un empresario taurino que preguntase, entre dos copas de coñac, por el resultado de una mala tarde. Ni siquiera falta el cigarro puro.

Entonces Gambo lo cuenta. Relata al teniente coronel y al comisario los últimos ataques resistidos en el pitón Pepa, la incomunicación con el puesto de mando, la ruptura del cerco. La agonía de sus hombres dispersos intentando alcanzar la Harinera o el río. Y el cruce final de los pocos que han llegado.

—No te preocupes —intenta animarlo Landa, casi frívolo—. Seguro que aún vendrán más.

—¿Que no me preocupe, dices?

—Pues claro.

Asiente Gambo.

—Todo es posible.

El Ruso ha escuchado sin despegar los labios secos y duros. Por fin hace un ademán ambiguo que lo mismo abarca ese lugar, el sector del Ebro o el resto del mundo.

—Esto es sólo una pequeña parte del conjunto —sentencia—. Es necesario verlo con esa óptica.

Se lo queda mirando Gambo.

—¿De qué conjunto me hablas, camarada?

Tamborilea el otro con los dedos sobre el mapa de la mesa.

—La República ha lanzado una ofensiva sin precedentes... Tenemos ocho divisiones apretando fuerte. Hemos tomado Pobla de Masaluca y Gandesa, o estamos a punto de hacerlo, y el enemigo recula a lo largo del río. Entre nosotros y Amposta, los fascistas se vienen abajo.

—Pues aquí no lo parece.

—Castellets, como sabes, era un objetivo táctico que está cumplido de sobra: cortar el paso entre Fayón y Mequinenza.

—¿Y ya no es necesario?

Una mirada gélida.

—No tanto.

—Ah, ya... No tanto.

Vuelve el comisario a tocar el mapa, haciendo con un dedo un movimiento circular.

—Además, hemos sometido a los fascistas a un desgaste terrible en este sector, impidiendo que sus fuerzas acudieran a otros lugares del frente.

Gambo ni siquiera mira el mapa.

—Sí —responde—. Pero a base de ponerles delante carne fresca de campesinos y obreros: lo mejor de la República, que se ha quemado ahí; y también a chiquillos que ni siquiera se afeitan.

Lo mira el otro con gesto agrio.

—Hemos parado en seco su ofensiva sobre Valencia, haciendo callar a los derrotistas.

—O sea, que lo nuestro es casi una victoria... A fuerza de victorias acabaremos en Perpignan.

El tono sarcástico hace fruncir el ceño al teniente coronel Landa y oscurece el rostro del Ruso.

—No me gusta ese tono, camarada —dice con hosquedad.

Gambo lo mira sin inmutarse.

—¿No te gusta?... Pues oye: de los casi tres mil hombres de la brigada que llevamos al otro lado, dudo que llegue a un tercio lo que ha pasado de vuelta el río. Y ya ves en qué estado lo hacen.

—Y a mí qué me cuentas. Que hubieran luchado mejor.

—Vaya —sonríe el mayor, amargo—. Ahora lo has dicho por fin.

Faustino Landa parece sobresaltado. Casi ha dado un respingo.

—Por favor, Gambo.

Lo ignora el aludido, que sigue mirando al Ruso.

—¿A qué te refieres? —pregunta éste.

—Al modo de animarlos a luchar —se toca Gambo un bolsillo—. Tengo aquí tu última circular: «Si retrocedéis no os matará el enemigo, os mataremos nosotros».

—La orden no decía eso.

—Decía algo parecido, pero en más bonito.

Hace el comisario un ademán de impaciencia.

—A pocos se ha matado —dice al fin—, y así van las cosas.

—¿A pocos? —mira Gambo al teniente coronel, que aparta la vista—. ¿Qué pasa, Faustino?... ¿Nada tienes que decir a eso?

Alza las manos el otro, conciliador.

—Hombre, Ricardo, no creo que sea el momento.

Gambo lo ignora de nuevo. Ha vuelto a mirar al Ruso.

—¿Te suena la palabra *error,* camarada comisario? ¿Existe en tu vocabulario?

Endurece el otro la mandíbula. Su mirada podría rajar de frío el cristal de las gafas.

—El Partido nunca comete errores.

Echa Gambo atrás el torso, teatral, como si el argumento fuese un empujón en el pecho.

—Tardabas en decirlo. Es el elemento humano el que no estuvo a la altura, ¿verdad?... Supongo que te refieres a eso.

—Hablamos de estrategia y táctica, no de hombres. Creo que eso lo estudiaste en la academia de Moscú.

—Aprendí más leyendo *Cuestiones del leninismo,* del camarada Stalin.

—¿Qué insinúas?

—Que a lo mejor a quien le piden cuentas es a ti, no al elemento humano. ¿Es eso lo que te pone mala cara, comisario Ricardo?

Aparta el rostro el otro, como si algo en el mapa reclamase su atención. Alarga una mano hacia la botella y vierte vino en un vaso.

—Se te ha ido la cordura —dice sombrío—. Fatiga de combate, sin duda. Necesitas descansar.

Mueve Gambo la cabeza, insistente.

—Deja que te diga algo, camarada comisario. Nuestros hombres son mejores soldados que hace dos años, pero odian menos que hace dos años. Ya no es una guerra de exterminio de fascistas, sino una guerra donde le ven la cara al enemigo; donde a veces descubren que es del mismo pueblo que ellos y compraba tabaco en el mismo estanco... Eso cambia las cosas, ¿comprendes?

Bebe despacio el otro, sin alterarse. Pasa la lengua por los labios estrechos y fríos y deja el vaso en la mesa.

—Eso da igual.

—En absoluto... No da igual en absoluto, porque el mecanismo ya no sirve. La guerra de retaguardia no se ha hecho bien, y eso hace que la guerra del frente no funcione.

—Se trata de eficacia, camarada. Existe la responsabilidad, ¿no?... La autocrítica, ¿te suena?... La culpa.

—Ya salió la palabrita: la culpa. Pero ninguna tienen los hombres que han luchado.

—Te aseguro...

—Que no, joder. Que no me asegures nada.

—Déjalo hablar, Gambo —interviene Landa, conciliador.

—No, perdona. No lo dejo. Vengo de combatir y perder a casi toda mi gente, y quien tiene ahora derecho a hablar soy yo. Y os digo que la culpa no la tienen los hombres que han combatido, sino vosotros y tal vez yo.

Un ramalazo de cólera sacude al Ruso. Su habitual frialdad acaba de irse al diablo.

—No tolero ese lenguaje.

—¿No? —saca Gambo la Llama de la funda y se la pone al comisario en las manos—. Qué vas a hacer, ¿ejecutarme? ¿Montarme un proceso, con mi hoja de servicios que es más limpia que la de Líster o Modesto, y naturalmente mucho más que la de ese payaso del Campesino?... ¿A mí, que ni violo a mujeres, ni me emborracho, ni corro como una liebre cuando vienen los fascistas?

—No me gusta ese tono, Gambo —protesta Landa, amoscado.

—Ni a mí me gusta combatir creyendo que me mandan militares, y resulta que quien manda es el acomodador del cine Avenida.

Palidece Landa como si le hubieran cruzado la cara.

—No te consiento esa infamia, Emilio. Te estás pasando mucho... Comprendo que con lo que has vivido...

—Una mierda me estoy pasando... Y además, no te hablo a ti, sino al camarada comisario.

—Las órdenes eran las que eran —dice el Ruso, devolviéndole la pistola.

—Y no las discutisteis jamás.

—Tú tampoco.

—Cierto —le concede Gambo—. La puta disciplina. Por eso soy tan responsable como vosotros. La diferencia es que me duelen los hombres que me han matado.

—También a nosotros —dice Landa.

—Venga, Faustino, no me jodas. ¿Conoces sus nombres?... Yo del Ostrovski los conocía todos. Y vosotros lo veis como una verbena en la que os hubiese llovido a mitad del baile.

—Esa clase de comentarios... —empieza a decir el comisario, y se interrumpe—. No queda sino obedecer lo que se nos manda. El Partido está por encima de todo.

—Y dale con el Partido de los cojones... Al Partido se le ha estado engañando como a un chino. En Barcelona hay tres gobiernos: el de la República, el de la Generalidad y el vasco, aunque no sé qué coño gobierna ya ése. Y cada uno de ellos se busca la vida por su cuenta... Habría que fusilarlos a todos, coño. A todos.

—Cada cosa a su tiempo —dice el Ruso.

—¿A su tiempo?... No me vengas tú con ésas. En los últimos tiempos todo es una mentira y una traición. Nadie se atreve a decir la verdad a nadie, y aquí tenéis el resultado.

Ladea la cabeza el comisario para dirigirle una mirada aviesa.

—Estás diciendo algo muy atrevido, camarada mayor.

Obvia Gambo la amenaza implícita. Le da lo mismo.

—Lo atrevido es ignorar la realidad —responde—. Y la realidad es que el resto de la ofensiva acabará como ha acabado esto... No mañana, tal vez. No en una o dos semanas. Pero después de la carnicería, será igual. Y a lo grande.

Calla al fin, sosteniendo sin pestañear la mirada fría del hombre de Moscú. Casi puede leer lo que hay tras los cristales que empequeñecen los ojos de pez, y oír girar despacio las ruedecillas de su cerebro; por eso adivina lo que piensa. En este momento, el comisario político analiza si el comandante de milicias Emilio Gamboa Laguna, jefe del prestigioso y aniquilado Batallón Ostrovski, es candidato idóneo para cargar con parte de la responsabilidad del desastre. Pero Gambo también sabe que el instinto criminal y cauto del hombre que tiene enfrente le hará descartar esa opción. Y cuando lo ve mirar de soslayo a Faustino Landa, que acaba con deleite el puro mientras sueña con las próximas fotos de prensa, comprende que el Ruso ya ha hecho su elección y que él puede estar tranquilo.

Cuando Julián Panizo llega a la orilla del Ebro cargando con Rafael a la espalda, sólo hay allí equipo abandonado, heridos, muertos y hombres que han tirado las armas y se sientan a esperar al enemigo. Los últimos que se arriesgaron a cruzar nadando se han ahogado o chapotean en la corriente queriendo ganar la otra orilla mientras, desde una loma cercana, las avanzadillas fascistas practican con ellos el tiro al blanco. Salpican piques entre las docenas de cabezas que se mueven despacio en el agua terrosa y turbia, como náufragos de un barco que se hubiera ido al fondo; y de vez en cuando, un nadador alza los brazos y se sumerge para siempre. El Vértice Campa dispara andanadas con más rabia que eficacia, y los estallidos de tierra y fango, que a veces alcanzan a los camaradas abandonados en la orilla, ponen un contrapunto de horror al paisaje de la derrota.

—Aquí no hay nada que hacer —decide Panizo.

Tras estudiar la situación, el dinamitero resuelve ir hacia la derecha, apartándose del punto de cruce. Al ver un talud cubierto de cañas avanza procurando mostrarse lo menos posible. Sostiene a Rafael por las piernas, y el chico le echa las manos al cuello; es delgado, pero su peso en la espalda, unido al del subfusil, fatiga mucho a Panizo. Así que después de unos pasos, agotado, se arrodilla y lo deja caer al suelo con el mayor cuidado de que es capaz. Queda el biberón boca arriba, negros de sangre la cadera derecha y medio pantalón. Inclinándose sobre él, Panizo espanta las moscas y comprueba la herida. El trozo de tela que le puso como compresa ha cumplido su función, comprueba. La coagulación es buena y, aunque sangra al tocar el apósito, la hemorragia parece razonable. La bala, que rebotó rompiendo parte del hueso —nota el trozo astillado y suelto al tocarlo con los dedos—, siguió su camino y salió sin afectar ningún vaso importante.

—¿Te duele mucho, criatura?

Enseña los dientes el chico, forzando una sonrisa que no logra cuajar del todo. En su frente brillan gotas de sudor gruesas como guisantes.

—Cuando me río, abuelo.

Asiente aprobador Panizo, satisfecho con la casta del muchacho. Pero se trata de una herida fea que le impide caminar y se infectará si no recibe cura en las próximas horas. También es evidente que, pese a sus bravatas, sufre mucho.

—Lo siento, zagal... No tengo morfina, ni siquiera yodo. No tengo nada de nada.

Rafael se muerde los labios y contrae la cara, crispado por un espasmo de dolor.

—No te preocupes —murmura débilmente—. Ya me las arreglaré.

—Pues claro que sí —lo anima Panizo—. Eres un tío sano y fuerte.

Mira el dinamitero alrededor. Nadie a la vista, sólo estruendo de cañonazos. Desde allí no se divisa el río. No sabe dónde está, pero sí que han ido cauce abajo.

—Quédate ahí quieto y callado... ¿Vale?

Lo agarra el biberón por la camisa, alzando un poco la cabeza.

—¿Vas a dejarme aquí?

—No seas idiota, hombre. Quiero echar un vistazo.

Se aparta del chico y coge el naranjero. Después avanza a gatas con mucha cautela, amparado en las cañas, y al cabo se incorpora un poco para ver mejor. A esas horas, supone, aquello estará infestado de fascistas. Se oyen voces lejanas y disparos.

Tiene que haber alguna manera, se dice. Tiene que haberla.

Haciendo memoria, el dinamitero estima que fue por allí donde él, Olmos y los camaradas del grupo de asalto desembarcaron la primera noche para volar el nido de ametralladora. Desde entonces han transcurrido diez días que parecen diez meses, pero cree reconocer el paraje: la vaguada que dejaron atrás, la cuesta con una alambrada rota. Alzando el rostro observa la altura del sol, que ya declina. Su reloj se fue a tomar por saco hace tiempo, pero calcula que deben de ser las cinco o las seis de la tarde.

Saturiano Bescós se detiene apoyado en un árbol, se quita el casco de acero y palpa el vendaje de la frente, que está mojado de sudor. Le duele la cabeza y daría tres días de permiso por una aspirina, pues ya se tomó los dos Veramón que le dio la enfermera. Durante un momento presta atención a los tiros aislados, lejanos, que de vez en cuando suenan en el pinar. Después se pone de nuevo el casco, levanta el Mauser y sigue adelante. Veinte pasos a su derecha, entre él y el río, distingue entre los árboles al cabo Avellanas, que camina escudriñando el terreno, removiendo con la bayoneta calada en el fusil los matorrales donde podría esconderse un hombre. Y al mirar a la izquierda ve más lejos a su camarada Lorenzo Paño, que hace lo mismo.

Hay rojos dispersos que han quedado aislados, y la XIV Bandera de Falange de Aragón ha recibido la orden de avanzar despacio, metódicamente, limpiando la zona hasta establecer contacto con las otras fuerzas nacionales que río arriba han llegado al Ebro. Por el camino, los falangistas apenas encuentran resistencia: unos pocos rojos sin ganas de combatir que se entregan con facilidad, y algún caso aislado, raro a estas alturas, de quien no se da por vencido y se hace matar quemando los últimos cartuchos. La orden es respetar la vida de los que se rindan, eliminar a los que se resistan y hacer fuego contra quienes intenten escapar. Todos los prisioneros son enviados a la retaguardia, incluso cuando se trata de brigadistas internacionales, de los que han apresado a varios. El teniente Zarallón, que tiene el gatillo fácil pero es oficial disciplinado, se contentó con maltratar un poco a un francés y dos norteamericanos que miraban las camisas azules, los yugos y las flechas con rostros espantados, creyendo que allí mismo los iban a fusilar. Un breve interrogatorio a base de amenazas y bofetadas, antes de enviarlos atrás con escolta. Trato de cortesía, para como suele gastarlas el teniente.

También hay rojos muertos de hace días que se localizan de lejos por el olor y el zumbido de las moscas; y Saturiano Bescós se entristece al ver los cuerpos tirados aquí y allá, los rostros ennegrecidos por el sol y el calor, las expresiones deformes que la muerte dejó en quienes hace poco eran, como él mismo, jóvenes y vigorosos. Cuánta desgracia, piensa. Cuánto dolor en familias, novias, padres, esposas, hijos. Cuánta fuerza, inteligencia, capacidad de trabajo y promesas de futuro malogradas de modo absurdo en esos trozos de carne inerte que se pudren entre los árboles, y a los que nadie da sepultura todavía.

Suena un pam seco, fuerte. Un disparo más cercano que los otros. Bescós se agacha prudente, de modo instintivo, hasta apoyar una rodilla en tierra, prevenido el fusil. Y al mirar a un lado ve que el cabo Avellanas ha hecho lo mismo. Por esa parte los pinos son bajos, hay arbustos espesos y desniveles que ocultan la vista, y es fácil que un paco rezagado te meta un tiro en la tripa si no vas con tiento. Desde donde se encuentra, Bescós ve cómo Avellanas se lleva el Mauser a la cara buscando apuntar, pero no dispara. Con una carrera corta, agachada la cabeza mientras se mueve de árbol en árbol, Bescós va a reunirse con él y se arrodilla a su lado.

—¿Ves algo?

—No veo una mierda.

El cabo ha bajado el fusil y mira al frente con atención.

—¿Ves el pino torcido? —dice al fin—. ¿El que tiene un matorralico debajo?

—Sí.

—Me juego un huevo a que han tirado desde allí.

—No era un chopo.

Asiente Avellanas. El sudor le gotea bajo la visera del casco, hasta la punta de la nariz.

—Era una pistola. Y un solo tiro.

—Rojo aislado —concluye Bescós—. Cansado o herido.

—A lo mejor se lo ha pegado él mismo.

—Cualquiera sabe.

Asiente el cabo, sin dejar de mirar.

—¿Te quedan granadas, Satu?

—No.

Se desengancha el otro una que lleva colgada del correaje y se la pasa: color verde amarillento, prefragmentada, anilla y palanca. Una Limonka rusa de las que les están cogiendo a los rojos.

—Ten cuidado, que éstas no conocen ni a su padre... En treinta metros reparten metralla para todo dios.

—Ya.

Se quita Bescós el casco, que es incómodo para arrastrarse. Mete la granada en un bolsillo, se tumba con el fusil sobre los codos y repta sobre las agujas secas de pino, desviándose un poco a la derecha para flanquear el matorral. Una vez en posición mira hacia Avellanas, que lo observa de lejos, y hace un ademán silencioso. Entonces el cabo empieza a disparar mientras Bescós se pone de costado, saca la bomba de mano, le quita el pasador y la arroja antes de hundir bien la cabeza y cubrírsela con las dos manos.

Pum-baaah, hace.

Cuando dejan de caer piedrecitas, ramas y esquirlas de metralla, Bescós se incorpora y corre agachado hacia el matorral, termina de rodearlo y ve a un rojo tendido boca arriba en una pequeña zanja. La granada le ha pegado de lleno, acribillándole de fragmentos todo el costado izquierdo desde el hombro hasta las botas, y arrancándole la piel y la carne de ese lado de la cara. Su rostro, intacto por el otro lado, es ahí una masa sanguinolenta donde apenas pueden distinguirse el ojo y la mitad de la boca, contraída hasta mostrar los dientes blancos en una mueca semejante a una horrible sonrisa.

Sin embargo, el herido está vivo. De su tráquea perforada brota un quejido ronco, intermitente, interrumpido a intervalos por el aire que entra y sale por el agujero. Y el ojo sano, de iris azul muy claro, se mueve siguiendo cada movimiento del falangista. Se fija Bescós en su indumentaria. Lleva una camisa azul descolorida, pantalones de montar y polainas altas de cuero. A su lado hay una pistola ametralladora Mauser.

—Cagüendiela —exclama Avellanas, que acaba de acercarse y ve el color de la camisa—. Es un camarada.

—No, es un rojo. Fíjate mejor en la ropa.

Se acerca más el cabo a echar un vistazo.

—Pues es verdad.

—Claro.

—Vaya susto me he dado... Parece extranjero.

—Brigadista.

—Supongo.

Le quita Bescós la cartera al muerto. La foto es de un fulano delgado, de nariz aguileña, con gafas. Pero el falangista no sabe leer apenas.

—Odunosequé, me parece que pone.

—A ver, trae —le coge Avellanas el carnet—. O'Duffy, se llama... Coño, un mayor. Nos hemos cargado a un comandante de las Brigadas Internacionales, Satu. Con dos cojones. ¿Qué estaría haciendo aquí, solo?

Indica Bescós un vendaje ensangrentado y sucio que el herido tiene en torno a la rodilla derecha sujetando un palo como férula.

—Estaba herido, ¿ves?... Seguramente los suyos lo dejaron atrás y buscaba acercarse al río.

—Pobre diablo —Avellanas mira a Bescós, indeciso—. ¿Qué hacemos con él?

—A mí me da reparo matarlo.

—Y a mí.

—Tampoco le queda mucho, ¿verdad?

—Dejémoslo morirse en paz.

—Me parece bien —Avellanas se guarda el carnet, coge la Mauser del suelo y la sopesa, satisfecho, antes de metérsela en el cinto—. Luego se lo contamos al teniente, y listo.

Se disponen a irse. El ojo azul del herido permanece fijo en Bescós, siguiendo cada uno de sus movimientos como si de los dos falangistas sólo él le importara. De pronto emite un quejido diferente, como intentando hablar. Un estertor casi líquido que sale por la garganta desgarrada. Bescós se inclina un poco, intrigado, y entonces el herido alza lentamente el brazo derecho, se acerca una mano a la cabeza para apuntarse en la sien con el dedo índice manchado de sangre, y lo curva imitando el gatillo de una pistola.

—Anda la hostia —dice Avellanas—. Pide que le pegues un tiro.

El ojo azul permanece fijo en Bescós, que mueve la cabeza.

—No —dice éste—. Ya verás como alguien viene y te cura... Estate tranquilo.

Insiste el herido volviendo a apretar el gatillo imaginario. Luego mueve la mano y la lleva al costado, siguiendo la correa de un estuche de cuero que tiene debajo. Con dificultad, moviendo torpe los dedos, abre el estuche y saca unos gemelos muy elegantes, chapados en nácar. Se los ofrece a Bescós y vuelve a llevarse el dedo índice a la sien, remedando de nuevo el apretar de un gatillo.

Se miran Bescós y Avellanas.

—Hazlo —dice el cabo—. Tiene derecho a no agonizar aquí solo, despacio y como un perro.

Se incorpora Bescós guardándose los gemelos. Después le quita la bayoneta al fusil.

—Mira para allá.

Eso dice al herido, señalando a un lado. Y cuando el ojo azul obedece, el falangista le acerca el cañón del arma a la cabeza y aprieta el gatillo.

Hace rato que cesó el fuego de artillería y apenas se oye algún tiro de fusil aislado y lejano. Desde donde está tumbado, Julián Panizo puede ver un pequeño trecho del río; así que se queda allí mirándolo mientras imagina posibilidades. Los mosquitos lo atormentan acribillándole los brazos y el cuello; pero continúa sin moverse, pensativo. La curva que describe el cauce le resulta familiar. Y recuerda que en mitad del río, cuando él y sus camaradas cruzaron en un bote de tablas tan podridas que se anegó antes de llegar a la orilla, se detuvieron para orientarse en la oscuridad aprovechando un islote diminuto; un estrecho banco de arena que el agua descubría en medio del cauce. Y si aquél es el lugar, es posible que esa isleta no se encuentre lejos. Eso daría una oportunidad, concluye. Un apoyo para descansar antes de seguir adelante, si logran pasar a nado.

Esperanzado, dispuesto a confirmarlo, avanza Panizo un poco más; y una sonrisa corta en dos su rostro atezado, barbudo y mugriento. La isleta está allí, arenosa y parda en mitad de la corriente, apenas tres metros de largo por uno de anchura; pero sigue en su sitio. Y lo que es más importante, el dinamitero divisa un trozo de pasarela traído por la corriente, varado entre el cañaveral que verdea en la orilla: tablones rotos, sujetos a un flotador de corcho.

Echa cuentas, muy quieto. Sólo se mueven sus ojos de soldado veterano. Deben de quedar un par de horas de luz, y ahí surge la duda, porque esperar a la noche tiene dos riesgos: que los descubran y que a oscuras sea difícil orientarse y nadar. En cambio, intentar el paso cuando aún hay luz puede ponerlos en la mira de algún fascista con ganas de dar gusto al gatillo. Y esa moneda sólo tiene cara o cruz.

Al cabo de un buen rato sin moverse retrocede a gatas, como vino, para reunirse con Rafael. Al verlo aparecer, el biberón, que miraba a todos lados, deja caer atrás la cabeza con alivio.

—Uf. Pensé que te habías largado, abuelo.

—Criatura de poca fe.

Se acerca a Rafael y le mira otra vez la herida. Continúa sin sangrar demasiado. El joven parece adivinarle el pensamiento.

—No estoy en condiciones —dice.

—¿De qué?

—De nadar.

Lo mira Panizo, inquieto. Eso no se lo había planteado. El biberón es un chico de ciudad, y los chicos de ciudad saben hacer de casi todo. Vacaciones en la playa, cosas así. Piscinas y muchachas guapas.

—No jodas... ¿No sabes?

—Sé nadar, pero tengo todo el costado y la pierna dormidos... Hasta me duele ahora menos. Por eso mientras estabas de paseo intenté incorporarme, pero no pude.

—No te preocupes, nos las arreglaremos. Bastará con que ayudes un poco.

Lo mira el muchacho, extrañado.

—¿Ayudar?

—Eso es.

—Pues ya me dirás cómo.

—Anda, tú... ¿No tienes otra pierna y dos brazos?

—Sí. Todavía los tengo.

—Pues úsalos. Y al toro, que es una mona.

Saca Panizo el cuchillo y excava un agujero en el suelo.

Si los curas y frailes supieran
la paliza que van a llevar,
subirían al coro cantando
libertad, libertad, libertad...

Eso canturrea por lo bajini mientras cava. Después se quita la camisa, o lo que queda de ella, envuelve el subfusil y lo entierra tras fijarse bien en dos piedras grandes que le sirven de referencia. La vida da muchas vueltas, piensa. Y nunca sabes cuándo hará falta un buen naranjero.

Antes de enfundar el cuchillo, corta una ramita de matorral, la descorteza y se la pone al biberón en la boca.

—Si te duele mucho, muerde; pero mantén la trompa cerrada... Nos vamos.

Haciendo un esfuerzo, el dinamitero se carga sobre la espalda desnuda y resbaladiza de sudor a Rafael, que gime dolorido y aprieta la ramita con los dientes.

—Aguanta un poco, criatura... Estamos cerca.

Encorvado bajo el peso, camina Panizo a lo largo del talud, se detiene al extremo, mira receloso a uno y otro lado, y procurando apresurarse recorre el trecho al descubierto que lo separa del cañizal en la orilla del río. Una vez allí, deposita a Rafael sobre la tierra fangosa y señala triunfal el flotador y las tablas.

—No es el Queen Mary, pero puede valer.

Saturiano Bescós y el cabo Avellanas se asoman a la linde del bosquecillo, allí donde el terreno desciende en pendiente hasta la orilla del Ebro. El sol ya está bajo y tiñe de tonos naranjas las ramas de los pinos y las cañas. Han apoyado los fusiles en un árbol tras ponerles el seguro y se disponen a liar un cigarrillo. En las dos márgenes del río reina un extraño silencio. Ni siquiera se oyen disparos o explosiones lejanas.

—Fíjate en eso —dice Avellanas.

Señala dos puntitos oscuros que se mueven en el agua junto a algo semihundido, que parece derivar con la corriente hacia una pequeña lengua arenosa que emerge entre las dos orillas.

—Hay dos tíos ahí, Satu.

Saca Bescós los gemelos del brigadista muerto, ajusta la ruedecilla y echa un vistazo. Se trata, comprueba, de un flotador de corcho que lo más seguro es que proceda de una pasarela o un puente de barcas de los tendidos por los rojos río arriba. Y hay dos hombres que se agarran a él, intentando alcanzar la isleta en mitad del cauce. Sólo emergen sus cabezas, y a veces se ve la espuma que levantan las piernas cuando baten el agua para avanzar. Luchan con la corriente, que es fuerte y parece querer arrastrarlos.

—Trae que vea —dice Avellanas.

Le coge los gemelos y echa un vistazo.

—Jodó —comenta.

Se los devuelve a Bescós y los dos falangistas se miran.

—La orden es disparar contra los que se largan —recuerda Avellanas.

—Sí.

—Habrá que obedecerla, ¿no?

—Tú verás... Eres el cabo.

—Pues sí, cagüenlá. Habrá que.

Todavía se miran el uno al otro un momento. Después alzan los fusiles casi al mismo tiempo. Mete Bescós un dedo en el guardamonte y apunta la mira del arma hacia los dos hombres, que al fin han llegado a la isleta, salen del agua y se arrastran sobre ella empujando el flotador para llevarlo más allá. Se mueven muy despacio y uno tira del otro, ayudándolo. Parecen indefensos y cansados, y todavía deben atravesar la otra mitad del río para ponerse a salvo.

Con el Mauser encarado, Bescós comprueba de reojo que la lengüeta del seguro está levantada. Entonces oprime el gatillo. Clic, hace, pero no sale ningún disparo.

—No sé qué le pasa a este chopo —dice, bajando el arma.

Avellanas hace lo mismo.

—Se te habrá encasquillado, como a mí.

Los dos jóvenes apoyan otra vez los fusiles en el árbol, se sientan a la sombra y terminan de liar los cigarrillos. Zumban los mosquitos y suena el chirriar confiado de las cigarras.

Epílogo

La historia posterior de los personajes de este relato fue tan diversa como sus vidas. Después de la batalla del Ebro y el fin de la guerra de España, algunos de ellos encontraron la paz y otros siguieron sacudidos por las convulsiones de un mundo que estalló en pedazos y tardaría mucho en recomponerse. Unos tuvieron suerte y otros no.

Tras servir el resto de la guerra en el frente de Cataluña, Pato Monzón pasó a Francia con las columnas de fugitivos, y después de un penoso internamiento en el campo de refugiados de Argelès-sur-Mer logró embarcar para México, donde fue amiga de Luis Buñuel, Remedios Varo y Diego Rivera, quien la pintó en dos ocasiones —el retrato llamado *Patricia Curtis* puede admirarse en el museo Dolores Olmedo—. Se casó dos veces: primero con el pintor mejicano Alejandro Huelin y más tarde con el filósofo y escritor Marcelo Curtis. Escribió unos cuadernos de memorias que no fueron publicados, y falleció en Santa Bárbara, California, a la edad de ochenta y siete años. Nunca quiso regresar a España.

También Ginés Gorguel, el soldado nacional que anduvo todo el combate de Castellets del Segre intentando escapar pero obligado a luchar casi cada día, tuvo suerte al terminar la guerra. A su regreso a Albacete con el bando vencedor, obtuvo privilegios que le permitieron crear su propia empresa de carpintería industrial y acabó entrando en política con notable éxito, pues fue procurador en Cortes y, ya en la vejez, uno de los fundadores del partido Alianza Popular. Durante toda su vida, hasta el fallecimiento de Selimán al-Barudi, mantuvo estrecha relación con su compañero de fatigas marroquí y conservó la cadena de oro que éste le regaló en Castellets del Segre. Ginés Gorguel murió en 1993.

El cabo Selimán regresó a Marruecos al terminar la guerra. Sirvió en las fuerzas armadas locales cuando su país obtuvo la independencia, alcanzando el grado de sargento. Una vez jubilado se estableció en Melilla, donde uno de sus hijos tenía un comercio de zapatos. Allí intentó, sin éxito, crear una asociación dedicada a socorrer a viudas de compatriotas muertos en la Guerra Civil, que desatendidas por el Gobierno español vivían en la mendicidad y la pobreza. Solía vérsele sentado en la terraza de una cafetería de la avenida del Generalísimo conversando con amigos y conocidos tras desayunar cada día en el bar del cuartel de Regulares, donde era muy apreciado. En 1975 viajó a Madrid para asistir a las exequias del general Franco, cuya fotografía enmarcada obligaba a su hijo a tener expuesta en la zapatería. El hijo la retiró a su fallecimiento, en 1981.

Vivian Szerman pasó de una zona bélica a otra. Después de España cubrió la invasión alemana de Polonia, la caída de Francia y el *blitz* sobre Londres. Acompañando a las tropas norteamericanas asistió a la invasión de Italia y a la última ofensiva en el corazón de Alemania. Uno de los primeros testimonios del campo de exterminio de Auschwitz se debe a ella. Se casó en 1949 con el productor de cine Michael Rosen y falleció de cáncer en Calviá, Mallorca, en 1961. Sus experiencias de la guerra de España y de la Segunda Guerra Mundial están contenidas en su libro de recuerdos *A Bad Place* (*Un mal lugar,* Alfaguara, 1983).

Después de su trabajo en España, Philip Tabb, el corresponsal del *New Worker* de Londres, pasó a la BBC británica. Cubrió como enviado especial la Segunda Guerra Mundial, la guerra de Corea, los conflictos de Palestina, Indochina y Argelia y las primeras independencias africanas. Desapareció con un camarógrafo y un técnico de sonido durante la ofensiva del Tet en Saigón, Vietnam, en 1968. Entre los varios libros que publicó destaca *A Very Dirty War* (*Una guerra muy sucia,* Ruedo Ibérico, 1971), del que Ernest Hemingway dijo: «Es lo mejor que he leído sobre la tragedia española».

Los requetés del Tercio de Montserrat siguieron combatiendo durante los más de tres meses que aún duró la batalla del Ebro, e intervinieron después en la contraofensiva de Extremadura y la batalla de Peñarroya, donde Oriol Les Forques resultó herido de gravedad. Acabada la guerra, el requeté contrajo matrimonio con Núria Vila-Sagressa, hija de los marqueses de Muntallá, se hizo cargo de los negocios familiares, fue presidente del Círculo del Liceo, impulsor de la Hermandad del Tercio y patrocinador del monumento conmemorativo de la abadía de Montserrat donde fueron enterrados 319 combatientes carlistas —destruido en 2018— y de un monolito en memoria de los requetés muertos ante el cementerio de Castellets —destruido en 2019—. Oriol Les Forques falleció en Sant Cugat a los setenta y siete años de edad, el mismo año de la publicación de sus memorias (*Recuerdos de un requeté catalán,* Planeta, 1994). Su hijo Jaume Les Forques Vila-Sagressa fue consejero de economía en uno de los gobiernos de Convergència i Unió presididos por Jordi Pujol.

El mayor de milicias Emilio Gamboa Laguna combatió hasta el final de la guerra. Pudo llegar con sus últimos hombres al puerto de Valencia, donde consiguió ser evacuado a bordo del destructor británico Boreas. Tras incontables peripecias viajó a la Unión Soviética, donde sus discrepancias con dos destacados líderes comunistas españoles, Santiago Carrillo y Dolores Ibárruri la Pasionaria, le valieron un confinamiento en el campo de trabajo de Vorkutá. Rehabilitado durante la invasión nazi, estuvo al mando de una unidad de partisanos españoles y rusos que operó tras las líneas enemigas e intervino en la ofensiva contra Alemania y la capital del Reich, donde hizo repintar los rótulos de las calles conquistadas rebautizándolas con nombres de camaradas muertos en España. Acabado el conflicto se instaló en Cuba y después en Puerto Rico, hasta regresar a su patria en 1977. No aceptó la propuesta de ser diputado del Partido Comunista en las Cortes democráticas españolas, y durante un acto en memoria de los militantes caídos en la revolución de Asturias protagonizó un sonado incidente al negarse a estrechar la mano de Santiago Carrillo y del poeta Rafael Alberti. Murió en su modesta casa de Cangas de Narcea de un fallo cardíaco, a los noventa y cuatro años de edad.

Antoni Saumell, Tonet, el niño de doce años que acompañó durante diez días de combates a los legionarios de la XIX Bandera, no volvió a ver a sus abuelos, que nunca regresaron al pueblo. Sin más familia, acogido en el colegio de huérfanos de Lérida por recomendación personal del alférez Pardeiro, estudió bachillerato y magisterio, y durante tres décadas fue profesor de historia y literatura en el instituto de enseñanza media Miguel de Cervantes de Tarragona. Tuvo esposa, cuatro hijos y nueve nietos. En 1963, durante los actos conmemorativos del XXV aniversario de la batalla del Ebro, se encontró de nuevo con el antiguo cabo Longines, licenciado del Tercio tiempo atrás y dueño de un bar en El Puerto de Santa

María. La fotografía de su abrazo fue primera página en el diario barcelonés *La Vanguardia*.

En el caso del alférez provisional Santiago Pardeiro Tojo no se cumplió el siniestro refrán *alférez provisional, cadáver efectivo*. Siguió combatiendo en distintos frentes hasta el final de la guerra y acabó ésta sin recibir ninguna herida y con el grado de capitán, una medalla militar individual y dos colectivas. En 1941 se casó con María Cristina Olaizábal, su madrina de guerra, y ese mismo año fue voluntario a Rusia con la División Azul. Obtuvo allí dos cruces de hierro: la de 2.ª clase en la bolsa del Voljov y la de 1.ª clase en los altos de Sinyavino. Murió con todos sus hombres el 10 de febrero de 1943 en la batalla de Krasny Bor, cuando la compañía bajo su mando fue aniquilada sin ceder sus posiciones ante la masa de infantería y blindados soviéticos. Tenía veinticuatro años. Su nombre, puesto a una calle en su ciudad natal (calle del Capitán Pardeiro), fue retirado en 2019 en aplicación de la Ley de Memoria Histórica.

El dinamitero Julián Panizo siguió luchando el resto de su vida. Después de Castellets del Segre se incorporó a otra unidad con la que combatió en la sierra de Pàndols, en la fase final de la batalla del Ebro. Pasó a Francia tras la caída de Cataluña —los gendarmes tuvieron que quitarle el fusil a culatazos— llevando en alto un puño cerrado y, dentro de él, un puñado de tierra española. Internado en el campo de Saint-Cyprien, acabó en una compañía de trabajo del ejército francés. En 1940, durante la invasión alemana, Panizo y otros españoles se echaron al monte para formar uno de los primeros núcleos de resistencia antinazi en la Alta Saboya. En marzo de 1944, en la meseta de Glières, el antiguo minero murciano intervino con otros sesenta compatriotas en los sangrientos combates que allí tuvieron lugar contra las tropas alemanas. Liberada Francia, ese mismo año cruzó los Pirineos con la Agrupación de Guerrilleros Españoles, en la desastrosa invasión del valle de Arán, y estuvo entre los pocos maquis que lograron infiltrarse hacia Asturias y León. Combatió en aquellos montes durante nueve años y murió el 25 de noviembre de 1953 en Vega de Liébana, junto a los dos últimos hombres que quedaban de su partida, en un enfrentamiento con fuerzas de la Guardia Civil.

Saturiano Bescós, el pastor enrolado en la XIV Bandera de Falange de Aragón, no obtuvo beneficio alguno de los más de dos años que pasó combatiendo en distintos frentes de batalla. El 2 de abril de 1939, al día siguiente de acabar la guerra, fue licenciado con 468 pesetas —la paga de dos meses—, una cajetilla de Ideales, dos latas de sardinas y un chusco de pan para el viaje, y metido en un tren que, seis días después, lo devolvió a su tierra, al pueblo y al rebaño. Pasó el resto de su vida en el monte entre sus cabras y sus perros; y cuando algún animal se le perdía, lo buscaba sacando del zurrón lo único que de la guerra conservaba: los gemelos de teatro, chapados en nácar, de un brigadista internacional al que mató en el Ebro. Murió anciano en 1998, sentado en una peña, mirando las montañas al atardecer con un cigarrillo consumiéndose entre sus dedos. Y jamás dijo una palabra sobre la Guerra Civil.

Las Matas, agosto de 2020

Índice